W9-DCF-430

DORIS LESSING

El cuaderno dorado

punto de lectura

Hija de un oficial del Ejército Británico, **Doris Lessing** (1919) nació en la antigua Persia (actual Irán) y fue criada en Rodesia (actual Zimbabue). Sin embargo, fue incapaz de soportar la vida en África, y tras separarse de dos maridos y dejar atrás dos hijos, se mudó en 1950 al Reino Unido. Allí comenzó una carrera literaria y ensayística marcada por su compromiso social, político y feminista y en la que destacan creaciones como *El cuaderno dorado*, obra fundamental de la literatura inglesa y del movimiento en defensa de la mujer, *En busca de un inglés, Cuentos africanos, La buena terrorista* o *El quinto hijo*. Entre los numerosos galardones que ha recibido, se encuentran el Somerset Maugham, el Príncipe de Asturias de las Letras 2001 y el Premio Nobel de Literatura 2007, con el que el jurado reconoció «su épica narrativa de la experiencia femenina, que con escepticismo, pasión y poder visionario, ha sometido a examen a una civilización desunida».

DORIS LESSING

El cuaderno dorado

Traducción de Helena Valentí

Título: El cuaderno dorado
Título original: *The Golden Notebook*
© 1962, Doris Lessing
Traducción: Helena Valentí
© Santillana Ediciones Generales, S.L.
© De esta edición: noviembre 2007, Punto de Lectura, S.L.
Torrelaguna, 60. 28043 Madrid (España)   www.puntodelectura.com

ISBN: 978-84-663-2124-2
Depósito legal: B-48.727-2007
Impreso en España – Printed in Spain

Diseño de portada: María Pérez-Aguilera
Fotografía de la autora: © Shaun Curry / AFP / Getty Images
Diseño de colección: Punto de Lectura

Impreso por Litografía Rosés, S.A.

El cuaderno dorado

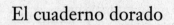

Prefacio

A continuación se explica cómo es la estructura de esta novela.

Tiene un armazón o marco titulado «Mujeres libres», novela corta convencional que puede sostenerse por ella misma. Pero está dividida en cinco partes y separada por los cinco períodos de los cuatro diarios: *negro, rojo, amarillo* y *azul*. Los diarios los redacta Anna Wulf, un personaje importante en «Mujeres libres». Lleva cuatro diarios en vez de uno, pues, como ella misma reconoce, los asuntos deben separarse unos de otros, a fin de evitar el caos, la deformidad…, el fracaso. Los diarios terminan a causa de presiones internas y externas. Se traza una gruesa raya negra que atraviesa la página, un cuaderno tras otro. Pero una vez terminados, puede surgir de sus fragmentos algo nuevo: «El cuaderno dorado».

A través de los diarios, la gente ha polemizado, teorizado, dogmatizado, etiquetado y clasificado, a veces con palabras tan generales y representativas de la época, que resultan anónimas. Podéis ponerles nombres a la usanza de las viejas comedias morales: el señor Dogma y el señor Soy-libre-porque-no-pertenezco-a-ninguna-parte, la señorita Necesito-amor-y-felicidad y la señora Cuanto-haga-debo-hacerlo-bien, el señor ¿Dónde-hay-una-mujer-auténtica? y la señorita ¿Dónde-hay-un-hombre-real?, el señor Estoy-loco-porque-dicen-que-lo-estoy y la señorita La-vida-es-experimentarlo-todo, el señor Hago-la-revolución-luego-existo y el señor y la señora Si-resolvemos-perfectamente-este-pequeño-problema-entonces-seguramente-podremos-olvidar-que-debe-mos-fijarnos-en-los-grandes. Pero todos ellos se han reflejado también los unos en los otros; tienen aspectos comunes, dan nacimiento a los pensamientos y a la conducta de unos y de otros... *Son* cada uno de ellos, forman totalidades. En el texto de «El cuaderno dorado», los asuntos se han reunido, hay deformidad en el final de la fragmentación... y triunfa el segundo tema, que es el de la unidad. Anna y Saul Green, el *fracaso* americano. Son lunáticos, chiflados, locos, lo que queráis. Fracasan una con el otro y con los demás, y rompen con los moldes falsos que han construido a partir de su pasado. Las fórmulas y patrones que han creado para sostenerse entre sí se disuelven y cada uno oye los pensamientos del otro, uno se reconoce en la otra, en ellos mismos, Saul Green, el hombre que ha sido rencoroso y destructor para con Anna, ahora la apoya, la aconseja, le da el tema para su próximo libro, «Mujeres libres», de título irónico. El libro comienza así: «Las dos mujeres estaban solas en el piso londinense...». Y Anna, que ha estado celosa hasta la locura de Saul, que ha sido absorbente y exigente, le entrega el nuevo y bello diario, «El cuaderno dorado», que previamente se había negado a darle, y le brinda también el tema para su próximo libro y le escribe la primera frase: «En Argelia, en la árida ladera de una loma, un soldado observa la luz de la luna brillar en su fusil». En el texto de «El cuaderno dorado», escrito por ambos, ya no podéis distinguir lo que es de Saul y lo que es de Anna, ni distinguir entre ellos y los otros personajes que aparecen en el libro.

Sobre este tema del *fracaso* que, a veces, cuando la gente se derrumba, es una forma de curarse a uno mismo de las falsas dicotomías y divisiones más íntimas, evidentemente que ya han escrito otros desde entonces, y también yo misma. Pero aquí es donde, aparte la vieja y extraña historia, lo hice primeramente, de manera más ruda, más próxima a la experiencia, antes de que ésta se hubiera moldeado a sí misma en pensamiento y forma, y quizá resulte más valiosa por tratarse de un material más primario.

Pero tampoco se ha dado cuenta nadie de este tema central, ya que el libro fue inmediatamente despreciado por críticos tanto amistosos como hostiles, cual si tratara de la guerra de los sexos. Las mujeres, por su parte, lo consideraron arma utilizable en dicha guerra.

Desde entonces me he encontrado en una falsa posición ya que lo último que hubiera yo querido es negar apoyo a las mujeres.

Para dejar bien sentado el asunto de la liberación femenina, desde luego que le doy mi apoyo, porque las mujeres son ciudadanas de segunda clase, como ellas afirman enérgica y cabalmente en muchos países. Puede decirse que, por lo menos en un aspecto, tienen éxito: se las escucha con atención. Quienes al principio se mostraron indiferentes u hostiles hoy matizan: «Otorgo mi apoyo a sus aspiraciones, pero me disgustan sus voces chillonas y sus toscas maneras». Ésta es una fase inevitable que refleja un período fácilmente reconocible en todo movimiento revolucionario. Los reformistas deben esperar verse desautorizados por aquellos que experimentan mayor satisfacción en el disfrute de lo que ganaron para ellos. No creo que la liberación de la mujer cambie mucho, y no precisamente porque haya algo equivocado en sus aspiraciones, sino porque ya está clarísimo que el mundo entero se ve sacudido por los cataclismos que estamos atravesando: probablemente, cuando salgamos de esta etapa, si lo logramos, las aspiraciones de la liberación femenina se nos aparezcan pequeñísimas y extrañas.

Pero esta novela no fue un toque de clarín en pro de la liberación femenina. Describía muchas emociones femeninas de agresión, de hostilidad, de resentimiento. Las puse en letra de molde. Aparentemente, lo que muchas mujeres pensaban, sentían y experimentaban les causó una gran sorpresa. De inmediato entró en acción un arsenal de armas muy antiguas. Como de costumbre, las principales apuntaron a los argumentos «ella no es femenina» o «ella odia a los hombres». Este particular reflejo parece indestructible. Los hombres y muchas mujeres dijeron que las sufragistas no eran femeninas, que eran marimachos, que estaban embrutecidas. No recuerdo haber leído que hombres de cualquier sociedad en cualquier parte, cuando las mujeres pedían más de lo que la naturaleza les ofrecía, no cayeran en esta reacción. Y también caían… algunas mujeres. Muchas de ellas estaban furiosas contra «El cuaderno dorado». Lo que unas mujeres dicen a las otras, murmurando en sus cocinas, quejándose o chismorreando, o lo que ponen en claro en su masoquismo, es frecuentemente lo último que proferirían en voz alta: un hombre podría oírlas. Si las mujeres son tan cobardes ello se debe a que han estado medio esclavizadas durante tanto tiempo. Es aún reducido el número de mujeres dispuestas a sostener su punto de vista acerca de lo que realmente piensan, sienten o experimentan con un hombre al que aman. La mayor parte de las mujeres saldría corriendo como perritos apedreados cuando un hombre dice: «No sois femeninas, sois agresivas, os portáis mal conmigo». Tengo el convencimiento de que cualquier mujer que se casa o, de alguna forma, toma en serio a un hombre que recurre a ese tipo de injurias, se merece lo que tiene. Ya que tal hombre es dominante, lo ignora todo del mundo en el que vive o acerca de la historia del mismo: tanto hombres como mujeres han desempeñado cantidad infinita de papeles, tanto en el pasado como actualmente, en distintas sociedades. Por lo tanto, es un ignorante o teme marcar equivocadamente el paso o es un cobarde… Escribo todos estos comentarios con la misma sensación que escribiría una carta para echarla al correo en un distante pasado: tan segura estoy de que cuanto consideramos ahora como definitivo será barrido en la próxima década.

(¿Por qué, entonces, escribir novelas? Realmente, ¿por qué? Imagino que debemos seguir viviendo *como si…*)

Algunos libros no se leen correctamente porque han omitido un sector de opinión, presumen una cristalización de informaciones en la sociedad que aún no ha tenido efecto. Este libro fue escrito como si las actitudes creadas por los movimientos de liberación femenina ya existieran. Se publicó por vez primera hace diez años, en 1962. Si apareciese ahora quizá se leyera, pero no provocaría ninguna reacción: las cosas han cambiado rápidamente. Ciertas hipocresías han desaparecido. Por ejemplo, hace diez o incluso cinco años (hemos atravesado una época muy obstinada en materia sexual) se han escrito abundantes novelas y comedias cuyos autores criticaban furiosamente a las mujeres (particularmente en los Estados Unidos, pero también en Inglaterra), retratándolas como bravuconas y traidoras, pero, sobre todo, como zapadoras que segaban la hierba bajo los pies. Sin embargo, en escritores masculinos, estas actitudes solían admitirse y aceptarse como bases filosóficas sólidas y normales, y en ningún caso como reacciones propias de individuos agresivos o neuróticos o misóginos. Desde luego que todo sigue igual, pero, aun así, alguna mejora se advierte.

Me hallaba tan absorta al escribir este libro, que ni pensé cómo iba a ser recibido. Estaba comprometida no sólo porque era duro de escribir (conservando el guión en mi mente y escribiendo la obra desde el principio hasta el fin de un tirón, empresa muy difícil), sino debido a lo que iba aprendiendo a medida que lo escribía. Quizá proyectando una estructura sólida, imponiéndome limitaciones, exprimiendo nuevo material de donde menos lo esperaba. Toda suerte de experiencias y de ideas que yo no reconocía como propias fueron apareciendo a medida que escribía. El hecho mismo de escribir resultó más traumatizante que la evocación de mis experiencias, hasta el punto de que eso me transformó. Al concluir este proceso de cristalización, al entregar los manuscritos a editores y amigos, supe que había escrito un panfleto acerca de la guerra de los sexos, y pronto descubrí que nada de lo que dijera podría cambiar este diagnóstico.

Sin embargo, la esencia del libro, su organización y cuanto en él aparece, exhorta, implícita y explícitamente, a no dividir los asuntos, a no establecer categorías.

«Sujeción. Libertad. Bueno. Malo. Sí. No. Capitalismo. Socialismo. Sexo. Amor…», dice Anna en «Mujeres libres», planteando un tema, gritándolo, enunciando una consigna a bombo y platillo… o así lo imaginé. También creí que en un libro titulado «El cuaderno dorado» la parte íntima llamada así, cuaderno dorado, debía presumirse que era su punto central, el que soporta el peso del asunto y propone un planteamiento.

Pero no.

Otros temas intervinieron en la elaboración de este libro y dieron lugar a una época crucial para mí: se juntaron pensamientos y temas que había guardado en mi mente durante años.

Uno de ellos era que no podía hallarse una novela que describiera el clima moral e intelectual de cien años atrás, a mediados del siglo pasado, en Inglaterra; algo equivalente a lo que hicieran Tolstoi en Rusia y Stendhal en Francia. Llegados a este punto, conviene hacer las excepciones de rigor. Leer «Rojo y negro» y «Lucien Leuwen» es conocer aquella Francia como si se viviera en ella, como leer «Anna Karenina» es conocer aquella Rusia. Pero no se ha escrito una novela así de útil que refleje la época victoriana. Hardy nos cuenta lo que se experimenta siendo pobre, teniendo una imaginación rica en una época limitada, sin posibilidades, o siendo una víctima. George Eliot es buena hasta donde alcanza. Pero creo que el castigo que pagó por ser una mujer victoriana consistió en tener que mostrarse como una buena mujer, aunque estaba disconforme con las hipocresías de su tiempo y hay gran cantidad de cosas que su sentido moral no le permitía comprender. Meredith, sorprendente y poco estimado escritor, quizá rozó más la realidad. Trollope trató el asunto, pero le faltaron posibilidades. No hay una sola novela que tenga el vigor y el conflicto de sentimientos en acción que se encuentran en una buena biografía de William Morris.

Desde luego que esta tentativa mía presuponía que el filtro usado por la mujer para mirar a la vida tiene idéntica validez que el que usa el propio hombre… Dejando aparte este problema o, más bien, no considerándolo siquiera, decidí que la expresión del «sentido» ideológico de nuestro medio siglo debería colocarse entre socialistas y marxistas, debido a que los grandes debates de nuestro tiempo han tenido por escenario los congresos socialistas. Los movimientos, las guerras y las revoluciones han sido vistos por sus participantes como otros tantos procesos de diversos tipos de socialismo o marxismo, ya en avance, ya detenidos, ya en retroceso. Creo que debemos admitir, por lo menos, que cuando el pueblo mire hacia atrás y contemple nuestra época, pueda verla, si no tan bien como nosotros mismos, al menos de igual forma que nosotros vemos retrospectivamente las revoluciones inglesa y francesa, e incluso la rusa. O sea, de forma distinta a como las vio el pueblo que las vivió. Pero el marxismo y sus varios vástagos han hecho fermentar las ideas por todas partes, y tan rápida y enérgicamente que lo que fue «exótico» ha sido absorbido, pasando a integrarse en el pensamiento actual. Ideas que estaban confinadas a la extrema izquierda treinta o cuarenta años atrás, han penetrado de forma general en la izquierda hace veinte, y han suministrado los lugares comunes del pensamiento social convencional, desde la derecha hasta la izquierda, durante los últimos diez años. Algo tan plenamente absorbido ya está liquidado como fuerza, pero fue dominante, y en una novela del tipo que estoy tratando de escribir debe ser central.

Otro pensamiento con el que he estado bregando mucho tiempo era que el personaje principal debía ser algún artista, pero con un «bloqueo». Esto se debía a que el tema del artista ha dominado en el arte por algún tiempo: el pintor, el escritor, el músico, por ejemplo. Los escritores importantes lo han usado, y también muchos de menor categoría. Esos prototipos —el artista, y su contrafigura, el hombre de negocios— han cabalgado nuestra cultura, uno visto como un latoso insensible, y el otro como un creador cuyas producciones le hacían acreedor al perdón de todos sus excesos de sensibilidad, sufrimiento y orgulloso egoísmo. Desde luego que exactamente igual debía perdonarse al hombre de negocios por sus obras. Nos hemos acostumbrado a lo que tenemos, y hemos olvidado que el artista como ejemplo es un tema nuevo. Cien años atrás, raramente los artistas solían ser héroes. Eran soldados y forjadores de imperios, exploradores, sacerdotes y políticos. Tanto peor para las mujeres, que, a lo sumo, habían tenido éxito produciendo una Florence Nightingale. Solamente los chiflados y los excéntricos querían ser artistas, y tenían que luchar para lograrlo. Pero para usar este tema de nuestro tiempo, «el artista», «el escritor», decidí desarrollarlo situando a la criatura sumida en un bloqueo y discutir las razones del mismo. Éstas deberían estar relacionadas con la disparidad entre los abrumadores problemas de la guerra, el hambre y la pobreza y el minúsculo individuo que trataba de reflejarlos. Pero lo intolerable, lo que no podía soportarse por más tiempo, era este parangón, monstruosamente aislado y encumbrado. Parece que por su propia cuenta los jóvenes han comprendido y han cambiado la situación, creando una cultura propia en la que cientos y miles de personas hacen películas, ayudan a hacerlas,

15

publican periódicos de todo tipo, componen música, pintan cuadros, escriben libros y toman fotografías. Han abolido esta figura aislada, creadora y sensitiva, copiándola en cientos de miles. Una corriente ha llegado a su extremo, a su conclusión y habrá, como siempre sucede, alguna reacción de algún tipo. El tema «del artista» debe relacionarse con otro, la subjetividad. Cuando empecé a escribir se ejercía presión sobre los escritores para que no fueran «subjetivos». Esta presión surgió de dentro de los movimientos comunistas, como expresión de la crítica socioliteraria desarrollada en Rusia en el siglo XIX por un grupo de notables talentos. De ellos el más conocido era Belinski, que usaba de las artes y particularmente de la literatura en su lucha contra el zarismo y la opresión. Esta forma de crítica se extendió rápidamente por todas partes, pero sólo en la década de los cincuenta halló eco en nuestro país con el tema del compromiso. Aún pesa mucho en los países comunistas. «¡Preocuparse por vuestros estúpidos problemas personales cuando Roma arde!»: tal es la forma que adopta esa crítica al nivel de la vida corriente, y era difícil oponérsele, pues procedía del ámbito más inmediato y más querido, y de personas cuya labor merecía nuestros mayores respetos. Por ejemplo, esa labor podía ser la lucha contra el prejuicio racial en África del Sur. A pesar de todo, las novelas, cuentos y arte de toda especie se volvían cada vez más personales. En el *cuaderno azul*, Anna escribe acerca de conferencias que había pronunciado: «El arte, durante la Edad Media, era comunitario e impersonal, y procedía de la conciencia del grupo. Estaba exento del aguijón doloroso de la individualidad del arte de la era burguesa. Algún día dejaremos atrás el punzante egoísmo del arte individual. Regresaremos a un arte que no expresará las mismas divisiones y clasificaciones que el hombre ha establecido entre sus semejantes, sino su responsabilidad para con el prójimo y con la fraternidad. El arte occidental se convierte cada vez más en un grito de tormento que refleja un dolor. El dolor se está transformando en nuestra realidad más profunda… (He estado diciendo cosas por el estilo. Hace unos tres meses, en mitad de una conferencia, empecé a tartamudear y no pude terminarla…)».

El tartamudeo de Anna se debe a algo que está eludiendo. Una vez que se ha iniciado una corriente o una presión, no hay manera de esquivarla. No había manera de *no* ser intensamente subjetiva; era, si queréis, la tarea del escritor en ese tiempo. No podría ignorarlo: no puede escribirse un libro que trate de la construcción de un puente o una presa y no descubrir la mente y los sentimientos de quienes la construyen. ¿Creéis que esto es una caricatura? Absolutamente, no. Este *o eso/o aquello* está en el corazón de la crítica literaria de los países comunistas en la actualidad. Por fin comprendí que la manera de salir del problema o de resolverlo, el tormento interno de escribir acerca de «problemas personales intrascendentes», era reconocer que nada es personal, en el sentido de que sólo es personalmente nuestro. Escribir acerca de uno mismo equivale a escribir acerca de los otros, dado que vuestros problemas, dolores, placeres y emociones (y vuestras ideas extraordinarias o notables) no pueden ser únicamente vuestros. La forma de tratar el problema de la «subjetividad», ese chocante asunto de estar preocupado por el pequeño individuo, que al mismo tiempo queda cogido en tal explosión de terribles y maravillosas posibilidades, es verlo como un microcosmos y, de esa manera, romper a través de lo personal, de lo subjetivo, convirtiendo lo personal en general, como en verdad siempre hace la vida transformando en algo mucho más amplio una experiencia privada, o así lo cree uno cuando es aún niño: «me estoy enamorando», «siento esta o aquella emoción» o «estoy pensando tal o cual cosa»… Creer, en definitiva, no es más que comprender que todo el mundo comparte la única e increíble experiencia propia.

Otra idea era que si el libro estaba moldeado de modo correcto, haría su propio comentario acerca de la novela convencional: este debate no se ha interrumpido desde que nació la novela, y no es algo reciente, como se puede imaginar leyendo a académicos contemporáneos. Considerar la novela corta «Mujeres libres» como un sumario y condensación de toda esa masa de materiales, era decir algo acerca de la novela convencional, otra forma de describir el descontento de un escritor cuando algo ha terminado: «Qué poco he logrado decir de la verdad, qué poco he logrado de toda esa complejidad, cómo puede esa cosa pequeña y pulida ser verdadera, cuando lo que experimenté era tan rudo y aparentemente deforme y sin modelar».

Pero mi mayor aspiración era elaborar un libro que se comentara por sí mismo, que equivaliese a una declaración sin palabras, que diera a entender cómo había sido elaborado.

Como ya dije, esto ni siquiera fue advertido.

Una de las razones estriba en que el libro se integra más en la tradición novelística europea que en la inglesa. Mejor dicho, en la tradición inglesa de entonces. Al fin y al cabo, la novela inglesa comprende «Clarissa» y «Tristram Shandy», «Los comediantes trágicos»… y Joseph Conrad.

Pero es indudable que pretender escribir una novela de ideas significa imponerse limitaciones: la estrechez de miras de nuestra cultura es enorme. Por ejemplo, década tras década salen de las universidades brillantes jóvenes, de uno u otro sexo, capaces de decir orgullosamente: «Claro está que no sé nada de literatura alemana…» Es la moda. Los Victorianos lo sabían todo acerca de la literatura alemana, pero eran capaces, con la conciencia muy tranquila, de saber bien poco de la francesa.

En cuanto a los otros… Bueno, no es casualidad que la crítica más inteligente que se me hizo procediera de gente que era o había sido marxista. Entendieron lo que intentaba hacer. Se debe a que el marxismo ve las cosas como una totalidad y relacionadas las unas con las otras, o al menos lo intenta, pero no es el caso ahora hablar de sus limitaciones. Una persona que ha sido influida por el marxismo da por sentado que un suceso en Siberia afectará a otro en Botswana. Creo que el marxismo fue el primer intento, en nuestra época, aparte la religión formal, de un pensamiento mundial, de una ética universal. Fue por mal camino, no pudo evitar dividirse y subdividirse, como las otras religiones, en capillitas cada vez más pequeñas, en sectas y credos. Pero fue un intento.

Ocuparme en ver qué intentaba hacer me lleva a hablar de los críticos y al peligro de provocar un bostezo. Esta triste riña entre escritores y críticos, comediógrafos y críticos, a la que el público ya está tan acostumbrado, hace que piense de ella lo mismo que de las querellas infantiles «¡Oh, sí! ¡Niñerías! Otra vez a las andadas…» o «…Vosotros, los escritores, recibís todos esos elogios, o si no elogios, mucha atención; entonces, ¿por qué os sentís siempre tan heridos?». Y el público está casi en lo cierto. Por razones de las que ahora no voy a hablar, tempranas y valiosas experiencias en mi vida de escritora me dieron un sentido de perspectiva acerca de los críticos y comentaristas. Pero a propósito de esta novela, «El cuaderno dorado», lo perdí: pensé que en su mayor parte las críticas eran demasiado tontas para ser verdaderas. Recuperando el equilibrio, comprendí el problema. Y es que los escritores buscan en los críticos un *alter ego*, ese otro yo más inteligente que él mismo, que se ha dado cuenta de dónde quería llegar, y que le juzga tan sólo sobre la base de si ha alcanzado o no el objetivo. Nunca encontré a un escritor que, enfrentado finalmente con ese raro ser, un crítico auténtico, no pierda toda su paranoia y se vuelva atentamente agradecido: ha hallado lo que cree necesitar. Pero lo que él, el escritor, pide, es imposible. ¿Por qué debería esperar ese ser extraordinario, el perfecto crítico —que ocasionalmente existe—, por qué debería haber alguien más que comprenda lo que intenta hacer? En definitiva, sólo hay una persona hilando ese capullo particular, sólo una cuyo interés sea hilarlo.

No les es posible a los críticos y comentaristas proporcionar lo que ellos mismos pretenden y los escritores desean tan ridícula e infantilmente.

Eso se debe a que los críticos no han sido educados en tal sentido. Su entrenamiento va en dirección opuesta.

Todo empieza cuando el niño tiene apenas cinco o seis años, cuando entra en la escuela. Empieza con notas, calificaciones, premios, «bandas», «medallas», estrellas y, en ciertas partes, hasta galones. Esta mentalidad de carreras de caballos, ese modo de pensar en vencedor y en vencidos, conduce a lo siguiente: «El escritor X está o no unos cuantos pasos delante del escritor Y. El escritor Y ha caído más atrás. En su último libro, el escritor Z ha rayado a mayor altura que el escritor A». Desde el principio, se entrena al niño a pensar así: siempre en términos de comparación, de éxito y de fracaso. Es un sistema de desbroce:

el débil se desanima y cae. Un sistema destinado a producir unos pocos vencedores siempre compitiendo entre sí. Según mi parecer —aunque no es éste el lugar donde desarrollarlo—, el talento que tiene cada niño, prescindiendo de su cociente de inteligencia, puede permanecer con él toda su vida, para enriquecerle a él y a cualquier otro, si esos talentos no fueran considerados mercancías con valor en un juego de apuestas al éxito.

Otra cosa que se enseña desde el principio es desconfiar del propio juicio. A los niños se les enseña sumisión a la autoridad, cómo averiguar las opiniones y decisiones de los demás y cómo citarlas y cumplirlas.

En la esfera política, al niño se le explica que es libre, demócrata, con un pensamiento y una voluntad libres, que vive en un país libre, que toma sus propias decisiones. Al mismo tiempo, es un prisionero de las suposiciones y dogmas de su tiempo, que él no pone en duda, debido a que nunca le han dicho que existieran. Cuando el joven ha llegado a la edad de escoger —seguimos dando por descontado que una elección es inevitable— entre el arte y las ciencias, escoge a menudo las artes por creer que ahí hay humanidad, libertad, verdadera elección. Él no sabe que ya ha sido moldeado por un sistema: ignora que la misma elección es una falsa dicotomía arraigada en el corazón de nuestra cultura. Quienes lo notan y no quieren ser sometidos a un moldeado ulterior, tienden a irse en un intento medio inconsciente e instintivo de encontrar trabajo donde no vuelvan a ser divididos contra ellos. Con todas nuestras instituciones, desde la policía hasta las academias, desde la medicina a la política, prestamos poca atención a los que se van, ese procedimiento de eliminación que siempre se produce y que excluye, muy tempranamente, a quienes podrían ser originales y reformadores, dejando a aquellos que se sienten atraídos por una cosa, porque eso es precisamente lo que ya son ellos mismos. Un joven policía abandona el cuerpo porque dice que no le gusta lo que debe hacer. Un joven profesor abandona la enseñanza, quebrantado su idealismo. Este mecanismo social funciona casi sin hacerse sentir; sin embargo, es poderoso como cualquiera para mantener nuestras instituciones rígidas y opresoras.

Esos muchachos, que se han pasado años dentro del sistema de entrenamiento, se convierten en críticos y comentaristas y no pueden dar lo que el autor, el artista, busca tan tontamente: juicio original e imaginativo. Lo que pueden hacer, y lo hacen muy bien, es decirle al escritor si el libro o la comedia concuerda con los modelos corrientes de pensar y sentir, con el clima de opinión. Son como el papel de tornasol. Son veletas valiosas. Son los barómetros más sensibles a la opinión pública. Podéis ver los cambios de modas y de opiniones entre ellos mucho antes que en ninguna parte, excepción hecha del terreno político —se trata de personas cuya educación ha sido precisamente ésa—, buscando fuera de ellas mismas para saber sus opiniones, para adaptarse a las figuras de la autoridad, para «oír opiniones», frase maravillosa y reveladora.

Puede que no exista otro medio de educar al pueblo. Al menos, no lo creo. Entretanto, sería de gran ayuda describir por lo menos correctamente las cosas, llamarlas por su nombre. Idealmente, lo que debería decirse y repetirse a todo niño a través de su vida estudiantil, es algo así:

«Estáis siendo indoctrinados. Todavía no hemos encontrado un sistema educativo que no sea de indoctrinación. Lo sentimos mucho, pero es lo mejor que podemos hacer. Lo que aquí se os está enseñando es una amalgama de los prejuicios en curso y las selecciones de esta cultura en particular. La más ligera ojeada a la historia os hará ver lo transitorios que pueden ser. Os educan personas que han sido capaces de habituarse a un régimen de pensamiento ya formulado por sus predecesores. Se trata de un sistema de autoperpetuación. A aquéllos de vosotros que sean más fuertes e individualistas que los otros, les animaremos para que se vayan y encuentren medios de educación por sí mismos, educando su propio juicio. Los que se queden deben recordar, siempre y constantemente, que están siendo modelados y ajustados para encajar en las necesidades particulares y estrechas de esta sociedad concreta.»

Como cualquier otro escritor, recibo continuamente cartas de jóvenes que están a punto de escribir tesis y ensayos acerca de mis libros, desde varios países, especialmente de los Estados

Unidos. Todos dicen: «Deme, por favor, una lista de los artículos sobre su obra, las críticas que los expertos hayan escrito sobre usted». También piden mil detalles totalmente inútiles que no vienen al caso, pero que se les ha enseñado a considerar importantes, tantos detalles que parecen los de un expediente del departamento de inmigración.

Esas peticiones las contesto de la siguiente forma: «Querido estudiante: Está usted loco. ¿Para qué gastar meses y años escribiendo miles de palabras acerca de un libro, o hasta sobre un autor, cuando hay cientos de libros que esperan ser leídos? ¿No se da cuenta que es víctima de un sistema pernicioso? Y si usted ha escogido por su cuenta mi obra como tema y si usted tiene que escribir una tesis —y créame que le estoy muy agradecida que lo que he escrito lo haya encontrado usted útil—, entonces ¿por qué no lee lo que he escrito y se hace una idea propia acerca de lo que usted piensa, cotejándolo con su propia vida, con su propia experiencia? ¡Olvídese de los profesores Blanco y Negro!».

«Estimado escritor —me contestan—: Debo saber lo que dicen los expertos, porque si no los cito mi profesor no me va a dar nota.»

Éste es un sistema internacional, absolutamente idéntico, desde los Urales hasta Yugoslavia, desde Minnesota hasta Manchester.

El caso es que estamos tan acostumbrados a él que ya ni nos damos cuenta de lo malo que es.

No puedo acostumbrarme, debido a que abandoné la escuela a la edad de catorce años. Durante cierto tiempo sentí pesar por eso y creí haber perdido algo de mucho valor. Ahora estoy muy contenta de tan afortunada salida. Después de la publicación de «El cuaderno dorado», me metí entre ceja y ceja encontrar algo acerca del mecanismo literario, examinar el proceso que crea al crítico y al comentarista. Hojeé incontables exámenes escritos y no podía dar crédito a mis ojos. Me senté en clases donde se enseña literatura y no podía dar crédito a mis oídos.

Quizá digáis: «Es una reacción exagerada y no tiene derecho a decir tales cosas, porque usted misma confiesa que nunca ha sido parte del sistema». Pero creo que no exagero en absoluto y que la reacción de alguien del exterior es valiosa, simplemente porque es fresca y no está mediatizada por una lealtad a una educación particular.

Pero después de esta investigación no tuve dificultad en contestar mis propias preguntas: ¿Por qué tienen tan estrechas miras, por qué son tan personales, cómo poseen tan poco talento? ¿Por qué siempre atomizan y desprecian, por qué les fascinan tanto los detalles y se desinteresan del conjunto? ¿Por qué su interpretación de la palabra *crítica* es siempre la de encontrar faltas? ¿Por qué acuden siempre a los escritores en conflicto unos con otros, y no a aquellos que se complementan…? Simplemente, porque han sido entrenados para pensar así. La persona valiosa que comprende lo que usted está haciendo, lo que usted está intentando, y puede hacerle una crítica válida y darle un consejo, es casi siempre alguien que está fuera del mecanismo literario, incluso fuera del sistema universitario. Puede que se trate de un estudiante que acaba de empezar y que siente aún amor por la literatura, o quizá sea una persona que piensa mucho y lee mucho, siguiendo su propio instinto.

A esos estudiantes que tienen que pasarse un año o dos escribiendo tesis sobre un libro, les digo: «Solamente hay una manera de leer, que es huronear en bibliotecas y librerías, tomar libros que llamen la atención, leyendo solamente ésos, echándolos a un lado cuando aburren, saltándose las partes pesadas y nunca, absolutamente nunca, leer algo por sentido del deber o porque forme parte de una moda o de un movimiento. Recuerde que el libro que le aburre cuando tiene veinte o treinta años, le abrirá perspectivas cuando llegue a los cuarenta o a los cincuenta años, o viceversa. No lea un libro que no sea para usted el momento oportuno. Recuerde que ante todos los libros que se han impreso, hay tantos o más que nunca se han publicado o que nunca han sido escritos, incluso ahora, en esta época de reverencia al papel impreso. La historia, e incluso la ética social, se enseñan por medio de historias, y la gente a la cual se ha condicionado para que piense sólo en términos de lo que está escrito —y desgraciadamente todos los productos de nuestro sistema educativo no pueden hacer otra cosa— pierden lo que tienen ante la vista.

Por ejemplo, la historia real de África está aún en custodia de narradores de historia negros y hombres sabios, historiadores negros, médicos negros: se trata de una historia oral, a salvo del hombre blanco y de sus depredaciones. En todas partes, si mantiene usted despierta la mente, encontrará la verdad en palabras que no han sido escritas. Así que no deje nunca que la palabra escrita se adueñe de usted. Debe saber, por encima de todo, que el hecho de que tenga que pasarse un año o dos con un libro o un autor significa que usted ha sido mal instruido, que usted debía haber sido educado para leer a su manera, de una preferencia a otra; debiera haber aprendido a seguir su propio sentimiento, intuitivamente, acerca de lo que necesita y no la manera como debe citarse a los otros».

Pero, desgraciadamente, casi siempre es demasiado tarde.

Pareció, de momento, que las recientes rebeliones estudiantiles irían a cambiar las cosas, como si fuera lo bastante fuerte su impaciencia ante el material muerto que les enseñan para sustituirlo por otro más fresco y útil. Pero parece que la rebelión ya pasó. Lamentable. Durante aquel vivaz período en los Estados Unidos, recibí cartas donde me contaban que en las aulas los estudiantes habían rehusado tomar apuntes y llevaban a clase libros de su propia elección, y que habían encontrado apropiados para su vida. Las clases emocionaban. A veces eran violentas, enojadas y excitantes, con calor vital. Claro está que eso ocurrió solamente con profesores simpatizantes y decididos a ponerse del lado de los estudiantes contra la autoridad y preparados para las consecuencias. Existen maestros conscientes de que imparten una enseñanza de mala calidad y aburrida, pero afortunadamente quedan muchos que, con un poco de suerte, pueden derrumbar lo que está mal, aunque los estudiantes hayan perdido su ímpetu.

Mientras tanto, hay un país…

Hace treinta o cuarenta años que, en ese país, un crítico hizo una lista privada de escritores y poetas que él, personalmente, consideraba que constituían lo más valioso para la literatura, dejando a un lado a todos los demás. Esta lista la defendió públicamente durante largo tiempo y la imprimió, porque la

Lista se convirtió de inmediato en un tema muy polémico. Millones de palabras se escribieron en pro y en contra, nacieron escuelas y sectas atacándola y defendiéndola. A pesar de los años transcurridos, la discusión continúa... y a nadie le parece esta situación ridícula...

En ese país hay libros de crítica de inmensa complejidad y conocimiento que tratan, a veces de segunda o tercera mano, de obras originales: novelas, comedias, historias. La gente que escribe esos libros constituye todo un estrato en universidades de todo el mundo; se trata de un fenómeno internacional, de la capa superior del mundo literario. Sus vidas han sido empleadas en la crítica y para criticar la crítica de los otros críticos. Éstos consideran su actividad más importante que la misma obra original. Es posible que los estudiantes de literatura empleen más tiempo leyendo críticas y críticas de críticas del que invierten en la lectura de poesía, novelas, biografías, narraciones... Muchísima gente contempla este estado de cosas como normal y no como triste y ridículo...

En el país en cuestión leí recientemente un ensayo sobre Antonio y Cleopatra, debido a un joven a punto de pasar a cursos superiores. Rebosaba originalidad y entusiasmo inspirado por la pieza teatral; el sentimiento que una enseñanza real de la literatura debería causar. El ensayo fue devuelto por el profesor con este comentario: «No puedo calificar su trabajo; usted no ha citado a los expertos». Pocos maestros considerarían eso triste y ridículo...

La gente de ese país que se considera educada, y realmente superior y más refinada que la gente ordinaria que no lee, se acercó a un escritor (o a una escritora) y lo felicitó por haber obtenido una buena crítica en alguna parte, pero no creyó fuera menester leer el libro o pensar siquiera que en lo que está interesada es en el éxito...

Cuando en el país a que nos referimos aparece un libro que, por ejemplo, trata de la observación de las estrellas, inmediatamente una docena de sociedades, colegios y programas de televisión escriben al autor pidiéndole que vaya y les hable de la observación de las estrellas. Lo último que se les ocurriría hacer sería leer el libro. Esta conducta se considera muy normal y nada ridícula…

Un hombre o una mujer joven de ese país, comentarista o crítico que no ha leído nada más del escritor que la obra que tiene ante sí, escribe paternalmente, o más bien como aburrido o como si considerara que las buenas calificaciones deben otorgarse a un ensayo acerca del autor de marras —que puede que haya escrito quince libros y haya estado escribiendo durante veinte o treinta años—, y da al mencionado escritor instrucciones sobre lo que debe escribir en lo sucesivo y cómo. Nadie piensa que esto sea absurdo, por lo menos el joven con toda seguridad no va a pensarlo. Porque a ese joven crítico o comentarista le han enseñado a hacer propaganda en artículos desde Shakespeare hasta nuestros días…

Un profesor de arqueología de ese país puede escribir sobre una tribu de América del Sur, que tiene un avanzado conocimiento de las plantas, de medicina y de métodos psicológicos: «Lo sorprendente es que ese pueblo carezca de lenguaje escrito…». Y nadie considera absurdo el razonamiento del profesor.

En ocasión del centenario de Shelley, la misma semana y en tres revistas literarias diferentes, tres jóvenes de idéntica educación, procedentes de universidades parecidas —siempre del país al que venimos refiriéndonos—, pudieron escribir trabajos literarios sobre Shelley, condenándole con los elogios más débiles y en tono idéntico todos ellos, como si hicieran al poeta un gran favor al mencionarlo, y nadie parece creer que haya algo seriamente equivocado en nuestro sistema literario.

Finalmente, esta novela continúa siendo para su autora la más instructiva de las experiencias. Ejemplo al canto. Diez años después de haberla escrito me llegan, en una semana, tres cartas sobre ella remitidas por personas inteligentes, bien informadas e interesantes, que se han tomado la molestia de sentarse a la mesa para escribirme. Pueden estar una en Johannesburgo, otra en San Francisco y una tercera en Budapest. Y aquí estoy yo, sentada, en Londres, leyendo esas cartas una tras de la otra, agradecida como siempre a quienes me escriben y encantada de que mi prosa haya estimulado, iluminado… o incluso molestado. Pero una de las cartas trata íntegramente de la guerra de los sexos y de la falta de humanidad del hombre hacia la mujer, y la corresponsal llena páginas y más páginas acerca de eso solamente porque ella —y no solamente ella— no puede ver nada más en el libro.

La segunda carta trata de política. Probablemente es de un viejo rojo como yo misma, y escribe muchas páginas acerca de política, sin mencionar otro tema.

Ese tipo de cartas solían ser las más comunes cuando el libro era reciente.

La tercera carta, de una clase en otro tiempo rara, pero que ahora ya tiene compañeras, la escribe un hombre o una mujer que no puede ver en el libro más que el tema del desequilibrio mental.

Pero el libro sigue siendo el mismo.

Y, claro está, esos incidentes sacan de nuevo a colación preguntas acerca de qué ve la gente cuando lee un libro y por qué cierta gente ve alguno de los aspectos y nada en absoluto de los otros, y lo raro que es un autor con una visión tan clara de su libro, tan distinta de la que tienen del mismo sus lectores.

Y de este modo de pensar surge otra conclusión: no solamente resulta infantil que un escritor persiga que los lectores vean lo que él ve, y que entiendan la estructura y la intención de una novela como él las ve. Que el autor desee esto demuestra que no ha entendido el punto más fundamental: a saber, que el libro está vivo y es poderoso, fructificador y capaz de promover el pensamiento y la discusión *solamente* cuando su forma, intencionalidad y plan no se comprenden, debido a que el momento de captar la forma, la intencionalidad y el plan coincide con el momento en que no queda ya nada por extraer.

Y cuando la trama, el modelo y la vida interior de un libro están tan claros para el lector como para el propio autor, quizás haya llegado el momento de echar a un lado el libro, como si ya hubiera pasado su momento, y empezar algo nuevo.

Junio de 1971
DORIS LESSING

Mujeres libres

1

Anna se encuentra con su amiga Molly, un día del verano de 1957, después de una separación…

Las dos mujeres estaban solas en el piso londinense.

—El caso es que —dijo Anna al volver su amiga de hablar por teléfono en el recibidor—, el caso es que por lo visto todo se está desmoronando.

Molly era una mujer adicta al teléfono. Cuando éste empezó a llamar acababa de preguntar: «Bueno, ¿qué me cuentas?». Y ahora volvía diciendo:

—Es Richard, que viene. Al parecer hoy es el único día libre que va a tener en todo el mes. Por lo menos eso es lo que dice.

—Pues yo no me voy —dijo Anna.

—No, tú te quedas donde estás.

Molly examinó su aspecto: llevaba pantalones y un jersey, ambas prendas bastante usadas.

—Tendrá que aceptarme como me encuentre —concluyó, y se sentó junto a la ventana—. No ha querido decir qué ocurre… Será otra crisis con Marion, supongo.

—¿No te ha escrito? —preguntó Anna con cautela.

—Los dos, él y Marion, me han escrito cartas llenas de *sencillez*. Curioso, ¿verdad?

Este *curioso, ¿verdad?* era como la contraseña que indicaba el tono confidencial de las conversaciones entre ellas dos. No obstante, después de haber dado la contraseña, Molly cambió el tono y añadió:

—Es inútil hablar ahora. Ha dicho que venía en seguida.

—Seguramente se marchará cuando vea que estoy yo —comentó Anna alegremente, aunque con cierto deje agresivo.

—Ah, y ¿por qué? —preguntó Molly, mirándola incisivamente.

Se había dado siempre por supuesto que Anna y Richard se desagradaban mutuamente; y, antes, Anna siempre se había marchado cuando Richard estaba por llegar. Aquel día Molly dijo:

—La verdad es que yo creo que le agradas bastante, en el fondo. Pero se ve obligado a estimarme a mí, por principio... ¡Es tan ridículo que las personas le gusten del todo o nada! Por eso, lo que no le agrada en mí te lo carga a ti.

—Encantada —replicó Anna—. Pero ¿sabes una cosa? Mientras estabas fuera he descubierto que para mucha gente tú y yo somos casi intercambiables.

—¿Ahora te das cuenta de *eso*? —inquirió Molly triunfalmente, como siempre que Anna descubría lo que para ella eran hechos evidentes.

Desde muy al principio, en la relación entre las dos mujeres se había llegado a un equilibrio: Molly poseía mucho más conocimiento del mundo que Anna, quien, por su parte, estaba dotada de un talento superior.

Anna tenía sus ideas propias. En aquella ocasión sonreía, reconociendo que había sido muy lenta.

—¡Y somos tan distintas en todo! —exclamó Molly—. Es curioso; supongo que es porque las dos llevamos el mismo tipo de vida..., sin estar casadas y todo eso. Es lo único que ven.

—Mujeres libres —dijo Anna con una mueca. Y añadió, con una furia desconocida para Molly, lo que le valió de nuevo una mirada escudriñadora de su amiga—: Todavía nos definen según nuestras relaciones con los hombres, incluso los mejores.

—Bueno, es lo que hacemos nosotras mismas, ¿no? —comentó Molly, mordaz—. En fin, es muy difícil evitarlo —añadió, rápidamente, a causa de la sorpresa con que Anna la miraba.

Se produjo una breve pausa en la que las dos mujeres no se miraron, sino que reflexionaron que un año sin verse era mucho tiempo, incluso para viejas amistades.

Molly, suspirando, dijo:

—¡Libres! ¿Sabes? Durante este tiempo que he estado fuera he pensado en nosotras dos, y he decidido que pertenecemos a un tipo de mujer completamente nuevo. Por fuerza, ¿no lo crees?

—No hay nada nuevo bajo el sol —repuso Anna, tratando de adoptar un acento alemán.

Molly, irritada (hablaba bien una docena de lenguas), repitió:

—No hay nada nuevo bajo el sol.

Sus palabras imitaron a la perfección la voz de una vieja astuta con acento alemán. Anna hizo una mueca, admitiendo su fracaso. No tenía facilidad para los idiomas, y era demasiado vergonzosa para imitar a otra persona: por un instante Molly había llegado a parecerse a Madre Azúcar, es decir, a la señora Marks, a quien las dos amigas habían acudido para psicoanalizarse. Las reservas con que ambas habían acogido el solemne y doloroso ritual, las expresaban con aquel mote casero de «Madre Azúcar» que, con el tiempo, se convirtió en mucho más que el mote de una persona: llegó a designar todo, un modo de ver la vida (tradicional, enraizado y conservador, a pesar de su escandalosa familiaridad con todo lo amoral). A pesar de...

Así era como Anna y Molly, al analizar el ritual, lo habían creído; aunque, últimamente, Anna había ido presintiendo con mayor fuerza que era *a causa de*, y ésta era una de las cosas que deseaba discutir con su amiga.

Pero, en aquella ocasión, Molly reaccionó como solía hacerlo en el pasado ante la más mínima crítica de Madre Azúcar sugerida por Anna, y dijo vivamente:

—No importa; era maravillosa, y yo me encontraba en un estado pésimo para poder criticar.

—Madre Azúcar decía «Tú eres Electra» o «Tú eres Antígona», y para ella todo terminaba con eso —contestó Anna.

—En fin, no todo —comentó Molly, refiriéndose con ironía a las horas penosas y difíciles que ambas habían pasado.

—Sí, sí —dijo Anna insistiendo inesperadamente, lo cual hizo que Molly la mirara por tercera vez con curiosidad—.

No digo que no me hiciera mucho bien, pues estoy segura de que sin ella no hubiera podido enfrentarme con todo lo que tuve que pasar. Pero… Recuerdo muy bien una tarde, sentada allí, en aquel cuarto grande de luces indirectas, discretas, con el Buda, los cuadros y las estatuas.

—*¿Y qué?* —inquirió Molly en tono ya de desaprobación.

Anna, frente a aquella determinación tan clara, aunque implícita, de no querer hablar de ello, dijo:

—He pensado en ello durante estos últimos meses… y me gustaría hablarlo contigo. Al fin y al cabo, las dos lo pasamos y con la misma persona…

—*¿Y qué?*

Anna insistió:

—Recuerdo aquella tarde en que sabía que no iba a volver. Era por causa de aquellos malditos objetos de arte por todas partes…

Molly aspiró con fuerza. Preguntó, vivamente:

—No sé a qué te refieres. —Y al no obtener respuesta de Anna añadió, acusadora—: ¿Y tú has escrito algo desde que me marché?

—No.

—Te he dicho miles de veces —profirió Molly, chillando— que no te perdonaré nunca si echas a perder tu talento. De verdad. Es lo que he hecho yo y no puedo soportar verte a ti… Yo he perdido el tiempo pintando, danzando, actuando y escribiendo. Ahora… ¡Tienes tanto talento, Anna! *¿Por qué?* La verdad, no lo entiendo.

—¿Cómo te lo puedo explicar, si tú siempre pones ese tono acusador y de reproche?

A Molly se le llenaron los ojos de lágrimas y los clavó en su amiga, con expresión de gran pena y reproche. Consiguió decir, con dificultad:

—En el fondo, yo siempre pensaba: «Bueno, me casaré, así que no importa que eche a perder todas las aptitudes con que nací». Hasta hace poco, incluso soñaba con tener más niños… Sí, ya sé que es idiota, pero es verdad. Y ahora tengo cuarenta años y Tommy ya es mayor. Pero lo importante es que si tú no escribes tan sólo porque piensas en casarte…

—¡Pero si las dos queremos casarnos! —dijo Anna, bromeando.

El tono jocoso volvió a prestar distancia a la conversación; había comprendido, con pena, que no podría discutir ciertos temas con Molly.

Molly sonrió secamente, dirigió a su amiga una mirada de reproche y concluyó:

—Muy bien, pero te arrepentirás más tarde.

—¿*Arrepentirme*? —dijo Anna, riendo sorprendida—. Molly, ¿es que nunca te vas a creer que la otra gente tiene las mismas ineptitudes que tú?

—Tú has tenido la suerte de que te concedieran un talento, no cuatro.

—Tal vez mi talento se ha visto presionado en la misma medida que tus cuatro.

—No puedo hablar contigo en este tono. ¿Te hago té, mientras esperamos a Richard?

—Prefiero cerveza o algo parecido —dijo Anna, antes de añadir, provocativa—: He pensado que quizá, dentro de un tiempo, podría darme a la bebida.

Molly contestó, en el tono de hermana mayor que Anna había provocado:

—No debieras hacer bromas, Anna. Especialmente cuando has visto cómo afecta a las personas... Mira a Marion. Me pregunto si habrá bebido mientras yo estaba fuera.

—Pues sí, ha bebido... Vino a verme varias veces.

—¿Vino a verte? ¿A *ti*?

—A esto es a lo que me refería cuando te decía que tú y yo parecemos ser intercambiables.

Molly tenía cierto sentido de la propiedad, y mostró resentimiento, tal como Anna había supuesto:

—Supongo que vas a decir que Richard también ha venido a verte.

Anna asintió con la cabeza; y Molly anunció, con fuerza:

—Voy por cerveza.

Regresó de la cocina con dos vasos altos que goteaban de frío y dijo:

—Bueno, más vale que me lo cuentes todo antes de que Richard llegue, ¿no crees?

Richard era el marido de Molly; o, mejor dicho, lo había sido. Molly era el producto de lo que ella llamaba «uno de aquellos veinte matrimonios». Su madre y su padre habían brillado muy brevemente en los círculos bohemios e intelectuales, cuyos focos lumínicos eran Huxley, Lawrence, Joyce, etc. Su infancia había sido desastrosa, pues el matrimonio duró sólo unos meses. Ella se había casado a los dieciocho años con el hijo de un amigo de su padre. Ahora sabía que lo hizo por alcanzar cierta seguridad e, incluso, respetabilidad. Tom, su hijo, era un producto de aquel matrimonio. A los veinte años, Richard ya había dado indicios de convertirse en el sólido hombre de negocios que finalmente había resultado; por lo tanto, Molly y él no toleraron aquella mutua incompatibilidad durante más de un año. Luego, él se casó con Marion y tuvieron tres chicos. Tommy se quedó con Molly. Richard y ella, una vez pasado el asunto del divorcio, volvieron a ser amigos. Después, Marion se hizo amiga suya. Ésta era, pues, la situación a la que Molly a menudo se refería diciendo: «En conjunto resulta curioso, ¿verdad?».

—Richard me vino a ver para hablar de Tommy —dijo Anna.

—¿Cómo? ¿Por qué?

—¡Oh! Es idiota. Me preguntó si yo creía que era bueno para Tommy pasarse tanto tiempo meditando. Yo contesté que a cualquiera le hacía bien meditar, si por ello se entendía reflexionar, y que, de todos modos, como Tommy tenía veinte años y ya era mayor, no nos incumbía a nosotros.

—Pues no le hace ningún bien —dijo Molly.

—Me preguntó si yo creía que le haría bien a Tommy marcharse con no sé qué expedición a Alemania... Un viaje de negocios, con él. Yo le dije que se lo preguntara a Tommy, no a mí. Naturalmente, Tommy dijo que no.

—Claro. Pero siento que Tommy no fuera.

—Sin embargo, la razón auténtica por la que vino fue, creo yo, Marion. Pero Marion acababa de verme y, por lo tanto, tenía prioridad, por decirlo así. O sea que yo no iba a hablar de Marion. Me parece que va a venir a hablar de Marion contigo.

Molly observaba a Anna detenidamente.

—¿Cuántas veces vino Richard? —preguntó.

—Unas cinco o seis.

Después de un silencio, Molly dejó escapar su ira diciendo:

—Es muy curioso. Parece esperar que yo casi controle a Marion. ¿Por qué yo? ¿O tú? En fin, bien pensado, tal vez será mejor que te marches. Va a ser difícil, si ha ido ocurriendo toda una serie de complicaciones a mis espaldas.

Anna dijo con firmeza:

—No, Molly. Yo no le pedí a Richard que viniera a verme. Ni se lo pedí tampoco a Marion. Al fin y al cabo, no es culpa tuya ni mía si la gente tiene la impresión de que hacemos el mismo papel. Yo les he dicho lo que hubieras dicho tú... En fin, así me lo parece.

Había un tono de súplica festiva, casi infantil en estas palabras. Pero era deliberado. Molly, la hermana mayor, sonrió y dijo:

—Bueno, está bien.

Seguía observando a Anna con atención, mientras que ésta procuraba fingir que no se daba cuenta. En aquel momento, Anna no quería decirle a Molly lo que había ocurrido entre ella y Richard; no quería decírselo hasta que no le pudiera contar toda la historia de aquel desgraciado año pasado.

—¿Bebe mucho Marion ahora?

—Sí, me parece que sí.

—¿Y te lo ha contado todo?

—Sí. Con detalles. Y lo más curioso es que te juro que hablaba como si yo fuera tú. ¡Hasta se equivocaba, me llamaba Molly y otras cosas así!

—En fin, *no sé* —dijo Molly—. ¿Quién lo hubiera creído? Tú y yo nos parecemos como un huevo a una castaña.

—Tal vez no somos tan distintas —atajó Anna, pero Molly se rió con escepticismo.

Era una mujer más bien alta, de huesos grandes, aunque tenía un aspecto frágil, casi muchachil. Ello era debido a cómo llevaba el pelo, un pelo del color del oro bruto, a mechas y cortado como un chico, así como a su modo de vestir. Para esto último tenía una enorme gracia instintiva; disfrutaba con los diversos estilos que le iban bien. Por ejemplo, tan pronto parecía una adolescente, con pantalones estrechos y suéter, como una sirena, con sus ojazos verdes maquillados, los pómulos salidos y luciendo un vestido que hiciera resaltar sus bien formados pechos.

Era uno de sus juegos secretos con la vida que Anna le envidiaba. No obstante, cuando le daba por reprocharse, le decía a Anna que se avergonzaba de sí misma por lo mucho que disfrutaba representando distintos papeles:

—Es como si realmente fuera distinta. ¿No lo comprendes? Incluso me siento una persona distinta. Hay algo de desprecio en ello... ¿Sabes aquel hombre de quien te hablé la semana pasada? La primera vez, me vio con aquellos pantalones viejos y aquel jersey ancho... Pues bien; cuando me presenté en el restaurante nada menos que al estilo de una *femme fatale*, el pobre no sabía cómo tomarme; no dijo una palabra en toda la noche... Y yo disfrutaba. ¡Ya me dirás!

—Pero tú te divertías —le contestaba Anna, riendo.

Anna, en cambio, era pequeña, delgada, morena, vivaracha, con unos ojos grandes y negros, muy abiertos, y un pelo lanoso. En conjunto, estaba satisfecha de su tipo, pero era siempre el mismo. Envidiaba la capacidad de Molly para reflejar sus cambios de humor. Anna se vestía con nitidez y delicadeza, lo que tendía a darle un aire peripuesto, o tal vez un poco estrafalario; confiaba en el efecto de sus manos, blancas y delicadas, y en la cara, pequeña y puntiaguda. Pero era tímida, incapaz de imponerse, y estaba convencida de que la pasaban fácilmente por alto.

Cuando las dos mujeres salían juntas, Anna se eclipsaba deliberadamente y contribuía a que el dramatismo de Molly se luciera. Cuando estaban solas, ella solía dominar. Sin embargo, esto no respondía de ningún modo a lo que había sucedido al comienzo de la amistad entre las dos. Molly, brusca, directa, sin tacto, había dominado francamente a Anna. Poco a poco, y a ello habían contribuido los buenos oficios de Madre Azúcar, Anna había aprendido a ser dueña de sí misma. Pero a veces hubiera debido contradecir a Molly y no lo hacía. Ella misma reconocía que era cobarde; prefería siempre ceder antes de provocar peleas y escenas. Una pelea deprimía a Anna durante días, mientras que a Molly le sentaban estupendamente. Rompía a llorar a gritos, decía cosas imperdonables, y al cabo de medio día se olvidaba de todo. Mientras tanto, Anna, exhausta, se quedaba en el piso, reponiéndose.

Que las dos carecían de «seguridad» y de «raíces», palabras de la época de Madre Azúcar, era algo que ambas reconocían con franqueza. Pero Anna, recientemente, había aprendido a usar estas palabras de un modo distinto, no como algo de lo que una debiera disculparse, sino como banderas o pancartas de una actitud que implicaba un sistema filosófico diferente. Había disfrutado imaginándose que le decía a Molly:

—Nuestra actitud ante las cosas ha sido equivocada, y es por culpa de Madre Azúcar. ¿Qué son esta seguridad y este equilibrio que se suponen tan deseables? ¿Qué hay de malo en vivir emocionalmente de manos a boca en un mundo que está cambiando con tanta rapidez?

Sin embargo, en aquel momento, junto a Molly, Anna decía, como tantas otras veces antes:

—¿Por qué siento esta necesidad tan horrible de forzar a los otros a que vean las cosas como yo? Es infantil; ¿por qué habrían de hacerlo? En el fondo, me da miedo encontrarme sola con mis sentimientos.

La habitación en que estaban se encontraba en el primer piso, daba a una calle estrecha de poco tránsito, con las ventanas de las casas llenas de tiestos de flores y los postigos pintados de colores. En la acera había tres gatos tumbados al sol, un pequinés y el carretón del lechero, que pasaba tarde porque era domingo. El lechero llevaba las mangas de su blanca camisa arremangadas; su hijo, un chico de dieciséis años, iba sacando relucientes botellas de una cesta de alambre para colocarlas frente a cada puerta. Al llegar a la ventana de las mujeres, el hombre alzó la cabeza y saludó. Molly dijo:

—Ayer entró a tomar café. Hinchado de triunfo. Su hijo ha sacado una beca y el señor Gates quería que me enterara. Le dije en seguida, antes de que siguiera: «Mi hijo ha tenido todas estas ventajas, toda esta educación y mírelo, papando moscas. En cambio, el suyo no les ha costado ni un penique y ha conseguido una beca». «Así es —contestó él—, así son las cosas.» Entonces pensé: «¡Que me maten si voy a estar aquí sin hacer nada!». Y añadí: «Señor Gates, su hijo va a subir a la clase media, con todos nosotros, y se encontrará con que usted no habla la misma lengua que él. Ya lo sabe, ¿verdad?». «¡Así es el mundo!», exclamó. «No, el mundo no es así —repuse—. Ni hablar. Lo que es así son las cosas en este maldito país, obsesionado por la distinción de clases.» Porque el señor Gates es uno de esos malditos tories de la clase obrera, ¿sabes? Bueno, pues él me contestó: «El mundo es así, señorita Jacobs. ¿Dice usted que su hijo no sale adelante? Es triste». Y se marchó con la leche, mientras yo subía para encontrarme a Tommy sentado en la cama, sentado, sin más. Seguramente continúa igual, si es que está en casa. El chico del señor Gates es todo de una pieza, da la cara por lo que quiere. En cambio, Tommy… Desde que volví, hace tres días, todo lo que ha hecho es sentarse en la cama y pensar.

—Venga, Molly, no te preocupes tanto. Acabará bien.

Estaban asomadas a la ventana, mirando al señor Gates y a su hijo. Aquél era un hombre bajo, vigoroso y fuerte, mientras que éste era un muchacho alto, robusto y bien parecido. Las dos mujeres miraban cómo el chico volvía con una cesta vacía, sacaba por el aire otra, llena, de la parte trasera del vehículo y escuchaba las órdenes de su padre sonriente y moviendo la cabeza. En aquel momento, había una comprensión perfecta entre ambas: eran dos mujeres con hijos, sin el apoyo de un hombre, que intercambiaban una sonrisa contraída por la envidia.

—La cuestión es que ninguna de las dos estábamos dispuestas a casarnos sólo para dar un padre a nuestros hijos —dijo Anna—. Así que ahora debemos aceptar las consecuencias…, si es que las hay. ¿Acaso tiene que haberlas?

—Para ti todo es fácil —contestó Molly con amargura—. Nada te preocupa, dejas tranquilamente que las cosas sigan su curso.

Anna se contuvo para no responder, pero luego hizo un esfuerzo para decir:

—No estoy de acuerdo. Exigimos demasiado. Hemos rechazado siempre comportarnos según las reglas. ¿Por qué, pues, nos alarmamos cuando el mundo no nos trata conforme a ellas? Eso es lo que ocurre.

—Ya empezamos —replicó Molly—. Pero yo no soy de las que teorizan. Tú siempre lo haces: frente a un conflicto, empiezas a inventarte teorías. Yo, simplemente, estoy preocupada por Tommy.

Anna ya no pudo contestar; el tono de su amiga era demasiado fuerte. Volvió a observar la calle. El señor Gates e hijo desaparecían por la esquina, tirando del rojo carretón de la leche. Por el otro extremo de la calle apareció un nuevo motivo de atención; se trataba de un hombre empujando una carreta de mano y gritando: «Fresas recién llegadas del campo, fresas del campo mañaneras…».

Molly miró a Anna y ésta afirmó con la cabeza, con una sonrisa de niña pequeña. (Le incomodaba darse cuenta de que aquella sonrisa era para aplacar los reproches de Molly.)

—Compraré también para Richard —dijo Molly, y salió corriendo de la habitación tras recoger su bolso de sobre una silla.

Anna siguió asomada a la ventana, en un espacio calentado por el sol, mirando a Molly, que conversaba enérgicamente con el hombre de las fresas. Molly se reía y gesticulaba, y el hombre sacudía la cabeza en desacuerdo, a la vez que llenaba el plato de aquella fruta roja y densa.

—Usted no tiene gastos —oía Anna—; ¿por qué hemos de pagar el mismo precio que en las tiendas?

—En las tiendas, señorita, no venden fresas acabadas de coger. Como éstas no las hay.

—¡Venga, hombre! —exclamaba Molly, llevándose el plato blanco lleno de fruta carmesí—. ¡Vaya estafa!

El hombre de las fresas, joven, pálido, flaco y con cara de hambre, alzó la cabeza gruñendo y miró hacia la ventana, a la que Molly volvía ya a asomarse. Al ver juntas a las dos mujeres dijo, mientras manoseaba la reluciente balanza:

—¡Gastos! ¿Qué sabe usted de gastos?

—Pues suba a tomar café y nos lo cuenta —gritó Molly, con la cara animada por el desafío.

El hombre bajó la cabeza y afirmó, mirando la calzada:

—Algunos tienen que trabajar; otros, no.

—Venga, hombre —insistió Molly—. No sea tan cascarrabias. Suba y coma fresas de las suyas. Yo le invito.

Él no sabía qué pensar. Se detuvo, ceñudo, su rostro joven con expresión incierta detrás de una cortina de pelo desteñido y grasiento.

—Sepa usted que yo no soy de ésos —acabó observando en voz baja.

—Tú te lo pierdes —dijo Molly, quitándose de la ventana y dirigiendo una carcajada a Anna, que estaba claro se negaba a sentirse culpable.

No obstante, Anna volvió a asomarse, comprobó su opinión de lo que había ocurrido con una mirada a la espalda tiesa y resentida del hombre, y murmuró:

—Le has ofendido.

—¡Diablos! —dijo Molly con desapego—. Es el retorno a Inglaterra… Tanta huraña, tanta susceptibilidad me dan ganas de estallar y gritar y chillar cada vez que vuelvo a tocar esta tierra helada.

—Así y todo, él cree que te burlabas.

Otro comprador había surgido de la casa de enfrente; era una mujer con el atuendo de estar por casa los domingos: pantalones, una blusa y un pañuelo amarillo en la cabeza. El hombre de las fresas la servía, indiferente. Antes de alzar el mango con el que empujaba la carreta, volvió a mirar hacia la ventana y, al ver sólo a Anna, con su pequeña barbilla hundida contra el brazo, sus ojos negros clavados en él y sonriente, refunfuñó de buen humor:

—Gastos, dice *ella*…

Y soltó un pequeño gruñido de fastidio. Las había perdonado.

Arrancó calle arriba, detrás de las pilas de fruta roja y suave que brillaba al sol, gritando:

—¡Fresas frescas y tempranas, cogidas esta mañana!

Después, su voz se confundió con el rumor del tránsito de la calle principal, que se encontraba unos metros más allá.

Anna se volvió y encontró a Molly repartiendo las fresas en platos llenos de nata, encima del antepecho de la ventana.

—He decidido que no vale la pena dejar para Richard —dijo Molly—. No le gusta nunca nada. ¿Más cerveza?

—Con las fresas, vino; es de cajón —dijo Anna con glotonería; y movió la cuchara por entre la fruta para sentir su volumen blando y resbaladizo, y la nata deslizante bajo la capa rugosa del azúcar.

Molly llenó con destreza los vasos de vino y los puso encima del antepecho blanco. El sol cristalizaba junto a los vasos y sobre la blanca pintura, en oscilantes rombos de luz carmesí y amarilla, y las dos mujeres se sentaron frente a él; suspiraron de placer y extendieron las piernas al calor huidizo, contemplando los colores de la fruta en los platos relucientes y el rojo del vino.

Pero entonces llamaron a la puerta, y las dos, instintivamente, se recogieron en posturas más modestas. Molly volvió a asomarse a la ventana para gritar:

—¡Cuidado con la cabeza! —al tiempo que dejaba caer la llave de la puerta, envuelta en una bufanda vieja.

Observaron a Richard agacharse para coger la llave sin dirigir una sola mirada hacia arriba, a pesar de que debía saber que por lo menos Molly estaba allí.

—Odia que haga esto —dijo ella—. ¿No es curioso, al cabo de tantos años? Su manera de expresarlo es hacer ver que no ocurre.

Richard entró en la habitación. No aparentaba la edad madura a que ya había llegado, debido a la tez morena adquirida durante unas tempranas vacaciones en Italia. Vestía una camisa amarilla, de sport, bien entallada, y unos pantalones nuevos, de color claro. Todos los domingos del año, invierno o verano, Richard Portmain se ponía un atuendo que proclamara que era un hombre hecho para el aire libre. Era miembro de varios clubes distinguidos de golf y tenis, aunque no jugaba más que por razones de negocios. Desde hacía tiempo tenía una casa en el campo, adonde enviaba a la familia por su cuenta; él sólo iba algún fin de semana, cuando convenía invitar a amigos de negocios. Revelaba en todo ser un hombre de ciudad. Pasaba los fines de semana recorriendo clubes, bares y tabernas. Tenía un cuerpo más bien bajo, compacto, casi grueso. Su cara redonda, atractiva cuando sonreía, tenía un gesto obstinado que llegaba a ser hosco cuando no sonreía. En conjunto, su tipo, sólido, con la cabeza salida hacia delante y los ojos sin pestañear, daba una impresión de decisión y tenacidad. En aquel momento le estaba entregando a Molly, con impaciencia, la llave envuelta chapuceramente en la bufanda escarlata de ella. Molly la tomó y se puso a deslizar la tela suave por entre sus dedos blancos y duros, mientras observaba:

—¿Dispuesto a pasar un día bien saludable en el campo, Richard?

Con un esfuerzo para encajar la broma, al fin y al cabo insignificante, sonrió, tieso, y escudriñó, a través del resplandor del sol, el espacio junto a la ventana blanca. Cuando reparó en Anna frunció el ceño sin querer, la saludó rígidamente con la cabeza, y se apresuró a sentarse en el extremo de la habitación opuesto al de ellas. Dijo:

—No sabía que tenías una visita, Molly.

—Anna no es una visita.

Esperó deliberadamente a que Richard tuviera ocasión de gozar del espectáculo de ellas dos expuestas perezosamente al sol, con las caras vueltas hacia él en expresión interrogadora y al fin le ofreció:

—¿Vino, Richard? ¿Cerveza? ¿Café? ¿O tal vez una agradable taza de té?

—Si tuvieras scotch, no me vendría mal.

—Está junto a ti —dijo Molly.

Una vez dada la nota, a su entender muy masculina, se quedó inmóvil.

—Vine para hablar de Tommy —señaló, dirigiendo una mirada hacia Anna, que estaba comiéndose la última fresa.

—Por lo que he oído, ya has hablado de ello con Anna, así que los tres juntos podemos hablar de nuevo.

—O sea que Anna te ha dicho…

—No me ha dicho nada. Hoy es la primera vez que hemos conseguido vernos.

—O sea que estoy interrumpiendo vuestra primera cita —dijo Richard, haciendo un esfuerzo sincero para mostrarse tolerante y jovial.

A pesar de ello resultaba condescendiente, y las dos mujeres respondieron con un gesto de malestar festivo.

Bruscamente, Richard se puso de pie.

—¿Ya te vas? —preguntó Molly.

—Voy a ver a Tommy.

Se había llenado los pulmones de aire para levantar la voz perentoriamente, tal como ellas esperaban, cuando Molly le atajó:

—Por favor, Richard, no le grites. Ya no es un niño. Aparte de que me parece que no está en casa.

—Sí que está.

—¿Cómo lo sabes?

—Porque está asomado a la ventana de arriba. Me sorprende que no sepas siquiera si tu hijo está en casa.

—¿Por qué? No le tengo atado.

—Sí, magnífico. Pero ya me dirás qué has conseguido con ello.

Los dos se enfrentaban cara a cara, serios y en franca pugna. Como respuesta a aquel «Ya me dirás qué has conseguido», Molly dijo:

—No estoy dispuesta a discutir sobre cómo se le debería haber educado. Esperemos a que los tres tuyos hayan crecido, antes de contar los tantos.

—No he venido para hablar de mis tres hijos.

—¿Por qué no? Hemos hablado de ellos centenares de veces. Y supongo que con Anna, igual.

Se produjo una pausa, en la que los dos controlaron su enojo, sorprendidos y alarmados de que ya hubiera llegado a tal intensidad. Su historia era la siguiente: se habían conocido en 1935. Molly estaba muy entregada a la causa de la República española. Richard, también. (Aunque, como observaba Molly cuando él recordaba aquella desgraciada caída en el exotismo político: «¿Quién no lo estaba en aquella época?».) Los Portmain, una familia rica, asumiendo precipitadamente que aquello era la demostración de una tendencia permanente hacia el comunismo, le habían suprimido la pensión. (Tal como lo contaba Molly: «¡Chica, lo dejaron sin un penique! Naturalmente, Richard estaba encantado. Nunca jamás le habían tomado en serio. Inmediatamente, fue y se hizo del Partido».) Richard, que sólo tenía talento para ganar dinero, lo que en aquella época todavía estaba por descubrir, fue mantenido por Molly durante dos años, mientras él se preparaba para ser escritor. (Molly se preguntaba, unos cuantos años más tarde: «¿Es posible imaginar cosa más trivial? Pero, claro, Richard tenía que ser vulgar en todo. Todo el mundo iba a convertirse en gran escritor, ¡todo el mundo! ¿Tú conoces el siniestro secreto de la guarida comunista? ¿La horrible verdad? Todos aquellos veteranos del Partido, toda aquella gente que una se imaginaba había pasado años no viviendo más que para el Partido, todos tenían un manuscrito o un pliego de poemas en el cajón. Todos iban a ser el Gorki o el Maiakovski contemporáneo. ¿No lo encuentras espantoso? ¿Lamentable? Absolutamente todos eran artistas fracasados. Estoy convencida de que esto es indicativo de algo, aunque no sé de *qué*».) Molly continuó manteniendo a Richard después de haberle dejado, durante meses, movida por una especie de desprecio. La repulsión de él hacia la política de izquierdas había sobrevenido repentinamente, y coincidía con su decisión de que Molly era inmoral, sentimental y bohemia. Ella tuvo la suerte de que él ya se hubiera liado con una chica. Aunque esta vinculación resultó breve, llegó a divulgarse lo bastante como para que no pudiera obtener el divorcio y la custodia de Tommy, como había amenazado hacer. Fue entonces cuando volvió a ser admitido en el seno de la familia Portmain, y cuando aceptó lo que Molly llamaba, con amistoso desdén, «un puesto en la city». No tenía idea todavía de lo poderoso que Richard se había vuelto con sólo aquel acto de decidir heredar una posición. Luego, él se casó con Marion, una chica muy joven, afectuosa, agradable y tranquila, hija de una familia pasablemente conocida. Tenían tres hijos.

Mientras tanto, Molly, que tenía aptitud para distintas cosas, hacía un poco de danza, aunque la verdad es que no tenía el tipo físico de bailarina. Interpretó un número de canto y baile en una revista, decidió que era demasiado frívolo… y lo dejó para tomar clases de dibujo. Luego, al comienzo de la guerra, abandonó el dibujo para ponerse a trabajar como periodista, profesión que poco después cedió ante su vehemente deseo de trabajar en una de las ramas culturales del Partido Comunista. Finalmente, cesó en el Partido por la misma razón que lo hacían otros como ella: no podía soportar aquel mortal aburrimiento… y se convirtió en una actriz de segunda clase, resignándose, después de mucho sufrimiento, ante el hecho de que no era más que una diletante. Su orgullo era no haber cedido —así es como ella lo expresaba—, no haberse arrastrado hacia algún cobijo bien resguardado, hacia un matrimonio seguro.

Su secreta razón de malestar era Tommy, acerca del cual había tenido años de lucha con Richard. Éste le reprochaba, con más fuerza que nunca, el que ella se hubiera marchado lejos por un año, dejando al chico solo en la casa.

Resentido, le dijo:

—He visto a Tommy a menudo este año, al dejarle solo…

Ella le interrumpió:

—No me canso de explicarte, o al menos lo intento, que lo medité con cuidado y decidí que le haría bien quedarse solo. ¿Por qué siempre hablas de él como si fuera un niño? Había cumplido diecinueve años, y le dejé en una casa bien puesta, con dinero y todo organizado.

—¿Por qué no confiesas que lo pasaste bárbaro haciendo comilonas por toda Europa, libre de Tommy?

—Claro que lo he pasado bien. ¿Por qué no?

Richard rió fuerte y desagradablemente, y Molly dijo con impaciencia:

—¡Oh, por Dios! Claro que disfruté de sentirme libre por primera vez desde que tuve un hijo. ¿Por qué no? ¿Y tú? Tienes a Marion, la buena esposa, atada de pies y manos a los niños, mientras tú haces lo que te da la gana… Y hay algo más. Te lo he explicado cientos de veces, pero no escuchas. No quiero que se parezca a ninguno de estos malditos ingleses, pegaditos a las faldas de sus madres. Yo quiero que se despegue de mí. Sí, no te rías. No era sano permanecer los dos juntos en esta casa, siempre tan unidos y al corriente uno de lo que el otro hacía.

Richard hizo una mueca de disgusto y afirmó:

—Sí, ya conozco tus teorías sobre la cuestión.

En este punto, Anna intervino:

—No es sólo Molly… Todas las mujeres que conozco, quiero decir las mujeres de verdad, están preocupadas por si sus hijos van a crecer así… Y con mucha razón.

Ante esto, Richard reaccionó con una mirada hostil hacia Anna, mientras Molly les observaba con astucia.

—¿Así *cómo*, Anna?

—Quiero decir —contestó Anna, con estudiada suavidad— si estarán insatisfechos con sus relaciones sexuales. ¿O crees que exagero…?

Richard se ruborizó; era un rubor oscuro y de mal augurio. De pronto se dirigió nuevamente a Molly, diciéndole:

—De acuerdo, yo no digo que hicieras deliberadamente algo malo.

—Gracias.

—Pero ¿qué diablos le ocurre al chico? Jamás hizo un examen pasablemente correcto, se negó a ir a Oxford, y ahora se arrastra por los sitios, meditando y…

Anna y Molly soltaron una carcajada por la palabra «meditando».

—El chico me preocupa —afirmó Richard—. De verdad.

—Me preocupa a mí —dijo Molly en tono razonable—. Y de esto es de lo que vamos a hablar, ¿verdad?

—Me empeño en ofrecerle cosas. Le invito a toda clase de sitios para que conozca a gente que le pueda hacer bien.

Molly volvió a reír.

—Muy bien, ríete y búrlate. Pero al punto que han llegado las cosas, no podemos reírnos.

—Cuando has dicho hacerle bien, imaginé que querías decir en el aspecto emocional. Siempre me olvido de que eres pretencioso.

—Las palabras no hieren a nadie —dijo Richard, con insólita dignidad—. Insúltame si quieres. Tú has vivido de una manera;

yo, de otra. Lo que intento decir es que estoy en una posición en la que le puedo ofrecer a este chico…, en fin, lo que quiera. Y él ni caso. Si hubiera emprendido algo constructivo a tu manera, sería otra cosa.

—Tú siempre hablas como si yo tratara de predisponer a Tommy contra ti.

—¿Y acaso no es así?

—Si te refieres a que yo siempre he dicho lo que pensaba de tu manera de vivir, de tus principios, de tus ideas sobre el éxito, de todo eso, pues claro que sí. ¿Por qué tendría que callarme lo que yo creo? Pero yo siempre le he dicho: «Ahí está tu padre; tienes que conocer su mundo, pues, al fin y al cabo, existe».

—Muy magnánima.

—Molly siempre le apremia a que te frecuente más —aseguró Anna—. Yo lo he visto. Y también se lo he dicho…

Richard hizo un gesto de impaciencia con la cabeza, sugiriendo que lo que le hubieran *dicho* no tenía importancia.

—Tú eres muy estúpido con los niños, Richard. No les gusta que los partan en dos —intervino Molly—. Fíjate en la gente que ha conocido conmigo: pintores, escritores, actores…

—Y políticos. No te olvides de los camaradas.

—Bueno, ¿y qué? Crecerá con un conocimiento del mundo en que vive, lo que es más de lo que tú puedes presumir con tus tres hijos. Eton y Oxford, eso es lo que va a ser el mundo para los tres. Tommy conoce a toda clase de gente. Para él el mundo no será como para los que lo miran desde esa vitrina de la clase alta.

Anna dijo:

—No vais a conseguir nada si continuáis así.

Parecía enfadada, pero intentó arreglarlo con una broma:

—Lo que ocurre es que vosotros dos no debíais haberos casado y os casasteis. O, por lo menos, no debíais haber tenido hijos, pero los tuvisteis… —Volvía a hablar con voz enojada, y otra vez lo suavizó diciendo—: ¿Os dais cuenta de que los dos os habéis dicho las mismas cosas, una y otra vez, durante años? ¿Por qué no os resignáis a que nunca vais a estar de acuerdo en nada y acabáis con ello?

—¿Cómo podemos acabar con ello, tratándose de Tommy? —inquirió Richard con irritación y en voz muy alta.

—¿Es necesario gritar? —le reprendió Anna—. ¿Cómo vas a estar seguro de que no lo ha oído todo? Seguramente de ahí vienen los problemas. Debe de sentirse como la manzana de la discordia.

Molly corrió hacia la puerta, la abrió y escuchó.

—Tonterías. Le oigo escribir a máquina arriba —aseguró, antes de añadir—: Anna, me cargas cuando tomas esta actitud de inglesa tan austera.

—Odio los gritos.

—Pues yo soy judía, y a mí me gustan.

Se veía que Richard volvía a agitarse.

—Sí, y te haces llamar señorita Jacobs. Señorita, para salvaguardar tu derecho a la independencia y a tu identidad… Entendiendo por tal Dios sabe qué. Pero Tommy tiene a la señorita Jacobs por madre.

—No es el señorita lo que te molesta —dijo Molly alegremente—. Es el Jacobs. Claro que es eso. Siempre has sido antisemita.

—¡Oh, vete al diablo! —exclamó Richard con impaciencia.

—Dime, ¿cuántos judíos se cuentan entre tus amigos íntimos?

—Según tú, yo no tengo amigos íntimos, sólo tengo amigos de negocios.

—Si exceptúas a tus amigas, naturalmente. Me parece interesante el que, después de mí, tres de tus mujeres hayan sido judías.

—¡Por Dios! —atajó Anna—. Me marcho a casa.

Y, realmente, se bajó de la ventana. Molly se levantó riéndose y le dio un empujón para que volviera a sentarse, argumentando:

—Tienes que quedarte. Tú llevas la discusión; lo necesitamos.

—Muy bien —aceptó Anna, con firmeza—. Es lo que haré. Así que dejad de reñir. Vamos a ver, ¿de qué se trata? El hecho es que todos estamos de acuerdo, todos aconsejamos lo mismo, ¿no es eso?

—¿Eso es? —preguntó Richard.

—Sí. Molly opina que tú deberías ofrecer a Tommy algún trabajo en uno de tus tinglados.

Anna, lo mismo que Molly, hablaba con desprecio automático del mundo de Richard; éste compuso una mueca de irritación.

—¿En uno de mis tinglados? ¿Y tú estás de acuerdo, Molly?

—Si me das una oportunidad para opinar, pues sí.

—¡Ya está! —concluyó Anna—. No hay razón ni para discutir.

Richard se sirvió un whisky, con un gesto de paciente benevolencia, en tanto que Molly aguardaba, con benevolente paciencia.

—¿Así es que todo está solucionado? —dijo Richard.

—Naturalmente que no —replicó Anna—. Tommy tiene que estar de acuerdo.

—Así que volvemos a donde empezamos. Molly, ¿se puede saber por qué no estás en contra de que tu precioso hijo se mezcle con las huestes de Mamón?

—Porque yo le he educado de tal modo que… Es una buena persona, es honesto.

—¿O sea que no puede ser corrompido por mí? —Richard hablaba con ira contenida, sonriendo—. ¿Y se puede saber de dónde sacas esta fantástica seguridad en tus principios? Han sufrido sus altos y bajos estos dos años pasados, ¿no es así?

Las dos mujeres se miraron, como diciéndose: «No podía menos que decirlo; capeemos el temporal».

—¿No se te ha ocurrido nunca que el auténtico problema de Tommy es que la mitad de su vida la ha pasado rodeado de comunistas o de gente que pretendía serlo? Casi toda la gente que él ha conocido estaba de un modo u otro implicada en ello. Y, ahora, todos salen del Partido o ya están fuera. ¿No crees que esto le ha debido de afectar?

—Pues claro que sí —repuso Molly.

—¡Naturalmente! —exclamó Richard con una sonrisa de exasperación—. Es obvio que se trata de eso. Pero ¿qué valen tus preciosos principios? Tommy ha crecido en la fe de la belleza y la libertad de la gloriosa patria soviética…

—No estoy dispuesta a discutir de política contigo, Richard.

—No, claro que no —dijo Anna—. No deberíais discutir de política.

—¿Por qué no, si concierne al caso?

—Porque tú no discutes —afirmó Molly—. Tú sólo usas frases de los periódicos.

—Bien, permíteme que te lo plantee del siguiente modo: hace dos años, tú y Anna ibais a muchos mítines y estabais siempre a punto de organizar lo que fuera...

—Yo no —negó Anna.

—No importa. Molly sí. Y ahora ¿qué? Rusia ha caído en desgracia, ¿y qué valen los camaradas ahora? La mayoría de ellos sufren depresiones nerviosas o están ganando mucho dinero, por lo que veo.

—La cuestión —argumentó Anna— es que el socialismo, en este país, está de capa caída...

—En este país y en todas partes.

—De acuerdo. Si quieres decir que uno de los problemas de Tommy es que creció en un ambiente socialista y que los tiempos no son fáciles para ser socialista...; bueno, estamos de acuerdo.

—*Estamos* de acuerdo. Pero ¿ese plural es el real, el socialista o, simplemente, el de Anna y Molly?

—El socialista, para el caso —contestó Anna.

—Y, sin embargo, en estos dos últimos años, habéis dado un viraje.

—No, no es verdad. Es una cuestión de cómo se enfoca la vida.

—¿Me haréis creer que ser socialista consiste en enfocar la vida como lo hacéis vosotras, como una especie de anarquía, según me parece a mí?

Anna miró a Molly, y ésta hizo un movimiento imperceptible con la cabeza, pero Richard lo vio y dijo:

—No se discute en presencia de los niños, ¿verdad? Lo que me deja atónito es vuestra fantástica arrogancia. ¿De dónde la sacas, Molly? ¿Qué eres tú? De momento, tienes un papel en una obra maestra llamada *Las alas de Cupido*.

—Las actrices de segunda clase no podemos escoger las piezas. Además, he pasado un año revoloteando, sin ganar dinero, y estoy en la ruina.

—¿O sea que tu aplomo procede de holgazanear por ahí? Porque seguro que no viene del trabajo que haces.

—Alto —dijo Anna—. Yo soy el moderador… Se terminó esta discusión. Hablemos de Tommy.

Molly no hizo caso de Anna y pasó al ataque:

—Lo que dices de mí puede que sea o no sea verdad. Pero tú, ¿de dónde sacas el aplomo? Quiero que Tommy sea un hombre de negocios. Y tú, precisamente tú, no puedes ponerte como modelo de lo buena que es esa vida. Cualquiera puede dedicarse a los negocios, tú mismo me lo has dicho. Vamos, Richard, ¿cuántas veces has venido a verme y, sentado en este sillón, me has dicho cuan vacía y tonta era tu vida?

Anna hizo un rápido gesto de advertencia, y Molly añadió, con despego:

—De acuerdo, no soy oportuna. ¿Por qué debería serlo? Richard dice que mi vida no vale mucho; de acuerdo, también. Pero ¿y la suya? Tu pobre Marion se ve tratada como ama de casa o como anfitriona, pero jamás como ser humano. Tus chicos están marcados por el molde de las clases altas por mero capricho tuyo, a la fuerza. Tus amoríos son estúpidos. ¿Qué razón me das para admirarte?

—Por lo visto habéis estado hablando de mí —arguyó Richard con una mirada de abierta hostilidad hacia Anna.

—No, no es verdad —aseguró Anna—. O, por lo menos, no hemos dicho nada nuevo. Además, estamos hablando de Tommy. Me vino a ver y yo le dije que se dirigiera a ti, Richard, que a lo mejor podía hacer uno de esos trabajos de expertos, no de negocios —es ridículo hacer sólo negocios—, sino algo constructivo, como las Naciones Unidas o la Unesco. Tú le podrías conseguir un puesto, ¿no es verdad?

—Sí, es posible.

—¿Qué dijo él, Anna? —preguntó Molly.

—Dijo que quería estar solo y pensar. ¿Y por qué no? Tiene veinte años. ¿Por qué no puede reflexionar y experimentar con la vida, si esto es lo que desea hacer? ¿Qué razón hay para forzarle? —El problema de Tommy es que nadie le ha forzado nunca a hacer nada —afirmó Richard. —Gracias —dijo Molly.

—No ha tenido nunca una orientación. Molly se ha limitado a dejarle solo, como si fuera un adulto, desde siempre. ¿Qué imaginas que significa para un niño la libertad, el «decide por tu cuenta», el «no quiero forzarte…» y, al mismo tiempo, los camaradas, la disciplina, el sacrificio personal y la sumisión a la autoridad…?

—Lo que debes hacer es lo siguiente —le cortó Molly—: Búscale un puesto en uno de tus tinglados, que no sea vender acciones o fomentar la producción o ganar dinero. A ver si encuentras algo constructivo. Entonces se lo presentas a Tommy y déjale que decida. Richard tenía el rostro rojo de ira, por encima de aquella camisa demasiado amarilla y demasiado estrecha, y sujetaba el vaso de whisky con las dos manos, dándole vueltas, los ojos fijos en él.

—Gracias —estalló por fin—. Lo haré.

Lo decía con una confianza tan obstinada en la calidad de lo que le iba a ofrecer a su hijo, que Anna y Molly volvieron a mirarse, levantando las cejas en un signo evidente de que consideraban que la conversación había sido en vano, para variar. Richard interceptó el cambio de miradas.

—¡Sois tan ingenuas, vosotras dos! —comentó. —¿En cuanto a los negocios? —inquirió Molly con una alegre carcajada.

—En cuanto a los grandes negocios —asintió Anna con calma, risueña, pues se había visto sorprendida en sus conversaciones con Richard, al descubrir la magnitud de su poder.

Esto no había engrandecido la idea que ella tenía de él, sino que lo había como empequeñecido contra el fondo de las finanzas internacionales. Y había sentido mayor afecto hacia Molly por su falta total de respeto hacia aquel hombre que había sido su marido y que, realmente, era uno de los magnates de la nación.

—Aghhh —gruñó Molly con impaciencia.

—Negocios muy gordos —dijo Anna, riendo e intentando llamar la atención de Molly, pero la actriz hizo un gesto de indiferencia, con su peculiar y amplio movimiento de hombros, alzando sus manos blancas con las palmas vueltas hacia el techo y dejándolas posarse sobre las rodillas.

—Trataré de impresionarla más tarde —le sugirió Anna a Richard—. O, por lo menos, lo intentaré.

—¿De qué hablas? —inquirió Molly.

—Es inútil —dijo Richard con sarcasmo, malhumor y resentimiento.

—¿No sabes que durante todos estos años ni se le ha ocurrido preguntar?

—Has pagado el colegio de Tommy, y eso es todo lo que te he pedido.

—Tú nos has estado pintando a Richard, durante años, como una especie de…; en fin, como un pequeño negociante con cierta iniciativa, como un tendero venido a menos —explicó Anna—. Y ahora resulta que es un magnate. Pero un potentado de verdad, un pez gordo, una de las personas a quienes debemos odiar… en principio —concluyó, riéndose.

—¿De verdad? —dijo Molly con interés, contemplando a su marido medianamente sorprendida de que aquel hombre común, y en su opinión no muy inteligente, pudiera ser alguien de cierta importancia.

Anna comprendió la mirada —era lo mismo que ella sentía— y rió.

—¡Dios mío! —exclamó Richard—. Hablar con vosotras dos es como hablar con un par de salvajes.

—¿Por qué? —preguntó Molly—. ¿Deberíamos mostrarnos impresionadas? No es ni mérito tuyo. Lo has heredado, simplemente.

—¿Y qué importa? Lo que importa es la cosa en sí. Puede que sea un mal sistema, no voy a discutirlo… Claro que con vosotras sería imposible. En economía sois unas paletas, pese a que eso es lo que hace marchar al país.

—Sí, claro —profirió Molly, con las manos todavía encima de las rodillas, las palmas vueltas hacia arriba.

Al decir esto, las juntó sobre el regazo, imitando inconscientemente el gesto de un niño atento a la lección.

—¿Por qué despreciarlo? —preguntó Richard, con clara intención de seguir, pero interrumpiéndose al mirar aquellas manos mansamente burlonas. Y terminó por exclamar, con un tono de renuncia—: ¡Oh, Dios!

—¡Pero si no despreciamos la economía! Es demasiado... anónima para despreciarla. Nosotras te despreciamos a... —Molly suprimió la palabra *ti*, y como si se diera cuenta de que cometía una falta de educación, hizo que sus manos abandonaran aquella actitud de silenciosa impertinencia.

Se apresuró a esconderlas detrás de la espalda, mientras Anna, observándola, pensó divertida: «Si le dijera a Molly que ha interrumpido a Richard burlándose de él sólo con las manos, no sabría a qué me refiero. Qué estupendo poder hacer esto, qué suerte tiene...».

—Sí, ya sé que me despreciáis, pero ¿por qué? Tú eres una actriz de éxito mediano y Anna escribió una vez un libro.

Las manos de Molly surgieron instintivamente de detrás de ella y, tocando con los dedos, distraída, su rodilla, repuso:

—Qué pesado eres, Richard.

Entonces, él la miró y frunció el ceño.

—Esto no tiene nada que ver —dijo Molly.

—Ah, ya.

—Es que nosotras no hemos capitulado —añadió Molly gravemente.

—¿Ante qué?

—Si no lo sabes, no te lo podemos decir.

Richard estaba a punto de salir disparado de la silla. Anna alcanzaba a ver cómo los músculos le temblaban, muy tensos; quiso evitar una pelea y dijo, precipitadamente, para atraer hacia sí la ira de Richard:

—Éste es el problema, que tú hablas y hablas, pero estás tan lejos de lo real... Nunca entiendes nada.

Lo logró. Richard giró todo su cuerpo hacia ella, inclinándose de tal modo que Anna vio cómo se le echaban casi encima aquellos brazos tersos y calientes, tenuemente cubiertos de un dorado vello, con la garganta desnuda y morena, la cara rojiza y sofocada. Ella se desplazó un poco hacia atrás, con una expresión inconsciente de repugnancia, mientras él decía:

—En fin, Anna, he tenido el privilegio de conocerte mejor que antes, y no puedo decir que te admire por lo bien que sabes lo que quieres, lo que piensas o cómo hay que tomarse las cosas.

Anna, consciente de que enrojecía, le miró a los ojos con un esfuerzo y, arrastrando las palabras deliberadamente, repuso:

—Tal vez lo que no te gusta es que sé lo que quiero. He estado siempre dispuesta a hacer experiencias, nunca pretendo convencerme de que lo mediocre sea más que mediocre, y sé cuándo hay que decir que no.

Molly, mirando a uno y a otra rápidamente, resopló, hizo un gesto de exclamación con las manos, dejándolas caer separadas y con énfasis sobre las rodillas, e inconscientemente asintió con la cabeza..., en parte porque acababa de confirmar una sospecha y en parte porque aprobaba la brusquedad de Anna. Dijo:

—¡Eh! ¿Qué es esto? —lentamente y con arrogancia, de modo que Richard se apartó de Anna y la miró—. Si nos vuelves a atacar por la manera como vivimos, lo único que te puedo decir es que cuanto menos hables, mejor, teniendo en cuenta tu vida privada.

—Yo conservo las formas —se defendió Richard, con una disposición tal para adaptarse al papel que ellas esperaban de él, que las dos se echaron a reír a la vez.

—Sí, querido, ya lo sabemos —convino Molly—. En fin, ¿cómo está Marion? Me encantaría saberlo.

Por tercera vez, Richard afirmó:

—Ya veo que habéis hablado de ello.

Y Anna explicó:

—Le he dicho a Molly que me has venido a ver. Le he dicho lo que no te dije a ti... que Marion había venido a verme.

—Bueno, ¿y qué? —inquirió Molly.

—Pues nada —dijo Anna, como si Richard no estuviera presente—, que Richard está preocupado porque Marion le resulta un problema.

—Eso no es nada nuevo —repuso Molly, en el mismo tono.

Richard estaba inmóvil, mirando alternativamente a las dos mujeres, que aguardaban, dispuestas a cambiar de tema, a que él se levantara y se fuera, a que se defendiera... Pero él no decía nada. Parecía fascinado por el espectáculo de las dos mujeres, ostentosamente hostiles a él; una cómica pareja unida en su aversión. Llegó incluso a dar pruebas de asentimiento con la cabeza, como si dijera: «Bien, seguid».

Molly añadió:

—Como todos sabemos, Richard se casó con una mujer inferior a él... No en el aspecto social, no...; bastante se cuidó él de no hacer tal cosa..., sino, según sus mismas palabras, con una mujer agradable y sencilla, aunque afortunadamente provista de toda una serie de lords y ladies esparcida por las ramas colaterales de la familia, muy útiles, qué duda cabe, para dar nombre a las empresas.

En este punto, Anna soltó un bufido sardónico, pues ni los lords ni las ladies tenían nada que ver con el tipo de dinero que Richard controlaba. Pero Molly no hizo caso de la interrupción y continuó:

—Claro que casi todos los hombres que conocemos están casados con mujeres agradables, sencillas y deprimentes. Es una pena, pobres. La verdad, Marion es una persona excelente, nada tonta, aunque ha estado casada durante quince años con un hombre que la hace creerse estúpida...

—¡Qué harían estos hombres sin sus estúpidas esposas! —comentó Anna suspirando.

—¡Oh, no lo puedo ni imaginar! Cuando quiero estar deprimida de veras, me pongo a pensar en todos los hombres brillantes que conozco, casados con esposas estúpidas. Se me parte el alma, en serio. Y, claro, ahí tenemos a la tonta y vulgar Marion. Como es natural, Richard le fue fiel por igual espacio de tiempo que los otros, es decir, hasta que ella fue a la clínica para tener el primer niño.

—¿Por qué necesitáis remontaros tanto? —exclamó Richard involuntariamente, como si aquélla hubiera sido una conversación en serio, y de nuevo las dos mujeres rompieron a reír.

Molly paró de reírse y dijo con seriedad, aunque impaciente:

—¡Por Dios, Richard! ¿Por qué hablas como un idiota? No haces más que compadecerte porque Marion es tu talón de Aquiles y aún nos preguntas por qué hemos de remontarnos tan al principio. —Hizo una pausa antes de espetarle, muy seria y acusadora—: Cuando Marion fue a la clínica.

—De eso hace trece años —adujo Richard, agraviado.

—Te apresuraste a venir a verme a mí. Parecías convencido de que me metería en la cama contigo, y llegaste a sentirte herido en tu orgullo masculino porque yo rehusé. ¿Te acuerdas? Es que nosotras, las *mujeres libres*, sabemos que en el momento en que las esposas de nuestros amigos van a la clínica, sus queridos Tom, Dick o Harry vienen en seguida a vernos, ansiosos siempre de irse a la cama con las amigas de sus mujeres, ¡Dios sabrá por qué, pero es uno de esos fascinantes fenómenos psicológicos! En fin, es un hecho. Yo no iba a aceptarlo, así que no sé a quién acudiste…

—¿Cómo sabes que fui con alguien?

—Porque Marion lo sabe. Es una pena cómo se saben estas cosas. Tú has tenido toda una serie de chicas desde entonces, y Marion ha sabido de todas ellas, porque tú tienes que confesarle todos tus pecados. ¿No sería tan divertido, verdad, si no se lo contaras todo?

Richard hizo un movimiento como si fuera a levantarse e irse; Anna vio de nuevo tensarse los músculos de sus piernas, y relajarse luego. Cambió de parecer y siguió inmóvil. Fruncía la boca con una extraña sonrisita. Daba la impresión del hombre decidido a sonreír bajo el látigo.

—Mientras tanto, Marion criaba a tres niños. Se sentía muy desgraciada. De vez en cuando, tú dejaste insinuar que no estaría mal si se echara un amante…, equilibraría las cosas. Incluso llegaste a sugerir que era una burguesa convencional y monótona… —Molly volvió a hacer una pausa, sonriendo a Richard, y añadió—: ¡Eres tan hipócrita y condescendiente!

Lo dijo en un tono casi amistoso, aunque con un algo de desprecio. Y de nuevo Richard movió sus piernas al sentirse incómodo, y pidió, como si estuviera hipnotizado:

—Continúa.

Luego, viendo que era una provocación excesiva, rectificó rápidamente:

—Tengo interés en ver cómo lo describes.

—No va a resultarte nuevo —contestó Molly—. No sé ni de una sola vez que me callara lo que pensaba de cómo tratas a Marion. La has dejado siempre sola, aparte el primer año. Cuando los niños eran pequeños, no te vio nunca el pelo, excepto si se trataba de recibir amistades de negocios en tu casa o de organizar cenas elegantes y todas estas tonterías. Pero nunca te interesaste por ella. Entonces un hombre le demostró interés y fue lo suficientemente ingenua como para creer que tú no objetarías nada… ¡Al fin y al cabo, le habías dicho tantas veces que se echara un amante, cuando ella se quejaba de tus amigas! Así que ella tuvo una aventura y se armó la de Dios es Cristo. Tú no lo podías aguantar y empezaste a amenazarla. Entonces él quiso casarse con ella y llevarse a los tres niños…; sí, señor, la quería tanto como para eso. Pero no. Tú te pusiste a gritar sermones de moral, más fanático que un profeta del Antiguo Testamento.

—Él era demasiado joven para ella; no hubiera durado.

—¿Quieres decir que tal vez ella no hubiera sido feliz con él? ¿Acaso a ti te preocupaba el que ella fuera o no feliz? —inquirió Molly, con una carcajada de desprecio—. No; era tu vanidad herida. Te esforzaste realmente para volver a seducirla, no paraste de hacer escenas de celos y de cariño hasta que, por fin, ella rompió con él. Y en el momento en que la tuviste bien segura, perdiste todo el interés y volviste a las secretarias en aquel fantástico sofá que tienes en tu suntuoso despacho. Y tú crees que es muy injusto que Marion sea desgraciada y haga escenas y beba más de lo que le conviene. O quizá, sería mejor decir: más de lo que le conviene como mujer de un hombre de tu posición. En fin, Anna, ¿hay algo nuevo desde que me marché, hace un año?

Richard dijo, enfadado:

—No tenéis por qué convertir esto en un dramón.

Ahora que Anna iba a intervenir y que ya no era una discusión con su antigua mujer, estaba enojado.

—Richard vino a verme para preguntar si yo creía que había suficientes razones para mandar a Marion a un sanatorio o a algún lugar parecido. Porque estaba resultando una influencia pésima para los chicos.

Molly aspiró una bocanada de aire.

—Supongo que no lo has hecho —aventuró.

—No. Pero no alcanzo a comprender por qué resulta tan terrible. Estaba pasando una temporada en que bebía mucho, y para los chicos es malo... Paul tiene ya trece años, y la encontró una noche en que se había levantado a beber agua... La encontró en el suelo, inconsciente, bebida.

—¿Tenías de verdad intención de mandarla fuera? —La voz de Molly sonaba ahora neutra y vacía, pero con cierto matiz de censura.

—Bueno, Molly, bueno. Pero ¿qué harías tú? Y no te preocupes, que tu lugarteniente se escandalizó tanto como tú. Anna me hizo sentir todo lo culpable que a ti te gusta. —Volvía a reírse, aunque con cierta tristeza—. Y la verdad es que cuando salgo de esta casa me pregunto si realmente merezco tan poca simpatía. ¡Exageras tanto, Molly! Me tratas como si fuera una especie de Barba Azul. He tenido una media docena de aventuras sin importancia. Como todos los hombres que conozco que llevan casados cierto tiempo. Pero sus mujeres no beben por ello...

—Tal vez habría sido mejor que hubieras escogido una mujer realmente estúpida y sin sensibilidad —sugirió Molly—. Si, al menos, no le hubieras hecho saber lo que hacías... ¡Estúpido! Es mil veces mejor que tú.

—Sí, por descontado —admitió Richard—. Tú supones siempre que las mujeres son mejores que los hombres. Pero eso no ayuda en nada. Mira, Molly, Marion confía en ti. Por favor, ve a verla en cuanto puedas y háblale.

—¿Para decirle qué?

—¡Yo qué sé! No me importa, lo que sea... Insúltame si quieres, pero a ver si deja de beber.

Molly suspiró teatralmente, y se quedó mirándole con un gesto de semidesprecio en la boca.

—En fin, de verdad que no sé —dijo por último—. Realmente, es todo muy curioso. Richard, ¿por qué no haces tú algo? ¿Por qué no intentas hacerle sentir que le gustas, por lo menos? Te la llevas de vacaciones o lo que sea.

—Me la llevé a Italia.

A pesar suyo, la voz sonaba llena de resentimiento por haber tenido que hacer aquel viaje.

—¡Richard! —exclamaron las dos a la vez.

—No disfruta en mi compañía… —prosiguió Richard—. Me espiaba todo el tiempo… Continuamente podía notar cómo espiaba si yo miraba a alguna mujer, esperando a que me delatara. No lo aguanto.

—¿Bebía mientras estabais de vacaciones?

—No, pero…

—¿Ves? —dijo Molly, abriendo sus grandes manos blancas, como diciendo: «¿Qué más queda por aclarar?».

—Mira, Molly, no bebía porque era como una competición, ¿comprendes? Casi como un pacto. Yo no bebo si tú no miras a las chicas. Por poco enloquezco. Además, los hombres nos encontramos con ciertas dificultades prácticas… Bueno, estoy seguro que vosotras dos, como mujeres emancipadas que sois, lo comprenderéis; pero yo no puedo hacer nada con una mujer que me vigila como un carcelero… Irse a la cama con Marion después de una de aquellas tardes maravillosas era, en cierto modo, como un reto, como un «a ver si quedas bien». Total, que con Marion no conseguí que se me levantara. ¿Entendéis lo que quiero decir? Y ya hace una semana que estamos de vuelta. De momento, todo parece marchar. He pasado todas las noches en casa, como un buen marido: nos sentamos en el salón y nos comportamos muy bien. Ella procura no preguntarme qué he hecho o a quién he visto, y yo procuro no dirigir la vista hacia la botella de whisky. Pero la miro cuando sale de la habitación y alcanzo a oír su cerebro que va diciendo, como un tic: *Debe de haber estado con alguna mujer, porque no me desea*. Es un infierno, de verdad. ¡De acuerdo! —gritó de pronto, doblándose hacia adelante y haciendo un esfuerzo desesperado para ser sincero—. De acuerdo, Molly. Pero no se puede pedir todo.

Vosotras sermoneáis mucho sobre el matrimonio… Puede que tengáis razón; tal vez sí. Todavía no he visto ni un matrimonio que se acercara a lo que se supone que debería ser. De acuerdo. Pero vosotras cuidáis de manteneros bien alejadas de todo ello. Es una institución endiablada, de acuerdo. Pero yo estoy metido en ella y vosotras habláis desde fuera, bien a salvo.

Anna miró a Molly muy secamente, y ésta levantó las cejas con un suspiro.

—Y ahora ¿qué hay? —preguntó Richard, jovialmente.

—Estamos reflexionando sobre cuan a salvo nos encontramos estando al margen —dijo Anna en el mismo tono.

—Basta de bromas —intervino Molly—. ¿Tienes idea del precio que nos hacen pagar a las mujeres como nosotras?

—Bueno —repuso Richard—, no lo sé, y la verdad es que vosotras os lo habéis buscado. ¿A mí por qué debe importarme? Lo que sé es que hay un problema que vosotras no tenéis…; un problema puramente físico. ¿Cómo lograr una erección con la mujer que está casada con uno desde hace quince años?

Esto lo dijo en tono de camaradería, como quien pone sobre la mesa la última carta, olvidados todos los resentimientos.

Anna observó, al cabo de una pausa:

—Tal vez sería más fácil si hubieras cogido la costumbre.

Y Molly interrumpió, exclamando:

—¿Problema físico, dices? ¿Físico? Es emocional. Empezaste a meterte en la cama con otras porque tenías un problema emocional… No tiene nada que ver con lo físico.

—¿Ah, no? Es fácil para las mujeres.

—No, no es fácil para las mujeres. Pero, por lo menos, tenemos más sentido común y no usamos esas palabras de físico y emocional como si no estuvieran relacionadas.

Richard se arrellanó en el sillón y rompió a reír.

—Muy bien —dijo por fin—. Estoy equivocado. Claro, de acuerdo… Debí suponerlo. Pero quiero que me contestéis a una pregunta: ¿Creéis realmente que todo es culpa mía? Yo soy el malo, según vosotras. Pero, ¿por qué?

—Debías haberla querido —profirió Anna, simplemente.

—Eso es —añadió Molly.

—¡Señor! —exclamó Richard, perplejo—. ¡Bendito Señor! En fin, me doy por vencido. Después de todo lo que he dicho, y mirad que no me ha sido nada fácil… —esto lo dijo en tono casi amenazador, y se puso rojo cuando las dos mujeres soltaron el trapo, desternillándose de risa—. No, no es fácil hablar de asuntos sexuales con mujeres.

—No sé por qué. No ha sido ningún descubrimiento lo que has dicho —dijo Molly.

—¡Eres un… asno tan presumido! —añadió Anna—. Sacas del buche todo eso como si fuera la última revelación de yo qué sé qué oráculo. ¿A que hablas de cuestiones sexuales cuando estás solo con una mocita? Entonces, ¿para qué adoptar esta pose de hombre en el casino, sólo porque estamos nosotras dos?

Molly se apresuró a intervenir:

—No hemos decidido nada acerca de Tommy.

Se produjo un movimiento detrás de la puerta, que Anna y Molly oyeron, pero no Richard. Éste dijo:

—De acuerdo, Anna, me inclino ante vuestro mundo. No hay nada que añadir. Bien. Ahora quiero que vosotras, mujeres superiores, arregléis una cosa. Quiero que Tommy venga una temporada conmigo y con Marion. Si él se digna. ¿O es que no le gusta Marion?

Molly bajó la voz y contestó, mirando hacia la puerta:

—No te preocupes. Cuando Marion viene a verme, Tommy y ella conversan juntos durante horas.

Se produjo otro ruido, como una tos o algo que se caía. Los tres se quedaron en silencio al abrirse la puerta y entrar Tommy.

No era posible adivinar si había oído algo o no. Saludó primero a su padre, atentamente:

—Hola, padre.

Luego hizo un gesto con la cabeza a Anna, manteniendo los ojos bajos para evitar que le recordara que la última vez que se habían visto él se había franqueado ante su comprensiva curiosidad, y a su madre le dirigió una sonrisa amistosa, aunque irónica. Finalmente, les volvió la espalda para servirse unas cuantas fresas que quedaban en el plato, y todavía de espaldas preguntó:

—¿Y cómo *está* Marion?

Así que había oído. Anna pensó que podía creerlo capaz de escuchar detrás de la puerta. Sí, podía imaginárselo escuchando precisamente con aquella misma sonrisa distanciada e irónica con que había saludado a su madre.

Richard, desconcertado, no respondió, y Tommy insistió:

—¿Cómo está Marion?

—Muy bien —repuso Richard con cordialidad—. Realmente muy bien.

—Me alegro. Porque ayer, cuando fui a tomar un café con ella, parecía encontrarse pésimamente.

Molly, alarmada, miró a Richard levantando las cejas. Anna hizo una mueca. Por su parte, Richard las miraba sacando chispas por los ojos, como diciendo que la culpa era enteramente de ellas.

Tommy, sin levantar los ojos e indicando con todos los gestos de su cuerpo que no apreciaban lo que se merecía su comprensión de la situación y su juicio implacable sobre ellos, se sentó y se puso a comer despacio las fresas. Se parecía a su padre, es decir, era un joven de cuerpo bien trabado, redondo, oscuro como su padre, y sin la menor huella del brío y la vivacidad de Molly. Pero, a diferencia de Richard, cuya terca obstinación era franca y le brillaba en los ojos oscuros, revelándose en todos sus movimientos eficaces e impacientes, Tommy parecía como si estuviera enfundado, como prisionero de su propio carácter. Aquella mañana vestía una camiseta escarlata y tejanos azules y anchos, pero le hubiera estado mejor un traje serio de hombre de negocios. Cada gesto que hacía, cada palabra que pronunciaba, era como en cámara lenta. Molly se había quejado, en broma, naturalmente, de que parecía como si hubiera hecho voto de contar hasta diez antes de decir una palabra. Y un verano en que él se había dejado crecer barba, ella se quejó, también en broma, de que parecía como si se hubiera pegado aquella barba de don Juan a su rostro solemne. Ella siguió haciendo aquellos comentarios francos y joviales, hasta que, un día, Tommy observó:

—Sí, ya sé que preferirías que me pareciera a ti, que fuera de buen ver. Pero ¡qué mala pata! He salido con tu carácter y hubiera tenido que ser al contrario, pues seguro que si tuviera tu aspecto físico y el carácter de mi padre… En fin, su resistencia al menos hubiera sido mejor, ¿verdad?

Había insistido en ello, tercamente, como siempre que trataba de hacerle ver una cuestión que ella se obstinaba en no querer comprender. Molly, en aquella ocasión, permaneció preocupada días enteros, e incluso llegó a llamar a Anna.

—¿No es horrible, Anna? —le dijo—. ¿Quién se lo hubiera imaginado? Durante años estás pensando en algo y lo llegas a aceptar, pero luego, de repente, te das cuenta de que también lo han estado pensando los demás…

—¡Pero si a ti, sin duda, no te gustaría que se pareciera a Richard!

—No, pero tiene razón en lo de la resistencia. Y la manera como lo dijo…: «¡Qué mala pata que haya salido con tu carácter!».

Tommy comió las fresas hasta que no quedó ninguna, una detrás de otra. No dijo nada, y los otros tampoco. Le miraban comer, como si él les hubiera forzado a ello. Comía cuidadosamente, moviendo la boca en el acto de comer como en el acto de hablar, separadas las palabras, enteras y una a una lo mismo que las fresas. Fruncía el ceño, con las cejas negras muy juntas, como un niño pequeño estudiando la lección. Los labios incluso hacían gestitos preliminares antes de cada bocado, como los de un viejo. O como los de un ciego, pensó Anna, reconociendo el movimiento; una vez, en el tren, se había sentado frente a un ciego cuya boca tenía un gesto como aquél: era una boca bastante gruesa y firme, con un mohín dulce y ensimismado. Y sus ojos también eran como los de Tommy: incluso cuando miraba a alguien, parecía como si los entornara hacia el interior de sí mismo. Pero, naturalmente, aquel hombre era ciego. Anna se sobrecogió en un pequeño ataque de histeria, sentada frente al ciego, mirando aquellos ojos sin vista que parecían nublados de introspección. Y veía que Richard y Molly sentían lo mismo; estaban con el entrecejo fruncido y haciendo movimientos de desasosiego y nervios. Nos está acoquinando, pensó Anna, enojada; nos está acoquinando de una manera horrible. Y volvió a imaginárselo de pie detrás de la puerta, escuchando, seguramente durante un largo rato. Estaba ya injustamente segura de ello, y le había cogido manía al chico por la manera que les tenía, por gusto, clavados en las sillas y esperando.

Anna estaba logrando hacer un esfuerzo para romper el silencio, en contra de la más fantástica prohibición de decir nada que emanaba de Tommy, cuando éste dejó el plato sobre la mesa, puso con cuidado la cuchara a su través y con calma dijo:

—Los tres habéis estado hablando otra vez de mí.

—Pues claro que no —replicó Richard, cordial y convincentemente.

—Pues claro —añadió Molly.

Tommy les concedió una sonrisa de tolerancia y dijo:

—Has venido para ofrecerme un puesto en una de tus empresas. Pues lo he estado reflexionando, tal como tú sugeriste, pero, si no te importa, me parece que lo voy a rechazar.

— ¡Oh, Tommy! —exclamó Molly con desesperación.

—Tú no demuestras mucha lógica, madre —expuso Tommy, mirando hacia donde estaba ella, pero no a ella. Tenía una manera de mirar hacia alguien conservando la impresión de reconcentrarse en sí mismo. El rostro aparecía grave, con una expresión casi de estupidez, a causa del esfuerzo que estaba haciendo para dar a cada uno su merecido—. Tú sabes que no se trata simplemente de hacer un trabajo, ¿no es así? Significa que tengo que vivir como ellos. —Richard cambió de posición sus piernas y soltó un bufido, pero Tommy prosiguió—: No estoy criticando, padre.

—Si no estás criticando, ¿qué es lo que haces? —inquirió Richard, con una risa de enojo.

—No es una censura, es sólo un juicio de valores —dijo Molly, triunfante.

—Ah, *ya* —exclamó Richard.

Tommy no les hizo caso y continuó dirigiéndose hacia la parte de la habitación donde estaba su madre.

—La cuestión es que, para bien o para mal, me has criado de modo que creyera en ciertas cosas, y ahora me dices que más vale que vaya y acepte un trabajo con los Portmain. ¿Por qué?

—¿Quieres decir que por qué no te ofrezco algo mejor? —le interrogó Molly llena de humildad y amargura.

—Quizá no haya nada mejor. No es culpa tuya, y no es eso lo que sugiero —repuso él en un tono de fatalidad, muy suave y abrumador, que hizo que Molly suspirara franca y ruidosamente, se encogiera de hombros y abriera las manos.

—No me importaría ser como todo vuestro grupo; no es eso. Hace años que escucho a vuestros amigos, y todos vosotros parecéis estar en un lío o lo pensáis así aunque no lo estéis —añadió, frunciendo el ceño y pronunciando cada frase después de haberla meditado cuidadosamente—. Esto no me importa, pero para vosotros todo fue accidental; vosotros no os dijisteis en un cierto momento: «Voy a ser este tipo de persona». Quiero decir que para ti y Anna hubo un momento en que os sorprendisteis, con cierta sorpresa: «Ah, pues soy este tipo de persona».

Anna y Molly intercambiaron una sonrisa y dirigieron otra a Tommy, reconociendo que era verdad.

—Bueno, pues está solucionado —saltó Richard—. Si no quieres ser como Anna y Molly, aquí está la alternativa.

—No —dijo Tommy—. Si dices eso es que no me he explicado bien. No.

—¡Pero tienes que hacer algo! —gritó Molly, sin pizca de buen humor, con tono inflexible y atemorizado.

—No es verdad —dijo Tommy, como si fuera evidente.

—¡Si acabas de decir que no querías ser como nosotras! —replicó Molly.

—No es que no quiera serlo; es que me parece que no podría. —Se volvió hacia su padre para explicarle con paciencia—: Lo importante acerca de madre y de Anna es lo siguiente: uno no dice Anna Wulf la escritora o Molly Jacobs la actriz... Y si lo dices es porque no las conoces. No son... Lo que quiero decir es que no son lo que hacen; en cambio, si me pongo a trabajar contigo, seré lo que haga. ¿Comprendes?

—Con franqueza, no.

—Lo que quiero decir es que prefiero... —Se notaba que estaba haciendo un esfuerzo para ser exacto, y se quedó en silencio un instante, moviendo los labios, frunciendo el ceño—. He reflexionado sobre ello porque sabía que tendría que explicártelo —profirió de pronto, con paciencia, totalmente dispuesto a satisfacer las exigencias injustas de sus padres. Y añadió—: Las personas como Anna, Molly y todo ese grupo, no sólo son una cosa, sino muchas. Y uno sabe que podrían cambiar y ser algo diferente. No quiero decir que cambien de carácter, pero no se han fijado en un molde. Uno sabe que si ocurriera algo en el mundo, si hubiera un cambio de alguna clase, una revolución o algo... —Se detuvo un momento, esperando pacientemente a que Richard expeliera la bocanada de aire que había aspirado con irritación al oír la palabra revolución, y continuó—: serían algo distinto, si ello fuera necesario. En cambio, tú nunca cambiarás, padre. Tú siempre tendrás que vivir como vives ahora. Yo no quiero que me ocurra lo mismo —concluyó, dejando que sus labios adoptaran aquel mohín indicador de que había terminado la explicación.

—Vas a ser muy desgraciado —dijo Molly, casi con un gemido.

—Sí, además eso —contestó Tommy—. La última vez que discutimos, terminaste diciendo: «Ah, qué desgraciado vas a ser». Como si eso fuera lo peor que uno puede ser. Al fin y al cabo, si hablamos de ser o no ser felices, yo no diría que tú o Anna seáis felices, pero por lo menos sois mucho más felices que mi padre. Y no hablemos de Marion —añadió estas últimas palabras suavemente, acusando con franqueza a su padre.

Richard se irritó al decir:

—¿Por qué no escuchas mi versión de la historia, además de la de Marion?

Tommy no hizo caso y continuó diciendo:

—Ya sé que voy a parecer ridículo. Antes de empezar ya sabía que iba a parecer ingenuo...

—¡Claro que eres ingenuo! —exclamó Richard.

—No eres ingenuo —afirmó Anna.

—Después de la última conversación que mantuve contigo, Anna, vine a casa y pensé: «Anna debe de pensar que soy muy ingenuo».

—No, no es verdad. El caso no es éste. Lo que tú no pareces comprender, Tommy, es que quisiéramos que salieras adelante mejor que nosotras.

—Pero ¿por qué?

—Bueno; tal vez todavía cambiemos y mejoremos algo —explicó Anna, como muestra de deferencia hacia la juventud. Al oír la súplica de su propia voz, rompió a reír y añadió—: Por Dios, Tommy, ¿no te das cuenta de lo juzgadas que nos haces sentir?

Por vez primera, Tommy mostró un rasgo de humor. Las miró de verdad, primero a ella y luego a su madre, con una sonrisa.

—Olvidáis que os he estado escuchando hablar toda mi vida. De vosotras sé cosas, ¿no? Yo creo que a veces las dos sois bastante infantiles, pero prefiero esto a…

No miró a su padre, como prescindiendo de él.

—Es una pena que nunca me hayas dejado hablar a mí —dijo Richard, aunque con lástima de sí mismo.

Tommy reaccionó con un gesto, terco y rápido, de repulsión. Les dijo a Anna y Molly:

—Prefiero ser un fracasado, como vosotras, antes que llegar lejos y todo lo demás. Lo que no quiere decir que escoja el fracaso. Porque uno no escoge ser un fracasado, ¿verdad? Yo sé lo que no quiero, pero no lo que quiero.

—Una o dos cuestiones prácticas —intervino Richard, mientras Anna y Molly, de mal humor, hacían un esfuerzo por aceptar la palabra fracaso, usada por el muchacho exactamente en el mismo sentido que ellas lo hubieran hecho.

Así y todo, ninguna de las dos se la había aplicado a sí misma… o, por lo menos, no de aquella manera tan certera y dolorosa.

—¿De qué vas a vivir? —preguntó Richard.

Molly se enojó. No quería que los sarcasmos de Richard arrastraran a Tommy fuera de aquel tranquilo período de reflexión que ella le ofrecía.

Pero Tommy contestó:

—Si a madre no le importa, a mí no me molestaría vivir a sus costas por una temporada. Al fin y al cabo, apenas gasto nada. Pero si me veo forzado a ganar dinero, puedo enseñar.

—Y te vas a encontrar con que es un modo de vida mucho más inflexible que el que te ofrezco yo —arguyó Richard.

Tommy se sentía violento.

—Me parece que no has comprendido realmente lo que he tratado de decir. Quizá no me he expresado bien.

—Te vas a convertir en un haragán de café —predijo Richard.

—No. No me parece probable. Tú lo dices porque a ti sólo te gusta la gente que tiene mucho dinero.

Los tres adultos se quedaron sin decir nada. Molly y Anna, porque el chico era capaz de defenderse por su cuenta; Richard, porque temía salirse de sus casillas. Al cabo de un rato, Tommy dijo:

—Quizá probaré a ser escritor.

Richard soltó un gemido. Molly no dijo nada, con un esfuerzo. En cambio, Anna exclamó:

—¡Oh, Tommy! ¿Y aquellos consejos tan buenos que te di?

Él le contestó afectuosamente, pero con firmeza:

—Te olvidas, Anna, de que yo no tengo esas ideas tuyas tan complicadas sobre lo que es escribir.

—¿Qué ideas son ésas? —inquirió Molly, tajante.

Tommy se dirigió a Anna:

—He reflexionado sobre lo que me has dicho.

—¿Qué te ha dicho? —exigió Molly.

Anna dijo:

—Tommy, eres una persona temible de conocer. Una dice algo y tú te lo tomas tan en serio.

—Pero tú *ibas* en serio, ¿no?

Anna reprimió un impulso de acabar aquello con una broma, y repuso:

—Sí, iba en serio.

—Ya lo sé. Así que he reflexionado sobre lo que dijiste. En ello había cierta arrogancia.

—¿Arrogancia?

—Sí, creo que sí. Las dos veces que he ido a verte, tú has hablado, y cuando he puesto en claro todo lo que has dicho, me suena a arrogancia. Como una especie de desprecio.

Los otros dos, Molly y Richard, se tomaban un descanso, con sonrisas, encendiendo cigarrillos, sintiéndose excluidos, cambiando miradas.

No obstante, Anna, al recordar la sinceridad con que el chico acudió a ella, había decidido dejar de lado incluso a su vieja amiga Molly, de momento por lo menos.

—Si he dado la impresión de desprecio, es que no me he explicado bien.

—Sí. Porque significa que no confías en la gente. A mí me parece que tienes miedo.

—¿Miedo de qué? —preguntó Anna. Se sentía al descubierto, especialmente ante Richard, y tenía la garganta seca y dolorida.

—De la soledad. Sí, ya sé que esto suena extraño para ti porque, naturalmente, tú eliges estar sola antes que casarte para no estar sola. Pero yo me refiero a algo diferente. Tú tienes miedo de escribir lo que piensas sobre la vida, porque puede que te encuentres al descubierto, que te desenmascares, que te encuentres a solas.

—¡Ah! —exclamó Anna, sin entusiasmo—. ¿Tú crees?

—Sí. Y si no tienes miedo, entonces es desprecio. Cuando hablamos de política, tú dijiste que lo que habías aprendido siendo comunista es que lo más terrible de todo, lo peor, era cuando los jefes no decían la verdad. Dijiste que una pequeña mentira podía extenderse en una ciénaga de mentiras y envenenarlo todo. ¿Te acuerdas? Hablaste de ello largo rato... Bueno, pues dijiste eso sobre la política y tú tienes libros enteros que te has escrito para ti misma, que nadie ha visto. Tú dijiste que todo el mundo tiene libros en los cajones, que la gente escribe para sí misma..., y esto, incluso, en países donde no es peligroso escribir la verdad. ¿Te acuerdas, Anna? Pues esto es un modo de desprecio. —Sus ojos no la habían mirado a ella, pero le habían dirigido una mirada seria, oscura, de introspección. Se dio cuenta, entonces, de que ella enrojecía, y titubeando añadió—: Anna, tú decías lo que realmente pensabas, ¿verdad?

—Sí.

—Pero, ¡vamos! Es imposible que no imaginaras que yo iba a reflexionar sobre todo esto.

Anna cerró los ojos un instante, con una sonrisa de dolor, y adujo:

—Supongo que no apreciaba... lo muy en serio que me ibas a tomar.

—Es lo mismo, es lo mismo que con el escribir. ¿Por qué no había de tomarte en serio?

—No sabía que Anna hubiera estado escribiendo durante esta temporada —intervino Molly, decidida a entrar en serio en la conversación.

—Es verdad, no he escrito —se apresuró a admitir Anna.

—¿Ves? —dijo Tommy—. ¿Por qué dices eso?

—Recuerdo que te dije que me había sobrecogido un horrible sentimiento de aversión, de futilidad. Tal vez no quiera propagar emociones como éstas.

—Si Anna te ha estado llenando de aversión por la carrera literaria —prorrumpió Richard, riendo—, por una vez no voy a contradecirla.

Era una observación tan falsa que Tommy se limitó a pasarla por alto, lo que logró cortésmente controlando su confusión y pasando directamente a decir:

—Si sientes aversión, pues sientes aversión. ¿Por qué pretender lo contrario? Pero el caso es que tú hablabas de responsabilidades. Esto es también lo que yo experimento. La gente no se siente responsable hacia los demás. Tú dijiste que los socialistas han dejado de ser una fuerza moral, de momento, al menos, porque no han tomado sobre sí la responsabilidad moral... Excepto unos pocos. Dijiste eso, ¿no? En cambio, escribes y escribes en cuadernos, en los que dices lo que piensas acerca de la vida, pero los cierras con candado. Y eso no es ser responsable.

—Un gran número de personas diría que lo irresponsable es propagar el sentimiento de aversión, anarquía o desconcierto... —Anna dijo esto medio en broma, quejosa, con abatimiento y tratando de hacerle adoptar el mismo tono a su interlocutor.

Pero él reaccionó inmediatamente cerrándose, dejándolo correr, demostrándole que no había estado a la altura que esperaba de ella. Como todos los demás, resultaba inevitable que acabara por decepcionarle; esto era lo que sugería aquel gesto suyo de paciencia y terquedad. Se refugió en sí mismo diciendo:

—En todo caso, he bajado para decir esto. Me gustaría seguir sin hacer nada un mes o dos. Al fin y al cabo, cuesta mucho menos que ir a la universidad, como vosotros queríais.

—No es una cuestión de dinero —adujo Molly.

—Vas a ver que es una cuestión de dinero —intervino Richard—. Cuando cambies de parecer, me llamas.

—Te llamaré de todos modos —repuso Tommy a su padre en tono considerado.

—Gracias —dijo Richard, con la sequedad del que está ofendido. Permaneció un momento de pie, con una sonrisa enojada hacia las dos mujeres, antes de despedirse—. Pasaré uno de estos días, Molly.

—Cuando quieras —le contestó Molly, con dulzura.

Inclinó fríamente la cabeza hacia Anna, puso la mano un instante sobre el hombro de su hijo, quien se quedó indiferente, y se marchó. En seguida, Tommy se puso de pie y dijo:

—Subo a mi cuarto.

Salió con la cabeza echada hacia adelante, girando con una mano el pomo de la puerta, que se abrió lo necesario para dejar pasar su cuerpo: era como si se escurriera de la habitación. Las dos mujeres oyeron sus pisadas monótonas y pesadas por las escaleras.

—*En fin…* —dijo Molly.

—En fin… —dijo Anna, preparándose para el desafío.

—Parece que han ocurrido muchas cosas mientras yo estaba fuera.

—De momento, parece que a Tommy le he dicho cosas que no hubiera debido.

—O no suficientes.

Anna hizo un esfuerzo para explicar:

—Ya sé que quieres que hable de problemas artísticos y demás. Pero para mí es distinto… —Molly aguardaba con una expresión de escepticismo, e incluso como injuriada—. Si viera la cuestión en términos de un problema artístico, entonces sería fácil, ¿no? Podríamos tener conversaciones muy inteligentes sobre la novela moderna…

La voz de Anna sonaba llena de irritación, y trató de sonreír para suavizar su efecto.

—¿Qué hay, pues, en esos diarios?

—No son diarios.

—Lo que sean.

—Caos, ésa es la cuestión.

Anna se quedó mirando los dedos de Molly, gruesos y blancos, que se retorcían y entrelazaban. Las manos parecían decir: «Pero, ¿por qué me injurias así? Pero si te empeñas, lo aguantaré».

—Si escribiste una novela, no veo por qué no puedes escribir otra —prorrumpió Molly, provocando la risa de Anna, que no pudo contenerse pese a que los ojos de su amiga se llenaron de lágrimas.

—No me reía de ti.

—¿Es que no lo entiendes? —sollozó Molly, tragándose con determinación las lágrimas—. Ha significado siempre tanto para mí el que tú produjeras algo, aunque yo no produjera nada…

Anna estuvo por decir, con firmeza: «Yo no soy una prolongación de ti». Pero sabía que era una de las cosas que podría haber dicho a su madre, así que se contuvo. Anna recordaba muy poco a su madre. ¡Había muerto tan pronto! Sin embargo, en momentos como aquél, era capaz de formarse la imagen de alguien fuerte y dominador, con quien Anna debía luchar.

—Sobre algunas cosas, te enfadas tanto, que no sé como empezar —dijo Anna.

—Sí, estoy enfadada. Estoy enfadada. Estoy enfadada con toda la gente que conozco y que se echa a perder. No se trata sólo de ti. Hay muchas más personas.

—Mientras estuviste fuera, ocurrió algo que me interesó. ¿Te acuerdas de Basil Ryan? Me refiero al pintor.

—Claro. Le conocí.

—Pues bien; apareció un artículo en el periódico, y decía que no iba a volver a pintar. Afirmaba que como el mundo es tan caótico, el arte no tiene ninguna importancia. —Se produjo un silencio, hasta que Anna imploró—: ¿Eso no significa nada para ti?

—No. Y, sobre todo, en cuanto a ti. Al fin y al cabo, tú no eres de los que escriben novelitas sobre las emociones. Tú escribes sobre lo que es real.

Anna casi se echó a reír de nuevo, y luego dijo, seriamente:

—¿Te das cuenta de cuántas de las cosas que decimos son sólo ecos? Esta observación que acabas de hacer es un eco de la crítica del Partido Comunista... en sus peores momentos, además. ¡Dios sabrá lo que significan observaciones así! Yo, desde luego, lo ignoro. Nunca las comprendí. Si el marxismo tiene alguna significación, ésta es que una novelita que trate de las emociones debe reflejar «lo que es real», puesto que las emociones son una función y un producto de una sociedad... —Se detuvo a causa de la expresión de Molly—. No pongas esa cara, Molly. Has dicho que querías que hablara de ello, y lo estoy haciendo. Pero hay algo más. Algo fascinante, si no fuera tan deprimente. Aquí estamos, en 1957, y han ocurrido muchísimas cosas. De súbito, en Inglaterra, se produce un fenómeno en el campo de las artes que yo, desde luego, no había previsto. Todo un grupo de gente, que jamás tuvo nada que ver con el Partido, se levanta y exclama, como si se le acabara de ocurrir a él sólito, que las novelitas o las piezas de teatro sobre emociones no reflejan la realidad. La realidad, te sorprendería oírlo, es la economía o las ametralladoras que aniquilan a quien protesta contra el nuevo orden.

—Todo porque no tengo facilidad para expresarme. ¡Es injusto! —exclamó Molly rápidamente.

—Al fin y al cabo, sólo escribí una novela.

—Sí, ¿y qué vas a hacer cuando ya no te dé dinero? Has tenido suerte con ella, pero algún día terminará...

Anna se retuvo, inmóvil, con un esfuerzo. Molly había hablado por puro despecho. «Me alegro de que vayas a estar sujeta a las mismas dificultades con que nosotros tenemos que enfrentarnos —pensó Anna—. Ojalá no me hubiera vuelto tan consciente de todo, de cada pequeño matiz. Antes, no me hubiera dado cuenta. En cambio, ahora en cada conversación, en cada encuentro con una persona parece como si cruzara un campo de minas. ¿Y por qué no puedo aceptar que a veces la amiga más íntima me clave un puñal bien hondo en la espalda?»

Casi estuvo por contestar, secamente: «Te alegrarás de saber que el dinero ya sólo me llega como en cuentagotas, y que pronto tendré que buscarme un empleo». Pero dijo, de buen humor, respondiendo sólo al sentido aparente de las palabras de Molly:

—Sí, me parece que pronto voy a estar falta de dinero, y tendré que encontrar trabajo.

—Y no has hecho nada mientras he estado fuera.

—No cabe duda de que he conseguido llevar una vida bien complicada. —Molly volvió a poner cara de escepticismo, por lo que Anna decidió dejarlo. Añadió alegremente, con ligereza—: Ha sido un año malo. Para empezar, casi tuve un asunto con Richard.

—Eso parece.. Debe de haber sido un año muy malo para que llegaras a pensar en Richard.

—¿Sabes que allá arriba las cosas están en un estado de anarquía muy interesante…? Te quedarías sorprendida. ¿Por qué no has hablado nunca con Richard de su trabajo? Es tan extraño…

—¿Quieres decir que te interesó él porque es tan rico?

—¡Oh, *Molly*! Claro que no. No, ya te lo he dicho. Todo se está desmoronando. Toda esa gentuza de las altas esferas no cree en nada. Me recuerdan a los blancos del África central… Acostumbraban a decir: «Pues claro, los negros van a echarnos al mar dentro de cincuenta años». Lo decían alegremente, y en otras palabras significaba: ¿Ya sabemos que lo que hacemos está mal». Pero ha resultado ser mucho menos de cincuenta años.

—Es de Richard de quien quiero que hables.

—Pues me llevó a una cena elegante. Era para celebrar algo. Acababa de adquirir una participación mayoritaria en todas las sartenes de aluminio, los estropajos, las hélices de avión de Europa… o algo por el estilo. Había cuatro magnates y cuatro chicas. Yo era una de las muchachas. Me senté a aquella mesa y miré las caras de los demás comensales. ¡Dios mío, daba miedo!

Retrocedí a mi fase más primitiva de comunismo. ¿Te acuerdas? Cuando una cree que hay que matar a esos hijos de puta... En fin, antes de enterarte de que los del otro lado son exactamente igual de irresponsables. Miré aquellas caras, no hice más que permanecer en la silla mirando aquellas caras...

—Pero esto es lo que siempre habíamos dicho —interrumpió Molly—. ¿Por qué te sorprende?

—Me recordó cuan verdad era. Y, además, la manera cómo tratan a las mujeres... Todo inconscientemente, claro. ¡Dios mío, a ratos puede que nos sintamos muy desgraciados, pero qué suerte tenemos! Los nuestros, por lo menos, son medio civilizados.

—Cuenta de Richard.

—¡Ah, sí! En fin, no tuvo ninguna importancia. Fue sólo un episodio. Me trajo a casa en su nuevo Jaguar. Le ofrecí café. Él estaba a punto. Yo me quedé pensando, pues no es peor que algunos de los imbéciles con quienes me he ido a la cama.

—Anna, ¿qué mosca te ha picado?

—¿Me quieres decir que nunca has sentido ese horrible cansancio moral, en que todo te importa un bledo?

—Es por la manera como hablas. Es nuevo.

—¡No me digas! Pero he decidido que si llevamos lo que se dice una vida libre, esto es, una vida como los hombres, entonces ¿por qué no podemos usar el mismo lenguaje?

—Porque no somos como ellos. Ésta es la cuestión.

Anna se rió.

—Hombres. Mujeres. Atados. Libres. Buenos. Malos. Sí. No. Capitalismo. Socialismo. Sexo. Amor...

—Anna, ¿qué pasó con Richard?

—Nada. Le estás dando demasiada importancia. Me estuve sentada, tomando café y mirando la estúpida cara que tiene, mientras pensaba que si yo fuera un hombre me iría a la cama con él, simplemente porque le encontraría estúpido... Si él fuera una mujer, quiero decir. Y, además, ¡me aburría tanto, tanto, tanto! Entonces él sintió mi aburrimiento y decidió reclamarme. Así que se levantó y dijo: «Bueno, supongo que será mejor que me vaya a casa, al número 16 de Plane Avenue, o lo que sea». Esperaba que yo dijera: «¡Oh, no! No soportaría que te marcharas». Ya sabes, el pobre marido atado a la mujer y a los niños. Todos hacen lo mismo. «Por favor, compadécete de mí; tengo que marcharme a casa, al 16 de Plane Avenue, a la siniestra casa electrodoméstica de los suburbios». Lo dijo una vez. Lo dijo tres veces… Como si no viviera allí ni estuviera casado con ella, como si aquello no tuviera nada que ver con él. ¡La casita del número 16 de Plane Avenue y la señora!

—Para ser exactos, una mansión enorme, con dos criadas y tres coches, en Richmond.

—Debes reconocer, sin embargo, que irradia un aire de suburbio. Curioso, ¿no? Pero con todos pasa…; quiero decir que todos aquellos magnates hacían el mismo efecto. Una podía ver realmente todos los aparatos electrodomésticos, y a los niños con sus camisas de dormir, corriendo para darle las buenas noches a su papá. Unos cerdos presumidos, eso es lo que son.

—Hablas como una puta —dijo Molly; luego puso cara avergonzada y sonrió, sorprendida de haber pronunciado aquella palabra.

—Pues, por cierto, sólo gracias a un enorme esfuerzo de voluntad evito sentirme como una de ellas. Ponen tanto esfuerzo, inconscientemente, claro, que acaban consiguiendo, cada vez, que una se sienta de este modo. En fin… Total que dije: «Buenas noches, Richard. Tengo mucho sueño… Muchas gracias por haberme mostrado esos círculos tan elegantes». Él se quedó de pie, preguntándose si no había llegado el momento de exclamar: «¡Pobre de mí! Tengo que irme a casa junto a mi cargante mujer» por cuarta vez. Se estaba preguntando cómo era que aquella Anna, tan poco imaginativa, no sentía ninguna compasión hacia él. Luego pude ver cómo pensaba: «Claro, ésta no es más que una intelectual. ¡Qué pena no haber salido con una de las otras!» Así que esperé, ya sabes, a que se produjera aquel instante en que te lo tienen que cobrar. Dijo: «Anna, deberías cuidarte más. Pareces diez años más vieja de lo que eres; te estás apergaminando». Entonces yo le contesté: «¡Pero Richard! Si yo te pidiera que vinieras conmigo a la cama, me estarías diciendo en este mismo instante lo guapa que estoy… Y, la verdad, no debe de ser ni tanto, ni tan poco».

Molly apretaba un cojín contra sus pechos, abrazándolo y riéndose a carcajadas.

—Entonces, él me replicó: «Pero Anna, cuando me invitaste a que entrara para tomar café sabías lo que significaba. Soy un hombre muy viril —puntualizó—, y con una mujer o tengo una relación con ella o no la tengo». Entonces ya me harté y dije: «¡Por Dios, lárgate, Richard! Eres una lata…» O sea que, como puedes imaginar, era forzoso que hoy se produjeran… No sé si la palabra adecuada es *tensiones* entre Richard y yo.

Molly contuvo su risa para poder hablar:

—De todos modos, tanto tú como Richard debéis de estar locos.

—Sí —repuso Anna, completamente en serio—. Sí, Molly, me parece que me he salvado por un pelo.

Pero en aquel momento, Molly se levantó y dijo, de prisa:

—Voy a preparar algo para almorzar.

La mirada que dirigió a Anna era de culpa y arrepentimiento. Anna también se puso de pie para decir:

—Pues voy un momento contigo a la cocina. —Podrás contarme los chismes.

—¡Ohhhh! —bostezó Anna, con naturalidad—. Bien pensado, ¿qué puedo contarte que sea nuevo? Todo sigue igual, exactamente igual.

—¿Después de un año? El Vigésimo Congreso, Hungría, Suez… ¿Y la innegable progresión natural del corazón humano de una cosa a otra? ¿Tampoco esto ha cambiado?

La pequeña cocina era blanca, muy bien ordenada, con sus relucientes hileras de tazas, bandejas, platos pintados y las gotas de vapor que se condensaban en las paredes y el techo. Las ventanas estaban empañadas. El horno parecía brincar y palpitar con la fuerza del calor que llevaba dentro. Molly abrió de golpe la ventana, y un olor caliente de carne asada se esparció inmediatamente por los tejados húmedos y los patios sucios, a la vez que la luz del sol rebotó como una pelota contra el marco y cayó al interior de la cocina.

—¡Inglaterra! —dijo Molly—. Inglaterra. Esta vez el regreso ha sido peor que nunca. Ya en el barco empecé a sentir cómo se me escapaba del cuerpo la energía. Ayer fui de tiendas y miré todas estas caras amables, honestas... ¡Todo el mundo es tan bondadoso, tan decente y tan asquerosamente aburrido! —Lanzó una breve mirada por la ventana, y luego se volvió de espaldas a ella con determinación.

—Más vale que aceptemos el hecho de que nosotras, y todo el mundo que conocemos, seguramente nos vamos a pasar la vida quejándonos de Inglaterra. Sin embargo, vivimos en ella...

—Yo me vuelvo a marchar pronto. Me iría mañana mismo si no fuera por Tommy. Ayer estuve ensayando en el teatro. Todos los hombres del personal son maricas excepto uno, que tiene dieciséis años. Así, pues, ¿qué hago aquí? En todo el tiempo que estuve en el extranjero, las cosas sucedieron naturalmente. Los hombres te tratan como mujer, te sientes bien, jamás me acordé de la edad que tenía, jamás pensé en el sexo. Tuve un par de asuntos simpáticos, sin atormentarme, con tranquilidad. Pero en cuanto pisas este país, tienes que apretarte el cinturón y recordar: «¡Cuidado, estos hombres son ingleses!» Excepto alguna rara excepción, por lo que te vuelves tan consciente de ti misma y del sexo. ¿Cómo puede ser éste un buen país, con toda esta población tan acomplejada?

—Te volverás a sentir cómoda dentro de un par de semanas.

—No quiero sentirme cómoda. Ya ahora noto cómo la resignación empieza a invadirme. ¿Y esta casa? Debería volverse a pintar. Sencillamente, no me da la gana de volver a empezar, de volver a pintar y a colgar cortinas. ¿Por qué aquí todo viene tan cuesta arriba? En Europa no ocurre. Duermes un par de horas por la noche y eres feliz. Aquí, duermes y todo cuesta un esfuerzo...

—Sí, sí —asintió Anna, riendo—. En fin, estoy segura de que nos haremos el mismo discurso durante años, cada vez que regresemos de alguna parte.

La casa tembló al paso de un tren subterráneo.

—Y deberías arreglar el techo —añadió Anna, mirándolo.

La casa, partida en dos por una bomba hacia el final de la guerra, había estado vacía durante dos años, con todas las habitaciones expuestas a la lluvia y al viento. La habían vuelto a arreglar, pero cuando pasaban los trenes se oía disgregarse la pared por detrás de la capa de pintura nueva. El techo tenía una grieta.

—¡Vaya gaita! —exclamó Molly—. No me siento con ánimos. Pero supongo que lo haré. ¿Por qué sólo en este país todos a quienes conocemos dan la impresión de poner a mal tiempo buena cara, todos van arrastrando estoicamente su cruz?

Los ojos se le empañaban de lágrimas; parpadeó para apartarlas y se volvió hacia el horno.

—Porque éste es el país que conocemos. Los otros son los países acerca de los cuales reflexionamos.

—Esto no es del todo verdad, y tú lo sabes. En fin... Más vale que te apresures con las noticias; voy a servir el almuerzo dentro de un minuto.

Ahora le tocaba a Molly denotar un aire de soledad, de incomprendida. Sus manos, dramáticas y estoicas, acusaban a Anna. En cuanto a ésta, pensaba: «Si ahora me enfrasco en una de las sesiones acerca de qué es lo que no va con los hombres, no me iré a casa, me quedaré a almorzar y me estaré aquí toda la tarde, con lo que Molly y yo nos sentiremos reconfortadas y muy unidas, sin ninguna barrera. Y cuando me vaya, se producirá un resentimiento súbito, un rencor, porque, al fin y al cabo, nuestra auténtica lealtad es hacia los hombres y no hacia las mujeres...» Anna casi se volvió a sentar, dispuesta a sumergirse. Pero no lo hizo. Pensó: «Quiero acabar con ello. Basta de este asunto de los hombres y las mujeres, de todas las quejas, acusaciones y traiciones. Además, es deshonesto. Hemos elegido una manera de vivir, sabíamos el precio que nos costaría... o si no lo sabíamos, lo sabemos ahora. Así, pues, ¿por qué gimotear y lamentarse?... Además, si no voy con cuidado, Molly y yo vamos a rebajarnos a una especie de soltería mancomunada, nos vamos a pasar la vida recordando a tal o cual hombre, cuyo nombre ya habremos olvidado, que dijo aquello tan desconsiderado allá por 1947...»

—Va, suéltalo —dijo Molly de pronto, con mucho ánimo a Anna, quien hacía rato que no hablaba.

—¡Ah, sí! Supongo que no quieres saber nada de los camaradas, ¿verdad?

—En Francia y en Italia los intelectuales hablan día y noche sobre el Vigésimo Congreso y Hungría, sobre las perspectivas, las lecciones y los errores que se desprenden de ello.

—En tal caso, como aquí es igual, aunque gracias a Dios la gente empieza ya a estar harta de ello, lo dejo pasar.

—Bien.

—Pero voy a mencionar a tres de los camaradas... Sólo de pasada —se apresuró a añadir Anna al ver la mueca de Molly—. Tres hermosos hijos de la clase obrera y dirigentes sindicales.

—¿Quiénes son?

—Tom Winters, Len Colhoun y Bob Fowler.

—Sí, ya los conozco —puntualizó Molly. Siempre conocía o había conocido a todo el mundo—. ¿Y bien?

—Inmediatamente antes del Congreso, cuando había mucha inquietud en nuestro medio, con intrigas, lo de Yugoslavia y demás, tuve ocasión de frecuentarlos, en relación con lo que ellos llamaban rutinariamente asuntos culturales. Con condescendencia... En aquellos días, yo y otros como yo dedicamos muchas horas a luchar dentro del Partido... ¡Qué ingenuos éramos, intentando convencer a la gente de que más valía reconocer que las cosas iban mal en Rusia que negarlo! En fin. Un buen día recibí cartas de los tres, por separado, naturalmente, pues ninguno de ellos sabía que los otros habían escrito. Eran cartas muy firmes. Cualquier rumor acerca de que algo no marchaba como era debido en Moscú, de que no había marchado o de que el Padre Stalin había dado algún mal paso, procedía de los enemigos de la clase obrera.

Molly rió, aunque sólo por cortesía; aquella cuerda la habían pulsado ya demasiadas veces.

—No, pero eso no es lo que importa. Lo importante es que las tres cartas eran intercambiables... Exceptuando la letra, claro.

—Ya es mucho exceptuar.

—Como diversión, pasé a máquina las tres cartas, que eran muy largas, por cierto, y las puse una junto a la otra. En las frases, estilo, tono, eran idénticas. Resultaba imposible afirmar ésta la escribió Tom o ésta es de Len.

Molly dijo, con resentimiento:

—¿Lo hiciste para ese cuaderno o lo que sea, acerca del que tú y Tommy hacéis tanto misterio?

—No. Era para aclarar algo. Pero no he terminado todavía.

—Bien, no insisto.

—Entonces vino el Congreso y casi en seguida tuve otras tres cartas. Las tres histéricas, autoacusadoras, llenas de culpabilidad y humillación.

—¿Las volviste a pasar a máquina?

—Sí. Y a ponerlas una junto a la otra. Parecían escritas por la misma persona. *¿Es que no te das cuenta?*

—No. ¿Qué estás intentando demostrar?

—Pues, lo lógico: ¿a qué estereotipo pertenezco yo?

—¿Ah, tú crees? Yo no lo veo así.

Lo que Molly estaba diciendo era: «Si tú quieres reducirte a una nadería, muy bien, pero no me pongas la etiqueta a mí».

Decepcionada, porque este descubrimiento y las ideas que le habían seguido era lo que más esperó discutir con Molly, Anna dijo apresuradamente:

—¡Ah, bueno! A mí me pareció interesante. Y esto es casi todo… Hubo un período que podría describirse como de confusión, y algunos salieron del Partido. O digamos que *todos* salieron del Partido, quiero decir aquellos a quienes se les había agotado el tiempo psicológico. Entonces, un día de la misma semana, y esto es lo más fantástico de todo, Molly… —A pesar suyo, Anna volvía a recurrir a Molly—, la misma semana recibí otras tres cartas, purgadas de dudas, firmes y llenas de resolución. Fue la semana después de Hungría. En otras palabras, el látigo había vuelto a chasquear y los tres indecisos habían vuelto a formar en las filas. Las tres cartas eran también idénticas… No me refiero a las palabras en sí, claro —puntualizó Anna, con impaciencia, al poner Molly una expresión escéptica—. Me refiero al estilo, las expresiones, la manera en que se ligaban las palabras. Y aquellas cartas del período intermedio, aquellas cartas histéricas de humillación, era como si no las hubieran escrito nunca. De hecho, estoy convencida de que Tom, Len y Bob las han suprimido de su memoria.

—Pero ¿tú las has conservado?

—No tengo la intención de usarlas en ningún tribunal, si es a eso a lo que te refieres.

Molly estuvo secando vasos lentamente, con un trapo de rayas rosas y moradas, y mirándolos a contraluz antes de colocarlos en su sitio.

—Pues yo estoy tan harta de todo esto, que me parece que no voy a interesarme por ello nunca más.

—Pero, Molly, eso es imposible. Durante años fuimos comunistas, casi comunistas o como quieras llamarlo. No podemos, un buen día, decir: «En fin, me aburre».

—Lo curioso es que me aburre. Sí, ya sé que es raro. Hace dos o tres años me sentía culpable si no pasaba todo el tiempo libre organizando algo. Ahora, no me siento nada culpable si me limito a hacer mi trabajo y dedico el resto del tiempo a holgazanear por ahí. Me importa un bledo, Anna. Francamente, un bledo.

—No se trata de sentirse culpable. Es cuestión de reflexionar sobre lo que todo esto significa.

Molly no respondió, por lo que Anna se apresuró a añadir:

—¿Quieres noticias de la Colonia?

La Colonia era el nombre que daban a un grupo de americanos que vivían en Londres por razones políticas.

—¡Por Dios, no! También estoy harta de ellos. No. Me gustaría saber qué ha sido de Nelson; le tengo cariño.

—Está escribiendo la obra maestra americana. Abandonó a su mujer porque ella era una neurótica. Encontró a una chica muy simpática, pero decidió que también era neurótica y volvió junto a su mujer. Luego decidió otra vez que era neurótica y la abandonó de nuevo. Finalmente, ha encontrado a otra chica, que por ahora no se ha vuelto neurótica.

—¿Y los demás?

—De una manera u otra, ídem.

—En fin, pasémoslos. Conocí a la Colonia Americana en Roma. Son unos tipos lamentables.

—Sí. ¿Quién más?

—Tu amigo, el señor Mathlong... Ya sabes, el africano.

—Claro que lo sé. Pues de momento está en la cárcel, o sea que supongo que dentro de un año va a ser primer ministro.

Molly se rió.

—Queda tu amigo de Silva.

—*Era* mi amigo —dijo Molly volviendo a reír, aunque defendiéndose del tono crítico de Anna.

—Pues los hechos son como sigue: regresó a Ceilán, con su mujer… ¿Te acuerdas? Ella no quería irse. Bien; él me escribió porque se había dirigido a ti y no obtuvo respuesta. Decía que Ceilán es maravilloso, muy poético, y que su esposa esperaba otro niño.

—¡Pero si ella no quería tener más niños!

De repente, Anna y Molly se echaron a reír juntas; volvían a estar en armonía.

—Luego me escribió diciendo que echaba de menos Londres y su libertad cultural.

—Entonces, esperemos que aparezca en cualquier momento…

—Volvió. Hace un par de meses. Al parecer, ha abandonado a su mujer. Es demasiado buena para él, dice, derramando gruesas lágrimas…, aunque no muy gruesas porque, al fin y al cabo, se encuentra en Ceilán sin poder salir, con dos niños y sin dinero. Así que no teme nada.

—¿Le has visto?

—Sí. —Pero Anna descubrió que era incapaz de contarle a Molly lo ocurrido. ¿De qué hubiera servido? Acabarían como ella se había jurado que no ocurriría, pasando la tarde con una de aquellas conversaciones mordaces y resentidas, tan naturales entre ellas dos.

—¿Y qué cuentas de ti misma, Anna?

Por primera vez, Molly formulaba la pregunta de una manera a la que Anna podía contestar. Así, pues, se apresuró a responder:

—Michael vino a verme. Hará cosa de un mes.

Había vivido cinco años con Michael. La unión se había roto tres años antes, en contra de la voluntad de ella.

—¿Y cómo fue?

—Pues, en algunos aspectos, como si no hubiera pasado nada.

—Claro, como os conocéis tan bien...

—Pero se comportaba... No sé cómo decirlo. Yo era una amiga de toda la vida, ¿te lo imaginas? Me llevó en coche a un sitio adonde yo quería ir. Hablaba de un colega suyo. «¿Te acuerdas de Dick?», me preguntó. Curioso, ¿no crees? No se acordaba de que yo recordaba perfectamente a Dick, puesto que en aquella época le veíamos a menudo... «Dick ha conseguido un destino en Ghana —dijo—. Se llevó a su mujer. Su amante también quería ir, ¿sabes? —Y seguidamente añadió, echándose a reír—: Te ponen en un aprieto estas amantes...» Pronunció esta última frase con toda naturalidad, como una nota cordial. Esto era lo penoso. Luego se azoró, porque recordó que yo había sido su amante, se puso rojo y adoptó un aire culpable.

Molly no dijo nada. Observaba de cerca a Anna.

—Eso es todo, imagino.

—Son una pandilla de cerdos —dijo Molly alegremente, pulsando deliberadamente la nota que haría reír a Anna.

—¡Molly! —exclamó Anna con pena, en tono de súplica.

—¿Cómo? ¿De qué sirve seguir pensando en ello, eh?

—Pues he reflexionado... Es posible que hayamos cometido una equivocación.

—¿Qué? ¿Sólo una? Pero Anna no se reía.

—No. Va en serio. Las dos estamos convencidas de que somos fuertes... No, escúchame. Hablo en serio. Quiero decir: un matrimonio se va al agua; bien, decimos que nuestro matrimonio ha sido un fracaso y que peor para él. Un hombre nos deja plantadas; bien, qué le vamos a hacer, no importa. Sacamos a los niños adelante, sin un hombre, y nos decimos que no cuesta nada, que somos muy capaces de hacerlo. Pasamos años en el Partido Comunista y luego suspiramos: «¡Vaya, vaya! Cometimos un error. ¿Qué le vamos a hacer?...»

—¿Qué intentas decir? —le interrumpió Molly, con cautela y a una gran distancia de Anna.

—¿No te parece que podría ser, por lo menos podría ser, que las cosas nos fueran tan mal que ni pudiéramos recobrarnos?

85

Porque yo, cuando de verdad me enfrento con ello, no creo que haya podido olvidar a Michael. Creo que a mí me ha ido mal. Sí, ya sé que lo que he de decir es: «¡Vaya, vaya! Me ha plantado… Después de todo, ¿qué son cinco años? Adelante, y a otra cosa».

—Pero es como debe ser: adelante, y a otra cosa.

—¿Por qué será que la gente como nosotras nunca reconoce un fracaso? Nunca. Tal vez valdría más que lo reconociéramos. Y no se trata sólo de amor y de hombres. ¿Por qué no podemos decir algo como…? Somos gente que, a causa de nuestra situación en la historia, nos entregamos con gran energía…, aunque sólo en nuestra imaginación —y de ahí viene todo…— al gran sueño; y ahora tenemos que reconocer que el gran sueño se ha desvanecido y que la verdad es otra, que nosotros ya no servimos para nada. Al fin y al cabo Molly, no es una gran pérdida un puñado de personas, un puñado de personas de un tipo determinado que dicen están acabadas, que no hay nada que hacer. ¿Por qué no? Es casi arrogancia no ser capaces de decir eso.

—¡Oh, Anna! Todo esto es simplemente a causa de Michael. Y acaso un día de éstos vuelva y reanudéis lo vuestro. Y si no vuelve, ¿de qué te quejas? Tú tienes tus libros.

—¡Por Dios! —murmuró Anna—. ¡Por Dios…! —Después, al cabo de un momento, hizo un esfuerzo y volvió a sacar la voz de inmunidad—: Sí, es muy extraño todo… Bueno, me tengo que ir a casa.

—Creí que habías dicho que Janet se había ido a casa de una amiga.

—Sí, pero tengo trabajo.

Se besaron con rapidez. El hecho de que no habían podido realmente encontrarse, se lo comunicaron con un pequeño apretón de manos, un apretón tierno, casi en broma. Anna salió a la calle y se dispuso a andar hasta su casa; estaba sólo a unos minutos de allí, en Earls Court. Antes de entrar en la calle donde vivía, la suprimió automáticamente de su campo visual. No habitaba en la calle, ni siquiera en el edificio, sino en el piso; y no permitiría que la vista volviera a sus ojos hasta que no hubiera entrado y cerrado la puerta.

Las habitaciones ocupaban dos pisos en lo alto de la casa. Eran cinco cuartos grandes, dos abajo y tres arriba. Michael había persuadido a Anna, cuatro años antes, para que cogiera un piso ella sola. No le convenía, le dijo, vivir en la casa de Molly, siempre al amparo de la hermana mayor. Al quejarse ella de que no se lo podía permitir económicamente, él le aconsejó que alquilara una habitación. Así lo hizo, imaginando que él compartiría aquella vida con ella; pero poco después la abandonaba. Durante un tiempo, ella continuó viviendo según el ritmo que él le impusiera. Había dos estudiantes en una habitación grande, su hija en la otra, y el dormitorio y el cuarto de estar organizados como para dos personas, ella y Michael. Uno de los estudiantes se fue, pero ella no se preocupó de reemplazarlo. Le invadió una gran repugnancia por su dormitorio, pensado para compartirlo con Michael, y se trasladó al cuarto de estar, donde dormía y se dedicaba a sus cuadernos. Arriba continuaba el otro estudiante, un joven de Gales. A veces, Anna pensaba que podría decirse que compartía el piso con un joven; pero él era homosexual y no se producía la menor tensión. Apenas se veían. Anna se ocupaba de sus cosas mientras Janet permanecía en el colegio, dos manzanas más abajo; y cuando Janet estaba en casa, se dedicaba a ella. Una mujer de edad acudía una vez por semana a limpiar el piso. El dinero le llegaba poco a poco, y con irregularidad, de su única novela, *Las fronteras de la guerra*, que había sido un best-seller capaz de proporcionarle todavía dinero suficiente para vivir. El piso era bonito, todo pintado de blanco y con el suelo brillante. La balaustrada y la barandilla de la escalera perfilaban un dibujo blanco contra el rojo del papel.

Éste era el marco de la vida de Anna. Pero sólo cuando se encontraba sola, en el cuarto grande, era ella de verdad. Se trataba de una habitación rectangular, con un nicho que albergaba una cama estrecha. Alrededor de la cama se amontonaban libros, papeles y un teléfono, mientras que en la pared exterior había tres ventanas altas. En un extremo de la habitación, cerca de la chimenea, aparecía un escritorio con una máquina de escribir que utilizaba para contestar las cartas, hacer las recensiones de libros y, con decreciente frecuencia, escribir artículos.

En el extremo opuesto había una mesa de caballete, pintada de negro, en uno de cuyos cajones guardaba cuatro cuadernos. Esta mesa siempre estaba despejada. Las paredes y el techo del cuarto eran blancos, pero sucios a causa del aire negro de Londres. El suelo estaba pintado de negro. La cama tenía un cobertor negro. Las largas cortinas eran de un rojo apagado.

Anna iba, despacio, de una ventana a la otra, examinando la débil y desteñida luz del sol, que no lograba alcanzar los fragmentos de acera que constituían el suelo de la hendedura entre las altas casas victorianas. Cubrió las ventanas, escuchando con placer el íntimo sonido que producían las anillas de las cortinas al deslizarse por la honda ranura de la barra, y el suave crujido del roce y de los pliegues de la espesa seda. Encendió la luz que había sobre la mesa de caballete, de modo que se iluminó la brillante superficie negra, en la cual, a su vez, se reflejó el destello rojizo de la cortina más próxima. Finalmente, extendió los cuadernos, cuatro, disponiéndolos uno al lado del otro.

Para sentarse usaba un anticuado taburete de música. Lo hizo girar hasta ponerlo a su altura máxima, que alcanzaba casi tanto como la mesa, y luego se acomodó en él, mirando desde allá arriba los cuatro cuadernos. Parecía un general que, en la cima de una montaña, observara a su ejército desplegarse en el valle, a sus pies.

Los cuadernos

[Los cuatro cuadernos eran idénticos, de unos cuarenta y cinco centímetros cuadrados y con tapas brillantes, que hacían aguas como una tela de seda barata. Lo que los distinguía era el color: negro, rojo, amarillo y azul. Cuando se abría cualquiera de ellos, en las primeras cuatro páginas parecía que no existía ningún orden: una o dos páginas mostraban garabatos a medio hacer y frases inacabadas, y luego aparecía un título, como si Anna se hubiera dividido en cuatro casi automáticamente, y según la naturaleza de lo que había escrito, hubiera dado un nombre a cada parte. Así había ocurrido, ciertamente. El primer tomo, el cuaderno negro, empezaba con unas rayas y unos símbolos musicales esparcidos, claves de sol que se convertían en el signo de la £ y viceversa; luego, un complicado dibujo de círculos sobrepuestos y las palabras:]

> negro
> > oscuro, está tan oscuro
> > > está oscuro
> > > > hay una especie de oscuridad aquí

[Y a continuación, en una letra distinta y desigual:]

Cada vez que me siento a la mesa para escribir y dejo correr mi mente, aparece en ella la frase. Está tan oscuro o algo relacionado con la oscuridad. Terror. El terror de esta ciudad. Miedo de estar sola. Una cosa, nada más, me impide dar un salto y ponerme a gritar o correr al teléfono para llamar a alguien, y es hacer un esfuerzo para volverme a imaginar dentro de aquel resplandor caliente...: luz blanca, luz, ojos cerrados, la luz roja, cálida, sobre el globo de los ojos. El calor vibrante y áspero de un guijarro de granito. La palma de la mano aplastada encima de él, moviéndose por encima del liquen. El grano del liquen. Diminuto, como orejas de pequeñísimos animales, como una seda cálida y áspera contra la palma de la mano, rozando con insistencia los poros de la piel. Y ardiente. El olor del sol contra la roca caliente. Seco y ardiente, y el polvo sedoso contra la mejilla, oliendo a sol, al sol. Las cartas del agente acerca de la novela. Cada vez que llega una, me entran ganas de reír... La risa de la repugnancia. Una risa mala, la risa del desamparo, una expiación. Cartas fantasmagóricas, cuando pienso en un declive de granito ardiente y poroso, las mejillas contra la roca ardiente, la luz roja sobre los párpados. Almuerzo con el agente. Irreal... La novela es cada vez más una especie de ser con vida propia. *Las fronteras de la guerra* ya no tiene nada que ver conmigo; es propiedad ajena. El agente dice que debería hacerse un film. He dicho que no. Él se ha cargado de paciencia...; es su oficio.

[Aquí había garrapateado una fecha: 1951.]

(1952) Almuerzo con el hombre del cine. Discutimos el reparto para *Las fronteras*. Tan increíble que me ha dado risa. He dicho que no. Pero me ha convencido. Me he levantado aprisa y lo he interrumpido, incluso me he sorprendido imaginando las palabras *Las fronteras de la guerra* en la fachada de un cine. Aunque, naturalmente, él prefería el título *Amor prohibido*.

(1953) Toda la mañana tratando de recordarme sentada debajo de los árboles en el *vlei* cerca de Mashopi. Fracaso.

[Aquí aparecía el título o encabezamiento del cuaderno:]

LAS TINIEBLAS

[Las páginas estaban divididas, en su mitad, por una línea fina y negra; cada columna se encabezaba así:]

Procedencia   *Dinero*

[Debajo de la palabra de la izquierda había fragmentos de frases, recuerdos de escenas, cartas de amigos del África central pegadas a la página. En el otro lado, una relación de las transacciones concernientes a *Las fronteras de la guerra*, del dinero recibido de las traducciones, etc., notas sobre entrevistas de negocios y demás.

Al cabo de unas pocas páginas, las entradas de la izquierda terminaban. Durante tres años el cuaderno negro no contenía más que entradas relativas a negocios y asuntos prácticos, que parecían haber absorbido los recuerdos físicos de África. Las entradas de la izquierda volvían a empezar frente a una hoja, que parecía un manifiesto escrito a máquina, pegada a la página; era una sinopsis de *Las fronteras de la guerra*, que ahora se llamaba *Amor prohibido*, escrita por Anna en broma y merecedora de la aprobación del despacho dedicado a las sinopsis, en la oficina del agente.]

El apuesto joven, Peter Carey, habiendo visto interrumpida por la segunda guerra mundial su brillante carrera académica en Oxford, es destinado al África central, a las juventudes de la RAF uniformadas de azul cielo, para ser entrenado como piloto. Al joven Peter, idealista y fogoso, le escandalizaba el egoísmo y la discriminación racial de la sociedad provinciana; por ello cae en manos del grupo local de izquierdistas, que se dan la gran vida y explotan su juvenil e ingenuo radicalismo político. Durante la semana claman contra las injusticias impuestas a los negros; pero los fines de semana se lo pasan en grande, en un suntuoso hotel, fuera de la ciudad, regentado por una especie de John Bull llamado Boothby, y por su gentil esposa, cuya hermosa hija de dieciocho años se enamora de Peter. Él le da esperanzas, con la irreflexión característica de la juventud; mientras tanto, la señora Boothby, olvidada por su marido, amante de la bebida y del dinero, concibe una pasión tan poderosa como secreta hacia el apuesto joven. Peter, disgustado con las orgías de los izquierdistas durante los fines de semana, establece contacto con los agitadores africanos de la localidad, cuyo jefe es el cocinero del hotel. Peter se enamora de la joven mujer del cocinero, dejada de lado por un marido fanático de la política, pero a este amor se oponen los tabúes y las costumbres de la comunidad de los colonos blancos. La señora Boothby los sorprende en una cita romántica y, en su furia de celos, informa a las autoridades del campo local de la RAF, que le prometen destinar a Peter lejos de la Colonia. Ella se lo cuenta a la hija, sin tener conciencia de que su secreto motivo es humillar a la incólume joven a quien Peter había preferido en lugar de ella, y la muchacha cae enferma a causa de la afrenta infligida a su honra de chica blanca, declarando que se va a ir de casa, en una escena en que la madre, fuera de sí, grita: «No fuiste capaz ni de atraerlo. Prefirió la sucia negra a ti». El cocinero, informado por la señora Boothby del engaño de su joven esposa, repudia a ésta mandándole que se vuelva con su familia; pero la chica, movida por su orgullo, se dirige a la ciudad vecina y escoge la salida más fácil, convirtiéndose en una mujer de la calle. Peter, con el corazón destrozado y las ilusiones deshechas, pasa la última noche en la Colonia borracho, y encuentra casualmente a su oscuro amor en una pobre barraca. Pasan juntos la última noche, abrazados, en el único lugar donde se permite que blancos y negras se junten, en el prostíbulo a orillas de las sucias aguas del río que bordea la ciudad. Su amor puro e inocente, destrozado por las inhumanas leyes del país y por los celos de la gente corrompida, no tendrá futuro. Hablan dramáticamente de encontrarse en Inglaterra después de la guerra, pero los dos saben que es una ilusión. Por la mañana, Peter se despide del grupo de «progresistas» con el desprecio que siente por ellos reflejado en sus ojos serios y juveniles. Mientras tanto, su joven amor negro asoma por el lado opuesto de la plataforma, entre un grupo de compatriotas suyos. Al arrancar el tren, ella hace adiós con la mano. Pero él no la ve; en sus ojos se refleja la premonición de la muerte que le aguarda… ¡Es un piloto de primera! Ella regresa a las calles de la ciudad oscura, a los brazos de otro hombre, con una risa descarada que esconde su triste humillación.

[Enfrente de esto había escrito:]

El hombre del departamento de sinopsis se mostró satisfecho; empezó a discutir la manera de hacer la historia «menos perturbadora» para los financieros: por ejemplo, la heroína no debería ser una esposa infiel, lo que la haría un personaje poco simpático, sino más bien la hija del cocinero. Yo dije que lo había escrito con la intención de que resultara una parodia, y él, después de un momento de irritación, se rió. Observé cómo aparecía en su rostro aquella careta de tolerancia francota y jovial que es la careta de la corrupción actual (por ejemplo, el camarada X, al ser asesinados tres comunistas británicos en las prisiones de Stalin, puso exactamente esta cara cuando dijo: «En fin, nunca hemos hecho suficientes concesiones a la naturaleza humana»), y le oí decir: «En fin, señorita Wulf, está aprendiendo que cuando se come con el diablo la cuchara no solamente debe tener un mango muy largo, sino que, además, ha de ser de asbesto... Es una sinopsis perfectamente adecuada, y escrita en nuestros propios términos». Al persistir yo, él no perdió la paciencia y me preguntó, ¡oh! con cuánta tolerancia, sin dejar de sonreír, si no estaba de acuerdo en que, a pesar de todos los defectos de la industria, se habían hecho buenas películas... «¡Incluso películas con un buen mensaje progresista, señorita Wulf!» Le encantaba haber encontrado una expresión que haría mella en mí, y lo demostró; su expresión era a la vez de satisfacción consigo mismo y de cínica crueldad. Vine a casa, consciente de un sentimiento de aversión mucho más fuerte de lo normal, me instalé y me impuse el deber de leer la novela, por primera vez desde su publicación. Como si estuviese escrita por otro. Si me hubieran pedido que escribiese una crítica de ella en 1951, cuando salió, habría dicho lo siguiente: «Una novela primeriza, que revela a un auténtico talento menor. La novedad de su marco —una base en el *veld* de Rhodesia, con el ambiente de los colonos blancos, desarraigados y ávidos de dinero, en contraste con los hoscos y desvalidos africanos—; la novedad de la trama —una relación amorosa entre un joven inglés, llegado a causa de la guerra a la Colonia, y una mujer negra, casi salvaje— disimula el hecho de que es un tema poco original, insuficientemente desarrollado; en fin, la simplicidad del estilo de Anna Wulf constituye su fuerza; pero es demasiado temprano para afirmar si es la simplicidad buscada del control artístico o la nitidez formal, a menudo ilusoria, que a veces se logra arbitrariamente al dejar que la novela se vaya modelando según los dictados de una fuerte emoción.»

En cambio, hacia 1954:

«La sucesión de novelas con un marco africano continúa. *Las fronteras de la guerra* está narrada con habilidad y un considerable vigor intuitivo, sobre todo en lo que respecta a las relaciones sexuales, más dramáticas. Sin embargo, hay ciertamente muy poco que añadir a propósito del conflicto entre blancos y negros. La parcela de los odios y las crueldades de la segregación racial ha llegado a ser la más exhaustivamente analizada por nuestra novelística. Las cuestiones más interesantes suscitadas por este nuevo reportaje de la frontera racial son: por qué, si la opresión y la tensión en el África colonizada por los blancos han existido durante décadas, bajo formas más o menos similares a la actual, sólo en los últimos años cuarenta y principios de los cincuenta se han explotado de manera artística. Si supiésemos la razón, comprenderíamos mejor las relaciones entre la sociedad y el talento creador, entre el arte y las tensiones que lo alimentan. La novela de Anna Wulf ha surgido movida casi exclusivamente por la indignación sentida contra la injusticia: está bien, pero ya no es suficiente…»

Durante este período de tres meses en que escribí críticas literarias, y leí diez o más libros a la semana, hice un descubrimiento: que el interés con el que leía estos libros no tenía nada que ver con lo que siento cuando leo, digamos, a Thomas Mann, el último de los escritores en el sentido antiguo, que usaban la novela para hacer afirmaciones filosóficas sobre la vida. El caso es que la función de la novela parece que está cambiando; se ha convertido en una avanzada del periodismo. Leemos novelas para informarnos acerca de las áreas de la vida que no conocemos —Nigeria, África del Sur, el Ejército americano, un pueblo minero, los grupitos de Chelsea, etc.—. Leemos *para enterarnos de lo que ocurre*. De quinientas o mil novelas, una sola posee la cualidad que una novela debería tener para serlo auténticamente: la cualidad filosófica. Leo la mayoría de las novelas con *la misma clase de curiosidad* que un libro de reportajes. Casi todas las novelas, cuando logran algo, son originales sólo porque informan sobre la existencia de un aspecto de la sociedad, de un tipo de persona que aún no había sido admitido en el mundo general de la literatura. Los seres humanos se hallan tan divididos, se están dividiendo hasta tal extremo y *subdividiéndose dentro de sí mismos* como reflejo del mundo, que tratan desesperada e inconscientemente de informarse de los otros grupos existentes dentro de su propio país, no digamos ya de los de otros países. Es una búsqueda a tientas de su propia totalidad, y la novela reportaje es uno de los medios para ello. Dentro de este país, Inglaterra, la clase media no posee ningún conocimiento sobre la vida de la gente obrera, y viceversa; reportajes, artículos y novelas son vendidos de un lado a otro de la frontera, se leen como si se investigara acerca de tribus salvajes. Aquellos pescadores de Escocia eran una especie distinta de los mineros con que pasé unos días en el condado de Yorkshire; y ambos provienen de un mundo diferente del constituido por un grupo de viviendas de las afueras de Londres.

No obstante, soy incapaz de escribir la única clase de novela que me interesa: un libro dotado de una pasión intelectual o moral tan fuerte que pueda crear un orden, una nueva manera de ver la vida. Ello se debe, sin duda alguna, a que me he desparramado en exceso. He decidido no volver a escribir una novela. Tengo cincuenta «temas» sobre los que podría escribir, y todos serían suficientemente aptos. Si hay algo de lo que podamos estar seguros, es de que seguirán fluyendo de las editoriales novelas aptas e informativas. Yo sólo poseo una de las menos importantes cualidades necesarias para escribir: la curiosidad. Es la curiosidad del periodista. Sufro tormentos de frustración y de deficiencia en razón de la imposibilidad de introducirme en las áreas de la vida que mi modo de vivir, mi educación, sexo, ideas políticas y diferencias de clase, me prohíben. Es la enfermedad de alguna de la mejor gente de la época actual: los unos soportan bien sus efectos, mientras que los otros acaban cascados a causa de ello; es una nueva sensibilidad, un intento semiconsciente de alcanzar una nueva comprensión imaginativa. Pero eso, para el arte, resulta fatal. A mí sólo me interesa extenderme hasta el límite, vivir lo más plenamente posible. Cuando se lo dije a Madre Azúcar, ella me replicó con el gesto de satisfacción típico de cuando la gente dice verdades tan sonadas como que el artista escribe movido por la incapacidad de vivir. Recuerdo la náusea que sentí al oírselo decir, y ahora, transcribiéndolo, siento nuevamente la desgana que me produce la aversión: porque este asunto sobre el arte y el artista se ha degradado tanto que ha llegado a ser de la incumbencia de cualquier aficionado sentimental, y toda persona con una conexión real con las artes siente la necesidad de salir huyendo cuando ve ese pequeño gesto de satisfacción, esa sonrisa complaciente. Además, cuando una verdad ha sido explorada tan íntimamente —y ésta ha sido el tema del arte durante todo este siglo—, cuando ha terminado por instituirse en un enorme lugar común, una empieza a preguntarse si será ciertamente una verdad. Y una empieza a meditar sobre las expresiones «incapacidad de vivir», «el artista», etc., dejando que vayan resonando y se vayan evaporando en la mente, luchando contra el sentimiento de repugnancia y de rancidad, igual que yo trataba de vencerlo aquel día frente a Madre Azúcar. Es fantástico el modo como algo tan pasado vuelve a salir fresco y magistral de labios del psicoanalista. Madre Azúcar, que es precisamente una mujer cultivada, una europea inmersa en cultura, emitía tal cantidad de lugares comunes, dada su profesión de curandera, que se habría avergonzado de ello si se hubiera encontrado entre sus amigos, y no en el consultorio. Una medida para la vida, otra para el diván del enfermo... No pude soportarlo. Eso fue lo que, al final, no pude aguantar; porque implica una medida de moralidad para la vida y otra para los enfermos. Yo sé muy bien a qué medida mía pertenece esta novela. *Las fronteras de la guerra*. Lo sabía cuando la estaba escribiendo, y el mismo odio que experimentaba entonces lo siento ahora. Aquella parte de mí misma estaba cobrando tanto poder, que amenazaba con tragarse todo lo demás; por eso acudí a toda prisa al curandero, con el alma abierta. No obstante, el propio curandero, al salir la palabra Arte, sonrió con complacencia; ese animal sagrado que es el artista lo justifica todo; todo lo que hace está justificado. La sonrisa de complacencia, el gesto de tolerancia, no llega a ser ni tan siquiera una exclusiva de los curanderos cultivados o de los profesores; es propiedad de todos, de los cambistas, de los ínfimos chacales de la prensa, del enemigo. Cuando un magnate del cine quiere comprar a un artista, la razón auténtica por la que busca la originalidad del talento y la chispa creativa es porque desea destruirla; inconscientemente, esto es lo que quiere: justificarse destruyendo lo auténtico. Llama a la víctima artista: «Tú eres artista, claro…» Y lo más frecuente es que la víctima simule una sonrisa y se trague su repugnancia.

La razón auténtica por la que hoy día tantos artistas hacen política, «el compromiso» y demás, es que corren tras una disciplina, la que sea, con tal de que les salve de la ponzoña de la palabra «artista», que tanto usa el enemigo.

Recuerdo muy claramente el momento en que nació esta novela. El pulso me latía con violencia, y después, cuando supe que iba a escribir, pensé sobre lo que escribiría. El «tema» no tenía casi ninguna importancia. Sin embargo, ahora lo que me interesa es precisamente esto: ¿por qué no escribí una relación de lo ocurrido, en lugar de dar forma a una «historia» que no tenía nada que ver con lo que le había dado vida? Claro, la relación directa, simple y sin forma, no hubiera sido una «novela» y no se hubiese publicado; pero yo, de verdad, no estaba interesada en «ser un escritor» ni en hacer dinero. No me refiero al juego que los escritores efectúan en privado, cuando escriben, el juego psicológico: este incidente del libro proviene de este otro, real; ese carácter es una transposición de ese otro, vivo; aquella relación es gemela, psicológicamente, de aquella otra… Yo, simplemente, me pregunto: ¿Por qué una historia? Y no es que fuera una historia mala, falsa o denigradora de algo. ¿Por qué no, simplemente, la verdad?

Me pongo enferma cuando leo la parodia de la sinopsis o las cartas de la empresa cinematográfica; sin embargo, sé que lo que entusiasmó tanto a la productora fue, precisamente, lo que hizo que la novela tuviese éxito. La novela «trata» de un problema racial. En ella no he dicho nada que no fuera verdad. Pero la emoción que la hizo surgir era aterradora; era la excitación malsana, febril e ilícita de la época de la guerra, una nostalgia soterrada, un anhelo de desenfreno, de libertad, de selvatiquez, de indeterminación. Para mí, está tan claro que ahora no puedo leer la novela sin sentir vergüenza, como si fuera desnuda por la calle. No obstante, nadie más parece haberlo notado. Ninguno de los críticos, ninguno de mis amigos cultos y literarios lo vio. Es una novela inmoral porque esta nostalgia soterrada ilumina cada una de las frases. Y sé que para escribir otra, para escribir estos cincuenta informes sobre la sociedad, utilizando los datos que guardo en mi poder, tendría que excitar en mí, deliberadamente, esta misma emoción. Y esta emoción haría que estos cincuenta libros fueran novelas y no reportajes.

Cuando me remonto a pensar en aquella época, en aquellos fines de semana pasados en el hotel Mashopi con aquel grupo, primero tengo que desconectar algo en mí, pues de lo contrario empezaría a surgir una «historia», una novela, y no la verdad. Es como recordar una relación amorosa especialmente intensa, una obsesión sexual. Resulta fantástico comprobar cómo, a medida que se profundiza en la nostalgia, las «historias» empiezan a tomar forma bajo la excitación, reproduciéndose como células bajo un microscopio. Sin embargo, hay tanta fuerza en dicha nostalgia, que estas líneas sólo las puedo escribir deteniéndome cada dos o tres frases. Nada tiene tanta fuerza como este nihilismo, esta disposición furiosa para echarlo todo por la borda, esta voluntad, este anhelo de tomar parte en el desenfreno. Es una emoción que constituye una de las razones más poderosas para la subsistencia de las guerras. Y la gente que haya leído *Las fronteras de la guerra* habrá sido alimentada con esta emoción, aunque no fuera consciente de ello. Por esto me avergüenzo y me siento continuamente como si hubiera cometido un crimen.

El grupo estaba compuesto de gente reunida por casualidad y que sabía que no volvería a encontrarse una vez pasada aquella fase concreta de la guerra. Todos sabían, y reconocían con absoluta franqueza, que no tenían nada en común.

Totalmente al margen del entusiasmo, de la fe y de las horribles dificultades que la guerra estaba creando en otros lugares del mundo, en el nuestro la característica fue, desde el principio, un sentimiento ambiguo. En seguida se vio claro que, para no-sotros, la guerra iba a resultar una cosa excelente. El fenómeno no era nada complicado que necesitara la explicación de exper-tos. La prosperidad material llegó, tangible, al África central y del Sur; de súbito hubo mucho más dinero para todo el mundo, y esto fue así incluso para los africanos, de quienes se esperaba únicamente que tuvieran el mínimo necesario para conservarse con vida para trabajar. No se produjo ninguna carestía seria de los artículos adquiribles con aquel dinero, o si se produjo no fue lo suficientemente grave como para interferir en el disfrute de la vida. Los fabricantes locales empezaron a manufacturar lo que estaban acostumbrados a importar, demostrándose así una vez más que la guerra tiene dos caras. Era una economía tan aletar-gada, tan descuidada, tan basada en una mano de obra deficien-te y atrasada, que requería que la sacudieran desde el exterior. Y la guerra fue la sacudida que necesitaba.

Había otra razón para sentirse cínico; porque la gente empezó a mostrar cinismo, cansada ya de avergonzarse, como hizo al comienzo. La guerra se nos presentaba como una cruza-da contra las malévolas doctrinas de Hitler, contra el racismo, etc. Y, sin embargo, toda aquella enorme masa de tierra, casi la mitad del área total de África, estaba regida precisamente según la premisa de Hitler de que algunos seres humanos son mejores que otros a causa de la raza. La masa de africanos de todo el continente —o, al menos, aquellos que tenían alguna cultura— se divertía sardónicamente ante el espectáculo de sus amos blancos predicando la cruzada contra el diablo del racismo. Disfrutaban con el espectáculo de los blancos «baases», tan an-siosos por ir a luchar a cualquier frente vecino y contra una doctrina que defenderían hasta la muerte en su propio suelo. Durante toda la guerra, las columnas de los periódicos donde se publicaban las cartas al director estaban repletas de discusio-nes acerca de si era seguro poner en manos de un soldado afri-cano un fusil, aunque fuese de aire, puesto que acaso disparara contra sus amos blancos, o bien utilizara más tarde el conoci-miento, tan útil, de las armas. Se decidió, con toda razón, que no sería seguro.

He aquí dos buenas razones para que la guerra tuviera, en lo que a nosotros se refiere y muy desde el principio, sus divertidas ironías.

(Ya vuelvo a caer en el tono pernicioso, a pesar de que odio este tono. No obstante, vivimos en él durante meses, y años, y nos hizo a todos mucho daño, estoy segura de ello. Aquello era denigrante; era como una parálisis de los sentimientos como un no saber o un negarse a relacionar cosas contradictorias para conseguir una totalidad. Es decir, que resulta posible vivir inmersa en una situación, por terrible que ésta sea. La negativa implica que uno no puede ni cambiar ni destruir; la negativa significa, al final, la muerte o el empobrecimiento del individuo.)

Trataré de exponer someramente los hechos. Para la población en general, la guerra tuvo dos fases. La primera, cuando las cosas marchaban mal y la derrota parecía posible; esta fase terminó del todo en Stalingrado. La segunda fase consistió en aguantar hasta la victoria.

Para nosotros, y al decir nosotros me refiero a la izquierda y a los liberales asociados con la izquierda, la guerra tuvo tres fases. La primera fue cuando Rusia se desentendió de la guerra, lo cual paralizó nuestras tomas de posición políticas (las de medio centenar o un centenar de personas, cuya fuente emocional había sido la fe en la Unión Soviética). Este período terminó cuando Hitler atacó Rusia. Inmediatamente, se produjo una explosión de energía.

La gente se apasiona demasiado acerca del comunismo o, más bien, acerca de sus propios partidos comunistas, y no reflexiona sobre un tema que un día será terreno abonado para los sociólogos. Me refiero a las actividades sociales que se producen como resultado directo o indirecto de la existencia de un Partido Comunista, es decir a la gente o grupos de gente que sin darse siquiera cuenta han sido inspirados, animados o infundidos con una nueva racha de vida gracias al Partido Comunista. Y esto es cierto en todos los países donde han existido tales partidos, por reducidos que fueran. En nuestra pequeña ciudad, un año después de que Rusia hubiera entrado en la guerra y que la izquierda hubiera cobrado ánimos a causa de ello, aparecieron (aparte las actividades directas del Partido, de las que no estoy hablando ahora) una pequeña orquesta, varias asociaciones de lectores, dos grupos dramáticos, un cineclub, un informe hecho por aficionados sobre las condiciones de los niños africanos de las urbes —que, al publicarse, conmovió las conciencias de los blancos y fue el principio de un tardío sentimiento de culpabilidad—, y media docena de seminarios sobre los problemas africanos. Por primera vez en su historia, aquella ciudad conoció algo que se acercaba a la vida cultural, y que fue disfrutado por centenares de personas que sólo habían oído hablar de los comunistas como de un grupo odioso. Y, naturalmente, muchos de estos fenómenos fueron desaprobados por los mismos comunistas, que entonces estaban en su auge de energía y dogmatismo. Sin embargo, habían sido inspirados por ellos mismos, porque una fe consagrada a la humanidad produce una sucesión de ondas de gran alcance y en todas direcciones.

Para nosotros, pues (y esto fue igual en todas las ciudades de aquella parte de África), empezó un período de intensa actividad. Esta fase de confianza triunfante concluyó en el curso del año 1944, mucho antes del fin de la guerra. El cambio no se debió a un acontecimiento externo, como, por ejemplo, una variación en la política de la Unión Soviética; fue un cambio interno, con vida propia, y al contemplarlo desde el presente puedo ver casi con exactitud el momento en que se operó, con motivo de la formación del grupo comunista. Naturalmente que todos los clubes de debates, grupos, etc., desaparecieron al empezar la guerra fría, y cualquier muestra de interés hacia China y la Unión Soviética se convirtió en algo sospechoso; ya no era de buen tono. (Las organizaciones puramente culturales, como las orquestas, los grupos dramáticos y demás, continuaron.) Pero cuando el sentimiento «de izquierdas», «progresista» o «comunista» —sea cual sea la palabra adecuada, a esta distancia es difícil decidirse— estaba en su auge en la ciudad, el núcleo central de personas que lo había iniciado cayó en un estado de apatía o de aturdimiento o, cuando menos, perdió cierto sentido del deber. Entonces, naturalmente, nadie comprendía por qué; pero era inevitable. Ahora resulta obvio que es inherente a la estructura de un Partido o grupo comunista el origen de un mecanismo divisorio. Todo Partido Comunista de cualquier parte del mundo existe, e incluso prospera, por este proceso de ir descartando individuos o grupos; no a causa de méritos o defectos personales, sino de cómo se concuerde con el dinamismo interior del Partido en cualquier momento dado. En nuestro pequeño grupo de aficionados, verdaderamente ridículo, no ocurrió nada que no hubiera sucedido ya en el grupo Iskra de Londres a principios de siglo, o sea en los inicios del comunismo organizado. Si hubiéramos tenido un conocimiento mínimo de la historia de nuestro propio movimiento, nos hubiéramos ahorrado el cinismo, la frustración, el desconcierto... Pero no es esto lo que quiero decir ahora. En nuestro caso, la lógica interna del «centralismo» hizo inevitable el proceso de desintegración, porque no teníamos ningún enlace con cualesquiera movimientos africanos del momento. Esto ocurría antes de que surgiesen los movimientos nacionalistas, antes de que existiera ningún sindicato. Había entonces unos pocos africanos que se reunían secretamente en las narices de la policía, pero que no tenían confianza en nosotros porque éramos blancos. Uno o dos vinieron a pedirnos consejo sobre asuntos técnicos, pero nunca supimos lo que realmente pensaban. La situación era que un grupo de militantes políticos blancos, con una gran capacidad de activismo y equipado con toda clase de información sobre cómo organizar movimientos revolucionarios, estaba operando en el vacío porque las masas negras no habían empezado a agitarse y no lo iban a hacer hasta unos años más tarde. Éste era también el caso del Partido Comunista del África del Sur. Nos destruyeron muy aprisa las luchas, los conflictos y los debates dentro del grupo, que hubieran podido contribuir a su crecimiento si no hubiéramos constituido un elemento extraño, sin base. Al cabo de un año, nuestro grupo estaba dividido, con sus subgrupos, sus traidores y su núcleo leal, cuyos miembros, a excepción de uno o dos hombres, cambiaban siempre. Al no comprender el proceso, nuestra energía emocional se fue agotando. Aunque sé que el proceso de autodestrucción empezó casi desde el principio, no puedo situar exactamente el momento en que el tono de nuestras conversaciones y nuestro comportamiento empezaron a cambiar. Trabajábamos lo mismo, pero con un cinismo creciente. Nuestras bromas fuera de las reuniones oficiales iban contra lo que decíamos y lo que pensábamos que creíamos. Este período de mi vida me enseñó a observar las bromas que gastan las personas: un tono ligeramente malicioso, un matiz cínico en la voz pueden llegar a ser en diez años un cáncer que ha destruido toda una personalidad. Lo he visto a menudo y en muchos otros lugares, aparte las organizaciones políticas o comunistas.

El grupo sobre el que quiero escribir se erigió en tal después de una lucha terrible dentro del «Partido». (Tengo que ponerlo entre comillas porque oficialmente nunca estuvo constituido; era más bien una especie de identidad emocional.) Se dividió en dos por causa de algo sin gran importancia...; tan poco importante era, que ni me acuerdo de qué se trataba; sólo recuerdo el asombro horrorizado que todos sentimos ante el hecho de que tanto odio y resentimiento hubieran podido desatarse por una cuestión menor de organización. Los dos grupos acordaron seguir trabajando juntos: hasta aquí llegaba nuestra cordura; pero teníamos programas distintos. Me dan ganas de echarme a reír de desesperación, incluso ahora... ¡Era todo tan insignificante! La verdad es que el grupo parecía una comunidad de exiliados, con la amargura febril de los exiliados, por cualquier nimiedad. Sí, puede decirse que todos —unos veinte— éramos unos exiliados, ya que nuestras ideas eran muy avanzadas en relación con el desarrollo del país. Pero, ahora que recuerdo, la disputa fue a causa de que una mitad de la organización se quejó de que determinados miembros no estaban «enraizados en el país». Nos dividimos por esto.

En cuanto a nuestro pequeño subgrupo, había en él tres hombres de los campos de aviación, que se habían conocido antes en Oxford: Paul, Jimmy y Ted. Luego estaban George Hounslow, que trabajaba en las carreteras, y Willi Rodde, el refugiado alemán. Finalmente, dos chicas, yo y Maryrose, quien había nacido en el país. Yo era diferente de los demás del grupo, la única que estaba libre, libre en el sentido de que había elegido ir a la Colonia, y podía marcharme cuando quisiera. ¿Por qué no me marché? Odiaba el país, lo había odiado desde el momento de mi llegada en 1939 para casarme y convertirme en la esposa de un cultivador de tabaco. Había conocido a Steven en Londres el año anterior, estando él de vacaciones. Al día siguiente a mi llegada ya sabía que, aunque me gustaba Steven, no podría soportar aquella vida; pero en lugar de volver a Londres, fui a la ciudad y me coloqué de secretaria. Durante años mi vida parece haber consistido en actividades que empezaba a hacer provisionalmente, por una temporada, sin demasiado entusiasmo, y que luego continuaba. Por ejemplo, me hice «comunista» porque la gente de izquierdas era la única en la ciudad que tenía cierta energía moral, la única que daba por sabido que la segregación racial era algo monstruoso. No obstante, siempre había dos personalidades en mí: la «comunista» y Anna. Anna juzgaba a la comunista todo el tiempo, y viceversa. Una especie de letargo, supongo. Sabía que se avecinaba la guerra y que iba a ser difícil conseguir un pasaje para Inglaterra, pero pese a todo me quedé. Y, sin embargo, no disfrutaba de aquella vida, no disfrutaba de los placeres, aun cuando asistía a las fiestas que se daban a la hora de la puesta del sol, jugaba al tenis y gozaba del sol. De todo ello parece que hace tanto tiempo que no puedo *sentirme* haciendo ninguna de esas cosas. No me «acuerdo» de en qué consistía ser la secretaria del señor Campbell o ir a bailar cada noche, etc. Era otra persona la que vivía todo aquello. Hoy, es cierto, ya puedo imaginarme visualmente, pero incluso esto no fue posible hasta el otro día, cuando encontré una vieja foto que mostraba a una muchachita delgada y quebradiza, en blanco y negro, casi como una muñeca. Yo tenía más mundo que las chicas de la Colonia, naturalmente; pero mucha menos experiencia, pues en una colonia la gente tiene mucho más margen para hacer lo que quiera. Las chicas allí pueden hacer cosas que en Inglaterra les hubieran costado duras luchas para conseguirlo. Mi experiencia era literaria y social. Comparada con una chica como Maryrose, a pesar de toda su apariencia de fragilidad y vulnerabilidad, yo era una niña en pañales. La foto me muestra de pie, en la escalera del club, con una raqueta en la mano. Tengo expresión de divertirme y de poseer un criterio propio; la mía es una carita aguda. Nunca adquirí aquella admirable cualidad colonial: la jovialidad. (¿Por qué es admirable? Lo ignoro, pero me gusta.) Sin embargo, no me acuerdo de lo que sentía, excepto de que a diario me decía, incluso después de haber empezado la guerra, que había llegado el momento de sacar el pasaje para volver a casa. Por entonces conocí a Willi Rodde y me enredé en política. No era la primera vez. Era demasiado joven para haber contribuido a la causa de España, pero amigos míos estuvieron metidos en ello; así que el comunismo y la izquierda no eran nada nuevo para mí. Willi no me gustaba, y yo a él tampoco le agradaba. No obstante, nos fuimos a vivir juntos, o lo más posible, en una pequeña ciudad en que todo el mundo sabe lo que haces. Teníamos habitaciones en el mismo hotel y tomábamos las comidas juntos. Estuvimos así cerca de tres años. Sin embargo, nunca nos gustamos ni nos comprendimos. Tampoco nos gustaba dormir juntos. Claro que yo entonces tenía muy poca experiencia, pues había ido sólo con Steven y no por mucho tiempo. Pero aun así me daba cuenta, como Willi, de que éramos incompatibles. Después de haber aprendido acerca del sexo, sé que la palabra incompatible significa algo muy real. No significa no estar enamorados, no simpatizar, no tener paciencia o ser ignorantes. Dos personas pueden ser incompatibles sexualmente y muy felices en la cama con otra gente; es como si las estructuras químicas de sus cuerpos fueran hostiles. En fin, Willi y yo lo comprendíamos tan bien, que no hería nuestro amor propio…, aunque sí nos afectaba emocionalmente, y ahí estaba el problema. Sentíamos una especie de compasión mutua; los dos nos mostrábamos permanentemente afligidos por un sentimiento de triste desamparo, debido a la impotencia para hacernos felices uno al otro en este aspecto. Pero nada nos impedía buscar otros compañeros…, aunque no lo hacíamos. Que no lo hiciera yo no es sorprendente, dada esta cualidad mía que yo llamo letargo o curiosidad, y que siempre me retiene en una situación durante más tiempo del que debiera. ¿Debilidad? Hasta el momento de escribir la palabra, nunca se me ocurrió que pudiera aplicárseme. Pero supongo que sí. Willi, sin embargo, no era débil. Al contrario, se trataba de la persona con menos escrúpulos que yo he conocido.

Una vez escrito esto, me siento perpleja. ¿Qué quiero decir? Él era capaz de mostrar una gran bondad... Y ahora me acuerdo de que, durante todos aquellos años, descubrí que todo adjetivo que utilizase para calificar a Willi tenía su contrario, asimismo apropiado. Sí. He mirado en mis viejos papeles. Encuentro una lista, titulada *Willi:*

Despiadado	Bueno
Frío	Afable
Sentimental	Realista

Y así hasta el final de la página. Debajo escribí: «Por haber escrito estas palabras acerca de Willi, he descubierto que no sé nada de él. Acerca de alguien que una comprende, no es necesario hacer listas de palabras».

Pero lo que realmente descubrí, aunque en aquella época no lo sabía, es que al describir una personalidad todas estas palabras carecen de sentido. Para describir a una persona, se dice: «Willi, sentado muy tieso a la cabecera de la mesa, dejó que sus lentes circulares destellaran hacia las personas que le observaban y dijo, con solemnidad, y también con cierto humorismo brusco y desmañado...». O algo por el estilo. Pero lo importante es que, y esto me obsesiona (¡qué raro que esta obsesión se revelara ya hace tanto tiempo, en aquellas inútiles listas de palabras opuestas, sin saber siquiera a dónde llegaría!), al admitir que palabras como bueno/malo o fuerte/débil no tienen sentido, acepto la amoralidad y lo hago en el instante mismo en que me pongo a escribir «una historia», «una novela»; porque, sencillamente, nada me importa. Lo único que me importa es describir a Willi y a Maryrose, de modo que el lector pueda sentirlos como reales. Después de veinte años de vida dentro y en torno a la izquierda, es decir, después de veinte años de preocuparme por la cuestión de la moralidad en el arte, esto es todo lo que me queda. ¿Así que lo que estoy diciendo es, de hecho, que la personalidad humana, esa llama única, es tan sagrada para mí que todo lo demás carece de importancia? ¿Esto es lo que estoy diciendo? Y si es así, ¿qué significa?

Pero volvamos a Willi. Él era el centro emocional de nuestro subgrupo, y antes de la división había sido el centro del gran grupo; el otro hombre fuerte, parecido a Willi, ahora estaba al frente del otro subgrupo. Willi era el centro debido a su absoluta certeza de que tenía razón. Muy ducho en dialéctica, era capaz de desarrollar una gran sutileza e inteligencia para diagnosticar un problema social, y también de mostrarse estúpidamente dogmático acto seguido. En el curso del tiempo se volvió más y más duro de mollera. Sin embargo, lo curioso fue que la gente siguió girando en torno de Willi —gente de mucha más sutileza que él— hasta cuando se daba cuenta de que estaba diciendo tonterías. Incluso cuando llegamos al extremo de reírnos en sus barbas ante alguna de sus muestras monstruosas de tozudez lógica, continuamos dando vueltas a su alrededor y dependiendo de él. Resulta aterrador que una cosa así pueda ser verdad.

Por ejemplo, al principio, cuando él empezó a imponerse y nosotros a aceptarle, nos dijo que había sido miembro de la organización clandestina que militaba contra Hitler. Hubo incluso una historia fantástica sobre que había matado a tres hombres de las SS y los había enterrado secretamente, escapando luego a la frontera y, de allí, hacia Inglaterra. Nos lo creímos, claro. ¿Por qué no? Pero lo bueno fue que después vino de Johannesburgo Sam Kettner, quien le conocía desde hacía tiempo, y nos dijo que Willi, en Alemania, nunca había sido más que liberal, que nunca había pertenecido a ningún grupo antihitleriano y que sólo salió de su país cuando le llegó el turno de ir al Ejército; pues bien, pese a todo, seguimos creyendo a Willi. ¿Era porque le considerábamos capaz de haber hecho lo que decía? Creo que sí; porque, en suma, ¿acaso un hombre no vale lo que sus fantasías?

Pero no quiero escribir la historia de Willi, muy corriente en aquella época: era un refugiado de la mundana Europa, estancado durante toda la guerra en un remanso. Lo que quiero describir es su carácter… si puedo, claro. En fin, lo más notable de él era cómo se ponía a calcular todo lo que era probable que le sucediera en los próximos diez años, y luego preparaba sus planes de antemano. No hay nada más difícil de comprender que el que un hombre pueda estar siempre haciendo planes para afrontar todas las eventualidades que acaso le sucedan en cinco años. La palabra usada para ello es oportunismo. No obstante, muy poca gente es de verdad oportunista. Para ello se requiere no sólo claridad mental acerca de uno mismo, lo que es bastante corriente, sino también una energía tenaz y poderosa, lo que es más raro. Por ejemplo, durante los cinco años de la guerra Willi bebió cerveza (una bebida que detestaba) con un hombre de la Brigada criminal (a quien despreciaba) todos los sábados por la mañana, porque había calculado que aquel hombre era probable que llegara a ser oficial responsable en el momento en que Willi pudiera necesitar de sus servicios. Y tenía razón, pues cuando terminó la guerra fue ese hombre el que usó sus influencias para que Willi consiguiera la naturalización mucho antes que los otros refugiados. En consecuencia, Willi estuvo libre para salir de la Colonia un par de años antes que los demás. Debido a otros factores, decidió no vivir en Inglaterra y regresar, en cambio, a Berlín; pero si hubiera escogido Inglaterra, habría necesitado la nacionalidad británica. Todo lo que emprendía presentaba ese carácter de plan cuidadosamente calculado. No obstante, era tan descarado que nadie le creía capaz de ello. Pensábamos, por ejemplo, que realmente le gustaba como persona aquel hombre de la Brigada criminal, pero que se avergonzaba de admitir que le gustara un «enemigo de clase». Y cuando Willi decía: «Pero me será útil», nos reíamos afectuosamente, como si fuera una debilidad que le hacía más humano.

Porque, claro, le creíamos inhumano. Hacía el papel de comisario; era el líder intelectual y comunista. A pesar de ello, era la persona más burguesa que he conocido. Con esto quiero decir que sus instintos estaban a favor del orden, de la corrección y la conservación de lo existente. Recuerdo que Jimmy se reía de él y decía que si encabezara una revolución con éxito el miércoles, el jueves ya habría creado un Ministerio de Moralidad convencional. A lo que Willi contestaba que él era comunista y no anarquista.

No sentía ninguna simpatía por los emocionalmente débiles o por los inadaptados. Despreciaba a la gente que dejaba que sus vidas fueran perturbadas por emociones personales. Lo cual no significaba que no fuera capaz de pasarse noches enteras dando buenos consejos a alguien que tuviera dificultades; pero sus consejos tendían a dejar a quien los recibía con el sentimiento de que no estaba a la altura, de que no valía mucho.

Willi había tenido la educación más convencionalmente burguesa que pueda imaginarse. La recibió en Berlín, durante los últimos años veinte y en los treinta. En un medio que él calificaba de decadente, pero del que había sido parte bien integrada, conoció un poco de homosexualidad convencional a los trece años, fue seducido por la criada a los catorce, se apasionó por las fiestas, los coches y las cantantes de cabaret, tuvo un intento sentimental de reformar a una prostituta —que después le hacía sentirse sentimentalmente cínico—, despreció aristocráticamente a Hitler, y dispuso siempre de mucho dinero.

Siempre, incluso en aquella Colonia y cuando ganaba unas pocas libras a la semana, iba atildado; muy elegante, con un traje de diez chelines hecho por un sastre indio. Era de estatura mediana, delgado, y un poco cargado de espaldas. Llevaba como un casquete de pelo negro, brillante y muy liso, que le retrocedía rápidamente. Tenía una frente pálida y ancha, ojos verdes muy fríos, por lo general invisibles detrás de unas gafas enfocadas hacia algún punto con insistencia, y una nariz prominente y autoritaria. Escuchaba con paciencia cuando la gente le hablaba. Sus lentes relucían, pero luego se los quitaba y dejaba al descubierto sus ojos, que al principio eran débiles y parpadeaban tratando de ajustarse, aunque súbitamente se agudizaban para adoptar una expresión crítica; entonces empezaba a hablar, con una simplicidad y una arrogancia que cortaban la respiración de sus interlocutores. Éste era Wilhelm Rodde, el revolucionario profesional que más tarde (después de no haber conseguido el puesto bien retribuido en una empresa londinense con que había contado) se fue a la Alemania del Este (observando, con su usual franqueza brutal: «He oído que allí se vive muy bien, con coches y chóferes») y se convirtió en un funcionario con mucho poder. Y estoy segura de que es un funcionario de extraordinaria eficacia; estoy segura de que es humano, cuando ello resulta posible. Pero me acuerdo de él en Mashopi; me acuerdo de todos nosotros en Mashopi, pues ahora todos aquellos años de noches de conversación y de actividad, cuando nos agitábamos por la política, me parecen mucho menos reveladores que lo que hacíamos en Mashopi. Aunque, como ya he dicho, esto era debido sólo a que políticamente estábamos sumidos en un vacío, sin ninguna oportunidad de manifestarnos dentro de una situación de responsabilidad política.

Los tres hombres del campamento estaban unidos sólo por el uniforme, a pesar de que habían sido amigos en Oxford. Reconocían que el fin de la guerra sería el fin de su intimidad. A veces, incluso, revelaban la falta de aprecio mutuo en aquel tono de voz ligero, duro y burlón que nos era común durante aquella época en concreto; nos era común a todos, es decir, excepto a Willi, cuya manera de hacer concesiones al tono o al estilo de aquella época era dejar libres a los demás: así participaba él en la anarquía. En Oxford, los tres habían sido homosexuales. Al escribir la palabra y verla sobre el papel me doy cuenta de su poder inquietante. Cuando los recuerdo a los tres, con sus respectivos caracteres, ello no me produce ningún sobresalto ni la menor inquietud. En cambio, frente a la palabra *homosexual*, escrita...; en fin, tengo que vencer cierta repugnancia y desasosiego. Extraño, ¿no? Pero quiero restarle trascendencia a la palabra contando que dieciocho meses más tarde ya hacían bromas acerca de «su fase de homosexualidad», y se burlaban de ellos mismos por haber hecho algo únicamente en razón de que era de buen tono hacerlo. Habían pertenecido a un grupo bastante suelto, de unos veinte, vagamente de izquierdas, relacionados entre sí en toda clase de combinación de sexos. Y de nuevo, dicho así, vuelve a ser demasiado exagerado. Era la primera fase de la guerra, y estaban a la espera de que los movilizaran. Mirándolo retrospectivamente, parece claro que estaban creando, deliberadamente, un ambiente de irresponsabilidad; como una especie de protesta social, de la que el sexo formaba parte.

De los tres, el que llamaba más la atención, aunque sólo por su encanto, era Paul Blackenhurst. Era el joven que yo utilicé en *Las fronteras de la guerra* para el tipo del «joven y gallardo piloto», lleno de entusiasmo e idealismo. La verdad es que estaba desprovisto de todo entusiasmo; pero daba la impresión de lo contrario, por su viva percepción de cualquier anomalía social o moral. Su frialdad real estaba disimulada por el encanto y cierta gracia con que lo hacía todo. Era un joven alto, bien formado físicamente y sólido, aunque de movimientos listos y ágiles. Tenía la cara redonda, los ojos muy redondos y muy azulados, y la piel de un blanco extraordinario, nítida, a pesar de unas tenues pecas sobre el lomo de la nariz que era, a su vez, encantadora. Constantemente le caía sobre la frente una greña de pelo suave y espeso. A la luz del sol era de un color declaradamente dorado y claro, mientras que en la sombra cobraba un tinte castaño, dorado y cálido. Las cejas, muy claras, tenían también ese mismo lustre, brillante y suave. Miraba a sus interlocutores despidiendo a través de sus ojos un rayo de un azul brillante, de intensa seriedad, y con una expresión interrogadora y cortés que llegaba a ser auténticamente respetuosa; incluso se inclinaba un poco adelante, para expresar su ávido interés. La voz, al principio de estar con él, era un murmullo bajo, agradable y respetuoso. Muy pocos eran los que lograban sucumbir ante un joven tan agradable y tan imbuido (aunque, naturalmente, a pesar suyo) del dramatismo de aquel uniforme. La mayoría de la gente necesitaba mucho tiempo para darse cuenta de que se estaba burlando de ella. He visto a mujeres, e incluso a hombres, que al percibir el sentido de alguna de sus crueles afirmaciones, dichas con aquella calma y lentitud, palidecían literalmente de asombro y le clavaban los ojos sin poder creer que la expresión tan candorosa de su rostro pudiera ir con aquella grosería tan deliberada. Era, en realidad, muy parecido a Willi, aunque sólo en la cualidad de su arrogancia, la arrogancia de una persona de una clase social privilegiada. Era inglés, de clase media alta y muy inteligente. Sus padres pertenecían a la pequeña aristocracia; su padre era Sir algo. Poseía esa seguridad física y psicológica que proviene de haberse criado en una familia acomodada y convencional, sin preocupaciones de dinero. La «familia», de la que naturalmente hablaba mofándose, estaba esparcida por las capas superiores de la sociedad inglesa. Decía, con cachaza:

—Hace diez años hubiera dicho que Inglaterra me pertenecía. ¡Claro que sí! Pero la guerra va a poner fin a todo esto, ¿verdad?

Y su sonrisa significaba que no se lo creía en absoluto, y que esperaba que fuéramos demasiado inteligentes para creérnoslo. Lo tenía todo arreglado para, cuando acabase la guerra, ir a trabajar a la City. Hablaba de ello también en tono de burla.

—Si hago un buen casamiento —decía, dejando apuntar una expresión divertida sólo en los extremos de su hermosa boca—, me convertiré en un capitán de la industria. Tengo inteligencia, educación y una familia adecuada... Lo único que me falta es dinero. Si no hago un buen casamiento, seré teniente... Es mucho más divertido estar bajo las órdenes de otros, y de mucha menos responsabilidad.

Pero todos sabíamos que llegaría a coronel, por lo menos. Lo extraordinario era que este tipo de cosas se decían en la época de mayor confianza del grupo «comunista». Una cara para las reuniones del comité; otra para las del café. Y esto no era tan frívolo como parece; porque si Paul se hubiera encontrado en un movimiento político capaz de aprovechar sus aptitudes, hubiera permanecido trabajando en él; exactamente igual que Willi, quien al no lograr su cargo de apuesto especialista en asuntos de negocios (para lo cual estaba dotado), se convirtió en un administrador comunista. No; mirándolo con la perspectiva del tiempo transcurrido, me doy cuenta de que las anomalías y los cinismos de aquel tiempo eran sólo el reflejo de lo posible.

Mientras tanto, hacía bromas acerca del «sistema». No creía en él, de esto no hay duda; sus bromas eran sinceras. Pero, en su papel de futuro teniente, alzaba su mirada azul clara hacia Willi y decía, con aplomo:

—Estoy aprovechando el tiempo, ¿no crees? Observando a los camaradas llevaré ventaja sobre mis tenientes rivales, ¿no? Sí, comprenderé al enemigo. Probablemente tú, Willi. Sí.

A lo que Willi respondía con un gruñido y una sonrisa de estimación. Una vez llegó a decir:

—Tú estás bien situado, tienes donde regresar. Yo soy un refugiado.

Disfrutaban juntos. Aunque Paul se hubiera dejado matar antes de admitir (en su papel de futuro capitán de la industria) que estaba seriamente interesado en algo, le fascinaba la historia, por el placer intelectual que le causaban las paradojas, porque esto era la historia para él. Y Willi compartía esa pasión… por la historia, no por lo paradójico. Recuerdo que un día le dijo a Paul:

—Sólo un auténtico diletante podría ver la historia como una serie de improbabilidades.

A lo que Paul respondió:

—¡Pero Willi! Yo pertenezco a una clase moribunda, y tú eres el primero que debería comprender que no me puedo permitir ninguna otra actitud.

Paul, encerrado en el mundo de los oficiales con hombres que él consideraba estúpidos, echaba de menos conversaciones en serio, aunque, naturalmente, nunca lo hubiera admitido; y yo diría que la razón primera por la que se agregó a nosotros fue porque le ofrecíamos justamente eso. Otra razón era que estaba enamorado de mí… aunque en aquel tiempo, alternativamente, nos enamoramos todos unos de otros. Como decía Paul, era «obligatorio en tiempos como aquéllos enamorarse del mayor número posible de personas». No lo decía porque presintiera que le iban a matar; ni por un instante creyó que podían matarle. Había calculado sus probabilidades matemáticamente; eran entonces mucho mejores de lo que habían sido antes, durante la batalla de Inglaterra. Iba a ser piloto de bombarderos, menos peligrosos que los aviones de caza; y, además, un tío suyo que ostentaba un grado superior en el Ejército del Aire había hecho investigaciones y decidido (o tal vez arreglado) que Paul no fuera destinado a Inglaterra, sino a la India, donde las bajas eran relativamente escasas. Yo creo que Paul, de verdad, «carecía de nervios». Dicho de otra manera, sus nervios, bien acolchados por el bienestar del ambiente de su familia, no poseían la costumbre de transmitir mensajes que anunciaran una desgracia. Me dijeron —los hombres que volaban con él— que se mostraba siempre tranquilo, seguro, preciso, como un piloto nato.

En esto era diferente de Jimmy McGrath, también buen piloto, que pasaba mucho miedo. Jimmy venía al hotel después de un día de vuelo y decía que se encontraba mal de los nervios. Admitía haber pasado noches en blanco a causa de la ansiedad.

Me decía, en confianza, lúgubremente, que tenía el presentimiento de que le iban a matar al otro día. Y al otro día me llamaba desde el campamento, para decirme que su presentimiento se había cumplido porque había estado a punto de «estrellarse con el avión», y era pura casualidad que no hubiera muerto. La instrucción le resultaba un tormento continuo.

No obstante, Jimmy pilotó bombarderos, y al parecer muy bien, durante la última fase de la guerra, cuando asolaban de manera sistemática las ciudades de Alemania. Voló continuamente durante más de un año y sobrevivió.

Paul murió el día antes de marcharse de la Colonia. Había sido destinado a la India; su tío tenía razón. La última noche la pasó con nosotros en una fiesta. Siempre había vigilado la bebida, incluso cuando pretendía beber desenfrenadamente con nosotros; pero aquella noche se puso como una cuba, y Jimmy y Willi tuvieron que meterle en la bañera del hotel para que recobrara el sentido. Volvió al campamento a la salida del sol, con objeto de despedirse de sus amigos. Estaba en la pista de aterrizaje, según me contó Jimmy más tarde, todavía medio inconsciente debido al alcohol y con la luz del sol naciente contra sus ojos... aunque, naturalmente, por ser Paul no revelaba el estado en que se encontraba. Llegó un avión y se detuvo unos pasos más allá. Paul se volvió, la vista cegada por el sol, y se encaminó en línea recta hacia la hélice, que debió parecerle como una franja casi invisible de luz. Le cortó las piernas por debajo mismo de la pelvis y murió al instante.

Jimmy también pertenecía a la clase media; pero era escocés, no inglés. Nada revelaba su origen escocés, excepto cuando estaba borracho, cuando se ponía sentimental al hablar de las antiguas atrocidades de los ingleses, como la de Glencoe. Empleaba una cachaza muy al estilo de Oxford, elaborada y afectada. Es una manera de hablar difícil ya de tolerar en Inglaterra, pero en una colonia resulta ridículo. Jimmy lo sabía, exageraba a propósito, para enojar a la gente que no le gustaba. Ante nosotros, que le gustábamos, se excusaba.

—Al fin y al cabo, aunque ya sé que es ridículo, esta voz tan cara será mi sustento después de la guerra.

Y así, Jimmy se negaba, lo mismo que Paul y al menos en un aspecto de su personalidad, a creer en el futuro del socialismo que profesaba. Su familia era, en conjunto, menos impresionante que la de Paul. O, más bien, él pertenecía a una rama decadente de la familia. Su padre era un insatisfactorio coronel retirado de la India... Sí, insatisfactorio, como Jimmy insistía, porque «es auténtico. Tiene afecto por los indios y se muestra partidario del budismo. ¡Ya me diréis!» Se mataba bebiendo, según Jimmy, pero yo creo que esto lo decía para completar el cuadro, porque por otro lado nos enseñaba poemas escritos por el viejo y probablemente estaba, en secreto, muy orgulloso de él. Era hijo único, nacido cuando su madre, a quien adoraba, había pasado ya de los cuarenta. Jimmy, a primera vista, tenía el mismo tipo físico de Paul: a cien metros de distancia se reconocía que pertenecían a la misma tribu de los humanos, casi sin diferencias. Pero de cerca su parecido subrayaba sus temperamentos, de fibra completamente distinta. La carne de Jimmy era pesada, casi amazacotada, sus andares eran ponderosos, y sus manos, grandes, aunque gordinflonas como las de un niño. Sus rasgos, de la misma blancura esculpida que los de Paul e idénticos ojos azules, carecían de gracia; su mirada era patética y reflejaba una súplica infantil, como si pidiese simpatía. Su pelo pálido, carente de brillo, le caía en mechas grasientas. Su cara, como a él le gustaba observar, era una cara decadente: demasiado llena, demasiado madura, casi fláccida. No se mostraba ambicioso y no aspiraba más que a una cátedra de historia en alguna universidad, lo que ya ha logrado. A diferencia de los otros, era homosexual de verdad, aunque él hubiera preferido no serlo. Estaba enamorado de Paul, quien le despreciaba y a quien irritaba. Mucho tiempo después se casó con una mujer quince años mayor que él. El año pasado me remitió una carta en la que describía su matrimonio; la había escrito claramente borracho y la había mandado, como si dijéramos, hacia el pasado. Me contaba que durmieron juntos, con poco placer por parte de ella y ninguno por la suya —«a pesar de que me esforcé, te lo aseguro»— durante unas semanas; de pronto ella se encontró con que estaba embarazada y esto fue el fin de las relaciones sexuales entre ambos. En suma, un matrimonio inglés nada fuera de lo común. Su esposa, al parecer, no sospecha que sea un hombre anormal, y él depende bastante de ella... Sospecho que si ella muriese, él se suicidaría o se daría a la bebida.

Ted Brown era el más original. Hijo de una numerosa familia obrera, había obtenido becas durante toda su vida estudiantil, hasta llegar a Oxford. Era el único socialista auténtico de los tres: quiero decir, socialista en sus instintos, por temperamento. Willi se quejaba de que Ted se comportaba «como si viviera en una sociedad propiamente comunista, o como si hubiese sido criado en un maldito kibbutz». Al oír esto, Ted le miraba, realmente confuso: no comprendía cómo tales conceptos podían ser objeto de reproche. Luego se olvidaba de ello y, en una nueva racha de entusiasmo, perdonaba a Willi. Era un muchacho lleno de energía, vivaz, ágil, alto y flaco, con el pelo negro a mechas y los ojos de color de avellana. Nunca tenía dinero —lo regalaba—, siempre iba mal vestido —no pensaba en la ropa o también la regalaba—, y le faltaba el tiempo para dedicarse a sí mismo, pues lo ponía a disposición de los demás. Sentía una gran pasión por la música, sobre la que había aprendido mucho él solo, por la literatura y por el prójimo. Consideraba a los demás, como a sí mismo, víctimas de la conspiración gigantesca y casi cósmica que pretendía desposeerlo de su auténtica naturaleza, la cual era, naturalmente, hermosa, generosa y buena. A veces afirmaba que prefería ser homosexual, lo que le proporcionaba una serie de protegidos. La verdad era que no podía soportar que otros jóvenes de su clase no hubieran tenido las mismas ventajas que él. Iba detrás de algún mecánico inteligente del campamento o, en las reuniones públicas de la ciudad, de algún muchacho que pareciera sentir un interés auténtico, que no quisiera pasar el rato, y se apoderaba de él, le hacía leer, le enseñaba música, le explicaba que la vida era una aventura estupenda... Luego venía a decirnos, con vehemencia, que «cuando se encuentra a una mariposa debajo de una piedra, hay que rescatarla». Constantemente aparecía en el hotel con algún muchacho novato y aturdido, pidiendo al grupo que lo «adoptara». Siempre lo hicimos. Durante los dos años que estuvo en la

Colonia, Ted rescató a una docena de mariposas, que sintieron un respeto divertido y afectuoso hacia él. Estaba enamorado colectivamente de ellos. Cambió sus vidas. Después de la contienda, en Inglaterra, conservó el contacto con ellos, les hizo estudiar, los condujo hacia el Partido Laborista —por entonces ya no era comunista— y vigiló que no invernaran, según su propia expresión. Se casó, muy románticamente y contra toda clase de oposición, con una chica alemana. Hoy tiene tres hijos y enseña inglés en una escuela para niños atrasados. Era un piloto eficaz, aunque fue característico de él que suspendiera a propósito las pruebas finales, debido a que aquella temporada estaba enzarzado en una pugna con el alma de un novillo de Manchester que se negaba a apreciar la música y que, tercamente, prefería el fútbol a la literatura. Ted nos explicó que era más importante rescatar a un ser humano de las tinieblas que entregar otro piloto a la empresa bélica, con o sin fascismo. Así, pues, se quedó en tierra y cumplió el servicio en las minas de carbón, lo que le produjo una afección pulmonar crónica. Irónicamente, el joven por quien hizo todo esto fue su único fracaso.

Cuando le sacaron de las minas de carbón por haber sido declarado inútil, logró de alguna manera ir a Alemania como educador. Su esposa alemana se muestra muy cariñosa con él, tiene sentido práctico y es competente y buena enfermera. Ted necesita que le cuiden. Se queja amargamente de que el estado de sus pulmones le fuerza a «invernar».

Incluso Ted fue afectado por el ambiente que prevalecía en la Colonia. No pudo resistir las peleas y discusiones dentro del grupo del Partido, y cuando al final sobrevino la división, ya fue el colmo para él.

—Está claro que no soy un comunista auténtico —le dijo a Willi, sombríamente y con amargura—, porque todas estas discusiones por sutilezas me parecen tonterías.

—No, está claro que no —respondió Willi—. Me preguntaba cuánto tiempo ibas a necesitar para darte cuenta.

Lo que más inquietaba a Ted era que la lógica de la polémica previa le hubiera llevado a formar parte del subgrupo dirigido por Willi. Opinaba que el líder del otro grupo, un cabo del campamento de aviación y marxista desde hacía tiempo, era «un burócrata disecado»; pero como persona le prefería a Willi. No obstante, estaba comprometido con Willi..., lo que me recuerda algo que no se me había ocurrido. Insisto en escribir la palabra grupo, lo que significa una colección de gente, gente que está asociada por una relación colectiva... Y es verdad que nos vimos cada día, durante muchas horas, a lo largo de meses. Pero mirándolo de forma retrospectiva, desde el presente, con la intención de recordar lo que de veras sucedió, no parece en absoluto así. Por ejemplo, no creo que Ted y Willi mantuvieran nunca una conversación auténtica... Se hacían bromas, en ocasiones, pero nada más. No; una vez realmente establecieron contacto, y fue en una discusión colérica. Ocurrió en la terraza del hotel de Mashopi, y aunque no recuerdo el motivo de la pelea, me acuerdo de que Ted gritaba:

—Tú eres el tipo de persona capaz de fusilar a cincuenta individuos antes del desayuno y luego hacer una comida de seis platos. No; tú darías a otro la orden de fusilarlos, eso es lo que harías.

Y de Willi, que respondía:

—Sí, si fuera necesario lo haría...

Y así durante una hora o más, todo esto mientras los carros de bueyes levantaban el polvo blanco del *veld* arenoso, los trenes corrían balanceándose por la vía que va del Océano índico a la capital, los granjeros vestidos de caqui tomaban cerveza en el bar, y grupos de africanos en busca de trabajo permanecían a la sombra del árbol de Jacaranda, durante horas, esperando con paciencia a que el señor Boothby, el amo, tuviera tiempo para salir a entrevistarles.

¿Y los demás? Paul y Willi juntos, hablando sin parar de historia. Jimmy discutiendo con Paul, generalmente sobre historia, aunque de hecho Jimmy no se cansaba de repetir que Paul era frívolo, frío y sin corazón. Paul y Ted, en cambio, no tenían nada que los uniera, ni se peleaban. Por lo que a mí se refiere, yo hacía el papel de la «chica del líder», el cemento que unía al grupo, un papel realmente tradicional. Claro que si mis relaciones con alguna de estas personas hubiera tenido auténtica profundidad, entonces el afecto habría sido disgregador en lugar de conciliatorio. Estaba, además, Maryrose, que era la belleza inalcanzable. ¿Así que éste era el grupo? ¿Qué lo consolidaba? Yo creo que la aversión implacable y la fascinación mutua entre Paul y Willi, que tanto se parecían y que estaban predestinados a un futuro tan distinto.

Sí. Willi, con su inglés tan correcto y gutural, y Paul, con su elocución tan serena y exquisita... Sus dos voces, hora tras hora, por la noche, en el hotel Gainsborough, son lo que mejor recuerdo del grupo en el período que precedió a nuestro traslado a Mashopi, antes de que todo cambiara.

El hotel Gainsborough era, en realidad, una casa de huéspedes; un lugar en el que la gente pasaba largos períodos. La mayoría de las casas de huéspedes de la ciudad eran antiguas casas privadas, lo que las hacía ciertamente más cómodas, aunque el ambiente no resultaba agradable. Yo pasé una semana en una y la dejé: el contraste entre la crudeza del colonialismo de la ciudad y los remilgos de aquella casa llena de ingleses de clase media, que parecían no haber salido de Inglaterra, me resultaba insufrible. El hotel Gainsborough era una construcción nueva, un lugar feo, grande y que crujía por todas partes. Estaba lleno de refugiados, oficinistas, secretarias y parejas de casados que no habían encontrado casa o piso. Toda la ciudad era un abigarramiento de gente debido a la guerra y al imposible precio de las casas.

Como no podía dejar de suceder, menos de una semana después de mi instalación en el hotel Willi había conseguido privilegios especiales, y ello a pesar de ser alemán y, técnicamente, un extranjero enemigo. Otros refugiados alemanes se hacían pasar por austriacos o trataban de no llamar la atención; pero el nombre de Willi en el registro del hotel era doctor Wilhelm Karl Gottlieb, ex Berlín, 1939. Sólo esto. La señora James, que regentaba el hotel, le reverenciaba. Se cuidó de hacerle saber que su madre era condesa, cosa que era verdad. Ella creía que era médico, y él no se había tomado la molestia de explicarle lo que la palabra doctor significaba en Europa.

—No es culpa mía que sea estúpida —decía Willi cuando se lo criticábamos.

Le aconsejaba gratis en asuntos legales, la protegía, era descortés cuando no le daban lo que pedía y, en suma, la tenía siempre correteando a su alrededor «como un perrito asustado», según decía él mismo. Era viuda de un minero que había muerto en un derrumbamiento en el Rand, tenía cincuenta años y era obesa, agobiada, sudorosa e incompetente. Nos alimentaba de estofados, calabaza y patatas. Los criados africanos le sisaban. Hasta que Willi no le explicó cómo llevar el negocio, lo que hizo sin que se lo pidieran al cabo de una semana de estar allí, perdía dinero; después, ganó mucho. Cuando Willi se fue del hotel, era una mujer adinerada, con inversiones escogidas por él en propiedades esparcidas por toda la ciudad.

Yo ocupaba el cuarto vecino al de Willi. Comíamos en la misma mesa. Los amigos nos visitaban día y noche. Para nosotros, aquel comedor feo y enorme que se cerraba definitivamente a las ocho (la cena de siete a ocho) estaba abierto hasta después de medianoche. También nos hacíamos té en la cocina y a veces la señora James tenía que bajar en bata a pedirnos, con una sonrisa de buenos amigos, que no gritáramos tanto. Iba contra las reglas tener gente en las habitaciones después de las nueve de la noche; sin embargo, nosotros celebrábamos seminarios en nuestros cuartos hasta las cuatro o las cinco de la madrugada, varias noches a la semana. Hacíamos lo que queríamos, mientras la señora James se iba enriqueciendo y Willi le decía que era una mema sin la menor idea de los negocios.

Ella le contestaba: «Sí, señor Rodde», y se reía, sentándose coquetamente sobre la cama de su cuarto para fumar un cigarrillo. Como una colegiala. Recuerdo que Paul dijo en cierta ocasión:

—O sea que tú crees que es correcto que un socialista consiga lo que quiera, tomando el pelo a una mujer.

—Le hago ganar mucho dinero —contestó Willi.

—Me refería al sexo.

—No sé a qué te refieres —concluyó Willi.

Y era verdad. Los hombres tienen mucha menos conciencia que las mujeres de usar el sexo de esta forma; mucho menos honestos.

Así que el hotel Gainsborough nos servía como prolongación del Club de Izquierdas y del grupo del Partido; y, para nosotros, estaba asociado con trabajo duro.

Al hotel Mashopi fuimos llevados por un impulso. Nos encaminó hacia él Paul. Había estado volando por aquella región, tuvo que aterrizar a causa de una tormenta súbita, y regresó con el instructor en coche, parándose en el hotel Mashopi para almorzar. Aquella noche acudió al Gainsborough muy contento, deseando compartir su buen humor con nosotros.

—No os lo hubierais imaginado nunca… Abandonado en medio del matorral, rodeado por todas partes de montículos, salvajes y exotismo; eso es el hotel Mashopi. Tiene un bar con un blanco para lanzar dardos y un tablero para jugar al tejo, sirven empanada de carne y riñón con un termómetro que marca noventa, y además de todo esto, el señor y la señora Boothby son el retrato clavado de los Gatsby, ¿os acordáis? La pareja que regentaba aquella taberna de Aylesbury. Es como si los Boothby no hubieran sacado nunca el pie de Inglaterra. Y me juego algo a que él es un ex sargento mayor. No puede ser de otro modo.

—Entonces ella es una ex chica de taberna —dijo Jimmy—. Y tienen una gentil hija a la que quieren casar. ¿Te acuerdas, Paul de aquella pobre chica que no te quitaba los ojos de encima, en Aylesbury?

—Claro que los coloniales no podrán apreciar la exquisita incongruencia de todo ello —comentó Ted.

En bromas de este tipo, Willi y yo éramos considerados como coloniales.

—Ex sargentos mayores que parece que no han salido jamás de Inglaterra llevan la mitad de los hoteles y bares del país —repliqué yo—. Ya lo sabríais si fueseis capaces de despegaros del Gainsborough.

Para las bromas de este tipo se consideraba que Ted, Jimmy y Paul despreciaban hasta tal punto la Colonia, que lo ignoraban todo acerca de ella. En realidad, estaban muy bien informados.

Eran casi las siete de la tarde y se acercaba la hora de cenar en el Gainsborough. Calabaza frita, carne estofada y fruta hervida.

—Vamos a echarle una ojeada —dijo Ted—. Ahora. Podemos tomar una pinta y volver a tiempo de coger el autobús para el campamento. —Hizo la sugerencia con su entusiasmo usual, como si el hotel Mashopi tuviera ciertamente que resultar la experiencia más hermosa e insólita de toda nuestra vida.

Miramos a Willi. Aquella noche había una reunión, organizada por el Club de Izquierdas, entonces en su apogeo. Contaban con la presencia de todos nosotros. Sin embargo, Willi estuvo de acuerdo, con toda naturalidad, como si no hubiera nada extraño en ello:

—No hay inconveniente. Por esta noche, la calabaza de la señora James se la puede comer otro.

Willi tenía un coche barato, de quinta mano. Los cinco nos metimos en él y fuimos hasta Mashopi, a unos noventa y cinco kilómetros. Recuerdo que era una noche clara, pero opresiva; las estrellas, gruesas y bajas, con una luminosidad espesa, tenían el aspecto característico de cuando se avecina tempestad. Fuimos por entre *kopjes* que eran montones de guijarros de granito, lo típico de aquella parte del país. Las piedras estaban cargadas de calor y electricidad, de modo que al pasar por enfrente nos venían a la cara ráfagas de aire caliente, como suaves puñetazos.

Llegamos al hotel Mashopi a las ocho y media y nos encontramos con que el bar estaba intensamente iluminado y repleto de granjeros de la vecindad. Era un recinto pequeño y reluciente, con un mostrador de madera pulida y lustrosa, y el suelo de cemento negro, brillante. Tal como Paul nos dijera, había un blanco para los dardos y un juego de tejo. Y detrás del mostrador estaba el señor Boothby, de dos metros de estatura, corpulento, con un estómago protuberante, la espalda recta como una pared y el rostro pesado, surcado por una red de venas hinchadas por el alcohol y dominado por un par de ojos prominentes, de expresión tranquila y maliciosa. Recordó a Paul de aquel mediodía y se interesó por los progresos realizados en la reparación del avión. El aparato no había sufrido ninguna avería, pero Paul empezó a contar una larga historia de cómo un ala había sido alcanzada por un rayo y él había descendido sobre las copas de los árboles en paracaídas, con el instructor agarrado a su brazo...

Era una historia tan claramente fabricada, que el señor Boothby mostró malestar desde la primera palabra. Y, no obstante, Paul lo contaba con mucha gracia, pero en serio y con deferencia. Al final dijo:

—Mi función no es buscar las causas, mi función es volar y morir —al tiempo que simulaba no poder reprimir una lágrima de gallardía. El señor Boothby soltó a regañadientes una breve risotada y le pidió si quería beber algo. Paul había supuesto que aquella bebida iría a cuenta de la casa, como un premio al héroe; pero el señor Boothby alargó la mano con una mirada fija y prolongada, como si dijera: «Sí, ya sé que no es broma, y que tú tratarías de tomarme el pelo si pudieras». Paul pagó de buen talante y continuó la conversación. Unos minutos después vino a donde estábamos nosotros, sonriente y diciéndonos que el señor Boothby había sido sargento de la policía colonial, que se había casado con su actual mujer durante un permiso en Inglaterra, donde ella había trabajado en una taberna, que tenían una hija de dieciocho años, y que regentaban aquel hotel desde once años antes.

—Y con mucho tino, si me permite que se lo diga —oímos decir a Paul—. El almuerzo de esta mañana ha sido magnífico. Pero son las nueve —recordó Paul—; van a cerrar el comedor y mi anfitrión no nos ha invitado a cenar. Así que he fracasado. Nos vamos a morir de hambre. Perdonadme por el fracaso.

—Voy a ver si lo arreglo —dijo Willi.

Se dirigió a donde estaba el señor Boothby, pidió whisky, y al cabo de cinco minutos ya había conseguido que abrieran el comedor especialmente para nosotros. No sé cómo lo hizo. Para empezar, resultaba un tipo tan raro en aquel bar lleno de granjeros con sus modestas esposas, que los ojos de todo el mundo se habían vuelto hacia él repetidas veces desde que entramos. Llevaba un elegante traje crema de shantung, su negro pelo relucía bajo todas aquellas luces estridentes, y mostraba en su pálido rostro una expresión de urbanidad. Dijo, con su inglés tan supercorrecto, tan claramente alemán, que él y sus amigos habían acudido desde la ciudad para probar la comida de Mashopi, de la que tanto habían oído hablar, y que estaba seguro de que el señor Boothby no les iba a decepcionar. Habló con la misma velada crueldad arrogante de Paul al contar la historia del descenso en paracaídas. El señor Boothby se quedó silencioso, mirando fríamente a Willi, con las manos enormes y rojas inmóviles sobre el mostrador. Entonces Willi se sacó con calma la cartera del pecho y mostró un billete de una libra. Yo supongo que hacía años que nadie se había atrevido a dar una propina al señor Boothby, quien, de momento, no replicó. Luego, giró la cabeza despacio, con un gesto deliberado, y con los ojos salidos un poco más de las órbitas, aguzó la vista considerando las posibilidades monetarias de Paul, Ted y Jimmy, los tres con su respectivo bock en la mano. Entonces dijo:

—Voy a ver qué opina mi mujer.

Y salió del bar, dejando el billete de Willi sobre el mostrador. La idea era que Willi lo recogiera, pero éste no lo tocó; se acercó a nosotros y anunció:

—No hay dificultad.

Paul ya había atraído la atención de la hija de un granjero. Era una muchacha de unos dieciséis años, bonita y regordeta, que lucía un vestido de volantes de muselina floreada. Paul estaba de pie frente a ella, sosteniendo su bock con la mano alzada y observando, con aquella voz suya, fluida y agradable:

—Desde que he entrado quería decirle que no había visto un vestido como el suyo desde hace tres años, en Ascot.

La niña parecía hipnotizada. Se había ruborizado. Pero me parece que pronto se hubiera dado cuenta de la insolencia de Paul. Willi agarró por el brazo a Paul y le dijo:

—Vamos. Deja esto para luego.

Salimos a la terraza. Al otro lado de la carretera había eucaliptos, cuyas hojas brillaban a la luz de la luna. Un tren estaba parado en la vía, despidiendo vapor y agua en su resoplar. Ted dijo en voz baja y acalorada:

—Paul, eres la razón más poderosa que conozco para fusilar a toda la clase alta y acabar con la gente como tú.

Yo, inmediatamente, le di la razón. No era la primera vez que ocurría eso. Hacía cosa de una semana, la arrogancia de Paul enojó de tal manera a Ted que éste se marchó, pálido y descompuesto, diciendo que no iba a volver a dirigirle la palabra.

—Ni a Willi; los dos sois iguales —añadió.

Necesitamos horas, Maryrose y yo, para persuadirle de que volviera al redil. A pesar de ello, Paul respondió frívolamente:

—En su vida ha oído hablar de Ascot, y cuando se entere de lo que es va a sentirse adulada.

Como respuesta a estas palabras, todo lo que Ted dijo después de un largo silencio fue:

—No, no se sentirá adulada. No es verdad.

Y luego hubo una pausa, mientras contemplábamos el brillo de las hojas plateadas, antes de que Ted añadiese:

—¡Bah! Jamás llegaréis a comprenderlo, ninguno de los dos. Y me es igual.

Aquel *me es igual* lo dijo en un tono desconocido para mí en Ted, un tono casi frívolo. Y se rió. Nunca le había oído reírse así. Me sentí mal, desconcertada, porque Ted y yo siempre fuimos aliados en esta batalla, y ahora me sentía abandonada.

El ala principal del hotel daba directamente a la carretera, y consistía en el bar y el comedor, con las cocinas detrás. A lo largo de la fachada había una terraza cimentada sobre unas columnas de madera por las que subían varias enredaderas. Estábamos sentados en los bancos, silenciosos y aburridos; de repente nos sentimos soñolientos y con hambre. La señora Boothby, llamada por su marido, había acudido de su casa y no tardó en hacernos pasar al comedor, volviendo a cerrar la puerta para que no entraran otros viajeros a pedir comida. Aquella carretera era una de las principales de la Colonia, y estaba siempre llena de coches. La señora Boothby era una mujer de cuerpo grande y lleno, muy poco atractiva, con la cara de un color vivo y el pelo muy rizado y sin color. Iba muy encorsetada. Las caderas le sobresalían abruptamente y llevaba los senos muy altos, como un anaquel. Era agradable, amable, de trato servicial, pero digno. Se disculpó de que, por ser tan tarde, no pudiera servirnos una comida completa, pero nos aseguró que haría lo posible para no defraudarnos. Luego, con una inclinación de cabeza y un «buenas noches», nos dejó con el camarero, quien ponía mala cara por haber sido retenido tanto después de la hora acostumbrada. Comimos gruesas tajadas de una carne asada, muy buena, patatas al horno y zanahorias. Para terminar, tarta de manzana con crema de leche y queso de la región. Era una comida de taberna inglesa, cocinada con esmero. En el comedor, grande y silencioso, todas las mesas estaban ya puestas para el desayuno del día siguiente. En las ventanas y puertas había gruesos cortinajes de flores estampadas. Los faros de los coches que pasaban por la carretera iluminaban los cortinajes continuamente, borrando el dibujo y haciendo que los tonos rojos y azules de las flores brillaran con fuerza una vez pasado el deslumbramiento de la luz, que se alejaba ya carretera arriba, hacia la ciudad. Teníamos sueño y pocas ganas de hablar, pero yo me sentí mejor al cabo de un rato, cuando Paul y Willi, como siempre, comenzaron a tratar al camarero como a un criado, haciéndole ir de un lado a otro y exigiéndole cosas. Ted se animó súbitamente y empezó a hablar a aquel hombre como a un ser humano, e incluso con mayor simpatía que de costumbre, por lo que me di cuenta de que se avergonzaba de aquel momento suyo en la terraza. Mientras Ted le hacía preguntas al camarero sobre su familia, su trabajo o su vida, y le ofrecía información sobre sí mismo, Paul y Willi continuaban comiendo sin hacer el menor caso, como siempre en ocasiones parecidas. Hacía ya tiempo que habían puesto las cartas boca arriba sobre aquella cuestión.

—¿Tú crees, Ted, que siendo amable con los criados vas a hacer algo por la causa del socialismo? —había preguntado Willi.

—Sí.

—Entonces no puedo hacer nada por ti —había concluido Willi, encogiéndose de hombros para indicar que era un caso perdido.

Jimmy pidió más bebida. Ya estaba borracho; se emborrachaba con mayor rapidez que nadie. Pronto apareció el señor Boothby y nos dijo que, como viajeros, teníamos derecho a beber, con lo cual aclaraba, también, la razón por la que nos había dado de comer tan tarde. Pero en lugar de pedir bebidas fuertes como él quería, encargamos vino, y nos trajo una botella de blanco del Cabo, muy fría; era un vino muy bueno. No queríamos beber un coñac del Cabo sin refinar que el señor Boothby nos había traído, pero lo bebimos; y después, más vino… Hasta que Wiíli anunció que íbamos a volver el próximo fin de semana y que a ver si el señor Boothby nos podía reservar habitaciones. El señor Boothby dijo que no habría ningún problema, y nos presentó una cuenta para la que difícilmente logramos reunir la suma de dinero necesaria.

Willi no nos había preguntado si estábamos libres aquel fin de semana para pasarlo en Mashopi, pero nos pareció una buena idea. Regresamos a la luz de la luna. Hacía ya mucho fresco, una neblina fría y blanca cubría los valles, era muy tarde y todos habíamos bebido bastante. Jimmy estaba inconsciente. Cuando llegamos a la ciudad era demasiado tarde para que los tres pudieran volver al campamento; así que ocuparon mi cuarto en el Gainsborough, y yo me fui al de Willi. En tales ocasiones acostumbraban a levantarse de madrugada, a eso de las cuatro, y andaban hasta las afueras de la ciudad en espera de que alguien se ofreciera para llevarles al campamento, donde tenían que empezar a volar a las seis, tan pronto como salía el sol.

Y así el fin de semana siguiente nos fuimos a Mashopi. Willi y yo, Maryrose, Ted, Paul y Jimmy. Salimos el viernes por la noche, tarde, pues habíamos tenido una discusión sobre la «línea» del Partido. Como siempre, acerca de cómo atraer a las masas de africanos a la acción política. La discusión fue mordaz a causa de la división oficial, lo que no nos impidió considerarnos aquella noche como una unidad. Éramos unos veinte, y la cuestión estribaba en que, pese a estar todos de acuerdo en que la «línea» presente era «correcta», estábamos también de acuerdo en que así no conseguíamos nada.

Al meternos en el coche con las maletas o sacos, permanecimos silenciosos. Guardamos silencio durante todo el trayecto hasta las afueras. Luego se reanudó la discusión acerca de «la línea» entre Paul y Willi. No dijeron nada que no hubiera sido discutido con detalle en la reunión; sin embargo, escuchamos todos con la esperanza, supongo, de que surgiera una idea nueva que nos sacara del enredo en que nos encontrábamos. La «línea» era simple y admirable: en una sociedad dominada por las diferencias raciales, el deber de los socialistas era, obviamente, luchar contra el racismo. Por lo tanto, «la marcha adelante» debía realizarse por medio de una combinación de vanguardias progresistas de blancos y negros. ¿Quiénes estaban destinados a ser la vanguardia blanca? Naturalmente, los sindicatos. ¿Y quién la vanguardia negra? Los sindicatos negros, claro. De momento, no había sindicatos negros porque estaban fuera de la ley, y las masas negras no estaban desarrolladas suficientemente para la acción ilegal. En cuanto a los sindicatos blancos, celosos de sus privilegios, eran más hostiles a los africanos que cualquier otro grupo de la población blanca. Así que aquel esquema nuestro de lo que debiera ocurrir, de lo que de hecho tenía que ocurrir, ya que según el primer principio el proletariado era quien abriría el camino hacia la libertad, no estaba de ningún modo reflejado en la realidad. Sin embargo, el primer principio era demasiado sagrado para ponerlo en duda. El nacionalismo negro estaba considerado entre nosotros (y en el Partido Comunista sudafricano) como una desviación reaccionaria que había que combatir. El primer principio, basado como estaba en la más fundamental idea humanista, nos llenaba de sentimientos éticos muy reconfortantes.

Veo que ya vuelvo a caer en el tono degradante y cínico. No obstante, ¡cuánto consuela ese tono! Es como un emplasto sobre una herida, pues no hay duda de que se trata de una herida... Miles de personas, al igual que yo misma, no pueden recordar el tiempo que dedicaron al «Partido», bien como miembros o como colaboradores, sin una angustia terrible y helada. Sin embargo, este dolor es tan peligroso como el de la nostalgia: es su primo hermano e igualmente dañino. Continuaré escribiendo sobre ello cuando lo pueda hacer con naturalidad, sin este tono.

Recuerdo que Maryrose puso punto final a la discusión observando:

—¡Pero si no estáis diciendo nada que no hayáis ya dicho antes!

Esto fue definitivo. Lo hacía a menudo, tenía la capacidad de hacernos callar a todos. Sin embargo, los hombres la trataban como a una chiquilla, les parecía que no poseía grandes cualidades para la teoría política, y ello porque no podía o no quería usar la jerga. Pero comprendía con rapidez lo que era importante, y lo traducía en términos simples. Hay un tipo de mentalidad, como la de Willi, que sólo puede aceptar ideas si están expresadas en el mismo lenguaje que usaría él.

En aquella ocasión dijo:

—Debe de haber algún error, porque de lo contrario no tendríamos que pasarnos horas y horas discutiéndolo de esta manera.

Habló con seguridad y nadie rechistó. Pero Maryrose, notando cómo los demás se cargaban de paciencia, lo que la hizo sentirse incómoda, dijo, suplicante:

—No me expreso bien, pero ya sabéis lo que quiero decir... Debido a aquel tono de súplica, los hombres recobraron su buen humor y Willi dijo, con benevolencia:

—Claro que te expresas bien. Una persona tan guapa como tú, ¿cómo puede expresarse mal?

Estaba sentada junto a mí, y giró la cabeza en la oscuridad del interior del coche para dirigirme una sonrisa. Intercambiábamos aquella sonrisa muy a menudo.

—Voy a dormir —dijo, colocando la cabeza sobre mi hombro y acurrucándose como un gatito.

Nos sentíamos todos muy cansados. No creo que quienes nunca hayan participado en un movimiento de izquierdas puedan imaginar cuánto trabajan los socialistas dedicados a la causa, día tras día, año tras año. Al fin y al cabo, todos nos ganábamos la vida, y los hombres que estaban en campamentos, por lo menos los que hacían instrucción, estaban sometidos a una constante tensión nerviosa. Cada noche organizábamos reuniones, discusiones de grupo, debates. Todos leíamos mucho. Lo más corriente era que estuviéramos despiertos hasta las cuatro o las cinco de la madrugada. Además de todo esto, nos dedicábamos a la cura de almas. Ted tomaba muy en serio esta actitud, común a todos, según la cual éramos responsables de cualquier persona que tuviera cualquier clase de problema. Y parte de nuestro deber era explicar a cualquiera, con una chispa de vitalidad, que la vida era una aventura estupenda. Ahora, viéndolo en retrospectiva, imagino todo aquel trabajo atroz y pienso que lo único que conseguimos fue una especie de proselitismo personal. Dudo que cualquiera de las personas que tomamos a nuestro cuidado vaya a olvidar la mera exuberancia de nuestra fe en lo estupenda que era la vida; sí, porque no teníamos fe en la vida por temperamento, sino por principio. Me viene a la memoria toda suerte de incidentes; por ejemplo, Willi, después de unos días de preguntarse qué debía hacer con una mujer desgraciada porque el marido le era infiel, decidió regalarle un ejemplar de *La rama dorada*, pues «cuando uno se siente personalmente desgraciado, el procedimiento adecuado es tomar una perspectiva histórica de la cuestión». La mujer le devolvió el libro, disculpándose, diciendo que era superior a su capacidad mental y que, en todo caso, había decidido separarse de su marido porque le ocasionaba demasiados problemas. Sin embargo, cuando se hubo marchado de la ciudad, escribió regularmente a Willi unas cartas corteses, conmovedoras y agradecidas. Recuerdo estas palabras terribles: «Nunca olvidaré su amabilidad de interesarse por mí.» (En aquella época, sin embargo, no me llamaron la atención.)

Todos habíamos estado viviendo a este nivel de intensidad durante más de dos años... No descarto la idea de que, posiblemente, estuviéramos un poco enajenados de puro agotamiento.

Ted empezó a cantar, para mantenerse despierto; y Paul, con una voz completamente distinta de la que había usado en la discusión con Willi, comenzó a fantasear sobre lo que ocurriría en una colonia ficticia de blancos cuando los africanos se rebelaran. (Era casi diez años antes de Kenya y el Mau Mau.) Paul describió cómo «dos hombres y medio» (Willi protestó por la cita de Dostoievski, a quien consideraba un escritor reaccionario) trabajaron durante veinte años para hacer tomar conciencia a los indígenas de su posición de vanguardia. De súbito, un demagogo apenas instruido, que había pasado seis meses en la Escuela de Economía de Londres, creó un movimiento de masas basado en el lema «fuera los blancos». Los dos hombres y medio, políticos responsables, quedaron consternados ante aquello; pero era demasiado tarde: el demagogo los acusó de estar al servicio de los blancos. Los blancos, por su parte, en un momento de pánico metieron al demagogo y a los dos hombres y medio en la cárcel, bajo una acusación falsa. Al encontrarse sin jefe, la población negra se internó en el bosque y los *kopjes*, donde se constituyó una guerrilla. «A medida que los regimientos negros iban siendo derrotados por los regimientos blancos, unos cuantos muchachos de mentalidad pura y con una buena educación como nosotros, traídos de la lejana Inglaterra para mantener el orden público, iban sucumbiendo a la magia negra y a los brujos. Su comportamiento, malvado y nada cristiano, apartó muy justamente a toda la gente honesta de la causa negra, y los puros y simpáticos muchachos como nosotros, presos de un frenesí moralista, les apalearon, les torturaron y los colgaron. Por fin se restableció el orden público. Los blancos dejaron libres a los dos hombres y medio, pero ahorcaron al demagogo. Se anunció un mínimo de derechos democráticos para la plebe negra, pero los dos hombres y medio, etc., etc., etc.» Ninguno de nosotros hizo el menor comentario a este vuelo de la fantasía. Iba mucho más allá de nuestros pronósticos. Además, estábamos consternados por su tono. (Claro que ahora lo identifico como idealismo frustrado... Ahora, al escribir la palabra en relación con Paul, me sorprende. Por primera vez he creído ser capaz de ello.) —Cabe otra posibilidad —prosiguió Paul—. Supongamos que los ejércitos negros ganaran. Sólo se puede hacer una cosa, si el jefe nacionalista es inteligente: reforzar el sentimiento nacionalista y desarrollar la industria. ¿Se nos ha ocurrido, camaradas, que nuestro deber en tanto que progresistas será apoyar a los Estados nacionalistas, cuya tarea va a desarrollar la moral capitalista clasista que tanto odiamos? ¿Eh? ¿Se os ha ocurrido? Porque yo sí lo veo; lo veo en mi bola de cristal..., y vamos a tener que apoyarlo. ¡Ah, sí! Sí, porque no hay otra alternativa.

—Tú necesitas un trago —observó Willi al llegar a aquel punto. Pero era bastante tarde, y todos los bares de los hoteles próximos a la carretera estaban cerrados. Paul se puso a dormir, al igual que antes hicieran Maryrose y Jimmy. Ted se mantenía despierto, sentado en el asiento de delante junto a Willi, silbando un aria de las suyas. Me parece que no había prestado ninguna atención al relato de Paul. Silbaba o cantaba en señal de desaprobación.

Mucho después, recuerdo haber pensado que, durante todos estos años de discusiones y análisis sin fin, sólo una vez nos acercamos un poco a la verdad (aunque no demasiado), y ello en una ocasión en que Paul, enojado, habló sarcásticamente.

Cuando llegamos al hotel ya era oscuro. Un criado medio dormido nos esperaba en la terraza para llevarnos a las habitaciones. El edificio donde estaban las habitaciones se encontraba a unos doscientos metros de distancia del pabellón, donde estaban el comedor y el bar, sobre un promontorio, en la parte de atrás. Tenía veinte habitaciones, todas bajo un mismo techo, adosadas por la parte interior y con terrazas a los dos lados; en total, diez cuartos en cada terraza. Eran frescos y agradables, a pesar de que no se podía establecer una corriente de aire al través; tenían ventiladores eléctricos y grandes ventanas. Se nos habían destinado cuatro cuartos. Jimmy ocupó uno con Ted, yo otro con Willi, y Maryrose y Paul tuvieron el suyo individual; esta combinación no variaría en lo sucesivo, o, mejor dicho, como los Boothby nunca dijeron nada, Willi y yo compartimos siempre una habitación en el hotel Mashopi. Ninguno de los nuestros se despertó hasta mucho después de la hora del desayuno. El bar estaba abierto y tomamos algo, casi todo el rato en silencio. Luego almorzamos, también en silencio, observando de vez en cuando qué raro era que nos sintiéramos tan cansados. Los almuerzos en el hotel eran siempre de excelente calidad: grandes cantidades de diversas carnes frías, y toda clase de ensaladas y fruta. Nos fuimos todos a dormir otra vez. El sol ya empezaba a ponerse cuando Willi y yo nos despertamos y fuimos a llamar a los otros. Media hora después de la cena volvíamos a estar en la cama. Y al día siguiente, domingo, ocurrió prácticamente lo mismo. Este primer fin de semana fue, en verdad, el más agradable de los que pasamos allí. Estábamos todos sumergidos en la calma producida por una gran fatiga. Casi no bebimos, y el señor Boothby tuvo una decepción con nosotros. Willi se mostró especialmente silencioso. Me parece que fue aquel fin de semana cuando decidió retirarse o, al menos, apartarse bastante de la política para dedicarse al estudio. En cuanto a Paul, estuvo auténticamente sencillo y agradable con todo el mundo, en especial con la señora Boothby, a quien había caído en gracia.

El domingo por la noche volvimos a la ciudad muy tarde, porque no queríamos irnos del hotel Mashopi. Antes de marcharnos estuvimos bebiendo cerveza en la terraza, con el hotel a oscuras detrás. La luz de la luna era tan fuerte que podíamos ver cada grano de arena brillar por sí solo en los trechos de la carretera donde los carros de bueyes los habían desparramado. Las hojas puntiagudas de los eucaliptos, que colgaban hacia el suelo inclinadas por su peso, relucían como espadas diminutas. Recuerdo que Ted dijo:

—Fijaos cómo estamos, sin decir una palabra. Mashopi es un lugar peligroso. Vamos a venir aquí todos los fines de semana, para aletargarnos con toda esta cerveza, la luz de la luna y la buena comida. Me pregunto a dónde iremos a parar.

No volvimos en un mes. Habíamos comprendido lo cansados que estábamos, y me parece que nos daba miedo lo que pudiera pasar si dejábamos saltar la tensión del cansancio. Fue un mes de trabajo muy duro. Paul, Jimmy y Ted estaban terminando la instrucción y salían a volar diariamente. Hacía buen tiempo. Hubo mucha actividad periférica de tipo político, como conferencias, seminarios y trabajos para informes sociológicos. En cambio, «el Partido» sólo se reunió una vez. El otro subgrupo había perdido cinco miembros. Es interesante que, en la única ocasión en que nos reunimos, nos peleamos furiosamente hasta casi la madrugada; y, sin embargo, durante el resto del mes nos vimos de dos en dos muy a menudo, sin ningún rencor, para discutir sobre los detalles del trabajo periférico bajo nuestra responsabilidad. Mientras tanto, nuestro grupo seguía encontrándose en el Gainsborough. Hicimos bromas sobre el hotel Mashopi y su siniestra influencia relajadora. Lo utilizamos como símbolo de lujo, decadencia y debilidad mental. Los amigos que no habían ido, pero que lo conocían como un vulgar hotel de carretera, decían que estábamos locos. Un mes después de aquella visita, hubo un fin de semana largo, de la noche del jueves hasta el miércoles siguiente —en la Colonia, las vacaciones se tomaban en serio—, y organizamos un grupo para volver allí.

Consistió en los seis mismos de la otra vez, más el nuevo protegido de Ted, Stanley Lett, el muchacho de Manchester, por cuya salvación él fracasó como piloto. También vino Johnny, un pianista de jazz amigo de Stanley, y Georges Hounslow, con quien habíamos convenido encontrarnos allí. Nos trasladamos en coche y en tren, y a la hora en que el bar cerraba, la noche del jueves, estaba ya claro que aquel fin de semana iba a ser muy distinto del pasado.

El hotel estaba lleno de gente que había ido a pasar el largo fin de semana. La señora Boothby abrió un anexo de doce habitaciones. Iban a celebrarse dos bailes, uno público y otro privado, y en el aire ya se notaba una agradable dislocación de la vida ordinaria. Cuando nuestro grupo se sentó a la mesa para cenar, muy tarde, un camarero estaba adornando las esquinas del comedor con papeles de colores y tiras de bombillas. Se nos sirvió un helado especial hecho para la noche del día siguiente. Vino un mensajero enviado por la señora Boothby para preguntar si «los muchachos de aviación» podrían ayudarla, al día siguiente, a adornar la habitación grande... O, mejor dicho, vino una mensajera, pues se trataba de June Boothby y era obvio que había acudido empujada por la curiosidad de ver a los muchachos en cuestión, seguramente porque su madre había hablado de ellos. Aunque también fue obvio que no le causaron demasiada impresión. Muchas chicas de la Colonia echaban un vistazo a los chicos que llegaban de Inglaterra y los descartaban definitivamente por encontrarlos afeminados, sosos y sin nervio. June era una de ellas. Aquella noche se quedó el tiempo mínimo necesario para dar el recado y oír el gusto exageradamente cortés con que Paul aceptaba «en nombre del Ejército del aire» la amable invitación de la madre. Se fue en seguida. Paul y Willi hicieron unas cuantas bromas sobre la hija casadera, pero no pasaron del tono de sus chanzas sobre «los señores Boothby, el tabernero y su esposa». El resto de aquel fin de semana, y las siguientes ocasiones, no se ocuparon de ella. Al parecer, la consideraban tan poco atractiva que se abstenían de mencionarla por piedad, o tal vez incluso —aunque ninguno de los dos tenía por costumbre dar muestras de tal sentimiento— por caballerosidad. Era una chica alta, de cuerpo recio y grandes y rojas piernas y brazos. Su rostro era colorado, como el de su madre, y tenía el mismo tipo de pelo sin color, recortado en torno a sus torpes facciones. No poseía un solo rasgo o cualidad con gracia, pero sí un tipo de energía hosca, explosiva y acechante, pues estaba pasando una de esas temporadas tan comunes entre chicas jóvenes, una fase de obsesión sexual que puede llegar a ser como una especie de trance. Cuando yo tenía quince años y aún vivía con mi padre en Baker Street, tuve unos meses de una fase así, y ahora no puedo pasar por aquel barrio sin recordar, medio divertida y medio avergonzada, aquel estado emocional tan fuerte que tuvo el poder de absorber en sí las aceras, las casas y los escaparates. Lo curioso en el caso de June era que, mientras lo lógico hubiera sido que la naturaleza hiciera las cosas de manera que los hombres que encontraba en su camino se diesen cuenta del estado que la afligía, en realidad no sucedía nada de esto. Aquella primera noche, Maryrose y yo nos miramos sin querer y casi rompimos a reír al darnos cuenta de lo que ocurría, y también un poco por la pena que nos daba. No nos reímos, pues comprendimos que aquel hecho tan obvio no lo era para los hombres, y la quisimos proteger de sus burlas. Todas las mujeres del lugar se dieron cuenta del estado de June. Me acuerdo de una mañana en que, estando en la terraza con la señora Lattimer —una bella mujer de pelo rojo que flirteaba con el joven Stanley— vimos aparecer a June acechando sin rumbo por entre los eucaliptos erguidos junto a la vía del tren. Era como contemplar a una sonámbula. Daba media docena de pasos, mirando al otro lado del valle, hacia el conjunto de montañas azules; de pronto levantaba las manos hasta la altura de la cabeza, de modo que el cuerpo, bien ajustado por el algodón rojo, mostraba todas sus líneas en tensión, así como el sudor que humedecía los sobacos, luego bajaba los brazos, con los puños cerrados y caídos a los lados, quedándose inmóvil antes de emprender nuevamente su deambular, deteniéndose aquí y allí, como si soñase, para darle un puntapié a un trocito de carbón con una de sus grandes sandalias blancas… Y así prosiguió hasta desaparecer más allá de los eucaliptos iluminados por el sol.

La señora Lattimer suspiró profundamente y, con intención, soltó aquella carcajada suya, débil e indulgente.

—¡Oh Dios mío! —exclamó—. Aunque me dieran mil libras no volvería a tener quince años. ¡Dios mío, volver a pasar por aquello! ¡Ni por un billón!

Y tanto Maryrose como yo asentimos. No obstante, aunque para nosotras la vista de aquella chica resultaba intensamente azorante, los hombres no se dieron cuenta de nada y tuvimos cuidado en no delatarla. Hay una caballerosidad femenina, de mujer a mujer, que es tan fuerte como cualquier otro lazo… O tal vez fuera que no queríamos vernos obligadas a reconocer la falta de imaginación de nuestros hombres.

June pasaba la mayor parte del tiempo en la terraza de la casa de los Boothby, la cual se encontraba a un lado del hotel, distante del mismo unos doscientos metros. Estaba construida sobre unos cimientos de tres metros de profundidad, como protección contra las hormigas. La terraza era acogedora y fresca, estaba pintada de blanco y tenía enredaderas y flores por todas partes: era muy clara y alegre. June se echaba en un viejo sofá de cretona, escuchando durante horas un tocadiscos portátil, modelando en su imaginación al hombre a quien permitiría librarla de aquel estado de sonambulismo. Y algunas semanas más tarde, la imagen era lo suficientemente fuerte para crear al hombre. Un día, Maryrose y yo estábamos en la terraza del hotel cuando se detuvo un camión que se dirigía hacia el Este. Se apeó un joven rústico dotado de unas piernazas rojas y unos brazos calentados por el sol, tan grandes como los muslos de un buey. De pronto apareció June, acechante, por el camino de grava que bajaba de la casa de su padre, dando puntapiés a la grava con sus sandalias puntiagudas. Una piedra llegó rodando hasta los pies del muchacho, que se dirigía hacia el bar y se detuvo para mirarla. Luego, girando repetidas veces la cabeza con una mirada inexpresiva, casi hipnotizada, entró en el bar. June le siguió. El señor Boothby estaba sirviendo una ginebra con agua tónica a Jimmy y a Paul, y hablando con ellos de Inglaterra. No hizo caso de su hija, quien se sentó en un rincón y tomó posición para observar, como si soñara, a través de Maryrose y de mí, hacia el polvo y el resplandor de la mañana calurosa. El mozo se sentó, con su cerveza, en un banco que distaba un metro escaso de ella. Media hora más tarde, cuando volvió a subir al camión, June iba con él. Maryrose y yo, de súbito y a la vez, rompimos a reír a carcajadas, sin podernos contener, hasta que Paul y Jimmy sacaron la cabeza para ver de qué nos reíamos. Un mes más tarde, June y el muchacho se prometían oficialmente, y fue entonces cuando todo el mundo se dio cuenta de que era una muchacha tranquila, agradable y sensata. Aquella mirada propia de un estado de letargo se le había desvanecido por completo. Fue entonces cuando nos dimos cuenta de lo irritada que había estado la señora Boothby por el estado de su hija. Había un exceso de alegría, de alivio en su modo de aceptar la ayuda de ella en el hotel, de volver a ser amigas, de discutir los planes para la boda. Era como si se hubiera sentido culpable por su mucha irritación. Y tal vez aquella larga temporada de irritación fue, en parte, la causa de que más tarde perdiera la paciencia y se comportara tan injustamente.

Poco tiempo después de que June nos dejara aquella primera noche, la señora Boothby vino a vernos. Willi le pidió que se sentara con nosotros, y Paul se apresuró a secundar la invitación. Los dos hablaban de una manera que a nosotros nos parecía exagerada y groseramente cortés. En cambio, la última vez que ella había estado con Paul, aquel fin de semana en que todos nos sentimos tan cansados, él se mostró sencillo y sin arrogancia, hablando de sus padres, de su casa… Aunque, naturalmente, la Inglaterra de él y la de ella eran dos países diferentes.

Nosotros hacíamos broma de que la señora Boothby sentía una debilidad hacia Paul. Ninguno de nosotros lo creíamos, porque si hubiera sido así, no habríamos bromeado… O quiero suponer con toda mi alma que no, pues al principio le teníamos gran simpatía. Pero lo cierto era que la señora Boothby estaba fascinada por Paul… y también por Willi, claro, precisamente a causa de la cualidad que nosotros tanto odiábamos en ellos dos: su grosería, su arrogancia oculta detrás de aquellos modos tan serenos.

Con Willi aprendí por qué a tantas mujeres les gusta que las maltraten. Era humillante y yo luchaba por no aceptar la verdad, pero lo he visto cientos de veces. Si había una mujer a la que encontrábamos difícil de tratar, a la que le seguíamos la cuerda y hacíamos concesiones, Willi decía:

—Vosotros es que no sabéis nada. Lo que ésa necesita es una buena tunda.

(La «buena tunda» era una expresión colonial, usada normalmente por los blancos de la siguiente manera: «Lo que este *kafir* necesita es una buena tunda»... Pero Willi se la había apropiado para el uso general.) Me acuerdo de la madre de Maryrose, una neurótica dominante que le había chupado toda la vitalidad a la hija, una mujer de cerca de cincuenta años, con un vigor y una actividad de gallina vieja. Por consideración a Maryrose nos mostrábamos corteses con ella, la aceptábamos cuando aparecía bulliciosamente en el Gainsborough en busca de su hija. Cuando estaba ella presente, Maryrose se hundía en un estado de irritación apática, de fatiga nerviosa, pues si bien sabía que debía resistir a su madre, carecía de la energía moral necesaria para hacerlo. A esta mujer, a la que todos estábamos dispuestos a tolerar y a seguir la cuerda, Willi la curó con media docena de palabras. Una noche en que vino al Gainsborough y nos encontró hablando en el comedor, desierto, dijo en voz muy alta:

—Ya estáis aquí, como siempre. Debierais estar acostados.

Y se iba a sentar con nosotros cuando Willi, sin alzar la voz, pero haciendo que sus gafas irradiaran destellos hacia la cara de ella, dijo:

—Señora Fowler.

—¿Qué, Willi? ¿Otra vez tú?

—Señora Fowler, ¿por qué viene persiguiendo a Maryrose, ocasionando tantas molestias?

Se quedó muda, enrojeció, pero permaneció de pie junto a la silla que había cogido para sentarse, con la vista fija en él.

—Sí —añadió Willi, con calma—. Usted es una vieja pesada. Siéntese si quiere, pero estese callada, sin decir tonterías.

Maryrose se puso blanca de terror y de sufrimiento por su madre. Pero la señora Fowler, después de un instante de silencio, soltó una risita, se sentó y se mantuvo callada. Y después de

138

este incidente, si venía al Gainsborough se portaba con Willi como una niña bien educada en presencia de su padre tirano. Y esto no sucedió sólo con la señora Fowler y la propietaria del Gainsborough.

Ahora era la señora Boothby, a la cual no podía considerarse el tipo déspota que busca a otro tirano más fuerte que ella, ni tampoco la mujer que no se da cuenta de cuándo está de más. Y, sin embargo, incluso después de haber comprendido a través de sus nervios —ya que no de su inteligencia, pues no era inteligente— que había sido zaherida, volvía a por más. No se sumía en un estado de placer y aturdimiento al recibir una tunda como la señora Fowler, ni tampoco adoptaba un aire recatado y muchachil como la señora James del Gainsborough; escuchaba con paciencia y replicaba, ensamblándose con lo aparente de la conversación, por decirlo así, para descartar la insolencia escondida y, de esta manera, lograr, incluso, que Paul y Willi se avergonzasen y volvieran a ser corteses. Pero estoy segura de que en muchas ocasiones, a solas, debió de ponerse roja de ira, cerrando los puños y diciendo entre dientes: «Sí, me gustaría golpearles... Hubiera tenido que darle una bofetada cuando dijo aquello».

La misma noche, Paul empezó casi en seguida uno de sus juegos favoritos: parodiar los lugares comunes de los habitantes de la Colonia hasta hacer que éstos se dieran cuenta de que les estaba tomando el pelo. Y Willi se agregó.

—Al cocinero lo debe de tener desde hace muchos años, claro... ¿Quiere un cigarrillo?

—Gracias, muy amable, pero no fumo. Sí, es un buen chico; eso hay que reconocérselo; ha sido siempre muy leal.

—Debe de ser como de la familia.

—Sí, para mí sí. Y él nos tiene mucho cariño, me consta. Le hemos tratado siempre justamente.

—Tal vez no tanto como a un amigo, sino como a un niño, ¿no? (Esto lo dijo Willi.) Porque no son más que niños grandes.

—Sí, es verdad. Cuando llegas a comprenderlos, ves que en realidad son sólo niños. Les gusta que les trates como a los niños, con firmeza, pero con justicia. El señor Boothby y una servidora creemos que a los negros hay que tratarlos bien. Es de justicia.

—Pero, por otro lado, hay que tener cuidado de que no se te suban a las barbas —prosiguió Paul—. Porque si no, te pierden el respeto.

—Me alegro de que diga eso, Paul, porque la mayoría de ustedes, los jóvenes ingleses, se hacen muchas ilusiones a propósito de los *kafirs*. Es que, de verdad, hay que hacerles comprender que no deben pasarse de la raya.

Y así, etc., etc., etc., hasta que Paul dijo, sentado en su postura favorita, el bock suspendido en el aire y con sus ojos azules clavados afanosamente en los de su interlocutora:

—Es que, claro, hay siglos de evolución entre ellos y nosotros. En realidad, no son más que mandriles.

Entonces ella enrojeció y desvió la vista. Mandriles era una palabra que ya empezaba a ser demasiado grosera en la Colonia, aunque cinco años antes había estado aceptada, e incluso había aparecido en los artículos de fondo de los periódicos. (Exactamente como la palabra *kafir*, que diez años más tarde iba a sonar mal.) La señora Boothby no podía creer que un «joven instruido, de uno de los mejores colegios de Inglaterra» pudiese usar la palabra mandril. Pero cuando volvió a mirar a Paul, con su rostro rojo y honesto preparado para la ofensa, allí estaba él, mostrando aquella sonrisa de querubín tan encantadora y atenta como un mes atrás, cuando se había sentido, no cabía duda de ello, verdaderamente nostálgico de su casa y feliz de que lo mimaran. Ella suspiró súbitamente, se levantó y dijo, en tono cortés:

—Ya me excusarán, pero tengo que preparar la cena de mi viejo. Al señor Boothby le gusta tomar un bocado tarde, pues nunca le da tiempo de cenar. Se pasa la noche detrás del bar.

Nos dio las buenas noches, inspeccionando largamente a Willi, luego a Paul, con un gesto de estar bastante herida y seria. Nos dejó.

Paul echó la cabeza hacia atrás, riéndose, y dijo:

—Son increíbles, fantásticos... Francamente, excesivos.

—Aborígenes —corrigió Willi, riendo.

Aborígenes era la palabra que él usaba para referirse a la gente blanca de la Colonia.

Maryrose observó, con calma:

—No le veo la gracia, Paul. Eso es tomar el pelo a la gente; nada más.

—Querida Maryrose, querida y hermosa Maryrose —exclamó Paul, riéndose dentro del vaso de cerveza.

Maryrose era muy bella; una chica menuda y delgada, con ondas de pelo de color miel y grandes ojos castaños. Había aparecido en las cubiertas de revistas del Cabo, durante el tiempo en que fue modelo. Carecía totalmente de vanidad. Sonrió con paciencia e insistió en su estilo, sereno y de buen humor:

—Sí, Paul. Al fin y al cabo, yo me he criado aquí. Comprendo a la señora Boothby. Yo era como ella hasta que gente como tú me explicó que estaba equivocada. No vas a cambiarla tomándole el pelo. Lo único que consigues es ofenderla.

Paul volvió a reírse e insistió:

—Maryrose, Maryrose, eres demasiado buena.

Pero más tarde, aquella misma noche, ella consiguió avergonzarle. George Hounslow, que trabajaba en las carreteras, vivía a unos ciento cincuenta kilómetros más abajo, en una pequeña ciudad, con su mujer, tres niños y cuatro abuelos. Iba a llegar en su camión a medianoche. Había propuesto que pasáramos juntos las veladas del fin de semana, y durante el día él iría a trabajar en la carretera principal. Salimos del comedor y fuimos a sentarnos bajo los eucaliptos, junto a la vía del tren, en espera de que llegase George. Bajo los árboles había una mesa de madera sin pulir y unos bancos. El señor Boothby nos hizo llegar una docena de botellas frías de vino blanco del Cabo. Ya estábamos un poco bebidos. El hotel se hallaba sumido en la oscuridad. Pronto se apagaron las luces de la casa de los Boothby, quedando sólo el tenue resplandor de la estación y un pequeño destello procedente del pabellón de habitaciones que se encontraba en lo alto de la cuesta, a unos centenares de metros de distancia. Sentados bajo los eucaliptos, con la luz de la luna refulgiendo a través de las ramas, y con el viento de la noche que levantaba y nos traía el polvo, era como si nos encontráramos en pleno *veld*. El hotel había sido absorbido por el paisaje virgen de *kopjez* de granito, los árboles y la luz lunar. Varios kilómetros más allá, la carretera principal se elevaba en una cuesta y aparecía como un débil destello de luz pálida entre las hileras de árboles negros. El perfume seco y oleoso de los eucaliptos, el aroma seco e irritante del polvo, el olor frío del vino, todo contribuía a embriagarnos.

Jimmy se durmió, arrebujado contra Paul, quien tenía un brazo alrededor de su cuerpo. Yo estaba medio dormida contra el hombro de Willi. Stanley Lett y Johnnie, el pianista, permanecían sentados de lado observando al resto con amable curiosidad. No hacían nada para disimular el hecho de que, en aquella ocasión, como en cualquier otra, los tolerados éramos nosotros, y no ellos, pues ellos pertenecían —y así lo expresaban francamente— a la clase obrera, y pensaban permanecer en ella... aunque no se oponían a la observación directa —merced a una feliz casualidad de la guerra— del comportamiento de un grupo de intelectuales. Fue Stanley quien usó la palabra y se negó a retirarla. Johnnie, el pianista, no decía nunca nada. Jamás empleaba palabras. Se sentaba invariablemente al lado de Stanley, aliándose con él en silencio.

Ted ya había empezado a sufrir por causa de Stanley, la «mariposa debajo de la piedra» que había rehusado considerarse necesitado de que le rescataran. Para consolarse, se puso al lado de Maryrose y pasó un brazo a su alrededor. Maryrose sonrió amablemente y permaneció dentro del círculo de su brazo, pero como si se sintiera tan alejada de él como de cualquier otro hombre. Muchas chicas oficialmente guapas, por decirlo así, poseen ese don de dejarse tocar, besar y abrazar, como si ello fuera el precio que deben pagar a la Providencia por haber nacido guapas. Tienen una sonrisa de tolerancia en su sumisión a las manos de los hombres, que es como un bostezo o un suspiro de paciencia. Pero, en el caso de Maryrose, había otras cosas.

—Maryrose —dijo Ted con fanfarronería, inclinándose sobre la cabecita reluciente que reposaba sobre su hombro—, ¿por qué no quieres a ninguno de nosotros? ¿Por qué no te dejas querer por ninguno de los nuestros?

Maryrose se limitó a sonreír, e incluso en aquella penumbra, punteada por la sombra de las ramas y de las hojas, pudieron verse sus ojos enormes y castaños que brillaban suavemente.

—Maryrose tiene el corazón destrozado —observó Willi por encima de mi cabeza.

—Los corazones destrozados son cosa de las novelas anticuadas —dijo Paul—. Ya no se estilan en el tiempo en que vivimos.

—Al contrario —apuntó Ted—. Hay más corazones destrozados ahora que nunca, precisamente debido a los tiempos en que vivimos. De hecho, estoy seguro de que cualquier corazón que encontremos estará tan rajado, traqueteado y partido, que será sólo un montón de tejidos cicatrizados.

Maryrose sonrió a Ted, con timidez pero agradecida, y dijo muy seriamente:

—Sí, claro que sí.

Maryrose tuvo un hermano al que quería profundamente. Se sentían unidos por su carácter y, lo que aún era más importante, se tenían una gran ternura mutua a causa de aquella madre tan intratable, mandona y molesta, contra la cual se apoyaban el uno a la otra. Ese hermano murió en África del norte un año antes. Ocurrió que entonces Maryrose se encontraba en el Cabo, trabajando de modelo. Estaba muy solicitada, como es natural, a causa de su tipo. Cierto joven se parecía a su hermano. Habíamos visto una foto suya: delgado, con un bigote rubio, de expresión agresiva. Instantáneamente se enamoró de él. Más tarde nos contaría, y recuerdo lo escandalizados que nos quedamos —como siempre con ella— por su total y simple honestidad:

—Sí, ya sé que me enamoré de él porque se parecía a mi hermano. Pero ¿qué hay de malo en ello?

Se pasaba todo el tiempo preguntándose o afirmando:

—¿Qué hay de malo en ello?

Y a nosotros nunca se nos ocurría una respuesta. Pero aquel joven se parecía al hermano sólo de aspecto, y aunque estaba dispuesto a tener una relación con Maryrose, no quería casarse.

—Puede que sea verdad —le dijo Willi—. Pero es muy estúpido. ¿Sabes lo que te va a pasar, Maryrose, si no vigilas? Vas a hacer un culto de este amigo tuyo, y cuanto más tiempo te dure, más desgraciada te vas a sentir después. Vas a tener alejados a todos los buenos muchachos con quienes te podrías casar, y un día te vas a casar con alguien sólo porque sí, y te convertirás en una de esas matronas insatisfechas que se ven por ahí.

Entre paréntesis, debo decir que esto es exactamente lo que le ocurrió a Maryrose. Durante unos cuantos años más continuó siendo apetitosamente guapa y dejó que la galantearan, mientras conservaba aquella sonrisita que parecía un bostezo, permaneciendo pacientemente dentro del círculo de los brazos de uno u otro hombre. Por fin, un buen día se casó con un hombre de mediana edad que ya tenía tres hijos. Ella no sentía gran cosa por él. El corazón se le había apagado el día que su hermano fue despachurrado por un tanque.

—¿Pues qué opinas que debería hacer? —le preguntó a Willi, con aquella terrible afabilidad, a través de un rayo de luna.

—Deberías irte a la cama con uno de nosotros. Lo más pronto posible. No existe mejor medicina para una infatuación de ésas —respondió Willi, con la voz despreocupada y brutal que ponía cuando hacía el papel de berlinés con mucho mundo.

Ted hizo una mueca y apartó el brazo, indicando claramente que no estaba dispuesto a sumarse a aquel cinismo, y que si se iba a la cama con Maryrose sería por el más puro romanticismo. Pues claro, ¡faltaría más!

—De todas maneras —observó Maryrose—, es inútil. No puedo dejar de pensar en mi hermano.

—Jamás había conocido a nadie que admitiera con tanta franqueza sus inclinaciones incestuosas —comentó Paul.

Lo dijo para hacer una broma, pero Maryrose replicó, con toda seriedad:

—Sí, ya sé que era incesto. Pero lo curioso es que entonces nunca se me ocurrió que lo fuese. Es que, verás, mi hermano y yo nos queríamos.

Volvimos a escandalizarnos. Yo sentí que el hombro de Willi se ponía tieso, y me acuerdo que pensé que hacía un instante había sido el decadente europeo. Pero la idea de que Maryrose se había acostado con su hermano volvía a sumirlo en su auténtico temperamento puritano.

Se produjo una pausa. Luego, Maryrose dijo:

—Sí, ya comprendo por qué os escandalizáis. A menudo pienso en ello, ahora. No hicimos ningún daño, ¿verdad? No sé qué hay de malo.

Otra pausa. Luego Paul volvió a zambullirse, alegremente, en el cinismo:

—Si a ti te es igual, ¿por qué no vienes a la cama conmigo, Maryrose? Quién sabe, puede que te cures.

Paul seguía sentado, con el cuerpo erguido, arrebujado como un niño pequeño y soportando el peso de Jimmy con aire tolerante, tal como Maryrose dejaba que Ted le rodeara con su brazo. Paul y Maryrose desempeñaban los mismos papeles dentro del grupo, en los bandos opuestos del espectro sexual.

Maryrose dijo, con calma:

—Si mi amigo del Cabo verdaderamente no pudo hacerme olvidar a mi hermano, ¿por qué ibas a lograrlo tú?

—¿Y qué tipo de obstáculo hay para que no puedas casarte con tu galán? —inquirió Paul.

—Él es de una buena familia del Cabo —repuso Maryrose—, y sus padres no quieren que me case con él. Yo no soy suficientemente distinguida.

Paul soltó aquella risa tan suya, profunda y seductora... No es que yo quiera decir que la cultivara, pero estaba muy claro que él sabía que era una de sus gracias.

—¡Una buena familia! —se mofó—. ¡Una buena familia del Cabo! Esto sí que tiene miga.

Sus palabras no eran tan pretenciosas como pueda parecer. El esnobismo de Paul se expresaba de una manera indirecta, mediante bromas o juegos de palabras, y en aquella ocasión estaba disfrutando de su pasión dominante, de su gusto por las incongruencias. Yo no soy quién para criticarlo, pues seguramente la razón auténtica por la que permanecí en la Colonia mucho más tiempo del necesario fue porque, en lugares como aquél, surgen oportunidades para este tipo de divertimiento. Paul nos estaba invitando a divertirnos, del mismo modo que había descubierto a los señores Boothby, al John y a la Mary Bull en persona, dirigiendo el hotel Mashopi.

Pero Maryrose dijo, sin alzar la voz:

—Supongo que a ti te debe de parecer muy divertido. Tú estás acostumbrado a las buenas familias de Inglaterra y, claro, ya comprendo que son muy diferentes de las buenas familias del Cabo. Pero para mí es lo mismo.

Paul mantuvo una expresión de niño travieso, que encubría un principio de incomodidad. Incluso para demostrar que el ataque de ella era injusto, se movió instintivamente de manera tal que la cabeza de Jimmy se apoyase con más comodidad sobre su hombro; era un esfuerzo para exhibir su capacidad de ternura.

—Si me fuera a la cama contigo, Paul —declaró Maryrose—, estoy segura de que te tomaría afecto. Pero tú eres lo mismo que él, que mi amigo del Cabo, quiero decir. Nunca te casarías conmigo porque no soy lo bastante distinguida. Tú no tienes corazón.

Willi soltó una risotada. Ted dijo:

—Ya te han apañado, Paul.

Pero Paul permaneció callado. Al mover a Jimmy, un instante antes, el cuerpo de éste había resbalado de modo que ahora Paul tenía sobre las rodillas su cabeza y hombros. Paul lo meció en sus brazos como a un niño de pecho; durante el resto de la velada contempló a Maryrose con una sonrisa triste y reposada. Después, siempre que se dirigía a ella le hablaba con delicadeza, intentando vencer el desprecio de ella hacia él. Pero no lo consiguió.

Hacia medianoche, el resplandor de los faros de un camión se sobrepuso al de la luna y, desviándose de la carretera, se posó en un trozo de arena libre junto a la vía del tren. Era un camión grande, cargado de herramientas y con un pequeño remolque. El remolque era la vivienda de George Hounslow durante su trabajo de supervisión en las carreteras. George saltó del asiento del conductor y se acercó a nosotros, tomando un vaso de vino que Ted le ofrecía. Lo bebió de pie, diciendo entre tragos:

—Borrachines, catavinos, pellejos. ¡Tumbados ahí, mamando!

Me acuerdo del olor del vino, frío y penetrante, que se desparramó crujiendo por el polvo al derramar Ted una botella de la que llenaba nuevamente su vaso. El polvo olió grave y dulcemente, como si hubiera llovido.

George vino a besarme.

—¡Ay, Anna! ¡Hermosa Anna! —exclamó—. No te puedo tener por culpa de este maldito Willi...

Luego dio un empujón a Ted, para besar la mejilla tendida de Maryrose, y dijo:

—Con todas las mujeres hermosas que hay en el mundo, y aquí sólo tenemos a dos. Me entran ganas de llorar.

Los hombres se rieron, mientras Maryrose me sonreía. Yo le devolví la sonrisa. Su sonrisa estaba llena de un dolor repentino, y entonces me di cuenta de que la mía también. Luego pareció inquieta por haberse traicionado, y rápidamente desviamos los ojos, apartándolos de aquel instante tan franco y vulnerable. Me parece que ninguna de las dos hubiera querido analizar el dolor que habíamos sentido. George se sentó delante de nosotras, con un vaso repleto de vino en la mano, y dijo:

—Borrachines y camaradas: cesad de repantigaros: ha llegado el momento de contarme las nuevas.

Nos agitamos, cobramos ánimo, olvidamos nuestro cansancio. Escuchamos a Willi informar a George sobre la situación política en la ciudad. George era un hombre muy serio. Sentía un profundo respeto por Willi, por el cerebro de Willi. Estaba convencido de que él era estúpido. Estaba convencido, y seguramente lo había estado durante toda su vida, de su insuficiencia en todo y, también, de su fealdad.

Lo cierto es que era bastante bien parecido o, por lo menos, las mujeres se sentían atraídas por él, aunque no se dieran cuenta. La señora Lattimer, por ejemplo, aquella bonita pelirroja, no paraba de exclamar cuan repulsivo era, pero no le quitaba los ojos de encima. Era bastante alto, aunque no lo parecía debido a sus anchos hombros, que echaba hacia delante. El cuerpo se le estrechaba bruscamente desde los hombros hasta las caderas. Adoptaba una pose taurina, y todos sus movimientos expresaban la tenacidad y la brusquedad características de quien está controlado y reprimidamente irritado porque no puede ejercer su autoridad y lo lamenta. Ello se debía a que la vida con su familia resultaba difícil. En su casa era, y tuvo que serlo durante muchos años, paciente, sacrificado y disciplinado. Por temperamento, yo diría que no poseía ninguna de estas cualidades. Tal vez radicase ahí su necesidad de rebajarse, su falta de fe en sí mismo. Era un hombre que hubiera podido ser mucho más grande que el espacio que la vida le había otorgado. Él lo sabía, creo yo, y quizá debido a que se sentía secretamente culpable de su frustración en el ámbito familiar, aquella autodenigración era un modo de castigarse. No lo sé... Tal vez se castigaba a causa de su constante infidelidad a su esposa. Una tiene que ser mucho mayor de lo que yo era entonces para comprender la relación entre George y su esposa. Él sentía una gran compasión y lealtad hacia ella: la compasión de una víctima por otra.

De cuantas personas he conocido, George era de las que con más facilidad se hacía querer. Tenía ese carácter espontáneo que resulta irresistiblemente cómico. Yo le he visto hacer reír a una habitación llena de gente, desde la hora del cierre del bar hasta la madrugada, sin parar. Nos obligaba a revolearnos por las camas y el suelo, sin podernos mover de risa. Sin embargo, al otro día, cuando recordábamos los chistes, no parecía que tuvieran nada particularmente divertido. Si la noche antes nos habíamos muerto de risa, ello se había debido en parte a su cara, que era hermosa, pero de una belleza académica, insulsa de tan regular, de modo que uno esperaba que hablara según las formas convencionales; pero me parece que se debía, sobre todo, a que tenía el labio superior muy largo y estrecho, lo que le daba una expresión acartonada y casi estúpida a la cara. Entonces empezaba a soltar un chorro de observaciones tristes, irresistibles, con las que se rebajaba a sí mismo, y observaba cómo nos retorcíamos de risa; pero nos observaba con auténtico asombro, como si estuviera pensando:

—Bueno, pues si soy capaz de hacer reír a gente como ésta, tan inteligente, no debo de ser tan inútil como creía.

Tenía unos cuarenta años. Es decir, doce más que el mayor de nosotros, Willi. Nunca hubiéramos pensado en ello, pero él no podía olvidarlo. Era un hombre incapaz de no sentir el paso de los años como si fueran perlas que, una tras otra, se le escurrieran por entre los dedos para caer al mar. Ello se debía a su pasión por las mujeres. Su otra obsesión era la política. Una de las cosas que más le marcaron era que provenía de una familia arraigada en plena tradición del viejo socialismo británico, el socialismo decimonónico, racionalista, práctico y, sobre todo, religiosamente antirreligioso. Una educación nada adecuada, en definitiva, para llevarse bien con la gente de la Colonia. Era un hombre aislado y solitario, que vivía en una ciudad pequeña, atrasada y apartada de todo. Nosotros, aquel grupo de gente mucho más joven que él, fuimos los primeros amigos que tuvo desde hacía años. Todos nosotros le queríamos. No obstante, estoy segura de que nunca se le ocurrió creerlo o, al menos, de que se prohibía creerlo. Era demasiado humilde, particularmente con relación a Willi. Recuerdo que una vez, exasperada por la manera en que mostraba su total reverencia hacia Willi, mientras éste pontificaba sobre alguna cuestión, yo le dije:

—Por Dios, George, eres una persona tan estupenda que no puedo soportar verte lamer las botas de un hombre como Willi.

—Es que si tuviera la inteligencia de Willi —replicó, sin ocurrírsele preguntar cómo podía yo decir una cosa así acerca del hombre con quien, al fin y al cabo, vivía, lo cual era típico de él—, si yo tuviera su inteligencia sería el hombre más feliz del mundo. —Y entonces el labio superior se le estrechó en un gesto de burla de sí mismo, para añadir—: ¿Qué dices, una persona *estupenda*? ¡Si soy un canalla, y tú lo sabes! Te cuento las cosas que hago y luego dices que soy estupendo. —Se refería a lo que nos había contado a Willi y a mí, y a nadie más, sobre las relaciones que tenía con mujeres. Desde entonces he reflexionado acerca de ello a menudo. Me refiero a la palabra «estupendo». Tal vez quiero decir «bueno». Claro es que nada significa, cuando te pones a pensar en ello. Un hombre bueno, decimos; una mujer buena; un hombre estupendo, una mujer estupenda… Pero estos términos los usamos sólo en una conversación, no en una novela. Debiera poner atención y no emplearlos.

No obstante, de aquel grupo yo diría sencillamente, sin analizarlo más, que George era una persona buena y Willi no. Que Maryrose, Jimmy, Ted y Johnnie, el pianista, eran gente buena, y que Paul y Stanley Lett no. Lo que es más, me juego lo que sea a que diez personas escogidas casualmente por la calle para presentárselos, o invitadas a agregarse a la reunión de aquella noche bajo los eucaliptos, estarían en seguida de acuerdo con esta clasificación, y que si les dijera la palabra *bueno*, sin más, sabrían lo que quería decir.

Al pensar en ello, me doy cuenta de que llego, por la puerta de atrás, a otra cosa que me obsesiona. Me refiero, claro está, a la cuestión de la «personalidad». Es sabido que ni por un instante se nos ha permitido olvidar que ya no existe la «personalidad». Éste es el tema de la mitad de las novelas que se han escrito, el tema de los sociólogos y de todos los demás «ólogos». Se nos ha dicho tantas veces que la personalidad humana ha sido pulverizada bajo el peso de toda nuestra ciencia, que hemos acabado creyéndolo. Sin embargo, al recordar aquel grupo de debajo de los árboles, y al recrearlo en el recuerdo, me doy cuenta súbitamente de que es absurdo. Supongamos que vuelvo a encontrarme con Maryrose, al cabo de tantos años; seguro que haría un gesto o pondría los ojos de alguna manera que volvería a ser la Maryrose aquella, indestructible. O supongamos que se trastornara o se volviera loca: sus rasgos peculiares se trastornarían en cuanto que se desfasarían y perderían su conexión, pero quedaría aquel gesto, aquel volver los ojos. Y es así como toda esta teoría, todo este dogmatismo antihumanista acerca de la desaparición de la personalidad, pierde sentido para mí a partir del momento en que genero la suficiente energía emocional como para recrear en el recuerdo a un ser humano que he conocido. Me siento en esta silla, me pongo a recordar el olor del polvo y la luz de la luna, y veo a Ted pasándole un vaso de vino a George, y la reacción excesivamente agradecida de éste ante el gesto de Ted, y a Maryrose que, como en una película proyectada a velocidad lenta, gira la cabeza con su sonrisa terriblemente paciente... He escrito la palabra película, y es que se trata de eso. Sí, los momentos que recuerdo tienen todos la seguridad absoluta de una sonrisa, de una mirada, de un gesto plasmado en un cuadro o en una película. ¿Significa, pues, que la certeza a que yo me aferró pertenece a las artes plásticas y no a la novela, esa novela que ha sido declarada víctima de la desintegración y del hundimiento general? ¿Cómo puede un novelista depender del recuerdo de una sonrisa o de una mirada, cuando conoce muy bien todo lo que hay detrás de ellas? No obstante, si yo no hiciera esto sería incapaz de poner una palabra sobre el papel; exactamente lo mismo que cuando evitaba volverme loca en esta ciudad nórdica y fría forzándome a recordar el calor del sol sobre mi piel.

Y así vuelvo a escribir que George era una persona buena, y que no podía soportar verle convertirse en un tímido colegial cuando escuchaba a Willi... Aquella noche escuchó con humildad los datos sobre las dificultades de los grupos de izquierdas de la ciudad, y bajó la cabeza con un gesto que significaba que reflexionaría sobre ello en privado y largamente; porque, claro, era demasiado estúpido para sacar una conclusión sobre lo que fuera sin dedicarle muchas horas de meditación, aunque nosotros fuéramos tan inteligentes que no necesitáramos ni un minuto.

A nosotros nos pareció que Willi había sido muy superficial en su análisis; había hablado como si hubiera estado en un comité, sin comunicar nada en absoluto acerca de nuestras nuevas inquietudes, del nuevo tono de escepticismo y sarcasmo.

Y Paul, sin contar con Willi, decidió hacerle saber a George la verdad a su manera. Empezó un diálogo con Ted. Recuerdo que yo observé a Ted, preguntándome si aceptaría aquel reto frívolo y caprichoso. Ted dudó, tuvo un gesto de incomodidad, pero acabó por tomar parte. Y precisamente porque no era su estilo, e iba contra sus más profundas convicciones, sus palabras cobraron una cualidad excesiva y violenta, que nos sobresaltó más que lo que decía Paul.

Paul había empezado describiendo una reunión del comité con los «dos hombres y medio» para decidir el destino del continente africano «sin, naturalmente», mencionar para nada a los propios africanos. (Esto era una clara traición: ¡admitir en presencia de extraños como Stanley Lett y Johnnie, el pianista, que teníamos dudas acerca de nuestras convicciones! George miró con incertidumbre a la pareja, decidió que debía haberse agregado a nuestro grupo, pues de lo contrario era inconcebible tanta irresponsabilidad, y sonrió complacido de que contáramos con dos nuevos miembros.) Y entonces Paul describió cómo los dos hombres y medio, encontrándose en Mashopi, emprendían la tarea de «encarrilar a Mashopi según la línea correcta de acción».

—Yo diría que el hotel sería buen sitio para empezar, ¿no crees, Ted?

—Cerca del bar, Paul, la instalación es moderna.

(Ted no era un gran bebedor, y George le miró arrugando el ceño, pasmado, cuando dijo eso.)

—La dificultad es que no se trata precisamente de un centro de desarrollo del proletariado industrial. Claro que uno podría decir, y de hecho quizá tendríamos que reconocerlo, que lo mismo pasa con el resto del país.

—Exacto, Paul. Sin embargo, por otro lado la región está llena de peones agrícolas muy atrasados y muertos de hambre.

—Los cuales sólo requieren una mano rectora de dicho proletariado, si existiera.

—¡Ah! Pero yo tengo la solución. Hay cinco diablos negros por aquí, trabajando en las vías del ferrocarril, cubiertos de harapos y sumidos en la miseria, que seguro nos servirían, ¿no?

—O sea que lo único que falta es convencerles de la visión correcta de su posición de clase, y conseguiremos levantar a toda la región en un motín revolucionario antes de que podamos decir «comunismo de izquierdas, infantilismo revolucionario».

George miró a Willi con la esperanza de que fuera a protestar. Pero aquella mañana Willi me había dicho que pensaba dedicarse a estudiar, que ya no quería perder más tiempo con «todos estos niños y niñas bien en busca de marido». Sí, con esta pasmosa facilidad se desentendió de las personas que hasta entonces se había tomado lo suficientemente en serio como para trabajar con ellas durante años.

George se sintió realmente mal; había adivinado la desaparición del vigor de nuestras convicciones, y ello significaba corroborar su soledad. En consecuencia, ignoró a Paul y Ted para dirigirse a Johnnie, el pianista, y decirle:

—Son unos trápalas, ¿verdad, amigo?

Johnnie afirmó con la cabeza, pero no a las palabras, pues parece que casi nunca prestaba atención a las palabras; sólo sentía si la gente le mostraba simpatía o no.

—¿Cómo te llamas? Es la primera vez que te veo, ¿verdad?

—Johnnie.

—¿Eres de los Midlands?

—De Manchester.

—¿Los dos sois miembros?

Johnnie sacudió la cabeza. George abrió lentamente la boca; luego se pasó con rapidez la mano por los ojos y se quedó como hundido, en silencio. Mientras tanto, Johnnie y Stanley nos observaban, sentados el uno junto al otro. Bebían cerveza. Entonces, George, haciendo un intento desesperado para romper la barrera, se incorporó de un salto y alzó una botella de vino.

—No me queda mucho, pero toma —le dijo a Stanley.

—No nos gusta mucho —dijo Stanley—. Preferimos la cerveza.

Y se palpó los bolsillos y la pechera de la chaqueta, por donde asomaban las botellas al través. El gran talento de Stanley consistía en tener siempre «a punto» una provisión de cerveza para Johnnie y para él mismo. Incluso cuando la Colonia se quedaba sin alcohol, lo que ocurría de vez en cuando, Stanley aparecía con cajas de botellas que había almacenado en escondites por toda la ciudad, y que durante la escasez vendía con notorias ganancias.

—Tenéis razón —dijo George—. En cambio, a los pobres coloniales nos destetaron con esta bazofia del Cabo.

A George le encantaba el vino, pero ni esta muestra de amistad logró ablandar a la pareja.

—¿No creéis que éstos se merecen una buena zurra en el culo? —preguntó George, señalando a Ted y a Paul.

(Paul sonrió; Ted pareció avergonzado.)

—A mí todas estas historias no me interesan —concluyó Stanley.

De momento, George creyó que seguía refiriéndose al vino; pero al darse cuenta de que hacía mención de la política, miró intencionadamente a Willi, buscando ayuda. Pero Willi había hundido la cabeza en los hombros y tarareaba una canción. Me constaba que sentía nostalgia. Willi no tenía oído ni era capaz de cantar, pero cuando se acordaba de Berlín se ponía a tararear, muy mal, un millón de veces, una de las melodías de *La ópera de cuatro cuartos*, de Brecht.

> ¡Oh! El *tiburón*
> tiene malvados *dientes*, querido.
> Y los *mantiene*, siempre,
> esplendorosamente blancos…

Años más tarde fue una canción muy conocida, pero yo la aprendí en Mashopi, de Willi. Y me acuerdo del profundo sentimiento de frustración que experimenté al oírla convertida en una canción popular, en Londres, después de aquel triste y nostálgico canturreo de Willi, quien nos dijo que era «una canción de cuando yo era niño, de un tal Brecht… Me pregunto qué habrá sido de él, pues era realmente muy bueno».

—¿Qué pasa, amigos? —inquirió George después de un largo e incómodo silencio.

—Yo diría que nos invade cierto grado de desmoralización —dijo Paul en tono intencionado.

—¡Oh, no! —exclamó Ted; pero luego se contuvo y permaneció con el ceño fruncido. Después se levantó de un salto y añadió—: Me voy a la cama.

—Todos nos vamos a la cama —dijo Paul—. Así que espera un minuto.

—Yo quiero mi cama. ¡Qué sueño tengo! —prorrumpió Johnnie. Aquélla debía ser la frase más larga que le habíamos oído decir hasta entonces. Se levantó tambaleándose y tuvo que apoyar una mano en el hombro de Stanley para no caer. Pareció que había meditado sobre la cuestión y que había llegado a la conclusión de que era necesario decir algo, pues añadió, dirigiéndose a George—: Ocurre lo siguiente: yo vine al hotel porque soy amigo de Stanley, y él me dijo que había un piano y baile los sábados por la noche. Pero a mí la política no me interesa.

154

Tú eres George Hounslow, ¿verdad? Les he oído hablar de ti. Encantado de conocerte. —Le extendió la mano, y George se la apretó calurosamente.

Stanley y Johnnie se marcharon, guiándose por la luz de la luna, hacia donde estaban los dormitorios. Ted se levantó y dijo:

—Yo también, y no pienso volver nunca más.

—¡Bah! No te pongas tan trágico —le reprochó Paul, fríamente.

Aquella frialdad repentina sorprendió a Ted, quien nos miró a los demás vagamente ofendido y avergonzado. Pero se volvió a sentar.

—¿Qué diablos hacen estos dos tipos con nosotros? —inquirió George con un tono de aspereza que revelaba desdicha—. Son buenos tipos, claro. Pero ¿por qué hablamos de nuestros problemas en su presencia?

Willi siguió sin responder. El canturreo, débil y triste, continuaba muy cerca de mi oreja:

—¡Oh! El *tiburón* tiene malvados *dientes*, querido...

Paul le dijo a Ted, con calma y aplomo:

—Me parece que hemos analizado incorrectamente la situación clasista de Mashopi. Hemos pasado por alto al que, con toda evidencia, es el hombre clave. Lo tenemos delante de los ojos continuamente: el cocinero de la señora Boothby.

—¿Y qué diablos quieres hacer con el cocinero? —preguntó George, con demasiada aspereza.

Estaba de pie, en actitud agresiva y ofendida, haciendo dar vueltas al vino dentro del vaso de manera que se desparramaba por el polvo. A todos nos pareció que su agresividad era debida, simplemente, a su sorpresa ante nuestra actitud. No le habíamos visto desde hacía semanas. Me parece que empezábamos a tener una idea de cuan hondo era nuestro cambio, porque era la primera vez que nos veíamos reflejados, por decirlo así, en lo que hasta poco antes habían sido nuestros propios ojos. Y como nos sentíamos culpables, experimentábamos aversión hacia George...; la suficiente aversión como para tratar de herirlo. Recuerdo muy bien mi actitud, sentada, inmóvil, mirando el rostro franco y enfadado de George, y diciendo para mis adentros:

—¡Dios mío, qué feo le encuentro! ¡Qué ridículo! Es la primera vez que me produce este efecto.

Y después comprendí por qué sentía aquello... Aunque, claro, fue realmente mucho después cuando logramos comprender la causa verdadera de la reacción de George a la mención del cocinero por parte de Paul.

—El cocinero, es clarísimo —dijo Paul con aplomo, movido por aquel nuevo deseo de enojar y herir a George—. Sabe leer, sabe escribir, tiene ideas... La misma señora Boothby se queja de ello. Ergo, es un intelectual. Claro que tendrá que ser fusilado más tarde, cuando las ideas se conviertan en un obstáculo; pero para entonces habrá cumplido su misión. Al fin y al cabo, junto con él se nos fusilará a nosotros.

Me acuerdo de la larga mirada de desconcierto que George dirigió a Willi, y del modo como examinó a Ted, quien tenía la cabeza echada hacia atrás, con la barbilla apuntando a las ramas como si observara las estrellas a través de las hojas, y de la preocupación con que observó a Jimmy, que seguía siendo un peso muerto entre los brazos de Paul.

Entonces Ted dijo con energía:

—Ya basta. Te acompañamos al remolque, George, y luego nos vamos.

Era un gesto de reconciliación y amistad, pero George replicó, con firmeza:

—No.

Ante semejante reacción, Paul se levantó inmediatamente, haciendo caer a Jimmy de golpe sobre el banco, y dijo con una tenacidad tranquila:

—Pues claro que te acompañamos a la cama.

—No —insistió George. Parecía asustado. Luego, al oírse la voz, cambió de tono—: ¿Es que no comprendéis que estáis borrachos, so tontos, que vais a tropezar con los rieles?

—He dicho —observó Paul con naturalidad— que vamos a ir para arroparte...

Se tambaleó, pero logró mantenerse en pie. Como Willi, Paul era capaz de beber mucho sin que apenas se le notara. Pero en aquella ocasión estaba bien borracho.

—No —repitió George—. He dicho que no. ¿Es que no me habéis oído?

Para entonces Jimmy ya se había recobrado. Se levantó tambaleante del banco y se agarró a Paul para no caerse. Los dos vacilaron por un instante antes de precipitarse hacia las vías del ferrocarril, al otro lado de las cuales estaba el remolque de George.

—¡Volved aquí! —gritó George—. ¡Idiotas, borrachos, estúpidos!

Se encontraban ya a varios metros de distancia. Sus cuerpos hacían equilibrios sobre las piernas, inciertas, cuyas sombras largas y desgarbadas se dibujaban en la reluciente arena con trazos definidos y negros que casi llegaban hasta donde estaba George. Parecían dos marionetas pequeñas y espasmódicas bajando por una escalera larga y negra. George se quedó con los ojos fijos y el ceño fruncido; luego soltó un juramento muy hondo y violento, y echó a correr tras ellos. Mientras, los demás nos hacíamos muecas de superioridad:

—¿Qué le habrá dado a George? —nos preguntábamos.

Cuando George les dio alcance, tomándolos por los hombros para obligarles a girar y a que le dieran la cara, Jimmy se cayó. Junto a la vía se amontonaba la grava gruesa, y él resbaló sobre las piedras movedizas. Paul permaneció de pie, tieso por el esfuerzo que hacía para no perder el equilibrio, en tanto que George se agachaba tratando de volver en sí a Jimmy, procurando levantar aquel pesado cuerpo enfundado en el uniforme como en un estuche de fieltro.

—Tonto, borrachín —le decía con una brusquedad cariñosa—. Yo ya te dije que volvieras. ¿Verdad? ¿Verdad que te lo dije?

Y casi le sacudió de exasperación, aunque logró contenerse, mientras trataba de levantarlo con compasión y cariño. Para entonces, los demás ya habíamos llegado, corriendo, junto a ellos, Jimmy estaba echado de espaldas, con los ojos cerrados. Se había hecho un corte en la frente con la grava, y la sangre fluía de la herida, negra y atravesándole la cara. Parecía dormido. Su cabello, lacio, había adquirido cierto encanto por una vez, y formaba una gran onda a través de la frente, brillando con intensidad.

—¡Dios mío! —exclamó George, lleno de desesperación.

—Pero, ¿por qué has armado tanto lío? —inquirió Ted—. Sólo te íbamos a acompañar hasta el camión.

Willi se aclaró la garganta, como siempre, con un ruido áspero y algo disonante. Lo hacía a menudo. Con esto no quería indicar nerviosismo ni nada parecido, sino un aviso discreto o una afirmación, como si dijera: «Yo sé algo que vosotros no sabéis». Me di cuenta de que esta vez quería indicar esto último, significando que George no deseaba que nadie se acercara al remolque porque allí había una mujer. Como Willi nunca revelaba una confidencia de otro, ni siquiera indirectamente, cuando estaba sobrio, quería decirse que estaba borracho. Para encubrir la indiscreción yo le susurré a Maryrose:

—Siempre nos olvidamos de que George es mayor que nosotros. Debemos de parecerle una pandilla de chiquillos.

Lo dije con voz lo suficientemente alta para que lo oyeran los demás. Y George lo oyó, y sobre el hombro me dirigió una mueca de agradecimiento. Pero seguíamos sin poder mover a Jimmy. Nos quedamos allí, mirándole. Era bien pasada la medianoche, el calor se había evaporado de la tierra, y la luna estaba ya encima mismo de las montañas que se levantaban detrás de nosotros. Recuerdo que me preguntaba cómo era posible que Jimmy, que cuando estaba en sus cabales nunca conseguía quitarse aquel aire de desmañado e infeliz, tuviese aquella vez, borracho sobre aquel montón de grava sucia, un aspecto digno y a la vez conmovedor con aquella herida negra en la frente. Y al mismo tiempo me preguntaba quién debería ser la mujer, cuál de las esposas de granjeros, de las hijas casaderas o de las huéspedes del hotel que habían estado bebiendo con nosotros en el bar aquella noche, se deslizó hasta el remolque de George tratando de pasar inadvertida. Recuerdo que la envidié. Recuerdo que en aquel instante sentí un amor profundo y doloroso por George, al tiempo que me insultaba a mí misma por mi idiotez, pues le había rechazado muchas veces. En aquella época de mi vida, por razones que no comprendí hasta más tarde, no me dejaba seducir por los hombres que de veras me deseaban.

Por fin conseguimos levantar a Jimmy. Tuvimos que ayudar todos, tirando y empujando. Y sin soltarlo le llevamos, primero hasta los eucaliptos, y luego, por el largo sendero entre macizos de flores, hasta el dormitorio. Al llegar allí le acostamos inmediatamente, y permaneció durmiendo todo el rato, mientras le lavábamos la herida; ésta era profunda y estaba llena de arena. Tardamos mucho en detener la sangre. Paul dijo que no se acostaría, para quedarse en compañía de Jimmy, «aunque odio tener que hacer el papel de la maldita Florence Nightingale». Sin embargo, no hacía ni un minuto que se había sentado y ya dormía, y al final fue Maryrose quien permaneció toda la noche con los dos, velando su sueño. Ted partió hacia su dormitorio con un buenas noches breve, casi enfadado. (A pesar de todo, por la mañana se levantó de un humor opuesto, burlándose de sí mismo cínicamente. Pasó meses alternando una seriedad responsable con un creciente cinismo resentido… Años más tarde, declaró que aquélla era la época de su vida que más le avergonzaba.) Willi, George y yo nos quedamos en la escalera, bajo la débil luz de la luna.

—Gracias —dijo George. Me miró intensamente y de cerca a la cara; luego clavó sus ojos en Willi, vaciló y no dijo lo que iba a decir. En cambio, acabó con la nota jocosa de rigor—: Espero que un día os lo podré pagar.

Y se encaminó hacia su camión, junto a la vía, mientras Willi murmuraba:

—Parece un tipo predestinado.

Volvía a representar el papel del hombre lleno de experiencia, que se tomaba las cosas con calma, con una sonrisa de entendido. Pero yo me quedé envidiando a la desconocida, sin poder responder, y nos fuimos a dormir en silencio. Aquel día probablemente hubiésemos dormido hasta las doce, si no nos hubieran despertado los tres aviadores que nos traían las bandejas con el desayuno. Jimmy llevaba una venda alrededor de la frente y parecía encontrarse mal, Ted mostraba su contento de un modo exagerado y sospechoso, y Paul irradiaba encanto al anunciar:

—Ya hemos empezado a trabajar al cocinero… Nos ha dejado que preparáramos el desayuno para ti, Anna, querida, y por añadidura para Willi.

Con un ademán me pasó la bandeja, añadiendo tras una pausa:

—El cocinero está preparando las golosinas para esta noche. ¿Os gusta lo que os hemos traído?

Habían traído comida para todos, y nos regalamos con *pawpaw*, aguacate, huevos con jamón, pan fresco y café. Las ventanas estaban abiertas y el viento que entraba en la habitación era caliente y olía a flores. Paul y Ted se sentaron encima de mi cama y flirteamos; Jimmy se sentó en la de Willi, avergonzado por haberse emborrachado tanto la noche anterior. Era ya tarde, y el bar estaba abierto; así que pronto nos vestimos y bajamos juntos por entre los macizos de flores que prestaban al aire soleado un olor penetrante, seco y aromático de pétalos marchitos y recalentados, hasta llegar al bar. Las terrazas del hotel estaban llenas de gente que bebía, al igual que el bar. La fiesta había empezado, tal como anunció Paul alzando el bock en el aire.

Pero Willi se había quedado aparte. Para empezar, no aprobaba actos de bohemia tales como el de desayunar colectivamente en el dormitorio.

—Si estuviéramos casados —se quejó— podría pasar.

Yo me reí y él dijo:

—Sí. Ríete. Las reglas antiguas están llenas de sentido. Preservan a la gente de complicaciones.

Estaba enfadado porque yo me había reído, y añadió que una mujer en mi situación debía demostrar más dignidad que de costumbre en su manera de comportarse.

—¿De qué situación hablas? —inquirí, muy enojada.

Tenía la sensación de haber caído en una trampa, esa sensación que asalta a las mujeres en momentos como aquél.

—Sí, Anna, las cosas son diferentes para los hombres y para las mujeres. Siempre ha sido así, y lo más probable es que continúe siéndolo.

—¿Ha sido siempre así? —le pregunté, obligándole a recordar la historia.

—Para lo que cuenta, sí.

—Lo que cuenta para ti, no para mí.

Ya habíamos tenido esa discusión otras veces, y sabíamos todas las expresiones que íbamos a usar: la debilidad de las mujeres, el sentido de la corrección del hombre, las mujeres en la antigüedad, etcétera, etc., etc., *ad nauseam*. Sabíamos que era un choque tan profundo de temperamentos distintos que las palabras no podían hacer mella en ninguno de los dos; la verdad, sin embargo, era que no parábamos de escandalizarnos mutuamente en lo más hondo de nuestros sentimientos e instintos. Así que el futuro profesional de la revolución me despidió con un rígido movimiento de la cabeza, y fue a instalarse en la terraza del hotel con sus gramáticas rusas. Pero no iba a permanecer tranquilo con sus estudios por mucho tiempo, pues George ya había aparecido caminando por entre los eucaliptos, con la expresión muy seria.

Paul me llamó:

—Anna, ven a ver las maravillas de la cocina.

Rodeó mi talle con un brazo, y yo sabía que Willi lo estaba viendo, tal como yo quería. Nos dirigimos a través de los pasillos empedrados hacia la cocina, que consistía en una gran habitación de techo bajo situada en la parte posterior del hotel. Las mesas aparecían repletas de comida cubierta con una mosquitera. La señora Boothby estaba con el cocinero, y era manifiesto que se preguntaba qué había hecho para que nosotros nos creyéramos poseedores del privilegio de poder entrar y salir de la cocina cuando y como nos diera la gana. Paul en seguida saludó al cocinero y le preguntó por la familia. A la señora Boothby, como es natural, esto no le gustó nada; claro que ésa era la razón por la cual Paul se comportaba de aquel modo. Tanto el cocinero como su blanca patrona contestaron a Paul de la misma manera, es decir, con cautela, asombro y cierta desconfianza. El cocinero estaba francamente confuso. Uno de los efectos, y no el menos importante, del paso de tantos cientos y miles de aviadores por la Colonia durante cinco años, fue que unos cuantos africanos descubrieron que por fin era posible, entre otras cosas, que un blanco tratara a un negro como a un ser humano. El cocinero de la señora Boothby

conocía la familiaridad de las relaciones feudales, la grosera crueldad del nuevo tipo de relaciones impersonales; pero nunca había
hablado de sus hijos en términos de igualdad como lo estaba haciendo ahora con Paul. Antes de cada una de sus observaciones se
le notaba una ligera vacilación, la vacilación debida a la falta de
costumbre, aunque la dignidad natural del hombre, normalmente
olvidada, le prestaba con rapidez el aire de quien conversa con un
semejante. La señora Boothby escuchó unos minutos y luego interrumpió, diciendo:

—Si de verdad queréis ayudar, Paul, lo mejor que podéis
hacer tú y Anna es ir al salón y colgar unos cuantos adornos.

Hablaba en un tono que parecía destinado a comunicar a
Paul que ya había comprendido que la noche anterior se burló
de ella.

—¡Pues, claro —dijo Paul—; con mucho gusto!

Pero insistió en continuar un rato más la conversación con
el cocinero. Aquel hombre poseía una belleza fuera de lo común;
era de mediana edad, fuerte, erguido, con una cara y unos ojos
muy vivos. La mayoría de los africanos de aquella parte de la Colonia eran tipos miserables en su aspecto físico, a causa de la mala alimentación y de la mala salud. En cambio, el cocinero vivía
en una casita detrás de la residencia de los Boothby, con su mujer y cinco hijos. (Claro que esto era ilegal, pues según la ley la
población negra no podía vivir en suelo que perteneciera a un
blanco.) La barraca era muy pobre; no obstante, era veinte veces
mejor que la cabaña corriente de un africano. Estaba rodeada de
flores y plantas, y de pollos y gallinas guineanas. Imagino que se
sentía muy satisfecho de poder servir en el hotel de Mashopi.

Cuando Paul y yo salimos de la cocina nos saludó con el
usual:

—Buenos días, Nkos. Buenos días, Nkosikaas.

Es decir: «Buenos días, Jefe y Jefa». Una vez fuera de la
cocina, Paul profirió una maldición de ira y enojo, y luego añadió, en aquel tono caprichoso y sereno que le servía de protección:

—Es extraño que me duela. Al fin y al cabo, Dios ha querido llamarme a ocupar en la vida la posición que mejor satisface

mi gusto y mi temperamento. Así, pues, ¿por qué me preocupo? Y, sin embargo…

Nos dirigimos hacia el salón cruzando bajo el ardiente sol, con el polvo caliente y fragrante debajo de los zapatos. Paul volvió a rodearme el cuerpo con el brazo, y ahora me producía placer por razones distintas a las de antes, si Willi me veía o no. Recuerdo la sensación del íntimo apretón de su brazo en mi talle, y recuerdo que pensé que viviendo en un grupo como aquel, semejantes arranques podían surgir y morir en un momento, dejando tras de sí ternura, curiosidad no satisfecha y un sentimiento doloroso, aunque no desagradable, e irónico, de oportunidad perdida. Se me ocurrió que tal vez lo que nos unía era aquel tierno dolor de posibilidades no desarrolladas. Debajo de un gran árbol de Jacaranda que crecía junto al salón, donde Willi no nos podía ver, Paul me hizo girar hacia él, me miró sonriendo, y volví a sentir las punzadas de aquel dulce dolor.

—Anna —dijo como en una cantilena—. Anna, Anna hermosa, Anna absurda, Anna loca… Anna, nuestro consuelo en este sitio salvaje. Anna, la de los ojos negros tolerantes e irónicos…

Nos sonreímos el uno al otro, mientras los rayos del sol se nos clavaban como agujas doradas y punzantes a través del espeso y verde ramaje del árbol. Lo que dijo entonces fue como una revelación. Porque yo me sentía permanentemente a oscuras, insatisfecha, atormentada por el sentimiento de no estar a la altura de las circunstancias. La insatisfacción me empujaba hacia perspectivas inalcanzables, y la actitud mental descrita con las palabras «ojos tolerantes e irónicos» estaba muy lejos de ser la mía. Me parece que por aquella época los demás no eran, para mí, más que apéndices de mis necesidades. Es ahora, al considerarlo retrospectivamente, cuando me doy cuenta de que en aquel tiempo yo vivía inmersa en una nebulosa brillante, cambiando y fluctuando de acuerdo con la volubilidad de mis deseos. Claro que esto no pasa de una descripción de lo que es ser joven. Pero de entre nosotros, Paul era el único que tenía una «mirada irónica», y por eso al entrar en el salón cogidos de la mano yo le miraba pensando si era posible que un chico con tanto aplomo pudiera sentirse tan atormentado y desgraciado como yo; pues si era verdad que yo también tenía una «mirada irónica» como él, entonces ¿qué diablos significaba? De repente, me sumí en una aguda e irascible depresión, como a menudo me ocurría en aquel tiempo, y apartándome de Paul me fui sola hacia la ventana.

Me parece que aquélla es la habitación más agradable en que me he encontrado en toda mi vida. Los Boothby la habían construido porque en la localidad no había ninguna sala para celebrar actos públicos, y siempre tenían que despejar el comedor cuando querían organizar bailes o reuniones políticas. La habían construido de buena voluntad, como un don a la región, y no por lucro.

La habitación tenía las proporciones de una gran sala pública, pero parecía un salón, con las paredes de ladrillo rojo pulido y el suelo de cemento rojo oscuro. Las columnas —había ocho columnas grandes que sostenían el recio techo de paja— eran de ladrillo naranja, tirando a rojizo, sin pulir. En los dos extremos del salón había sendas chimeneas, tan grandes que muy bien podría asarse un buey en cada una de ellas. La madera de los travesaños era de acacia y desprendía cierto olorcillo amargo, que cambiaba de aroma según fuera el aire seco o húmedo. En un extremo, sobre una tarima, se encontraba un piano de cola, mientras que en el otro había una radiogramola con un montón de discos. Las paredes de los lados tenían doce ventanas, las unas abiertas a los montículos de guijarros de granito de detrás de la estación, y las otras al campo abierto y a las montañas azules.

Johnnie estaba en un extremo, tocando el piano, con Stanley Lett y Ted. No parecía darse cuenta de la presencia de ninguno de los dos. Encogía los hombros y golpeaba los pies al ritmo del jazz, con su cara bastante gruesa, sin ninguna expresión, como si tuviera los ojos clavados en las montañas. A Stanley no le importaba la indiferencia de Johnnie, pues su amigo era como el pase para las comidas o la invitación para las fiestas donde Johnnie tocaba. No trataba de ocultar la razón por la que iba con Johnnie: era el bribón más descarado que imaginarse pueda.

A cambio, él procuraba que Johnnie tuviera «preparado» un buen surtido de cigarrillos, cerveza y chicas, todo ello gratis. He dicho que era un bribón, pero es absurdo. Era una persona que había comprendido desde el principio que existía una ley para el rico y otra para el pobre. Para mí esto no era más que una teoría; no lo experimenté de verdad hasta mucho tiempo después, cuando viví en una zona obrera de Londres. Entonces comprendí a Stanley Lett. Sentía el más profundo e instintivo desprecio hacia la ley; en suma, hacia el Estado, del que tanto hablábamos nosotros. Quizá por eso Ted tramaba intrigas con él, y acostumbraba a decirnos:

—¡Es tan inteligente! —dando a entender que si fuera utilizada su inteligencia se la podría hacer trabajar para la causa.

Supongo que Ted no se equivocaba mucho. Hay un tipo de líder sindical que es como Stanley: duro, con dominio, eficiente, sin escrúpulos. Jamás sorprendía a Stanley fuera de un muy astuto control sobre sí mismo, que usaba como un arma para sacarle al mundo todo lo que pudiera, sobreentendiendo que el mundo estaba organizado para el lucro de otros. Daba miedo. Al menos me daba miedo a mí, con aquel aspecto de mole, aquellos rasgos duros y bien definidos y aquella mirada fría y gris. ¿Cómo toleraba al ferviente e idealista Ted? Me parece que no era por lo que pudiera sacarle, sino porque estaba de veras conmovido de que Ted, «un muchacho con becas», todavía se preocupara de los de su clase social, y al mismo tiempo porque le creía loco. Decía:

—Mira, amigo, tú has tenido suerte; tienes más cabeza que nosotros. Saca provecho de tu suerte y no te metas en tonterías. A los trabajadores no les importa nada fuera de sí mismos. Tú lo sabes. Yo también lo sé.

—¡Pero, Stan! —replicaba Ted con los ojos brillantes, agitando su pelo negro de un lado a otro de la cabeza—. Mira, Stan, si un número suficiente de los nuestros se preocupara de los otros, podríamos cambiarlo todo... ¿Es que no te das cuenta?

Stanley incluso leía los libros que Ted le daba, y se los devolvía diciendo:

—No tengo nada en contra. Buena suerte; eso es todo lo que puedo decirte.

Aquella mañana, Stanley había cubierto la parte superior del piano con hileras de vasos de cerveza. En un rincón aparecía una caja llena de botellas. Alrededor del piano el aire era denso. Los tres hombres estaban separados del resto de la habitación por una niebla de humo atravesada por los destellos del sol. Johnnie tocaba y tocaba y tocaba, sin darse cuenta de nada. Ted iba suspirando, alternativamente, por el alma política de Stanley y por el alma musical de Johnnie. Como ya he dicho, Ted había aprendido música solo y no sabía tocar, pero tarareaba fragmentos de Prokofiev, Mozart o Bach, con la cara atormentada de impotencia, y así hacía que Johnnie los tocara. Johnnie interpretaba cualquier cosa de oído; tocaba las melodías a la vez que Ted las tarareaba, y sin dejar de rozar el teclado con su mano izquierda, en un peculiar movimiento de impaciencia. En cuanto la fuerza hipnótica de la atención de Ted disminuía, la mano izquierda empezaba a producir un ritmo sincopado, y luego las dos manos se encrespaban en un arranque frenético de jazz, mientras Ted sonreía, daba cabezadas y suspiraba, tratando de intercambiar una mirada de resignación irónica con Stanley. Pero Stanley le devolvía la mirada sólo en señal de compañerismo, pues no tenía oído para la música.

Los tres se pasaron el día junto al piano.

En el salón había unas doce personas, pero como era tan grande, parecía vacío. Maryrose y Jimmy estaban colgando guirnaldas de papel en los travesaños oscuros, subidos en sendas sillas y ayudados por una docena de aviadores que habían acudido en tren desde la ciudad al saber que Stanley y Jimmy se encontraban allí. June Boothby estaba en el antepecho de una ventana, inmersa en sus sueños íntimos; cuando le pidieron que fuera a ayudar, meneó lentamente la cabeza y la volvió hacia la ventana para mirar las montañas. Paul permaneció con el grupo que trabajaba durante un rato, y luego se llegó a donde estaba yo, junto a la ventana, después de haberse servido de la cerveza de Stanley.

—¿No es triste este espectáculo, Anna? —dijo Paul, señalando al grupo de jóvenes que rodeaba a Maryrose—. Míralos, cada uno de ellos es como un perro sediento de sexo, y ella, hermosa como el día, sin pensar en nadie más que en su hermano muerto. Y Jimmy, junto a ella y pensando sólo en mí. De vez en cuando, me digo que debiera acostarme con él. ¿Por qué no? ¡Le haría tan feliz! Pero la verdad es que, fatalmente, he empezado a reconocer que, después de todo, no soy homosexual. Nunca lo he sido, ¿sabes? Entonces, ¿por quién suspiro, echado en mi lecho solitario? ¿Suspiro por Ted? ¿Tal vez por Jimmy? ¿O quizá por alguno de los gallardos héroes que me rodean constantemente? ¡De ningún modo! Suspiro por Maryrose. Y suspiro por ti. Preferentemente las dos por separado, claro.

George Hounslow entró en la sala y fue directamente hacia donde se hallaba Maryrose, subida todavía a la silla y rodeada por sus galanes, que se dispersaron en todas direcciones al acercarse él.

De repente, sucedió algo aterrador. El trato de George con las mujeres carecía de gracia, resultaba demasiado humilde. A veces, llegaba a tartamudear. (Aunque cuando tartamudeaba siempre parecía que lo hacía adrede.) Pero fijaba sus profundos y negros ojos en las mujeres, con un ahínco casi dominador. Sin embargo, su trato seguía siendo humilde, como si se disculpara. Las mujeres se aturdían, se enojaban o se echaban a reír de puro nerviosismo. Naturalmente, él era un sensual. Con eso quiero decir un sensual auténtico, no uno de esos que lo hacen ver por una u otra razón, como hay tantos. Era un hombre que sentía una necesidad auténtica y muy grande de mujeres. Esto lo digo porque no quedan muchos hombres así, al menos entre los civilizados, entre los cariñosos y asexuados hombres de nuestra civilización. George necesitaba que una mujer se le sometiera, necesitaba que una mujer estuviera físicamente bajo su hechizo. Los hombres ya no pueden dominar a las mujeres de esta manera sin sentirse culpables. O, por lo menos, muy pocos de entre ellos. Cuando George miraba a una mujer imaginaba cómo sería después de haber fornicado con ella hasta dejarla insensible. Y tenía miedo de que se le notara en la mirada. Entonces yo no lo comprendía; no comprendía por qué me aturdía cuando él me miraba. Pero desde entonces he conocido a unos cuantos hombres como él: todos tienen la misma humildad impaciente y la misma fuerza arrogante y solapada.

George estaba junto a Maryrose, quien tenía los brazos alzados. El pelo, reluciente, le caía sobre los hombros, y llevaba un vestido amarillo, sin mangas. Tenía los brazos y las piernas de un moreno dorado muy suave. Los hombres del campo de aviación estaban como estupefactos ante ella. Y George, por un instante, adoptó la misma expresión de pasmado. De pronto, él dijo algo y ella bajó los brazos, se apeó con cuidado de la silla y se quedó por debajo de él, mirándole con los ojos alzados. George añadió algo. Recuerdo la expresión de su cara, con la barbilla salida, agresiva, los ojos intensos y una mirada de envilecimiento estúpido. Maryrose alzó el puño y le golpeó la cara, con toda su fuerza, pues él llegó a tambalearse. Luego, sin volverse a mirar, subió de nuevo a la silla y continuó colgando guirnaldas. Jimmy sonreía a George con azoramiento y preocupación, como si él tuviera la culpa del golpe. George vino hacia nosotros y volvió a hacer el papel de payaso de buena fe, mientras los enamorados de Maryrose regresaban a sus posturas de adoradores sin esperanza.

—¡Vaya! —exclamó Paul—. Me he quedado muy impresionado. Si Maryrose me diera un puñetazo como ése, supondría que estoy haciendo progresos.

Pero George tenía los ojos llenos de lágrimas.

—Soy un idiota —se lamentó—. Un estúpido. Una chica guapa como Maryrose ¿qué puede encontrar en mí?

—Sí, realmente —respondió Paul.

—Me parece que me sangra la nariz —declaró George, como si buscara una excusa para sonarse. Luego sonrió, añadiendo—: Estoy en un lío total... Y el bastardo de Willi anda demasiado ocupado con su ruso para mostrar ningún interés.

—Todos estamos hechos un lío —dijo Paul. Irradiaba un sereno bienestar físico.

—Odio a los jóvenes de veinte años —manifestó George—. ¿Cómo puedes tú estar hecho un tío?

—Es un caso difícil —explicó Paul—. Primero, tengo veinte años. Es decir, que soy muy nervioso y muestro poca seguridad ante las mujeres. Segundo, tengo veinte años. Tengo toda mi vida ante mí y, francamente, la perspectiva a menudo me horroriza. Tercero, tengo veinte años. Estoy enamorado de Anna y el corazón se me está partiendo.

George me lanzó una rápida mirada para averiguar si era verdad, y yo me encogí de hombros. Entonces él se bebió el bock de cerveza de un solo trago y dijo:

—En fin, no tengo derecho a saber si alguien está enamorado de alguien. Soy un canalla y un hijo de puta. Después de todo, esto sería soportable, pero además soy socialista y militante. Y un cerdo. ¿Cómo puede un cerdo ser socialista? Me gustaría saberlo.

Lo decía en broma, pero tenía los ojos empañados otra vez por las lágrimas, y el cuerpo se le veía tenso por el sufrimiento.

Paul volvió la cabeza con su peculiar gracia indolente y posó sus ojos azules en George. Yo casi podía escuchar sus reflexiones: «¡Dios mío! Está en un auténtico apuro... No quiero ni oír hablar de ello...» Se deslizó hacia la puerta, me dirigió una sonrisa muy calurosa y tierna y dijo:

—Anna, querida, aunque te quiero más que a mi vida, me voy a ayudar a Maryrose.

Pero con los ojos me decía: «Sacúdete a ese cenizo idiota, y vuelvo contigo». George apenas notó que se iba.

—Anna —empezó a decir George—, Anna, no sé qué hacer.

Entonces yo sentí lo mismo que Paul:

—No quiero meterme en apuros, de verdad.

Deseaba irme con el grupo que estaba colgando guirnaldas, pues ahora que se le había agregado Paul, en un instante se había puesto alegre. Estaban empezando a bailar Paul, Maryrose e incluso June Boothby. Había más hombres que mujeres. Empezaban a acudir huéspedes del hotel, atraídos por la música.

—Salgamos —propuso George—. Toda esta juventud y esta alegría me deprimen muchísimo. Además, si tú también vienes, tu hombre se va a poner a hablar. Y quiero decirle algo.

—Gracias —contesté de mal talante.

Sin embargo, salí con él a la terraza del hotel, que se estaba vaciando rápidamente porque sus ocupantes se iban a la sala de baile. Willi dejó la gramática a un lado con un gesto de paciencia, y dijo:

—Supongo que es pedir demasiado que me dejen trabajar en paz.

Nos sentamos los tres juntos, con las piernas estiradas al sol y el resto del cuerpo en la sombra. La cerveza, en los vasos altos, tenía un color claro y dorado con lentejuelas de luz. De pronto, George comenzó a hablar. Lo que decía era muy serio, pero empleaba un tono jocoso, como si se burlara de sí mismo, con el resultado de que más bien parecía siniestro y ponía los pelos de punta. Mientras, el latido de la música de baile llegaba suavemente hasta nosotros. Yo deseaba irme allí.

Los hechos eran los siguientes. Ya he dicho que la vida con su familia era difícil, intolerable. Tenía mujer, dos hijos y una hija. Mantenía a sus padres, y también a los de su mujer. Yo he estado en aquella casita. Era intolerable incluso visitarla. La pareja joven —o, mejor dicho, la pareja de mediana edad que aseguraba el sustento de todos— estaba totalmente a merced de los cuatro ancianos y de los tres niños, sin tener ninguna ocasión de disfrutar de una auténtica vida en común. La esposa trabajaba mucho durante el día, lo mismo que el marido. Los cuatro ancianos estaban más o menos inválidos y requerían cuidados especiales, régimen de comida, etc. En el salón, por la noche, los cuatro no cesaban de jugar a cartas, con muchos altercados y con la petulancia característica de la ancianidad. Se pasaban horas enteras jugando, en medio de la habitación, mientras los niños hacían sus deberes del colegio donde podían. George y su esposa se iban pronto a la cama, casi siempre debido a la extrema fatiga, pero, además, porque el dormitorio era el único lugar donde podían disfrutar de cierta intimidad. Ése era su hogar. Además, George se pasaba media semana viajando por las carreteras; a veces se trasladaba a cientos de kilómetros, al otro extremo del país. Quería a su mujer y ella le correspondía, pero él se sentía constantemente culpable porque si llevar una casa así hubiera resultado muy duro para cualquier mujer, no digamos lo que era para ella, que además trabajaba como secretaria. Ninguno de los dos se había podido tomar unas vacaciones desde hacía años, nunca tenían dinero y siempre estaban discutiendo por unos cuantos peniques y chelines.

Mientras tanto, George tenía sus aventuras con mujeres. Le gustaban especialmente las indígenas. Unos cinco años antes, un día llegó a Mashopi a pasar la noche, y quedó muy impresionado por la mujer del cocinero de los Boothby. Al fin, la mujer se convirtió en su amante.

—Si es que ésa es la palabra apropiada —comentó Willi, pero George insistió, sin pizca de sentido del humor:

—Pues ¿por qué no? Si rechazamos la segregación racial, ella tiene derecho a la palabra apropiada en estos casos. Como un homenaje, por decirlo así.

George pasaba con frecuencia por Mashopi. El año anterior había visto entre el grupo de chiquillos a uno que era de un color más claro que los otros y se parecía a él. Le preguntó a la mujer y ella le dijo que sí, que creía que aquél era hijo suyo. Pero no pareció darle importancia.

—Bueno —comentó Willi—. Así no hay problema, ¿eh?

Recuerdo la mirada de George, de incredulidad patética.

—Pero Willi, ¡no seas estúpido! Es mi hijo, y yo tengo la culpa de que viva en esa barraca.

—Bueno, ¿y qué? —volvió a decir Willi.

—¡Soy socialista! —estalló George—. Y en este infierno hago todo lo posible para comportarme como un socialista y luchar contra la segregación racial. En fin, me subo a las tarimas y hago discursos… Sí, claro, digo las cosas con delicadeza. Pero afirmo que la segregación racial va contra los intereses de todos, y que el apacible y manso Jesús no la aprobaría, y que vale la pena jugarse la piel porque es inhumano, podrido e inmoral, y que los blancos están condenados a las llamas eternas… Y ahora estoy pensando en comportarme como cualquier otro blanco podrido que duerme con una negra y contribuye a aumentar el censo de los sin casta de la Colonia.

—Ella no te ha pedido que hicieras nada —arguyó Willi.

—¡Eso no importa! —replicó George, hundiendo la cara en las palmas de las manos, mientras las lágrimas se le escurrían entre los dedos—. Me enteré de ello el año pasado y me está volviendo loco...

—Lo cual no te ayudará en absoluto —dijo Willi.

George dejó caer las manos bruscamente, descubriendo la cara sucia de lágrimas, y le miró.

—¿Anna? —suplicó George, mirándome.

Yo estaba pasando por la más fantástica tormenta emocional. Para empezar, sentía celos de la mujer. La noche antes deseé encontrarme en su lugar, pero fue un sentimiento vago. Ahora sabía quién era ella, y estaba atónita ante el descubrimiento de que odiaba a George y de que le condenaba por su acto, del mismo modo que la noche anterior me había enfadado con él por hacerme sentir culpable. Además, y esto era peor, me dolía el hecho de que la mujer fuera negra. Yo creía estar liberada de tales sentimientos, y ahora resultaba que no, lo cual me avergonzaba y me enojaba conmigo misma y con George. Pero aún había más cosas. Yo era muy joven, veintitrés o veinticuatro años, y como tantas chicas «emancipadas» sentía gran terror a caer en la trampa y dejarme domar por la vida doméstica. La casa de George, en la que él y su esposa eran presos sin esperanza de escapar —excepto si los cuatro ancianos se morían—, representaba para mí el colmo del horror. Me producía tanto pánico que incluso tenía pesadillas. Y, sin embargo, George, el prisionero, el hombre que había puesto a aquella desgraciada mujer que era su esposa en una jaula, representaba al mismo tiempo para mí —y yo lo sabía— una potencia sexual de la que en mi fuero interno huía, pero a la que inevitablemente acabaría volviendo. Sabía, por instinto, que si me acostaba con George tendría una experiencia sexual completamente insólita. Y pese a este conflicto íntimo de posturas y sentimientos, George seguía gustándome, le quería con sinceridad, puramente como a un ser humano. Durante un rato me quedé allí, sentada en la terraza, sin poder decir una palabra y consciente de que me había puesto roja y de que las manos me temblaban. Escuchaba la música y los cánticos, sentía que provenían de la sala, y sabía que George, con el peso de su infelicidad, me estaba excluyendo de algo increíblemente dulce y hermoso. En aquella época, parece que me pasaba la mitad del tiempo creyendo que se me excluía de algo muy bello;

sin embargo, la inteligencia me decía que era absurdo, que Mary-rose, por ejemplo, me envidiaba porque consideraba que Willi y yo teníamos todo lo que ella deseaba, porque pensaba que éramos una pareja que nos queríamos…

Willi me había estado mirando y, por fin, dijo:

—Anna está escandalizada porque la mujer es negra.

—En parte —asentí—. Aunque me sorprende que sea así.

—Y a mí me sorprende que lo reconozcas —dijo Willi fríamente con un destello de sus gafas.

—Y a mí que tú no lo reconozcas —intervino George—. ¡Bah! Eres un hipócrita.

Al oír esto, Willi cogió sus gramáticas y se las puso encima de las rodillas.

—¿Cuál es la alternativa? ¿Sugieres algo inteligente? —preguntó Willi—. Pero no, no me lo digas. Eso de creer que tu deber es llevarte el niño a casa es típico en ti. Pero ¿no comprendes lo que ello significaría? Los cuatro ancianos se morirían del susto, aparte de que nadie les volvería a dirigir la palabra; los tres niños serían excluidos de la escuela, tu mujer perdería su trabajo, y tú el tuyo… En fin, nueve personas en la ruina. ¿Y qué sacaría tu hijo, George? ¿Se puede saber qué saldría ganando?

—¿Y eso es todo? —pregunté.

—Sí, eso es todo —concluyó Willi.

Su expresión era la acostumbrada en ocasiones como aquélla: cara tozuda y paciente, y boca rígida.

—Podría convertirlo en una prueba —dijo George.

—¿En una prueba de qué?

—De toda la maldita hipocresía.

—No sé por qué la malgastas conmigo; acabas de decirme que soy un hipócrita. —George hizo un gesto de humildad y Willi añadió—: ¿Quién va a pagar por tu noble gesto? Tienes a ocho personas que dependen de ti.

—Mi mujer no depende de mí, sino yo de ella. Por lo menos en el aspecto emocional. ¿Crees que no lo sé?

—¿Quieres que vuelva a exponer la situación? —inquirió Willi, con un exceso de paciencia y lanzando una mirada a sus gramáticas.

Tanto George como yo sabíamos que no se ablandaría por haberle llamado hipócrita. Sin embargo, George no cedió:

—Willi, ¿no se puede hacer nada? ¿Tú crees que puede dejarse así? Estoy seguro...

—¿Quieres que diga que es injusto, inmoral o algo de ese estilo, algo útil?

—Sí —dijo George después de una pausa, hundiendo la barbilla en el pecho—. Sí, supongo que eso es lo que busco. Lo peor es que sigo acostándome con ella... Cualquier día, en la cocina de los Boothby, va a aparecer otro pequeño Hounslow. Aunque, claro, ahora tengo más cuidado.

—Eso es asunto tuyo —dijo Willi.

—Eres un canalla inhumano —dijo George al cabo de una pausa.

—Gracias —dijo Willi—, pero no puedo remediarlo. Estás de acuerdo, ¿no?

—Este muchacho va a crecer aquí, entre las calabazas y las gallinas, y va a ser un peón del campo o un oficinista de medio pelo, mientras que mis otros tres hijos irán a la universidad y saldrán de este condenado país, aunque tenga que matarme para poder pagarlo.

—¿Y qué es lo importante, lo primordial? —preguntó Willi—. ¿Tu sangre, tu maldito esperma o qué?

Tanto George como yo estábamos escandalizados. Willi se dio cuenta y endureció la cara, mostrándose enojado, mientras George decía:

—No. Es la responsabilidad, la diferencia entre lo que creo y lo que hago.

Willi se encogió de hombros y nos quedamos en silencio. A través de aquella espesa quietud del mediodía nos llegaba el son de los rítmicos dedos de Johnnie.

George volvió a mirarme y yo me preparé para discutir con Willi. Ahora, al pensarlo, siento ganas de reír; y es que, automáticamente, comencé a discutir en términos literarios, del mismo modo que él contestaba en términos políticos. Sin embargo, entonces no parecía nada fuera de lo común. A George tampoco le pareció raro: afirmaba con la cabeza al hablar yo.

—Mira —dije yo—, la literatura del siglo diecinueve está llena de casos de éstos. Son una especie de piedra de toque moral... *Resurrección*, por ejemplo. ¿Por qué ahora hemos de encogernos de hombros como si nada?

—No he notado que me encogiera de hombros —arguyó Willi—. Aunque quizá sea verdad que el dilema moral de nuestra sociedad ya no aparezca cristalizado en el caso del hijo ilegítimo.

—¿Por qué no? —pregunté yo.

—¿Por qué no? —preguntó George con mucha furia.

—Bueno, ¿os parece que el problema de los africanos de este país puede resumirse en el caso del cuclillo blanco del cocinero de los Boothby?

—¡Presentas las cosas de una manera! —dijo George con ira. (Y, no obstante, iba a seguir acudiendo a Willi para pedirle consejo humildemente, y le seguiría reverenciando, y años después, cuando éste ya se había marchado de la Colonia, le escribiría cartas llenas de sumisión.) Luego miró hacia la luz del sol, sacudiéndose las lágrimas con los párpados, y añadió, mientras se dirigía al bar—: Voy a llenarme el vaso.

Willi levantó el libro que estudiaba y dijo, sin mirarme:

—Sí, ya lo sé. Pero tus ojos llenos de reproche no hacen mella. Tú le aconsejarías lo mismo, ¿no? Con mucho ¡oh! y ¡ah!, pero lo mismo.

—Lo que ocurre, pues, es que todo es tan terrible que nos hemos endurecido. Y, la verdad, no nos importa.

—¿Me permites la sugerencia de que no te apartes de unos determinados principios básicos, tales como destruir lo que está mal y cambiar lo que está mal, en lugar de ir lloriqueando por ahí?

—¿Y mientras tanto?

—Mientras tanto, yo voy a seguir estudiando, y tú te vas a ir junto a George para que llore en tu regazo y puedas tenerle mucha lástima, con lo cual no conseguiréis nada.

Yo me fui, en efecto, encaminándome lentamente hacia el salón. George estaba apoyado contra la pared, con un vaso en la mano y los ojos cerrados. Debía haberle dicho algo, pero no lo hice. Entré en el salón. Maryrose estaba sola, sentada junto a una ventana, y yo me acerqué. Había llorado.

—Parece que hoy ha sido día de lloros para todo el mundo —comenté.

—Para ti no —dijo Maryrose, refiriéndose a que yo era demasiado feliz con Willi para ponerme a llorar.

Me senté a su lado y le pregunté qué ocurría.

—Estaba aquí, mirando cómo bailaban, y me puse a pensar. No hace muchos meses que creíamos que el mundo iba a cambiar y que todo iba a ser maravilloso; ahora, en cambio, sabemos que no.

—¿Estás segura? —dije yo, con una especie de terror.

—¿Qué razón hay para que cambie? —me preguntó con simplicidad. Yo no me sentí con la energía moral suficiente para contradecirla, y tras una pausa añadió—: ¿Qué quería George de ti? Imagino que ha dicho que yo era una zorra por haberle pegado.

—¿Tú crees que George es capaz de decir que alguien es una zorra por haberle pegado a él? En fin, ¿por qué lo hiciste?

—Éste es otro de los motivos por los que lloraba. Es obvio que la auténtica razón de que le abofeteara radica en que sé muy bien que un hombre como George podría hacerme olvidar a mi hermano.

—Bueno, pues entonces deberías dar una oportunidad a un tipo como George.

—Sí, quizá sí —admitió.

Me dirigió una sonrisa de persona mayor, como si me estuviera diciendo: «¡Qué niña eres!», y yo repliqué, enfadada:

—Pues si lo sabes, ¿por qué no haces algo para arreglarlo?

Otra vez la sonrisa, y me contestó:

—Nadie me querrá como mi hermano. Él me quería de verdad… George haría el amor conmigo, y eso no sería lo mismo, ¿verdad? Además, ¿qué hay de malo en decir: «Yo ya he tenido lo mejor, y no voy a volver a tenerlo», en lugar de irme a la cama con alguien? ¿Qué hay de malo en ello?

—Cuando dices de esta manera «¿qué hay de malo en…?», nunca sé qué contestar. Pero, a pesar de todo, estoy segura de que hay algo de malo en ello.

176

—Bueno, pues ¿de qué se trata? —Parecía sentir auténtica curiosidad.

Le dije, ya más enfadada:

—Que no te esfuerzas, sencillamente. Te limitas a dejarlo correr.

—Para ti es fácil decirlo —replicó refiriéndose de nuevo a Willi, y entonces yo me quedé sin poder decir nada.

Me había llegado el turno de echarme a llorar. Ella se dio cuenta y, consciente de su infinita superioridad en cuanto a sufrimiento, dijo:

—No llores, Anna. Nunca vale la pena... Bueno, voy a lavarme antes de la comida.

Y se fue. Todos los hombres jóvenes se habían puesto a cantar junto al piano. Yo también me acerqué y me dirigí hacia donde había visto a George. Me abrí paso entre ortigas y zarzas, pues George se había trasladado a la parte posterior. Estaba con los ojos fijos, mirando a través de un grupo de árboles *paw-paw* la barraca donde vivía el cocinero, con la mujer y los niños. Había un par de niños negros en cuclillas, sobre el polvo, entre las gallinas.

Noté que, al intentar encender un cigarrillo, le temblaba la mano. No logró encenderlo, por lo que se impacientó y lo arrojó, apagado, observando con calma:

—Mi hijo bastardo no está.

De abajo nos llegó el golpe de gong que llamaba a comer.

—Más vale que entremos —dije.

—Espera un minuto. —Me puso la mano sobre el hombro. Su calor me atravesaba el vestido. El gong dejó de propagar sus largas ondas de sonido metálico. En el interior del salón, el piano ya no sonaba. Silencio. Una paloma se arrullaba en el Jacaranda. George puso su mano encima de mi pecho y dijo—: Anna, podría llevarte a la cama ahora mismo, y luego a Marie, mi chica negra, y luego volver junto a mi mujer y poseerla a ella... y sería feliz con las tres. ¿Lo comprendes, Anna?

—No —contesté, enfadada, aunque su mano en mi pecho me permitía comprenderlo.

—¿No lo comprendes? —me preguntó con ironía—. ¿No?

—No —insistí yo, mintiendo en nombre de todas las mujeres, y pensando en aquella esposa que me hacía sentir enjaulada.

George cerró los ojos. Sus negros párpados temblaron, y el contraste con sus mejillas morenas produjo unos diminutos arcoiris. Dijo, sin abrir los ojos:

—A veces me observo desde fuera: George Hounslow, ciudadano respetable y excéntrico, como es natural, pues es socialista. Aunque esto último está compensado por su devoción a los ancianos padres, a la encantadora esposa y a los tres niños. Pero, al mismo tiempo, junto a mí veo a un imponente gorila que balancea los brazos y se ríe. Lo veo tan bien que me extraña que nadie más se dé cuenta de su presencia.

Apartó la mano de mi pecho y pude volver a respirar acompasadamente. Entonces le dije:

—Willi tiene razón. No puedes arreglar nada, y más vale que no te atormentes… —Mantenía los ojos cerrados. Yo no sabía que iba a decir lo que dije, por lo que me sorprendió verle abrir de golpe los ojos y retroceder. Era como un fenómeno de telepatía. Mis palabras fueron—: Y no puedes suicidarte.

—¿Por qué no? —preguntó con curiosidad.

—Por la misma razón que no puedes llevar al niño a tu casa. Tienes que pensar en nueve personas.

—¿Sabes, Anna? Me he estado preguntando si me llevaría el niño a casa si tuviera, digamos, sólo dos personas bajo mi responsabilidad.

Yo no supe qué decir. Al cabo de un momento me rodeó con su brazo y me condujo por entre las ortigas y las zarzas diciendo:

—Ven conmigo al hotel y dejemos de lado al gorila.

Y, naturalmente, me sentí perversamente enojada por haber rechazado al gorila y haber merecido el papel de la hermana asexuada. En la mesa me senté junto a Paul, no junto a George. Después del almuerzo, todos echamos una siesta larga y empezamos a beber temprano. A pesar de que aquella noche el baile era privado, para «los granjeros socios de Mashopi y del Distrito», cuando los granjeros y sus esposas llegaron en grandes automóviles, la sala ya estaba repleta de público bailando. Éramos

178

todo nuestro grupo, muchos de los aviadores libres de servicio y Johnnie, que tocaba el piano mientras el pianista oficial, que no era ni la mitad de bueno que Johnnie, se había ido muy gustosamente al bar. El maestro de ceremonias comunicó solemnidad a aquella velada con un discurso apresurado y no muy sincero, en el que daba la bienvenida a los muchachos de azul, y todos bailamos hasta que Johnnie se cansó, lo que ocurrió hacia las cinco de la madrugada. Después salimos en masa a tomar el fresco, bajo un cielo claro y lleno de estrellas que parecían gotas de escarcha. La luna trazaba unas sombras negras y bien definidas a nuestro alrededor. Estábamos todos juntos, abrazados y cantando. El aroma de las flores volvía a ser limpio y suave en la vivificadora atmósfera de la noche. Paul estaba conmigo; habíamos bailado juntos toda la noche, lo mismo que Willi y Maryrose. Jimmy, muy borracho, iba dando tumbos en solitario. Había vuelto a cortarse y le salía sangre de una pequeña herida, por encima de los ojos. Así fue como terminó nuestro primer día completo, una especie de pauta para las siguientes jornadas. Al gran baile «general» de la noche siguiente acudió el mismo público. El bar de los Boothby estuvo muy frecuentado, y el cocinero tuvo un exceso de trabajo considerable. En cuanto a la mujer de éste, se supone que acudió puntualmente a sus citas con George, quien se mostró forzada e inútilmente atento con Maryrose.

Aquella segunda velada, Stanley Lett empezó a cortejar a la señora Lattimer, la pelirroja, lo cual acabó… iba a decir en un desastre, pero esta palabra suena ridícula. Porque lo más doloroso de aquella época es que nada resultaba desastroso. Todo era erróneo, siniestro y desgraciado, y estaba teñido de cinismo; pero nada era trágico, no ocurría nada que pudiera motivar el cambio de algo o de alguien. De vez en cuando, la tormenta emocional se encendía e iluminaba un paisaje de sufrimiento individual. Pero luego continuábamos bailando. El asunto de Stanley Lett con la señora Lattimer tuvo como consecuencia un incidente que imagino debía tener una docena de precedentes en la vida matrimonial de ella.

Era una mujer de unos cuarenta y cinco años, un poco gruesa, con unas manos exquisitas y unas piernas muy esbeltas.

Tenía la piel blanca y delicada. Sus enormes ojos eran de un azul suave, como el de la vincapervinca, calinosos, tiernos, de miope, y casi purpúreos; eran de esos ojos que miran la vida a través de una neblina de lágrimas… aunque en su caso también se debía al alcohol. El marido era el tipo de comerciante corpulento y de mal humor, que bebía continuamente de una manera brutal. Empezaba a beber cuando se abría el bar, y seguía bebiendo el día entero, lo que iba poniéndole más y más sombrío. Así como a ella la bebida le ablandaba y le hacía suspirar y lloriquear, a él no le oí ni una sola vez decir algo que no fuera brutal. Daba la impresión de que ella ni lo notaba o de que ya no le importaba. No tenían hijos. Ella no se podía separar de su perro, un setter rojo muy hermoso, que tenía el mismo color que su cabello y unos ojos tan nostálgicos y llorosos como los de su ama. Se sentaban juntos en la terraza del hotel —una mujer pelirroja con su perro de lanas rojizo— y recibían el homenaje y las bebidas de los demás huéspedes del hotel, donde solían pasar —con el marido— todos los fines de semana. Bueno, pues, Stanley Lett estaba fascinado por ella. «No tiene humos», decía. Y también: «Es una auténtica buena persona». En aquella segunda velada la escoltó Stanley, mientras el marido permanecía en el bar, bebiendo, hasta que cerró. Entonces estuvo tambaleándose junto al piano hasta que Stanley le ofreció la bebida que iba a rematarlo, de modo que se fue a trompicones a la cama y dejó a su mujer bailando. Daba la impresión de que no le importaba lo que hiciera su mujer. Ella se pasaba todo el día con nosotros o con Stanley, quien había «preparado» para Johnnie a una mujer de una hacienda situada a tres kilómetros de distancia y cuyo marido se había marchado a la guerra. Los dos lo estaban pasando de primera, como nos dijeron repetidas veces. Bailábamos en el salón. Johnnie tocaba con la mujer del granjero, una rubia grande y de vivos colores, de Johannesburgo, sentada a su lado. Ted se había olvidado por el momento de la lucha por la salvación del alma de Stanley. Como él mismo había dicho, el sexo era excesivo para sus fuerzas. Durante todo aquel largo fin de semana, que duró casi una semana entera, bebimos y bailamos al son de la música del piano de Johnnie que teníamos perpetuamente en el oído.

Cuando regresamos a la ciudad ya sabíamos que, como observara Paul, aquellas vacaciones no nos habían hecho mucho bien. Sólo una persona mantuvo cierto control de sí mismo, y ésta era Willi, quien había trabajado en sus gramáticas, sin impacientarse, durante buena parte de todos los días, aunque incluso él había sucumbido un poco... a Maryrose. Volvimos al hotel, me parece, dos semanas más tarde. Fue diferente, pues los únicos huéspedes éramos nosotros, los Lattimer, con el perro, y los Boothby. Los Boothby nos recibieron con gran cortesía. Era obvio que habían hablado de nosotros, que habían desaprobado la familiaridad con que nos comportábamos en el hotel, pero que gastábamos demasiado dinero para tratar de disuadirnos. No recuerdo gran cosa de aquel fin de semana ni de los cuatro o cinco que siguieron, con semanas de intervalo, pues no fueron consecutivos.

Seis u ocho meses después de nuestra primera visita debió de producirse la crisis, si es que puede llamársele crisis. Ocurrió la última vez que fuimos a Mashopi. Éramos los mismos de otras veces: George, Willi, Maryrose y yo; Ted, Paul y Jimmy. Stanley Lett y Johnnie formaban parte de otro grupo, con la señora Lattimer, el perro y la mujer del granjero. A veces, Ted se agregaba a ellos, permanecía sin decir nada, absteniéndose claramente de tomar parte en lo que hicieran, y pronto volvía con nosotros, mostrándose no menos callado y con una sonrisa ensimismada. Era una nueva sonrisa en él, sardónica, amarga y crítica. Cuando nos sentábamos a la sombra de los eucaliptos, oíamos la voz perezosa y musical de la señora Lattimer que desde la terraza gritaba:

—Stan, muchacho, ¿me traes una bebida? Un cigarrillo para mí, ¿eh, Stan? Hijo, ven a hablar conmigo...

Él la llamaba «señora Lattimer», pero a veces se olvidaba y decía «Myra», y entonces ella le miraba con sus negros párpados irlandeses caídos. Stanley tenía veintidós o veintitrés años; así, pues, se llevaban veinte años y disfrutaban de lo lindo haciendo el papel de madre e hijo en público. Lo hacían con tal intensidad sexual, que acabamos por coger aprensión a la señora Lattimer.

Recordando ahora aquellos fines de semana, parece como si hubieran sido las cuentas de un collar: dos, grandes y relucientes, al principio; una serie de otras más pequeñas, sin importancia, a continuación; y finalmente otra, brillante. Claro que esta impresión es resultado de una memoria perezosa, porque en cuanto me pongo a reflexionar sobre el último fin de semana, me doy cuenta de que debió de suceder toda una serie de incidentes en los fines de semana intermedios, que condujeron a la situación final. Pero no me acuerdo; está todo olvidado. Y me exaspero tratando de rememorarlo: es como forcejear con otro yo testarudo que se empeña en defender su secreto, de una índole que le es propia. No obstante, está ahí, en mi cerebro, aunque no pueda alcanzarlo. Me asusta darme cuenta de lo mucho que me pasó inadvertido por vivir inmersa en una neblina de luz muy subjetiva. ¿Cómo puedo saber si lo que yo «recuerdo» tiene la importancia que a mí me parece? Lo que yo recuerdo fue seleccionado por la Anna de hace veinte años, y no sé lo que escogería la Anna actual, pues la experiencia con Madre Azúcar y los experimentos con los cuadernos han aguzado mi objetividad hasta el punto de… (este tipo de observación pertenece al cuaderno azul, no a éste.) De todas maneras, aunque parezca que en el último fin de semana estallaran toda clase de dramas sin ninguna señal de aviso, el sentido común dice que esto no es posible.

Por ejemplo, la amistad de Paul con Jackson debía de haber alcanzado un alto grado de desarrollo para que pudiera indignar de aquel modo a la señora Boothby. Me acuerdo del momento en que, definitivamente, ordenó a Paul que saliera de la cocina: debió de ocurrir durante el penúltimo fin de semana. Paul y yo estábamos en la cocina, hablando con Jackson. La señora Boothby entró diciendo:

—Ya sabéis que va contra las normas del hotel que los huéspedes entren en la cocina.

Recuerdo muy claramente el sentimiento de asombro escandalizado que esto nos produjo, similar al de una injusticia, como la que sienten los niños cuando, a su entender, los mayores se comportan de un modo arbitrario. Aquello significaba que habíamos entrado y salido de la cocina durante todo aquel tiempo sin que ella protestara. Paul se lo hizo pagar tomándoselo al pie de la letra. Se ponía a esperar junto a la puerta trasera de la cocina hasta la hora en que Jackson debía salir, una vez terminado su trabajo de después del almuerzo, y entonces, a la vista de todo el mundo, caminaba con él, cruzaba la valla de alambre que circundaba la cabaña de Jackson, y le hablaba con la mano puesta constantemente sobre su brazo y hombro. Aquel contacto de carne negra y blanca era deliberado, a propósito para indignar a cualquier blanco que lo viera. En resumen, no volvimos a poner los pies en la cocina… Y como nos daba por comportarnos como chiquillos, nos poníamos a reír tontamente y a cuchichear de la señora Boothby, como si fuera la directora de la escuela. Me parece fantástico que pudiéramos ser tan niños y que no nos importara el hecho de que, seguramente, la estábamos ofendiendo. Había entrado en la categoría de los «aborígenes» por no tolerar la amistad entre Jackson y Paul. Sin embargo, sabíamos muy bien que en toda la Colonia no había un solo blanco que no viera aquello con malos ojos, y en nuestra actitud como políticos éramos capaces de una infinita paciencia y comprensión para explicar a cualquier blanco la razón por la que el racismo era inhumano.

Me acuerdo de otra cosa: Ted y Stanley Lett discutiendo acerca de la señora Lattimer. Ted le decía que el señor Lattimer empezaba a mostrarse celoso y con razón. Stanley, de buen humor, se lo tomaba a broma: el señor Lattimer trataba con desprecio a su esposa, decía, y por lo tanto se merecía aquello. Pero, en realidad, la broma estaba dirigida a Ted, pues era él quien sentía celos, y de Stanley. A éste no le importaba que Ted se mostrara herido; ¿por qué había de importarle? Cuando alguien presiente que van detrás de él en un sentido para conseguir algo en otro sentido, lo resiente siempre. Siempre. Claro está, Ted comenzaba persiguiendo a la «mariposa debajo de la piedra», y lograba controlar a la perfección sus sentimientos románticos. Pero éstos existían, por lo cual él merecía momentos como aquél, repetidos una y mil veces: Stanley le dirigía la sonrisa dura de quien sabe más de lo que el otro cree, con los ojos empequeñecidos y como diciéndole: «¡Bah, amigo! Ya sabes que esto no es lo mío». Y, no obstante, Ted le estaba ofreciendo un libro, una velada musical o algo por el estilo. Stanley había acabado por manifestar un franco desprecio hacia Ted, el cual, en lugar de mandarlo al cuerno, se mostraba tolerante. Ted era una de las personas más escrupulosas que he conocido, a pesar de lo cual iba a «organizar expediciones» con Stanley para conseguir cerveza o comida rateada en algún sitio. Después, nos explicaba que sólo había ido para tener una oportunidad de explicar a Stanley que aquélla no era manera de vivir, «como un día comprenderá». Pero luego nos lanzaba una mirada rápida, avergonzado, y volvía la cara con aquella sonrisa nueva de amargura y odio hacia sí mismo.

Además, teníamos el asunto del hijo de George. Todo el grupo estaba enterado de ello, no obstante ser George, por temperamento, un hombre discreto. Estoy segura de que durante el año en que tan atormentado se mostró por ese asunto, no se lo mencionó a nadie, como tampoco lo hicimos Willi ni yo. Pero todos lo sabíamos. Imagino que en una noche de semiborrachera, George debió de hacer alguna alusión creyendo que sería ininteligible. No tardamos en bromear sobre ello en el mismo tono en que lo hacíamos, desesperadamente, cuando nos referíamos a la situación política del país. Me acuerdo de que una noche George nos hizo morir de risa imaginándose cómo alguna vez su hijo acudiría a su casa para pedir trabajo como sirviente. Él, George, no le reconocería. Pero un lazo místico, o lo que fuera, le atraería hacia el pobre niño, al que daría un trabajo en la cocina. La natural sensibilidad y la innata inteligencia del muchacho, heredadas de él, naturalmente, atraerían las simpatías de toda la casa, de forma que muy pronto se ocuparía en recoger del suelo los naipes que los cuatro ancianos dejaban caer, y sería un amigo tierno y generoso para los tres niños de la casa, o sea sus hermanastros. Por ejemplo, nadie le superaría recogiendo pelotas en la pista de tenis. Por fin, su paciencia de siervo se vería recompensada, pues de pronto un día se haría la luz en la mente de George, en el instante en que el niño le pasara un par de zapatos, «muy bien cepillados, naturalmente». «Baas, ¿queda algo por hacer?» «¡Hijo mío!» «¡Padre! ¡Por fin!» Etc., etc.

Aquella noche vimos a George solo bajo los árboles, con la cabeza entre las manos, inmóvil. Era una sombra grave y abatida entre las sombras móviles de las relucientes hojas puntiagudas. Fuimos a sentarnos con él, pero nadie sabía qué decir.

En aquel último fin de semana iba a celebrarse otro gran baile. Llegamos en coche y en tren a diversas horas del viernes, y nos encontramos todos en el salón. Cuando Willi y yo llegamos, Johnnie ya estaba sentado frente al piano con la rubia de mejillas coloradas junto a él. Stanley bailaba con la señora Lattimer, y George conversaba con Maryrose. Willi fue directamente hacia donde se encontraban estos últimos y desalojó a George. Por su parte, Paul vino a recabar mi compañía. Nuestra relación seguía siendo la misma: tierna, medio burlona y llena de esperanzas. Pero cualquiera que nos observara desde fuera podría haber creído, y probablemente lo creyera, que unos lazos sentimentales unían a Willi y a Maryrose, a Paul y a mí..., aunque en otros momentos podía parecer que existían entre George y yo, y entre Paul y Maryrose. Claro que la razón potenciadora de estas relaciones adolescentes y románticas estribaba en la relación entre Willi y yo, la cual era, como ya he dicho, casi asexual. Cuando en el centro de un grupo hay una pareja con una relación plenamente sexual, ésta tiene un efecto catalizador para los demás, y a menudo llega a destruir el grupo completamente. Desde aquella época he tenido ocasión de observar muchos grupos, políticos o no, y en todos los casos he podido hacerme una idea de la relación existente entre la pareja central (pues siempre hay una pareja central) a partir de las relaciones entre las demás parejas que la rodean.

Aquel viernes surgieron dificultades al cabo de una hora de haber llegado nosotros. June Boothby acudió al salón para preguntarnos a Paul y a mí si podíamos ir a la cocina del hotel y ayudarle a preparar la comida de aquella noche, porque Jackson estaba ocupado con los preparativos para la fiesta del día siguiente. June ya había formalizado sus relaciones con aquel mozo con quien había estado saliendo últimamente, y en consecuencia se encontraba liberada ya de aquel estado de trance. Paul y yo fuimos con ella. Jackson estaba haciendo una mezcla de fruta y nata para el pastel helado, y Paul trabó en seguida conversación con él. Hablaron de Inglaterra, un lugar tan remoto y mágico para Jackson, que se hubiera pasado horas enteras escuchando cualquier nimiedad acerca de ese país…: de la red del metropolitano, por ejemplo, o de los autobuses o del Parlamento. June y yo preparábamos las ensaladas para la cena del hotel. Tenía prisa por salir con su novio, quien no tardaría en llegar. La señora Boothby entró, miró a Paul y Jackson, y dijo:

—Creí haberos dicho ya que no os quería ver en la cocina.

—Por favor, mamá —intervino June con impaciencia—. Fui yo que les pedí que vinieran… ¿Por qué no coges a otro cocinero? Hay demasiado trabajo para Jackson solo.

—Jackson ha hecho este trabajo durante quince años y nunca se han organizado líos.

—Pero, mamá, ¡si no hay ningún lío! Es que, desde que empezó la guerra, con todos esos chicos de la aviación siempre aquí, hay más trabajo. No me importa ayudar, ni tampoco a Paul y Anna.

—Tú haz lo que yo te diga —le ordenó la madre.

—¡Por favor, mamá! —exclamó June, enfadada, pero sin perder el buen humor.

Me hizo una mueca queriendo decir: «No le hagas caso». La señora Boothby lo vio y le dijo:

—Te estás pasando de la raya, June. ¿Desde cuándo te pones a dar órdenes en la cocina?

June perdió la paciencia y salió, sin más, de la cocina.

La señora Boothby, respirando dificultosamente, con aquella cara tan poco atractiva y colorada, más colorada que nunca, miró desorientada a Paul. Si él hubiera hecho alguna observación amable, si hubiera dicho algo para aplacarla, ella se hubiera fundido y se habría mostrado simpática en un instante. Pero Paul se comportó como las otras veces: me hizo una señal con la cabeza, indicándome que saliera con él, y con calma abandonó la cocina por la puerta de atrás, diciéndole a Jackson:

—Nos vemos después. Cuando hayas terminado, si es que terminas.

Yo me dirigí a la señora Boothby, intentando aplacarla:

—No hubiéramos entrado si June no nos lo hubiera pedido.

Pero el que fuera yo quien se excusara no le interesaba lo más mínimo, y no replicó. Así, pues, volví al salón y bailé con Paul.

Durante toda aquella época habíamos dicho en broma que la señora Boothby estaba enamorada de Paul. Tal vez sí, un poco. Pero era una mujer muy simple y trabajaba muy duramente, pues desde que empezara la guerra el hotel se había convertido, de un lugar de paso para viajeros, en una estación de reposo adonde la gente se trasladaba los fines de semana. Aquel brusco cambio no debió de resultar fácil para ella. Además estaba June, quien de una adolescente malhumorada se había transformado en una joven con perspectivas para el futuro. Ahora me parece que en el fondo del estado de infelicidad de la madre debía de removerse en aquellos días la cuestión de la boda de June. La hija era con toda evidencia la única fuente emocional de la madre. En efecto, el señor Boothby estaba siempre detrás del bar, y era uno de esos bebedores con los que es muy difícil convivir. Los hombres que cogen grandes borracheras no son nada en comparación con los que «aguantan la bebida muy bien», los que beben una gran cantidad de alcohol a diario, cada semana, año tras año. Estos bebedores sostenidos son un caso difícil para sus esposas. La señora Boothby sabía que perdería a June, pues ésta se marcharía con su marido a vivir a cuatrocientos kilómetros de allí. No es que la distancia fuese desmesurada; en la Colonia aquello no representaba nada; pero la hija se le escaparía. Además, es posible que el desasosiego de la guerra le hubiera afectado. Una mujer como ella, que debía de llevar años resignada a que nadie la considerase una mujer, había visto durante semanas a la señora Lattimer, de edad idéntica a la suya, cortejada por Stanley Lett. Tal vez soñaba secretamente con Paul; no lo sé. Pero en retrospectiva veo a la señora Boothby como una figura solitaria y trágica. Entonces no la veía de este modo, sino que la consideraba como una «aborigen» estúpida. ¡Dios mío, es tan doloroso pensar en la gente con la que una se ha comportado de modo cruel! ¡Y se necesitaba tan poco para hacerla feliz! Sólo con invitarla de vez en cuando a una bebida o con darle conversación lo hubiésemos logrado. Pero estábamos demasiado encerrados en nuestro grupito, hacíamos bromas estúpidas y nos reíamos de ella. Me acuerdo de la cara que puso cuando Paul y yo salimos de la cocina. Tenía los ojos clavados en Paul, con la mirada dolida, atónita, impregnada de frenética incomprensión. Y también recuerdo el tono brusco y airado de su voz, diciéndole a Jackson:

—Te estás volviendo muy descarado, Jackson. ¿Por qué te pones tan descarado?

La norma era que Jackson tuviera libres dos horas, de tres a cinco; pero como buen siervo feudal que era, cuando había mucho trabajo renunciaba a este derecho. Aquella tarde no le vimos salir de la cocina hasta las cinco, y se dirigió lentamente hacia su casa. Paul dijo:

—Anna, querida, no te querría tanto si no quisiera más a Jackson. Además, ahora ya es una cuestión de principios...

Y me dejó para irse con Jackson. Los dos se quedaron hablando junto a la valla, mientras la señora Boothby les observaba desde la ventana de la cocina. George acudió a mi lado al irse Paul, miró a Jackson y dijo:

—El padre de mi hijo.

—¡Báh, cállate! —comenté yo—. No consigues nada con ello.

—¿Te das cuenta, Anna, de la comedia que es todo? ¿Que no puedo entregarle ni dinero a ese hijo mío? No sé si comprendes lo retorcido que es todo esto. Jackson gana cinco libras al mes... Claro que, con la responsabilidad de los niños, y a mi edad, cinco libras al mes es mucho dinero. Pero si le pasara cinco libras a Marie para que le comprara ropa, simplemente eso, tal cantidad sería para ellos tan exorbitante... Según me dijo ella, la comida de toda la familia Jackson cuesta diez chelines a la semana. ¿Sabes? Se alimentan de calabaza, de papillas y de las sobras de la cocina.

—¿Jackson no sospecha nada?

—Marie cree que no. Se lo pregunté. ¿Sabes qué dijo? «Se porta muy bien conmigo. Y es muy cariñoso conmigo y con los niños...» ¿Sabes Anna? Cuando lo dijo me sentí más miserable que nunca.

—¿Todavía te vas a la cama con ella?

—Sí. Mirá, Anna, yo la quiero, la quiero tanto que...

Al cabo de un rato vimos a la señora Boothby salir de la cocina y encaminarse hacia donde estaban Paul y Jackson. El cocinero entró en su barraca, mientras la señora Boothby, lívida de ira solitaria, se fue a su casa. Paul se nos acercó y nos contó que ella le había dicho a Jackson:

—El tiempo libre que te concedo no es para que lo pases hablando descaradamente con blancos que deberían tener más conocimiento.

Paul estaba demasiado enojado para hablar con ligereza. Me dijo:

—Dios mío, Anna, Dios mío. ¡Dios mío! —Luego, empezando a recobrar la calma, me sacó a bailar de nuevo y añadió—: Lo que a mí me interesa de verdad es que haya gente como tú, por ejemplo, que cree sinceramente que se puede cambiar el mundo.

Pasamos la noche bailando y bebiendo. Nos fuimos todos a la cama muy tarde. Willi y yo nos acostamos poniéndonos mala cara mutuamente. Él estaba enfadado porque George le había estado contando de nuevo todos sus líos, y estaba harto de él. Me dijo:

—Parece que tú y Paul os lleváis muy bien.

Aquello podía haberlo dicho en cualquier otra ocasión durante los seis meses pasados. Yo repliqué:

—Lo mismo que tú y Maryrose.

Nos habíamos metido ya en nuestras respectivas camas separadas, a uno y otro lado de la habitación. Willi leía un libro acerca del desarrollo del socialismo alemán en sus principios. Estaba sentado en la cama, con toda su inteligencia concentrada detrás de sus relucientes gafas, tratando de decidir si valía la pena entablar una discusión. Me parece que decidió que lo único que sacaríamos en limpio sería otra de nuestras acostumbradas disputas sobre George...: «sensiblería lloriqueante» *versus* «burocracia dogmática». O tal vez —pues era un hombre muy ignorante acerca de sus motivos— se creía resentido por mi relación con Paul. Y quizá sí lo estaba. La cuestión es que, obligada por la situación, lo único que se me ocurrió decir fue:

—Maryrose.

Si me obligaran a hablar ahora, diría que, en el fondo, todas las mujeres creen que si sus hombres no las satisfacen, tienen todo el derecho a irse con otros. Ésta es su idea básica y más poderosa, al margen de que más tarde se ablanden o no, bien sea por piedad o por conveniencia. Pero Willi y yo no estábamos unidos por el sexo. Y por lo tanto... Escribo esto y me doy cuenta de lo fuertes que debían de ser los elementos de discusión entre ambos para que, incluso ahora, por instinto y por mera costumbre, reflexione sobre ello en términos de quién tenía razón.

Aquella noche no discutimos. Al cabo de un momento empezó su solitario tarareo:

—¡Oh! El *tiburón* tiene malvados *dientes*, querido...

Mientras, se dispuso a leer el libro, y yo me dormí.

Al día siguiente, el mal humor imperaba en todo el hotel. June Boothby había ido a un baile con su novio y no había vuelto hasta la madrugada. El señor Boothby le gritó a su hija cuando apareció, y la señora Boothby se echó a llorar. La riña con Jackson había causado malestar en todo el personal. Los camareros se mostraron hoscos con nosotros durante el almuerzo. Jackson, siguiendo el horario establecido al pie de la letra, se marchó a las tres dejando a la señora Boothby sola, preparando la comida para el baile de aquella noche. June se negó a ayudar a su madre por la manera como le había hablado el día anterior. Y nosotros también nos negamos a ayudar. Oímos a June que gritaba:

—Si no fueras tan avara, ya habrías contratado a otro ayudante y no te harías la mártir por querer ahorrar cinco libras al mes.

La señora Boothby tenía los ojos enrojecidos, y su rostro mostraba de nuevo la expresión de quien está sometido a un tumulto frenético de emociones. Iba detrás de June, protestando. No es que fuera avara, pues cinco libras no significaban nada para los Boothby. Imagino que si no tenían otro cocinero era porque a ella no le importaba trabajar el doble, y no comprendía cómo podía importarle a Jackson.

Se marchó a su casa para descansar en la cama. Stanley Lett estaba en la terraza con la señora Lattimer. El té lo acostumbraba a servir, a las cuatro, un camarero; pero la señora Lattimer tenía dolor de cabeza y pidió un café. Supongo que había estado discutiendo con su marido, aunque entonces contábamos hasta tal punto con su tolerancia, que no se nos ocurrió hasta después. Stanley Lett fue a la cocina para pedirle al camarero que hiciera café, pero el café estaba encerrado en un armario y las llaves las tenía Jackson, como criado fiel de la casa. Stanley Lett se fue a la barraca de Jackson para buscar las llaves. No creo que se le ocurriera considerar aquello poco oportuno, dadas las circunstancias, pues para él sólo se trataba de «organizar» provisiones, como solía decir. Jackson, que tenía simpatía por Stanley porque asociaba a los hombres de la RAF con un tratamiento humano, salió de su barraca para abrir el armario y hacerle café a la señora Lattimer. Pero la señora Boothby debió de verlo todo desde las ventanas de su dormitorio, pues acudió a decirle a Jackson que si volvía a hacer algo semejante, sería despedido. Stanley trató de aplacarla, sin el menor resultado. Parecía como poseída, y el marido tuvo que llevársela para acostarla otra vez.

George se nos acercó, a Willi y a mí, diciendo:

—¿Os dais cuenta de lo que significaría si despidieran a Jackson? Toda la familia se hundiría.

—Quieres decir que tú te hundirías… —replicó Willi.

—No, estúpido, por una vez estoy pensando en ellos. Ésta es su casa. Jackson no podría encontrar otro sitio donde vivir con su familia. Tendría que buscarse un trabajo en cualquier parte, y su familia tendría que marcharse a Niasalandia.

—Probablemente —admitió Willi—. Se encontrarían en la misma situación que los otros africanos, en lugar de formar parte de una minoría del uno por ciento…, si llega.

El bar no tardó en abrirse, y George se marchó a buscar una bebida. Iba con Jimmy. Parece que me he olvidado de lo más importante de todo, es decir, de que Jimmy ofendió de mala manera a la señora Boothby. Había ocurrido el fin de semana anterior, cuando Jimmy, en presencia de la señora Boothby, rodeó a Paul con el brazo y le besó. Estaba borracho. La señora Boothby, que era una mujer muy sencilla, se escandalizó terriblemente. Yo traté de explicarle que las convenciones o los presupuestos de la Colonia sobre la virilidad no eran los mismos que en Inglaterra. Pero ella ya no pudo volver a ver a Jimmy sin repugnancia. No le había importado en absoluto que estuviera siempre borracho, que apareciera sin afeitar, que tuviera un aspecto francamente desagradable con aquellas dos heridas a medio cicatrizar o que se tumbara por allí con el cuello del uniforme desabrochado. Todo esto estaba bien; sí, le parecía bien que los hombres de verdad bebieran, que no se afeitaran y que no se preocuparan de su aspecto. Incluso había llegado a mostrarse bastante maternal y tierna con él. Pero la palabra «homosexual» le había sacado de quicio.

—Supongo que es lo que llaman un homosexual —dijo, pronunciando la palabra como si estuviera envenenada.

Jimmy y George se emborracharon en el bar, y a la hora de empezar el baile se mostraban sensibleros y cariñosos. La sala estaba llena de gente cuando entraron ellos. Se pusieron a bailar juntos, George haciendo una parodia, pero Jimmy con una expresión de felicidad infantil en el rostro. Dieron sólo una vuelta por la sala…, pero fue suficiente. La señora Boothby ya había aparecido, embutida en un traje de raso negro como una foca, con la cara roja de angustia. Se dirigió hacia la pareja y les ordenó que se fueran a otra parte a comportarse de aquella repugnante manera. Nadie más había notado el incidente. George le dijo que no fuera tan regañona y se puso a bailar con June Boothby. Jimmy se quedó con la boca abierta, sin saber qué hacer, como el niño pequeño a quien le han dado una bofetada y no sabe por qué. Luego salió, solo, a la oscuridad.

Paul y yo bailamos juntos, lo mismo que Willi y Maryrose. Stanley y la señora Lattimer hacían lo propio, mientras el señor Lattimer permanecía en el bar, y George salía periódicamente para hacer una visita al remolque.

Hacíamos más ruido y más bromas de lo acostumbrado. Me parece que todos nos dábamos cuenta de que era nuestro último fin de semana, aunque nadie hubiera decidido que no fuéramos a volver, del mismo modo que fuimos la primera vez sin tomar ninguna decisión formal. Flotaba en el aire un sentimiento de pérdida irremediable, al que contribuía el hecho de que tanto Jimmy como Paul estaban pendientes de ser enviados pronto a su destino.

Era casi medianoche cuando Paul observó que hacía mucho rato que Jimmy había desaparecido. Buscamos por entre el gentío de la sala, pero nadie le había visto. Paul y yo salimos a buscarle, y en la puerta nos encontramos con George. La noche era húmeda y estaba nublado. En aquella parte del país solía producirse una interrupción de dos o tres días en el buen tiempo constante que se consideraba lo normal, y durante dicho interludio caía una lluvia muy fina o soplaba una niebla suave, parecida a las brumas de Irlanda. Esto último era lo que ocurría en aquella ocasión. Diversos grupos y parejas tomaban el fresco, pero estaba demasiado oscuro para verles las caras, por lo que vagamos por entre ellos tratando de descubrir a Jimmy por su silueta. El bar ya estaba cerrado y él no se encontraba ni en la terraza del hotel ni en el comedor. Empezamos a preocuparnos, pues más de una vez habíamos tenido que sacarlo de algún macizo de flores o de debajo de los eucaliptos, completamente borracho. Buscamos en los dormitorios. Buscamos con cuidado en los jardines, tropezando contra los matorrales y las plantas, sin encontrarle. Estábamos parados detrás del edificio principal del hotel, tratando de decidir dónde más buscarle, cuando se encendieron las luces de la cocina, a unos seis pasos enfrente de nosotros. Jackson entró en la cocina despacio, solo. No sabía que alguien le estaba mirando. Nunca le había visto más que en guardia y cortés; en cambio, en aquel momento, estaba enojado y mostraba preocupación. Recuerdo que le miré la cara y pensé que era como si nunca le hubiera visto antes. Tenía el rostro alterado y miraba algo que había en el suelo. Nos adelantamos un poco para ver, y allí estaba Jimmy tumbado, dormido o borracho, en el suelo de la cocina. Jackson se agachó para alzarle y, al hacerlo, detrás apareció la señora Boothby. Jimmy se despertó, vio a Jackson y levantó los brazos como un niño recién despierto, rodeando con ellos el cuello del cocinero. El negro dijo:

—Baas Jimmy, Baas Jimmy, debería acostarse. No puede quedarse aquí.

Y Jimmy replicó:

—Tú me quieres, Jackson. ¿Verdad que me quieres? Ninguno de los otros me quiere, pero tú sí.

La señora Boothby estaba tan escandalizada que se apoyó contra la pared, con la cara de color gris. Para entonces ya estábamos los tres en la cocina, tratando de levantar a Jimmy y de desengancharle del cuello de Jackson.

La señora Boothby dijo:

—Jackson, mañana te vas.

—Señora, ¿qué he hecho?

La señora Boothby gritó, fuera de sí:

—Sal. Vete. Llévate a tu puerca familia. No quiero veros nunca más. Mañana mismo o llamo a la policía.

Jackson nos miraba arrugando y desarrugando las cejas, como si un dolor de desconcierto le crispara intermitentemente la piel de la cara. Por lo demás, no tenía ni la menor idea de por qué la señora Boothby estaba tan enojada.

Dijo, despacio:

—Señora, he trabajado con usted quince años...

Entonces intervino George:

—Yo hablaré con ella, Jackson.

George nunca había dirigido la palabra a Jackson. Se sentía demasiado culpable en su presencia.

Al oír aquello, Jackson volvió los ojos despacio hacia George y parpadeó lentamente, como alguien a quien le acaban de dar un puñetazo. George estaba inmóvil, esperando. Entonces Jackson inquirió:

—¿Usted no quiere que nos marchemos, Baas?

No sé el verdadero significado de tales palabras. Quizá Jackson había sabido lo de su mujer durante todo el tiempo; esto al menos era lo que pareció en aquel momento. George cerró los ojos un instante, luego tartamudeó algo que sonó ridículo, como si fuera un idiota tratando de hablar, y por fin salió de la cocina tropezando con todo.

Medio alzamos, medio empujamos a Jimmy para sacarle de la cocina, y dijimos:

—Buenas noches, Jackson. Gracias por tratar de ayudar a Baas Jimmy.

Pero él no respondió.

Paul y yo metimos a Jimmy en la cama. Luego, cuando descendíamos de los dormitorios en las tinieblas y bajo la llovizna, oímos a George hablando con Willi unos pasos más allá. Willi decía:

—Ya, claro... Naturalmente... Es muy probable...

Y George se iba desatando con creciente incoherencia.

Paul me habló, en voz baja:

—Por Dios, Anna. Vamos, ven.

—No puedo —objeté.

—Cualquier día desapareceré del país. Puede que no volvamos a vernos.

—Ya sabes que no puedo.

Se marchó sin replicar hacia la oscuridad, y yo iba a seguirle cuando se acercó Willi. Nos encontrábamos cerca de nuestra habitación, por lo que entramos en ella. Willi dijo:

—Es lo mejor que podía suceder. Jackson se irá con su familia, y George recobrará el juicio.

—Eso significa, casi seguro, que la familia tendrá que separarse. Jackson no volverá a tener con él a los suyos.

—Muy típico en ti —replicó Willi—. Jackson ha tenido la suerte de vivir con su familia, cosa que no pueden hacer todos, y ahora va a ser como los otros. Eso es todo. ¿Has llorado mucho por los otros que no pueden vivir con sus familias?

—No, pero he dado mi apoyo a reformas políticas encaminadas a terminar de una vez con eso.

—Eso es. Y con toda la razón.

—Pero a Jackson y a su familia les conozco personalmente. Muchas veces no puedo creer que digas estas cosas en serio.

—Es natural que no puedas. Los sentimentales no pueden creer más que en sus emociones.

—Además, nada va a cambiar para George. Porque la tragedia de George no es Marie, sino George. Cuando ella se vaya, aparecerá otra.

—Puede que le haya servido de lección —arguyó Willi, poniendo una cara desagradable al decirlo.

Dejé a Willi en el dormitorio y yo me fui a la terraza. La neblina se había levantado algo y una luz vaga y fría venía del cielo medio oscuro. Paul estaba a unos pasos, mirándome. Súbitamente, se alzó en mi interior toda mi exasperación, ira y desolación, como una bomba que estallara, y lo único que me importó fue estar con Paul. Corrí hacia él, me cogió de la mano y, sin decir una palabra, nos pusimos a correr. No sabíamos hacia dónde corríamos ni por qué. Corrimos por la carretera principal hacia el Este, resbalando y tropezando en el asfalto lleno de charcos, hasta que nos desviamos por un camino cubierto de hierba que iba hacia alguna parte, aunque no sabíamos a dónde. Corrimos por él, atravesando charcos arenosos que no podíamos ver, pues había vuelto a bajar la neblina. Los árboles, húmedos y oscuros, aparecían como fantasmas en los márgenes. No parábamos de correr. Cuando ya no podíamos más, dejamos el camino y nos metimos por el *veld*. Estaba cubierto por una vegetación rasa y frondosa, que no veíamos. Corrimos unos pasos más y nos desplomamos, uno junto al otro, abrazados, sobre las hojas húmedas. La lluvia caía lentamente, mientras cruzaban el cielo rápidas nubes oscuras y bajas, de entre las cuales surgió la luna, reluciente, para desaparecer en seguida luchando con las tinieblas, dejándonos sumidos de nuevo en la oscuridad. Empezamos a temblar con tanta fuerza que nos echamos a reír. El frío hacía castañetear nuestros dientes. Yo llevaba un vestido de seda, muy fino, para ir a bailar. Nada más. Paul se despojó de la guerrera y me la puso por encima, tras lo cual volvimos a echarnos sobre la hierba. Nuestra carne, muy junta, estaba caliente, pero todo lo demás estaba mojado y frío. Paul, sin perder su aplomo ni en aquella ocasión, dijo:

—Es la primera vez que lo hago, Anna, querida. ¿No crees que tengo mucho ojo por haber escogido a una mujer de experiencia como tú?

Eso me volvió a hacer reír. Ninguno de los dos se lució mucho; éramos demasiado felices. Unas horas más tarde apareció la luz sobre nuestras cabezas y se dejó oír el distante sonido del piano de Johnnie, en el hotel. Al mirar hacia arriba vimos que las nubes habían desaparecido, reemplazadas por las estrellas. Nos levantamos y, recordando de dónde habíamos oído llegar el sonido del piano, caminamos hacia esa dirección pensando que nos llevaría al hotel. Marchamos, tropezando con las matas y la hierba, cogidos de la mano y con las lágrimas y el rocío chorreándonos por la cara. No dábamos con el hotel: el viento debía de haber desviado el sonido del piano. Trepamos y escalamos, a oscuras, hasta que por fin nos encontramos en la cima de un pequeño *kopje*. A nuestro alrededor había kilómetros de oscuridad y silencio, bajo el resplandor gris de las estrellas. Nos sentamos juntos sobre el húmedo borde de granito, abrazados y esperando que se hiciera de día. Estábamos tan mojados, teníamos tanto frío y nos sentíamos tan cansados, que no hablamos. Nos quedamos con las frías mejillas juntas, esperando.

Jamás en mi vida me he sentido feliz con tanta desesperación, ardor y sufrimiento como entonces. Era tan intenso, que no podía creérmelo. Recuerdo que me decía a mí misma:

—Ser feliz es esto, esto…

Y al mismo tiempo me horrorizaba que semejante felicidad hubiera surgido de todo aquello tan feo y mísero. Durante todo el rato, las lágrimas, unas lágrimas que ardían, corrieron por nuestras mejillas, apretadas una contra la otra.

Mucho después se alzó frente a nosotros un resplandor rojo que surgía de la oscuridad, y el paisaje se perfiló, en silencio, gris, con delicadeza. El hotel, casi desconocido desde aquella altura, apareció a un kilómetro de distancia y donde menos lo esperábamos. Estaba a oscuras, no se veía encendida ninguna luz. Y entonces pudimos darnos cuenta de que la roca donde nos encontrábamos se hallaba en la boca de una cueva pequeña, cuya pared trasera aparecía cubierta de pinturas bosquimanas, frescas y luminosas incluso en aquella casi penumbra, pero muy desportilladas. Toda aquella parte del país estaba llena de dichas pinturas, aunque la mayoría de ellas en muy mal estado, porque muchos patanes blancos trataban de destrozarlas con piedras, sin tener idea de lo que valían. Paul miró las figuritas de colores que representaban hombres y animales, muy agrietadas y rayadas y dijo:

—Un comentario muy apropiado, Anna, querida. Aunque no sabría decir por qué, en el estado en que me encuentro.

Me besó por última vez, y descendimos despacio por una pequeña ladera cubierta de hierba y hojas mojadas. Mi vestido de seda se había encogido al mojarse y me llegaba por encima de las rodillas, lo cual nos hizo mucha gracia porque sólo me permitía dar unos pasitos. Caminamos muy lentamente por un sendero que llevaba al hotel, y luego subimos al edificio donde se encontraban los dormitorios. En la terraza hallamos a la señora Lattimer llorando. A su espalda, la puerta del dormitorio, medio abierta, dejaba ver al señor Lattimer sentado en el suelo. Estaba todavía borracho y decía, metódica y cautelosamente:

—Eres una puta. Una puta fea. Una perra estéril.

Eso ya había ocurrido antes, era obvio. Ella levantó la ruina de su cara hacia nosotros, apartándose su hermoso pelo rojo con las dos manos y mostrando las abundantes lágrimas que se escurrían de su barbilla. El perro yacía a su lado, gimoteando suavemente, con la cabeza en la falda de ella y la roja cola peluda barriendo el suelo como avergonzada. El señor Lattimer no hizo ningún caso de nuestra presencia. Tenía aquellos ojos rojos y feos clavados en su mujer:

—Puta perezosa y estéril. Mujer de la calle. Perra sucia.

Paul se fue y yo entré en el dormitorio. Estaba a oscuras y el aire parecía cargado.

Willi preguntó:

—¿Dónde has estado?

—Ya lo sabes —respondí.

—Ven aquí.

Me acerqué a él, me cogió por la muñeca y me hizo caer a su lado. Recuerdo haber estado tumbada a su lado, odiándole y preguntándome por qué la única vez que me había hecho el amor con ganas fue cuando supo que yo acababa de hacerlo con otro.

Con aquel incidente acabaron las relaciones entre Willi y yo. Nunca nos lo perdonamos. No volvimos a mencionarlo, pero siempre estaba presente. Y es así como un vínculo asexual acabó con el acto sexual.

El día siguiente era domingo, y antes del almuerzo nos reunimos debajo de los árboles, junto a la vía del ferrocarril. George había estado allí solo. Parecía más viejo, triste y acabado. Jackson se llevó a su mujer y a los niños, desapareciendo en la noche; marcharon caminando hacia Niasalandia. La casita o la cabaña que tan llena de vida nos había parecido estaba ahora vacía y como si, en una noche, se hubiera hecho inhabitable. Daba la impresión de haber sido destruida, solitaria como se encontraba detrás de los árboles *paw-paw*. Pero Jackson, en su partida apresurada, había dejado las gallinas: la mayoría, gallinas de Guinea, algunas ponedoras rojas, un grupito de aquellas aves que parecen de alambre, llamadas aves de *kafir*, y un hermoso gallo de relucientes plumas marrones y negras, con una cola negra radiante a la luz del sol y que escarbaba la tierra sucia con las garras blancas y todavía tiernas, cacareando con estrépito.

—Ése soy yo —me dijo George mirando el gallo y con el tono de voz de quien necesita bromear para no enloquecer.

De vuelta al hotel, a la hora del almuerzo, la señora Boothby entró a disculparse con Jimmy. Se la veía apresurada y nerviosa, tenía los ojos enrojecidos, y aunque no lograba mirarle sin mostrar disgusto, se le notaba que era sincera. Jimmy aceptó las disculpas con ávida gratitud. No se acordaba de lo que había ocurrido la noche anterior y no se lo dijimos. Creyó que ella pedía disculpas por el incidente con George en el baile.

Paul preguntó:

—¿Y qué hay de Jackson?

Ella repuso:

—Se ha marchado, y con viento fresco.

Lo dijo con una voz pesada y desigual, que tenía un timbre de incredulidad y asombro. Era obvio que se preguntaba qué diablos había pasado para que ella despidiera con tanta ligereza a un fiel sirviente de la familia desde hacía quince años. Tras una pausa añadió:

—Hay muchos que estarán encantados de poder reemplazarle.

Decidimos irnos aquella tarde y no volvimos más. Unos días después, Paul se mató y Jimmy se fue a pilotar bombarderos sobre Alemania. Ted no tardó en hacer que le suspendieran en las pruebas de piloto y Stanley Lett le dijo que era un necio. Johnnie, el pianista, continuó tocando en fiestas y siendo nuestro amigo, mudo, interesado y un tanto al margen.

George, con la ayuda de los comisionados indígenas, logró localizar a Jackson. Se había llevado a la familia a Niasalandia, dejándola allí y empleándose él como cocinero en una casa particular de la ciudad. A veces, George enviaba dinero a la familia, con la esperanza de que creyeran que provenía de los Boothby, quienes, según decía él, tal vez sentían remordimientos. Pero ¿a santo de qué? Para ellos no había pasado nada de lo que tuvieran que avergonzarse.

Y así fue el final de todo.

Esto constituye el material de donde saqué *Las fronteras de la guerra*. Claro que las dos «historias» no tienen nada en común. Me acuerdo muy claramente del momento en que decidí que iba a escribir el libro. Estaba de pie, en la escalera del edificio que albergaba los dormitorios del hotel Mashopi, a la luz de una luna fría y dura. Más abajo, cerca de los eucaliptos, un tren de mercancías permanecía parado, silbando y despidiendo nubes de vapor blanco. Cerca del tren estaba aparcado el camión de George, con su remolque como una caja pintada de marrón y construida de un material que la hacía parecer un embalaje bastante frágil. En aquel momento George estaba en el interior con Marie, a quien yo acababa de ver arrastrarse y encaramarse dentro. Los macizos de flores, mojados y frescos, despedían un acusado olor. Del salón de baile llegaba el ritmo del piano de Johnnie. Detrás de mí se oían las voces de Paul y Jimmy hablando con Willi, y la risa súbita y jovial de Paul. Me invadía una excitación tan peligrosa y agradable que me creía capaz de echar a volar y llegar hasta las estrellas con la fuerza de mi sola embriaguez. Dicha excitación, como ya sabía entonces, provenía de la búsqueda de posibilidades infinitas, de peligro, del latido secreto, feo y aterrador de la propia guerra, de la muerte que todos deseábamos, que deseábamos para los demás y para nosotros mismos.

[Una fecha, unos meses más tarde.]

Hoy he vuelto a leer lo anterior por primera vez desde que lo acabé. Está lleno de nostalgia en cada palabra y cada frase, aunque cuando las escribí creí que eran «objetivas». Pero ¿nostalgia de qué? No lo sé. Porque antes que volver a vivir todo esto desearía morir. Y, además, la «Anna» de aquella época es hoy como un enemigo, como una vieja amiga a quien se ha conocido demasiado íntimamente y no se quiere ver de nuevo.

[El segundo cuaderno, el rojo, había, sido empezado sin ningún indicio de vacilación. En la primera página había escrito «Partido Comunista británico», subrayando con dos líneas, y debajo la fecha, 3 de enero de 1950:]

La semana pasada vino Molly a medianoche para decirme que se había repartido un cuestionario entre los miembros del Partido para preguntarles por su pasado como tales. Dicho cuestionario contenía una sección en la que se pedía dieran detalles de sus «dudas y dificultades» al respecto. Molly dijo que había empezado a contestarlo, suponiendo que bastarían unas cuantas frases, y se encontró escribiendo una «tesis entera… Docenas de páginas horribles». Parecía disgustada consigo misma.

—¿Qué quiero…? ¿Un confesonario? En fin, ya que lo he escrito, lo voy a mandar.

Le dije que estaba loca, y añadí:

—Supongamos que un día el Partido Comunista sube al poder y que ese documento se encuentra en el fichero… Si necesitan pruebas para ahorcarte, ahí las tienen… multiplicadas por mil.

Me dirigió aquella sonrisita suya, algo irritada, característica de cuando digo cosas semejantes. Molly no es una comunista inocente.

—Eres muy cínica —dijo.

—Sabes que es cierto. O que lo podría ser —contesté.

—Si piensas eso, ¿por qué dices que a lo mejor vas a ingresar en el Partido?

—¿Y tú por qué permaneces en él, si también lo piensas?

Volvió a sonreír con ironía, pues la irritación se había desvanecido y movió la cabeza. Se quedó un rato meditabunda, fumando.

—¡Qué curioso es todo! —exclamó por fin—. ¿Verdad, Anna?

Y por la mañana me comunicó:

—He seguido tu consejo; lo he hecho pedazos.

Aquel mismo día tuve una llamada telefónica del camarada John, para decirme que le habían hablado de que yo iba a ingresar en el Partido, y que el «camarada Bill, el que se ocupa de la parte cultural», quería mantener una entrevista conmigo.

—Pero no tienes por qué verle, si no quieres —añadió John apresuradamente—. Sólo desea conocer al primer intelectual que está dispuesto a ingresar en el Partido desde que empezó la guerra fría.

Me atrajo el tono sardónico de estas palabras y dije que vería al camarada Bill, si bien, de hecho, aún no había decidido si entraría o no. Una razón en favor del no era que odio hacerme miembro de cualquier cosa, lo cual me parece despreciable. La segunda razón, o sea, que mi posición ante el comunismo es tal que no podré decir nada de cuanto yo creo cierto a ninguno de los camaradas que conozco, me parecía decisiva. No obstante, el tiempo está demostrando que no lo era, pues a pesar de que he estado meses repitiéndome que no podía entrar en una organización que me parecía deshonesta, me he sorprendido más de una vez a punto de decidirme. Y siempre en momentos similares, en dos tipos de momentos concretos. Uno, cuando he de ir a ver, por cualquier motivo, a escritores, editores y otras personas relacionadas con el mundo literario. Es un mundo tan remilgado, tan de tías solteronas, tan clasista y tan obviamente comercial, que cualquier contacto con él me hace pensar en afiliarme al Partido. El otro momento es cuando veo a Molly a punto de desaparecer apresuradamente para organizar algo, llena de vida y entusiasmo, o cuando subo la escalera y oigo voces en la cocina y entro y veo ese ambiente de amistad, de gente que trabaja para un fin común. Pero esto no basta. Mañana iré a ver al camarada Bill y le diré que, por temperamento, soy «una simpatizante», y que me quedo fuera.

Al día siguiente.

Entrevista en King Street, una madriguera de despachos pequeños detrás de una fachada de cristal reforzada con hierro. Nunca me había fijado en el edificio, pese a que con frecuencia paso por allí. El cristal reforzado me ha producido dos sentimientos. El uno de miedo: el mundo de la violencia; el otro, una sensación protectora, la necesidad de proteger una organización a la que la gente arroja piedras. He subido aquella escalera estrecha embargada por el primer sentimiento: ¿cuánta gente habrá ingresado en el Partido Comunista británico porque en Inglaterra es difícil tener presente la realidad del poder, de la violencia? ¿Significa el P.C. para esa gente el poder concreto y al desnudo que en la misma Inglaterra se camufla? El camarada Bill ha resultado ser un hombre muy joven, judío, con gafas, inteligente y de la clase obrera. Su actitud hacia mí ha sido enérgica y cautelosa; su voz, serena, vigorosa y teñida de desprecio. Me interesó por el hecho de que, ante aquel desprecio que él ni siquiera percibe, siento surgir en mí el conato de una necesidad de disculparme, casi como una necesidad de tartamudear. La entrevista es muy eficaz: a él le han dicho que yo estaba dispuesta a ingresar, y pese a que yo iba a decirle que no, me he encontrado aceptando la situación. Siento (seguramente debido a su actitud de desprecio) que, a fin de cuentas, él tiene razón… «Están efectuando un trabajo, mientras que yo me entretengo con problemas de conciencia…», he pensado. (Aunque, naturalmente, no creo que él tenga razón.) Antes de marcharme, observa, de forma inesperada:

—Dentro de cinco años supongo que escribirá artículos en la prensa capitalista describiéndonos como unos monstruos, como han hecho los demás.

Por «los demás», naturalmente, ha querido decir… los intelectuales. Sus palabras reflejan el mito que prevalece en el Partido de que son los intelectuales quienes entran y salen, cuando lo cierto es que el movimiento de entrada y salida tiene idénticas proporciones en todas las clases y en todos los grupos. Me irrito y, además, me ofendo, lo cual me desarma. Le digo:

—Suerte que ya soy gata vieja. Si fuera una neófita, su actitud me desilusionaría.

Ante estas palabras, él me dirige una mirada larga, serena, astuta, como diciendo: «¡Pues, claro! No hubiese dicho semejante cosa si no hubieras sido gata vieja». Ello me complace: volver a sentirme en el redil, por decirlo así, con derecho a las complejas ironías y complicidades de los iniciados; pero, a la vez, me hace sentir súbitamente exhausta. Había olvidado, claro, después de tanto tiempo fuera del medio, la tensión, la actitud defensiva y sarcástica que impera en los círculos interiores. Sin embargo, en los momentos en que he deseado afiliarme, he tenido bien presente la índole de los círculos interiores. Todos los comunistas que yo conozco, es decir, los dotados de cierta inteligencia, mantienen la misma actitud hacia «el centro» que el Partido: consideran que lo dirige un grupo de burócratas inermes, y que el trabajo de verdad se efectúa a pesar del centro. Por ejemplo, la observación del camarada John cuando le dije por primera vez que tal vez ingresaría, fue:

—Estás loca. Odian y desprecian a los escritores que se inscriben en el Partido. Ellos sólo respetan a los que no entran.

Al decir «ellos», se refería al centro. Claro que era una broma, pero bastante típica. A la salida de la entrevista, en el metro, leo en el periódico de la noche un ataque contra la Unión Soviética. Lo que dicen sobre ella me parece cierto, pero el tono de malicia, ávido, triunfalista, me asquea y me hace sentir muy satisfecha de formar en el Partido. He ido a casa para ver a Molly. No estaba, y he pasado unas horas deprimida, sin comprender por qué me había inscrito. Cuando llega ella se lo comento:

—Lo divertido es que fui a decirles que no entraría y entré…

Molly me ofrece aquella sonrisita de resentida (utilizada sólo en los asuntos de política, nunca para otra cosa; en su carácter no hay ni pizca de resentimiento) y replica:

—Yo también entré a pesar de mí misma.

Nunca había dado a entender algo parecido. Siempre se había mostrado tan leal, que yo he debido de poner cara de sorpresa. Ante mi reacción, Molly añade:

—En fin, ahora que ya estás dentro voy a decírtelo.

Lo que quería contarme es que a uno de fuera no se le puede decir la verdad.

—Había frecuentado durante tanto tiempo varios grupos del Partido —explicó— que…

Pero ni siquiera entonces puede decirme francamente «que sabía demasiadas cosas para desear hacerme miembro». En cambio, sonríe o hace una mueca, y prosigue:

—Empecé a trabajar en aquel asunto de la paz porque creía en ello. Los demás eran miembros. Un día, la zorra de Ellen me preguntó por qué no ingresaba. Le contesté con una broma, lo cual fue una equivocación, pues ella se enojó. Un par de días más tarde me dijo que corría el rumor de que yo era una agente porque no estaba afiliada. Supongo que fue ella quien empezó a propagar el rumor... Lo divertido es que —estaba claro— si yo hubiera sido una agente, me habría hecho miembro... Pero yo estaba tan disgustada que fui y firmé la hoja...

Me ha contado esto fumando, con expresión de desdicha. Luego, tras una larga pausa, concluye:

—Todo muy curioso, ¿verdad?

Y se va a la cama.

5 de febrero de 1950

Es como yo había presentido: las únicas discusiones sobre política en las cuales digo lo que pienso son las que mantengo con personas que fueron miembros del Partido y ya no lo son. Su actitud hacia mí es francamente de tolerancia, como si considerasen una aberración sin gran importancia el hecho de que yo me haya hecho miembro.

19 de agosto de 1951

He almorzado con John por primera vez desde que entré en el Partido. Empecé hablando como lo hago con mis amigos ex miembros, con franco reconocimiento de lo que está sucediendo en la Unión Soviética. John pasó a una defensa automática de la Unión Soviética, muy irritante. Sin embargo, esta noche he cenado con Joyce, del círculo del New Statesman, quien comenzó atacando a la Unión Soviética. Al instante me encontré haciendo el número de la defensa automática de la Unión Soviética, que no puedo soportar cuando lo hacen los demás.

Ella siguió con la suya; yo con la mía. En su opinión, se encontraba ante una comunista, así que empezó con determinados lugares comunes. Yo respondí. Dos veces intenté salir del atasco, empezar a distinto nivel, pero fracasé: el ambiente se erizaba de hostilidad. Después ha venido a verme Michael. Le he contado el incidente con Joyce, observando que, pese a ser una antigua amistad, seguramente no nos volveremos a ver, y que aun cuando no he cambiado mis actitudes mentales acerca de nada, el hecho de haberme afiliado al Partido me convierte, para ella, en la representante de algo hacia lo cual mantiene unas posturas determinadas. La respuesta de Michael ha sido:

—Pues ¿qué querías?

Sus palabras reflejaban al exiliado de la Europa oriental, al antiguo revolucionario endurecido por una experiencia política real que interpretaba, e iban dirigidas a la «inocente en materia de política».

Y yo he replicado según este papel soltando toda clase de sandeces liberales. Fascinantes, nuestros respectivos papeles y el modo en que hemos actuado de acuerdo con ellos.

15 de septiembre de 1951

El caso de Jack Briggs, periodista del *Times*. Lo dejó al comenzar la guerra, cuando todavía no estaba politizado. Durante la contienda trabajó para el servicio de información británico. Durante esta época, bajo la influencia de unos comunistas que conoció, se hizo cada vez más de izquierdas. Después de la guerra rechazó varios puestos muy bien pagados en periódicos conservadores, para trabajar, mal remunerado, en un diario de izquierdas. Mejor dicho, izquierdizante, pues cuando quiso escribir un artículo sobre China, aquel puntal de la izquierda, Rex, le puso en tal aprieto que le obligó a dimitir. Sin indemnización. Entonces, considerado ya como un comunista en el ambiente periodístico, y por lo tanto no empleable, su nombre apareció en el juicio de Hungría como agente británico que había conspirado para derrocar el comunismo. Le conocí por casualidad. Estaba desesperado y deprimido por causa de una campaña de rumores en los ambientes del Partido y de simpatizantes, según los cuales era y había sido «un espía capitalista». Sus amigos le trataban con suspicacia. En una reunión del grupo de los escritores decidimos hablar de ello a Bill, y terminar con aquella campaña repugnante. John y yo vimos a Bill, le dijimos que era obvia la falsedad de que Jack Briggs era un agente, y exigimos que él hiciera algo. Bill, afable y cortés, quedó en hacer «investigaciones» y decirnos algo. Dejamos pasar lo de «las investigaciones», sabiendo que significaba llevar a cabo una discusión con círculos más altos del Partido. Pero Bill no decía nada. Transcurrieron semanas. Es la técnica normal de los funcionarios del Partido: dejar pasar las cosas en los momentos de dificultad. Volvimos a ver a Bill. Muy afable. Dijo que no podía hacer nada. ¿Por qué no?

—En asuntos de esta índole, cuando hay un caso de duda... —nos respondió.

John y yo, enojados, le exigimos que nos dijera si él, Bill, personalmente, creía posible que Jack fuera un espía. Bill vaciló, empezó un largo raciocinio, claramente insincero, acerca de que era posible que cualquiera resultase un agente, «incluso yo». Lo dijo con una sonrisa animada y amistosa en los labios. John y yo salimos deprimidos y enojados con nosotros mismos. Fuimos a ver personalmente a Jack Briggs y nos empeñamos en que los demás hicieran lo mismo. Pero los rumores y las habladurías contra él continuaron. Jack Briggs se encontró sumido en una depresión aguda, además de totalmente aislado, tanto a la derecha como a la izquierda. Para mayor ironía, tres meses después de la riña con Rex acerca del artículo sobre China que éste había tachado de «tendencia comunista», los periódicos respetables empezaron a publicar artículos de esta misma tendencia, razón por la cual Rex, como hombre valiente, opinó que había llegado el momento de publicar un artículo sobre China. Le ofreció escribirlo a Jack Briggs. Jack, en un momento de retraimiento y amargura, se negó.

Esta historia, con variantes más o menos melodramáticas, es la historia del intelectual comunista o casi comunista de esta época en particular.

3 de enero de 1952

Escribo muy poco en este cuaderno. ¿Por qué? Me doy cuenta de que todo lo que hago es criticar al Partido. Sin embargo, todavía permanezco en él. Molly también.

***

Tres amigos de Michael fueron ahorcados ayer en Praga. Se pasó la noche hablándome o, mejor dicho, hablándose. Explicó, primero, por qué era imposible que aquellos hombres hubieran hecho traición al comunismo. Luego explicó, con gran sutileza política, por qué era imposible que el Partido incriminara y ahorcara a inocentes; y que aquellos tres tal vez se habían colocado, sin querer, en posiciones «objetivamente» contrarrevolucionarias. Siguió hablando, hablando y hablando hasta que yo le dije que deberíamos irnos a la cama. Durante toda la noche lloró, soñando. Yo me despertaba sobresaltada y le encontraba gimiendo, mojando con sus lágrimas la almohada. Por la mañana le he dicho que había llorado. Se ha enojado consigo mismo y ha salido a trabajar como si fuera un viejo, con la cara llena de arrugas y gris, despidiéndose de mí con gesto ausente. ¡Estaba tan alejado, tan encerrado en su desdichada autointerrogación! Mientras tanto, he colaborado participando en una petición para los Rosenberg. Imposible conseguir firmas de la gente, a excepción de los del Partido y los simpatizantes. (Aquí no es como en Francia. El ambiente ha cambiado de una manera dramática durante los dos o tres años pasados, volviéndose tenso, suspicaz y cargado de miedo. Se necesitaría muy poco para darle un empujoncito y volcarlo hacia una versión indígena de maccartismo.) Me preguntaban, incluidos los miembros del Partido, y no digamos los intelectuales «respetables», por qué hacía una petición para los Rosenberg y no para los acusados de Praga. Me ha resultado imposible dar una respuesta racional, excepto la de que alguien tenía que organizar una campaña de socorro para los Rosenberg. Y he sentido repugnancia, tanto hacia mí misma como hacia la gente que se negaba a firmar en favor de los Rosenberg; he tenido la impresión de que vivo en un ambiente de asco y suspicacia. Molly, por la noche, se ha puesto a llorar inesperadamente. Estaba sentada en mi cama, charlando sobre lo que había hecho durante el día, y de pronto ha empezado a llorar. De una manera tranquila, sin poder remediarlo. Me recordó a alguien, no podía saber a quién, pero, naturalmente, era a Maryrose. Dejaba que las lágrimas le resbalaran súbitamente por la cara, en el salón de Mashopi, mientras decía:

—¡Creímos que todo iba a ser tan hermoso, y ahora sabemos que no va a serlo!

Molly lloraba de la misma manera. El suelo de mi cuarto estaba cubierto de recortes de prensa sobre los Rosenberg y sobre lo que ocurría en la Europa del Este.

***

Los Rosenberg han sido electrocutados. Me he encontrado mal toda la noche. Esta mañana he despertado preguntándome: ¿por qué reacciono así con lo de los Rosenberg, y sólo me siento impotente y deprimida ante los falsos testimonios en los países comunistas? La respuesta es irónica. Me siento responsable por lo que sucede en el Oeste, pero no por lo que sucede allí, al otro lado. Y, no obstante, soy miembro del Partido. Le he dicho algo de esto a Molly y ella ha contestado, vigorosa y persuasiva (está muy ocupada organizando algo):

—De acuerdo, sí, pero ahora tengo trabajo.

***

Koestler. Dijo algo que se me ha quedado clavado en el cerebro: que todo comunista que, en Occidente, ha permanecido en el Partido a partir de una fecha determinada, lo ha hecho a causa de un mito privado. Algo así. De modo que me pregunto: ¿cuál es mi mito privado? Porque, a pesar de que todas las críticas contra la Unión Soviética son ciertas, debe de haber un grupo de gente en espera de la hora propicia para alterar el proceso, para volver otra vez al socialismo de verdad. Nunca me lo había formulado con tanta claridad. Naturalmente, no hay ningún miembro del Partido al que le pueda decir esto, pero es el tipo de discusión que tengo con ex afiliados. Supongamos que todos los militantes del Partido que yo conozco tienen mitos privados igualmente incomunicables, todos distintos. Se lo he preguntado a Molly, y ha saltado:

—¿Para qué lees al cabrón de Koestler?

Esta observación se halla tan lejos de lo que es su lenguaje normal, político o no, que me ha sorprendido. He tratado de discutir con ella, pero tiene mucho trabajo. Cuando tiene que organizar algo (está trabajando para una gran exposición de arte de la Europa del Este) se extasía demasiado en ello y no le interesa ninguna otra cosa. Es como si interpretase un papel totalmente distinto. Hoy se me ha ocurrido que, cuando hablo con Molly de política, nunca sé qué persona va a responder: la mujer politizada, seca, con experiencia e irónica, o la fanática del Partido que parece, de verdad, completamente chiflada. Y yo misma poseo estas dos personalidades. Por ejemplo, me encontré a Rex, el editor, por la calle. Esto fue la semana pasada. Después de intercambiar los saludos, percibí cómo una expresión maliciosa y crítica le afloraba al rostro y sentí que iba a soltar una broma sobre el Partido. Entonces me di cuenta de que, si lo hacía, yo iba a salir en defensa del Partido. No pude soportar escucharle bromeando maliciosamente ni escucharme diciendo estupideces. De modo que inventé una excusa y me alejé. El problema es que, y de ello una no se da cuenta hasta que no ha ingresado en el Partido, pronto no se ve más que a comunistas o a personas que han sido comunistas y pueden hablar sin esa horrible malicia de los aprendices. Una se va aislando. He aquí la razón por la que saldré del Partido, claro.

***

Veo que ayer escribí que iba a dejar el Partido. Me pregunto cuándo y por qué razón.

***

He cenado con John. Casi nunca nos vemos, pues siempre nos enzarzamos en alguna disputa sobre política. Al final de la cena ha dicho:

—La razón por la que no salimos del Partido es que no podemos soportar la idea de despedirnos de nuestros ideales por un mundo mejor.

Bastante sobado. Y al mismo tiempo interesante, porque ello implica que él cree, y yo debo creer, que el Partido Comunista es el único capaz de mejorar el mundo. No obstante, ninguno de los dos cree en nada parecido. Pero, sobre todo, esta observación me impresionó porque contradecía todo lo que había dicho antes. (Yo había estado defendiendo la opinión de que el asunto de Praga había sido, claramente, una conjura, y él decía que, aun cuando el Partido cometía errores, era incapaz de ser tan deliberadamente cínico.) He llegado a casa pensando en que, cuando me inscribí en el Partido, debía de existir en mí un secreto deseo de totalidad, de terminar con esa forma de vida dividida, fragmentaria e insatisfactoria en que todos estamos sumidos. Sin embargo, al ingresar, la división se había agrandado; y no por aquello de pertenecer a una organización cuyo dogma, sobre el papel, contradice constantemente las ideas de la sociedad en que vivimos, sino por algo más profundo. O, por lo menos, más difícil de comprender. He tratado de pensar en ello, pero mi cerebro permaneció braceando en las tinieblas, y yo me quedé confusa y exhausta. Luego ha venido Michael, muy tarde, y le he dicho lo que estaba tratando de aclarar. Al fin y al cabo él es un brujo, un curador de almas. Me ha mirado, muy seco e irónico, y ha observado:

—Mi querida Anna, el alma humana en una cocina o, si quieres, en una cama doble, es ya muy complicada. No entendemos nada acerca de ella. Y, sin embargo, ¿te preocupa no entender el alma humana en plena revolución mundial?

De modo que lo he dejado, alegrándome de ello, aun cuando me sentía culpable de ser tan feliz por no pensar ya más en el asunto.

***

Fui a Berlín con Michael. Él, en busca de antiguas amistades, dispersadas a causa de la guerra, que se podían encontrar en cualquier parte.

—Muertos, supongo —dijo, con aquella voz nueva que es el resultado de la simple decisión de no sentir y que data del juicio de Praga.

Berlín oriental es un sitio aterrador, desierto, gris, arruinado, sobre todo por su ambiente, por su falta de libertad, que es como un veneno invisible que se esparce por todas partes. El incidente más significativo fue el que sigue: Michael se encontró con unas personas que él conocía de antes de la guerra. Le saludaron con hostilidad. Michael, que había avanzado corriendo para que le vieran, acusó la expresión hostil de sus caras y se replegó, cohibido. Y es que sabían que él había sido amigo de aquellos a quienes acababan de ahorcar en Praga, de tres de ellos, para ser exactos. Eran traidores, lo cual significaba que él también era un traidor. Michael trató de hablar con tranquilidad y cortesía. Ellos parecían un grupo de perros, de animales que se enfrentaban de cara afuera, pero con los flancos muy unidos, ayudándose unos a otros contra el miedo. Jamás había yo experimentado algo parecido al miedo y al odio reflejado en aquellas caras. Una de las personas era una mujer, que, con los ojos encendidos de furia, dijo:

—¿Qué haces, *camarada*, con ese traje tan caro?

Los trajes de Michael son siempre de confección; no se gasta nada en ropa. Él contestó:

—Pero, Irene, ¡si es el traje más barato que pude encontrar en Londres…!

El rostro de ella se cerró de golpe, adoptando una expresión suspicaz y lanzando a sus compañeros una mirada que pareció triunfal.

—¿Por qué vienes esparciendo este veneno capitalista? Ya sabemos que vais con harapos y no hay artículos de consumo.

Michael, de momento, se quedó pasmado; luego replicó, aún con ironía, que incluso Lenin había comprendido que una sociedad comunista recientemente establecida sufriría tal vez la carestía de artículos de consumo. Mientras que Inglaterra, «que como supongo ya sabes, Irene, es una sociedad muy sólidamente capitalista», estaba bien abastecida de artículos de consumo. Ella hizo una especie de mueca de furia o de odio. Después giró sobre sus talones y se alejó, seguida por sus compañeros. Michael no dijo más que:

—Había sido una mujer inteligente.

Más tarde hizo bromas sobre ello, en un tono que parecía cansado y deprimido. Dijo, por ejemplo:

—Imagínate, Anna, que todos aquellos héroes comunistas han muerto para crear una sociedad en la que la camarada Irene puede escupirme porque yo llevo un traje un poco mejor que el de su marido.

***

Hoy ha muerto Stalin. Molly y yo estábamos en la cocina, apesadumbradas. Yo venga a decir:

—Somos inconsecuentes; deberíamos estar contentas. Durante meses hemos estado diciendo que ojalá se muriese.

—¡Ay! No sé, Anna, tal vez él nunca se enteró de las cosas terribles que sucedían… —Luego se ha reído, antes de añadir—: La verdad es que estamos apenadas porque tenemos mucho miedo. Más vale malo conocido…

—Pero las cosas no pueden empeorar más.

—¿Por qué no? Todos parecemos convencidos de que las cosas mejorarán. ¿Por qué razón? A veces creo que estamos entrando en una nueva era glacial de tiranía y de terror. ¿No? ¿Quién lo va a impedir? ¿Nosotras?

Más tarde, ha venido Michael y le he contado lo que había dicho Molly, que Stalin ignoraba lo que sucedía; porque me parecía muy curiosa esta necesidad que todos tenemos del gran hombre, al que creamos una y otra vez a pesar de todas las pruebas. Michael parecía cansado y ceñudo. Ante mi sorpresa, ha dicho:

—En fin, quizá sea verdad. ¿Por qué no? Lo importante radica en que cualquier cosa puede ser cierta en cualquier parte, que nunca hay manera de saber lo cierto sobre nada. Cualquier cosa es posible… ¡Todo resulta tan insensato! Todo, absolutamente todo es posible.

Al decir esto, la cara parecía desencajársele de tan roja. Su voz carecía de tono, como todos aquellos días. Más tarde ha añadido:

—En fin, estamos contentos de que haya muerto. Pero cuando yo era joven y activo, él era un gran hombre para mí. Fue un gran hombre para todos nosotros. —En este punto ha tratado de reír, antes de continuar—: Al fin y al cabo, no hay nada malo en el deseo en sí de que haya grandes hombres en el mundo…

Por último, llevándose la mano a los ojos, en un gesto nuevo, como si se protegiera la vista de la luz, ha concluido:

—Tengo dolor de cabeza… Vamos a la cama, ¿eh?

En la cama no hemos hecho el amor, sino que hemos permanecido el uno junto al otro sin movernos, sin hablar. Ha llorado, soñando, y he tenido que despertarle de una pesadilla.

***

Elecciones parciales. En el norte de Londres. Los candidatos: conservador, laborista, comunista. Es un escaño laborista, pero en las pasadas elecciones salió con un margen reducido. Como siempre, largas discusiones en círculos del P.C. sobre si es justo dividir el voto laborista. He presenciado varios de esos debates. Siguen siempre el mismo patrón. No, no queremos dividir el voto; es fundamental tener a un laborista en el parlamento, en lugar de un tory. Pero, por otro lado, si creemos en la línea política del P.C., hemos de conseguir que salga nuestro candidato. Sin embargo, sabemos que no hay esperanzas de lograr que salga elegido un candidato del P.C. Sólo salimos del atolladero cuando llega un emisario del centro y nos dice que es un error considerar el P.C. como un grupo de vanguardia. ¡Esto es puro derrotismo; tenemos que luchar en las elecciones como si estuviéramos convencidos de que vamos a ganarlas! (Pero ya sabemos que no vamos a ganar.) De modo que el discurso combativo del hombre del centro, aunque nos anima a todos a trabajar con brío, no resuelve el dilema básico. Tres veces he tenido ocasión de observar cómo sucedía esto, y en las tres las dudas y las confusiones se han resuelto con… *una broma*. Ah, sí, en política es muy importante esta broma. Es una broma hecha por el propio hombre del centro: «No os preocupéis, camaradas; vamos a perder el depósito… No sacaremos suficientes votos para dividir a los laboristas». Grandes carcajadas de alivio, y se termina la reunión. Esta broma, aunque contradice totalmente la línea oficial, de hecho resume a la perfección la actitud de todos. Yo he salido a solicitar votos tres tardes. El cuartel general de la campaña está en el domicilio de un camarada que vive en el barrio, y la campaña la organiza el ubicuo Bill, que vive en el distrito, con una docena de amas de casa que tienen las tardes libres. Los hombres acuden por las noches. Todos se conocían, y el ambiente era de los que a mí me parecen maravillosos: de gente que trabaja por una finalidad común. Bill es un organizador brillante; todo está previsto en sus más mínimos detalles. Tazas de té y discusión sobre la marcha de la campaña, antes de salir a la calle. Es un distrito obrero. Hay una gran simpatía por el Partido, ha dicho una mujer, orgullosamente. Me dan dos docenas de tarjetas con los nombres de personas que ya han sido visitadas y marcadas como «dudosas». Mi trabajo consiste en volverlas a ver y convencerlas de que voten por el P.C. A la salida del cuartel general de la campaña, ha empezado una discusión sobre la manera más adecuada de ir vestidas para la tarea, pues la mayoría de las mujeres visten mejor que las que viven en este barrio.

—No me parece justo vestirse de forma distinta de la habitual —dice una mujer—. Sería hacer trampa.

—Sí, pero si apareces demasiado elegante, les pones en una actitud defensiva.

El camarada Bill, de buen humor, el mismo buen humor de Molly cuando está enfrascada en ultimar detalles, confiesa riendo:

—Lo importante es conseguir resultados.

Las dos mujeres le riñen por ser deshonesto.

—Tenemos que ser honestas en todo lo que hacemos —exponen—; pues de lo contrario no se fiarán de nosotras.

Los nombres que me han dado son de gente que vive en un radio muy amplio del barrio obrero. Es un distrito muy feo, de casas pobres, pequeñas y uniformes. A un kilómetro se encuentra una estación central de ferrocarriles que despide un humo espeso por los alrededores. Nubes oscuras, espesas y bajas, y el humo que sube para agregarse a ellas. La primera casa tiene una puerta desteñida y agrietada. La señora C. lleva un vestido de lana que le cuelga por todas partes y un delantal; es una mujer marchita y agotada. Tiene dos niños, bien vestidos y arregladitos.

—Soy del P.C.

Ella afirma con la cabeza. Yo digo:

—Tengo entendido que está indecisa sobre si va a votar a nuestro favor, ¿no es así?

Ella responde:

—No tengo nada contra vosotros… —No parece hostil, sino amable—. La señora que vino la semana pasada dejó un libro… —(Un folleto.) Por fin declaró—: Verá, es que nosotros siempre hemos votado por los laboristas.

En la tarjeta escribo laborista, tacho el «dudoso» y paso a otra casa. La próxima: un chipriota. Esta casa es todavía más pobre. Me reciben un joven que parece agobiado, una chica morena y guapa, y un bebé recién nacido. No hay apenas muebles. Recién llegados a Inglaterra. Resulta que sobre lo que dudan es si tienen derecho a votar o no. Les explico que sí. Los dos muy afables, pero con ganas de que me vaya. El bebé está llorando, el ambiente es de apremio y preocupación. El hombre dice que no tiene nada en contra de los comunistas, pero que no le gustan los rusos. Mi impresión es que no se van a tomar la molestia de votar, pero en la tarjeta dejo el «dudoso» y paso a la próxima. Una casa bien cuidada. Fuera, un grupo de *teddy-boys* que silban y me piropean. Molesto a la mujer de la casa: está embarazada y se había echado en la cama para descansar. Antes de hacerme pasar se queja a su hijo porque le había dicho que le haría las compras. El muchacho contesta que ya lo hará: es un chico de unos dieciséis años, bien parecido, fuerte y bien vestido. Todos los jóvenes del barrio van bien vestidos, incluso cuando sus padres no van.

—¿Qué desea? —pregunta.

—Soy del P.C... —y se lo explico.

—Sí, ya vinisteis por aquí...

Cortés, pero indiferente. Después de una conversación en la que es difícil hacerle admitir que no está de acuerdo con algo, explica que su marido siempre vota laborista y que ella hace lo que dice el marido. Al marcharme le grita al hijo, pero éste se aleja con un grupo de amigos, sonriendo. Ella sigue gritando. No obstante, la escena tiene un matiz amistoso: ella, en realidad, no espera que le haga las compras, pero le grita por principio, mientras que él espera que le grite y no le importa. En la casa siguiente, la mujer me ofrece en seguida una taza de té, confesando con ansiedad que a ella le gustan las elecciones porque «viene gente a charlar». En fin, que se siente sola. No para de hablar de sus problemas personales en una voz agobiada y monótona. (De todas las casas que he visitado, en ésta es en la que me ha parecido que existe un problema auténtico, una miseria real.) Ha dicho que tiene tres niños, que se aburre, que quiere volver a trabajar, que su marido no se lo permite. Habla y habla y habla, como una obsesión. He estado allí casi tres horas, sin poder marcharme. Cuando por fin le he preguntado si votaría por el P.C., me ha contestado:

—Sí, si usted lo quiere.

Lo cual estoy segura de que se lo debe haber dicho a todos los demás. Ha añadido que su marido siempre vota por los laboristas. He cambiado el dudoso por laborista y he ido a la siguiente. Hacia las diez de la noche he regresado con todas las tarjetas convertidas en laboristas, excepto tres. Se las he entregado al camarada Bill, diciéndole:

—Tenemos unos visitadores muy optimistas.

Ha pasado las tarjetas con un movimiento rápido del dedo, sin hacer ningún comentario; luego las ha vuelto a poner en las cajas y ha dicho, en voz alta para que le oyeran los otros visitadores que entraban:

—Hay un apoyo auténtico a nuestra política. Conseguiremos hacer salir a nuestro candidato...

En total he salido a solicitar votos tres tardes. Las otras dos no he ido a las casas «dudosas», sino a otras que nadie había visitado aún. He encontrado a dos partidarios del P.C., ambos militantes; el resto, laborista. Cinco mujeres solas enloqueciendo en silencio, a pesar del marido y de los hijos o, tal vez, a causa de ellos. La característica común a todas ellas: inseguridad. Se sentían culpables de no ser felices. La frase que todas han dicho:

—Hay algo en mí que no funciona.

De vuelta a la Oficina Central de la campaña, he mencionado el caso de estas mujeres a la encargada de aquella tarde. Ha dicho:

—Sí, cada vez que salgo a solicitar votos vuelvo con los pelos de punta. El país está lleno de mujeres que enloquecen a solas… —Y tras una pausa ha añadido, con algún matiz agresivo, la otra cara de la inseguridad, del sentimiento de culpa revelado por las mujeres con quienes he hablado—: En fin, yo también era así antes de ingresar en el Partido y de encontrarle un sentido a mi vida.

He reflexionado sobre ello. Lo cierto es que estas mujeres me interesan mucho más que la campaña electoral. Llega el día de las elecciones y gana el candidato laborista, con una mayoría reducida. El candidato comunista pierde el depósito. *Broma*. (En la Oficina Central de la campaña el bromista es el camarada Bill.)

—Si hubiéramos sacado otros dos mil votos, la mayoría laborista hubiera sido muy precaria. No hay mal que por bien no venga.

***

Jean Barker, esposa de un funcionario de segunda categoría. Tiene treinta y cuatro años. Baja, morena, gordita. No muy atractiva. El marido muestra una actitud condescendiente hacia ella. Tiene siempre una expresión afable, interrogadora, como si estuviera haciendo un esfuerzo. Viene a recogerme la mensualidad del Partido. Es una parlanchina nata. Nunca para de hablar, pero lo hace del modo más interesante, como esas personas que nunca saben qué van a decir hasta que ya lo han dicho, de tal manera que siempre se ruboriza, cortándose a medio hablar, aclarando lo que en realidad quería decir o riendo nerviosamente. O se queda cortada a la mitad de una frase, con expresión intrigada, como diciendo: «Si yo no creo *esto*...» De forma que, cuando habla, adopta la actitud del que escucha. Tiene una novela empezada, pero dice que no encuentra tiempo para terminarla. Todavía no me he tropezado con ningún miembro del Partido, en ninguna parte, que no haya escrito, medio escrito o se proponga escribir una novela, cuentos o una pieza de teatro. Esto me parece un hecho notable, aunque no lo comprendo. Son personas que, debido a su incontinencia verbal, con la que asustan o hacen reír a la gente, se convierten en personajes cómicos, en los bromistas oficiales. Jean no tiene ni pizca de sentido del humor; pero sabe por experiencia que cuando hace alguna observación y pretende ser la primera sorprendida, los otros se reirán o se molestarán, y opta por reírse ella también, de una manera nerviosa, para cambiar rápidamente de tema. Es madre de tres hijos. Ella y el marido tienen grandes ambiciones para sus vástagos, y les azuzan a aplicarse con ardor en la escuela a fin de que consigan becas. Los niños han sido esmeradamente educados según la línea oficial del Partido, las condiciones de vida en Rusia, etc. Ante los extraños adoptan la expresión de reserva característica de la gente que sabe forma parte de un grupo minoritario. En presencia de comunistas, tienden a hacer ostentación de sus conocimientos sobre el Partido, mientras sus padres los admiran orgullosos.

Jean trabaja como gerente en una cantina. Muchas horas de trabajo diarias. Mantiene muy bien el piso, los niños y su propia persona. Es secretaria de una rama local del Partido. No está satisfecha de sí misma.

—No hago suficientes cosas. El Partido no es suficiente, me harto. Es sólo papeleo, como en una oficina. No tiene ningún sentido. —Se ríe, nerviosa—. George (el marido) dice que mi actitud es incorrecta, pero yo no acabo de comprender por qué tengo que bajar siempre la cabeza. A menudo se equivocan, ¿no? —Se ríe—. He decidido que, para variar, voy a hacer algo que valga la pena. —Se ríe—. Quiero decir algo distinto... Al fin y al cabo, incluso los camaradas más importantes hablan de sectarismo, ¿no? Claro que ellos son los que deben decirlo *primero*... —Se ríe—. Aunque no parece que lo vayan a decir... En fin, que he decidido hacer algo útil, para variar. —Se ríe—. Quiero decir, algo distinto. Por eso ahora tengo una clase de niños atrasados, los sábados por la tarde. Yo era maestra, ¿sabes? Los preparo. No, no son niños del Partido; son, simplemente, niños comunes. —Se ríe—. Quince en total. Se trata de un trabajo duro, pero me gusta. George dice que aprovecharía mejor el tiempo reclutando miembros para el Partido, pero yo quería hacer algo útil de verdad...

Y así todo el tiempo, sin dejar de hablar. El Partido Comunista está compuesto, sobre todo, de gente nada politizada, que sólo tiene un arraigado sentimiento de servicio. Y luego están los que se encuentran solos, para quienes el Partido constituye una familia. Por ejemplo el poeta, Paul, que se emborrachó la semana pasada y declaró que estaba harto y asqueado del Partido, pero que había ingresado en 1935 y que, si se salía, sería como abandonar «toda su vida».

[El cuaderno amarillo parecía el manuscrito de una novela, pues se titulaba *La sombra de la tercera persona*. Empezaba, ciertamente, como una novela:]

La voz de Julia llegó fuerte desde el pie de la escalera:

—Ella, ¿no vas a la fiesta? ¿Vas a entrar en el cuarto de baño? Porque si no, voy yo.

Ella no contestó. Una razón era que estaba junto a la cama de su hijo, esperando que éste se durmiera. Otra, que había decidido no ir a la fiesta y no quería discutir con Julia. No tardó en apartarse de la cama con un movimiento cauteloso, pero los ojos de Michael se abrieron en el acto para preguntar:

—¿Qué fiesta? ¿Vas a ir?

—No, duerme.

Sus ojos se sellaron, mientras sus pestañas temblaban y quedaban inmóviles. Incluso dormido causaba impresión: era un chico de cuatro años, de cuerpo cuadrado y recio. En la penumbra, su cabello rojizo, sus pestañas y el finísimo vello que le cu-

bría el antebrazo despedían un brillo dorado. Tenía la piel morena y reluciente del verano. Ella apagó silenciosamente las luces y
esperó. Luego, fue a la puerta y se detuvo, se deslizó fuera de la
habitación y aguardó… Pero no oyó nada. Julia subió con viveza
la escalera, preguntando con voz alegre y despreocupada:

—Bueno, ¿vas a ir?

—¡Chist! Michael acaba de dormirse.

Julia bajó la voz y dijo:

—Ahora ve y báñate. Yo lo haré con toda calma cuando te
hayas marchado.

—¡Pero si ya te he dicho que no voy! —exclamó Ella, un
poco irritada.

—¿Por qué no? —inquirió Julia, pasando a la habitación
más espaciosa del piso, que tenía dos habitaciones y una cocina.
Era un piso bastante pequeño, en conjunto, y de techo bajo,
pues estaba debajo del tejado. La casa era de Julia, y Ella vivía
allí con su hijo Michael. La habitación más grande, con alcoba,
tenía una cama, libros y unas cuantas reproducciones. Era clara
y luminosa, pero también bastante común o anónima. Ella no
había hecho ningún esfuerzo para darle un carácter personal,
pues le inhibía el hecho de que la casa fuese de Julia, como también los muebles y todo lo demás. En algún momento del futuro, le esperaba su gusto personal, o al menos esto era lo que sentía. No obstante, le agradaba vivir allí y no proyectaba cambiar.
Ella siguió a Julia y dijo:

—No tengo ganas.

—Nunca tienes ganas —replicó Julia.

Había ocupado un sillón excesivamente grande para aquella habitación, y fumaba. Julia era gruesa, achaparrada, vital,
enérgica y judía. Actriz de profesión, no había llegado muy lejos:
sólo interpretaba, con eficacia, eso sí, papeles menores. Pertenecían a dos tipos distintos, según la propia Julia decía, quejándose:

—El gracioso común de la clase obrera y el infeliz común
de la clase obrera.

Había empezado a trabajar en la televisión. Estaba profundamente insatisfecha de sí misma.

Al reprocharle que nunca tenía ganas, se quejaba en parte de Ella y en parte de sí. Estaba siempre dispuesta a salir; era incapaz de rechazar una invitación. Decía que, incluso cuando trabajaba en algún papel que despreciaba, lo cual la llevaba a odiar la obra y a preferir no tener nada que hacer en ella, incluso entonces gozaba de lo que ella denominaba «pavonearse». Adoraba los ensayos, los círculos teatrales y las habladurías.

Ella trabajaba en una revista femenina. Durante tres años había escrito artículos sobre vestidos y maquillaje, así como también sobre el-modo-de-seguir-y-conservar-a-un-hombre, y odiaba este trabajo. No tenía aptitudes para ello. La hubieran despedido si no hubiese sido amiga de la directora. Pero, desde hacía poco, realizaba un trabajo más de su agrado. En la revista se había introducido una columna médica, a cargo de un facultativo. Sin embargo, como quiera que cada semana llegaban centenares de cartas, la mitad de las cuales, además de no tener nada que ver con cuestiones médicas, eran de un carácter tan personal que debían contestarse privadamente, le encargaron a Ella que se ocupara de tales cartas. También había escrito media docena de cuentos que ella misma describía, en tono de burla, como «llenos de sensibilidad y muy femeninos», y a los que tanto Julia como ella calificaban como el tipo de cuentos que más les desagradaban. Y había escrito, por último, parte de una novela. En resumen, que por las apariencias no había razón para que Julia envidiara a Ella. Pero la envidiaba.

La fiesta de aquella noche se celebraba en casa del médico para el que Ella trabajaba. Era muy lejos, en el norte de Londres. Ella era perezosa. Le costaba siempre un esfuerzo trasladarse. Y si Julia no hubiera subido, se hubiese ido a la cama en seguida para leer un rato.

—Dices que quieres volverte a casar, pero ¿cómo lo vas a conseguir si nunca sales? —preguntó Julia.

—Esto es lo que no puedo soportar —contestó Ella con súbita fuerza—. Vuelvo a estar en oferta, y por ello tengo que ir a fiestas.

—No sirve de nada adoptar esta actitud. Así son las cosas, ¿no?

—Supongo que sí.

Ella, con ganas de que Julia la dejase sola, se sentó en el borde de la cama (de momento un diván, cubierto con una tela de color verde claro), y también se puso a fumar. Imaginaba que ocultaba sus sentimientos, pero, en realidad, fruncía el ceño y mostraba nerviosismo.

—Al fin y al cabo, no ves más que a esos horribles pretenciosos de la oficina —dijo Julia, y añadió—: Además, la semana pasada lograste su decreto de absolución.

Ella rompió a reír súbitamente, y al cabo de un instante se le unió Julia. Ambas se sintieron muy cordiales.

La última observación de Julia había pulsado una cuerda conocida. Tanto una como otra se consideraban mujeres muy normales, incluso convencionales. Es decir, mujeres con las reacciones emocionales ordinarias. El hecho de que el curso de sus vidas no pareciera seguir las huellas comunes se debía, según creían e incluso afirmaban ellas, al hecho de que nunca conocían a hombres capaces de darse cuenta de su carácter real. La situación era que las mujeres las miraban con una mezcla de envidia y de hostilidad, y los hombres con sentimientos que —se quejaban ellas— eran deprimentes por ser del todo triviales. Los amigos las consideraban como mujeres que despreciaban positivamente las reglas de la moralidad común. Julia era la única persona que hubiera creído a Ella, si ésta le hubiese dicho que durante la época de espera del divorcio había procurado controlar sus reacciones (o, mejor dicho, que en ese tiempo sus reacciones se limitaban automáticamente) ante cualquier hombre que mostrara cierta atracción hacia ella. Ahora era libre. Su marido se había casado al día siguiente de concedido el divorcio. Pero a Ella esto no le había afectado. El suyo había sido un matrimonio triste; ciertamente no peor que muchos otros, pero Ella hubiera sentido que se traicionaba a sí misma prolongando aquella unión hasta convertirla en un vínculo hecho de conveniencias. Para los de fuera, la anécdota era que George, el marido de Ella, la había abandonado por otra mujer. Tomaba a mal la compasión que, por causa de esto, infundía a la gente, pero no hizo nada para remediar la situación: se lo impedía toda una serie de complicaciones derivadas de su orgullo. Y, además, ¿qué importaba lo que pensara la gente?

Tenía un hijo, dignidad y futuro. No podía imaginar su futuro sin un hombre, y por ello, naturalmente, admitía que Julia tenía razón al ser práctica, al aconsejarle que fuese a fiestas y aceptase invitaciones. Pero, en lugar de hacerle caso, dormía demasiado y estaba deprimida.

—Y, además, si voy discutiré con el doctor West, y es inútil.

Ella se refería a que el doctor West no era todo lo útil que debía, y no por falta de dedicación, sino por un defecto imaginativo. Cualquier pregunta que no pudiera resolver aconsejando el hospital adecuado, una medicina o un tratamiento, se la pasaba a Ella.

—Ya lo sé, todos son absolutamente horribles.

En ese *todos* Julia englobaba el mundo de los funcionarios, los burócratas, la gente que trabaja en cualquier oficina. Para Julia, *todos* eran, por definición, la clase media. Julia era comunista, aunque nunca había militado en el Partido, y además sus padres pertenecían a la clase obrera.

—Fíjate en esto —dijo Ella con excitación, sacando del bolso un papel azul doblado.

Era una carta, escrita en un papel de poca calidad, que decía:

«Estimado doctor Allsop: Siento la necesidad de escribirle a causa de mi desesperación. Tengo reuma en el cuello y en la cabeza. Usted, en su sección del peródico, da muy amablemente consejos a otros que sufren. Le pido que me aconseje. Mi reuma empezó cuando murió mi marido, el 9 de marzo de 1950, a las tres de la tarde, en el hospital. Ahora tengo miedo porque me encuentro sola en el piso, y no sé lo que pasaría si el reuma me atacara por todo el cuerpo y no pudiera moverme para pedir ayuda. Esperando su amable respuesta, le saluda Dorothy Brown.»

—¿Qué dijo él?

—Dijo que se había comprometido a escribir una columna médica, no a llevar un dispensario para gente neurótica.

—¡Como si le oyera! —exclamó Julia, que había visto una vez al doctor West y en seguida le fichó como un enemigo.

—Hay centenares, millares de personas por todo el país que se están consumiendo de infelicidad, y a nadie le importa nada.

—A nadie le importa un comino —puntualizó Julia, apagando el cigarrillo y añadiendo, como si hubiera abandonado el esfuerzo de convencer a Ella para que asistiese a la fiesta—: Me voy a tomar un baño.

Y bajó la escalera con buen humor, cantando.

De momento, Ella no se movió. Pensaba: «Si voy, tendré que planchar algo para ponérmelo». Estuvo casi a punto de levantarse para examinar su ropa, pero frunció el ceño y pensó: «Si me planteo qué me voy a poner, quiere decir que en el fondo deseo ir. ¡Qué raro! Tal vez sí me apetece ir. Al fin y al cabo, siempre lo hago; digo que no a algo, y luego cambio de opinión. Lo importante es que, probablemente, ya lo he decidido. Pero ¿qué? No es que cambie de parecer, sino que, de pronto, me encuentro haciendo algo que he dicho no haría. Sí. Pero ahora no tengo idea de lo que he decidido».

Unos minutos más tarde se había enfrascado en la novela que tenía a medio terminar. El asunto del libro era un suicidio. La muerte de un joven que no sabía que iba a suicidarse hasta el momento de morir; entonces comprendía que, en realidad, había estado preparándose para ello durante meses, y con todo detalle. El tema de la novela era el contraste entre la superficie de su vida, ordenada según un plan, aunque sin un objetivo a largo plazo, y la presencia soterrada de la idea del suicidio, que acabaría llevándole al suicidio. Sus planes para el porvenir eran vagos e impracticables, en contraste con el fuerte realismo de su vida actual. La corriente subterránea de desesperación, de locura o de insensatez le conducirían a impracticables fantasías acerca de un futuro lejano. O, mejor dicho, provendrían de éstas. De modo que la ilación real de la novela sería el sustrato de desesperación apenas vislumbrado al principio, el desarrollo de la intención desconocida de suicidarse. El momento de morir sería, además, el momento en que el protagonista comprendería el proceso auténtico de su vida, no un proceso de orden, de disciplina, de sentido práctico ni de sentido común, sino un proceso de irrealidad. En el instante de la muerte se comprendería que el lazo entre la oscura necesidad de morir y la muerte misma había residido en las fantasías desordenadas e insensatas de una vida hermosa, y que el sentido común y el orden no habían sido síntomas de cordura (como parecía al principio de la historia), sino indicios de demencia.

La idea de esta novela se le había ocurrido a Ella en un momento en que se sorprendió a sí misma arreglándose para salir a cenar con unos amigos, después de haber decidido no ir. Se dijo, bastante sorprendida de la idea: «Es exactamente así como me suicidaría. Me encontraría en el trance de echarme por una ventana abierta o de abrir el gas en un cuarto pequeño y cerrado, y me diría, sin emocionarme y con la sensación de comprender al fin algo que debería haber comprendido mucho antes: "¡Dios mío! ¡Y esto es lo que quería hacer durante todo el tiempo!". ¿Cuánta gente debe suicidarse de esta forma? Uno siempre se lo imagina como un arranque de desesperación o un momento de crisis. Sin embargo, para muchos debe de ocurrir exactamente de esta forma, deben de sorprenderse ordenando papeles, escribiendo cartas de despedida, incluso llamando a amigos, de buen humor y amablemente, sintiendo casi curiosidad... Se deben de sorprender a sí mismos metiendo periódicos por debajo de las puertas, por las ranuras de las ventanas, totalmente calmados y eficaces, diciéndose con imparcialidad: "¡Vaya, vaya! ¡Qué interesante! ¡Qué raro que no me hubiera dado cuenta antes!"».

A Ella esta novela le resultaba difícil. No por razones de técnica. Al contrario, imaginaba al joven muy claramente. Sabía cómo vivía, qué costumbres tenía... Era como si la historia ya estuviera escrita en algún rincón de su espíritu, y sólo tuviera que transcribirla. El problema era que sentía vergüenza. No lo había mencionado a Julia, pues sabía que su amiga le diría algo como: «Es un tema muy negativo, ¿no?». O: «No muestra una salida...». O cualquier otro juicio sacado del arsenal comunista. Ella se burlaba de Julia por decir tales cosas, pero en el fondo de su alma parecía estar de acuerdo, pues no veía el provecho que le podría hacer a alguien leer una novela de ese tipo. No obstante, la escribía. Y además de sentir sorpresa y vergüenza por el tema, de vez en cuando tenía miedo. Había llegado a pensar: «Quizás he decidido secretamente suicidarme y no me doy cuenta». (Aunque en realidad no lo creía.) Y continuaba escribiendo la novela, encontrando excusas tales como: «No hay por qué publicarla; la escribo sólo para mí». Cuando hablaba de ello con sus amigos, lo hacía en broma: «¡Pero si toda la gente que yo conozco está escribiendo una novela!». Lo cual era más o menos cierto. Su actitud ante este trabajo era similar a la de alguien que tiene verdadera pasión por comer dulces o por cualquier otro pasatiempo, como el de representar escenas con un otro yo invisible, o mantener conversaciones con el reflejo de uno mismo en el espejo, y satisfacía esa pasión a escondidas.

Ella había sacado un vestido del armario y desplegado la tabla de planchar, antes de decirse: «De modo que acabo yendo a la reunión. ¿Cuándo lo habré decidido?». Mientras planchaba el vestido continuó pensando en la novela o, mejor dicho, sacando a la luz un poco más de lo que tenía guardado en la oscuridad. Llevaba puesto el vestido y contemplaba su aspecto en el espejo cuando, por fin, dejó a solas al joven de su novela para concentrarse en lo que estaba haciendo. Aquel vestido nunca le había agradado mucho. Tenía el armario lleno de ropa, pero nada le gustaba plenamente. Y lo mismo sucedía con su cara y su cabello, el cual, como siempre, no le caía bien. Y, sin embargo, poseía lo necesario para resultar atractiva de veras. Su talla y sus huesos eran pequeños. Tenía las facciones agradables, con una cara pequeña y angulosa. Julia siempre decía: «Si te arreglaras bien, resultarías como una de esas muchachas francesas, rebosantes de salero y de *sexy*. Tienes el tipo». Pero Ella nunca lo lograba. El vestido de aquella noche era de una lana lisa y negra, que debería resultar «muy *sexy*», pero que no lo era. Por lo menos, no sobre su persona. Llevaba, además, el pelo tirante hacia atrás. Se la veía pálida, casi severa.

—Pero como la gente que voy a ver no me importa nada —pensó en voz alta, volviendo la espalda al espejo—, no debo preocuparme. Haría un esfuerzo si realmente me apeteciera ir a la fiesta.

Su hijo dormía. Le gritó a Julia, que seguía en el cuarto de baño:

—He decidido ir.

—Lo suponía —contestó Julia, en un sereno tono de triunfo.

227

A Ella ese tono le molestaba un poco, pero añadió:

—Estaré pronto de vuelta.

A lo cual Julia no dio una respuesta directa. Le dijo:

—Dejaré la puerta de mi habitación abierta para Michael. Buenas noches.

Para llegar a la casa del doctor West había que ir media hora en metro, incluido un transbordo, y luego efectuar un corto recorrido en autobús. Una razón por la que a Ella le daba mucha pereza salir de casa de Julia era que la ciudad le daba miedo. La enfurecía hacer kilómetros a través de la agobiante fealdad que compone el anónimo desierto periférico de Londres; después la ira se desvaneció y dio paso al miedo. En la parada del autobús, mientras esperaba, cambió de idea y decidió ir a pie para escarmentar su cobardía. Andaría el kilómetro y medio de distancia hasta la casa para encararse con lo que odiaba. Frente a ella se extendía la interminable calle flanqueada por casitas grises y mezquinas. La luz gris del atardecer veraniego hacía descender el cielo húmedo. Por todas partes se veía fealdad y sordidez. Esto era Londres, calles interminables de casas como aquéllas. El mero peso físico de semejante realidad resultaba difícil de soportar, porque ¿dónde se encontraba la fuerza para mover aquella fealdad? Y en cada calle, pensó, había gente como la mujer de la carta que llevaba en el bolso. Eran calles dominadas por el miedo y la ignorancia, con casas construidas por la ignorancia y la mezquindad. Así era la ciudad donde vivía, de la que formaba parte y por la que se sentía responsable… Ella apretó el paso; estaba sola en la calle y oía el taconeo de sus zapatos detrás. Espiaba las cortinas de las ventanas. En aquel extremo vivían obreros. Se notaba en las cortinas, de puntillas y tela floreada. Allí estaba la gente que escribía aquellas cartas terribles e imposibles de contestar que debía afrontar cada día. De pronto, todo cambiaba: las cortinas eran diferentes, tenían una franja de un azul brillante. Era la vivienda de un pintor que se había trasladado a aquella casa barata y la había embellecido, como hicieran otros intelectuales y artistas. Formaban un pequeño núcleo diferenciado de los habitantes de aquel barrio. Les era imposible comunicarse con sus vecinos del otro extremo de la calle, que no podían, y seguramente no querían, entrar en sus casas. Allí se encontraba la morada del doctor West. Conocía al primero que fue a vivir a la calle, un pintor, y se había comprado la casa que quedaba casi enfrente de la suya. Se había dicho: «Ahora es el momento; los precios empiezan ya a subir». El jardín estaba descuidado. Era médico, siempre andaba agobiado de trabajo y tenía tres hijos. Su mujer le ayudaba a llevar el consultorio, pero no les quedaba tiempo para la jardinería. (La mayoría de los jardines del otro extremo de la calle aparecían bien cuidados.) Ella pensó que las cartas dirigidas a los oráculos de las revistas femeninas no podían proceder de allí. Se abrió la puerta y apareció la cara vivaz y afable de la señora West.

—¡Ah, por fin ha llegado!

Y le ayudó a quitarse el abrigo. El recibidor era agradable, limpio y práctico: ¡el mundo de la señora West!

—Mi marido me ha dicho que han vuelto a discutir a causa de su grupito de locos —comentó la dueña de la casa—. Es una buena acción de su parte tomarse tanto interés por esa gente.

—Es mi oficio —contestó Ella—. Me pagan por hacerlo.

La señora West sonrió con afable tolerancia. Sentía resentimiento hacia Ella. No porque trabajara con su marido; no, eso era demasiado vulgar para una mujer como la señora West. No comprendió el resentimiento de la señora West hasta el día en que dijo:

—Ustedes, las chicas de carrera…

Era una expresión que no venía a cuento, como lo de «su grupito de locos» o «esa gente», y Ella no supo qué responder. En aquella ocasión, la señora West le quería dar a entender que su marido hablaba de los asuntos de trabajo con ella, afirmando así sus derechos de esposa. Otras veces Ella se había dicho: «Es una buena mujer, a pesar de todo». En cambio, entonces, enojada, se dijo: «No es una buena mujer. Toda esta gente está muerta y condenada, con sus frases desinfectantes como lo de *grupito de locos* y *chicas de carrera*. No le tengo ninguna simpatía y no voy a pretender que se me la tenga»… Siguió a la señora West hacia el salón, donde había caras conocidas. La mujer para quien trabajaba en la revista, por ejemplo. También era de mediana edad, aunque se la veía elegante y bien vestida, con el pelo corto, rizado y de un gris brillante. Era una mujer de carrera, y su aspecto formaba parte de su oficio; lo contrario de la señora West, que resultaba agradable de ver, pero carecía de elegancia. Se llamaba Patricia Brent. Incluso el nombre formaba parte de su oficio: señora Patricia Brent, redactora jefe. Ella se fue a sentar junto a Patricia, quien le dijo:

—El doctor West nos ha estado contando que te has peleado con él por culpa de sus cartas.

Ella dirigió una mirada rápida a su alrededor y vio que los asistentes sonreían a la expectativa. El episodio había sido ofrecido como entretenimiento para la reunión, y se esperaba que Ella siguiera la corriente hasta cierto punto; luego se abandonaría el tema. Pero no era cuestión de que surgiera una auténtica discusión o desacuerdo. Ella contestó, con una sonrisa:

—No puede decirse que haya sido una pelea —y añadió, en un tono deliberadamente quejoso y de buen humor, tal como se esperaba de ella—: De todos modos, resulta muy deprimente… Toda esa gente necesitada, por la que nada puede hacerse…

Se dio cuenta de que había dicho «esa gente» y se enojó, quedándose abatida. «No debería haber venido —pensó—. Esta gente (y ahora se refería a los West y a todo lo que ellos representaban) sólo te tolera si eres como ellos».

—Ah, esto es lo importante —dijo el doctor West, con vivacidad. Era un hombre muy vivaz y competente. Añadió, remedando a Ella—: A menos que cambie todo el sistema, claro. Nuestra Ella es revolucionaria sin saberlo.

—Yo suponía —replicó Ella— que todos queríamos que cambiara el sistema.

Pero eso no era, en absoluto, lo que tenía que haber dicho. El doctor West frunció el entrecejo sin querer, y luego sonrió.

—¡Claro que sí! —exclamó—. Y cuanto antes, mejor.

Los West votaban laborista. El hecho de que el doctor West fuera laborista era causa de orgullo para Patricia Brent, pues ella era conservadora. Demostraba así su tolerancia. Ella no tenía una línea política, pero también era un personaje a los ojos de Patricia, por la irónica razón de que no disimulaba su desprecio hacia la revista. Compartía el despacho con Patricia. El ambiente del despacho, como todos los demás que tuvieran algo que ver con la revista, tenía el tono típico de la publicación: recatado, femenino, pedante. Y las mujeres que trabajaban allí parecían haber adquirido el mismo estilo involuntariamente, incluso la misma Patricia, que no era en absoluto ninguna de esas cosas, sino más bien amable, cordial, directa y fiel a una determinada línea de conducta. A pesar de ello, en el despacho decía cosas que no respondían en absoluto a su personalidad, y Ella, como para protegerla, se lo echaba en cara. Luego le decía que, aun cuando ambas tuvieran que trabajar para ganarse la vida, no debían mentirse acerca de su actuación. Había supuesto, y casi deseado, que Patricia la despediría. Pero no sólo no lo hizo sino que la había invitado a un almuerzo muy caro, en el curso del cual Patricia se defendió. Ella descubrió que aquel trabajo era para Patricia una derrota. Había llevado la sección de modas de una de las revistas femeninas más elegantes e importantes, pero, por lo visto, no la habían considerado capacitada. Era una revista con pretensiones culturales, que necesitaba tener una directora con olfato para husmear lo que estaba de moda en el mundo del arte. Patricia no entendía gran cosa del mundillo artístico, lo cual para Ella era una cualidad, y el propietario de aquel grupo de publicaciones femeninas había cambiado a Patricia, colocándola en *Mujeres y Hogar*, revista destinada a las féminas de la clase obrera y totalmente desprovista de tono cultural. A Patricia el trabajo le cuadraba muy bien, y era esto precisamente lo que más le apenaba, pues había disfrutado mucho del ambiente de la otra revista, del contacto con todos aquellos escritores y artistas de moda. Era hija de una familia provinciana, rica pero de poca cultura; de niña había estado rodeada de criados, y su contacto precoz con «las clases bajas» —éste era el término con que, púdicamente, se refería a ellas en el despacho; fuera del despacho lo usaba con mucha más despreocupación— la había dotado de aquella astucia y comprensión sobre lo que sus lectoras querían.

En lugar de despedir a Ella, había llegado a respetarla con la misma ansia con que admiraba el ambiente de aquella revista que le habían obligado a abandonar. De vez en cuando explicaba que había trabajado para un «intelectual», para un escritor cuyos cuentos se habían publicado en «revistas intelectuales».

Además, poseía mucha más capacidad de simpatía y de comprensión humana para las cartas que llegaban al despacho que el doctor West.

En aquella ocasión salió a defender a Ella diciendo:

—Estoy de acuerdo con Ella. Cada vez que miro la cuota semanal de miserias que le llega, me asombra que pueda quitárselo de delante. Me deprime tanto que ni puedo comer. Y, creedme, si me afecta el apetito es que va en serio.

Todos se rieron ante el comentario, y Ella dirigió una sonrisa agradecida a Patricia, quien le hizo una señal con la cabeza, como si le dijera: «No te preocupes, no te criticábamos».

La conversación volvió a reanudarse, y Ella se encontró con libertad para inspeccionar la sala. Era una habitación espaciosa, pues habían eliminado un tabique. En las otras casas de la calle, tan diminutas como aquélla, abajo había dos habitaciones muy pequeñas que hacían de cocina-comedor —siempre llenas de personas— y de sala de recibir. Aquella habitación era todo lo que había en la planta baja de la casa, además de la escalera que llevaba a los dormitorios. Era clara y estaba pintada de diferentes tonalidades que ofrecían voluminosos contrastes de color: verde oscuro, rosa brillante y amarillo. La señora West carecía de gusto, y la habitación no acababa de quedar bien. «Dentro de cinco años —pensó Ella— todas las casas de la calle tendrán las paredes pintadas de colores fuertes, con las cortinas y los cojines haciendo juego. Éste es el tipo de gusto que les estamos imponiendo en *Mujeres y Hogar*, por ejemplo. Y esta habitación, ¿cómo será? Según lo que esté de moda, supongo… Pero tengo que mostrarme más sociable; estoy en una fiesta».

Al volver a mirar a su alrededor, se dio cuenta de que no era una fiesta sino una reunión de personas que estaban allí porque el doctor West había pensado que «le tocaba invitar a gente», y ellos habían ido diciéndose que «les tocaba ir a casa de los West».

«Ojalá no hubiera venido —pensó Ella—. Además, ¡es tan largo el trayecto de vuelta a casa!». En aquel momento, un hombre se levantó de la silla, al otro lado de la habitación, y se sentó a su lado. Su primera impresión fue de que se trataba de un hombre joven, cuyo rostro mostraba una sonrisa anhelante, nerviosa y crítica, que al hablar para presentarse (se llamaba Paul Tanner y era médico) adquiría matices de una dulzura un tanto involuntaria o ignorada. Ella se dio cuenta de que le devolvía la sonrisa, como agradeciendo aquella muestra de cordialidad, y entonces le miró con mayor atención. Naturalmente, se había equivocado: no era tan joven como creyera al principio. El pelo, negro y bastante basto, le escaseaba en la coronilla; y el cutis, muy blanco y ligeramente pecoso, tenía unas profundas incisiones alrededor de los ojos azules, profundos y bastante hermosos. Eran unos ojos combativos y serios, con un amago de incertidumbre. Decidió que era una cara nerviosa. Pero tan pronto como le oyó hablar, notó cierta tensión en su cuerpo, como si se vigilara. Aquella timidez le hizo reaccionar contra él, a pesar de que un instante antes le había atraído la cordialidad inconsciente de su sonrisa.

Éstas fueron las primeras reacciones que le inspiró el hombre a quien tan profundamente querría más tarde. Tiempo después, él se quejaría, medio en serio, medio en broma:

—Al principio no me quisiste nada. Tenías que haberme querido en seguida. Yo deseo que, por una vez en mi vida, una mujer me mire y, acto seguido, se enamore de mí. Pero eso nunca sucede así...

Luego ampliaría su idea conscientemente, en broma, en términos emocionales:

—La cara es el alma. ¿Cómo puede uno fiarse de una mujer que no se enamora de uno hasta que no han hecho el amor? Tú no me querías nada.

Y se reiría con una larga carcajada de resentimiento y burla, mientras Ella replicaba:

—¿Cómo puedes separar el hacer el amor de todo lo demás? No tiene sentido.

Su atención comenzó a desviarse del desconocido. Reparó en que empezaba a sentirse incómoda y en que él se daba cuenta. Y lo lamentaba, pues se sentía atraído por ella. En la cara se le notaba demasiado el esfuerzo por retenerla. Ella comprendía que en tal actitud había mucho de vanidad, una vanidad sexual susceptible de ofenderse si no le hacía caso, y eso le produjo un deseo repentino de huir. Esta serie compleja de emociones, tan repentinas y fuertes que le hacían sentirse incómoda, la llevaron a pensar en su marido, George. Se había casado con él casi por fatiga, al cabo de un año de cortejarla violentamente. Le constaba que no debía casarse con George. Sin embargo, lo hizo; no tuvo la fuerza de voluntad suficiente para romper con él. Poco tiempo después de casados, Ella empezó a sentir repugnancia sexual hacia George, como un sentimiento que no podía controlar ni disimular. Esto hizo que él la deseara más, lo cual aumentó su aversión. Y George parecía obtener cierto gusto o placer de la repulsión que su esposa experimentaba. Parecían haber llegado a una suerte de irremediable punto muerto psicológico. Después, para hacerla rabiar, George se fue a la cama con otra mujer y se lo contó. Finalmente, Ella tuvo la fortaleza de carácter que le había faltado para romper a tiempo su unión y se aprovechó, deshonesta y desesperadamente, de que él la hubiera traicionado. Esto había ido en contra de sus principios éticos, y el hecho de que usara argumentos convencionales —repitiendo hasta la saciedad, porque era una cobarde, que él le había sido infiel— le inspiró un acusado desprecio de sí misma. Las últimas semanas pasadas con George fueron una pesadilla de autodesprecio y de histeria, hasta que huyó de la casa para acabar con todo aquello, para poner una distancia entre ella y el hombre que la asfixiaba, que la encarcelaba, que, por lo visto, la despojaba de su libre albedrío. Entonces, George se casó con la mujer que había usado para que Ella volviera a él, y a Ella se le quitó un peso de encima.

Cuando estaba deprimida, tenía la costumbre de obsesionarse acerca de cómo se había comportado durante aquel matrimonio. Hacía observaciones muy complicadas, se denigraba a sí misma —y también lo denigraba a él—, se sentía fatigada y ensuciada por la experiencia, y, lo que era peor, temía secretamente estar condenada, por algún defecto en su carácter, a repetir inevitablemente la experiencia con otro hombre.

Pero al cabo de poco tiempo de haber estado con Paul Tanner se dijo, con absoluta simplicidad: «Claro, a George nunca le quise». ¡Como si no fuera necesario decir más! Pero, por parte de ella, no había nada que añadir. Ni tampoco le preocupaba que todas las complicadas situaciones psicológicas tuvieran efecto a un nivel muy distinto de aquel simple «Claro, a George nunca le quise», cuyo corolario era: «A Paul le quiero».

Sin embargo, en aquel instante sentía prisa por alejarse, y se veía prisionera, si no de Paul, sí de la posibilidad de que el pasado volviera a surgir a través de él.

Paul Tanner le dijo:

—¿Cuál es el caso que originó su discusión con el doctor West?

Estaba intentando retenerla. Ella contestó:

—¡Ah! Usted también es médico y, claro, todos son casos. —Habló en un tono desapacible y agresivo. Luego, no pudo contener una semisonrisa y añadió—: Excúseme. Me parece que tomo este trabajo demasiado en serio.

—Ya me doy cuenta —comentó.

El doctor West era incapaz de decir «Me doy cuenta», y tal vez por causa de esto Ella se sintió inmediatamente más cordial con quien había pronunciado tales palabras. La frialdad de su comportamiento, de la que no se daba cuenta y que nunca la abandonaba, excepto con personas que conociera bien, se derritió en el acto. Buscó la carta en el bolso y vio cómo él sonreía divertido ante semejante desorden. Tomó la carta sin abandonar la sonrisa. Se hundió en la butaca con la carta en la mano, sin abrirla, mirando a Ella con agradecimiento, como si diera la bienvenida a su auténtico ser que se hubiese abierto para él. Luego se puso a leer y, de nuevo, se quedó inmóvil, con la carta abierta en la mano.

—¿Qué podía hacer el pobre doctor West? ¿Quería usted que le recetara un ungüento? —comentó al terminar de leerla—. No, no, claro que no.

—No, no, claro que no.

—Probablemente ha estado persiguiendo a su médico tres veces a la semana desde… —consultó la carta—, desde el 9 de

235

marzo de 1950. El pobre hombre le habrá dado todos los ungüentos posibles.

—Sí, ya lo sé. Tengo que contestarle mañana por la mañana. Y a un centenar más…

Extendió la mano para que le diera la carta.

—¿Qué le va a decir?

—¿Qué puedo decir? Hay miles y miles, seguramente millones de personas en la misma situación.

La palabra millones sonaba infantil, y Ella le dirigió una mirada intensa, tratando de comunicarle su visión oscura y pesimista de la ignorancia y la miseria. Paul le dio la carta diciendo:

—Pero ¿qué le va a escribir?

—No puedo decirle nada que realmente la consuele. Está clara su pretensión: que el doctor Allsop descienda en persona a restacarla, como un príncipe en un caballo blanco…

—Sí, claro.

—Éste es el problema. No puedo decirle: querida señora Brown, usted no sufre de reuma, usted sólo se encuentra sola y sin que nadie le haga caso, y se está inventando achaques para tener derecho a gritar al mundo y que alguien acuda a su lado. En fin, ¿le puedo escribir esto?

—Puede decírselo con mucho tacto. Seguramente ella ya lo sabe. Le puede decir que haga un esfuerzo para salir con gente, que se haga miembro de alguna organización, cualquier cosa así…

—¿Y no es arrogante que yo le diga lo que debe hacer?

—Pero ella ha escrito pidiendo ayuda; por tanto, lo arrogante sería no decírselo.

—Alguna organización, dice usted. Pero eso no es lo que ella quiere. Ella no quiere nada impersonal. Ha estado casada durante años y ahora se encuentra como si le hubieran arrancado la mitad de su persona.

Entonces Paul se la quedó mirando con gravedad un momento, sin que ella supiera qué pensamiento atribuirle. Por fin, él dijo:

—Bien, supongo que tiene usted razón. También puede sugerirle que escriba a una agencia matrimonial. —Se echó a reír por la expresión de repugnancia que puso ella, y añadió—: Le sorprendería la cantidad de buenos matrimonios que he organizado yo a través de una de esas agencias.

—Parece como si fuese… usted una especie de asistente social psiquiátrico…

No había terminado de decirlo, y sabía ya lo que el otro le iba a contestar. En el consultorio, el doctor West, cargado de sentido común y sin tiempo ni paciencia para «trivialidades», se refería en broma a su colega llamándole «el curandero». A él le mandaba a todos los pacientes con desórdenes mentales. Así, pues, se encontraba frente al «curandero».

Paul Tanner le estaba diciendo, sin gran entusiasmo:

—Sí, eso es lo que soy… En cierta manera, claro.

Ella se dio cuenta de que su falta de entusiasmo provenía de lo obvia que resultaba aquella respuesta, que ya conocía de antemano porque había sentido una fuerza interior de alivio y de interés, de un inquieto interés ante la posibilidad de que fuese un curandero de verdad y tuviese en su poder toda una serie de datos sobre ella.

—No le voy a contar mis problemas personales —dijo Ella, apresuradamente.

Y después de un silencio durante el cual sabía que Paul estaba buscando las palabras adecuadas para disuadirla de hacerlo, él replicó:

—Además, yo nunca doy consejos en las fiestas.

—Excepto a la viuda Brown —comentó Ella.

Paul sonrió, al tiempo que observaba:

—Usted pertenece a la clase media, ¿verdad?

No cabía duda de que era un juicio. Ella se sintió ofendida.

—De procedencia.

—Yo provengo de la clase obrera, de modo que quizá sepa más que usted acerca de la señora Brown.

Entonces se les acercó Patricia Brent y se llevó a Paul para que hablara con una de sus empleadas. Ella se dio cuenta de que habían formado una pareja aparte en una reunión no pensada para parejas. La manera como Patricia se lo llevó indicaba que habían estado llamando la atención. Ella estaba bastante enojada. Paul no quería irse. Le dirigió una mirada de urgencia y súplica, aunque no exenta de dureza... «Sí —pensó Ella—. Una mirada dura, como un gesto imperativo, indicador de que permanezca aquí hasta que él se halle libre para volver a mi lado.» Y volvió a sentir un impulso de rechazo hacia Paul.

Era hora de irse a casa. Sólo había pasado una hora desde que llegara al domicilio de los West, pero tenía ganas de marcharse. Paul Tanner estaba sentado entre Patricia y una mujer joven. Ella no alcanzaba a oír lo que decían, pero las dos mujeres tenían una expresión en parte excitada y en parte de un furtivo interés que evidenciaba que estaban hablando, directa o indirectamente, de la profesión del doctor Tanner. A medida que sus interlocutores revelaban mayor excitación, en los labios de Paul se dibujaba una sonrisa cortés y rígida. «Va a tardar horas en librarse de ésas», pensó Ella; y se levantó para ir a presentar sus excusas a la señora West, que se mostró irritada con ella por marcharse tan temprano. Luego hizo una señal con la cabeza al doctor West, con quien se vería a la mañana siguiente con motivo de aquel montón de cartas, y finalmente sonrió a Paul, quien la miró con sus azules ojos, muy sorprendidos de que se fuera. Salió al recibidor para ponerse el abrigo y él la siguió, apresuradamente, para ofrecerse a llevarla a casa. Se comportaba con brusquedad, casi con grosería, pues le desagradaba haberse visto obligado a perseguirla en público.

—Lo más seguro es que vayamos en direcciones muy distintas.

—¿Dónde vive? —preguntó él, asegurándole al saberlo que no estaba nada lejos del lugar a donde iba.

Tenía un cochecito inglés. Conducía de prisa y bien. El Londres de quien tiene coche y toma taxis es muy distinto del Londres de quien va en metro y en autobús. Ella pensaba que los kilómetros de sordidez gris que había atravesado antes eran ahora una ciudad calinosa y llena de luces, incapaz de atemorizarla. Mientras tanto, Paul Tanner le clavaba agudas miradas inquisitivas y le hacía breves preguntas de carácter práctico sobre su vida. Le dijo, para desbaratar la clasificación en que la había incluido, que durante la guerra había servido en la cantina de una fábrica donde trabajaban mujeres, y que había compartido su albergue con las obreras. Después de la contienda sufrió de tuberculosis, aunque no en grado avanzado, y pasó seis meses internada en un sanatorio. Esta experiencia transformó su vida, que cambió mucho más profundamente que en los años de la guerra pasados junto a las mujeres de la fábrica. Su madre murió cuando Ella estaba en su primera infancia, por lo que la educó su padre, un tipo silencioso y terco, antiguo oficial del ejército de la India.

—Si es que puede llamarse educación a lo que hizo... Me dejó a solas, lo que le agradezco —comentó riendo.

Y también había estado casada, por breve tiempo, sin conseguir ser feliz. A cada uno de estos fragmentos de información, Paul Tanner hacía una señal con la cabeza, y Ella lo imaginaba detrás de la mesa de su despacho, asintiendo a las respuestas que sus pacientes daban a las preguntas que él les hacía.

—Me han dicho que escribe novelas —dijo él mientras aparcaba el coche frente a la casa de Julia.

—Yo no escribo novelas —negó Ella, irritada por lo que parecía una indiscreción, e inmediatamente se apeó del coche.

Paul se apresuró a salir por la portezuela del otro lado y llegó al portal de la casa al mismo tiempo que ella. Ambos vacilaron. Ella, sin embargo, deseaba meterse, alejarse de la intensidad con que él la perseguía.

—¿Quiere salir a dar una vuelta en coche mañana por la tarde? —preguntó él bruscamente.

De pronto, como si se le acabara de ocurrir, miró al cielo, que aparecía muy nublado, y dijo.

—Parece que tendremos buen tiempo.

Esto último la hizo reír y la predispuso a aceptar su invitación. La cara de Paul se iluminó de alivio; mejor dicho, de triunfo. «Ha conseguido una especie de victoria», pensó Ella, con un escalofrío. Después, al cabo de otra vacilación, le dio la mano, hizo una inclinación de cabeza y se fue al coche, diciendo que la pasaría a buscar a las dos. Ella se adentró a través del recibidor y subió a oscuras la escalera. La casa estaba sumida en el silencio. Por debajo de la puerta del cuarto de Julia se filtraba luz. Claro que, pensándolo bien, era muy temprano todavía. Ella gritó:

—Estoy de vuelta, Julia.

Y la voz clara y fuerte de Julia respondió:

—Entra y hablaremos.

Julia, cuyo dormitorio era espacioso y cómodo, estaba tumbada en la cama doble, sobre montones de almohadas y con un libro en las manos. Llevaba un pijama con las mangas arremangadas hasta el codo. Tenía una expresión hecha de benevolencia, astucia y gran curiosidad.

—Bueno, ¿qué tal lo has pasado?

—Aburrido —replicó Ella, como si le reprochara a Julia el haberla forzado a ir, con su invisible fuerza volitiva—. Un psiquiatra me ha traído a casa —añadió, pronunciando la palabra psiquiatra con el propósito de ver aparecer en el rostro de Julia la misma expresión que había sentido en el suyo, y que había percibido en los de Patricia y la joven.

Al advertirla, se sintió avergonzada y le dolió haberlo dicho, como si con ello hubiera cometido un acto intencionado de agresividad contra Julia. «Esto es lo que he hecho», pensó.

—No creo que me guste —comentó.

Lo dijo volviendo a caer en el infantilismo, jugando con los frascos de perfume que había sobre el tocador. Se frotó las muñecas con perfume, espiando en el espejo la cara de Julia, que aparecía escéptica, paciente y astuta. Pensó: «En definitiva, Julia es una especie de madre para mí. Pero no tengo por qué amoldarme siempre a sus deseos. Además, yo misma me siento muchas veces maternal con respecto a Julia; siento la necesidad de protegerla, pero no sé de qué».

—¿Por qué no te gusta? —preguntó Julia.

Lo dijo en serio, lo cual obligaba a Ella a pensar en serio. No obstante, respondió:

—Gracias por cuidar de Michael.

Y subió a su cuarto, dirigiendo a Julia, al salir, una sonrisita de disculpa.

Al día siguiente, Londres apareció bañado por la luz del sol. Los árboles de las calles no parecían formar parte de la masa de los edificios y de las aceras, sino que eran como una prolongación de los campos y de la hierba de los prados. La indecisión de Ella acerca de la salida de por la tarde se convirtió en placer al imaginar el sol cayendo sobre la hierba; y se dio cuenta, ante tan repentina alza de su ánimo, de que aquellos días pasados debió de estar más deprimida de lo que creyera. Se sorprendió cantando mientras preparaba la comida del niño. Era porque recordaba la voz de Paul. La noche anterior no había tenido conciencia de la voz de Paul; en cambio, ahora la oía… Se trataba de una voz cálida y un tanto áspera, en la que perduraban los vestigios de una locución poco educada. (Al pensar en él, le escuchaba en lugar de verle.) Y no escuchaba las palabras que había pronunciado, sino los diversos tonos de su voz, en los que ahora adivinaba delicadeza, ironía y compasión.

Aquella tarde, Julia llevaba a Michael a casa de unos amigos y se marchó temprano, inmediatamente después del almuerzo, para que el niño no se enterara de que su madre salía sin él.

—Pues pareces muy satisfecha —comentó Julia.

—Es que hace meses que no he salido de Londres. Además, esto de no tener un hombre a mi alrededor no me va.

—¿Y a quién le va? —inquirió Julia—. Pero no creo que cualquier hombre sea mejor que ninguno…

Después de haber lanzado aquella pequeña indirecta, se marchó con el niño, de buen humor.

Paul llegó con retraso, y por su manera de disculparse, a la ligera, Ella adivinó que a menudo llegaba tarde a los sitios más por temperamento que por causa de su mucho trabajo como médico. En conjunto, le agradó que llegara tarde. Una mirada a su rostro, que volvía a tener aquella sombra de irritación nerviosa, le recordó que la noche pasada no le había gustado. Además, llegar tarde significaba que no estaba verdaderamente interesado por ella, lo que hizo desvanecer un fondo de pánico que se relacionaba con George, no con Paul. (De esto ella ya se daba cuenta.) Pero al encontrarse de nuevo en el coche, dirigiéndose hacia las afueras de Londres, volvió a sentir que él le dirigía otra vez unas miraditas nerviosas, de empeño. Pero él hablaba y ella escuchaba su voz, que era tan agradable como había recordado. Escuchaba y miraba por la ventana y se reía. Le estaba contando por qué había llegado tarde. Un malentendido con el grupo médico que trabajaba con él en el hospital.

—Nadie dijo nada en voz alta, pero las clases dominantes se comunican entre sí con chillidos inaudibles, como los murciélagos. La gente de mi clase se encuentra en una gran desventaja.

—¿Usted es el único doctor que proviene de la clase obrera?

—No, en el hospital no. Pero en esa sección, sí. Y nunca te dejan que lo olvides... Ni se dan cuenta de ello.

Lo decía con buen humor, en broma. También lo decía con resentimiento, aunque el resentimiento parecía ser una vieja costumbre en él, y no iba cargado de veneno.

Aquella tarde resultaba fácil hablar, como si por la noche se hubiera fundido la barrera que había habido entre ellos. Se alejaron de las feas extremidades de Londres. El sol se desparramaba a su alrededor y el ánimo de Ella mejoró de tal modo que llegó a sentirse mareada. Además, se daba cuenta de que aquel hombre iba a ser su amante; lo sabía por el placer que le causaba su voz, y se sentía llena de una secreta delicia. Las miradas de él eran ahora sonrientes, casi indulgentes. Paul observó, al igual que Julia:

—Parece muy satisfecha.

—Sí. Es porque salgo de Londres.

—¿Tanto lo odia?

—¡Ah, no! Me gusta; quiero decir que me gusta vivir en Londres, lo que odio es... esto —y señaló a lo que se veía por la ventanilla.

Los setos y los árboles habían vuelto a ser absorbidos por una aldea, nueva y fea, en la que no quedaba nada de lo que había sido la vieja Inglaterra. Atravesaron la calle principal, llena de comercios cuyos nombres eran los mismos que habían visto ya repetidamente durante todo el trayecto, al salir de Londres.

—¿Por qué?

—Pues porque es muy feo.

Le miraba la cara con curiosidad. Al cabo de un silencio observó:

—Hay gente que habita en estas casas...

Ella se encogió de hombros.

—¿Odia también a la gente? —preguntó.

Ella se sintió enojada. Pensó que, durante todos aquellos años, las personas con quienes se veía entendían perfectamente, sin necesidad de explicaciones, por qué odiaba «todo aquello»; y preguntarle si «también odiaba a la gente», refiriéndose al vulgo, no venía a cuento. Sin embargo, después de reflexionar sobre ello, contestó en tono desafiante:

—En cierto modo, sí. Odio lo que aceptan. Todo esto... debería derrumbarse.

Lo dijo con un movimiento decidido de la mano, que barría la masa oscura de todo Londres y los miles de aldeas antiestéticas y las innumerables vidas mezquinas y abarrotadas de Inglaterra.

—Pero no será derribado, ¿sabe? —dijo él, con una sonrisita de testarudez—. Va a continuar así... Aparecerán más cadenas de comercios, más antenas de televisión y más gente de vida respetable. Esto es a lo que se refiere usted, ¿verdad?

—Claro. Y usted lo acepta. ¿Por qué le parece tan inevitable?

—Es la época en que vivimos. Las cosas están mejor de lo que estaban.

—¡Mejor! —gritó ella, involuntariamente. Luego se controló, comprendiendo que a la palabra «mejor» le oponía su visión personal, una visión procedente de su experiencia en el hospital y producida por una fuerza oscura, impersonal y destructiva que emanaba de las raíces de la vida y se expresaba en guerras, crueldad y brutalidad. Pero todo eso no tenía nada que ver con lo que estaban hablando, por lo que añadió—: Quiere decir mejor en el sentido de que no hay desempleo y nadie pasa hambre, ¿no es eso?

—Por extraño que parezca, sí, eso es lo que quiero decir. —Empleó un tono que interpuso una barrera entre los dos: él pertenecía a la clase obrera y ella no; él era de los iniciados. De modo que Ella guardó silencio. Pero Paul insistió—: Las cosas han mejorado mucho, muchísimo. ¿Cómo es posible que no se dé cuenta? Recuerdo...

Y se calló, aunque esta vez no porque quisiera zaherirla (como creyó Ella) con la superioridad de su experiencia, sino por lo doloroso que le resultaba el recuerdo.

Así que Ella volvió a empezar:

—Lo que no entiendo es cómo hay gente que se da cuenta de lo que le está pasando al país y no lo odia. En la superficie todo parece muy bien, todo es tranquilo, domesticado y suburbano. Pero por debajo corre el veneno. Todo está lleno de odio, de envidia y de gente completamente sola.

—Esto ocurre con todo y en todas partes. Ocurre siempre donde se ha llegado a cierto nivel de vida.

—Lo que no hace que las cosas sean mejores.

—Cualquier cosa es preferible a cierto tipo de miedo.

—Usted se refiere a la pobreza de verdad. Y me insinúa, naturalmente, que yo no puedo comprenderlo porque no la he vivido.

Al decir esto, la miró rápidamente, sorprendido por su obstinación y respetándola, en cierto modo, según pudo sentir Ella. En aquella mirada no había ningún rastro de la actitud del macho que examina las posibilidades sexuales de una mujer, lo que la hizo sentirse más cómoda.

—¿De modo que usted quisiera arrasarlo todo, Inglaterra entera?

—Sí.

—Dejaría sólo unas cuantas catedrales, algunos edificios antiguos y una o dos aldeas bonitas, ¿no?

—Sí.

—Luego colocaría a todo el mundo en unas hermosas ciudades modernas, sueño de los arquitectos, y le diría a la gente que si no le gustaban, que se aguantase.

—Sí.

—¿Y no preferiría una Inglaterra feliz, con cerveza, bolos y muchachas con faldas largas tejidas a mano?

Ella exclamó enojada:

—¡Pues claro que no! Odio todo el tinglado de William Morris. Además, usted no es honesto. Estoy convencida de que ha gastado la mayor parte de sus energías tratando de superar la barrera de su clase social. Seguro que entre la manera como vive usted ahora y el modo como viven sus padres no hay nada en común. Seguro que para ellos usted se ha convertido en un extraño. Está usted dividido en dos, como todo el país, y lo sabe muy bien. Pues yo lo odio, lo odio todo. Odio a este país tan dividido... No me di cuenta de ello hasta que vino la guerra y viví con aquellas mujeres.

—*Bueno* —dijo él, por fin—. Ayer por la noche aquéllos tenían razón: usted resulta que es una revolucionaria.

—No, no es verdad. Esta terminología no me dice nada. La política no me interesa.

Ante estas palabras él se rió, pero dijo, en un tono afectuoso que la conmovió:

—Si usted consiguiera hacer lo que ha dicho, construir la nueva Jerusalén, sería como matar una planta al trasplantarla de súbito a un terreno desacostumbrado. Las cosas suceden con cierta continuidad, con una especie de lógica invisible... Mataría el espíritu del pueblo si actuara según sus deseos.

—La continuidad no tiene que estar bien por el solo hecho de serlo.

—Sí, Ella, sí. Créame.

Lo dijo en un tono tan íntimo que ahora fue ella quien le lanzó una mirada de sorpresa y decidió guardar silencio. «Lo que en realidad está diciendo —pensó— es que la división de sí mismo es tan dolorosa que a veces se pregunta si valía la pena...» Y se volvió para mirar de nuevo por la ventanilla. Estaban atravesando otra aldea. Era mejor que la última: tenía un casco realmente antiguo, de casas bien enraizadas y bañadas por la cálida luz del sol. Pero alrededor del centro se veían unas casas nuevas, horribles, y en la plaza principal había un Woolworth idéntico a los demás y una taberna de falso estilo Tudor. Pasarían por toda una serie de aldeas como aquélla, una detrás de la otra. Ella dijo:

—Apartémonos de las aldeas; vayamos a donde no haya nada.

Esta vez la mirada que él le dirigió, y que ella notó aun cuando no entendiera su significado hasta más tarde, fue de franca sorpresa. Durante un rato Paul permaneció callado. Pero cuando llegaron a una estrecha carretera que se abría paso entre unos árboles frondosos y atravesados por el sol, le preguntó, al tiempo que se adentraba en ella:

—¿Dónde vive su padre?

—¡Ah! Ya sé adónde quiere ir a parar. Pues no es en absoluto así.

—¿Así, cómo? ¡Si no he dicho nada!

—No, pero está implicado en todo lo que ha dicho. Es un antiguo oficial del ejército de la India. Pero no se parece a las caricaturas. Se encontró con que ya no era útil para el ejército, y durante una temporada trabajó en la administración. Tampoco es lo que usted supone.

—Bueno, ¿cómo es, entonces?

Ella se rió. En el tono de Paul había un afecto espontáneo y sincero, junto a una amargura de la que Ella no se daba cuenta.

—Al regresar de la India compró una casa antigua. Se encuentra en Cornualles. Es pequeña y aislada, muy bonita… y antigua, ya sabe. Es un hombre solitario; siempre lo ha sido. Lee mucho. Sabe muchas cosas de filosofía y de religión, de Buda, por ejemplo.

—¿Le gusta usted a él?

—¿Que si le *gusto*? —La pregunta desconcertó a Ella. Nunca se había preguntado si era del agrado de su padre. Se volvió hacia Paul en un gesto de sinceridad, riéndose, y contestó—: ¡Vaya pregunta! Pero, mire, no tengo ni idea. —Luego añadió, bajando la voz—: No. Pensándolo bien, no. Nunca se me había ocurrido, pero me parece que, en realidad, no le gusto.

—Sí, claro que sí —dijo Paul, aprisa, demostrando que se arrepentía de la pregunta.

—No, no está nada claro —replicó Ella.

Y se puso a pensar, en silencio, mientras notaba cómo las miradas que Paul le dirigía revelaban culpabilidad y cariño, lo cual le hizo sentir afecto hacia él por el interés que le demostraba.

Trató de explicar:

—Cuando voy a pasar un fin de semana con él, se alegra de verme, de eso estoy segura. Aunque nunca se queja de que no vaya a visitarle con más frecuencia. Pero cuando estoy allí, no parece que le afecte mucho. Se sujeta a una rutina invariable. Una anciana le arregla la casa. Las comidas no son más que eso, comidas. Come lo que siempre ha comido: buey medio cocido, bisté y huevos. Bebe un gin antes de almorzar y dos o tres whiskies después de cenar. Cada mañana, al término del desayuno, da un largo paseo. Por la tarde, cuida el jardín. Por las noches lee hasta muy tarde. Cuando yo estoy allí, hace exactamente lo mismo. Ni me habla. —Hizo una pausa, sonriendo para sus adentros, antes de proseguir—: Es como ha dicho usted antes; no estoy en su onda. Tiene un amigo íntimo, un coronel que se le parece mucho: los dos están delgados y curtidos, tienen ojos vehementes y se hablan con chirridos inaudibles. Hay veces que están sentados uno frente al otro durante horas sin decir nada, bebiendo whisky o, a veces, mencionando brevemente la India. Cuando mi padre está solo, me parece que habla con Dios, Buda o alguien así, pero no conmigo. Normalmente, si yo digo algo, él parece azorarse o se pone a hablar de otra cosa.

Ella se calló, pensando que había sido la parrafada más larga proferida en presencia de Paul, y que resultaba extraño que hubiera versado sobre aquel tema, pues casi nunca habida de su padre ni pensaba en él. Paul no contestó; de repente preguntó:

—¿Qué le parece aquí?

El camino acababa en un pequeño campo rodeado de setos.

—¡Ah! —dijo Ella—. Muy bien. Esta mañana he soñado que me llevaba a un campo pequeño, igual en todo a éste.

Salió rápidamente del coche, apenas consciente de la mirada de sorpresa de él, pues no reflexionó sobre ello hasta más tarde, cuando hurgó en sus recuerdos para descubrir lo que Paul sintió hacia ella aquel día.

Deambuló un rato entre las hierbas, tocándolas con los dedos, oliéndolas y exponiendo la cara a los rayos del sol. Cuando volvió donde estaba él se encontró con que había extendido una manta sobre la hierba y se había sentado en ella, esperando. Aquella actitud expectante destruyó el bienestar creado en ella por el instante de libertad que acababa de gozar en aquel campo iluminado por el sol, y la puso en tensión. Al tumbarse en el suelo pensó: «Se ha propuesto algo. ¡Dios mío! ¿Me hará el amor tan pronto? No, no puede ser. Tan pronto no». Sin embargo, se extendió junto a él y se sintió feliz, dejando que las cosas siguieran su curso.

Más tarde, aunque no mucho más tarde, Paul le diría, para hacerla enfadar, que había sido ella quien le había conducido a aquel sitio en su deseo de que él le hiciera el amor; que todo había sido un plan de ella. Y cada vez que Paul decía esto, se ponía furiosa y se sentía embargada por una oleada de indiferencia hacia él. Pero luego se olvidaba, y entonces Paul volvía otra vez a lo mismo, haciendo que Ella cobrase conciencia de la importancia que aquello tenía para él. Así era como semejante discusión, periódica y nimia, iba destilando, una a una, gotas de veneno que se extendían irremediablemente en su ánimo. Porque en el coche Ella había sabido que Paul sería su amante, sí, debido a la confianza que le inspiraba el tono de su voz. Pero, al mismo tiempo, no había pensado en cuándo llegaría ese momento; no le importaba. «Ya sabrá encontrar el momento oportuno», había presentido. Y por eso no tenía nada que objetar a que el hecho se hubiese producido entonces, en aquella primera tarde que habían pasado juntos.

—¿Y cómo imaginas que habría reaccionado yo si no me hubieras hecho el amor? —le preguntaba ella, después, con interés y hostilidad.

—Te hubieses puesto de mal humor —contestaba él, riendo, aunque con un curioso tono apesadumbrado.

Y aquel pesar, que era sincero, les acercaba todavía más, como si ambos fueran víctimas de una crueldad de la vida contra la que se encontraban indefensos.

—Fuiste tú el que lo tenías todo preparado —decía ella—. Incluso trajiste una manta para el caso. Supongo que en el coche llevas siempre una manta para eventuales paseos por la tarde.

—¡Pues claro! No hay nada mejor que una buena manta sobre la hierba.

Ella se reía. Y luego llegaría a pensar, con un escalofrío:

«Supongo que habrá ido con otras al prado aquel... Seguramente es una de sus costumbres.»

No obstante, aquella tarde se sintió totalmente feliz. Era como si se hubiera liberado de la opresión de la ciudad, por lo que el perfume de la hierba y la caricia del sol resultaban una delicia. Luego se dio cuenta de su sonrisa medio irónica y se incorporó, a la defensiva. Paul empezó a referirse, con ironía deliberada, a su marido. Ella le contestó brevemente lo que él quería saber, pues los hechos ya se los había relatado la noche anterior. Y después le mencionó al niño, aunque sobre este tema fue breve porque se sentía culpable de encontrarse allí, al sol, cuando Michael hubiera disfrutado de aquella salida en coche y de aquel prado tan acogedor.

Oyó que Paul había dicho algo acerca de su esposa. Necesitó unos momentos para darse cuenta de ello. Dijo, además, que tenía dos niños. Aquello fue un duro golpe para Ella, quien a pesar de todo no dejó que se destruyera la confianza que entonces la embargaba. Por la manera en que Paul se refería a su mujer, apresurada y con irritación, Ella se dio cuenta de que no la quería. Ya estaba usando la palabra «querer» con una ingenuidad bien ajena a su forma de analizar usualmente las relaciones humanas. Llegó a imaginarse que él debía de estar separado de su mujer, por la naturalidad con que hablaba de ella.

Paul le hizo el amor. Ella pensó: «Bueno, tiene razón; es el mejor momento. Ahora y aquí, donde todo es tan hermoso». Su cuerpo guardaba demasiados recuerdos de su esposo para poder librarse de todas las tensiones. Pero pronto se entregó, con confianza, pues sus cuerpos se entendían perfectamente. (Aunque fue sólo más tarde cuando usó expresiones como «nuestros cuerpos se entendían perfectamente». Lo que pensó aquella tarde fue: «*Nos* entendemos perfectamente».) Sin embargo, abrió un instante los ojos y vio la cara de él, que tenía una mirada dura, casi horrible. Cerró los ojos para no verlo y fue feliz en los momentos del amor. Después pudo ver nuevamente en el rostro de él aquella mirada de dureza, y de forma instintiva hizo un movimiento para apartarse. Pero él la retuvo poniéndole la mano sobre el estómago, y dijo, medio en broma:

—Estás demasiado delgada.

Ella se rió, sin ofenderse, pues el modo de sentir su carne acariciada por aquella mano le había demostrado claramente que a él le gustaba tal como era. Y ella misma se gustaba, desnuda. Tenía un cuerpo delicado y ligero, anguloso en los hombros y en las rodillas, pero con los pechos y el estómago blancos y relucientes, y unos pies delicados. A menudo había querido ser distinta, ser más ancha, más llena y redonda, «más mujer»; pero ahora, la manera como la tocaba él abolía todo esto. Era feliz. Paul mantuvo la suave presión de su mano en el vulnerable estómago de ella durante unos instantes; luego, de repente, la retiró y empezó a vestirse. Ella se sintió abandonada y también empezó a vestirse. De pronto, sin ninguna razón, en apariencia, se encontró a punto de ponerse a llorar, y su cuerpo le volvió a parecer delgado y ligero en exceso. Paul le preguntó:

—¿Cuánto tiempo hace que no te has acostado con un hombre?

Ella no supo qué decir. Se preguntaba: «¿Quiere decir con George? Pero George no cuenta; no le quería. Odiaba que me tocara».

—No lo sé —contestó.

Y al decirlo comprendió el sentido de las palabras de Paul: que había ido con él por hambre. Se puso escarlata, se levantó rápidamente, apartando la cara de su vista, y le dijo, con una voz que a ella misma le pareció horrible:

—La semana pasada fue la última vez. Pesqué a uno en una fiesta y me lo llevé a casa. —Intentaba recordar las expresiones que empleaban las chicas de la cantina, durante la guerra. Se acordó y añadió—: Un buen bocado; no estaba mal.

Luego subió al coche, cerrando la portezuela de golpe. Él puso la manta en la parte trasera, se acomodó al lado de Ella y empezó la maniobra, hacia atrás y hacia delante, para sacar el coche de allí.

—¿Eso es lo que haces habitualmente? —preguntó él.

Hablaba con calma, como a distancia. Ella pensó que, si bien hacía un momento sus preguntas eran personales, las propias de un hombre, ahora, en cambio, hablaba de nuevo como «el hombre sentado en la silla del consultorio». Pensó que lo único que deseaba era volver a casa para llorar a solas. El acto amoroso lo relacionaba ahora con los recuerdos de su esposo y con la repulsión de su cuerpo hacia el de George, pues espiritualmente le repugnaba aquel hombre nuevo.

—¿Es lo que haces habitualmente? —preguntó él otra vez.

—¿Hago qué? —inquirió a su vez ella. Y tras una pausa exclamó, riendo—: ¡Ah! Ya comprendo.

Le miró con incredulidad como si estuviera frente a un loco. Sí, en aquel momento Paul le pareció algo loco, pues tenía la cara crispada de sospecha. Ya no era, de nuevo, «el hombre sentado en la silla del consultorio», sino más bien un ser hostil hacia ella. Se sentía ya casi totalmente en contra de él. Prorrumpió a reír, enojada, y le dijo:

—Eres un estúpido.

No volvieron a hablar hasta que llegaron a la carretera principal y se agregaron a la caravana de coches que fluía despacio de regreso a la ciudad. Entonces él observó, en un tono de voz distinto, de compañero, como si quisiera hacer las paces.

—Bien pensado, yo no puedo criticar. Mi vida amorosa no es muy ejemplar.

—Espero que hayas encontrado en mí una distracción satisfactoria.

Se mostró desconcertado, y a Ella le pareció que era estúpido porque no la comprendía. Le veía haciendo frases y luego dejándolas correr. De modo que no le permitió hablar. Le daba la impresión de que le habían asestado, deliberadamente, una serie de puñetazos en el abdomen, debajo mismo de los pechos. Tenía la respiración casi cortada por el dolor de los supuestos puñetazos. Los labios le temblaban, pero antes hubiera muerto que echarse a llorar delante de él. Apartó la cara, miró el paisaje sumido en la sombra y el frío, y empezó a hablar. Si se lo proponía, podía llegar a ser dura, maliciosa y divertida. Le entretuvo con historias sofisticadas de la redacción de la revista, de los asuntos de Patricia Brent, etc., etc., a la vez que le despreciaba por aceptar aquella falsificación de sí misma. No paró de hablar, mientras que él no decía nada. Cuando llegaron a la casa de Julia, salió rápidamente del coche y alcanzó la puerta antes de que él pudiera hacer un gesto para seguirla. Tenía la llave en la cerradura cuando Paul se le acercó por detrás y le dijo:

—¿Tu amiga Julia aceptaría acostar a Michael? Podríamos ir al teatro. No, al cine. Hoy es domingo.

Ella se quedó con la boca abierta de sorpresa.

—Pero si no pienso volver a verte, ¿no te das cuenta?

La cogió por los hombros desde atrás y le dijo:

—Pero ¿por qué no? Te he gustado, es inútil que pretendas lo contrario.

Ella no podía responder; no era su lenguaje. Y ya no lograba recordar lo feliz que había sido con él en el prado. Le contestó:

—No pienso volver a verte.

—¿Por qué no?

Con furia hizo un esfuerzo para desasirse de él, metió la llave en la cerradura, le dio la vuelta y dijo:

—Hace mucho tiempo que no me he acostado con nadie. Desde un asunto que tuve y que duró una semana, hace dos años. Fue una aventura maravillosa…

Vio cómo parpadeaba y disfrutó al poder hacerle daño tanto como de mentirle, pues no había sido una aventura maravillosa. Sin embargo, acto seguido le confesó la verdad, acusándole con todas las fibras de su cuerpo:

—Era un americano. Nunca me hizo sentir incómoda, ni una sola vez. No servía de nada en la cama… Se dice así, ¿no? Pero no me despreciaba.

—¿Por qué me cuentas eso?

—¡Eres tan estúpido! —exclamó Ella, con voz alegre y sarcástica. Y sintió que la embargaba una alegría dura y amarga, que los destruía a los dos—. Mencionas a mi marido. ¿Qué tiene que ver él aquí? Por lo que a mí respecta, es como si nunca me hubiese acostado con él… —Paul rió, con incredulidad y amargura, pero ella continuó—: Detestaba dormir con él. No cuenta para nada. Y tú me preguntas cuánto tiempo hace que me acuesto con un hombre. Está claro, ¿no? Eres psiquiatra, según dices… Un curandero de almas. Pero no entiendes las cosas más sencillas acerca de las personas.

Dicho esto, se metió en la casa de Julia, cerró la puerta, apoyó la cara contra la pared y se echó a llorar. Se notaba que la casa estaba todavía desierta. Sonó el timbre, casi en su oreja: era Paul, que trataba de hacerle abrir. Pero se alejó del sonido del timbre y subió por la oscura escalera hacia el piso superior, lleno de luz. Lo hizo despacio, llorando... De pronto, el teléfono empezó a sonar. Sabía que era Paul, llamando desde la cabina de enfrente. Dejó que llamara, porque estaba llorando. Por fin cesó el insistente repiqueteo, aunque volvió a sonar casi de inmediato. Miró la forma compacta y curvada del negro instrumento y lo odió. Pero esta vez se tragó las lágrimas, dominó su voz y contestó. Era Julia. Llamaba para decirle que deseaba quedarse a cenar con sus amigos, que volvería tarde con el niño y que ya le metería ella en la cama; de modo que, si quería, Ella podía salir.

—¿Qué te pasa?

La voz de Julia le llegaba plena y tranquila, como siempre, a través de cuatro kilómetros de calles.

—Estoy llorando.

—Ya lo oigo. ¿Por qué?

—¡Esos malditos hombres! —exclamó Ella—. Los odio a todos.

—¡Ah, bueno! Si es eso sólo, vete al cine; te animará.

En seguida Ella se sintió mejor. El incidente parecía tener menos importancia, y se echó a reír.

Cuando volvió a sonar el teléfono una hora después, lo cogió sin pensar ya en Paul. Pero era él. Había esperado en el coche, dijo, para volverla a llamar. Quería hablar con ella.

—No sé qué vamos a conseguir hablando —comentó Ella, en tono tranquilo y bromeando.

A lo que él, con voz festiva y burlona, repuso:

—Pues vamos al cine y no hablaremos.

Ella fue. Volvió a verle sin turbarse: se había dicho que nunca más haría el amor con él. Todo había terminado. Salía con él porque negarse a ello le parecía melodramático; y porque su voz, a través del teléfono, era muy distinta de la dureza de su mirada cuando estaba encima de ella, en el prado; y también porque ahora la relación entre ellos sería otra vez como cuando salieron de Londres en el coche. En fin, lo que había pasado era simplemente que Ella se sentía destruida por el hecho de que él la poseyera en el prado. ¡Ahora sería como si no hubiese ocurrido, ya que ésta era su reacción!

Más tarde Paul dijo:

—Cuando te llamé por teléfono después de haber desaparecido, furiosa, no te costó nada volver. Sólo esperabas que te lo rogara.

Y se rió. Ella odiaba el tono de su risa, y por eso él se sonreía tristemente, con una tristeza deliberada, como si interpretase el papel de seductor para poder burlarse de sí mismo. No obstante, según presentía Ella, Paul era sincero incluso a pesar suyo. De modo que, en tales ocasiones, primero ella se reía con él de su parodia de seductor, y luego se apresuraba a cambiar de tema. Era como si, en aquellos momentos, tuviese una personalidad que no fuera la suya. Ella estaba convencida que no era la suya, pues correspondía a un nivel completamente ajeno a la simplicidad y el bienestar de cuando estaban juntos. Aquella actitud contradecía a tal punto ésta, que no le quedaba más remedio que pasarla por alto. De lo contrario hubiera tenido que romper con Paul.

No fueron al cine, sino a un café. De nuevo le contó anécdotas de su trabajo en el hospital. Tenía dos puestos, en dos hospitales diferentes. En uno ejercía de psiquiatra y en el otro tenía un trabajo de reorganización.

—Intento transformar aquel muladar en algo más civilizado. ¿Y contra quién crees que tengo que luchar? ¿Contra el público? En absoluto. Los médicos anticuados son los que…

Sus anécdotas giraban alrededor de dos temas. Uno era la fatuidad de los espantajos que constituían la capa media del cuerpo médico. Ella se daba cuenta de que sus críticas procedían todas de la mera consideración clasista; en todo lo que hablaba estaba implícito, aunque no lo dijera, que la estupidez y la falta de imaginación eran características de la clase media, y que su propia actitud progresista y liberadora provenía de su origen obrero. Ésta era también la manera de ver las cosas de Julia… y la suya propia cuando criticaba al doctor West. No obstante, varias veces se sorprendió poniéndose tensa de resentimiento, como si la criticaran a ella. Cuando sucedía esto recordaba su temporada en la cantina y pensaba que, sin esta experiencia, sería incapaz de tener una visión de las clases altas del país desde abajo, a través de los ojos de las chicas de las fábricas, como peces exóticos vistos desde el fondo de una pecera de cristal. El otro tema de Paul era lo contrario del primero, e implicaba un cambio de toda su personalidad. Cuando contaba anécdotas satíricas, su actitud era maliciosa, irónica y complaciente. Pero cuando hablaba de sus enfermos, se ponía serio. Adoptaba una actitud exacta a la de Ella con respecto a las «señoras Brown» (nombre que muy pronto empezaron a utilizar para referirse a quienes escribían las cartas a la revista). Hablaba de ellos con una gran bondad y delicadeza, pero también con agresiva lástima. La agresividad se debía a la cólera que le producía su impotencia.

Aquella noche Paul le gustó tanto que fue como si lo del prado no hubiera ocurrido. La acompañó a casa y, hablando, entró en el recibidor. Subieron las escaleras y Ella pensaba: «Supongo que tomaremos un café y luego él se marchará». Lo pensaba sinceramente… Y, no obstante, cuando él le volvió a hacer el amor, pensó: «En fin, es natural; nos hemos sentido tan juntos durante toda la noche…». Después, él exclamó en tono quejumbroso:

—¡Claro que sabías que iba a hacerte otra vez el amor!

—Pues no, no lo sabía. Y si no lo hubieras hecho, no me hubiera importado.

—¡Qué hipócrita eres! No tienes derecho a ignorar hasta ese punto tus propios motivos…

Aquella noche pasada con Paul Tanner resultó para Ella su experiencia más profunda junto a un hombre. Fue tan distinta de sus experiencias pasadas, que éstas perdieron toda importancia. Aquella sensación era tan definitiva que cuando al amanecer Paul preguntó: «¿Qué opina Julia de estas cosas?», Ella replicó, distraída: «¿Qué cosas?».

—La semana pasada, por ejemplo, cuando dijiste que habías traído a un hombre de la fiesta.

—¡Estás loco! —exclamó, riéndose con serenidad.

Estaban a oscuras. Ella giró la cabeza para verle la cara, y distinguió el contorno oscuro de su mejilla recortado a contraluz. Había algo lejano y solitario en ello. «Ya vuelve a estar en aquel mismo estado de ánimo», pensó Ella. Pero esta vez no se sintió turbada por aquella idea, pues la simplicidad del tacto cálido de sus muslos quitaba importancia al alejamiento de su rostro.

—Pero ¿qué dice Julia?

—¿Sobre qué?

—¿Qué va a decir por la mañana?

—¿Y por qué crees que va a decir algo?

—¡Ah, ya! —dijo brevemente. Luego se levantó y añadió—: Tengo que ir a casa a afeitarme y cambiar de camisa.

Aquella semana acudió todas las noches, tarde, cuando Michael ya estaba en la cama. Y por las mañanas se marchaba, temprano, para «coger una camisa limpia».

Ella era del todo feliz. Se dejaba llevar por una corriente suave de inconsciencia. Cuando Paul hacía una de sus observaciones «negativas», ella estaba tan segura de sus sentimientos que contestaba:

—¡Qué estúpido eres! Ya te lo he dicho, no entiendes nada.

(La palabra «negativa» provenía de Julia, quien le había dicho, un día que entrevió a Paul por la escalera: «Tiene algo amargo y negativo en la cara».) Ella pensaba que Paul no tardaría en pedirle que se casaran. O tal vez tardara; aunque eso no le importaba, pues pensaba que sería en el momento oportuno. El matrimonio de él no debía tener ninguna importancia, porque pasaba todas las noches con ella y se iba a casa al amanecer, «a por una camisa limpia».

El domingo siguiente, una semana después de su primera salida al campo, Julia volvió a llevarse al niño a casa de unos amigos, y Paul llevó a Ella al jardín botánico de Kew. Se tumbaron en la hierba, al abrigo de un cercado de rododendros por entre cuyas ramas se filtraban los rayos del sol, y se cogieron las manos.

—¿Ves? —dijo Paul, con su mueca rufianesca—. Ya nos comportamos como una pareja casada. Sabemos que esta noche vamos a hacer el amor en la cama, y ahora sólo nos cogemos la mano.

—Bueno, ¿y qué hay de malo en ello? —preguntó Ella divertida.

Estaba medio incorporado, inclinado sobre el rostro de Ella, que le sonrió. Sabía, con toda certeza, que le quería. Le inspiraba confianza.

—¿Que qué hay de malo en ello? —inquirió él a su vez, fingiendo escandalizarse—. ¡Es horrible! Aquí, tú y yo... —Hizo una pausa, pues tanto la expresión de su rostro como su ardorosa mirada reflejaban claramente *cómo* estaban. Luego añadió—: Piensa cómo seríamos si estuviéramos casados.

Ella sintió que se le helaban los huesos. Pensó: «¿Será esto una advertencia del hombre a la mujer? Pero no puede ser; él no es tan vulgar como para eso». Percibió aquella amargura ya familiar en su rostro y pensó: «No, gracias a Dios no se trata de eso. Está siguiendo el hilo de una secreta conversación consigo mismo». Y la luz interior se le volvió a encender. Le dijo:

—¡Pero si tú no estás casado! A eso no se le puede llamar estar casado. No ves nunca a tu mujer.

—Nos casamos cuando teníamos veinte años. Debiera estar prohibido por la ley... —replicó, fingiendo de nuevo escandalizarse. Luego la besó y le dijo, con la boca contra su cuello—: Haces bien en no casarte, Ella. Ten juicio y permanece así.

Ella sonrió. Pensaba: «Así, pues, me equivoqué. Se trata precisamente de eso. Me está diciendo que esto es todo lo que puedo esperar de él». Se sintió totalmente rechazada. Pero él siguió tumbado con las manos puestas sobre sus brazos, mientras ella sentía su calor traspasarle el cuerpo. Los ojos de Paul, cálidos y llenos de amor, estaban muy próximos de los de ella. Sonreía.

Aquella noche, en la cama, hacer el amor resultó algo mecánico. Fue como adoptar las sabidas actitudes de reciprocidad; una experiencia distinta de las otras noches. Pareció que él no se daba cuenta; y después yacieron como de costumbre, abrazados, muy juntos. Ella se sentía helada y sobrecogida de consternación.

Al día siguiente mantuvo una conversación con Julia, quien durante todo aquel tiempo no había comentado el hecho de que Paul se quedara todas las noches.

—Es casado —explicó Ella—. Se casó hace trece años. Es el tipo de matrimonio en que no importa si el marido no aparece por casa en toda la noche. Tiene dos hijos... —Julia hizo una

257

mueca para dar a entender su neutralidad y aguardó—. La cuestión es que yo no estoy nada segura… Además, está Michael.

—¿Qué piensa de Michael?

—Sólo le ha visto una vez, un instante. Viene tarde; en fin, ya te has dado cuenta. Y cuando Michael se despierta, él ya se ha ido a su casa, a buscar una camisa limpia…

Estas últimas palabras provocaron la risa de Julia, y también la suya.

—Debe de tener una mujer muy extraña —comentó Julia—. ¿Habla de ella?

—Me dijo que se casaron demasiado jóvenes. Luego él se fue a la guerra, y cuando volvió se sintió muy alejado de ella. Por lo que adivino, desde entonces no ha hecho más que tener aventuras con otras mujeres.

—No parece muy prometedor. ¿Qué sientes por él? —inquirió Julia.

En aquel momento, Ella sólo se sentía traspasada por una fría desesperación. Le era imposible reconciliar la felicidad de cuando estaban juntos con lo que consideraba el cinismo de Paul. Estaba como sobrecogida de pánico. Julia, observándola astutamente, añadió:

—La primera vez que le vi me pareció que tenía una cara tensa y amargada.

—No, no es un amargado —se apresuró a puntualizar Ella. Después, al darse cuenta de cómo le defendía, por instinto y sin reflexionar, dijo—: Bueno, sí, algo sí. Una especie de resentimiento. Pero su trabajo le gusta. Va de un hospital a otro, y cuenta maravillosas historias… Habla de sus enfermos de una manera… Se preocupa realmente de ellos. Además, cuando está conmigo, por las noches, parece como si no necesitara dormir…
—Ella se sonrojó, consciente de que alardeaba—. En fin, es cierto —dijo, espiando la sonrisa de Julia—. Por las mañanas sale disparado, sin apenas haber dormido, a buscar una camisa y, seguramente, a charlar un rato con su mujer. Energía llamo yo a eso, y quien tiene energía no puede estar amargado. Ni resentido, si es lo que piensas. Ambas actitudes no están necesariamente ligadas.

258

—Bueno —concedió Julia—. Entonces más vale que esperes a ver qué pasa.

Aquella noche Paul se mostró de buen humor y muy cariñoso. «Como si se disculpara», pensó Ella, cuyo dolor se desvaneció. Por la mañana había vuelto a recobrar la felicidad. Él dijo, mientras se vestía:

—Esta noche no podré venir, Ella.

—Bueno, está bien.

Pero él continuó, riendo:

—De vez en cuando tengo que ver a mis hijos.

Parecía como si la acusara de haber hecho algo, deliberadamente, para mantenerle alejado de ellos.

—Yo no te lo impido —afirmó Ella.

—Pues sí, vaya que sí —replicó Paul como si canturreara.

La besó, rozándole la frente y riendo. «Así es como habrá besado a las otras mujeres cuando las abandonaba —pensó Ella—. Sí, no habrá sentido nada por ellas. Una sonrisa, un beso en la frente, y adiós.» De pronto, vio algo que la dejó atónita: él le dejaba dinero encima de la mesa. Pero no era el tipo de hombre que pagaba a una mujer, de esto estaba segura. No obstante, se lo imaginaba perfectamente poniendo dinero en la repisa de la chimenea. Sí, era lo que su actitud daba a entender. ¡Y hacer eso con ella! ¿Qué relación tenía la actitud de Paul con todas aquellas horas que habían estado juntos, en que cada mirada, cada gesto de él le decía que la quería? (Porque el hecho que Paul le dijera una y otra vez que la quería no significaba nada o, mejor dicho, no hubiera querido decir nada si no lo confirmara la manera que tenía de tocarla y de hablarle.) Al irse, él observó, con aquella mueca suya de amargura:

—Así que esta noche vas a estar libre, Ella.

—¿Libre? ¿Qué quieres decir?

—Pues... para tus otros amigos. Los tendrás un poco abandonados, ¿no?

Fue a la oficina, después de dejar al niño en el parvulario. Sentía un frío helado en los huesos, en la espina dorsal, que le producía temblores a pesar de que el tiempo era cálido. Hacía unos días que no mantenía contacto con Patricia, pues estaba demasiado absorta en su felicidad. No le costó nada volverse a sentir cerca de aquella mujer, mayor que ella. Patricia había estado casada durante once años, al cabo de los cuales su marido se fue con una mujer más joven. Mostraba una actitud magnánima, afable y sarcástica hacia los hombres. A Ella le chocaba; le parecía extraño. Patricia ya había rebasado los cincuenta años, vivía sola y tenía una hija mayor. Ella se daba cuenta que era una mujer valiente, pero no le gustaba reflexionar con demasiada profundidad sobre Patricia. Identificarse con ella, incluso tenerle demasiada simpatía, significaba, tal vez, cortarse salidas para ella misma. Así se lo parecía. Patricia hizo un comentario sarcástico sobre un colega masculino que estaba tramitando la separación de su mujer, y Ella le contestó con una impertinencia. Más tarde volvió a su despacho para disculparse, pues Patricia estaba ofendida. Ella siempre sentía que ante aquella mujer mayor se encontraba en desventaja. No correspondía al apego que ella le profesaba. Se daba cuenta de que, para Patricia, ella era un símbolo, probablemente un símbolo de su juventud. (Aunque Ella prefería no tener esto en cuenta, lo cierto es que resultaba demasiado peligroso.) En aquella ocasión hizo un esfuerzo y se quedó un rato con Patricia, charlando y bromeando. Pero, de pronto, advirtió, desalentada, que había lágrimas en los ojos de su jefe. Vio, muy claramente, a una mujer de mediana edad, gruesa, bondadosa y elegante, vestida con un uniforme acorde con la moda de las modelos de las revistas, y con un airoso peinado de sus cabellos teñidos de gris azulado. Sus ojos, duros para las cuestiones de trabajo, se mostraban blandos para con ella. Mientras estaba con Patricia, Ella tuvo una llamada telefónica del redactor jefe de una revista que había publicado un cuento suyo. Le preguntó si estaba libre a la hora del almuerzo. Dijo que sí, resonándole en la mente la palabra *libre*. Los diez días anteriores no se había sentido libre. Aquel día tampoco se sentía libre, sino más bien desconectada o como si flotara en la voluntad de otra persona, de Paul. El hombre que acababa de invitarla había intentado seducirla, pero le había rechazado. Pensó que seguramente se acostaría con él. ¿Por qué no? ¿Cambiaría algo? Era un hombre atractivo e inteligente, aunque la idea de ser tocada por él le repelía. No poseía ni una chispa de aquel calor instintivo hacia una mujer, de aquel placer ante una mujer que sentía en Paul. Precisamente por eso se acostaría con él; era incapaz de dejarse tocar por un hombre a quien encontrara atractivo. Parecía como si a Paul no le importara lo que ella hacía; bromeaba sobre «aquel hombre que había traído de la fiesta», como si fuera una de sus gracias. Muy bien, sí, muy bien; si esto era lo que él quería, a ella le daba igual. Y se fue resuelta a almorzar, cuidadosamente maquillada, con un airé de morboso desafío al mundo entero.

El almuerzo fue como siempre: caro. Le gustaba comer bien. Él resultó entretenido y a Ella le agradó su conversación. Entró fácilmente en la relación intelectual que acostumbraba a unirles, mientras le observaba y pensaba que resultaba inconcebible que hicieran el amor. Pero ¿por qué no? Si le gustaba... ¿Y el amor? El amor era una ilusión, la exclusiva de las revistas femeninas. Resultaba indudablemente inapropiado usar la palabra amor en relación con un hombre al que le era indiferente si una se iba a la cama con otros, o no. «Pero si me voy a ir a la cama con este hombre, tengo que empezar a hacer algo.» Pero no sabía por dónde empezar, pues le había rechazado tantas veces que él ya la daba por perdida en este aspecto. Cuando el almuerzo hubo terminado y ya estaban en la calle, Ella se sintió súbitamente aliviada: ¡qué tontería, claro que no se iría a la cama con él! Regresaría a la oficina y punto final. Entonces vio a un par de prostitutas en un portal y se acordó de la escena en que aquella mañana había imaginado a Paul. De pronto, el redactor jefe le dijo:

—Ella, me gustaría tanto que...

Y Ella le interrumpió con una sonrisa:

—Llévame a casa. No a la mía, a la tuya.

No habría soportado tener en su cama a un hombre que no fuera Paul. Aquel hombre estaba casado y la llevó a su piso de soltero. Su casa se encontraba en el campo, donde tenía prácticamente confinados a su esposa e hijos, por lo que aquel piso lo usaba para aventuras como aquélla. Durante todo el rato que estuvo desnuda con aquel hombre, Ella pensaba en Paul. «Debe de estar loco. ¿Qué hago yo con un loco? ¿Realmente imagina que puedo irme a la cama con otro mientras salgo con él? No es posible.» Mientras tanto, se comportaba lo mejor posible con aquel inteligente compañero de almuerzos intelectuales. Él tenía dificultades y ella sabía que era porque, en realidad, no tenía ganas de estar con él; es decir, que era culpa suya, aunque él se lo reprochaba a sí mismo. De modo que Ella se propuso ser complaciente, pues pensó que debía evitar que aquel hombre se sintiera culpable por algo cuya única razón de existir era su delito de acostarse con un hombre que no le importaba lo más mínimo… Cuando todo hubo pasado, no tuvo más que restarle toda importancia al incidente. No había significado nada. Sin embargo, se sintió lastimada, temblando de ganas de llorar y muy desgraciada. En realidad, añoraba a Paul. Al día siguiente, Paul la llamó para decirle que aquella noche tampoco podía ir a verla. Pero Ella sentía tanta necesidad de estar con él, que se dijo a sí misma que no importaba nada, que era natural que tuviera trabajo o se quedara en casa con sus hijos.

Cuando se vieron, la noche siguiente, ambos estaban a la defensiva. Pero unos minutos después, aquella actitud había desaparecido y volvían a sentirse muy unidos. En algún momento de la noche él dijo:

—Qué raro, ¿verdad? Es cierto que, si estás enamorado de una mujer, dormir con otra no significa nada.

Cuando lo dijo, ella no lo oyó; algún resorte interior le impedía oírle cuando decía cosas que la podían herir. Pero lo oyó al día siguiente: las palabras volvieron de repente a su mente y las escuchó. Así que aquellas dos noches pasadas había estado experimentando con otra, había tenido su misma experiencia. Volvió a sentirse segura con él y volvió a tenerle confianza. Luego él empezó a interrogarla sobre lo que había hecho durante aquellos dos días. Le dijo que había salido a almorzar con un editor que le había publicado un cuento…

—He leído uno de tus cuentos —la interrumpió él—. Era bastante bueno.

Lo dijo con pesar, como si hubiera preferido que hubiese sido malo.

—¡Pues claro! ¿Por qué no tenía que ser bueno? —preguntó ella.

—Imagino que él era tu marido George, ¿no?

—En parte, no del todo.

—¿Y el editor?

Durante un instante estuvo por confesarle que había tenido la misma experiencia que él. Pero luego reflexionó: «Si es capaz de enfadarse por cosas que no han pasado, ¿qué va a decir si le cuento que me fui a la cama con aquel hombre? La verdad es que no me fui. No cuenta, no es lo mismo».

Más tarde, Ella decidió que «el estar juntos» (no empleó nunca la palabra aventura) había empezado en aquel momento, cuando hicieron la prueba de salir con otras personas y descubrieron que lo que sentían el uno por la otra hacía que los demás no contaran. Aquélla fue la única infidelidad a Paul, y no creía que importara nada. No obstante, le pesaba haberlo hecho porque más tarde significó la cristalización de las acusaciones de él hacia ella. Después, él acudió casi cada noche, y cuando no podía, ella estaba segura de que no era porque no quisiera. Llegaba tarde a causa de su trabajo y por los niños. Le ayudaba con las cartas de las «señoras Brown», lo que procuraba un inmenso placer a Ella, pues trabajaban juntos por aquella gente a la que, de vez en cuando, podían ayudar.

Nunca pensaba en su mujer. Por lo menos, al principio.

Únicamente le preocupaba Michael. El niño había querido a su padre, quien volvía a estar casado en América. Era natural que el niño expresara aquel cariño hacia el nuevo hombre. Pero cuando Michael le abrazaba o corría a recibirle, Paul se ponía rígido. Ella observaba cómo, instintivamente, adoptaba aquella actitud rígida y profería una risa de conejo, antes de que empezara a operar su inteligencia (la inteligencia del cura de almas, tratando de enfrentarse del mejor modo posible a la situación). Luego se desprendía suavemente de los brazos de Michael y empezaba a hablarle en voz reposada, como a una persona mayor. Y Michael reaccionaba bien. A Ella le dolía ver cómo, al negársele el afecto paterno, el niño reaccionaba como un adulto, con seriedad, respondiendo a preguntas serias. Se le privaba de la espontaneidad de un determinado tipo de afecto. Reservaba todo su cariño y agradecimiento para su madre, mientras que hacia Paul, hacia el mundo masculino, reaccionaba con juicio, calma y sentido común. A veces Ella se alarmaba: «Estoy perjudicando a Michael —se decía—. Esta situación le va a hacer daño. Nunca más podrá tener una relación afectuosa con un hombre». Pero luego pensaba: «No creo que sea verdad. Debe de hacerle bien el que yo sea feliz. Sí, para él tiene que ser mucho mejor que yo sea, ahora, una mujer de verdad». De modo que aquella preocupación no le duraba mucho: instintivamente, creía que no había motivo. Se abandonó al amor de Paul por ella, y dejó de pensar. Cuando se sorprendía a sí misma observando aquella relación desde fuera, como la verían los demás, se sobrecogía de terror y de cinismo. Por eso lo evitaba, en lo posible. Vivía al día, sin pensar en el porvenir.

***

Cinco años.

Si escribiera esta novela, el tema principal quedaría soterrado al comienzo, y sólo más tarde iría predominando. El tema de la esposa de Paul, de la tercera persona. Al principio, Ella nunca piensa en esa mujer, pero luego tiene que hacer un esfuerzo deliberado para apartarla de su mente. Esto ocurre cuando se da cuenta que su actitud es despreciable: se siente triunfadora, satisfecha por haberle quitado a Paul. Entonces se horroriza y avergüenza tanto, que rápidamente esconde su sentimiento. No obstante, la sombra de la tercera persona vuelve a alargarse y le resulta imposible no pensar en ella. Reflexiona mucho sobre la mujer invisible a la que Paul siempre vuelve (y junto a la cual siempre acabará volviendo), y ya no tiene sensación de triunfo, sino de envidia. La envidia. Despacio, sin querer, empieza a imaginársela como una mujer serena, tranquila, incapaz de estar celosa, que no exige nada al marido y que está llena de recursos para ser feliz; en fin, una mujer independiente, pero siempre dispuesta a dar cuando se lo piden. Ella cae en la cuenta (aunque mucho más tarde, al cabo de unos tres años) de que es muy rara la idea que se ha formado de aquella mujer, pues no corresponde en nada a las descripciones de Paul. ¿A qué se debe, pues, que se la imagine así? Poco a poco, acaba comprendiendo que esa imagen corresponde a lo que le gustaría a ella; que la mujer imaginada es su propia sombra, todo lo que no es ella misma. Porque ahora comprende, y eso le horroriza, su absoluta dependencia de Paul. Cada fibra de su persona está entretejida con las de Paul, y es incapaz de imaginar la vida sin él. La mera idea de existir alejada de su lado le produce un miedo negro y helado que la aprisiona, de modo que rechaza este pensamiento. Y finalmente debe reconocer que se aferra a la visión de esta otra mujer —la tercera persona— como si se tratase de un resorte de seguridad o de protección para ella misma.

El segundo tema de la obra es, en realidad, parte de esto mismo, aunque no aparecería obvio hasta el final de la novela: se trata de los celos de Paul. Los celos van aumentando y concuerdan con el ritmo de su lenta retirada. Paul la acusa, medio en broma, medio en serio, de irse a la cama con otros hombres. En un bar le hace una escena porque le ha guiñado el ojo a un hombre de cuya presencia ella ni se había percatado. Al principio, se burla de él. Más tarde, empieza a molestarse, pero sofoca su resentimiento porque lo considera demasiado peligroso. Luego, al comprender la visión que se ha creado de la otra, tan serena y demás, comienza a reflexionar acerca de los celos de Paul y logra pensar sobre ello libre del resentimiento, comprendiendo su significación real. Se le ocurre que la sombra de Paul, su imaginaria tercera persona, es un rufián despreciable, sin escrúpulos, buenas maneras ni corazón. (Éste es el papel que de vez en cuando él interpreta para ella, burlándose de sí mismo.) De modo que el significado de esto es que, al unirse con Ella en una relación seria, el rufián desaparece, se deja a un lado. Sólo se manifiesta entonces en ciertos rasgos marginales de su personalidad, provisionalmente inutilizado, como si esperase la ocasión de volver. Así que entonces Ella percibe, junto a aquella mujer sensata, serena y tranquila (su sombra), la silueta del incorregible y despreciable seductor. Ambas figuras, tan discordantes, avanzan juntas, al mismo paso que Ella y Paul. Y llega un momento (al final de la novela, en su apogeo) en que Ella piensa: «La silueta de la sombra de Paul, ese hombre que él ve por todas partes, incluso en alguien de cuya presencia yo ni me he dado cuenta, es un libertino de opereta. Lo cual quiere decir que conmigo Paul pone en movimiento su personalidad *positiva*. (Expresión de Julia.) Conmigo es bueno. En cambio, yo, como sombra, tengo a una mujer buena, madura, fuerte y que no pone condiciones. Lo que quiere decir que con él exteriorizo mi personalidad *negativa*. Por lo tanto, el resentimiento que va apareciendo en mí contra él es una aberración, una burla de la realidad. De hecho, en esta relación él es mejor que yo, como lo prueban las formas invisibles que nos acompañan todo el tiempo».

Temas secundarios. Su novela. Él le pregunta qué escribe y ella se lo dice. De mala gana, porque la voz de Paul está llena de desconfianza siempre que menciona sus actividades literarias.

—Es una novela sobre el suicidio.

—¿Y qué sabes sobre el suicidio?

—Nada. Simplemente escribo.

(A Julia le hace bromas amargas sobre Jane Austen, quien escondía sus novelas bajo el papel secante cuando entraba alguien en la habitación. Cita las palabras de Stendhal, para quien toda mujer que no ha cumplido los cincuenta años y escribe, tiene la obligación de usar un seudónimo.)

Durante los días siguientes le cuenta historias de sus enfermos con tendencias al suicidio. Por fin comprende que lo hace porque cree que ella es demasiado ingenua e ignorante para escribir sobre el suicidio. (Ella llega a pretender, incluso, que le da la razón.) Él la instruye. Ella empieza a ocultarle su trabajo, diciendo que no ambiciona «ser una escritora; sólo escribir aquel libro para ver qué sale». Parece que él no se lo cree, y no tarda en empezar a quejarse de que esté usando su experiencia profesional para compilar hechos con destino a su novela.

El tema de Julia. A Paul le desagrada la relación que Ella tiene con Julia. La considera como un pacto contra él y hace bromas profesionales sobre los aspectos lesbianos de esa amistad. A lo que Ella replica que, en ese caso, las amistades de él con hombres deben de ser homosexuales. Pero Paul la acusa de falta de sentido del humor. Al principio, el instinto de Ella es sacrificar a Julia por Paul; pero luego la amistad cambia y adquiere un contenido crítico contra Paul. Las conversaciones entre las dos mujeres son muy inteligentes, llenas de agudas críticas implícitas contra los hombres. No obstante, Ella no cree que ello implique deslealtad hacia Paul, porque tales conversaciones provienen de un mundo distinto, del mundo de la intuición y la sutileza que nada tiene que ver con sus sentimientos hacia Paul.

El tema del amor maternal de Ella por Michael. Constantemente está haciendo esfuerzos para que Paul se comporte como un padre con Michael; pero nunca lo logra. Y Paul dice:

—Verás como me lo agradecerás, como reconocerás que yo tenía razón.

Lo que sólo puede significar una cosa: «Cuando te abandone, te alegrarás de que no haya creado una relación sólida con tu hijo». Y por eso, Ella prefiere no oírlo.

El tema de la actitud de Paul con respecto a su profesión. En esto es contradictorio. Se toma muy en serio el trabajo con sus enfermos, pero se burla del lenguaje técnico que usa. Es capaz de contar la historia de un paciente, con gran sutileza y profundidad, usando un lenguaje literario y emocional; luego lo presenta en términos de psicoanálisis para darle una dimensión diferente; y cinco minutos más tarde bromea, con una gran dosis de inteligencia e ironía, sobre los términos que acaba de usar para valorar el nivel literario, la verdad emocional. Y en cada uno de esos momentos, en cada una de esas personalidades —la literaria, la psicoanalítica y la del hombre que desconfía de todos los sistemas filosóficos que se consideran decisivos—, habla con seriedad y supone que Ella le toma en serio. Le molestan los intentos que Ella hace para relacionar entre sí sus diferentes aspectos.

Su vida en común se llena de expresiones y símbolos. Lo de «señoras Brown» se refiere tanto a los enfermos de él como a las mujeres que le piden ayuda a ella.

«Tus almuerzos literarios» es la expresión con que Paul alude a las infidelidades de Ella, y la usa unas veces en broma y otras en serio.

«Tu tratado sobre el suicidio» se refiere a la novela que Ella está escribiendo.

Y otra expresión que se va haciendo cada vez más importante, aunque al principio Ella no alcanza a comprender cuán profunda es la actitud que refleja: «Nosotros dos arrastramos rocas». Con esta expresión se refiere él a lo que considera su propio fracaso. Sus esfuerzos por salir del mundo de su familia, por ganar becas y por obtener las mejores calificaciones en sus estudios de medicina se debían a su ambición de llegar a ser investigador. Pero ahora se da cuenta que nunca será un investigador original. Y este fallo se debe, en parte, a lo que hay de mejor en él, a su constante compasión por el pobre, el ignorante, el enfermo. Siempre que se ha encontrado frente a la oportunidad de encerrarse en el laboratorio o la biblioteca, ha escogido, en cambio, al débil. Nunca será un descubridor o un guía de nuevos horizontes. Se ha convertido en el tipo que lucha contra el inspector médico reaccionario y burgués que quiere mantener las puertas de los dormitorios del hospital cerradas con llave y a los enfermos metidos en camisas de fuerza.

—Tú y yo, Ella, somos unos fracasados. Nos pasamos la vida luchando para conseguir que la gente un poco más estúpida que nosotros acepte las grandes verdades que los grandes hombres siempre han reconocido. Hace miles de años que saben que si encierras y aíslas a una persona enferma, ésta empeora. Hace miles de años que saben que el pobre hombre atemorizado por el casero y la policía es un esclavo. Ya lo sabían. Nosotros también lo sabemos. Pero ¿lo sabe la gran masa de ingleses ilustrados? No. Nuestro trabajo, Ella, el tuyo y el mío, es hacérselo saber. Porque los grandes hombres son demasiado grandes y no se preocupan por ello. Están descubriendo cómo colonizar Venus y cómo regar la Luna. Esto es lo importante en nuestra época. Tú y yo somos los que arrastramos las rocas. Durante toda nuestra vida, tú y yo gastaremos toda nuestra energía y nuestro talento en arrastrar una gran roca hasta la cima de una montaña. La roca es la verdad que el gran hombre ya sabe por instinto, y la montaña es la estupidez de la humanidad. Nosotros arrastramos la roca. A veces desearía haber muerto antes que aceptar este puesto que tanto quería, que imaginaba iba a tener algo de creador. ¿Y en qué paso el tiempo? En explicar al doctor Shackerly, un hombrecillo atemorizado, natural de Birmingham y que tiraniza a su esposa porque no sabe cómo querer a una mujer; en explicarle, digo, que debería abrir las puertas del hospital, que no tiene que encerrar a los enfermos en celdas acolchadas con cuero blanco y oscuras, y que las camisas de fuerza son objetos estúpidos. Pierdo días enteros con esto y curando enfermedades causadas por una sociedad tan estúpida que... Y tú, Ella. Tú les dices a las mujeres de los obreros que no tienen por qué no atreverse a usar el estilo y los muebles que se encuentran en las casas de sus amos, estilo y muebles diseñados por hombres de negocios que hacen dinero con el esnobismo. Y a mujeres de unos y de otros, esclavas de la estupidez, les dices que salgan y se hagan miembros de un club o que se busquen un pasatiempo que les quite de la cabeza la idea de que nadie las quiere. Y si el pasatiempo no pone remedio a su situación, vienen a parar a mi dispensario... Quisiera estar muerto, Ella. De verdad. Tú no lo comprendes, claro, se te ve en la cara que no...

Otra vez la muerte. La muerte sale de su novela y penetra en su vida. Aunque es una muerte en forma de energía, pues ese hombre que trabaja como un loco llevado por una compasión llena de airada furia y de ira, ese hombre que dice que quisiera haber muerto, no para de trabajar en favor del desvalido.

***

Es como si la novela ya estuviera escrita y yo la leyese. Y ahora que la veo acabada, percibo otro tema del que no era consciente cuando la empecé. Es el tema de la ingenuidad. En el momento en que Ella conoce a Paul y empieza a quererle, en el instante mismo en que pronuncia la palabra amor, nace la ingenuidad.

De modo que ahora, al volver a reflexionar sobre mi relación con Michael (he dado el nombre de mi amante real al ficticio hijo de Ella, con la sonrisa de autosuficiencia del paciente que presenta al psicoanalista las pruebas que éste desea, pero que él juzga desprovistas de importancia), percibo, sobre todo, mi ingenuidad. Cualquier persona inteligente hubiera podido prever, desde el principio, el fin de la aventura. No obstante, yo, Anna, al igual que Ella con Paul, me negué a reconocerlo. Paul dio a luz a Ella, a la ingenua Ella. Destruyó a la experimentada, escéptica y sofisticada Ella, y adormeció una y otra vez su inteligencia —ayudado por ella misma—, haciendo que se quedara flotando en las tinieblas de su amor hacia él, con su ingenuidad, que es otro término para referirse a la espontánea fe creadora. Y cuando la desconfianza de él destruyó a la mujer enamorada, ésta comenzó a pensar por sí misma y luchó para recobrar su ingenuidad.

Ahora, cuando me siento atraída por un hombre, puedo medir la profundidad que tendría una relación con él por el grado en que se recrea en mí la ingenua Anna.

A veces, cuando yo, Anna, recuerdo el pasado, siento ganas de reír descaradamente. Es la risa horrorizada y envidiosa de la convicción de mi inocencia. Ya no volvería a ser capaz de tal grado de confianza. Yo, Anna, no iniciaría una aventura con Paul… ni con Michael. Pero, si lo hiciera, empezaría esa aventura pensando que era sólo eso, una aventura, y teniendo una idea exacta de sus consecuencias. Iniciaría una relación deliberadamente estéril y limitada.

Lo que Ella perdió en esos cinco años fue la capacidad de crear a través de su ingenuidad.

***

El fin de la aventura. Aunque ésta no es la palabra que entonces empleaba Ella. La usó después, con amargura.

Ella empieza a darse cuenta de que Paul se está alejando, en el instante en que él ya no la ayuda a contestar las cartas. Paul le dice:

—¿De qué sirve? En el hospital me paso el día entero con la viuda Brown… Realmente no se puede hacer nada. De vez en cuando, consigo ayudar a alguien. Pero, a la larga, la gente como nosotros, los que empujamos las rocas, no servimos para ayudar a nadie. Nos lo imaginamos. La psiquiatría y la asistencia social no son más que emplastos aplicados a llagas absurdas.

—Paul, tú sabes que les ayudas.

—Durante todo el tiempo estoy pensando, no servimos para nada. ¿Cómo se puede ser médico si ves a los enfermos como síntomas de un malestar universal?

—Si lo creyeras de verdad no trabajarías tanto.

Vaciló, y luego asestó el golpe:

—Vamos, Ella, tú eres mi amante, no mi mujer. ¿Por qué quieres que comparta contigo la seriedad de la vida?

Ella se enojó.

—Todas las noches las pasas en mi cama y me lo cuentas todo —replicó—. Yo soy tu mujer.

Mientras lo decía, tuvo conciencia de que estaba firmando la papeleta para el fin, y le pareció una cobardía terrible no haberlo dicho antes. La reacción de Paul fue una risita ofendida, un gesto de retirada.

***

Ella termina la novela y un editor la acepta. Sabe que es bastante buena, pero nada extraordinario. Si fuera una lectora, la juzgaría como una novela menor y sincera. Paul, en cambio, la lee y reacciona con un complicado sarcasmo:

—En fin, más vale que los hombres nos retiremos ya de la vida.

Ella siente terror y pregunta:

—¿Qué quieres decir?

No obstante, se echa a reír ante el tono dramático con que ha hablado él, parodiándose a sí mismo.

Luego, Paul abandona el tono de parodia y dice, muy seriamente:

—Querida Ella, ¿no sabes cuál es la gran revolución de nuestra época? La revolución rusa, la china, no son nada comparadas con la revolución auténtica, la de las mujeres contra los hombres.

—Pero Paul, esto no quiere decir nada.

—La semana pasada vi una película… Fui solo; no te llevé por que era una película para hombres solos…

—¿Cuál?

—¿Sabías que una mujer ya puede tener hijos sin un hombre?

—¿Y para qué querrá tener hijos sin un hombre?

—Por ejemplo, puedes poner hielo sobre los ovarios de una mujer, y ella tendrá un hijo. Los hombres ya no son necesarios a la humanidad.

Ella se echa a reír, sin vacilar, y pregunta:

—¿Y qué mujer en su sano juicio va a preferir que le pongan hielo en los ovarios en lugar de juntarse con un hombre?

Paul también se ríe.

—Di lo que quieras, pero es un símbolo de la época en que vivimos.

Ella se pone a gritar:

—¡Por Dios, Paul! Si en cualquier momento de estos cinco últimos años me hubieras pedido un hijo, me habrías hecho muy feliz.

Paul vuelve a su actitud instintiva y temerosa, de retirada. Luego contesta cauta y controladamente, riendo:

—Vamos, Ella, es el principio de la cosa. Los hombres ya no son necesarios.

—¡Bah, principios! —exclama Ella entre risas—. Estás loco. Siempre lo he dicho.

A lo que él replica:

—En fin, tal vez tengas razón. Eres muy sensata, Ella; siempre lo has sido. Dices que estoy loco. Ya lo sé; cada día un poco más. A veces me maravilla que no me encierren a mí, en lugar de a mis pacientes. Y tú cada día estás un poco más cuerda. De ahí tu fuerza. Ya verás como terminas dejándote poner hielo sobre los ovarios.

Al oír tales palabras, Ella comienza a gritar. Se siente tan ofendida que ya no le importa lo que Paul piense.

—Estás *completamente* loco. Permíteme decirte que prefiero morir antes que tener un hijo de esa forma. ¿No te has dado cuenta de que, desde el momento que te conocí, quise un hijo tuyo? Desde que te conocí, sí. Todo parecía tan lleno de alegría que... —se interrumpe, viendo en el rostro de él que instintivamente rechaza lo que acaba de decir—. Bueno, de acuerdo. Pero supongamos que para eso acabáis siendo innecesarios... Ello

272

será así porque no tenéis fe en vosotros mismos... —La expresión de Paul refleja susto y tristeza, pero a Ella, en su arrebato, no le importa lo más mínimo—. Eres incapaz de comprender las cosas más simples, tan simples y comunes que no sé por qué no las comprendes. Junto a ti todo ha sido dichoso, fácil y alegre. ¡Y ahora empiezas a hablar de si las mujeres se ponen hielo en los ovarios! Hielo. Ovarios. ¿Qué significa todo eso? Por mí, si os queréis borrar de la superficie de la Tierra, allá vosotros.

Abriendo los brazos, Paul dice:

—Ella. ¡Ella! Ven aquí.

Obedece y se abrazan, pero al cabo de un instante, él comienza de nuevo con sus bromas:

—¿Te das cuenta de que tengo razón? En el momento de la verdad, tú misma lo admites; nos sacáis de la Tierra de un empujón y os quedáis riendo.

***

El sexo. La dificultad de escribir sobre el sexo, para las mujeres, proviene de que el sexo es mejor cuando no se piensa demasiado, cuando no se analiza. Las mujeres prefieren, conscientemente, no pensar en los aspectos técnicos del sexo. Se irritan cuando los hombres hablan de sus técnicas, pues necesitan autodefenderse, necesitan preservar la espontánea emoción que requiere su satisfacción sexual.

Para las mujeres el sexo es esencialmente emocional. ¿Cuántas veces se ha escrito esto? Y, no obstante, hay siempre un momento, incluso con el hombre más perspicaz e inteligente, en que la mujer le ve como desde la otra orilla de un abismo: no ha comprendido. De repente, ella se siente sola; pero se apresura a olvidar ese momento, porque, de lo contrario, tendría que pensar. Julia, Bob y yo charlamos en la cocina. Bob nos cuenta una anécdota sobre la separación de un matrimonio:

—El problema era sexual. El pobre infeliz tenía un miembro del tamaño de un alfiler.

Julia replicó:

—Mi impresión fue siempre que ella no le quería.

Bob, creyendo que no le ha oído bien, puntualiza:

—No, siempre le ha preocupado mucho. Lo tiene muy pequeño.

Julia:

—Pero ella nunca le quiso, eso era evidente cuando se los veía juntos.

Bob, ya un poco impaciente:

—¿Y qué culpa tienen ellos? Desde el principio la naturaleza estaba en contra suya.

Julia:

—Seguro que es culpa de ella. No debió casarse con él, si no le quería.

Bob, irritado por la estupidez de su interlocutora, empieza una larga explicación técnica, mientras Julia me mira a mí, suspira, sonríe y se encoge de hombros. Unos minutos más tarde, como él no para, ella le ataja con una broma malhumorada y le impide continuar.

En cuanto a mí, Anna, es notable el hecho de que nunca se me ocurrió analizar la relación sexual entre Michael y yo hasta que me puse a escribir sobre la cuestión. No obstante, hay una clara línea de desarrollo durante estos cinco años, y la tengo grabada en mi recuerdo como un gráfico.

Cuando Ella empezó a hacer el amor con Paul, durante los primeros meses, lo que decidió el hecho de que ella se sintiese enamorada de él y pudiese manifestarlo fue que en seguida experimentó un orgasmo. Un orgasmo vaginal, naturalmente. No lo hubiese podido conseguir si no le hubiera amado. Es el tipo de orgasmo que nace de la necesidad que un hombre siente por una mujer, y de su confianza en esta necesidad.

Al cabo de un tiempo él empezó a utilizar métodos mecánicos. (Leo la palabra mecánicos y me doy cuenta de que un hombre no la utilizaría.) Paul comenzó a emplear manipulaciones externas, produciéndole a Ella orgasmos clitóricos. Aquello era muy excitante, pero había algo en ella que no lo aceptaba. Sentía que él lo quería así, lo cual significaba que, instintivamente, no deseaba entregarse a ella. Sentía que él tenía miedo de la emoción, sin saberlo o sin ser consciente de ello (aunque quizá sí lo era). Un orgasmo vaginal es sólo emoción; nada más. Se experimenta como emoción y está expresado en sensaciones que no pueden distinguirse de las emociones. El orgasmo vaginal es como fundirse en una sensación vaga, oscura y general, como si una fuera arrastrada por un remolino de aire cálido. Hay varias clases de orgasmo clitórico y todas ellas son más potentes (la palabra es masculina) que el orgasmo vaginal. Pueden tenerse miles de estremecimientos y de sensaciones; pero sólo hay un orgasmo femenino de verdad, y es el que se produce cuando un hombre, movido por lo más profundo de su necesidad y deseo, toma a una mujer y exige que le corresponda. Lo demás es un sustituto y resulta falso: toda mujer, incluso la menos experimentada, lo siente así por instinto. Ella, antes de ir con Paul, no había tenido nunca un orgasmo clitórico. Se lo dijo y él se alegró mucho.

—Bueno, por fin resulta que en algo eres todavía virgen, Ella.

En cambio, cuando le dijo que era la primera vez que tenía un «orgasmo real», como ella se empeñaba en llamarlo, de una intensidad tan profunda, él frunció el ceño involuntariamente y observó:

—¿Sabías que fisiólogos eminentes sostienen que las mujeres no están físicamente constituidas para experimentar el orgasmo vaginal?

—¡Vaya! Pues no saben lo que se dicen.

Y así, con el transcurso del tiempo, cuando hacían el amor su atención fue desplazándose del orgasmo real al clitórico, y llegó un momento en que Ella se dio cuenta (e inmediatamente se negó a reflexionar sobre el asunto) de que ya no tenía orgasmos reales. Esto ocurrió muy poco antes de que Paul la abandonara. Es decir, que emocionalmente ya sabía la verdad, mientras que su inteligencia se negaba a reconocerla.

También poco antes del final, Paul le contó algo que (puesto que en la cama él prefería que su compañera tuviese orgasmos clitóricos) Ella decidió pasar por alto, como otro síntoma de la división de su personalidad. Y es que el tono de la historia, su manera de narrarla, contradecía lo que realmente experimentaba junto a él.

—Hoy, en el hospital, ha ocurrido una cosa que te hubiera divertido.

Estaban dentro del coche, a oscuras, frente a la casa de Julia. Ella se apretó contra Paul, dejando que le pasara un brazo por la espalda para mantenerla en aquella posición. Sentía que su cuerpo temblaba de risa.

—Como ya sabes, nuestro famoso hospital subvenciona conferencias cada quince días para sus empleados. Ayer estaba anunciado que el profesor Bloodrot nos hablaría sobre el orgasmo de la hembra del cisne. —Ella se apartó instintivamente y él volvió a empujarla contra sí diciéndole—: Ya sabía que harías eso. Estate quieta y escucha. La sala estaba llena; en fin, ya sabes. El profesor se levantó, y, doblándose como una larga vara —mide un metro ochenta—, meneando de un lado a otro su barba blanca, dijo que tenía pruebas definitivas de que los cisnes hembras no tienen orgasmos. Iba a utilizar aquel descubrimiento científico como base de una corta discusión sobre la índole de los orgasmos femeninos en general, añadió. —Ella rompió a reír—. Sí, ya sabía que te ibas a reír. Pero esto no es todo. En aquel momento se notó que pasaba algo inesperado en la sala. Había gente que se levantaba y se iba. El respetable profesor, irritado, dijo que confiaba en que nadie iba a encontrar ofensivo el tema de su conferencia. Al fin y al cabo, en todo el mundo, los hospitales como aquél patrocinaban investigaciones sobre la sexualidad, a despecho de las supersticiones que rodean el asunto. Pero, nada, la gente seguía marchándose. ¿Quiénes se marchaban? Todas las mujeres. Había unos cincuenta hombres y quince mujeres, y todas las damas, las doctoras, se levantaban y salían como si siguieran una consigna. El profesor parecía muy deprimido. Dio un fuerte tirón a su barba y manifestó cuánto le sorprendía que sus colegas, las doctoras, por quienes sentía profundo respeto, fueran capaces de tanto melindre. Inútil. No quedaba una mujer. Ante lo cual el profesor carraspeó y anunció que continuaría la conferencia, a pesar de la lamentable actitud de las doctoras. Según su parecer, y basándose en sus investigaciones sobre las características del cisne hembra, en las mujeres no había base física para el orgasmo vaginal… No, no te apartes. Ella. ¡Es tan fácil prever las reacciones de las mujeres! Yo estaba al lado del doctor Penworthy, padre de cinco hijos, y me dijo al oído que lo sucedido era muy raro, pues normalmente la esposa del profesor, que es una mujer muy consciente de su deber con respecto a las actividades públicas de su marido, asiste siempre a las conferencias; pero a aquélla no fue. ¡Ni siquiera ella! Bueno, lo cierto es que, a la vista de la situación, yo cometí un acto de deslealtad contra mi propio sexo. Salí al recibidor en pos de las mujeres y me encontré con que habían desaparecido todas. Muy extraño: ni una mujer a la vista. Por fin vi a mi vieja amiga Stephanie, que estaba tomando café en la cantina. Me senté junto a ella. No cabía duda de que se sentía muy distante a mí. Le dije: «Stephanie, ¿por qué os habéis marchado de la conferencia del profesor sobre los últimos resultados de las investigaciones sexológicas?». Me sonrió con hostilidad, y luego, poniendo una voz muy suave, contestó: «Querido Paul, al cabo de tantos siglos, las mujeres con una pizca de sentido común saben que es inútil tratar de interrumpir a un hombre cuando se propone decirnos lo que nosotras sentimos con respecto al sexo». Me ha costado media hora y tres tazas de café conseguir que Stephanie se mostrara de nuevo amistosa conmigo. —Paul volvió a reírse, sin dejar de mantener a Ella abrazada, y mirándola a la cara añadió—: Sí, bueno… Ahora no te enfades tú conmigo, únicamente porque soy del mismo sexo que el profesor. Es lo que le he dicho a Stephanie.

El enojo de Ella se desvaneció y se echó a reír. Pensaba: «Esta noche va a subir conmigo». Hasta poco antes había pasado casi todas las noches con ella, pero últimamente iba a su casa dos o tres veces por semana. De pronto él dijo, al parecer sin reflexionar:

—Ella, eres la mujer menos celosa que conozco.

Ella sintió un escalofrío, seguido de pánico, e inmediatamente comenzó a funcionar su mecanismo de defensa: simplemente, no oyó lo que le había dicho. Luego preguntó:

—¿Vienes conmigo?

—He decidido que no… Pero si realmente lo hubiera decidido, no estaría aquí ahora.

Subieron al piso cogidos de las manos. Inesperadamente, Paul observó:

—Me gustaría saber cómo os llevaríais Stephanie y tú.

Ella pensó que la miraba de una manera rara, «como si estuviera probando algo». De nuevo sintió pánico, mientras pensaba: «Habla mucho de Stephanie últimamente. A ver si...». Pero su mecanismo de defensa funcionó otra vez y dijo:

—Tengo la cena hecha, si quieres comer...

Comieron, y al terminar, mirándola a través de la mesa, Paul exclamó:

—Además, ¡cocinas bien! ¿Qué voy a hacer contigo, Ella?

—Lo que estás haciendo ahora —replicó ella.

La observaba con una expresión irónica, de exasperación y desconcierto, habitual en él por aquellos días.

—Y no he conseguido que cambiaras ni pizca en tu forma de vestir o de peinarte —comentó Paul.

Era una lucha corriente entre los dos. Le cambiaba la forma de peinado, le tiraba del vestido para que adquiriese otra forma, y le decía:

—Ella, ¿por qué te empeñas en parecer una maestra de escuela cuando, en realidad, eres tan diferente?

Le regalaba una blusa escotada o le mostraba un vestido en el escaparate de una tienda y le sugería:

—¿Por qué no te compras ropa como ésta?

Pero Ella seguía atándose el pelo detrás de la nuca y negándose a usar los vestidos extremados que a Paul le gustaban. En el fondo, pensaba: «Si ahora ya se queja de que no estoy satisfecha con él y de que quiero a otro, ¿qué va a pensar si empiezo a ponerme vestidos provocativos? Si me arreglara vistosamente, no lo soportaría. Bastante pesado se pone ya ahora».

Una vez le dijo, riéndose de él:

—¡Pero, Paul! ¡Si me compraste aquella blusa roja que tiene un escote calculado para mostrar el nacimiento de los pechos, y cuando me la puse apareciste tú y lo primero que hiciste fue abrochármela...! Lo hiciste instintivamente, ¿recuerdas?

Aquella noche, Paul se le acercó y le soltó el pelo para que le cayera en cascada. Le miraba el rostro de cerca, frunciendo el ceño, mientras esparcía algunos mechones por la frente y modelaba el resto alrededor del cuello. Ella le dejó hacer, quieta bajo el calor de sus manos, sonriéndole. De repente, pensó: «Me está comparando con alguien; no es a mí a quien mira». Se apartó rápidamente de él y le oyó decir:

—Ella, si quisieras podrías resultar muy guapa.

—¿O sea que no me encuentras guapa?

Y Paul, mitad gruñendo y mitad riéndose, la empujó a la cama, contestándole:

—Pues claro que no.

—Entonces… —y Ella sonrió despreocupada.

Fue aquella noche cuando le dijo, como por casualidad, que le habían ofrecido un puesto en Nigeria y que quizá lo aceptara. Ella le oyó, pero casi distraídamente, de acuerdo con el tono de naturalidad que él imponía a la situación. Sin embargo, en seguida se dio cuenta de que se apoderaba de su estómago una fuerte sensación de desaliento, de que algo definitivo estaba a punto de ocurrir. Pese a todo, se empeñó en pensar: «Será la solución. Yo me iré con él, pues aquí no me retiene nada. Michael podrá ir allí a la escuela. ¿Qué tengo aquí que me retenga?».

Era cierto. Tumbada en la oscuridad, entre los brazos de Paul, pensó que, poco a poco, aquellos brazos la habían aislado de todo lo demás. Salía muy poco, porque no le gustaba ir sola y porque había aceptado, desde muy al principio, que salir los dos con un grupo de amigos causaba demasiados problemas. Paul se mostraba celoso o bien se quejaba de no encajar bien entre sus amigos literatos, a lo que Ella replicaba:

—No son amigos, son conocidos.

No tenía ningún lazo vital, aparte su hijo y Julia, a la cual no perdería porque era una amistad para toda la vida. De modo que le preguntó:

—Puedo ir contigo, ¿verdad?

Él vaciló y repuso, riendo:

—Pero ¿tú vas a renunciar a tu excitante mundillo de literatos londinenses?

Ella le dijo que estaba loco y se puso a hacer planes para la marcha.

Un día, él la llevó a su casa. No había nadie, pues su mujer había salido de vacaciones con los niños. Ocurrió al salir de ver juntos una película, cuando él dijo que quería pasar a recoger una camisa limpia. Detuvo el coche frente a una casita integrada en una hilera de viviendas idénticas, en un suburbio situado al norte del barrio de Shepherd Bush. Abandonados en un trocito de jardín se veían algunos juguetes.

—Siempre le estoy diciendo a Muriel que vigile a los niños —se lamentó, irritado—. Pero nada. No hay derecho a que siempre dejen sus cosas tiradas por ahí.

Entonces Ella comprendió que aquél era su hogar.

—En fin, entra un momento.

Contra su voluntad, Ella le siguió. El recibidor estaba empapelado con el dibujo floreado de rigor y tenía, además, un aparador de madera oscura y una alfombra bastante bonita. Por alguna misteriosa razón, Ella sintió que todo aquello era más bien consolador. El salón pertenecía a una moda distinta: estaba empapelado con tres papeles diferentes y decorado con cortinas y cojines discordantes. Se notaba que había sido remozado recientemente, pues parecía formar parte de una exposición. Era deprimente, y Ella siguió a Paul hasta la cocina en busca de la camisa limpia, que en aquella ocasión era una revista médica que necesitaba. La cocina era la pieza donde se pasaba la mayor parte del tiempo, y se notaba. Una de las paredes estaba empapelada de rojo, y parecía que se iban a introducir modificaciones. Encima de la mesa se veían montones de números de *Mujeres y Hogar*. A Ella le pareció que alguien le había asestado un golpe alevosamente. No obstante, pensó que, al fin y al cabo, si ella trabajaba para aquel siniestro y pretencioso semanario, no tenía derecho a burlarse de quien lo leyera. Se dijo que no conocía a nadie que se absorbiera sinceramente en su tarea; todos parecían trabajar de mala gana, cínicamente o adoptando una actitud contradictoria. O sea que Ella no era peor que los otros. Sin embargo, todo fue inútil, pues en un rincón había un televisor pequeño, y se imaginó a la mujer sentada allí, noche tras noche, leyendo *Mujeres y Hogar* mientras contemplaba la televisión y soportaba el ruido que los niños hacían arriba. Cuando Paul se dio cuenta de que permanecía allí, de pie, con una mano en las revistas y examinando la estancia, observó, con aquel tono suyo mezcla de broma y amargura:

—Es su casa, Ella. Que haga lo que quiera. Es lo mínimo que puedo ofrecerle.

—Sí, es lo mínimo.

—Debe de estar arriba.

Y salió de la cocina diciéndole a Ella por encima del hombro, antes de comenzar a subir la escalera:

—¿No subes?

Ella se preguntó: «¿Me enseña la casa para probarme algo? ¿Tal vez pretende decirme algo? ¿Es que no entiende cuánto odio estar aquí?».

Sin embargo, le siguió obedientemente arriba y entró en el dormitorio. Era, de nuevo, de estilo diferente, y se notaba que no lo habían cambiado desde hacía mucho tiempo. Tenía dos camas gemelas, con una mesilla en medio y una gran foto enmarcada de Paul encima de aquélla. Los colores eran verde, naranja y negro, con muchas rayas como de cebra. Los muebles eran de estilo «jazz», la moda de veinticinco años antes. Paul había encontrado la revista, que estaba en la mesilla de noche, y se mostraba dispuesto a volver a salir. Ella dijo:

—Un día de estos voy a recibir una carta del doctor West, en la que leeré: «Querido doctor Allsop: Por favor, aconséjeme qué debo hacer. Últimamente paso las noches sin dormir. He probado a beber leche caliente antes de acostarme, y a preservar mi tranquilidad de espíritu, pero no sirve de nada. Por favor, dígame qué puedo hacer. Firmado, Muriel Tanner. He olvidado decirle que mi marido me despierta temprano, hacia las seis, cuando llega de trabajar en el hospital. A veces no aparece por casa durante una semana entera. Me encuentro deprimida. Es una situación que dura ya cinco años».

Paul escuchó, con expresión seria y triste.

—No ha sido ningún secreto —dijo por fin— que no estoy muy orgulloso de mi comportamiento como marido.

—Pero ¡por Dios! ¿Por qué no acabas del todo?

—¿Qué? —exclamó Paul, medio riéndose y adoptando de nuevo la actitud de don Juan—. ¿Abandonar a la pobre mujer con dos niños?

—Podría encontrar a un hombre que la quisiera de verdad. No me vas a decir que no lo tolerarías. Seguro que debes detestar este modo de vivir.

—Ya te he dicho que es una mujer muy sencilla —contestó él, serio—. Tú siempre imaginas que los otros son como tú. Pues no, no lo son. A ella le gusta mirar la televisión, leer *Mujeres y Hogar*, empapelar las paredes… Y es una buena madre.

—¿Y no le importa no tener un hombre?

—Tal vez tiene uno; nunca se lo he preguntado.

—¡Ah, bien! ¿Quién sabe? —dijo Ella, totalmente abatida y siguiéndole escaleras abajo.

Agradeció poder salir de aquella casita discordante: era como si escapara de una trampa. Miró la calle y pensó que seguramente las demás casas eran todas tan impersonales como aquélla, que ninguna presentaría un conjunto que reflejara una vida entera, un ser humano entero o, lo que era lo mismo, una familia entera.

—Lo que a ti no te gusta —dijo Paul, ya en el coche— es que Muriel pueda ser feliz viviendo de esta manera.

—¿Cómo puede ser feliz?

—Hace tiempo le pregunté si quería que nos separáramos. Podía volver a casa de sus padres, si así lo deseaba. Me contestó que no. Además, sin mí estaría como perdida.

—¡Dios mío! —exclamó Ella, con aversión y miedo.

—Es cierto; soy como un padre para ella. Depende de mí completamente.

—¡Pero si no te ve nunca!

—Por lo menos soy muy eficaz —dijo Paul, con sequedad—. Cuando llego a casa lo arreglo todo: repaso los calentadores de gas, pago la cuenta de la electricidad, sugiero dónde comprar una alfombra a buen precio y decido sobre la escuela de los niños… —Al no replicar Ella, insistió—: Ya te lo he dicho otras veces; eres una esnob, Ella. No puedes soportar el hecho de que tal vez le guste vivir de esta forma.

—Sí, es verdad. Además, no lo creo. Ninguna mujer del mundo quiere vivir sin amor.

—Eres muy exigente. Tú lo quieres todo o nada. Lo mides todo según un ideal que existe en tu cabeza, y si no está de acuerdo con tus hermosas ideas, lo condenas sin más. O te convences de que es hermoso, aunque no lo sea.

Ella pensó: «Se refiere a nosotros». Paul siguió hablando:

—Por ejemplo, Muriel podría muy bien preguntarse cómo puedes aguantar ser la amante de su marido, qué seguridad encuentras en eso... Pero tú no respetarías su opinión.

—¡Bah! Seguridad...

—¡Ah, claro! Tú dices, despreciándolo: «¡Bah, seguridad! ¡Bah, respetabilidad!»... Pero Muriel, no. Para ella son cosas muy importantes. Son muy importantes para la mayoría de la gente.

A Ella le pareció que lo decía enfadado y casi ofendido. Pensó que se identificaba con su mujer (aunque todos sus gustos, cuando estaba con Ella, eran diferentes), y que la seguridad y la respetabilidad también eran importantes para él.

Guardaba silencio y pensaba: «Si realmente le gusta vivir de esta forma o, al menos, si lo necesita, explicaría por qué se muestra siempre tan insatisfecho conmigo. La otra cara de una mujercita respetable y seria es la amante provocativa, alegre y elegante. Tal vez sí le gustaría que le fuera infiel y llevara vestidos provocativos. Pero me niego a ello. Soy de esta forma, y si no le gusta, que lo deje correr».

Aquella noche, horas más tarde, Paul le dijo riendo, pero con agresividad:

—Te haría bien, Ella, ser como las otras mujeres.

—¿Qué quieres decir?

—Que estuvieses esperando en casa, que fueses la esposa de alguien, que tratases de conservar a tu marido alejado de las otras mujeres, en lugar de tener un amante rendido a tus pies.

—¿Así que eso es lo que eres? —inquirió ella, con ironía—. Pero ¿por qué consideras el matrimonio como una forma de lucha? Yo no lo veo como una batalla.

—¡Ah, no! —exclamó Paul, también con ironía, y añadió—: Acabas de escribir una novela sobre el suicidio.

—Y eso ¿qué tiene que ver?

—Toda esa intuición e inteligencia...

Se interrumpió y se la quedó mirando, tristemente y con una expresión crítica que a Ella le pareció también de reprobación. Estaban en la habitación de Ella, bajo el tejado de la casa, con el niño durmiendo en el cuarto contiguo. Los restos de la cena aparecían esparcidos sobre la mesa baja que se interponía entre los dos, como otras mil veces. Paul empezó a darle vueltas con los dedos a un vaso de vino y añadió, dolorosamente:

—No sé cómo habría podido sobrevivir estos últimos meses sin ti.

—¿Qué ha pasado de particular en estos meses?

—Nada. Ahí está; todo sigue igual. En fin, en Nigeria no tendré que poner emplastos en llagas antiguas, en las heridas de un león sarnoso. Esto es lo que hago aquí, poner bálsamos sobre las heridas de un animal tan viejo que no tiene suficiente vitalidad para curarse. En África, por lo menos, trabajaré por algo nuevo y que crece.

Se marchó a Nigeria con inesperada rapidez. Inesperada para Ella, claro. Todavía hablaban del asunto como de algo que ocurriría en un futuro más o menos próximo, cuando un día apareció diciendo que se marchaba a la mañana siguiente. Los planes sobre cómo y cuándo podrían reunirse tuvieron que ser necesariamente vagos, hasta que él no supiera las condiciones en que iba a vivir. Ella le acompañó al aeropuerto como si fuera a verle de nuevo unas semanas más tarde. Pero él, después de que la hubo besado por última vez, se volvió con un gesto de amargura y una sonrisa retorcida, como una mueca dolorosa de todo su cuerpo, que hicieron llorar inesperadamente a Ella. Las lágrimas le caían por las mejillas, notaba frío y se sentía como si hubiera perdido algo. No pudo detener el llanto, pues lloraba para ahuyentar el frío que tanto la haría temblar, sin pausa, durante los días siguientes. Escribió cartas e hizo proyectos, pero en su interior se extendía una sombra que, poco a poco, la iba invadiendo. Paul le escribió una vez, diciéndole que era todavía imposible saber cómo ella y Michael podrían reunirse con él. Después, silencio.

Una tarde, mientras estaba trabajando con el doctor West frente a un montón de cartas, como siempre, él comentó:

—Ayer recibí carta de Paul Tanner.

—¿Ah, sí?

Suponía que el doctor West no sabía nada de su relación con Paul.

—Parece que le gusta aquello, y supongo que mandará a buscar la familia. —Añadió con cuidado unas cartas para su montón y continuó—: Hizo bien en marcharse, por lo que adivino. Antes de irse me dijo que se había enredado con una de armas tomar. Al parecer, un asunto difícil. No me pareció que fuese una mujer muy aconsejable.

Ella se esforzó en respirar con normalidad, examinó al doctor West y decidió que sólo se trataba de un chismorreo sin importancia sobre un amigo común, que aquello no iba dirigido contra ella para ofenderla. Tomó la carta que él le pasaba, y empezaba: «Querido doctor Allsop: Le escribo porque mi hijo pequeño, por las noches, se pasea dormido…», y dijo:

—Doctor West, esto es de su incumbencia, ¿no?

En el terreno laboral practicaban una curiosa pugna de buenos amigos que había continuado, sin cambios, a pesar de los muchos años que llevaban trabajando juntos.

—No, Ella, no. Si un niño es sonámbulo, no sirve de nada darle medicinas, y usted sería la primera en reprochármelo. Dígale a la mujer que vaya a la clínica y sugiérale con tacto que es culpa suya, no del niño. En fin, ya sabe. —Luego, al cabo de un rato, añadió—: Le he aconsejado a Tanner que se quede fuera del país todo el tiempo posible. Estos asuntos a veces son difíciles de terminar. La joven le insistía en que se casaran. Además, la joven tampoco era tan joven. Ése es el problema. Supongo que ella se había cansado de su alegre vida y quería colocarse definitivamente.

Ella se esforzó en no reflexionar sobre aquellas palabras hasta que no hubiera terminado el reparto de las cartas con el doctor West. «Bueno, he sido una ingenua —decidió al fin—. Supongo que Paul tenía algo que ver con aquella Stephanie del hospital… Por lo menos, nunca mencionó a nadie más. Siempre hablaba de ella, aunque no en esos términos, calificándola como una mujer de armas tomar. No; ése es el lenguaje del doctor West, que pertenece a la clase de hombres que usan expresiones idiotas como ser de armas tomar o estar cansada de la vida alegre. ¡Qué vulgares llegan a ser estos burgueses tan respetables!»

Se sentía muy deprimida, y la sombra contra la que había estado luchando desde la marcha de Paul terminó por sumirla totalmente en la oscuridad. Pensó en la esposa de Paul: esto, una sensación de rechazo total, es lo que debió sentir cuando Paul dejó de interesarse por ella. Pero, por lo menos, tuvo la ventaja de ser tan estúpida que no se dio cuenta de que Paul iba con Stephanie. Aunque, pensándolo bien, tal vez Muriel había preferido ser estúpida y creer que Paul pasaba muchas noches en el hospital.

Ella soñó algo desagradable y turbador. Se encontró en aquella casita fea y con habitaciones pintadas cada una de un color distinto. Era la esposa de Paul, y sólo con un esfuerzo de voluntad lograba impedir que la casa se desintegrara y saltase en pedazos, por causa del heterogéneo carácter de las habitaciones. Decidió que debía decorar de nuevo la casa, y en un estilo único, el suyo. Pero en cuanto colgaba cortinas nuevas o pintaba una habitación, volvía a aparecer el cuarto de Muriel. Ésta era como un fantasma en aquella casa que seguiría conservándose entera mientras el espíritu de Muriel continuara habitándola, precisamente porque cada habitación pertenecía a una época distinta, a un espíritu distinto. Y se vio de pie, en la cocina, con la mano encima del montón de números de *Mujeres y Hogar*: era ella la mujer de armas tomar (aún le parecía oír al doctor West pronunciar aquellas palabras), con una falda de colores muy estrecha, un jersey muy ceñido y el pelo cortado a la moda. Entonces se dio cuenta de que Muriel no estaba allí: se había ido a Nigeria con Paul, mientras ella esperaba en la casa a que regresara Paul.

Después de este sueño, Ella se despertó llorando. Pensó por primera vez que la mujer de quien Paul había tenido que separarse, la causa de su marcha a Nigeria, cualesquiera que fueran las razones, era ella misma. Ella era la de armas tomar, la poco aconsejable.

Comprendió también que el doctor West había hablado con intención, quizá movido por alguna sugerencia contenida en la carta de Paul. Las palabras del doctor eran un aviso de su respetable mundo, que protegía a uno de sus miembros.

Lo más extraño fue que la fuerza del golpe recibido la liberó, por una temporada al menos, de los efectos de aquel estado de depresión que la agobiaba desde hacía meses. Pasó a sentir despecho, rencor y enojo. Le dijo a Julia que Paul «la había plantado», que había sido una tonta por no darse cuenta antes (y el silencio de Julia implicaba que estaba totalmente de acuerdo con ella) y que no tenía la menor intención de quedarse en casa lloriqueando.

Sin darse cuenta de lo que había estado proyectando inconscientemente, salió a comprarse ropa. No adquirió los vestidos provocativos que reclamara Paul, pero sí otros muy diferentes de los que había llevado hasta entonces y que le iban bien a su nueva personalidad, bastante dura, indiferente, despreocupada... O, por lo menos, eso era lo que Ella creía. Se hizo cortar el pelo de un modo ligeramente provocativo, enmarcándole la forma angulosa del rostro, y decidió dejar la casa de Julia. Era la casa que había compartido con Paul y no podía soportarla.

Muy tranquila, con ideas claras y seguras, halló otro piso y se instaló en él. Era grande, demasiado grande para el niño y ella. Sólo después de haberse instalado, comprendió que el resto del espacio estaba destinado a un hombre: a Paul, en realidad, pues seguía viviendo como si él tuviera que regresar junto a ella.

Luego oyó decir, por casualidad, que Paul había regresado de vacaciones a Inglaterra hacía ya dos semanas. La noche del día en que le dieron la noticia, se encontró vestida y arreglada, con el pelo muy bien peinado, de pie junto a la ventana, mirando a la calle y esperándole. Esperó hasta bien pasada la medianoche, pensando: «El trabajo del hospital debe de haberle retenido hasta ahora. Más vale que no me vaya a la cama demasiado temprano, porque si ve que las luces están apagadas, no subirá por miedo a despertarme».

Permaneció junto a la ventana noche tras noche. Se veía a sí misma y se decía: «Esto es una chifladura. Esto es estar chiflada, y estar chiflada significa no poder evitar hacer algo que una sabe es irracional. Porque tú sabes que Paul no vendrá...». Sin embargo, continuó arreglándose y pasándose horas junto a la ventana, esperando, cada noche. Y, mientras estaba allí, contemplándose a sí misma, comprendió que aquella locura estaba relacionada con el extravío que le impidiera comprender que la aventura debía terminar, irremediablemente, con la ingenuidad que la había hecho tan feliz. Sí, aquella estúpida ingenuidad suya, y su fe, y su confianza la condujeron, lógicamente, a permanecer de pie junto a la ventana, esperando a un hombre que ella sabía muy bien no iba a regresar.

Al cabo de unas semanas oyó que el doctor West decía, en apariencia por casualidad, aunque en un tono malicioso y disimuladamente triunfal, que Paul había vuelto a Nigeria.

—Su mujer no ha accedido a acompañarle. No quiere abandonar su casa. Por lo visto se encuentra muy bien así.

***

El problema planteado por esta historia es que está escrita analizando las leyes destructoras de la relación entre Paul y Ella. No veo otra manera de escribirla. En cuanto una ha vivido una situación, se impone un modelo. Y el modelo del desarrollo de una aventura, aunque ésta haya durado cinco años y haya sido tan íntima como un matrimonio, se percibe en términos de lo que ha acabado por destruirla. Por eso nada es cierto: porque cuando todavía se vive la aventura, una no piensa tales cosas.

Supongamos que la narrase describiendo dos días enteros, con todos los detalles, uno hacia el comienzo y otro hacia el final de la aventura. ¿Es ello posible? No, porque instintivamente seguiría aislando y acentuando los factores que la han destruido y que dan forma a la historia. Lo contrario sería el caos, porque, entonces, esos dos días, separados por tantos meses, carecerían de sombras; serían meras impresiones de una dicha irreflexiva, sazonada tal vez con un par de momentos discordantes (indicadores, en realidad, del cercano final, aun cuando en aquel momento no se experimentaran como tales) que serían anegados por la dicha.

La literatura es el análisis del acontecimiento que ya ha pasado.

Lo que da forma a la otra obra, a lo que pasó en Mashopi, es la nostalgia. En cambio, a ésta sobre Paul y Ella, que carece de nostalgia, lo que le da forma es una especie de dolor.

Para mostrar a una mujer amando a un hombre habría que presentarla haciéndole la comida o descorchando una botella de vino para la cena, mientras espera que él llame a la puerta. O por la mañana, despertándose antes que él para ver cómo la expresión serena del sueño se transforma en una sonrisa de bienvenida. Eso es. Y que se repita un millar de veces. Pero la literatura no es eso. Seguramente resultaría mejor en una película. Sí, la cualidad física de la vida, lo que ésta es —y no el análisis hecho a posteriori— o también los instantes de desacuerdo o de presentimiento. Una escena cinematográfica: Ella mondando despacio una naranja y dándole después a Paul los gajos amarillos, que él come uno tras otro, pensativo, con el ceño fruncido: está pensando en otra cosa.

[El cuaderno azul empezaba con una frase:]

Parecía que Tommy acusaba a su madre.

[Luego Anna había escrito:]

Subí a mi cuarto después de haber presenciado la escena entre Tommy y Molly, y al instante empecé a convertirla en el argumento de un cuento. Me pareció que al obrar así —transformarlo todo en una historia— encontraba una forma de evadirme. «¿Por qué no escribir simplemente lo que pasó hoy entre Molly y su hijo? ¿Por qué no me limito a describir lo que ocurre? ¿Por qué no escribo un diario? Está claro que transformarlo todo en una historia imaginaria es, simplemente, un modo de no enfrentarme con alguna verdad importante. Hoy era clarísimo: me sentía muy turbada ante la pelea de Molly y Tommy, pero luego he subido aquí y me he puesto a escribir una historia sin pensarlo dos veces. Voy a empezar un diario.»

7 de enero de 1950

Esta semana Tommy ha cumplido diecisiete años. Molly nunca le ha dado prisas para que decidiera su porvenir. Al contrario, no hace mucho le dijo que dejara de pensar en ello y se marchara de viaje a Francia por unas semanas, para «ensanchar sus ideas». (Él se irritó cuando su madre usó esta expresión.) Hoy ha entrado en la cocina decidido a pelear; Molly y yo lo hemos notado tan pronto como ha aparecido. Hace ya una temporada que siente hostilidad hacia Molly. Empezó después de su primera visita a la casa de su padre. (De momento, no nos dimos cuenta de lo mucho que le había afectado aquella visita.) Fue entonces cuando comenzó a criticar a su madre por ser comunista y «una bohemia». Molly tomó a risa estos reproches y le dijo que las mansiones en el campo, llenas de hidalgos y de dinero, eran muy entretenidas para visitarlas de vez en cuando, pero que tenía mucha suerte de no verse obligado a vivir en una de ellas. Hizo una segunda visita pocas semanas más tarde, y cuando regresó junto a su madre se mostró excesivamente cortés y hostil. Entonces decidí intervenir: le conté la historia de Molly y su padre —pues ella, por orgullo, nunca lo hubiera hecho—, la forma en que él la acosó con cuestiones de dinero para hacerla volver a su lado, las amenazas de que diría a sus patronos que era comunista y demás para que la despidieran; en fin, toda la siniestra historia. Al principio, Tommy no me creía. Nadie podía resultar más encantador que Richard durante un fin de semana; me lo imagino muy bien. Después me creyó, pero eso no remedió nada. Molly le sugirió que fuera a pasar todo el verano a casa de su padre, y así tendría (eso me lo dijo a mí) el tiempo necesario para deslumbrarse. Fue. Estuvo seis semanas. Una mansión en el campo, una esposa encantadora de acuerdo con todas las reglas, tres hijas deliciosas. Richard en casa los fines de semana con invitados de negocios, etc. Las fuerzas vivas de la región. La cura de Molly produjo su efecto: Tommy declaró que «con los fines de semana era suficiente». Molly se alegró mucho… Pero demasiado pronto. La pelea de hoy ha sido como una escena de teatro. Entró él, aparentemente porque debía decidir acerca de su servicio militar: esperaba que Molly le aconsejara declararse objetor de conciencia. Naturalmente, a Molly le gustaría que lo hiciese; pero le dijo que era él quien tenía que decidirlo. Tommy empezó a defender la posición de que debería hacer el servicio militar. De ahí derivó un ataque a la forma en que ella vivía, a sus ideas políticas, sus amigos y todo lo que ella representa. Estaban sentados a la mesa de la cocina, cara a cara, él con una expresión perruna en el rostro y ella muy tranquila, con un ojo en la comida que se estaba preparando, y atendiendo continuamente al teléfono cuestiones del Partido. Tommy, paciente y airado a la vez, esperaba a que terminara cada llamada telefónica y a que volviera para proseguir la discusión. Finalmente, tras una larga pugna, él se persuadió de que debía declararse objetor de conciencia y pasó a atacarla desde un nuevo punto de vista: el de mostrarse contrario al militarismo de la Unión Soviética, etc. Cuando se marchó a su habitación anunciando, como si fuera la conclusión lógica de lo que había dicho antes, que pensaba casarse muy joven y tener muchos hijos, Molly se derrumbó, exhausta, y se puso a llorar. Yo fui arriba para dar el almuerzo a Janet. Me sentía turbada. Molly y Richard me hacen pensar en el padre de Janet. En lo que a mí concierne, aquélla fue una relación muy neurótica y estúpida, sin ninguna importancia. Por grande que sea el repertorio de expresiones al estilo de «el padre de mi hija», eso no puede hacerme cambiar de opinión. Un día Janet dirá: «Mi madre estuvo casada con mi padre un año; luego se divorciaron». Y cuando sea mayor y yo le haya dicho la verdad rectificará: «Mi madre vivió con mi padre tres años; entonces decidieron tener un hijo y se casaron para que no fuera ilegítimo. Luego se divorciaron». Pero todas estas palabras no tendrán nada que ver con lo que a mí me parece la verdad. Cuando pienso en Max me siento impotente. Recuerdo que fue esta sensación de impotencia lo que hace tiempo me movió a escribir sobre él. (Le llamo Willi en el cuaderno negro.) En el momento en que nació la niña, aquel matrimonio vacío y estúpido pareció no tener ninguna importancia. Recuerdo que la primera vez que vi a Janet pensé: «Bueno, qué importan amor, matrimonio, felicidad, etc. Aquí tengo a este bebé maravilloso». Pero Janet no podrá comprenderlo. Ni Tommy tampoco. Si Tommy pudiera sentir lo mismo, dejaría de mostrarse hostil hacia Molly por haber abandonado a su padre. Me parece recordar que una vez empecé un diario, antes de que naciera Janet. Lo buscaré. Sí, aquí está el día que recuerdo vagamente.

9 de octubre de 1946

Ayer por la noche, al salir del trabajo, volví a esta horrible habitación de hotel. Max estaba tumbado en la cama, en silencio. Me senté en el diván. Se me acercó, reclinó la cabeza en mi regazo y me rodeó la cintura con los brazos. Yo sentía su desesperación. Me dijo:

—Anna, no tenemos nada que decirnos. ¿Por qué?

—Porque somos dos personas muy distintas.

—¿Qué quiere decir personas muy distintas? —me preguntó, imprimiendo a su voz una ironía automática, una especie de tono resuelto, protector e irónico.

Tuve un escalofrío. Pensé que quizá no significaba nada, pero decidí mantener mi fe en el porvenir y contesté:

—Seguro que significa algo ser o no ser personas distintas.

Luego él dijo:

—Ven a la cama.

Le seguí, y una vez en ella me puso la mano en el pecho. Yo sentí repugnancia sexual e inquirí:

—¿De qué sirve, si no podemos hacer nada el uno por el otro, ni nunca hemos podido?

Así que nos pusimos a dormir. De madrugada, el joven matrimonio de la habitación vecina empezó a hacer el amor. Las paredes de aquel hotel eran tan delgadas que se percibían todos los sonidos. Al oírlos me sentí muy desgraciada; nunca me había sentido tan desgraciada. Max se despertó y preguntó:

—¿Qué te pasa?

Yo le contesté:

—¿Ves? Es posible ser feliz, y nosotros deberíamos creerlo así.

Hacía mucho calor. El sol empezaba a levantarse, y la pareja de al lado se reía. En la pared apareció un vago reflejo de luz rosada y cálida. Max estaba junto a mí. Su cuerpo irradiaba calor e infelicidad. Los pájaros cantaban estrepitosamente, pero pronto el sol, al elevarse, los hizo callar de súbito. Un momento antes habían estado armando un ruido discordante y chillón, lleno de vitalidad, y ahora todo era silencio. La pareja contigua hablaba y reía, lo que despertó al bebé. Max dijo:

—Quizá deberíamos tener un hijo.

—¿Crees que un hijo nos acercaría?

Lo pregunté en tono irritado y detestándome a mí misma por decirlo; pero aquel sentimentalismo suyo me ponía los pelos de punta. Adoptó una expresión obstinada al repetir:

—Deberíamos tener un hijo.

Luego pensé: «¿Por qué no? Total, no vamos a poder salir de la Colonia durante meses; estamos sin dinero. Así, pues, hagamos un niño. Siempre vivo como si en el futuro hubiera de ocurrir algo maravilloso. Logremos que suceda ahora…». Y me volví hacia él e hicimos el amor. Aquella mañana concebimos a Janet. A la semana siguiente, contrajimos matrimonio civil. Un año más tarde nos separamos. Sin embargo, aquel hombre nunca me llegó a tocar, no consiguió acercárseme. Pero está Janet… Me parece que tendré que ir a ver a un psicoanalista.

10 de enero de 1950

Hoy he visto a la señora Marks. Después de los preliminares me ha preguntado:

—¿Por qué ha venido?

—Porque he vivido experiencias que debieran haberme afectado y no me han afectado. —La señora Marks esperaba que dijera algo más, y he añadido—: Por ejemplo, la semana pasada, el hijo de mi amiga Molly decidió declararse objetor de conciencia, pero muy fácilmente pudo haber decidido lo contrario. Es lo mismo que me pasa a mí.

—¿El qué?

—Observo a las personas y veo que deciden ser esto o lo otro. Pero es como una danza; podrían decidir lo contrario con idéntica convicción.

Tras una vacilación, me ha preguntado:

—Usted ha escrito una novela, ¿verdad?

—Sí.

—¿Está escribiendo otra?

—No, nunca volveré a escribir. —Ha hecho un gesto de asentimiento con la cabeza, un gesto que me ha resultado familiar, y he puntualizado—: No, no he venido porque sufra de impotencia para escribir. —Nuevamente le he visto hacer aquel gesto con la cabeza y he añadido—: Me tiene que creer si… si queremos entendernos.

Esta vacilación ante lo agresivo de las últimas palabras de mi advertencia ha resultado tanto más embarazosa cuanto que las he pronunciado con una sonrisa desafiante en los labios. Ella ha sonreído también, aunque con sequedad, antes de preguntar:

—¿Por qué no quiere volver a escribir un libro?

—Porque ya no creo en el arte.

—Ah, ¿ya no cree en el arte?

Lo ha dicho separando las palabras, como si las mantuviera en el aire para examinarlas.

—No.

—Bien.

14 de enero de 1950

Sueño mucho. Un sueño: estoy en un concierto. Los espectadores parecen muñecas con trajes de noche. Un piano de cola. Yo llevo puesto un absurdo vestido de satén eduardiano, y una gargantilla de perlas, igual que la reina Mary; estoy sentada frente al piano. No puedo tocar ni una nota. El público espera. El sueño es estilizado; parece una escena de teatro o una estampa antigua. Le cuento el sueño a la señora Marks y me pregunta:

—¿Sobre qué es el sueño?

—Sobre la incapacidad de sentir.

Muestra la sonrisita de mujer juiciosa con que dirige las sesiones, como si fuera la batuta de un director de orquesta. Sueño: Me encuentro en África central durante la guerra. Una sala de baile vulgar. Todos están borrachos y bailan muy apretados, lascivamente. Yo espero a un lado de la pista de baile. Se me acerca un hombre remilgado, como un muñeco. Reconozco a Max. (Pero esto tiene una motivación literaria, que proviene de lo que escribí acerca de Willi en el cuaderno.) Me dirijo hacia sus brazos extendidos, también yo como una muñeca, congelada, sin poder moverme. El sueño adquiere de nuevo un desarrollo grotesco. Es como una caricatura. La señora Marks pregunta:

—¿Sobre qué es el sueño?

—Sobre lo mismo: incapacidad de sentimientos. Con Max era frígida.

—¿De modo que teme ser frígida?

—No, porque es el único hombre con quien he sido frígida.

Movimiento de cabeza. De repente, comienzo a preocuparme:

—¿Volveré a ser frígida?

19 de enero de 1950

Esta mañana estaba en mi cuarto, bajo el tejado. A través de la pared se oía llorar un bebé. Me acordé de aquella habitación de hotel, en África, donde un bebé nos despertaba llorando cada mañana hasta que le alimentaban; entonces empezaba a proferir expresiones de satisfacción, mientras sus padres hacían el amor. Janet estaba jugando, en el suelo, con su arquitectura. Michael me pidió que saliera con él y yo le dije que no podía ser porque Molly se marchaba y no podía dejar sola a Janet. Replicó, irónico:

—En fin, las atenciones maternales tienen siempre que anteponerse a las de la amante.

Debido a su irónica frialdad, reaccioné en contra de él. Y esta mañana me he sentido acosada por la repetición: el niño llorando en la habitación vecina y mi hostilidad hacia Michael. (Recordaba mi hostilidad hacia Max.) Luego he sentido una sensación de irrealidad: no podía acordarme de dónde estaba, si aquí, en Londres, o allí, en África, en aquel otro edificio donde se oía al bebé llorar a través de la pared. Janet me ha mirado desde el suelo y ha dicho:

—Ven a jugar, mamá.

No podía moverme. Me he forzado a levantarme de la silla, al cabo de un rato, y me he sentado en el sueño junto a la niña. La he mirado mientras pensaba: «Es mi hija, mi propia carne y mi propia sangre».

—Juega, mamá —ha repetido.

Tomé unos tacos para hacer una casa, como una autómata. Me forzaba a hacer cada gesto. Me veía sentada en el suelo, la imagen de «la madre joven jugando con su hijita»: como la escena de una película o una foto. Se lo he contado a la señora Marks y ha comentado:

—¿Y qué?

—Es como los sueños, pero en la vida real. —Ha esperado un momento y he añadido—: Era porque me sentía hostil hacia Michael. Eso congelaba todo lo demás.

—¿Se acuesta con él?

—Sí.

Esperó, y yo dije, sonriendo:

—No, no soy frígida.

Entonces movió la cabeza, con un gesto de expectativa. No sabía qué quería que le dijera. Me ayudó:

—¿Su hijita le ha pedido que jugara con ella? —No sabía qué quería decir, pero puntualiza—: Para jugar. Que fuera a jugar. Y usted no podía jugar.

Me enfadé, pues comprendí. Los últimos días insistió en lo mismo, una y otra vez, ¡y con tanta maña! En cada ocasión me enfadé, pero mi enfado siempre lo presentaba ella como una reacción de defensa contra la verdad.

—No, aquel sueño no era sobre arte. No lo era. —E intentando hacer una broma, añadí—: ¿Quién lo ha soñado, usted o yo?

Pero la broma no le hizo ninguna gracia:

—Querida, usted ha escrito un libro; es una artista. —Profirió la palabra artista con una sonrisa dulce, comprensiva y respetuosa.

—Señora Marks, créame, me es absolutamente igual si no vuelvo a escribir una palabra.

—No le importa —precisó ella, intentando hacerme oír, más allá de las palabras *no le importa*, mi propia conclusión: falta de sentimiento.

—Sí —insistí—. No me importa.

—Querida, yo me dediqué a la psiquiatría porque durante una época me creí una artista. Veo a muchos artistas. ¡Cuántas personas se habrán sentado en esa misma silla porque se sentían impotentes, en el fondo de su alma, para seguir creando!

—Pues yo no soy uno de ellos.

—Descríbase a sí misma.

—¿Cómo?

—Descríbase como si estuviera refiriéndose a otra persona.

—Anna Wulf es una mujer bajita, morena, delgada y angulosa, con demasiado sentido crítico y siempre a la defensiva. Tiene treinta y tres años. Estuvo casada durante un año con un hombre al que no quería y tiene una hija pequeña. Es comunista.

Sonrió, y le pregunté:

—¿No está bien?

—Inténtelo de nuevo. Pero una cosa: Anna Wulf ha escrito una novela que ha sido elogiada por los críticos, y tuvo tanto éxito que todavía vive del dinero que ganó.

Me sentí llena de hostilidad.

—Muy bien, pues Anna Wulf está sentada frente a una curandera de almas. Está aquí porque es incapaz de sentir nada de verdad. Está congelada. Tiene muchos amigos y conocidos. A la gente le gusta verla, pero a ella sólo le interesa una persona en el mundo: su hija Janet.

—¿Por qué se siente congelada?

—Porque tiene miedo.

—¿De qué?

—De la muerte. —Movió la cabeza, y yo interrumpí el juego para agregar—: No, de mi muerte, no. Tengo la impresión de que, desde que tengo memoria, lo único verdaderamente real que ha ocurrido en el mundo ha sido muerte y destrucción. Me parece más fuerte que la vida.

—¿Por qué es comunista?

—Porque al menos los comunistas creen en algo.

—¿Por qué dice *creen*, si usted también es miembro del Partido?

—Si pudiera decir *creemos*, sinceramente, ya no necesitaría venir a verla.

—Así, pues, en realidad, sus camaradas no le interesan.

—Me llevo bien con todos.

—¿Se refiere a esto?

—No, no me refiero a esto. Ya le he dicho que la única persona que me interesa es mi hija. Lo cual es egotismo.

—¿No le interesa su amiga Molly?

—Le tenso afecto.

—¿Y no le interesa su hombre, Michael?

—Supongamos que me abandona mañana. ¿Durante cuánto tiempo preservaría el recuerdo de que... de que he dormido con él?

—¿Cuánto tiempo hace que le conoce, tres semanas? ¿Por qué cree que va a dejarla?

No supe qué contestar. En realidad, me sorprendía haber dicho aquello.

Al concluir la sesión, me despedí y me dispuse a salir.

—Querida —me dijo—, debe recordar que el artista tiene un tesoro sagrado.

No pude evitar reírme.

—¿De qué se ríe?

—¿No le parece divertido el arte como un acorde majestuoso, sagrado, en Do Mayor?

—Nos veremos pasado mañana a la hora de siempre, querida.

31 de enero de 1950

Hoy he ido a ver a la señora Marks con docenas de sueños de los tres últimos días. Todos tenían las mismas características de arte falso, de caricatura, de viñeta, de parodia. Eran todos de un color maravilloso, muy vivo, que me producía gran placer.

—Sueña usted mucho.

—No tengo más que cerrar los ojos.

—¿Y sobre qué son estos sueños?

Sonreí antes que ella, lo que me valió una mirada severa que preludiaba una actitud inflexible. Pero dije:

—Quisiera preguntarle algo. La mitad de estos sueños eran pesadillas. Al despertar estaba realmente aterrorizada y sudorosa. No obstante, me divertía mientras soñaba. Sí, disfruto soñando. Me gusta irme a dormir porque voy a soñar. Me despierto en medio de la noche, repetidas veces, para poder gozar de la conciencia de que estoy soñando. Por la mañana me siento feliz como si hubiera construido ciudades mientras dormía. Bueno, pues ayer conocí a una mujer que ha estado psicoanalizándose durante los últimos diez años; una americana, claro. —En este punto, la señora Marks sonrió—. Esa mujer me ha dicho, con una sonrisa brillante y como esterilizada, que sus sueños eran para ella más importantes que su vida, más reales que cuanto le ocurría en el transcurso del día con su hijo y su marido. —La señora Marks sonrió de nuevo, y añadí—: Sí, ya sé lo que va a decir. Y tiene razón. Me contó que una vez había imaginado que tenía talento de escritora. Pero es que nunca he conocido a nadie, en ninguna parte, de ninguna clase, color o credo, que no haya creído poseer aptitudes para escribir, pintar, bailar o algo parecido. Y éste es, seguramente, el hecho más interesante de cuantos hemos discutido en esta habitación... Al fin y al cabo, hace cien años, a nadie le hubiera pasado por la imaginación que tal vez tenía temperamento de artista. Se aceptaba la situación de cada cual como la voluntad de Dios. Con todo, ¿no cree que hay algo que no funciona bien si encuentro mis sueños más satisfactorios, interesantes y agradables que todo lo que me pasa mientras estoy despierta? No quiero parecerme a aquella americana. —Se produjo un silencio, tras el cual proseguí—: Sí, ya sé que desea oírme decir que toda mi fuerza creadora está encauzada en mis sueños...

—¿Y acaso no es cierto?

—Señora Marks, quiero pedirle que olvidemos mis sueños por una temporada.

Ante la resolución de mis palabras, comentó con sequedad:

—Viene a verme, a mí, a un psiquiatra, ¿y me pide que no haga caso de sus sueños?

—¿No podría suceder que mis sueños me resultaran tan agradables porque constituyeran una evasión para no tener que sentir?

La señora Marks guardó silencio, meditando. ¡Era una mujer tan inteligente, tan llena de experiencia y de sentido común! Hizo un gesto, pidiéndome que callara mientras ella pensaba si lo que le dije era aceptable o no, y aproveché la pausa para inspeccionar la habitación. Era de techo alto, larga, oscura y silenciosa. Había flores por todas partes. De las paredes colgaban muchas reproducciones de obras maestras. También, diseminadas, se veían algunas estatuas. Era casi una galería de arte, como un recinto sagrado, y muy agradable. La cuestión era que no había nada en mi vida que respondiera al carácter de la estancia; mi vida ha sido siempre tosca, burda, de tanteo, lo mismo que las existencias de las personas a las que conozco íntimamente. Mirando la habitación se me ha ocurrido que el carácter tosco e incompleto de mi vida es, precisamente, lo que le presta valor, y que debiera conservarla. De pronto, la señora Marks salió de su breve meditación para decir:

—De acuerdo, querida. No hablaremos de sus sueños durante una temporada. A cambio, me relatará sus fantasías diurnas.

A partir de aquel día, el último del diario, dejé de soñar como por efecto de una varita mágica.

—¿Ha tenido algún sueño? —me preguntó la señora Marks distraídamente, para ver si ya me encontraba dispuesta a desechar de una vez aquella absurda evasión mía.

Hablamos con detalle de mis sentimientos por Michael. La mayor parte del tiempo que pasamos juntos, somos felices; pero hay momentos en que me inspira odio y resentimiento, siempre por las mismas causas: porque ha convertido en chiste el que yo haya escrito un libro. Lo acusa, y bromea a propósito de que yo sea «una escritora». Ironiza acerca de Janet, diciendo que antepongo mi amor maternal al suyo, y me advierte que no piensa casarse conmigo. Esto último lo hace siempre después de haberme dicho que me quiere y que soy lo más importante de su vida. Me ofende y me enoja. Le dije, enfadada:

—Esta clase de avisos, con una vez basta.

Y él empezó a bromear para quitarme el mal humor. No obstante, aquella noche estuve frígida por primera vez desde que dormía con él. Cuando se lo dije a la señora Marks, me replicó:

—Una vez tuve una paciente que era frígida. La estuve viendo durante tres años. Vivía con el hombre que amaba y, sin embargo, ni una sola vez en aquellos tres años tuvo un orgasmo. El día en que se casaron experimentó el primero.

Al terminar de contarme esto, hizo un gesto con la cabeza, enérgicamente, como si me dijera: «¡Ya lo ve!». Yo me reí y le pregunté:

—Señora Marks, ¿se da usted cuenta de que es una reaccionaria?

Me contestó, con una sonrisa:

—¿Y qué significa esa palabra, querida?

—Para mí, muchísimo —repliqué.

—Y, no obstante, la noche en que su amante le dice que no piensa casarse con usted, usted es frígida.

—Pero ya lo había dicho o, por lo menos, lo había dado a entender en otras ocasiones, y nunca reaccioné de esta forma. —De pronto, me di cuenta de que era algo deshonesta y admití—: Es cierto que en la cama reacciono según como él me acepta.

—¡Pues claro, usted es una mujer de verdad!

Utilizó esta expresión, una mujer, una mujer de verdad, exactamente igual que cuando decía una artista, una auténtica artista: de manera rotunda. Cuando dijo «una mujer de verdad», me eché a reír, sin poder remediarlo, y al cabo de un momento ella hizo lo mismo. Después me preguntó por qué me reía y se lo expliqué. Estuve a punto de aprovechar la ocasión para introducir la palabra «arte», que no habíamos empleado desde que yo dejé de soñar. Pero dijo:

—¿A qué se debe que nunca me hable de sus opiniones políticas?

Lo pensé un momento y le contesté:

—Con respecto al P.C., paso de un sentimiento de horror y odio a una necesidad desesperada de no abandonarlo. Como si necesitara protegerlo y cuidarlo, ¿lo comprende? —Afirmó con la cabeza y yo continué—: En cambio, contra Janet soy capaz de sentir un violento rencor porque su existencia me impide hacer muchas de las cosas que desearía, y a la vez quiero a mi hija. A Molly la odio por su carácter dominante y su actitud maternal,

301

pero luego siento un gran cariño por ella. Y lo mismo a Michael. O sea que podemos limitarnos a una sola de mis relaciones y examinar todo mi carácter.

Sonrió con sequedad y asintió:

—De acuerdo, limitémonos a Michael.

15 de marzo de 1950

He ido a ver a la señora Marks y le he dicho que, aun cuando soy más feliz que nunca con Michael, me ocurre algo que no puedo comprender. Me duermo en sus brazos, entregada y feliz, y por la mañana me despierto llena de odio y rencor.

—Bueno, querida, quizás ha llegado el momento de volver a empezar a soñar.

Me he reído y ella ha esperado a que me recobrara. Entonces le he confesado que siempre acaba ganando. La noche pasada empecé a soñar de nuevo, como si me lo hubieran ordenado.

27 de marzo de 1950

Lloro dormida. Cuando despierto, de lo único que me acuerdo es de que he llorado. Se lo he dicho a la señora Marks y me ha contestado:

—Las lágrimas que derramamos cuando dormimos son las únicas sinceras de nuestra vida. Las lágrimas de cuando estamos despiertas son producto de la lástima que sentimos por nosotras mismas.

—Eso resulta muy poético, pero me es imposible creer que lo dice en serio.

—¿Y por qué no?

—Porque me agrada dormirme sabiendo que voy a llorar.

Sonríe, y yo espero a que responda…, pero ella ya no me va a ayudar. En consecuencia, le pregunto, con ironía:

—¿No va a decirme que soy una masoquista?

Afirma con la cabeza: naturalmente.

—Hay placer en el dolor —sentencio por ella, que afirma otra vez—. Señora Marks —puntualizo—, este dolor triste y lleno de nostalgia que me hace llorar me inspiró aquel maldito libro.

Se incorpora, tiesa, escandalizada porque me atrevo a maldecir un libro, el arte, esta actividad tan noble.

—Lo único que ha conseguido —continúo— es hacerme llegar poco a poco a la conciencia subjetiva de lo que yo sabía: que el origen del libro está envenenado.

—El conocimiento de uno mismo consiste siempre en tener una conciencia cada vez más profunda de lo que ya sabíamos.

—Pues no es suficiente.

Afirma y se queda meditando. Presiento que va a producirse algo importante, pero no sé qué. Después, pregunta:

—¿Escribe un diario?

—Con irregularidad.

—¿Apunta lo que sucede en estas sesiones conmigo?

—A veces.

Afirma con la cabeza, y me doy cuenta de lo que está pensando: que esto, el escribir un diario, es el comienzo de lo que considera el deshielo, la liberación de lo que me impedía escribir. Me ha molestado tanto, he sentido un rencor tan grande, que no he podido decir nada. Era como si al mencionar el diario, al convertirlo en parte de su análisis, por decirlo así, me lo hubiera robado.

[Aquí, el diario dejaba de ser un documento personal. Continuaba en forma de recortes de periódicos, pegados con gran cuidado y con las fechas marcadas.]

Marzo 50

El creador lo llama «estilo bomba H», y explica que la H se refiere al peróxido de hidrógeno que se usa para el tinte. El pelo está peinado de forma que en la nuca se levanta en ondas parecidas a la explosión de una bomba. *Daily Telegraph*.

13 julio 50

Hoy, en el Congreso, ha habido aplausos para el señor Lloyd Bentsen, demócrata, quien ha instado al presidente Truman para que dijera a los coreanos del Norte que si no se retiraban dentro de una semana, se arrojarían bombas atómicas sobre sus ciudades. *Express*.

29 julio 50

La decisión de la Gran Bretaña de aumentar en cien millones de libras el presupuesto para la Defensa significa, como el señor Attlee ha dicho claramente, que las anheladas mejoras del nivel de vida y de los servicios sociales tienen que retrasarse. *New Statesman*.

3 agosto 50

América va a seguir adelante con su proyecto de la bomba H, que se espera sea cien veces más potente que la atómica. *Express*.

5 agosto 50

Basándose en las conclusiones de la experiencia de Hiroshima y Nagasaki en cuanto a intensidad de la explosión, efectos térmicos, radiación, etc., se calcula que una bomba atómica puede matar a 50.000 personas en un área densamente poblada de Gran Bretaña. Pero no pueden preverse los efectos de la bomba de hidrógeno. *New Statesman*.

24 noviembre 50

MACARTHUR PONE EN MOVIMIENTO A 100.000 SOLDADOS EN UNA OFENSIVA PARA TERMINAR LA GUERRA DE COREA. *Express*.

9 diciembre 50

COREA HACE UN OFRECIMIENTO PARA NEGOCIAR LA PAZ, PERO LOS ALIADOS LO RECHAZAN. *Express.*

16 diciembre 50

LOS EEUU «EN GRAVE PELIGRO». Se anuncia estado de emergencia para hoy. El presidente Truman ha dicho esta noche a los americanos que su país está en «grave peligro», causado por los dirigentes de la Unión Soviética. *Express.*

13 enero 51

Ayer Truman presentó a los americanos vastos objetivos para el Departamento de Defensa de los EEUU, que acarrearán sacrificios para todos. *Express.*

12 marzo 51

LAS BOMBAS ATÓMICAS SEGÚN EISENHOWER. Las usaría inmediatamente si creyera que iban a producir suficiente destrucción al enemigo. *Express.*

6 abril 51

UNA ESPÍA DE SECRETOS ATÓMICOS CONDENADA A MUERTE. Al marido también se le va a ejecutar en la silla eléctrica. El juez acusa: «Vosotros sois culpables de lo ocurrido en Corea».

2 mayo 51

COREA: 371 MUERTOS, HERIDOS O DESAPARECIDOS.

9 junio 51

El Tribunal Supremo de los EEUU ha ratificado la condena de los once dirigentes del Partido Comunista americano acusados de conspirar para derrocar violentamente al gobierno.

Se harán efectivas las condenas de cinco años en presidio y de multas individuales de 10.000 dólares. *Statesman*.

16 junio 51

Muy señor mío: *The Los Angeles Times* del 2 de junio declara: «Se calcula que, desde que empezó la guerra en Corea, han muerto violentamente o de frío unos dos millones de ciudadanos civiles, la mayoría de ellos niños. Más de diez millones se encuentran sin hogar o en la indigencia». Dong Sung Kim, enviado especial de la República de Corea, nos ha comunicado el 1 de junio: «En una sola noche se quemaron 156 aldeas situadas en el trayecto de un avance enemigo, y por esto, naturalmente, los aviones de la US Navy tuvieron que destruirlas. Murieron todos los ancianos y niños que aún permanecían allí, al no poder seguir con suficiente rapidez la orden de evacuar». *New Statesman*.

13 julio 51

Las negociaciones para la tregua se detienen debido a que los rojos no permiten la entrada en Kaesong de veinte periodistas y fotógrafos aliados. *Express*.

16 julio

Diez mil personas provocan disturbios en las zonas petrolíferas. El Ejército utiliza gases lacrimógenos. *Express*.

28 julio

El rearme no ha implicado hasta ahora grandes sacrificios para el pueblo americano. Al contrario: el consumo está en alza. *New Statesman*.

1 septiembre 51

La técnica de la congelación rápida de las células germinativas y de su conservación indefinida puede representar un cambio completo en la significación del tiempo. Actualmente se aplica al esperma masculino, pero es posible adaptarla al ovario femenino. Un hombre vivo en 1951 y una mujer viva en 2051 podrán ser «acoplados» en 2251 y engendrar un hijo en el seno de una mujer que se prestara a ello. *Statesman.*

17 octubre 51

EL MUNDO ISLÁMICO EN REBELIÓN. Más tropas hacia Suez. *Express.*

20 octubre

EL EJÉRCITO MANTIENE EGIPTO INCOMUNICADO. *Express.*

16 noviembre 51

En Corea, los rojos han asesinado a 12.790 prisioneros de guerra de las fuerzas aliadas y a 250.000 ciudadanos de Corea del Sur. *Express.*

24 noviembre 51

En el transcurso de la vida de nuestros hijos, la población del mundo se espera que llegue a los 4000 millones. ¿Cómo va a conseguirse el milagro de alimentar a esos 4000 millones? *Statesman.*

24 noviembre 51

Nadie sabe cuánta gente fue ejecutada, encarcelada, condenada a campos de trabajo o muerta en los meses de interrogatorios que duró la gran purga soviética de los años 1937-1939, ni si en la actualidad hay un millón o veinte millones de personas condenadas a trabajos forzados en Rusia. *Statesman.*

13 diciembre 51

RUSIA CONSTRUYE UN BOMBARDERO ATÓMICO, el más rápido del mundo. *Express.*

1 diciembre 51

Los EEUU se encuentran en un período de prosperidad jamás igualada hasta ahora, y ello pese a que los gastos en armamentos y en ayuda económica a otros países son mucho mayores que el total del presupuesto federal en todo el período anterior a la guerra. *Statesman*.

29 diciembre 51

Éste ha sido el primer año en toda la historia de Gran Bretaña en que, viviendo un período de paz, hemos mantenido once divisiones en territorio de ultramar y gastado el diez por ciento del presupuesto nacional en armamentos. *Statesman*.

29 diciembre 51

Hay indicios de que McCarthy y sus compinches se han excedido en los EEUU. *Statesman*.

12 enero 1952

Cuando el presidente Truman comunicó al mundo, a principios de 1950, que los EEUU iban a aumentar sus esfuerzos para producir la bomba H —cuya explosión, según los hombres de ciencia, tendrá un efecto mil veces mayor que la bomba de Hiroshima, o sea el equivalente a veinte millones de toneladas de TNT—, Albert Einstein advirtió que «está apareciendo, con creciente claridad, la amenaza de una aniquilación total». *Statesman*.

1 marzo 1952

Del mismo modo que centenares de miles de inocentes fueron condenados por brujería durante la Edad Media, así también gran cantidad de comunistas y de patriotas rusos han sido víctimas de las purgas por supuestas actividades contrarrevolucionarias.

En realidad, precisamente porque no había nada que descubrir, las detenciones alcanzaron proporciones fantásticas (según un método muy ingenioso, el señor Weissberg ha calculado que probablemente ocho millones de personas inocentes fueron encarceladas durante el período que va de 1936 a 1939). *Statesman*.

22 marzo 1952

No puede descartarse que las Naciones Unidas estén usando armas bacteriológicas, alegando que sería una locura. *Statesman*.

15 abril 52

El gobierno comunista de Rumania ha ordenado la deportación masiva de Bucarest de «personas improductivas». Su número llega a 200.000, lo que equivale a un quinto de la población total de la ciudad. *Express*.

28 junio 52

Es imposible dar el número de los americanos a quienes se ha negado el pasaporte o limitado su uso. Los casos conocidos indican que han sido afectados individuos de muy diversos orígenes, credos e ideas políticas. La lista incluye... *Statesman*.

5 julio 52

Lo más importante es que la caza de brujas ha producido en América un nivel general de conformismo, una nueva ortodoxia según la cual el individuo que disiente lo hace arriesgando su ruina económica. *Statesman*.

2 septiembre 52

El ministro del Interior ha declarado que, aun cuando el daño ocasionado por una bomba atómica lanzada con precisión puede ser muy serio, lo cierto es que a menudo se ha exagerado sobre ello. *Express.*

Comprendo que no es posible hacer una revolución con agua de rosas. Lo que me pregunto es si, para eliminar el peligro de una guerra en Formosa, era necesario ejecutar a un millón y medio de personas. ¿No hubiera sido suficiente con desarmarlas? *Statesman.*

13 diciembre 1952

LOS JAPONESES PIDEN ARMAMENTOS. *Express.*

13 diciembre

El Artículo II de la ley McCarran ofrece específicamente la posibilidad de formar los denominados centros de detención. La ley no da *disposiciones* para constituir estos centros, sino que *autoriza* al fiscal general de los EEUU para que aprehenda y retenga en «los lugares de detención que él prescriba... a cualquier persona de la que razonablemente se pueda sospechar que tal vez se comprometa o participe en actos de espionaje y sabotaje».

3 octubre 52

NUESTRA BOMBA EXPLOTA. La primera bomba atómica británica ha hecho explosión con éxito. *Express.*

11 octubre 52

EL MAU MAU APUÑALA A UN CORONEL. *Express.*

23 octubre 52

AZOTADLOS. Lord Goddard, presidente del Tribunal Supremo. *Express.*

25 octubre 52

El coronel Robert Scott, comandante de la base aérea norteamericana en Fürstenfeldbruck: «Se ha firmado el tratado preliminar entre Alemania y América. Espero sinceramente que vuestra patria no tarde en ser miembro plenamente integrado de las fuerzas de la OTAN... Aguardo con impaciencia el día en que vayamos a enfrentarnos, hombro a hombro, como hermanos y amigos, a la amenaza del comunismo. Espero y rezo para que llegue pronto el momento en que yo o algún otro comandante americano entregue esta excelente base aérea a un comandante de la Aviación alemana. Ese momento será el del renacimiento de la nueva Luftwaffe». *Statesman*.

17 noviembre 52

LOS EEUU PRUEBAN LA BOMBA H. *Express*.

1 noviembre 52

Corea: El número global de muertos habidos desde el comienzo de las negociaciones, incluyendo las víctimas civiles, pronto alcanzará la misma cifra que la de los prisioneros, cuyas circunstancias se han convertido en el mayor obstáculo para la tregua. *Statesman*.

27 noviembre 52

El gobierno de Kenia ha anunciado esta noche que, como castigo colectivo por el asesinato del comandante Jack Meiklejohn, ocurrido el sábado pasado, han sido evacuados de sus casas 750 hombres y 2220 mujeres y niños. *Express*.

8 noviembre

En los últimos años se ha convertido en una moda denunciar a los críticos del maccartismo como «antiamericanos» dispépticos. *Statesman*.

22 noviembre 52

Hace sólo dos años que el presidente Truman pronunció la palabra «adelante» para poner en marcha el programa de la bomba de hidrógeno. En el acto se inició la construcción de una planta de mil millones de dólares junto al río Savannah, en el estado de Carolina del Sur, para producir tritio (hidrógeno de átomo triple), y hacia finales de 1951 la industria de la bomba de hidrógeno se había convertido ya en una empresa de proporciones sólo comparables a las de la US Steel y la General Motors. *Statesman*.

22 noviembre 52

Ya se ha disparado la primera salva de la presente campaña, coincidiendo, muy oportunamente, con la atmósfera agitada de una campaña electoral republicana que ha tratado de sacar el mayor partido posible de la «contaminación» del Departamento de Estado, denunciada por Alger Hiss. El hombre que ha accionado el mecanismo de detonación ha sido el senador republicano Alexander Wiley, de Wisconsin, al revelar que había exigido se investigara la «extensa infiltración» de comunistas americanos en la Secretaría de Marina… Ante esto, la subcomisión senatorial de Seguridad interior ha procedido al interrogatorio de las primeras víctimas de este nuevo movimiento, las cuales son, en su totalidad, oficiales superiores… Sin embargo, el hecho de que estos doce testigos se hayan negado a admitir ninguna afiliación comunista, no les ha salvado de… Pero los senadores, en su caza de brujas, iban, evidentemente, en pos de una presa más importante que los doce, contra quienes la sola prueba de subversión y espionaje aducida era su silencio. *Statesman*.

29 noviembre 52

Aunque sigue el patrón usual de la justicia política en las democracias populares, el proceso por sabotaje en Checoslovaquia tiene especial interés. En primer lugar, Checoslovaquia era hasta hoy el único país del bloque oriental que poseía un estilo de vida hondamente democrático, incluyendo plenos derechos de ciudadanía y poder judicial independiente. *Statesman.*

3 diciembre 52

UN PRISIONERO ES AZOTADO EN DARTMOOR. Un malhechor ha sido condenado a doce latigazos con un látigo de nueve colas. *Express.*

17 diciembre 1952

ONCE DIRIGENTES COMUNISTAS HAN SIDO AHORCADOS EN PRAGA. El gobierno de Checoslovaquia afirma que eran espías capitalistas.

29 diciembre 1952

Una nueva factoría nuclear de 10.000 libras esterlinas destinada a doblar la producción británica de armas atómicas. *Express.*

13 enero 53

TENTATIVA DE ASESINATO Y CONMOCIÓN EN LA UNIÓN SOVIÉTICA. Radio Moscú ha acusado hoy a un grupo de médicos judíos terroristas de intentar asesinar a diversos jefes rusos, incluyendo a varios altos mandos militares soviéticos y a un científico atómico. *Express.*

6 marzo 1953

MUERE STALIN. *Express.*

23 marzo 1953

2500 MIEMBROS DEL MAU MAU DETENIDOS. *Express.*

23 marzo 1953

AMNISTÍA PARA LOS PRISIONEROS EN RUSIA. *Express*.

1 abril 1953

¿CUÁLES SERÍAN PARA USTED LAS IMPLICACIONES DE LA PAZ EN COREA? *Express*.

7 mayo 1953

CRECEN LAS ESPERANZAS DE LOGRAR LA PAZ EN COREA. *Express*.

8 mayo 1953

América está examinando un posible plan de acción de las Naciones Unidas para «refrenar la agresión comunista en el sudeste asiático». Va a enviar gran número de aviones, tanques y municiones a Indochina. *Express*.

13 mayo

ATROCIDADES EN EGIPTO. *Express*.

18 julio 1953

BATALLA NOCTURNA EN BERLÍN. Un total de 15.000 personas del Berlín Este ha combatido esta madrugada, en las calles a oscuras, contra una división de tanques e infantería soviética. *Express*.

6 julio

REVUELTA EN RUMANÍA. *Express*.

10 julio 1953

BERIA HA SIDO JUZGADO Y FUSILADO. *Express*.

27 julio 1953

CESE DE HOSTILIDADES EN COREA. *Express.*

7 agosto 1953

LOS PRISIONEROS DE GUERRA ORGANIZAN DISTURBIOS. Graves disturbios causados por 12.000 prisioneros de guerra norcoreanos han sido sofocados por fuerzas de la ONU con gases lacrimógenos y armas ligeras. *Express.*

20 agosto 1953

Persia. Trescientos muertos en un golpe de Estado. *Express.*

19 febrero 1954

Gran Bretaña ya ha conseguido acumular un arsenal de bombas atómicas. *Express.*

27 marzo 1954

SE RETRASAN LAS PRUEBAS DE LA SEGUNDA BOMBA H. La temperatura en las islas es todavía demasiado elevada debido a la explosión de la primera. *Express.*

30 marzo

ESTALLA LA SEGUNDA BOMBA H. *Express.*

[Y aquí volvían a empezar las notas personales.]

2 de abril de 1954

Hoy me he dado cuenta de que empiezo a alejarme de lo que la señora Marks llama mi «experiencia» con ella, lo cual se debe a algo que ella ha dicho y que yo debí saber hace ya tiempo:

—Acuérdese de que el final del psicoanálisis no significa el final de la experiencia en sí.

—¿Quiere decir que la levadura continúa haciendo efecto? Sonríe y hace un gesto afirmativo con la cabeza.

4 de abril de 1954

He vuelto a tener el mal sueño: me he visto amenazada por el principio anárquico, esta vez bajo el aspecto de una especie inhumana de enano. En el sueño aparecía la señora Marks, enorme y poderosa, como un hada bondadosa. Ha escuchado mi relato del sueño y ha dicho:

—Cuando esté sola y se sienta amenazada, debe pedir socorro al hada buena.

—O sea, a usted.

—No. A usted misma, bajo la forma que me ha dado.

Es decir, que todo ha concluido, como si hubiera dicho: «Ahora tienes que valerte por ti sola». Sí, porque sus palabras han sido pronunciadas con toda naturalidad, casi con indiferencia, como si hablara alguien a punto de irse. He admirado la maña con que lo ha hecho, como si al despedirse me hubiera dado un regalo: una rama en flor, quizás, o un talismán contra el mal.

7 de abril de 1954

La señora Marks me ha preguntado si guardaba apuntes sobre la «experiencia». Nunca, ni una sola vez durante los tres años, ha mencionado el diario; eso significa que, por instinto, ha debido averiguar que yo no tomaba notas. Le he contestado negativamente, y ella se ha sorprendido.

—¿No ha conservado una sola nota?

—No. Pero tengo muy buena memoria.

Silencio.

—Y el diario que empezó ¿no lo ha continuado?

—No, lo he llenado de recortes de periódicos.

—¿Qué tipo de recortes?

—Cosas que me han llamado la atención, acontecimientos que me han parecido importantes.

Me lanza una mirada intrigada, que significa: «Bueno, espero una definición más precisa».

—El otro día les eché una ojeada y vi que he recogido una relación de guerras, asesinatos, caos, desgracias...

—¿Y a usted le parece que eso refleja la realidad de estos tres años pasados?

—¿A usted le parece que no?

Me ha mirado con ironía, como diciéndome sin palabras que nuestra «experiencia» había sido creadora y fructífera y que yo no era honesta al hablar como acababa de hacerlo.

—Pues bien; los recortes de periódico han servido para mantener la proporción de las cosas. He pasado tres años más, bregando con mi preciosa alma; y mientras tanto...

—Mientras tanto ¿qué?

—He tenido suerte de no haber sido torturada ni asesinada, de no haber muerto de hambre o en la cárcel... —Me mira con paciencia irónica y, tras una pausa, continúo—: Seguro que se da cuenta de que, pase lo que pase en esta habitación, no nos relaciona sólo con lo que usted llama creatividad. Nos relaciona, además, con... Bueno, no sé cómo llamarlo.

—Me alegra que no haya pronunciado el término destrucción.

—De acuerdo; todo tiene dos caras y demás, pero, con todo, cuando en alguna parte ocurre algo terrible, yo sueño con ello, como si me concerniera personalmente.

—¿Ha estado recortando las malas noticias de los periódicos y pegándolas en el diario de esta experiencia para sugestionarse sobre lo que debía soñar?

—Pero, señora Marks, ¿qué hay de malo en ello?

Hemos llegado a este atasco tantas veces antes, que ninguna de las dos hace el menor esfuerzo para salir de él. Se ha quedado sonriéndome, seca y pacientemente, mientras yo me enfrentaba con ella en actitud de reto.

9 de abril de 1954

Hoy, cuando me iba, la señora Marks ha preguntado:

—Y ahora, querida, ¿cuándo volverá a escribir?

Claro que le podía haber contestado que durante toda esta temporada he escrito con más o menos regularidad en el diario, pero ella no se refería a esto.

—Seguramente, nunca.

Ha hecho un gesto de impaciencia, casi de irritación; parecía molesta, como un ama de casa a la que le han desbaratado los planes. El gesto era sincero, no tenía nada que ver con las sonrisas, cabezadas o impacientes chasquidos de la lengua que utiliza para llevar el timón de sus sesiones.

—¿Cómo no comprende —he inquirido, con intención sincera de hacérselo entender— que me resulta imposible leer un periódico sin que cuanto en él se dice me parezca tan horrible que a nada, ni a una sola línea que yo pueda escribir, le reconozco la menor importancia?

—En ese caso no debería leer periódicos.

Me he reído, y un instante después, ella ha sonreído conmigo.

15 de abril de 1954

He tenido varios sueños, todos relacionados con el hecho de que Michael me abandona. Gracias a mis sueños me he dado cuenta de que pronto me dejará; pronto se irá. Cuando duermo, observo las escenas de su marcha sin experimentar ninguna emoción. Despierta, me siento desesperadamente desgraciada; en cambio, dormida, nada me emociona. La señora Marks me ha preguntado, hoy:

—Si le pidiera que me resumiese en una frase lo que ha aprendido conmigo, ¿qué respondería?

—Que me ha enseñado a llorar —contesto, no sin sequedad.

Sonríe, aceptando mi tono e insiste:

—¿Y qué?

—Pues que soy cien veces más vulnerable que antes.

—¿Y qué más? ¿Eso es todo?

—¿Quiere decir que soy cien veces más fuerte? No estoy segura, no estoy nada segura. Espero que sí...

Entonces ella ha dicho, con énfasis:

—Yo sí que estoy segura. Es usted mucho más fuerte. Y la experiencia la inspirará para escribir. —Ha dado una cabezada rápida y firme, añadiendo—: Ya lo verá. Dentro de unos meses, tal vez dentro de unos años.

Me he encogido de hombros. Luego, le he pedido hora para la semana próxima: será la última visita.

23 de abril

Para la última visita he tenido un sueño especial. Se lo he contado a la señora Marks. Soñé que sostenía entre las manos una especie de cajita que contenía algo de mucho valor. Yo iba arriba y abajo por una habitación larga que era como una galería de arte o una sala de conferencias, pues estaba llena de pinturas y estatuas muertas. (Cuando he pronunciado la palabra muertas, la señora Marks ha sonreído irónicamente.) Al fondo de la sala, sobre una especie de tarima, había un grupo de personas esperando. Aguardaban a que les diera la cajita, y yo me sentía muy dichosa de poder entregarles por fin aquel objeto de tanto valor. Pero cuando fui a dárselo, me percaté repentinamente de que todos eran hombres de negocios, corredores de bolsa o algo parecido. No abrieron la caja; en cambio, me dieron mucho dinero. Empecé a llorar. Grité:

—¡Abran la caja, abran la caja!

Pero no me oían o no querían oírme. De pronto, me pareció que todos eran personajes de una película o una comedia que yo había escrito y de la que estaba avergonzada. Todo se convirtió en una farsa, en algo risible, grotesco; y yo era un personaje de mi propia comedia. Abrí la caja y les obligué a que miraran. Pero, en lugar de la cosa hermosa que yo había creído que contenía, en su interior no vi más que un montón informe de fragmentos, de trozos. No era una cosa rota, sino trozos de muchas cosas, de todas partes, de todo el mundo; reconocí un puñado

319

rojo de tierra africana, un trozo de metal que procedía de un arma de Indochina… Hasta que, súbitamente, todo se convirtió en algo horrible, en pedazos de carne de gente muerta en la guerra de Corea, en la insignia del Partido Comunista de alguien que había muerto en una cárcel soviética… Semejante espectáculo de fragmentos, a cual más desagradable, resultaba tan horrible que no pude soportar su visión y cerré la caja. El grupo de hombres de negocios o de banqueros ni se dio cuenta. Me arrebataron la caja y la abrieron, mientras yo volvía la espalda para no verlo. En cambio, ellos estaban encantados. Por fin miré y vi que en la caja había algo. Era un cocodrilo verde y pequeño, con un hocico torcido en un gesto sardónico. Primero supuse que se trataba de una imagen de jade o de esmeraldas; pero en seguida me percaté de que el animal estaba vivo, porque de sus ojos manaban unas lágrimas grandes y heladas que se convertían en diamantes. Me reí en voz alta al ver cómo había engañado a los hombres de negocios, y entonces desperté.

La señora Marks ha escuchado la relación del sueño sin hacer ningún comentario. No parecía muy interesada. Nos hemos despedido con cariño. Pero ella ya había cesado de hacerme caso en su fuero interno, al igual que yo a ella. Me ha dicho que «pasara a verla» si la necesitaba, y he pensado: «¿Cómo puedo necesitarte si me has legado tu imagen? Sé muy bien que soñaré con esta enorme hada maternal cada vez que tenga alguna preocupación». (La señora Marks es una mujer de baja estatura, nervuda y enérgica, pero yo siempre la he soñado alta, grande y con una acusada personalidad.) He salido de aquella habitación oscura y solemne donde he pasado tantas horas entre sueños y fantasías, de aquella habitación que parece estar consagrada al arte, y he salido a la fría y fea calle. Me he visto reflejada en el cristal de un escaparate: una figura pequeña, bastante pálida, seca y angulosa, con una mueca en el rostro que me ha recordado el gesto sardónico de aquel malicioso cocodrilo, pequeño y verde, que contenía la cajita de cristal de mi sueño.

Mujeres libres

2

Dos visitas, algunas llamadas telefónicas y una tragedia

El teléfono sonó en el instante en que Anna salía de puntillas del cuarto de la niña. Janet volvió a despabilarse y dijo, en
un tono regañón, pero complacido:

—Será Molly y os vais a estar horas hablando.

Anna le hizo una señal para que callara y acudió al teléfono, pensando: «Para niños como Janet, los vínculos tutelares no
se componen de abuelos, primos y un hogar fijo, sino de las llamadas telefónicas diarias de los amigos y de determinadas expresiones pronunciadas con regularidad».

—Janet está a punto de dormirse y te manda recuerdos —dijo, en voz alta, al aparato.

Molly contestó, de acuerdo con su papel:

—Dale cariñosos recuerdos y dile que debe dormirse en
seguida.

—Molly dice que debes dormir y te manda las buenas noches —gritó Anna, en dirección al cuarto a oscuras.

Janet replicó:

—¿Cómo voy a poder dormir si vais a estar horas charlando?

La clase de silencio que llegaba del cuarto de Janet indicaba, sin embargo, que la niña iba a dormirse contenta.

—Bueno. Y tú ¿cómo estás? —preguntó Anna, en voz baja.

Molly contestó con excesiva despreocupación:

—Anna, ¿está Tommy en tu casa?

—No, ¿por qué lo preguntas?

—Por nada; sólo pensé que… Si supiera que me preocupo de esta forma, se pondría furioso, claro.

Durante todo el mes, el boletín diario que Molly le comunicaba desde su casa, a menos de un kilómetro de distancia, trataba únicamente de Tommy, que se pasaba horas enteras en su cuarto, solo, sin moverse y, al parecer, sin pensar.

En aquella ocasión, Molly dejó el tema de su hijo, para ofrecer a Anna una larga descripción, sarcástica y quejosa, de la cena habida la noche antes con un antiguo amor de América. Anna escuchó sin chistar, notando el trasfondo histérico de la voz de su amiga.

—En fin —terminó Molly—, que yo contemplaba al tipo aquel, maduro y tan orondo, y recordaba cómo era antes… Bueno, supongo que él pensaba: «Qué pena que Molly haya cambiado de esta forma». En fin, no sé por qué critico a todo el mundo de esta manera. ¿Es que nunca voy a encontrar a nadie aceptable? Y no es que pueda comparar lo que se me ofrece ahora con una hermosa experiencia del pasado, porque ni puedo acordarme de haberme sentido nunca realmente satisfecha y haber dicho: «Sí, esto es lo que quería». Durante años he recordado a Sam con mucha nostalgia, como el mejor de todos, e incluso me he preguntado por qué fui tan estúpida y le rechacé. Pero hoy me he acordado de lo mucho que me aburría ya entonces… ¿Qué vas a hacer cuando Janet se haya dormido? ¿Vas a salir?

—No, me quedo en casa.

—Tengo que salir pitando al teatro. Voy a llegar tarde. Anna, ¿puedes telefonear a Tommy, aquí, dentro de una hora? Invéntate una excusa.

—¿Qué te preocupa?

—Esta tarde, Tommy ha ido a la oficina a ver a Richard. Sí, ya lo sé, me asusto por nada. Richard me ha llamado para decirme: «Ordeno que Tommy venga a verme en seguida». Yo le he dicho a Tommy: «Tu padre ordena que vayas a verle en seguida». Tommy ha contestado: «Muy bien, madre». Después se ha marchado. Así, sin más. Para hacerme rabiar. Tengo la impresión que si le hubiera mandado que se tirase por la ventana, lo hubiera hecho.

—¿Te ha dicho algo Richard?

—Me llamó hará unas tres horas para comunicarme, lleno de sarcasmo y suficiencia, que yo no comprendía a Tommy. Le he respondido que me alegraba de que, por lo menos, él sí le comprendiera. Pero me ha dicho que Tommy acababa de marcharse. Y no ha venido a casa. He subido a su cuarto, y sobre la cama tiene media docena de libros de psicología que ha sacado de la biblioteca. Por lo que parece, los está leyendo todos a la vez... Tengo que salir volando, Anna. Necesito media hora de maquillaje para este papel, ¡una comedia tan estúpida! ¿Por qué habré aceptado trabajar en ella? Bueno, buenas noches.

Diez minutos más tarde, Anna estaba junto a su mesa de caballete, preparándose para trabajar en el cuaderno azul, cuando Molly volvió a llamar.

—Acaba de telefonearme Marion. ¿Podrás creerlo? ¡Tommy ha ido a verla! Debió de coger un tren inmediatamente después de ver a Richard. Estuvo con ella veinte minutos, y luego se marchó... Marion dice que estaba muy callado, pese a que hacía mucho tiempo que no había ido a verla Anna, ¿no te parece raro?

—¿Estaba callado?

—Bueno, Marion volvía a estar borracha. ¡Claro, Richard no había aparecido por su casa! Ahora nunca llega a casa antes de medianoche... Es por una chica de la oficina; Marion no ha parado de hablar sobre ello. Seguramente ha hecho lo mismo con Tommy. Ha hablado de ti, te ha cogido manía. ¡Qué se le va a hacer! Supongo que es porque Richard le habrá dicho que hubo algo entre vosotros dos.

—¡Pero si no hubo nada!

—¿Le has vuelto a ver?

—No. Y a Marion tampoco.

Las dos se quedaron calladas, junto a sus respectivos aparatos. Si se hubieran encontrado en la misma habitación, se habrían mirado de reojo o hubiesen intercambiado muecas. De repente, Anna oyó:

—Estoy aterrorizada, Anna. Sucede algo horrible, seguro. ¡Dios mío y no sé qué hacer! Tengo que irme volando... Habré de tomar un taxi. Adiós.

Normalmente, cuando oía ruido de pasos en la escalera, Anna se quitaba de la parte de la habitación en que quedaba visible desde fuera, para no tener que llevar a cabo un innecesario intercambio de saludos con el joven galés. En aquella ocasión, miró con insistencia a su alrededor, y apenas logró ahogar un grito de alivio al darse cuenta de que los pasos eran de Tommy. Éste abarcó con una sonrisa a Anna, el cuarto, la pluma que tenía en la mano y los cuadernos abiertos, como si contemplara el cuadro que había esperado. Pero pasada la sonrisa, sus ojos oscuros volvieron a dirigirse hacia sí mismo, a su interior, y la cara adoptó una expresión de solemnidad. El instinto de Anna le dictó que debía correr al teléfono, pero logró detenerse a tiempo, pensando que lo mejor sería inventarse una excusa para subir y llamar desde allí. Súbitamente, Tommy dijo:

—Supongo que debes de estar pensando que tendrías que llamar a mi madre.

—Sí. Acaba de telefonear.

—Bueno, pues sube si quieres; a mí no me importa.

Lo dijo con buena intención, para tranquilizarla.

—No, llamaré desde aquí.

—Imagino que ha estado husmeando en mi cuarto y anda preocupada por todos aquellos libros sobre locos.

Ante la palabra locos, Anna sintió que la expresión se le ponía rígida de sobresalto. Se dio cuenta de que Tommy lo había notado, y exclamó con energía:

—Siéntate, Tommy. He de hablarte. Pero antes tengo que llamar a Molly.

Tommy no mostró sorpresa ante aquella repentina energía.

Se sentó, acomodándose con cuidado, las piernas juntas, los brazos por delante, apoyados en los del sillón, y contempló cómo Anna llamaba por teléfono. Pero Molly ya había salido. Anna se quedó sentada en la cama, con expresión ceñuda de contratiempo: estaba convencida de que Tommy disfrutaba haciéndoles pasar miedo a todos.

—Anna, esta cama parece un ataúd.

Se vio pequeña, pálida, con pantalones negros y blusa negra, las piernas cruzadas encima de la estrecha cama, cubierta con una colcha negra.

—Bueno, pues sí, es como un ataúd —admitió.

Se levantó y fue a sentarse en el sillón, delante del chico, cuyos ojos se paseaban lentamente por los objetos que encerraba la habitación, concediéndole a Anna la misma atención que a la silla, los libros, la chimenea o un cuadro.

—Creo que has ido a ver a tu padre.

—Sí.

—¿Para qué quería verte?

—Ibas a añadir: «Si me permites la pregunta».

Tommy se rió. Era una risita nueva, incontrolada y maliciosa. Al oírla, a Anna la invadió una oleada de pánico. Llegó a sentir también ganas de reírse tontamente, pero se calmó pensando: «No hace ni cinco minutos que está aquí, y ya se me ha contagiado su histeria. Cuidado».

Concedió, con una sonrisa:

—Lo iba a decir, pero me he contenido a tiempo.

—No entiendo por qué. Ya sé que tú y mi madre os pasáis el tiempo hablando de mí. Os preocupo.

De nuevo revelaba una malicia serena, pero triunfante. Anna nunca había pensado que Tommy pudiera ser capaz de manifestar malicia o despecho, y tenía la impresión de que había un extraño en el cuarto. Incluso su cara era extraña, pues ofrecía una expresión obstinada, oscura y torpe, deformada por una careta de despecho sonriente: alzaba la vista para mirarla con ojos aguzados de rencor y sonrientes.

—¿Qué quería tu padre?

—Me ha dicho que una de las empresas que controla la *suya* va a construir una presa en Ghana, y me ha preguntado si quería ir a ocupar uno de los puestos creados para ayudar a los africanos, un puesto de asistente social.

—¿Has rehusado?

—He contestado que no veía qué sentido tenía eso. Quiero decir que a él le interesa que le proporcionen mano de obra barata. Aunque yo les ofreciera la oportunidad de gozar de un poco más de salud, de mejor alimentación y demás, o incluso si construyera escuelas para los niños, sería una labor muy marginal. Entonces me ha dicho que otra empresa suya está haciendo unas obras de ingeniería en el norte del Canadá, y me ha ofrecido un trabajo de asistente social allí.

Aguardó, mirando a Anna. El extraño lleno de malicia había desaparecido de la habitación; Tommy volvía a ser él, ceñudo, meditabundo, desconcertado. Inesperadamente dijo:

—No tiene nada de estúpido, ¿sabes?

—No creo que nunca hayamos dicho que lo fuera.

Tommy sonrió con paciencia, significando: «No eres honesta». Pero sus palabras fueron:

—Cuando le he respondido que no quería ninguno de aquellos puestos, me ha preguntado por qué y se lo he explicado. Entonces, me ha dicho que reaccionaba de aquella manera porque estaba influido por el Partido Comunista.

Anna se rió.

—¡Ya decía yo! Con eso insinúa que te influimos tu madre y yo.

Tommy aguardó a que acabara de decir lo que él sabía que diría, y replicó:

—¡Ya salió eso! Él no se refería a eso. No me extraña que os creáis unos a otros estúpidos. Cuando veo juntos a mi padre y a mi madre, me cuesta reconocerlos. ¡Parecen tan estúpidos! Y tú igual, cuando estás con Richard.

—Bueno, ¿pues qué quería decir?

—Ha dicho que mi contestación a sus ofrecimientos resumía la influencia genuina de los partidos comunistas de Occidente. Que cualquiera que haya sido miembro del P.C., todavía lo sea o haya tenido algún contacto con él, sufre de megalomanía. Que si él fuera un jefe de policía encargado de eliminar de alguna parte a los comunistas, les plantearía esta pregunta: «¿Iría usted a un país subdesarrollado a dirigir una clínica de cincuenta plazas?». Todos los rojos contestarían: «No; qué más da mejorar la salud de cincuenta personas, si la organización básica de la sociedad no ha cambiado». —Se inclinó adelante, mirándola de frente e insistió—: ¿Qué me dices, Anna?

Ella sonrió y afirmó con la cabeza, como significando: «De acuerdo». Pero no era suficiente. Dijo:

—No, no es ninguna tontería.

—No.

Se echó hacia atrás con alivio. Pero una vez salvado su padre del sarcasmo de Molly y de Anna, como si dijéramos, pasó a reconocer en ellas parte de razón.

—Sin embargo, yo le he dicho que aquella prueba no eliminaría a mi madre ni a ti, porque las dos iríais a la clínica, ¿verdad?

Era importante para él que ella afirmara; Anna, no obstante, se empeñó en ser honesta, para su propia tranquilidad:

—Sí, iría, pero él tiene razón. Ha reflejado muy bien mi pensamiento.

—Pero ¿irías?

—Sí.

—Me pregunto si irías porque…, en tu lugar, yo no lo haría. Quiero decir que no acepto ninguno de los dos puestos; es la prueba. ¡Y eso que ni siquiera he sido comunista! Sólo os he visto a ti, a madre y a vuestros amigos, y me habéis influido. Sufro de parálisis de la voluntad.

—¿Ha sido Richard quien ha usado la expresión «parálisis de la voluntad»? —preguntó Anna, incrédula.

—No. He encontrado la expresión en uno de los libros sobre la locura. Lo que ha dicho realmente es que por causa de los países comunistas, en Europa la gente ya no se preocupa por nada. Se ha acostumbrado a la idea de que países enteros cambien totalmente en tres años, como sucedió con China o Rusia. Y si no se ve la posibilidad de un cambio total, ya no interesa… ¿Te parece que es verdad?

—En parte, sí. Es cierto en todos los que han participado del mito comunista.

—No hace mucho que eras comunista, y ya dices cosas como «mito comunista».

—A veces tengo la impresión que nos criticas, a mí, a tu madre y a todos los demás, por no haber continuado siendo comunistas.

Tommy agachó la cabeza, frunció las cejas y explicó:

—Es que recuerdo cuán activas erais, siempre con prisas por hacer algo. Ahora ya no.

—¿Cualquier actividad es mejor que nada?

Levantó la cabeza y dijo severamente, en tono acusador:

—Ya sabes a lo que me refiero.

—Sí, claro.

—¿Sabes lo que le he dicho a mi padre? Le he dicho que si aceptaba hacer aquella labor deshonesta de asistencia social, empezaría a organizar a los trabajadores en grupos revolucionarios. No se enfadó. Contestó que las revoluciones eran el riesgo principal que corrían los grandes negocios en la actualidad, y que ya se cuidaría él de suscribir una póliza de seguros contra la revolución que yo incitara. —Anna no dijo nada y Tommy añadió—: Era una broma, ¿no lo ves?

—Sí, claro.

—De todas maneras, le he dicho que no perdiera el sueño por mí, porque yo no iba a organizar ninguna revolución. Hace veinte años, sí. Pero ya no. Porque ahora sabemos lo que les sucede a los grupos revolucionarios… Nos asesinaríamos mutuamente al cabo de cinco años.

—No necesariamente.

La mirada que Tommy le dirigió significaba: «Eres deshonesta».

—Recuerdo una vez, hace dos años, en que tú y mi madre hablabais. Le dijiste que si hubieseis tenido la mala suerte de ser comunistas en Rusia, en Hungría o en algún país de ésos, una de las dos habría fusilado a la otra por traición. Esto también debió de ser una broma.

—Tommy, tu madre y yo hemos tenido unas vidas algo complicadas, y hemos hecho muchas cosas. No puedes esperar de nosotras que estemos todavía llenas de fe juvenil, de consignas y gritos de batalla. Las dos empezamos a acercarnos a la madurez.

Anna se escuchó haciendo estas observaciones con cierta sorpresa amarga, casi con repugnancia. Se decía: «Hablo como una vieja liberal, cansada de la vida». Decidió, sin embargo, no retractarse, y se encaró con Tommy, que la miraba con severidad.

—¿Acaso quieres decir —inquirió él— que yo no tengo derecho a hacer observaciones maduras a mi edad? Pues mira, Anna, siento que ya he entrado en la edad madura. ¿Qué objetas a esto?

El desconocido malicioso había regresado y se había sentado frente a ella, con la mirada llena de desprecio.

Repuso, apresuradamente:

—Tommy, dime una cosa. ¿Qué conclusión sacarías de la entrevista con tu padre?

Tommy suspiró y volvió a ser él cuando explicó:

—Cada vez que voy a su despacho, me sorprendo. Recuerdo la primera vez… Hasta entonces sólo le había visto en casa, y un par de veces en casa de Marion. La verdad es que siempre me había parecido un tipo muy… vulgar, ¿comprendes? Común, aburrido… Como le encontráis vosotras, tú y mi madre. Bueno; la primera vez que le vi en aquel despacho, me desconcerté. Ya sé que vas a decir que se debe a su poder y al dinero. Pero era algo más. De repente, ya no me pareció vulgar y mediocre.

Anna guardó silencio, pensando: «¿A qué viene todo esto? ¿Qué es lo que se me escapa?».

—Ya sé qué piensas —continuó el muchacho—. Piensas que Tommy es también vulgar y mediocre.

Anna se sonrojó, pues en el pasado había opinado eso de Tommy. Él se dio cuenta de su sonrojo y sonrió malignamente.

—La gente vulgar no tiene por qué ser estúpida, Anna. Sé muy bien lo que soy. Y por eso me desconcierto cuando estoy en el despacho de mi padre y me doy cuenta de que es una especie de magnate. Porque yo también sería capaz de hacerlo. Pero no podría. En absoluto, ya que lo haría consciente de las contradicciones, por culpa tuya y de mi madre. La diferencia entre mi padre y yo es que yo sé que soy una persona vulgar, pero mi padre no; no lo sabe. Me doy cuenta de que personas como tú y mi madre sois cien veces mejores que él, a pesar de que habéis fracasado y estáis metidas en un buen lío. Pero lamento saberlo. No se lo digas a mi madre, pero, la verdad, es una lástima que no haya sido mi padre quien me educara. Si lo hubiera hecho él, me habría gustado mucho heredar su sitio.

Anna no pudo evitar lanzarle una mirada penetrante; sospechaba que lo había dicho para que se lo repitiera a Molly, y herirla de esta forma. Pero en su rostro sólo se veía aquella mirada introspectiva tan suya, paciente, seria, reconcentrada. No obstante, Anna sentía que en su interior avanzaba una oleada de histerismo, y sabía que reflejaba la de él. En consecuencia, empezó a buscar desesperadamente palabras que le controlaran. Le vio girar la pesada cabeza sobre el eje de su cuello, corto y grueso, para mirar los cuadernos abiertos encima del caballete y pensó: «Dios mío, espero que no haya venido para hablar de ellos. O de mí». Se apresuró a decir:

—Me parece que imaginas a tu padre como una persona mucho más simple de lo que es en realidad. No creo que se sienta libre de contradicciones. Una vez dijo que ser un importante hombre de negocios equivalía a ser un botones de gran categoría. Y olvidas que en los años treinta tuvo una racha de comunismo, e incluso fue un poco bohemio durante una temporada.

—Y ahora su manera de acordarse de ello es tener aventuras con las secretarias; así cree que no es una mera pieza del mecanismo burgués.

Dijo esto en un tono chillón y vengativo, y Anna pensó: «Es de esto de lo que deseaba hablar». Sintió alivio.

Tommy prosiguió:

—Esta tarde, después de acudir al despacho de mi padre, he ido a ver a Marion. Simplemente quería verla. Por lo regular la veo en nuestra casa. Estaba borracha, y las niñas hacían ver que no lo notaban. Hablaba de mi padre y de su secretaria, mientras ellas fingían no saber a qué se refería. —Aguardó a que ella dijera algo echándose hacia delante, con la mirada aguzada por el reproche. Al no decir nada ella, añadió—: Vaya, ¿por qué no dices lo que opinas? Ya sé que desprecias a mi padre porque no es un hombre bueno.

Al oír la palabra bueno, Anna se rió sin querer, y se dio cuenta de que él fruncía el ceño.

—Perdona, pero no es una de las palabras que uso normalmente.

—¿Por qué no, si es lo que piensas? Mi padre está causando la pérdida de Marion y la de sus niñas, ¿no? ¿O vas a decirme que es culpa de Marion?

—Tommy, no sé qué decir. Vienes a verme, y ya sé que quieres oírme pronunciar palabras sensatas. Pero es que no sé...

La cara pálida y sudada de Tommy estaba muy seria. Los ojos le brillaban de sinceridad... y de algo más. Era como un brillo de satisfacción sarcástica; la estaba acusando de haberle abandonado, y se mostraba contento de que ella le abandonara. Giró nuevamente la cabeza y miró los cuadernos. «Ahora —pensó Anna—, ahora ha llegado el momento en que debo decir lo que él quiere que diga». Pero antes de que pudiera pensar sus palabras, él se levantó y se dirigió hacia donde estaban los cuadernos. Anna se puso tensa y aguardó muy quieta; no podía soportar que nadie viera los cuadernos, pero presentía que Tommy tenía derecho a verlos, aunque no hubiera sabido explicar por qué. Él estaba levantado, de espaldas, mirando los cuadernos. Luego volvió la cabeza y preguntó:

—¿Por qué tienes cuatro cuadernos?

—No lo sé.

—Seguro que lo sabes.

—Nunca me he dicho: «Voy a escribir cuatro cuadernos». Es accidental.

—¿Por qué no uno solo?

Reflexionó un instante y replicó:

—Quizá porque, si no, sería un desorden muy grande. Un lío.

—¿Y qué tiene de malo que sea un lío?

Anna estaba haciendo un esfuerzo para encontrar las palabras justas, cuando se oyó la voz de Janet que gritaba desde arriba:

—¿Mamá?

—¿Qué? Creía que dormías.

—Sí que dormía. Tengo sed. ¿Con quién hablas?

—Con Tommy. ¿Quieres que le haga subir para que te desee buenas noches?

—Sí. Y quiero agua.

Tommy salió sin decir nada, y le oyó abrir el grifo de la cocina y subir despacio las escaleras. Mientras tanto, ella se encontraba en un torbellino muy violento de sensaciones, como si cada fibra y célula de su cuerpo sufriera una irritación. La presencia de Tommy en la habitación y la necesidad de pensar en cómo enfrentarse con él, la habían forzado a conservarse tal como era, más o menos. Pero ahora no podía reconocerse. Tenía ganas de reír, de llorar, hasta de gritar; quería hacer daño a lo que fuera, necesitaba coger algo y sacudirlo hasta, hasta... Este algo era, naturalmente, Tommy. Se dijo que el estado mental del chico se le había contagiado, que empezaba a ser dominada por las emociones de él. Se maravillaba de que lo que en su rostro parecían ser destellos de desprecio y odio, y en su voz breves momentos de histeria o dureza, fueran los signos externos de un tumulto interior tan intenso. Y, de repente, se dio cuenta de que tenía las palmas de la mano y los sobacos fríos y húmedos. Sentía miedo. Todo aquel tumulto de sensaciones contradictorias se reducía a esto: terror. No podía ser que tuviera miedo físico de Tommy. ¿Cómo le podía tener tanto miedo y, sin embargo, dejarle subir a que viera a la niña? No, no temía por Janet. Le llegaban las voces de los dos desde arriba, conversando alegremente. Después oyó una carcajada de Janet, y por último los pasos lentos y resueltos de Tommy, que volvía. Él preguntó, en seguida:

—¿Cómo imaginas que va a ser Janet de mayor?

Tenía la cara pálida y una expresión obstinada, nada más. Anna se sintió mejor. Se detuvo junto al caballete, con una mano apoyada en él, y dijo:

—No lo sé. Tiene sólo once años.

—¿No te preocupa?

—No. Los niños no paran de cambiar. ¿Cómo voy a saber lo que será dentro de unos años?

Tommy torció la boca haciendo un puchero y sonriendo críticamente, y ella inquirió:

—¿Qué? ¿He vuelto a decir alguna tontería?

—Es tu tono, tu actitud.

—Lo siento.

Pero sin quererlo, parecía ofendida, irritada. Tommy sonrió muy brevemente, de satisfacción, antes de preguntar:

—¿No piensas nunca en el padre de Janet?

Anna sintió un golpe en el diafragma, como si se le tensara. Contestó, sin embargo:

—No, casi nunca.

Él le clavó los ojos, y ella continuó :

—Tú quieres que te diga realmente lo que pienso, ¿verdad? Me has recordado a Madre Azúcar. Me decía cosas como: «¿Es el padre de tu hija?». O «¿Fue tu marido?». Pero todo esto no significa nada para mí. ¿De qué te preocupas? ¿De que a tu madre quizá no le importara nada Richard? Bueno, pues su relación con tu padre fue mucho más honda que la mía con Max Wulf.

Tommy estaba de pie, muy tieso, muy pálido, y su mirada era fija e introspectiva. Anna dudaba de que llegara a verla, pero como parecía que la escuchaba, añadió:

—Sé lo que quiere decir eso de tener un hijo del hombre a quien quieres. Pero no lo comprendí hasta que no quise a un hombre. Deseaba tener un hijo de Michael. Sin embargo, la realidad es que tuve una hija de un hombre a quien no quería…

Se detuvo, porque no sabía si él la escuchaba: su mirada se dirigía hacia la pared, a cierta distancia de ella. Súbitamente, volvió los ojos oscuros y abstraídos hacia ella, y en un tono de leve sarcasmo, desconocido para su interlocutora, dijo:

—Continúa, Anna. Es una gran revelación para mí oír a una persona de tanta experiencia hablar de sus sentimientos.

No obstante, mantenía los ojos muy serios, y ella se tragó la irritación que le había causado su tono sarcástico, antes de proseguir:

—Mi opinión es que no se trata de nada terrible. Quiero decir que puede ser terrible, pero no hace daño, no es venenoso eso de pasarse sin algo que uno quisiera tener. No es malo decir: «El trabajo que hago no es realmente lo que me hubiera gustado hacer. Podría hacer algo más importante». O: «Necesito amor, pero sobrevivo sin él». Lo que resulta funesto es pretender que lo de segunda clase es de primera. Pretender que no necesitas amor, y que lo necesites; o que te gusta el trabajo que haces, cuando en realidad sabes perfectamente que podrías hacer algo mejor. Sería horrible que yo dijera, por sentido de culpabilidad o algo así, que quería al padre de Janet, si sé muy bien que no es verdad. O que tu madre afirmara que quiso a Richard o que hace un trabajo que le satisface…

Anna se calló. Tommy había hecho un gesto con la cabeza. No sabía si quería decir que le agradaba oírla o que todo era tan obvio que no le interesaba lo más mínimo. Volvió hacia donde estaban los cuadernos y abrió el de tapas azules. Anna vio cómo los hombros se le sacudían movidos por una risa sarcástica, emitida con ánimo de hacerla enfadar.

—¿Qué hay?

Leyó en voz alta:

—«Doce de marzo de 1956. Janet se vuelve súbitamente agresiva y difícil. En conjunto, es una fase difícil.»

—Bueno ¿y qué?

—Me acuerdo de una vez que le preguntaste a mi madre: «¿Cómo está Tommy?». Y ella, que no tiene una voz muy apta para secretos, te contestó, en un susurro resonante: «Está en una fase difícil».

—Quizás era verdad.

—¡Una fase! Era una noche que cenabas con mi madre, en la cocina, mientras yo estaba en la cama, escuchando. Vosotras reíais y charlabais… Bajé por un vaso de agua. Me sentía desgraciado. Todo me preocupaba; no podía hacer los deberes de la escuela, y por la noche me cogía miedo. Naturalmente que el vaso de agua era un pretexto. Quería estar en la cocina, por la manera en que os reíais. Quería estar cerca de aquella risa. No quería que os dierais cuenta de que tenía miedo. Desde el otro lado de la puerta oí tu pregunta: «¿Cómo está Tommy?». Y la respuesta de mi madre: «Está en una fase difícil».

—Bueno ¿y qué?

Anna se encontraba agotada. Pensaba en Janet, que acababa de despertarse y había pedido un vaso de agua. ¿Quería Tommy decirle que Janet se sentía desgraciada?

—Era como si me borraran del mapa —dijo Tommy hoscamente—. Durante toda mi infancia estuve persiguiendo cosas que parecían nuevas e importantes. La pasé alcanzando triunfos. Aquella noche había conseguido una victoria: logré bajar las escaleras a oscuras, como si no pudiera ocurrirme nada malo. Me agarraba a algo, a un sentimiento de lo que yo era realmente. Entonces mi madre va y dice... Sí, ya sé que es sólo una fase. En otras palabras, lo que sentía entonces no tenía ningún valor, era un fenómeno glandular o algo parecido, y pasaría.

Anna no dijo nada. Le preocupaba Janet, aunque la niña parecía cariñosa, contenta, y sacaba buenas notas en la escuela. Además, casi nunca se despertaba durante la noche y jamás dijo que tuviera miedo de la oscuridad.

—Imagino que tú y mi madre habréis estado diciendo que estoy en una fase difícil —continuó Tommy.

—Me parece que no lo hemos dicho. Pero supongo que lo hemos dado a entender —repuso Anna, incómoda.

—Entonces, ¿lo que siento ahora no tiene ninguna importancia? ¿En qué momento podré decir que lo que siento es válido? Al fin y al cabo, Anna... —Tommy se interrumpió, volviéndose para mirarla cara a cara y añadió—: Uno no puede pasarse la vida en fases. En alguna parte debe de haber un objetivo.

Los ojos le brillaban de odio. Con gran dificultad, Anna dijo:

—Si lo que sugieres es que he llegado a una meta y que te estoy juzgando desde un plano superior, estás completamente equivocado.

—¡Fases! —insistió él—. ¡Etapas! ¡Los dolores de crecer!

—Me parece que es así como las mujeres ven a la gente. Al menos a sus propios hijos. Para empezar, siempre están los nueve meses de no saber si va a ser niño o niña. A veces me pregunto cómo sería Janet si hubiera nacido niño. ¿Lo comprendes? Y luego los recién nacidos van pasando por sucesivos estados hasta que son niños. Cuando una mujer ve a un niño, ve de una vez todas las cosas por las que ha pasado. Cuando miro a Janet, a veces la veo como un bebé y la *siento* dentro del vientre y la veo en los distintos tamaños de una niña pequeña, todo a la vez. —La mirada de Tommy era acusadora y sarcástica, pero ella insistió—: Así es como las mujeres ven las cosas. Lo ven todo como en una corriente creativa. Bueno, es lo natural, ¿no?

—Pero para vosotras no somos individuos. Somos simplemente formas pasajeras de algo. *Fases*.

Y se rió, enojado. Anna pensó que era la primera vez que se reía, y esto la animó. Se quedaron un rato callados, mientras él pasaba las páginas de los cuadernos, medio de espaldas a ella, y ella le observaba, intentando calmarse, tratando de respirar hondo y de estarse quieta y firme. Pero aún tenía las palmas de las manos húmedas. No podía dejar de pensar: «Es como si luchara contra algo, contra un enemigo invisible». Casi podía *ver* al enemigo, y era algo malo, de esto estaba segura; como una forma casi tangible de malicia y destrucción, que se interponía entre ella y Tommy, tratando de destruirlos a los dos. Por fin, ella dijo:

—Ya sé a qué has venido. Has venido a que te explique para qué vivimos. Pero ya sabes de antemano lo que voy a decir, porque me conoces muy bien. Lo cual significa que has venido sabiendo ya lo que pienso al respecto. —Hizo una pausa y luego añadió, en voz baja, como admitiendo a regañadientes—: Por eso tengo tanto miedo.

Era una súplica, y Tommy le lanzó una mirada rápida, expresando que tenía razones para sentir temor. De pronto, él habló:

—Vas a decirme que dentro de un mes me voy a sentir distinto. ¿Y si no es verdad? Bueno, pero dime, Anna, ¿para qué vivimos?

Al proferir estas últimas palabras, se estremeció con una silenciosa risa triunfal. Se mantenía de espaldas.

—Somos como una versión moderna de los estoicos —repuso Anna—. Por lo menos gente como nosotros.

—¿Me incluyes a mí? Muchas gracias, Anna.

—Tal vez tu problema es que tienes demasiadas opciones. —Por el gesto de los hombros, adivinó que le escuchaba y continuó—: A través de tu padre puedes ir a media docena de países distintos y conseguir casi cualquier tipo de trabajo. Entre tu madre y yo, te podríamos proporcionar una docena de actividades diferentes, en el teatro o en editoriales. Y también podrías pasarte unos cinco años sin hacer nada, a expensas de tu madre y de mí, que te mantendríamos en el caso de que tu padre rehusara hacerlo.

—Cientos de cosas que puedo hacer, pero sólo hay una que puedo ser —dijo él con obstinación—. Tal vez no me siento digno de semejante abundancia de oportunidades o tal vez no sea un estoico. Anna, ¿conoces a Reggie Gates?

—¿Al hijo del lechero? No, pero tu madre me ha hablado de él.

—Sí, claro. Casi puedo oírla. La cuestión, y estoy seguro de que ella ya lo habrá dicho, es que él no tiene ninguna opción. Cuenta con una beca, y si no aprueba el examen se pasará la vida repartiendo leche con su padre. Pero si lo supera, y lo hará, accederá a nuestra clase media. No tiene un centenar de oportunidades distintas. Sólo tiene una, pero sabe muy bien lo que quiere. No está enfermo de parálisis de la voluntad.

—¿Envidias las desventajas de Reggie Gates?

—Sí. Y sabes que es *tory*, ¿no? Cree que la gente que se queja del sistema está mal de la cabeza. La semana pasada fui con él a ver un partido de fútbol. Ojalá estuviera yo en su piel… —Volvió a reírse, pero esta vez el sonido de su risa estremeció a Anna. Añadió—: ¿Te acuerdas de Tony?

—Sí —contestó ella, recordando a uno de sus amigos del colegio, que había causado una sorpresa a todo el mundo al decidir declararse objetor de conciencia.

En vez de ingresar en el Ejército, trabajó dos años en unas minas de carbón, con gran irritación de su honorable familia.

—Tony se hizo socialista hace tres semanas.

Anna se rió, pero Tommy dijo:

—No; es importante. ¿Te acuerdas de cuando se declaró objetor de conciencia? Lo hizo sólo para enojar a sus padres, como muy bien sabes, Anna.

—Sí, pero llegó hasta el final.

—Conocía a Tony perfectamente y sé que fue casi una broma. Una vez llegó a decirme que no estaba seguro de obrar bien. Pero no iba a permitir que sus padres se rieran de él… Éstas fueron sus palabras exactas.

—Da igual —insistió Anna—. No debió de ser fácil permanecer durante dos años en ese tipo de trabajo. Pero él no cedió.

—No basta, Anna. Y es exactamente así como se hizo socialista. Conoces este nuevo grupo de socialistas, ¿verdad? Casi todos son tipos de Oxford. Van a sacar una nueva publicación, la *Revista de Izquierdas* o algo parecido. Los he conocido. Vociferan lemas y se comportan como una pandilla de...

—Tommy, eso es una estupidez.

—No, no lo es. La única razón por la que lo hacen es que no pueden entrar en el Partido Comunista. Es un sustituto. Hablan en esa jerga horrible... En fin, os he oído, a ti y a mi madre, burlaros de la jerga esa, o sea que no veo por qué razón les está bien a ellos usarla. Porque son jóvenes, imagino que dirás. Pero no es suficiente. Y te diré una cosa. Dentro de cinco años, Tony tendrá un puesto importante en la Junta nacional del Carbón o algo así. Quizá sea diputado laborista. Hará discursos sobre que si la izquierda esto, y el socialismo aquello...

La voz de Tommy era de nuevo un chillido; se le cortaba el aliento.

—Puede que haga un trabajo muy útil —dijo Anna.

—No tiene realmente fe. Es sólo una pose. Y hay una chica, con la que se va a casar. Una socióloga que también es del grupo. Van por ahí pegando carteles y gritando lemas.

—Parece como si le envidiaras.

—No seas tan condescendiente, Anna. Me tratas como a un niño pequeño.

—Lo hago sin querer. Me parece que no es verdad.

—Sí, es verdad. Sabes muy bien que si estuvieras hablando de Tony con mi madre, dirías algo distinto. ¡Y si hubieras visto a la chica! Casi puedo oír tus palabras. Es la madre arquetípica. ¿Porqué no eres honesta conmigo, Anna?

Esta última frase se la dijo chillando; tenía la cara congestionada. La miró con ferocidad y le volvió la espalda con gesto rápido, como si hubiera necesitado aquel exabrupto para infundirse fuerzas. Luego empezó a examinar los cuadernos. El gesto de la espalda revelaba su decisión de no ceder, en caso de que ella tratara de prevenirle.

Anna se quedó quieta, terriblemente vulnerable, forzándose a permanecer inmóvil. Sufría al recordar el carácter íntimo de lo que había escrito. Y él continuó leyendo, en un frenesí de testarudez, mientras ella se limitaba a estar allí, sentada. Luego sintió que se sumergía en una especie de estupor a causa del agotamiento, y pensó vagamente: «En fin; ¿qué importa? Si lo necesita, ¿qué importan mis sentimientos?».

Un rato más tarde, quizás al cabo de una hora, Tommy le preguntó:

—¿Por qué escribes algunas cosas en letra distinta y otras las encierras entre paréntesis? ¿Das importancia a un tipo de sentimientos y descartas otros? ¿Cómo decides lo que es importante y lo que no?

—No lo sé.

—No basta con decir eso, tú lo sabes. Por ejemplo, esto es de cuando aún vivías en nuestra casa. «Desde la ventana miraba abajo. Me parecía como si me separase de la calle una distancia de kilómetros. De repente, sentí como si me hubiera arrojado por la ventana. Me veía aplastada contra la acera. Luego me pareció que me encontraba de pie junto al cuerpo de la acera. Yo era dos personas. Esparcidos por todas partes había sangre y trozos de cerebro… Me arrodillé y empecé a lamer la sangre y el cerebro.»

Levantó los ojos hacia ella con una expresión acusadora. Anna guardaba silencio.

—Lo has escrito, luego lo has puesto entre paréntesis, y finalmente has añadido: «He ido a la tienda y he comprado un kilo de tomates, media libra de queso, un bote de confitura de cerezas y un cuarto de té. Después he hecho una ensalada de tomate y he acompañado a Janet al parque».

—Bueno ¿y qué?

—Todo esto en el mismo día. ¿Por qué has puesto el primer texto entre paréntesis, todo eso de que lamías la sangre y los trozos de cerebro?

—Todos tenemos instantes de locura, en que nos vemos muertos en la calle, cometiendo actos de canibalismo, suicidándonos o lo que sea.

—¿No son importantes?

—No.

—¿Los tomates y el cuarto de té es lo importante?

—Sí.

—¿Cómo decides que la locura y la crueldad no son tan fuertes como... la vida cotidiana?

—No es sólo eso. No es que relegue a un apartado entre paréntesis a la locura y la crueldad. Es algo más.

—¿Qué? —Exigía una respuesta, y Anna, sacando fuerzas de su agotamiento, trató de encontrar una.

—Es un tipo de sensibilidad distinta. ¿No te das cuenta? En un día, mientras compro comida, la hago, cuido de Janet y trabajo, surge un instante de locura. Si lo describo, parece algo dramático y horrible. Es sólo porque lo he escrito. Pero las cosas que de verdad pasaron durante el día fueron las normales.

—Entonces, ¿por qué te tomas la molestia de describirlo? ¿No te das cuenta de que este cuaderno, el azul, es todo recortes de periódicos, trozos como lo de la sangre y el cerebro, entre paréntesis o tachado, y luego anotaciones como lo de comprar tomates o té?

—Supongo que sí. Es porque trato de escribir la verdad y me doy cuenta de que no lo consigo.

—Quizá sí lo es —dijo de repente—. Quizá lo es, pero tú no lo puedes soportar y lo tachas.

—Quizá.

—¿Por qué cuatro cuadernos? ¿Qué pasaría si tuvieras uno solo muy grueso, sin todas las divisiones, paréntesis y letras especiales?

—Ya te lo he dicho: caos.

Se volvió para mirarla y le reprochó, con rencor:

—Con tu apariencia tan correcta y atildada, y mira lo que escribes.

—Has hablado como tu madre. Así es como ella me critica, en ese mismo tono.

—No trates de despistarme, Anna. ¿Te da miedo ser un caos?

Anna sintió que el estómago se le encogía con un espasmo de miedo y dijo, al cabo de un momento de silencio:

—Supongo que sí.

—Pues entonces eres deshonesta. Al fin y al cabo, tú mantienes unos principios, ¿no? Sí, sí. Desprecias a personas como mi padre porque se limitan, y tú haces lo mismo. Te pones unos límites por las mismas razones. Tienes miedo. Eres irresponsable.

Pronunció este juicio definitivo con una sonrisa de satisfacción en los labios. Anna se dio cuenta de que había ido a verla para decirle aquello. Era el momento al que habían estado esforzándose en llegar durante toda la entrevista. Tommy iba a proseguir, pero, en un instante de lucidez, su interlocutora dijo:

—A menudo dejo la puerta abierta. ¿Has entrado aquí para leer los cuadernos?

—Sí. Vine ayer, pero vi que subías por la calle y yo salí antes de que pudieras verme. Bueno, pues he decidido que no eres honesta, Anna. Eres una persona feliz, pero…

—¿Yo feliz? —replicó Anna en tono de burla.

—Por lo menos te contentas. Sí, no lo niegues. Mucho más que mi madre o cualquiera de nosotros. Pero en el momento de la verdad, resulta que no. Estás aquí, venga a escribir, y nadie puede leerlo. Esto es arrogancia, ya te lo he dicho. Y no eres lo bastante honesta para permitirte ser como realmente eres. Lo divides y separas todo. ¡De qué sirve tratarme como a un niño y decirme: «Estás en una mala fase»! Si tú no estás pasando una mala fase es porque no puedes. Te preocupas de dividirte en compartimientos. Si las cosas se hallan en un estado caótico, pues que sea así. A mí no me parece que las cosas sigan una pauta; eres tú la que impones las pautas, por cobardía. A mí no me parece que la gente sea buena. Son caníbales, y en el momento de la verdad nadie se preocupa por nadie. La gente mejor se muestra capaz de ser buena con una persona o con su familia. Pero eso no pasa de puro egoísmo. No es que sean buenos. No somos mejores que los animales; sólo lo pretendemos. La verdad es que el prójimo nos resulta indiferente.

Se acercó a donde estaba ella y se sentó en el sillón de enfrente; de momento parecía el Tommy de siempre, aquel chico tozudo y de movimientos lentos que le era familiar. Luego soltó una risita clara y alarmante, y ella volvió a entrever la expresión de desprecio.

—Bueno, no puedo replicar nada, ¿verdad? —preguntó Anna.

Tommy se inclinó hacia adelante y dijo:

—Voy a concederte otra oportunidad, Anna.

—*¿Qué?* —inquirió ella, sobresaltada y a punto casi de estallar en una carcajada. Pero la cara de Tommy era atemorizadora, por lo que Anna añadió, tras una pausa—: ¿Qué quieres decir?

—Lo digo en serio. Antes tú vivías según una filosofía, ¿verdad?

—Sí, supongo que sí.

—Y ahora hablas del mito comunista. ¿De acuerdo con qué vives en estos momentos? Y no pronuncies palabras como estoicismo, que no significan nada.

—A mí me parece lo siguiente: de vez en cuando, quizás una vez cada cien años, se produce como un acto de fe; se llena un pozo de fe, y en algún país se produce un enorme avance que constituye un progreso para el resto del mundo. Porque es un acto de la imaginación, de lo que podría ser para toda la humanidad. En nuestro siglo ocurrió en 1917, en Rusia. Y en China. Después el pozo se seca, porque, como tú dices, la crueldad y la mezquindad están demasiado arraigadas. El pozo vuelve a llenarse, despacio, y se produce otra sacudida adelante.

—¿Una sacudida adelante?

—Sí.

—¿A pesar de todo, una sacudida adelante?

—Sí, porque cada vez el sueño se va haciendo más fuerte. Si la gente es capaz de imaginar algo, llega un momento en que lo consigue.

—¿Se imaginan qué?

—Lo que tú has dicho, bondad, caridad. El poner fin a la animalidad.

—Y ahora, para nosotros, ¿qué hay?

—Tenemos que conservar el sueño. Porque siempre habrá gente nueva, que no sufre de una parálisis de la voluntad.

Acabó de hablar con firmeza, asintiendo enérgicamente con la cabeza, y mientras hablaba se le ocurrió que lo hacía como Madre Azúcar al final de una sesión: «¡Hay que tener fe!

Trompetas y redoblar de tambores». En la cara le debió de aparecer una sonrisita de autoacusación; podía incluso sentirla, a pesar de que creía lo que había dicho, porque Tommy bajó la cabeza con una especie de triunfo malicioso. El teléfono sonó y él dijo:

—Es mi madre, preguntando si voy saliendo de la fase.

Anna contestó al teléfono, dijo «sí» y «no», colgó y se volvió hacia Tommy.

—No, no era tu madre, pero aguardo una visita.

—Entonces me voy. —Se levantó despacio, con aquella calma pesada y característica, hizo que en su rostro reapareciera la mirada inexpresiva de introspección con que había llegado, y se despidió—: Gracias por la conversación.

Quería decir: «Gracias por haber confirmado lo que esperaba de ti».

En seguida que se hubo ido, Anna llamó a Molly, que acababa de llegar del teatro.

—Tommy ha estado aquí y acaba de marcharse. Me da miedo; hay algo que no marcha. Es muy serio, pero no sé de qué se trata, y me parece que no le he hablado como debiera.

—¿Qué ha dicho?

—Que todo está podrido.

—Pues tiene razón —dijo Molly, en voz alta y alegre.

En el par de horas transcurridas desde que llamara para hablar de su hijo, había representado a una casera ligera de cascos, un papel que despreciaba de una pieza que también despreciaba, pero aún no había salido de la representación. Y había ido a divertirse a una taberna con otro de los actores. Se encontraba muy lejos del estado de ánimo que la poseyera antes de la función.

—Y me acaba de llamar Marion desde un teléfono público. Ha venido en el último tren, exclusivamente para verme.

—¿Qué demonios querrá? —comentó Molly, molesta.

—No lo sé. Está borracha. Te lo diré por la mañana. Molly… —Anna estaba dominada por el pánico al recordar la manera en que se había ido Tommy—. Molly, tenemos que hacer algo por Tommy. De prisa; estoy segura de ello.

—Hablaré con él —repuso Molly con sentido práctico.

—Marion ha llegado. Tengo que ir a abrir. Buenas noches.

—Buenas noches. Te tendré al corriente del estado de ánimo de Tommy mañana por la mañana. Supongo que nos preocupamos sin motivo. Después de todo, recuerda lo horribles que éramos nosotras a su edad. —Anna oyó la risa estrepitosa y alegre de su amiga, a la vez que el clic del aparato al ser colgado.

Anna pulsó el timbre que abría el cerrojo de la puerta de entrada, y escuchó el ruido desordenado que hacía Marion al subir las escaleras. No podía salir a ayudarla; se hubiera ofendido.

Marion, al entrar, sonrió de una forma bastante parecida a la de Tommy: era una sonrisa preparada antes de entrar, y dirigida al conjunto de la habitación. Se acercó al sillón que había usado Tommy y se desmoronó en él. Era una mujer de peso, alta, con abundancia de carne, cansada. La cara era suave o, más bien, borrosa, y su mirada castaña era a la vez borrosa y suspicaz. De muchacha fue esbelta, vivaz y alegre. «Una chica color de avellana», solía decir Richard, primero con cariño y ahora con hostilidad.

Marion miraba a su alrededor intermitentemente, ora con los ojos medio cerrados, ora abriéndolos de una forma exagerada. La sonrisa le había desaparecido. Era obvio que estaba muy borracha y que Anna habría de tratar de meterla en la cama. Pero, por el momento, se limitó a sentarse frente a ella, en un sitio en que la otra la pudiera enfocar sin dificultad: exactamente en el mismo sillón desde el que se había encarado con Tommy.

Marion ajustó la cabeza y los ojos para poder ver a Anna y dijo, con dificultad:

—Qué suerte… tienes…, Anna. Real…men…te creo que tie…nes mucha s…suerte de vivir, de vivir como te dé… la gana. Una habitación muy bonita. ¡Y tú estás tan… tan… libre! Haces lo que quieres.

—Marion, déjame que te meta en la cama. Hablaremos mañana por la mañana.

—Tú crees que estoy borracha —precisó Marion, con voz clara y rencorosa.

—Pues claro que sí. No importa. Debieras ir a dormir.

Anna se sentía tan fatigada, de súbito, que le parecía como si unas manos tiraran pesadamente de sus piernas y brazos. Estaba sentada con holgura en el sillón, luchando con los espasmos del cansancio.

—¡Quiero beber! —exclamó Marion con displicencia—. ¡Quiero beber! Quiero beber.

Anna se levantó, fue a la cocina, que estaba al lado, llenó un vaso de té flojo que quedaba en la tetera, le añadió una cucharilla de whisky y se lo llevó a Marion.

Marion dijo:

—Grrraciass.

Luego tomó un sorbo de la mezcla e hizo un gesto de aprobación con la cabeza. Aguantaba el vaso con cuidado, cariñosamente, con los dedos apretados contra el cristal.

—¿Cómo está Richard? —inquirió a continuación, cuidadosamente, con la cara tensa por el esfuerzo de dejar ir las palabras.

Había preparado la pregunta antes de entrar. Anna efectuó como una traducción a la voz normal de Marion y pensó: «¡Dios mío! Marion tiene celos de mí. Ni se me había ocurrido».

Repuso, con sequedad:

—Pero Marion, tú lo debes de saber mejor que yo.

Se dio cuenta de que el tono seco de su voz se desvanecía en la distancia que la borrachera interponía entre ella y Marion, de que el cerebro de Marion bregaba suspicazmente con el sentido de las palabras. Entonces añadió, despacio y en voz alta:

—Marion, no hay razón para tener celos de mí. Si Richard ha dicho algo, ha mentido.

—No tengo celos de ti —espetó Marion entre dientes.

La palabra celos había reavivado sus celos. Durante unos momentos fue una mujer celosa, con el rostro contorsionado, mirando por la habitación los objetos que habían representado algo en sus fantasías de celos. Sus ojos se apartaban con dificultad de la cama.

—No es verdad —dijo Anna.

—No…cambia…mucho las cosas —aclaró Marion con algo que parecía una carcajada de buen humor—. ¿Por qué no tú, cuando hay tantas otras? Tú, por lo menos, no eres un insulto.

—Pero yo no pinto nada.

Marion alzó la barbilla y dejó que la mezcla de té y whisky le bajara por la garganta en tres largos tragos.

—Lo necesitaba —dijo con solemnidad, alzando el vaso para que Anna lo volviera a llenar.

Pero ésta no tomó el vaso, sino que manifestó:

—Marion, me alegra que me hayas venido a ver. Sin embargo, he de decirte, en serio, que te has equivocado.

Marion guiñó los ojos de una manera horrible, y dijo con zumba de borracho:

—¡Pero si me parece que he venido porque me das envidia! Tú eres lo que quisiera ser yo; tú eres libre, tú tienes amantes y haces lo que quieres.

—No soy libre —contestó Anna, oyendo la sequedad de sus propias palabras y comprendiendo que debía hacerla desaparecer. Añadió—: Marion, me gustaría estar casada. No me agrada vivir así.

—Es fácil decirlo. Podrías casarte si quisieras... Bueno, esta noche tendrás que dejarme dormir aquí. El último tren ya ha salido... Y Richard es tan agarrado que no puedo alquilar un coche. Sí, es terriblemente agarrado. De verdad. —Anna notó que Marion parecía mucho menos borracha cuando criticaba al marido—. Es como para no creerlo. Está podrido de dinero. ¿Sabías que formamos parte del uno por ciento de la gente más rica de...? Pero cada mes inspecciona mi cuenta corriente. Fanfarronea de que estamos entre ese uno por ciento y se queja porque me compro un modelo original. Claro que, cuando mira mis cuentas, se percata de cuánto gasto en bebida... Pero también le preocupa el dinero.

—¿Por qué no te acuestas?

—¿En qué cama? ¿Quién hay arriba?

—Están Janet y el inquilino. Pero queda otra cama.

Los ojos de Marion se iluminaron de delicia y sospecha.

—¡Es raro que tengas un inquilino, un hombre! ¡Qué raro en ti!

Anna imaginó las bromas que seguramente Richard y Marion hacían sobre ella, cuando Marion no estaba borracha. ¡Habían bromeado sobre el inquilino! Anna sintió la repugnancia que en otro tiempo le habían inspirado las personas como Marion y Richard. Pensó: «Por mucho esfuerzo que cueste vivir como vivo yo, al menos no comparto mi vida con gente como Marion y Richard. No vivo en un mundo en el que una mujer no pueda tener un inquilino sin que los otros hagan bromas maliciosas».

—¿Qué piensa Janet de que vivas con un hombre en el piso?

—Marion, no vivo con un hombre. Tengo un piso grande y alquilo una de las habitaciones. Él fue el primero que vino a ver la habitación y la quiso alquilar. Arriba hay un cuarto pequeño, desocupado. Déjame que te meta en la cama.

—Odio irme a la cama. Había llegado a ser el momento más feliz de mi vida… al principio de casarme. Por eso te envidio. Ningún hombre va a volver a desearme. Todo ha terminado. A veces, Richard se acuesta conmigo, pero hace un esfuerzo. Los hombres son estúpidos, ¿verdad? Se creen que no nos damos cuenta. Anna, ¿te has acostado alguna vez con un hombre sabiendo que hacía un esfuerzo?

—Eso me ocurría cuando estaba casada.

—Sí, pero tú le dejaste. Bien hecho. ¿Sabías que uno se enamoró de mí, que deseaba casarse conmigo y dijo que también se haría cargo de los niños? Richard hizo ver que me volvía a querer. Su único propósito era guardarme como niñera para los niños. Nada más. Ojalá me hubiera ido cuando me di cuenta de que sólo me quería para eso. ¿Sabías que este verano Richard me llevó de vacaciones? Todo el tiempo fue igual, íbamos a la cama y se esforzaba por hacer el papel. Yo sabía que todo el rato estaba pensando en aquella putita que tiene en el despacho. —Arrojó el vaso a Anna y le dijo, en tono imperativo—: Llénalo. —Anna fue a la habitación de al lado, hizo la misma mezcla de té y whisky y volvió junto a Marion, que bebió y alzó la voz en un lamento lleno de lástima de sí misma—: ¿Cómo te sentirías, Anna, si supieras que ningún hombre te volvería a querer? Cuando fuimos de viaje, pensé que sería distinto. No sé por qué, pero lo pensé. La primera noche fuimos al restaurante del hotel, y en la mesa de al lado había una chica italiana. Richard no le quitó los ojos de encima…, supongo que imaginaba que yo no lo notaba. Entonces me dijo que tenía que acostarme temprano. ¡Quería conquistar a la italiana! Pero yo me negué a acostarme temprano. —Soltó un sollozo discordante de satisfacción—. Le dije que no hacíamos aquel viaje para que ligara con fulanas. —Tenía los ojos enrojecidos de lágrimas vengativas, y las mejillas bastante llenas de unas manchas irritadas y húmedas—. A mí me dice que ya tengo a los niños. Pero ¿por qué he de ocuparme de los niños, si él no se ocupa de mí?, le contesto yo. Y él no lo entiende. ¿Cómo te van a interesar los niños de un hombre, si él no te quiere? ¿No es verdad, Anna? A ver, dime, ¿no es cierto? Di algo, ¿es verdad o no? Cuando me comunicó que deseaba casarse conmigo, dijo que me quería, no que me iba a hacer tres niños y que luego se iría con otras y me dejaría con los niños. A ver, di algo, Anna. A ti todo te va muy bien. Vives con una sola niña, y puedes hacer lo que quieras. Es muy fácil para ti resultarle atractiva a Richard: él sólo pasa por aquí un momento de vez en cuando. —El teléfono sonó y se paró—. Será uno de tus hombres, supongo. Quizá sea Richard. Si es él, dile que estoy aquí. Dile que le estoy criticando. Díselo.

El teléfono volvió a sonar.

Anna fue a contestar, pensando: «Marion vuelve a parecer casi sobria». Descolgó el aparato:

—Diga.

Oyó que Molly gritaba, desde el otro extremo del hilo:

—¡Anna! ¡Tommy se ha matado! ¡Se ha pegado un tiro!

—¿Qué?

—Sí. Llegó cuando tú habías acabado de llamar… Se fue arriba sin decir nada y oí un estampido. Pensé que había dado un portazo. Después oí un gemido… Le grité algo y no contestó. Creí que lo había imaginado. Pero más tarde, no sé por qué, me entró miedo y salí de la habitación… La sangre chorreaba escaleras abajo… No sabía que tenía un revólver. No está muerto, pero se va a morir, lo adivino por lo que dice la policía. ¡Va a morir! —gritó.

—Voy al hospital. ¿En qué hospital está?

Una voz de hombre dijo:

—A ver, señorita, déjeme a mí. —Y luego, hablando al teléfono—: Nos llevamos a su amiga y al muchacho al hospital de St. Mary's. Creo que a su amiga le gustaría que usted la acompañara.

—Voy en seguida.

Anna se volvió hacia Marion. La cabeza de ésta se había desmoronado, y tenía la barbilla sobre el pecho. Anna la forzó para sacarla del sillón, la llevó a empujones hasta la cama y la dejó allí, tumbada con naturalidad, con la boca abierta y la cara mojada de saliva y lágrimas. Tenía las mejillas encendidas de alcohol. Anna arrojó un montón de mantas sobre ella, apagó las estufas y las luces, y se echó a la calle tal como iba. Era bien pasada la medianoche. Nadie circulaba, ni un taxi. Corrió por la calle, sollozando, vio a un policía y corrió hacia él.

—Tengo que ir al hospital —le dijo, agarrándosele.

Otro policía apareció por la esquina. Uno la aguantó, mientras el otro buscaba un taxi para acompañarla al hospital. Tommy no había muerto, pero se suponía que iba a morir al amanecer.

Los cuadernos

[El cuaderno negro seguía vacío en el apartado titulado *Fuentes*, a la izquierda. Pero la parte de la derecha de la página, titulada *Dinero*, estaba toda escrita.]

Carta del señor Reginald Tarbrucke, de Amalgamated Vision, a la señorita Anna Wulf: La semana pasada leí —por casualidad, debo confesarlo— su deliciosa novela *Las fronteras de la guerra*. Inmediatamente me impresionó su frescura y sinceridad. Como es natural, estamos al acecho de temas apropiados para ser adaptados como telecomedias. Me gustaría discutir el asunto con usted. Tal vez podríamos tomar una copa juntos, a la una, el viernes próximo. ¿Conoce el Toro Negro, en la calle Great Portland? Llámeme por teléfono, si es tan amable.

Carta de Anna Wulf a Reginald Tarbrucke: Muchas gracias por su carta. Me parece que lo mejor es que me apresure a decirle que muy pocas de las telecomedias que veo me animan a escribir para ese medio. Lo siento mucho.

Carta de Reginald Tarbrucke a Anna Wulf: Muchas gracias por su franqueza. Estoy muy de acuerdo con usted, y por esto le escribí tan pronto como hube acabado su encantadora novela *Las fronteras de la guerra*. Necesitamos con urgencia piezas vivas y sinceras, de auténtica integridad. ¿Podrá almorzar conmigo, el viernes próximo, en el Barón Rojo? Es un sitio pequeño, de pocas pretensiones, pero hacen una carne muy buena.

De Anna Wulf a Reginald Tarbrucke: Muchas gracias, pero lo que le escribí iba en serio. Si creyera que *Las fronteras de la guerra* se puede adaptar para la televisión de una forma satisfactoria para mí, adoptaría una actitud distinta. Pero tal como están las cosas... Afectuosamente.

De Reginald Tarbrucke a la señorita Wulf: ¡Qué pena que no haya más escritores con su maravillosa integridad! Le aseguro que no le hubiera escrito si no estuviéramos buscando desesperadamente talentos en verdad creadores. ¡La televisión ha de tener auténticos creadores! Por favor, almuerce conmigo el lunes próximo, en la Torre blanca. Opino que necesitamos tiempo para sostener una conversación en serio, con calma y holgura. Le saluda afectuosamente.

Almuerzo con Reginald Tarbrucke, de Amalgamated Vision, en la Torre blanca.

La cuenta: seis libras, quince chelines y siete peniques.

Mientras me vestía para el almuerzo pensaba en lo mucho que hubiera disfrutado Molly con esta oportunidad de representar un papel u otro. He decidido interpretar el tipo de «señorita escritora». Tengo una falda que se pasa un poco de larga y una blusa que no me cae muy bien. Me he vestido con ellas, poniéndome, además, un collar de cuentas muy cursi y un par de pendientes largos, de coral. El disfraz es convincente. Pero me he sentido muy incómoda, como si estuviera por error en la piel de otra. Irritada. No sirve pensar en Molly. En el último minuto me he cambiado a mi estilo. Con mucho cuidado. El señor Tarbrucke («llámeme Reggie») ha tenido una sorpresa: había esperado a la señorita escritora. Un inglés de rasgos suaves, bien parecido, de mediana edad.

—Bueno, señorita Wulf... ¿Me permite que la llame Anna? ¿Qué está escribiendo ahora?

—Vivo del dinero producido por *Las fronteras de la guerra*.

Mirada de cierta sorpresa desagradable: lo he dicho en el tono de alguien interesado sólo por el dinero.

—Debe de haber tenido mucho éxito.

—Veinticinco idiomas —contesto, como si nada. Mueca de burla, de envidia. Cambio el tono y paso a hablar como una artista consagrada. Añado—: Como comprenderá, no quiero escribir la segunda con prisas. La segunda novela es muy importante, ¿no le parece?

Esto le encanta y ya se siente cómodo.

—No todos conseguimos la primera —dice suspirando.

—Usted también escribe, ¿verdad?

—¡Qué lista es! ¿Cómo lo ha adivinado? —De nuevo la mueca de burla, ya automática, y la mirada caprichosa—. En el cajón tengo una novela medio escrita, pero este tinglado no me deja mucho tiempo para escribir.

El tema nos sirve de conversación durante las gambas y el plato principal. Aguardo a que lo diga; es inevitable:

—Y, claro, uno venga a luchar para que dejen pasar algo medio decente por la red. Los chicos de arriba no tienen ni idea. (A él le falta medio escalón para llegar arriba.) Ni uno solo que tenga idea de algo. Son como mulas. A veces uno se pregunta para quién es todo este esfuerzo.

Halva y café turco. Enciende un cigarro y compra cigarrillos para mí. Todavía no se ha mencionado mi encantadora novela.

—Dígame, Reggie, ¿se propone trasladar el equipo al África central para rodar *Las fronteras de la guerra*?

Durante un segundo, la cara se le inmoviliza; luego adopta una expresión seductora.

—Pues me alegra que me haya preguntado eso porque, claro, ése es el problema.

—El paisaje desempeña un papel importante en la novela, ¿no cree?

—¡Oh! Es esencial, claro que sí. Maravilloso. ¡Cuánta sensibilidad tiene usted para el paisaje! Realmente llegué a oler el sitio… Fantástico.

—¿Lo reproduciría dentro de un estudio?

—Pues hay que reconocer que es una cuestión importante. Por eso quería hablar con usted. Dígame, Anna, ¿qué diría si le preguntaran cuál es el tema central de su maravilloso libro? En palabras sencillas, claro, porque la televisión es esencialmente un medio simple.

—Se trata, *sencillamente*, de la discriminación racial.

—¡Ah! Totalmente de acuerdo. Es una cosa terrible… Claro que nunca la he experimentado, pero al leer su novela…

¡Aterrorizador! Pero a ver si me comprende, y espero que sí. Es imposible hacer *Las fronteras de la guerra* en la... —(una mueca caprichosa)—, en la caja mágica, tal como está escrita. Tiene que simplificarse, dejando intacto el maravilloso centro. Por eso quiero preguntarle qué diría si trasladáramos la acción a Inglaterra... No, espere. Me parece que no se opondrá si le puedo hacer ver lo que yo veo. En la televisión lo esencial es lo *visual*, ¿no le parece? Se ve. Es la cuestión de siempre, y me parece que algunos de nuestros escritores tienden a olvidarse de esto. Verá, déjeme que le diga cómo lo veo yo. Una base de entrenamiento de las Fuerzas Aéreas, durante la guerra. En Inglaterra, yo estuve en un campo de aviación. ¡Ah, no, no fui uno de los muchachos de azul! Me limité a ser escribiente... Pero tal vez por eso su novela me causó tanto efecto. Ha conseguido reflejar tan bien el ambiente...

—¿Qué ambiente?

—¡Oh, querida! ¡Es maravillosa! Los auténticos artistas son maravillosos todos. La mitad de las veces ustedes mismos ni saben lo que han escrito...

Le digo de repente, sin querer:

—Quizá sí que lo sabemos, pero no nos gusta.

Frunce el ceño, decide pasarlo por alto, y continúa:

—Es el sentimiento de que uno hace lo que debe hacer, el sentimiento de desesperación que lo invade todo, la excitación... Nunca me he sentido tan vivo como cuando... En fin, lo que le quería sugerir es lo siguiente: conservamos el alma de su libro porque es muy importante. De acuerdo. La base aérea. Un piloto joven. Se enamora de una chica del pueblo vecino. Los padres se oponen: la cuestión de clase, ya sabe. Por desgracia, pervive en este país. Los dos enamorados tienen que separarse. Y como final, esa escena maravillosa en la estación, cuando él se marcha y sabemos que va a morir. No; piénselo bien. Sólo un momento. ¿Qué le parece?

—¿Quiere que escriba un guión nuevo?

—Pues sí y *no*. Su historia es, básicamente, una simple historia de amor. ¡Sí, lo es! La cuestión racial es, realmente... Sí, ya sé que es muy, muy importante, y estoy en todo de acuerdo con usted. La situación es absolutamente intolerable. Pero su historia, en el fondo, puede considerarse una simple y conmovedora historia de amor. Tiene todos los elementos, créame. *Es…* como otro *Breve encuentro.* Espero que lo vea tan claramente como yo, recuerde que la tele es una cuestión de *ver.*

—Sin duda, pero ¿por qué no dejar a un lado la novela *Las fronteras de la guerra* y volver a empezar?

—Bueno, no del todo. Porque el libro es tan conocido y tan maravilloso… Además, me gustaría conservar el título porque la frontera no se refiere a un límite geográfico… Por lo menos, no en su esencia. Yo no lo veo así. Es la frontera de la experiencia.

—Bueno, lo mejor quizá sería que usted me escribiera una carta con las condiciones para un guión original con destino a la televisión.

—Pero no del todo original. (Parpadeo caprichoso.)

—¿Le parece que la gente que haya leído la novela no se sorprendería al verla convertida en una especie de *Breve encuentro con alas?* (Mueca caprichosa.)

—Pero, mi querida Anna, no, no les sorprendería. No les sorprende nada. ¿Cómo es posible sorprenderse con la caja mágica?

—Bueno, el almuerzo ha sido muy agradable.

—¡Oh, Anna, querida! Tiene toda la razón, claro que sí. Pero usted, tan inteligente, comprenderá que no lo podríamos hacer en el África central. Los muchachos de arriba no nos darían el dinero, simplemente.

—No, claro que no. Pero esto es lo que, me parece, ya le sugería en mi carta.

—*Haríamos* una película encantadora. Dígame, ¿quiere que se lo diga a un amigo mío que está metido en el cine?

—Bueno, ya he tenido experiencia de todo esto del cine.

—¡Ah, querida! Si ya sé qué quiere decir, de verdad. En fin, no nos queda más remedio que ir probando, me figuro. Yo sé que, a veces, al llegar a casa por la noche y mirar lo que hay sobre la mesa de trabajo… —una docena de libros para posibles historias y un centenar de guiones—, aparte mi pobre novela, a medio acabar en el cajón y que no he podido ni ver durante meses…, entonces mi consuelo es pensar que a veces, por la tele, pasa algo auténtico y vivo. Por favor, reflexione sobre lo que le he sugerido para *Las fronteras de la guerra*. Realmente creo que resultaría muy bueno.

Salimos del restaurante. Dos camareros nos hacen reverencias. Reginald recibe el abrigo y desliza una moneda en la mano del que se lo da, con una sonrisita casi de disculpa. Estamos en la calle. Me siento muy insatisfecha de mí misma: ¿por qué hago cosas de éstas? Desde la primera carta de Amalgamated Vision sabía ya lo que iba a suceder… Salvo, claro está, que esta gente siempre son un grado peor de lo que una se esperaba. Pero si ya lo sé, ¿por qué acepto verlos? ¿Para tener pruebas? El descontento hacia mí misma empieza a convertirse en una emoción que conozco muy bien, en una especie de histeria menor. Sé perfectamente que dentro de un instante voy a decir una cosa que no viene a cuento, grosera, acusadora contra mí misma. Llega un momento en que soy consciente de que, si no logro contenerme, empezaré a hablar sin poder detenerme. Estamos en la calle y él quiere librarse de mí. Entonces nos dirigimos hacia la estación del metro de Tottenham Court Road. Digo:

—Reggie, ¿sabe lo que de verdad me gustaría hacer con *Las fronteras de la guerra*?

—Dígame, querida, dígame. (Frunce el ceño sin querer, a pesar de todo.)

—Me gustaría convertirla en una comedia.

Se para, sorprendido. Reanuda la marcha y pregunta:

—¿Una comedia? —Me mira de reojo, fugazmente, revelando el desagrado que en el fondo siente hacia mí. Entonces dice—: ¡Pero, querida, si está tan maravillosamente asentada en el gran estilo! Es una tragedia realista. No recuerdo una sola escena cómica.

—¿Se acuerda de la excitación que usted mismo mencionó? ¿El latido de la guerra?

—¡Claro que sí! Perfectamente.

—Pues estoy de acuerdo con usted en que es el tema básico de la novela.

Una pausa. Aquella cara hermosa y seductora se pone tensa: tiene una expresión de cautela, de prudencia. El tono de mi voz es duro, enojado, y está lleno de aversión. Aversión de mí misma.

—A ver, dígame exactamente qué quiere decir.

Estamos en la boca del metro. Una muchedumbre. El hombre que vende periódicos no tiene cara; mejor dicho: carece de nariz, su boca es un hueco con dientes de conejo, y sus ojos están hundidos en una piel llena de cicatrices.

—Pues tomemos la historia que usted me propone. Joven piloto, apuesto, guapo, arrojado. La chica del lugar es la hija bonita del cazador furtivo. Inglaterra en guerra. Base de entrenamiento para pilotos. Bien. Recuerde la escena que ambos hemos visto cientos de veces en el cine: el avión a punto de despegar hacia Alemania. Un plano de la cantina de los pilotos, con las paredes llenas de fotografías de chicas más bonitas que provocativas. No vale sugerir que nuestros muchachos tienen instintos groseros. Un muchacho apuesto está leyendo una carta de su madre. En la repisa, una copa ganada en una competición deportiva.

Una pausa.

—¡Caramba, querida! Ciertamente, ya hemos visto esta película demasiadas veces.

—Los aviones se acercan para aterrizar. Faltan dos. Grupos de hombres a la espera, mirando el cielo. El músculo del cuello de uno se tensa. Plano del dormitorio de los pilotos. Una cama vacía. Entra un joven. No dice nada. Se sienta en su cama y mira la que está vacía. Hay un oso de trapo sobre ella. Lo coge. Un músculo del cuello se le tensa. Plano de un avión incendiado. Corte. El joven con el oso de trapo en las manos y mirando las fotos de una chica bonita… No, de una chica no, mucho mejor de un bulldog. Corte, y otro plano del avión incendiado, con el himno nacional como música de fondo.

Se produce un silencio. El vendedor de periódicos de la cara de conejo sin nariz, grita:

—¡Guerra en Quemoy! ¡Guerra en Quemoy!

Reggie decide que no debe de haber entendido bien, por lo que sonríe y dice:

356

—¡Pero, Anna, querida! Usted ha pronunciado la palabra *comedia*.

—Usted ha tenido la agudeza suficiente para darse cuenta de qué trataba la novela: de la nostalgia de la muerte.

Frunce el ceño y, esta vez, lo mantiene fruncido.

—Bueno, estoy avergonzada y quisiera hacer algo para compensarle. Hagamos una comedia sobre la inutilidad de cierto heroísmo. Hagamos una parodia de esta maldita historia en que veinticinco muchachos en la flor de su juventud y demás, parten hacia la muerte dejando abandonado tras de sí un montón de osos de trapo y copas de fútbol, y a una mujer de pie junto a la valla mirando con estoicismo el cielo por donde pasa otra oleada de aviones con destino a Alemania. Un músculo se tensa en el cuello de ella... ¿Qué tal?

El vendedor de periódicos sigue gritando:

—¡Guerra en Quemoy!

De repente, me parece que estoy en medio de una escena teatral que parodia algo. Empiezo a reír. Es una risa histérica. Reggie me está mirando, con la frente arrugada y con desagrado. Su boca, que antes se había mostrado constantemente cómplice y deseosa de agradar, tiene un rictus astuto y algo resentido. Dejo de reír y, súbitamente, toda aquella racha de risa y palabras desaparece. Vuelvo a estar en mi juicio. Él dice:

—Bueno, Anna. Estoy de acuerdo con usted, aunque debo conservar mi puesto. Es una idea de una comicidad maravillosa, pero para el cine, no para la televisión. Sí, lo veo muy bien. —Habla tratando de recobrar la normalidad, pues yo vuelvo a estar normal—. Sería algo bestial, sin duda. Me pregunto si la gente lo comprendería... —Su boca vuelve a mostrar una expresión de capricho y seducción. Me mira. Le cuesta creer que hemos pasado un momento de puro odio. A mí también—. En fin, no sé, *quizá* resultara. Al fin y al cabo, hace diez años que terminó la guerra. Pero la televisión *no* es eso. Es un medio simple. Y el público... Bueno, ya lo sabe usted, no es que sea muy inteligente. Y hay que tenerlo en cuenta.

Compro un periódico con un titular que reza: «Guerra en Quemoy». Digo, en un tono ocasional:

357

—He aquí otro de esos sitios que sólo sabemos dónde está porque ha tenido una guerra.

—Sí, es terrible lo mal informados que estamos.

—Bueno, no quiero entretenerle más. Tendrá usted que volver a su despacho.

—Sí, voy a llegar tarde. Adiós, Anna, ha sido estupendo conocerla.

—Adiós, Reggie, y gracias por el encantador almuerzo.

Al llegar a casa me desmorono. Me siento deprimida, enfadada y molesta conmigo misma. La única parte de la entrevista que no me avergüenza es el momento en que me he comportado como una histérica y una estúpida. Tengo que dejar de contestar a estas solicitudes de la televisión y del cine. ¿Por qué lo hago? Lo único que consigo es decirme: «Tienes razón en no volver a escribir. ¡Es tan humillante y siniestro! Más vale mantenerse bien alejada de todo eso». Pero esto ya lo sé. ¿Por qué sigo hurgando en la herida?

Carta de la señora Edwina Wright, representante de la serie «Blue Bird», programa «One Hour Plays» de la televisión norteamericana. Querida señorita Wulf: Buscando con ojo de gavilán piezas de interés duradero para presentar en nuestras pantallas, nos atrajo la atención su novela *Las fronteras de la guerra*. Le escribo con la esperanza de que colaboraremos en muchos proyectos ventajosos para ambas. Estaré en Londres tres días, de paso hacia Roma y París, y espero que me llame al hotel Black para tomar una copa en su compañía. Le incluyo un folleto que hemos escrito como pauta para nuestros escritores. Afectuosamente.

El folleto consta de nueve páginas y media repletas de letra impresa. Empieza: «En el curso del año recibimos en nuestro despacho cientos de piezas. Muchas de ellas revelan una intuición muy auténtica del medio, pero no se adaptan a nuestras normas por ignorancia de las exigencias fundamentales de nuestras necesidades. Emitimos una pieza de una hora una vez por semana…» Etc., etc., etc. La cláusula a) dice: «¡La esencia de la serie "Blue Bird" es la variedad! ¡No hay restricciones en cuanto a temas! Queremos aventura, amor, relatos de viajes, historias de experiencias exóticas, vida doméstica, vida de familia, relaciones entre padres e hijos, fantasía, comedia, tragedia. La serie "Blue Bird" no rechaza ningún guión teatral que acometa sincera y auténticamente experiencias genuinas, cualquiera que sea su género». La cláusula y) dice: «Las piezas emitidas en la serie "Blue Bird" son vistas semanalmente por nueve millones de americanos de todas las edades. La serie "Blue Bird" ofrece al hombre, la mujer y el niño comunes, piezas de una veracidad vital. La serie "Blue Bird" se considera depositaria de determinada confianza y cree tener un deber. Por esta razón, los escritores que colaboran con nosotros deben recordar cuál es su responsabilidad, que también es la de "Blue Bird". La serie "Blue Bird" no puede aceptar piezas que traten de religión, raza, política o relaciones sexuales extramatrimoniales.

»Esperamos con anhelo e interés poder leer *su* guión.»

La señorita Anna Wulf a la señora Edwina Wright. Querida señora Wright: Gracias por su lisonjera carta. Veo, sin embargo, que en su folleto-guía para los escritores advierte que no acepta piezas que traten cuestiones de raza o de sexo extramatrimonial. *Las fronteras de la guerra* contiene ambos elementos. Creo, por lo tanto, que sería inútil discutir la posibilidad de adaptar esta novela a su serie. Afectuosamente.

La señora Edwina Wright a la señorita Wulf: Un telegrama. Muchas gracias por su carta, puntual y responsable stop Le suplico cene conmigo mañana en hotel Black ocho horas stop Respuesta abonada.

Cena con la señora Wright, en el hotel Black. Cuenta: once libras, cuatro chelines, seis peniques.

Edwina Wright es una mujer de cuarenta y cinco o cincuenta años, algo obesa, de tez rosada y blanca, pelo gris metálico, rizado y brillante, relucientes párpados azules, labios rosa brillantes y uñas rosa pálido. Viste un traje de chaqueta azul suave, muy caro. Es una mujer cara. Conversación amistosa y fácil con los martinis. Ella toma tres; yo, dos. Ella los engulle con fuerza; los necesita, realmente. Conduce la conversación hacia personalidades literarias inglesas, para descubrir a quién conozco personalmente. Pero no conozco a casi nadie. Trata de situarme. Por fin me encasilla, sonriendo y diciéndome:

—Uno de mis amigos más apreciados... —(menciona a un escritor americano)—, siempre me dice que detesta conocer a otros escritores. Creo que tiene ante sí un futuro muy interesante.

Vamos al comedor. Cálido, cómodo, discreto. Una vez sentada mira a su alrededor; durante un segundo ha dejado de vigilarse. Apretando sus párpados arrugados y pintados, con la boca de color de rosa ligeramente abierta, está buscando a alguien o algo. Luego pone una expresión pesarosa y triste, que, sin embargo, debe ser sincera porque dice sintiéndolo:

—Tengo afecto por Inglaterra. Me encanta venir aquí, y siempre busco pretextos para que me manden.

Me pregunto si este hotel es, para ella, «Inglaterra», pero parece demasiado astuta e inteligente para caer en semejante tópico. De pronto, pregunta si quiero otro martini. Estoy a punto de rehusar. Advierto que ella desea uno y accedo. En mi estómago se produce el comienzo de una tensión, aunque en seguida me doy cuenta de que es su tensión la que se apodera de mí. Miro su rostro controlado, en guardia, bien parecido, y siento compasión por ella. Comprendo muy bien su vida. Encarga la cena, solícitamente y con tacto. Es como haber salido con un hombre. Pero no es nada masculina; simplemente, está acostumbrada a controlar situaciones parecidas. Siento que interpreta su papel con dificultad, que le cuesta mostrarse natural en él. Mientras esperamos el melón, enciende un cigarrillo. Con los párpados caídos y el cigarrillo colgándole entre los labios, inspecciona de nuevo el local. Su cara refleja una súbita expresión de alivio, que inmediatamente oculta. Luego, saluda con la cabeza y sonríe a un americano que acaba de sentarse y que está encargando la cena en un rincón de la sala. Le manda un saludo con la mano, al que ella responde sonriendo. El humo de su cigarrillo asciende en espiral delante de sus ojos. Se vuelve de nuevo hacia mí, prestándome atención con un esfuerzo. De pronto, parece mucho más vieja. Me gusta mucho. La veo claramente en su habitación, esta misma noche, más tarde, poniéndose algo muy femenino... Sí, un chiffon floreado, algo de este estilo... para compensar el esfuerzo de tener que representar este papel en su trabajo. Y la veo contemplando los volantes de su

360

chiffon con ojos burlones, bromeando. Pero espera a alguien. Percibe el discreto golpe en la puerta. Han llamado. Abre, haciendo un chiste. Es tarde. Tanto él como ella están un poco bebidos. Toman otra copa. Finalmente, se unen en un ayuntamiento seco y medido. Más adelante, en Nueva York, se encontrarán en una reunión e intercambiarán ironías. Ahora ella come el melón con actitud crítica. Observa que, en Inglaterra, la comida es más sabrosa. Habla de que tiene la intención de dejar su trabajo para irse a vivir al campo, a Nueva Inglaterra, y escribir una novela. (No menciona nunca a su marido.) Me doy cuenta de que ninguna de las dos tiene ganas de hablar de *Las fronteras de la guerra*. Se ha hecho una idea acerca de mí, y no muestra acuerdo ni desacuerdo. Simplemente, ha probado fortuna y considera esta cena como una pérdida económica. Gajes del oficio. Dentro de un instante va a referirse con amabilidad, aunque brevemente, a mi novela. Bebemos una botella de borgoña, caro y espeso, y comemos un bisté con champiñones y apio. Vuelve a decir que nuestra comida tiene más sabor que la americana, pero añade que debiéramos aprender a cocinarla. Me siento ya tan ablandada por el alcohol como ella; pero en la boca de mi estómago la tensión va aumentando: su tensión. No cesa de echar miradas al americano del rincón. De pronto, me doy cuenta de que, si no me domino, empezaré a hablar con la misma histeria que hace unas semanas me llevó a parodiar a Reginald Tarbrucke. Decido ir con cuidado; esa mujer me gusta demasiado y, además, me inspira miedo.

—Anna, su libro me gustó mucho.

—Me alegro, gracias.

—En nuestro país hay un interés real por África, por los problemas de África.

Sonrío y digo:

—Pero en la novela se trata de una cuestión racial.

Ella sonríe, agradeciendo mi sonrisa, y responde:

—Pero a menudo es una cuestión de grado. En fin, en su novela, usted hace que el joven piloto y la chica negra se acuesten. Bien. ¿Le parece esto importante? ¿Diría usted que el hecho de que mantengan relaciones sexuales es esencial para la historia?

—No, yo diría que no.

Vacila. Sus ojos, cansados y muy astutos, reflejan un brillo de decepción. Había tenido la esperanza de que yo no aceptara compromisos, pese a que su oficio consiste en lograr que se acepten. Y es que, para ella, las relaciones sexuales son lo más importante de la novela. Su manera de tratarme cambia muy sutilmente: está tratando con una escritora dispuesta a sacrificar su integridad para conseguir que una historia salga en la televisión. Le digo:

—Pero, aunque estuvieran enamorados de la forma más casta posible, seguiría yendo contra las reglas.

—Según cómo se presente.

Me doy cuenta de que, planteadas así las cosas, más vale dejarlo correr. Pero ¿debido a mi actitud? No: debido a su ansiedad por el solitario americano del rincón. He visto que, en dos ocasiones, él la miraba con insistencia; la ansiedad de ella me parece, pues, justificada. Él está tratando de decidir si se acerca a nuestra mesa o se marcha solo a alguna parte. Sin embargo, parece que a él ella le gusta bastante. El camarero se lleva nuestros platos. Edwina Wright se muestra contenta porque yo pido sólo café, sin postres: durante todo el viaje ha estado celebrando comidas de negocios dos veces al día, y le alivia que la cosa se acorte ahora con un plato menos. Lanza otra mirada a su solitario compatriota, quien todavía no da muestras de moverse, y decide volver al trabajo.

—Mientras reflexionaba sobre la manera de usar el maravilloso material de su libro, se me ocurrió que podía convertirse en una estupenda comedia musical, ya que en este género se puede camuflar un mensaje serio, lo cual no sería aceptado en una historia sin más.

—¿Un escenario de comedia musical en África?

—Una de las ventajas sería que la forma de comedia musical resolvería el problema de los escenarios naturales. Su ambiente de fondo es muy bueno, pero no para la televisión.

—¿Está pensando en escenarios estilizados, de estilo africano?

—Sí, una cosa así. Y con una historia muy simple. Joven piloto inglés entrenándose en África central. La bonita muchacha negra a la que conoce en una fiesta. Él se encuentra solo. Ella le trata con bondad. Él conoce a la familia de ella...

—Es inconcebible conocer a una chica negra en una fiesta por aquellas latitudes. A menos que sea en un determinado contexto político, entre una pequeñísima minoría de gente con conciencia política que trata de romper las barreras raciales. ¿O es que está pensando en hacer una comedia musical política?

—¡Ah! No se me había ocurrido... Supongamos que él sufre un accidente por la calle y ella acude a prestarle auxilio y le acompaña a su casa.

—No podría acompañarle a su casa sin infringir una docena de leyes diversas. Si lo hiciera a hurtadillas, sería en un acto de desesperación, peligroso, y por lo tanto no tendría nada que ver con el tipo de situación apropiada para un ambiente musical.

—Se puede ser muy serio en una comedia musical —dice ella, reprendiéndome, aunque sólo como una cuestión de forma—. Podrían aprovecharse la música y las canciones de la región. La música de África central sería una novedad para nuestro público.

—Durante la época en que está situada la historia, los africanos escuchaban jazz americano. Aún no habían empezado a desarrollar sus propias formas.

La mirada que me dirige expresa: «Pones dificultades porque sí». Pero abandona la idea de la comedia musical y dice:

—Bueno, si le comprara el material con la idea de hacer una historia, sin más, opino que debería cambiarse el lugar de la acción. Le sugiero una base aérea en Inglaterra. Una base americana. Un G.I. americano enamorado de una chica inglesa.

—¿Un G.I. negro?

Vacila.

—Bueno, eso sería un tanto difícil. Porque, en el fondo, se trata de una historia de amor muy simple. Soy una gran admiradora de las películas de guerra británicas. Hacen ustedes unas películas de guerra maravillosas, con tanto comedimiento... Tienen tanto... tacto. Es el tipo de sensibilidad que nos deberíamos proponer. Y el ambiente de la guerra, la atmósfera de la batalla de Inglaterra, con una simple historia de amor entre uno de nuestros muchachos y una de sus chicas...

—Si él fuera un G.I. negro podría utilizar la música indígena de sus Estados del Sur.

—Sí, claro. Pero para nuestro público eso no sería muy nuevo.

—Ya —asiento—. Un coro de G.I. americanos negros, en una aldea inglesa, durante la guerra, con otro coro de vivarachas chicas inglesas que interpretan números del folklore indígena británico.

Le sonrío. Ella arruga el ceño. Luego sonríe, a su vez. Nuestros ojos se encuentran y ella suelta una especie de carcajada. Vuelve a reír. Pero en seguida se controla y arruga de nuevo la frente. De pronto, hace como si aquella carcajada subversiva no hubiera existido, respira hondo y empieza a decir:

—Es natural que usted, como artista, una artista de gran calidad a la que es un privilegio conocer y con la que estoy muy orgullosa de poder conversar, es natural que usted esté poco dispuesta a dejar que cambien algo de lo que ha escrito. Pero permítame que le diga una cosa, y es que constituye un error mostrar excesiva impaciencia en lo que a la televisión concierne. Es la forma de arte del futuro, según mi parecer, y por eso, para mí, significa un gran privilegio trabajar con y por ella. —Se detiene; el americano solitario está buscando con los ojos al camarero, como si fuese a marcharse. Pero no, quiere más café. Ella vuelve a dirigirme la atención y prosigue—: El arte, tal como dijo una vez un gran hombre, es una cuestión de paciencia. Si quiere reflexionar sobre lo que hemos discutido y escribirme... O quizá prefiera tratar de escribirnos un guión y sobre otro tema. Como es natural, no podemos encargar trabajo a un artista sin previa experiencia en la televisión, pero sería un placer aconsejarla y ayudarla en la medida de nuestras posibilidades...

—Gracias.

—¿Piensa visitar los Estados Unidos? Me causaría un gran placer si me llamara para poder discutir sus ideas.

Vacilo. Casi me controlo. Luego sé que no es posible. Digo:

—Nada me causaría tanto placer como poder visitar su país. Pero, por desgracia, no me permitirían entrar. Soy comunista.

Los ojos se le disparan contra mi cara, enormes, azules y atónitos. Al mismo tiempo, hace un movimiento involuntario, un conato de empujar hacia atrás la silla para marcharse. La respiración se le acelera. Veo en ella a una persona atemorizada. Y empiezo a arrepentirme de aquella confesión. Lo he dicho por toda una serie de razones infantiles. Primero, porque deseaba escandalizarla. Segundo, por un sentimiento de que debía decirlo; si después alguien le hubiera dicho: «Claro, es comunista», ella habría creído que yo se lo oculté. Tercero, porque deseaba ver qué ocurría. Etc. Ahora está frente a mí, respirando agitadamente, la mirada incierta, los labios rosa bastante manchados, entreabiertos. Está pensando: «La próxima vez me preocuparé muy mucho de informarme antes». Además, se está viendo a sí misma como víctima, pues no en vano he podido leer esta mañana, repasando un montón de recortes de periódicos americanos, que cada día son despedidas de su trabajo docenas de personas interrogadas por los comités de actividades antiamericanas, etc. Dice, casi sin aliento:

—Bueno, las cosas son muy distintas aquí, en Inglaterra. Ya lo sé…

La máscara de la mujer de mundo se quiebra por la mitad y acaba diciendo, tras una larga pausa:

—Pero, la verdad, jamás hubiera imaginado que…

Lo cual quiere decir: «Me has caído bien. ¿Cómo puedes ser comunista?». Súbitamente, me siento tan enojada por este tipo de provincianismo que, como siempre en circunstancias semejantes, pienso: «Más vale ser comunista, cueste lo que cueste. Es mejor estar en contacto con el mundo que encontrarse tan lejos de la realidad como para poder decir cosas tan estúpidas». Ahora, sin más, las dos estamos enojadas. Ella aparta la vista de mí, para recobrarse. Y yo pienso en aquella noche que pasé conversando con un escritor ruso, hace dos años. Pronunciábamos las mismas palabras: el lenguaje comunista. Sin embargo, nuestra experiencia era tan distinta, que cada una de las frases significaba cosas distintas para ambos. En aquella ocasión, me sobrecogió una sensación de absoluta falta de realidad, hasta que, por fin, ya muy avanzada la noche —o, mejor dicho, de madrugada— traduje una de las cosas que había dicho y la trasladé de aquella jerga poco comprometedora a un incidente real: le conté a mi colega la historia de Jan, que había sido torturado en una cárcel de Moscú. Instantáneamente, él me clavó los ojos, asustado, e hizo el mismo gesto de querer marcharse, como de escapar: yo decía unas cosas que, si las hubiera dicho en su país, le hubieran costado la cárcel. El hecho era que las expresiones de nuestra filosofía común no constituían más que una forma de disfrazar la verdad. ¿Qué verdad? La de que no teníamos nada en común, excepto la etiqueta: comunista. Y ahora, en esta otra ocasión con la americana, sucedía lo mismo: podíamos usar el lenguaje de la democracia durante toda la noche, pero describiríamos experiencias distintas. Allí estábamos, pensando que, como mujeres, nos caíamos bien; pero no teníamos nada que decirnos. Exactamente como durante aquel momento con el escritor ruso, cuando no pudimos decirnos nada más.

Por fin, ella se decide a hablar:

—¡Bueno, querida, ha sido la sorpresa de mi vida! —exclamó—. Simplemente, me cuesta comprenderlo —esta vez es una acusación y me vuelvo a enojar—. Como es natural —añade—, la admiro por su honestidad.

«Bueno —pienso—, si me encontrara en América, perseguida por los comités, no iría por los hoteles diciendo tranquilamente que soy comunista. Así, pues, enfadarse es deshonesto...» Sin embargo, movida por mi irritación, digo con sequedad:

—Quizá sería una buena idea que se informara mejor antes de invitar a cenar, en este país, a otros escritores. De lo contrario, corre usted el riesgo de que bastantes de ellos la pongan en un aprieto.

La expresión de su rostro denota que ha tomado distancias respecto a mí. Sospecha. Estoy encasillada como comunista y, seguramente, digo mentiras. Me acuerdo de aquel momento con el escritor ruso, cuando él pudo escoger entre aceptar lo que yo había dicho y discutirlo o batirse en retirada, que es lo que hizo con una mirada irónica de superioridad y como diciendo: «En fin, no es la primera vez que un amigo de nuestro país se convierte en enemigo». En otras palabras: «Has sucumbido al chantaje del enemigo capitalista». Por fortuna, en mitad de aquel trance aparece el americano junto a nuestra mesa. Me pregunto si la balanza se ha inclinado a este lado por el hecho de que ella hubiera cesado genuinamente, y no por cálculo, de prestarle atención. Me entristece, porque presiento que así es.

—Bueno, Jerry —dice ella—, ya imaginaba que nos encontraríamos. Oí decir que estabas en Londres...

—¡Eh! ¡Qué tal! Me alegro de verte...

Es un hombre bien vestido, dueño de sí mismo, que está de buen humor.

—Te presento a la señorita Wulf —dice Edwina Wright con dificultad, porque no puede impedirse pensar: «Le estoy presentando un enemigo a un amigo. Debería encontrar el modo de ponerle en guardia»—. La señorita Wulf es una escritora muy famosa.

Me doy cuenta de que las palabras escritora famosa le han calmado un poco el nerviosismo. Y digo:

—Ya me disculparán si les dejo. Tengo que regresar a ver cómo está mi hija.

Es obvio que ella siente alivio. Salimos todos juntos del comedor. Al despedirme y volverme hacia la puerta, veo cómo ella desliza la mano sobre el hombro de él. Oigo que le dice:

—¡Jerry, qué contenta estoy de verte aquí! Pensé que pasaría sola la noche.

Él le responde:

—Querida Eddy, ¿cuántas noches has pasado a solas sin tú quererlo?

La veo sonreír, concisa y agradecida. Y yo me voy a casa pensando que, a pesar de todo, el momento en que rompí la cómoda apariencia de nuestro encuentro fue el único instante honesto de aquella noche. Sin embargo, estoy avergonzada, insatisfecha y deprimida, exactamente igual que después de aquella noche que pasé hablando con el ruso.

[El cuaderno rojo.]

28 de agosto de 1954

Pasé la noche de ayer tratando de recoger la máxima información posible sobre Quemoy. Muy poco en mi biblioteca o en la de Molly. Las dos teníamos miedo de que tal vez sea el comienzo de otra guerra. Molly dijo:

—¿Cuántas veces hemos hecho lo mismo, muy preocupadas, y luego no hay ninguna gran guerra?

Me he dado cuenta de que le preocupaba otra cosa. Por fin me ha confesado que había sido amiga íntima de los hermanos Forest. Cuando «desaparecieron» —se supone— en Checoslovaquia, ella fue a la Oficina Central en busca de información, y allí dijeron que no había motivo para preocuparse, pues estaban haciendo un trabajo importante para el Partido. Ayer se supo que estuvieron tres años en la cárcel y que acababan de ser puestos en libertad. Entonces, ayer mismo, Molly volvió a la Oficina Central, preguntó si sabían que los hermanos estaban en la cárcel, y resultó que lo habían sabido desde el principio. Después de contarme la historia, me planteó:

—Estoy pensando en dejar el Partido.

—¿Por qué no esperas a que las cosas mejoren? Al fin y al cabo, todavía están borrando las secuelas del período de Stalin.

—¡Pero si tú misma dijiste la semana pasada que ibas a dejarlo! En fin, se lo he dicho a Hal. Sí, he visto al jefe en persona y le he dicho: «Los malos han muerto todos, ¿no? Stalin, Beria y demás. Así, pues, ¿por qué seguís como antes?». Me ha contestado que se trataba de permanecer al lado de la Unión Soviética en caso de ataque. Ya sabes, lo de siempre. Yo le he preguntado: «¿Y qué me dices de los judíos en la Unión Soviética?». A lo que ha replicado que sólo era una mentira capitalista. «¡Por Dios no, no volváis con lo mismo!», he exclamado. Y al final me ha soltado una conferencia, muy amable y calmado, sobre la necesidad de no dejarse vencer por el pánico. De repente, me ha parecido que o yo estaba loca o eran todos ellos los locos. Le he dicho:

«Mira, una de dos: os metéis en la cabeza que tenéis que aprender a decir la verdad y dejaros de todo ese cuento de la conspiración y demás mentiras, o no va a quedar ni un solo miembro del Partido». Me ha sugerido que encontraba muy natural mi excitación al enterarme de que unos amigos míos habían estado en la trena. De pronto, me he dado cuenta de que empezaba a excusarme, a mostrar una actitud defensiva hacia mí, pese a estar segura de que era yo quien tenía razón, y no él. ¿No lo encuentras *curioso*, Anna? Un minuto más y le habría presentado disculpas a él. Pero he logrado controlarme a tiempo. Me he marchado a toda prisa, y una vez en casa he tenido que tumbarme en la cama de lo agitada que estaba.

Michael ha venido tarde. Le he contado lo que había dicho Molly, y él ha preguntado:

—¿Y tú vas a dejar el Partido? —Parecía como si lo lamentara, a pesar de todo. Luego ha añadido, con sequedad—: ¿Te das cuenta, Anna, de que cuando tú y Molly habláis de abandonar el Partido, parece como si se sobreentendiera que inmediatamente vais a caer en un marasmo de torpeza moral? Y, no obstante, la realidad es que millones, literalmente millones de seres normales, perfectamente normales, han salido del Partido… si no les han asesinado antes… Y lo han hecho a causa de los asesinatos, del cinismo, del horror y de la traición que dejaban tras de sí.

—Quizás eso es lo que menos importa.

—Entonces, ¿qué es lo que importa?

—Hace un minuto he tenido la impresión de que, si decía que dejaba el Partido, lo habrías sentido.

Se ha reído, reconociendo que era verdad; luego ha permanecido silencioso un rato, hasta que ha explicado, volviendo a reír:

—Quizá la razón por la que estoy contigo, Anna, es que resulta muy agradable tener cerca a alguien tan lleno de fe, aunque sea de una fe que yo no comparto.

—¡Fe! —exclamo.

—Sí, fe. Tu entusiasmo y seriedad no son más que eso.

—Pues yo nunca describiría con esos términos mi actitud hacia el Partido.

—No importa. Perteneces al Partido, lo cual es más que…
Ha sonreído y yo he completado:
—¿Que tú?
Me ha dado la impresión de que se sentía muy desdichado.
Estaba inmóvil, meditabundo. Por fin se ha decidido a decir:
—Bueno, hemos hecho lo que hemos podido. No resultó,
pero… Vámonos a la cama, Anna.

He tenido un sueño maravilloso. He soñado que había
una enorme telaraña formando un cuadro muy hermoso. De una
hermosura increíble, toda cubierta de dibujos bordados que parecían ilustraciones de los mitos de la humanidad. Pero no eran
sólo dibujos; eran los mitos mismos, de modo que aquella telaraña tan suave y brillante estaba viva. Tenía muchos colores,
muy sutiles y fantásticos, pero, en conjunto, el tono de este
enorme tejido era rojo, una especie de rojo brillante que formaba aguas. En el sueño, yo tocaba y palpaba la telaraña, llorando
de gozo. He vuelto a mirarla y me he dado cuenta de que tenía
la forma del mapa de la Unión Soviética. Ha empezado a crecer,
extendiéndose, avanzando con lentitud, como un mar reluciente-
te. Ahora incluía las formas de los países próximos a la Unión
Soviética: Polonia, Hungría, etc. Pero sus bordes eran transpa-
rentes y finos. Yo todavía lloraba, de gozo y también de aprensión. Y, luego, aquella neblina tan suave y reluciente se extendía
sobre China, adquiriendo profundidad hasta convertirse en un
grumo duro y espeso, de color escarlata. Y me he encontrado
después en el espacio, manteniendo mi posición flotante a base
de golpear el aire con los pies. Permanecía en el espacio, en medio de una neblina azul, mientras el globo iba dando vueltas,
con unos matices rojizos en los países comunistas y una amalgama de colores en el resto del mundo. África era negra, pero de
un negro profundo, luminoso, muy excitante; como por la noche, cuando la luna está debajo mismo del horizonte, a punto de
salir. Después he sentido mucho miedo y me he encontrado
mal, como si me hubiera invadido una sensación que no quería
reconocer. Estaba tan mareada que no podía mirar abajo para ver
el globo dando vueltas. Luego he mirado y ha sido como una apa-
rición: ha pasado mucho tiempo, y lo que veo ahora ante mí es

toda la historia del hombre, una historia muy larga y que se asemeja a un inmenso himno ensordecedor, de gozo y de triunfo, en el que el dolor es como un contrapunto que engendra vida. Vuelvo a mirar y veo que las zonas rojas han sido invadidas por los demás colores brillantes de las otras partes del mundo. Los colores se derriten y se mezclan, con una belleza indescriptible, y el mundo se unifica en un solo color reluciente, un color que yo no había visto nunca. Es un momento de felicidad casi insoportable. La dicha parece como si se inflamase, de modo que todo revienta, estalla. Súbitamente, me encuentro en el espacio, en silencio. Debajo de mí reina el silencio. El globo sigue rodando, despacio, pero ahora se disuelve poco a poco, desintegrándose y esparciéndose por el aire en fragmentos, por todo el espacio, de modo que a mi alrededor no hay más que fragmentos ingrávidos que chocan perdidos, los unos contra los otros, antes de esfumarse. El mundo ha desaparecido y sólo queda el caos. Me encuentro sola en el caos. Y, con toda claridad, oigo que una vocecita me dice al oído: «Alguien ha tirado de un hilo de la telaraña y ésta se ha deshecho». Me he despertado, llena de alegría y regocijo. Tenía ganas de despertar a Michael para contárselo, pero comprendía que era imposible describir con palabras la emoción del sueño. Casi en seguida, el significado del sueño ha empezado a desvanecerse. Me he dicho: «El significado escapa. Cógelo, rápido…». Luego he pensado: «¡Pero si no sé cuál es el significado!». Entonces me he dado cuenta de que el significado había desaparecido ya, dejándome muy dichosa. Me he incorporado en la oscuridad, al lado de Michael, e inmediatamente he vuelto a tumbarme, rodeándole con mis brazos. Por su parte, él ha reaccionado en sueños apoyando la cara sobre mi pecho. «Lo cierto es que me importa un bledo la política, la filosofía, o lo que sea. Lo único que pido es que Michael se vuelva a oscuras en la cama y ponga la cara sobre mi pecho.» Finalmente, me he quedado dormida. Por la mañana recordaba a la perfección el sueño y lo que había sentido. Sobre todo, recordaba estas palabras: «Alguien ha tirado de un hilo de la telaraña y ésta se ha deshecho». Durante el resto del día el sueño ha ido encogiéndose, menguando, hasta quedar reducido a unas dimensiones

exiguas y brillantes, carentes de sentido. Sin embargo, esta mañana, cuando Michael se ha despertado en mis brazos, abriendo
sus ojos azules y sonriéndome, he pensado: «Una parte tan
grande de mi vida ha sido tan retorcida y dolorosa, que cuando
la felicidad me inunda como si se tratase de un río de agua azul,
cálida y brillante, me niego a creerlo. Me digo a mí misma: soy
Anna Wulf; soy yo, Anna, y soy feliz».

[Aquí había pegadas unas hojas escritas desordenadamen-
te, con fecha 11 de noviembre de 1952.]

Reunión del grupo de escritores, ayer noche. Éramos cinco. Nos reunimos para discutir lo que dice Stalin sobre lingüís-
tica. Rex, el crítico literario, propuso repasar el folleto frase por
frase. George, el «escritor proletario» de los años treinta, fumando su pipa y fanfarroneando, dijo:

—¡Dios mío! ¿Tenemos que hacer eso? La teoría nunca ha
sido mi fuerte.

Clive, el redactor de folletos y periodista del Partido, declaró:

—Sí, tenemos que discutirlo seriamente.

Dick, el novelista social realista, puntualizó:

—Por lo menos tenemos que considerar los puntos principales.

Y Rex dio comienzo a la sesión. Habló de Stalin en el tono
sencillo y respetuoso que ha sido el corriente durante años. Yo
pensé: «Si cada uno de los que estamos aquí se encontrara en la
taberna o en la calle, hablaría en un tono muy diferente, seco y
penoso». Guardamos silencio mientras Rex pronunciaba un
breve discurso introductorio. Luego, Dick, que acababa de llegar de Rusia (siempre está de viaje por algún país comunista),
mencionó una conversación que mantuvo en Moscú con un escritor soviético sobre uno de los más duros ataques de Stalin
contra un filósofo:

—Tengamos presente que su tradición polémica es mucho
más dura y demoledora que la nuestra.

Su tono era el de soy-un-buen-muchacho-francote-y-senci-
llo, que yo misma uso a veces: «Bueno, por supuesto. Ten presente que sus tradiciones legales son muy distintas de las nuestras»,

etc. Por mi parte, comienzo a sentirme incómoda cada vez que oigo ese tono: hace poco me oí a mí misma usarlo y empecé a tartamudear, pese a que normalmente no tartamudeo. Todos tenemos copias del panfleto. Las palabras de Rex me desanimaron, pues las encontraba absurdas; pero no poseo preparación filosófica (Rex sí) y tengo miedo de decir estupideces. Con todo, había algo más. Me embargaba un humor que cada vez es más usual en mí: las palabras, de repente, pierden sentido. Me sorprendo escuchando una frase, una expresión, un grupo de palabras, como si pertenecieran a una lengua extranjera. El abismo entre lo que se supone significan y lo que en realidad dicen parece infranqueable. Últimamente he estado reflexionando sobre las novelas que tratan del colapso del lenguaje, como *Finnegans Wake*, y la preocupación de los semánticos. El hecho mismo de que Stalin se tome la molestia de escribir un opúsculo sobre el tema es ya un indicio de la inquietud general sobre el lenguaje. Pero ¿con qué derecho puedo criticar nada si, a veces, frases de la más bella de las novelas me parecen idiotas? No obstante, encontraba el folleto chapucero, y por eso dije:

—Quizá sea una mala traducción.

Me asombró mi tono de disculpa. (Sé que si hubiera estado sola con Rex, no habría hablado como pidiendo excusas.) Al instante vi que había expresado el sentimiento de todos: el panfleto resultaba malo de verdad. Durante años, frente a folletos, artículos, novelas y declaraciones procedentes de Rusia, comentábamos: «Bueno, seguramente la traducción es mala». Me sorprendí ante la escasa convicción que comuniqué a mis palabras. (¿Cuántos de nosotros debemos acudir a las reuniones dispuestos a expresar nuestra incomodidad, nuestra aversión, y luego, una vez comenzada la sesión, somos incapaces de hablar por causa de esa fantástica prohibición tácitamente establecida?) Por último, con un tono que es, en cierto modo, el de la coqueta «niña pequeña», dije:

—Mirad, yo no tengo la preparación necesaria para poder criticarlo desde el punto de vista filosófico, pero sin duda esa sentencia que dice «ni superestructura ni base» es una sentencia clave. Resulta obvio que esto se sale totalmente de las reglas marxistas. O bien se trata de una idea nueva o de una evasión o de simple arrogancia.

(Me tranquilizó el que, a medida que hablaba, el tono de mi voz perdía aquel conciliador matiz de coqueta y se hacía cada vez más serio, aunque excitado en demasía.) Rex se sonrojó, dio vueltas al folleto, y puntualizó:

—Sí, tengo que admitir que esta frase me ha chocado bastante...

Se produjo un silencio, tras el cual George prorrumpió, llanamente :

—Todas estas teorías vuelan demasiado alto para mí.

De pronto, teníamos todos una expresión incómoda, excepto George. Muchos camaradas adoptan actualmente esa actitud a la pata la llana, una especie de prosaísmo cómodo que, sin embargo, es tan propio de la personalidad de George, que a él ya no le preocupa en absoluto. Me sorprendí pensando: «Bueno. Está justificado. Él lleva a cabo una buena labor en pro del Partido. Si ésta es su forma de permanecer en él, pues...». Y, sin adoptar la expresa decisión de discutir más el folleto, lo dejamos de lado para pasar a tratar asuntos generales, como la política comunista en distintos lugares del mundo: Rusia, China, Francia, nuestro propio país... Durante todo el rato pensé: «Ni una sola vez uno de nosotros dirá que algo está fundamentalmente mal. No obstante, se halla implícito en cuanto decimos». No podía apartar de mi mente este fenómeno: cuando dos de nosotros nos encontramos, discutimos a un nivel completamente distinto de cuando están presentes tres personas. Dos de nosotros, solos, somos como dos individuos que discuten de política según una tradición crítica, como lo haría cualquier persona no comunista. (Por persona no comunista entiendo aquella a quien no se reconoce como comunista salvo por la terminología, si se la escucha desde fuera.) Pero cuando somos más de dos, se establece un espíritu del todo diverso. Esto es especialmente cierto en lo que dice Stalin. Aunque estoy dispuesta a creer que está loco y que es un asesino (aun teniendo siempre en cuenta lo que dice Michael: que estamos en una época en la que resulta imposible saber la verdad sobre nada), me agrada que la gente se refiera a él en un tono de simple y afable respeto. Porque, si se abandonara ese tono, se perdería algo muy importante. En efecto, por paradójico que parezca, se perdería cierta fe en las posibilidades de la democracia, de la honestidad, y un sueño perecería..., al menos para los de nuestra época.

La conversación empezó a hacerse inconexa y me ofrecí para calentar té. Todos estábamos contentos de que la reunión acabara. Preparé el té y luego me acordé de una historia que me habían mandado la semana pasada. Era la de un camarada que vivía cerca de Leeds. Al leerla por vez primera pensé que era un alarde de ironía, luego que era una parodia muy hábil de determinada actitud, y finalmente me di cuenta de que iba en serio. Ocurrió cuando hurgué en mis recuerdos y empecé a desenterrar algunas de mis propias fantasías. Pero, a mi entender, lo importante era que pudiera leerse como una parodia, ya fuese irónica o seria. Pienso que ésta es otra muestra de la fragmentación de todo, de la penosa desintegración de algo que me parece estrechamente ligado a lo que yo siento que es cierto acerca del lenguaje, es decir: la progresiva imprecisión del lenguaje frente a la densidad de nuestra experiencia. A pesar de todo, después de hacer el té, les dije que deseaba leerles una historia.

[Aquí había pegadas varias hojas de papel de carta ordinario, rayado, arrancadas de una libreta azul y escritas con una caligrafía muy cuidada.]

Cuando el camarada Ted supo que le habían elegido miembro de la delegación de maestros que debía viajar a la Unión Soviética, se sintió muy orgulloso. Al principio le costó creerlo. No se sentía digno de tan gran honor. Sin embargo, ¡no quería dejar escapar la oportunidad de visitar la madre patria de los Trabajadores! Por fin, el gran día llegó. Acudió al aeropuerto, donde debía reunirse con los demás camaradas. En la delegación había tres maestros que no eran miembros del Partido: ¡qué buenos muchachos resultaron! A Ted le fascinó el vuelo sobre Europa. Su excitación iba en aumento por minutos, y cuando por fin se encontró en Moscú, instalado en su habitación del hotel lujosamente amueblada, la excitación fue casi superior a sus fuerzas. Rondaba la medianoche cuando llegó la delegación, por lo que la primera emoción de ver un país comunista tuvo que ser aplazada hasta la mañana siguiente. El camarada Ted estaba sentado frente a la gran mesa —¡tan grande que en torno a ella podía acomodarse, por lo menos, una docena de personas!— instalada en la habitación, escribiendo las observaciones del día. Se había propuesto anotar cada momento de aquel valioso viaje. De pronto, llamaron a la puerta. Dijo:

—Entre, por favor —esperando que sería uno de los chicos de la delegación.

Pero eran dos jóvenes fornidos, con gorras y batas de trabajo. Uno de ellos dijo:

—Camarada, haz el favor de acompañarnos.

Tenían unos rostros francos y sencillos, y no les pregunté dónde me llevaban. (Para vergüenza mía, debo confesar que por un instante sentí miedo, al recordar las historias que había leído en la prensa capitalista. ¡El veneno nos ha afectado a todos sin saberlo!) Bajé en el ascensor con mis dos amistosos guías. La recepcionista me sonrió y saludó a mis dos nuevos amigos. En la calle esperaba un coche negro. Subimos a él y nos sentamos en silencio. Casi inmediatamente aparecieron delante de nosotros las torres del Kremlin. Por lo tanto, el recorrido fue breve. Penetramos en la fortaleza por las dos grandes entradas principales y el coche se detuvo frente a una discreta puerta lateral. Mis dos amigos salieron del coche y me abrieron la puerta. Sonreían.

—Ven con nosotros, camarada.

Subimos por una magnífica escalinata de mármol, con obras de arte en las paredes de ambos lados, y luego recorrimos un pasillo normal y corriente. Nos detuvimos frente a una puerta vulgar, una puerta como tantas otras. Uno de mis guías llamó y, desde el otro lado, una voz ronca invitó:

—Adelante.

De nuevo, los dos jóvenes me sonrieron y me animaron con un gesto a que entrara. Se alejaron por el pasillo, agarrados del brazo. Entré en el cuarto con osadía, pues alguna razón misteriosa me avisaba lo que iba a ver. El camarada Stalin estaba tras una sencilla mesa de escribir, que mostraba señales de haber sido muy usada, fumando una pipa y en mangas de camisa.

—Pasa, camarada. Siéntate —me dijo, con afabilidad.

Yo me sentí a mis anchas y tomé asiento, sin dejar de contemplar aquella cara honesta y amistosa, aquellos ojos centelleantes.

—Gracias, camarada —respondí, acomodándome frente a él.

Se produjo un breve silencio, durante el cual él sonreía, examinándome, y al fin dijo:

—Camarada, discúlpame por causarte molestias a estas horas de la noche…

—¡Oh! —le interrumpí, apresuradamente—. Todo el mundo sabe que trabajas hasta muy avanzada la noche.

Se pasó la mano, áspera, de trabajador, por la frente. Entonces vi en su rostro las huellas de fatiga y esfuerzo: ¡Trabajaba para nosotros! ¡Para el mundo! Me sentí orgulloso y humilde.

—Te he molestado tan tarde, camarada, porque necesito que me aconsejes. He oído que había llegado una delegación de maestros de vuestro país y he pensado aprovechar esta oportunidad.

—En todo lo que pueda, camarada Stalin…

—A menudo me pregunto si lo que me aconsejan sobre la línea a seguir en Europa, y sobre todo en la Gran Bretaña, es correcto.

Guardé silencio, pero me sentía inmensamente orgulloso. «¡Sí —pensé—, éste es un hombre verdaderamente grande! ¡Como un jefe comunista auténtico, está dispuesto a seguir los consejos de los cuadros del Partido directamente salidos de las masas, como yo mismo!»…

—Te agradecería, camarada, que me trazaras la línea que debería seguir en la Gran Bretaña. Soy consciente de que vuestras tradiciones son muy diferentes de las nuestras, y también de que nuestra línea política no ha tenido en cuenta esas tradiciones.

Entonces me sentí con libertad para comenzar. Le dije que, a menudo, había pensado en los muchos errores y desaciertos que cometía en su política el Partido Comunista de la Unión Soviética en lo que afectaba a la Gran Bretaña, y que, en mi opinión, ello era debido al aislamiento impuesto a la Unión Soviética por el odio que las fuerzas capitalistas sentían por el país comunista en ciernes. El camarada Stalin escuchaba fumando su pipa y afirmando de vez cuando con la cabeza. Si yo vacilaba, no tenía reparos en incitarme:

—Por favor, sigue, camarada, no temas decir exactamente lo que piensas.

Es lo que hice. Hablé durante tres horas, empezando con una breve relación analítica de la posición histórica del P.C. británico. En una ocasión pulsó un timbre y otro joven camarada entró con dos vasos de té ruso en una bandeja, colocando uno de ellos delante de mí. Stalin sorbió el suyo frugalmente, asintiendo con la cabeza a lo que yo decía. Tracé la línea tal como a mí me parecía que sería lo políticamente correcto para la Gran Bretaña. Cuando hube terminado, se limitó a decir:

—Gracias, camarada. Ahora comprendo que me habían aconsejado mal. —Luego miró la hora y añadió—: Camarada, tendrás que excusarme, pero todavía me queda mucho por hacer antes de que salga el sol.

Me levanté. Me extendió la mano. La estreché.

—Adiós, camarada Stalin.

—Adiós, mi buen camarada de la Gran Bretaña. Y, de nuevo, muchas gracias.

Cambiamos una sonrisa en silencio. Sé que mis ojos estaban llenos de lágrimas… Mientras viva estaré orgulloso de aquellas lágrimas. Mientras yo salía, Stalin llenó de nuevo su pipa, con los ojos puestos ya en un gran montón de papeles que aguardaban su inspección. Yo acababa de vivir el momento más grande de mi vida. Los dos jóvenes camaradas me esperaban. Intercambiamos sonrisas de profunda comprensión. Teníamos los ojos húmedos. Nos dirigimos en coche, silenciosos, al hotel. Sólo una vez se pronunciaron unas pocas palabras, y fueron las mías cuando dije:

—Ése sí que es un gran hombre.

A lo que ellos asintieron con la cabeza. En el hotel me acompañaron hasta la puerta de mi habitación. Se despidieron estrechándome la mano, sin decir palabra. Entonces volví a mi diario. ¡Ahora sí que tenía algo que anotar! Y me quedé trabajando hasta que salió el sol, pensando en el hombre más grande del mundo que, a menos de un kilómetro de distancia, también estaba despierto y trabajando, ¡vigilando el destino de todos nosotros!

[De nuevo la letra de Anna.]

Cuando hube terminado de leerlo, nadie hizo el menor comentario. El primero que habló fue George, para declarar:

—Es honesto y muy sano.

Lo cual podía interpretarse de cualquier manera.

—Recuerdo que yo también tuve una fantasía igual, idéntica —comenté—, sólo que en mi caso incluí, además, la línea política para toda Europa.

De súbito se produjo una explosión de risa incómoda y George dijo:

—Al principio, me pareció que era una parodia. Da esa impresión, ¿verdad?

—Recuerdo —explicó Clive— que una vez leí algo traducido del ruso… Creo que era de los primeros años treinta. Dos jóvenes se encuentran en la plaza Roja, con su tractor estropeado. No saben la causa de la avería. De pronto, ven acercarse a ellos una figura fornida fumando una pipa. «¿Qué ha fallado?» «Ése es el problema, camarada. No lo sabemos.» «Así que no lo sabéis, ¿eh? ¡Mala cosa!» El hombre fornido señala con el mango de la pipa una pieza de la máquina y pregunta: «¿Habéis pensado en esto?» Los jóvenes tocan la pieza y el tractor vuelve a la vida con un rugido. Se vuelven para darle las gracias al extraño que los está mirando con un paternal centelleo en los ojos, y súbitamente se dan cuenta de que es Stalin. Pero él ya se aleja, saludándoles con la mano y atravesando solitario la plaza Roja en dirección al Kremlin.

Volvemos a reír, y George observa:

—Aquellos tiempos eran buenos, digáis lo que digáis. Bueno, yo me voy a casa.

[Continuación del cuaderno amarillo.]

LA SOMBRA DE LA TERCERA PERSONA

Fue Patricia Brent, la redactora jefe, quien sugirió a Ella que pasara una semana en París. Debido a que la sugerencia provenía de Patricia, el primer impulso de Ella fue rehusar.

—No debemos permitir que nos depriman —dijo, refiriéndose a los hombres.

En resumen, que Patricia demostraba excesivo interés por acoger a Ella en el club de las mujeres abandonadas; lo hacía movida por la amistad, pero también con cierta satisfacción secreta. Ella observó que le parecía una pérdida de tiempo ir a París. El pretexto del viaje era entrevistar al redactor jefe de una revista francesa similar, con objeto de comprarle los derechos de un serial para Inglaterra. La historia, había dicho Ella, puede que fuera apropiada para las amas de casa de Vaugirard, pero no para las de Brixton.

—Son unas vacaciones pagadas —arguyó Patricia con picardía, pues comprendía que Ella rechazaba algo más que un simple viaje a París. Al cabo de unos días, Ella cambió de parecer. Se había dado cuenta de que hacía más de un año que Paul se había ido, pese a lo cual todo cuanto hacía, decía o sentía aún estaba relacionado con él. Su vida se había amoldado a la de un hombre que no iba a volver con ella. Tenía que liberarse. Fue una decisión intelectual, carente del apoyo de la energía psicológica. Se sentía apática y abrumada. Era como si Paul no sólo se hubiera adueñado de su capacidad para experimentar alegría, sino también de su voluntad. Accedió a ir a París como un enfermo recalcitrante que por fin acepta tomarse la medicina, pero repitiéndole constantemente al médico que, «por supuesto, no me hará ningún efecto».

Era abril, y París estaba tan encantador como siempre. Ella tomó una habitación en el modesto hotel de la Rive Gauche donde había estado dos años antes con Paul. Se acomodó en la habitación, haciendo sitio para él. Y al darse cuenta de esto se le ocurrió que no debía haber escogido aquel hotel. Pero le pareció un esfuerzo demasiado grande marcharse y encontrar otro. Era todavía temprano; estaba empezando a caer la noche. París se veía muy animado desde las altas ventanas del cuarto, con los árboles que verdeaban y los paseantes llenando las calles. Ella tardó una hora en poder salir de la habitación para ir a cenar a un restaurante. Comió aprisa, como si se sintiera desamparada, y regresó al hotel con los ojos deliberadamente preocupados. Sin embargo, dos hombres la saludaron de buen humor, y las dos veces se puso rígida, con nervioso malestar, apretó el paso. Llegó a la habitación y cerró la puerta como si la acechara algún peligro. Luego se sentó junto a la ventana, pensando que cinco años antes la cena a solas hubiera sido muy agradable, precisamente porque estaba sola y por las posibilidades de un encuentro; y el paseo de regreso a la habitación le hubiera encantado. Y seguramente hubiera tomado un café o una copa con alguno de aquellos hombres. ¿Qué le había ocurrido? Era cierto que, estando con Paul, había aprendido a no mirar a ningún otro hombre, ni siquiera por distracción, debido a sus celos; con él había sido como la mujer de los países latinos, protegida entre cuatro paredes. Pero se había imaginado que lo hacía sólo como un gesto exterior, para ahorrarle el sufrimiento que él se infligía a sí mismo. Ahora, en cambio, se daba perfecta cuenta de que había cambiado de carácter.

Se quedó un rato junto a la ventana, indiferente, observando la ciudad que oscurecía en el umbral de su esplendor, y se dijo que debía forzarse a caminar por las calles y hablar con la gente; debía dejar que alguien la sedujera y flirtear un poco. Pero comprendió que era incapaz de bajar la escalera del hotel, dejar la llave en la recepción y salir a la calle. Le parecía como si acabara de salir de la cárcel, tras cuatro años de encierro solitario, y le dijeran que se comportara con normalidad. Se acostó. No podía dormir; le resultaba imposible. Para dormirse se puso a pensar en Paul, como siempre. Desde su marcha no había conseguido experimentar un orgasmo vaginal; era capaz de lograr la aguda intensidad del orgasmo exterior, con su mano transformada en la de Paul y lamentando, mientras lo hacía, la pérdida de su auténtica personalidad. Se durmió, demasiado excitada, nerviosa, exhausta y decepcionada. Era consciente de que, utilizando a Paul de aquella manera, se aproximaba a su personalidad «negativa», al hombre receloso de sí mismo, mientras que el hombre auténtico se le escapaba cada vez más lejos. Ya casi no podía recordar el azul de sus ojos, el tono jocoso de su voz. Era como dormir junto al fantasma de una derrota. Y cuando ella, como de costumbre, abría los brazos para que él reclinara la cabeza sobre su pecho, el fantasma tenía una sonrisita de rencor y cinismo. En cambio, cuando soñaba con él, dormida, le reconocía en las distintas actitudes que adoptaba, pues era la figura de una virilidad reposada, cariñosa. Al Paul que amó le conservaba en sus sueños; despierta, sólo recordaba de él las diversas formas de sufrimiento.

La mañana siguiente durmió hasta demasiado tarde, como le ocurría siempre que no estaba con su hijo. Se despertó pensando que Michael debía de hacer horas que estaba levantado y vestido y que habría desayunado con Julia; pronto almorzaría en la escuela. Luego se dijo que no había ido a París para seguir mentalmente las etapas del día de su hijo. Recordó que afuera la esperaba París, bajo un sol alegre, y que ya era hora de arreglarse para ir a ver al redactor jefe con quien tenía una cita.

Las oficinas de *Femme et Foyer* estaban al otro lado del río y en el corazón de un antiguo edificio, en cuya entrada, formada por un noble arco esculpido, antaño se habían aglomerado los coches de caballos y los pelotones de las guardias personales. *Femme et Foyer* ocupaba una docena de habitaciones sobriamente modernas y lujosas, con viejas paredes de sillería que aún olían a iglesia y a feudalismo. Ella, cuya visita esperaban, fue conducida al despacho de Monsieur Brun, un joven alto y fuerte como un buey, que la recibió con un exceso de buenos modales incapaces de disimular la falta de interés que sentía hacia Ella y hacia la transacción propuesta. Iban a salir para tomar el aperitivo. Robert Brun anunció a media docena de secretarias muy bonitas que, puesto que almorzaba con su prometida, no estaría de vuelta hasta las tres, por lo que recibió una docena de sonrisas de felicitación y simpatía. Ella y Robert Brun cruzaron el venerable patio interior, salieron por el antiguo portal y se dirigieron al café, mientras Ella le preguntaba cortésmente por los planes de su boda. Fue informada, en un inglés fluido y correcto, de que la prometida era sensacionalmente guapa, inteligente y talentosa. Iban a casarse al mes siguiente, y ahora estaban ocupados en la preparación del apartamento. Elise (pronunciaba su nombre con un sentido de la propiedad sólidamente establecido, con solemne seriedad) estaría en aquel momento haciendo gestiones para conseguir una alfombra que ambos codiciaban y que Ella tendría el privilegio de poder ver con sus propios ojos. Ella se apresuró a asegurarle que estaba encantada con la idea, y volvió a felicitarle. Habían llegado al trozo de acera sombreado y cubierto de mesas, en una de las cuales se sentaron, pidiendo los dos pernod. Era el momento de hablar de negocios. Ella estaba en desventaja. Sabía que si regresaba junto a Patricia Brent con los derechos para la publicación del serial *Comment j'ai fui un grand amour*, aquella matrona tan incorregiblemente provinciana estaría encantada... Para ella la palabra *francés* era garantía de calidad: amores discretos, pero auténticos, de tono elevado y culto; para ella, la expresión «Por expresa concesión de *Femme et Foyer*, de París», destilaría la fragancia única de un caro perfume francés. Pero Ella también sabía que cuando Patricia lo leyera (traducido, pues no sabía francés) estaría de acuerdo, aunque de mala gana, en que la historia no era apropiada. Ella podía verse, si lo quería, protegiendo a Patricia contra sus propias debilidades. Pero el hecho era que no abrigaba la intención de comprar el serial, que jamás se había propuesto comprarlo; y, por lo tanto, estaba haciendo perder el tiempo a aquel joven tan increíblemente bien alimentado, lavado y educado. Debería sentirse avergonzada; pero no lo estaba. Si le hubiera caído bien, habría sentido algún remordimiento; pero la verdad era que le consideraba una muestra de la muy bien entrenada especie de animal burgués, y estaba dispuesta a servirse de él: puesto que era incapaz de sentarse placenteramente a la mesa de un café público sin la protección de un hombre —a tales extremos había llegado el debilitamiento de sus facultades de independencia—, aquel hombre sería tan útil como cualquier otro en su empeño por desquitarse. Para conservar las formas, empezó explicándole a Monsieur Brun que la historia habría de ser adaptada para el público inglés. El argumento se refería a una pobre huérfana llena de dolor por la pérdida de su hermosa madre, muerta prematuramente debido a la brutalidad del marido. La chica crecía en un convento de monjas muy bondadosas. Era extremadamente piadosa, pese a lo cual, a los quince años, sería engañada por el desalmado jardinero. Entonces, sin atreverse siquiera a mirar cara a cara a las inocentes monjas, huyó a París para terminar, culpable aunque inocente de corazón, yendo de hombre en hombre y siendo engañada por todos. A los veinte años, y madre de un niño ilegítimo que había dejado al cuidado de otro grupo de monjas bondadosas, conocía a un aprendiz de panadero de cuyo amor ella se sentía indigna. Escapaba de aquel amor auténtico para caer de nuevo en otros brazos indiferentes, lamentándose de continuo. Por último, el aprendiz de panadero (aunque sin sobrepasar el número de páginas obligado) la encontraba, la perdonaba, le prometía amor, pasión y protección eternos. «Mon amour —terminaba la epopeya—, mon amour, cuando huí de ti no sabía que escapaba del verdadero amor.»

—Como verá —dijo Ella—, es de un espíritu tan francés que deberíamos escribirlo de nuevo.

—¿Ah, sí? ¿Y por qué? —Sus ojos oscuros, prominentes y redondos, expresaban rencor.

Ella se contuvo a tiempo de decir una indiscreción (iba a criticar la mezcla de religiosidad y erotismo), pensando en que Patricia Brent también se habría puesto tiesa si alguien, por ejemplo Robert Brun, le hubiese dicho: «Eso es de un espíritu tan inglés...»

—A mí —arguyó Robert Brun— la historia me parece muy triste, muy exacta desde el punto de vista psicológico...

—Las historias que se escriben para los semanarios femeninos son siempre exactas desde el punto de vista psicológico. La cuestión es a qué nivel son exactas.

Los ojos de él, su cara toda se inmovilizó un instante, molesto a causa de la incomprensión. Luego, Ella vio que dirigía su mirada al otro extremo de la acera: la prometida se retrasaba. Observó:

—La carta de la señorita Brent me hizo suponer que había decidido comprar la historia.

—Si la publicáramos, tendríamos que volver a escribirla sin conventos, monjas ni religión.

—Pero estará de acuerdo en que lo importante de la historia es, precisamente, la bondad de la chica, el que, en el fondo, es buena…

Había comprendido que no iba a comprar el serial; pero a él no le importaba que lo comprara o no, y por eso dirigía su vista hacia un punto lejano. De pronto, en el extremo opuesto de la acera apareció una chica bonita, de cuerpo pequeño y tipo semejante al de Ella; su cara era pálida y angulosa, y su pelo, negro y lanoso. Ella pensó: «Bueno, puede que yo sea su tipo. Pero seguro que él no es el mío». La chica se acercaba y Ella esperaba verle levantarse de un momento a otro para recibirla. Pero, en el último instante, él desvió la mirada y la chica pasó. Luego él volvió a inspeccionar el extremo de la acera… «¡Vaya! —pensó Ella—. ¡Vaya!…», y se dedicó a observar su apreciación detallada, analítica, práctica y sensual de cada una de las mujeres que pasaban: las examinaba hasta que le miraban molestas o interesadas y entonces desviaba los ojos.

Por fin apareció una mujer fea, aunque atractiva: cetrina y gruesa de cuerpo, pero maquillada con mucho cuidado y muy bien vestida. Resultó que era su prometida. Se saludaron con las demostraciones de cariño permitidas a una pareja oficial. Las miradas de los transeúntes se volvieron hacia ellos, hacia la feliz pareja, tal como ambos deseaban. Entonces Ella fue presentada, tras lo cual siguieron conversando en francés. Hablaron de la alfombra, mucho más cara de lo que habían supuesto. A pesar de todo, ella la había comprado. Robert Brun se quejó, con grandes aspavientos, mientras la futura señora Brun suspiraba y arqueaba las cejas por encima de sus ojos negros de rímel, murmurando con afectuosa discreción que él nunca encontraba nada bien.

Se cogieron las manos con una sonrisa, él complaciente y ella agradecida y un tanto ansiosa. Antes de que llegaran a soltarse las manos, los ojos de él ya estaban absortos, llevados por la costumbre y con un movimiento rápido, en la bonita muchacha que había surgido en el extremo de la acera. Arrugó el ceño a la vez que se componía. La sonrisa de su futura esposa, al percatarse de ello, se heló durante un segundo. No obstante, en seguida recobró su graciosa expresión, reclinándose contra el respaldo de la silla y empezando a hablar a Ella de los problemas que entrañaba comprar muebles en aquellos tiempos tan duros. Las miradas que dirigía a su prometido le recordaron a Ella una prostituta que había visto una noche, ya tarde, en el metro de Londres; aquella mujer había acariciado y atraído a un hombre con idénticas miradas graciosas, discretas y fugaces.

Ella contribuyó a la conversación con datos sobre los muebles en Inglaterra, mientras pensaba: «Ahora soy la que está de más con una pareja de prometidos. Me siento aislada y sobrando. De nuevo me siento al descubierto. Dentro de un minuto se levantarán, me abandonarán, y yo me sentiré todavía más al descubierto. *¿Qué me ha sucedido?* Y, no obstante, antes morir que estar en la piel de esta mujer; de verdad».

Los tres estuvieron juntos veinte minutos más. La prometida continuó vivaracha, femenina, coqueta, seductora para con su presa. El prometido permaneció correcto y dueño de la situación. Sólo sus ojos le traicionaban. Y ella, la presa de él, no le olvidó ni un instante; sus ojos seguían a los de Robert, atentos a la inspección minuciosa (aunque necesariamente reducida) que practicaban sobre las mujeres que pasaban.

La situación era desoladoramente obvia para Ella; y le parecía que lo debería ser para cualquiera que observara a la pareja sólo cinco minutos. Habían sido amantes demasiado tiempo. Ella tenía dinero y él lo necesitaba. Ella estaba enamorada de él, con desesperación y aprensión; él sentía afecto por ella, pero las cadenas ya comenzaban a irritarle. Aquel enorme buey, tan bien criado, se sentía incómodo antes incluso de que le apretaran el lazo alrededor del cuello. Dos o tres años más tarde, serían Monsieur y Madame Brun, habitarían un apartamento muy bien amueblado (con el dinero de ella), y tendrían un niño pequeño, y tal vez hasta una niñera... Ella seguiría siendo seductora, alegre y anhelante, mientras que él se mantendría correcto y de buen humor, aunque de vez en cuando tendría rachas de mal genio por causa de las responsabilidades familiares, que obstaculizarían sus alegres relaciones con la amante de turno.

Y a pesar de que cada una de las etapas de aquel matrimonio se le presentaban a Ella clarísimas, como si fuera una historia pasada que alguien le contara; a pesar de que la situación le repugnaba e irritaba; a pesar de todo, temía el momento en que la pareja decidiera marcharse. Lo cual hizo con todas las atenciones de su admirable corrección francesa: él suave e indiferentemente, y ella ansiosa y fijando su vista en él, como diciendo: «¿Ves qué bien me porto con tus amistades de negocios?». De pronto, Ella se encontró abandonada en aquella mesa, a la hora del almuerzo y con la sensación de que le habían arrancado la piel. En seguida se protegió a sí misma imaginando que Paul iba a acudir a sentarse junto a ella, en la silla que había ocupado Robert Brun. Se dio cuenta de que dos hombres la examinaban, ahora que estaba sola, calculando sus posibilidades. Al cabo de un instante, uno de ellos se le acercaría, y entonces ella tendría que *comportarse como una persona civilizada*, tomar un par de copas, disfrutar del encuentro y regresar al hotel fortalecida y liberada del fantasma de Paul. Estaba sentada de espaldas a un parterre. El sol la encerraba en un resplandor cálido y amarillo. Cerró los ojos y pensó: «Cuando los abra quizá vea a Paul». (De repente le parecía inconcebible que él no estuviera por allí cerca, esperando darle una sorpresa.) «¿Por qué decía yo que quería a Paul, si su marcha me ha dejado como un caracol al que un pájaro hubiera arrancado la concha de un picotazo? Debería haber dicho que, para mí, estar con Paul significaba, fundamentalmente, que yo seguía siendo la misma, independiente y libre. Nunca le pedí que nos casáramos. Y, no obstante, me he quedado hecha pedazos. Así, pues, todo ha sido un fraude. Lo cierto es que me cobijé bajo su presencia. No he sido mejor que aquella mujer asustada, su esposa. No soy mejor que Elise, la futura esposa de Robert. Muriel Tanner conservó a Paul porque nunca le preguntó nada, porque pasó inadvertida. Elise está comprando a Robert… Pero yo pronuncio la palabra amor y me creo libre, aunque lo cierto es…» Oyó una voz muy cercana que le preguntaba si la silla estaba libre. Ella abrió los ojos y vio a un francés de pequeña estatura, vivaz y ágil, sentándose a su lado. Se dijo a sí misma que tenía un aspecto agradable y que permanecería donde estaba; pero en seguida sonrió con nerviosismo, dijo que se encontraba mal, que tenía dolor de cabeza, y se fue, consciente de que estaba comportándose como una colegiala atemorizada.

Entonces tomó una decisión. Regresó andando al hotel, hizo las maletas, mandó un telegrama a Julia y otro a Patricia, y tomó el autocar que iba al aeropuerto. Había una plaza en el avión de las nueve, tres horas más tarde. En el restaurante del aeropuerto comió a sus anchas, disfrutando conscientemente; los que viajan tienen derecho a estar solos. Leyó una docena de revistas femeninas francesas, con actitud profesional, haciendo una señal junto a los artículos y las historias que creyó podrían gustarle a Patricia Breni. Realizaba aquel trabajo con sólo una parte de su atención ocupada en él; la otra iba pensando: «Bueno, el trabajo es el mejor remedio para el estado en que me encuentro. Sí, escribiré otra novela. El problema es que con la otra nunca me dije que iba a escribir una novela. Me encontré escribiéndola… En fin, debo ponerme en el mismo estado de espíritu: aquella especie de disposición abierta a todo y que era como una espera pasiva. Tal vez así, un día, me encuentre escribiendo la novela. Aunque, en realidad, no me importa mucho… Pero tampoco me importaba mucho la otra. Si Paul me hubiera dicho que se casaba conmigo si prometía no volver a escribir una sola palabra más, ¡Dios mío, cómo lo hubiera aceptado! Estaba yo dispuesta a comprar a Paul, lo mismo que Elise compra a Robert Brun. Aunque hubiera sido un doble engaño, porque el acto de escribir resulta insignificante en sí mismo, no es un acto creador, sino anotar algo. La historia ya estaba escrita con tinta invisible… En fin, quizás en un rincón, dentro de mí, está almacenada otra historia escrita con tinta invisible… Pero ¿qué importa eso, a fin de cuentas? Me siento desgraciada porque he perdido una forma de independencia, de libertad, aun cuando el hecho de que yo sea *libre* no tiene nada que ver con escribir no-velas, sino más bien con mi actitud hacia un hombre..., y está probado que ha sido deshonesta, pues estoy hecha pedazos. Lo cierto es que mi dicha con Paul era más importante que todo lo demás. ¿Y cómo me veo ahora? Sola, temiendo estar sola, sin recursos y huyendo de una ciudad estimulante porque carezco de la energía moral necesaria para llamar por teléfono a una do-cena de personas que estarían encantadas si lo hiciera, o que, por lo menos, acabarían por estarlo.

»Lo terrible es que, una vez concluida cada una de las fases de mi vida, me queda sólo un vulgar tópico que conoce todo el mundo: en este caso, que las emociones de las mujeres pertene-cen todavía a un tipo de sociedad que ya no existe. Mis emocio-nes más profundas, las auténticas, se relacionan siempre con un hombre. Un solo hombre. Pero no llevo este tipo de vida, y sé de muy pocas mujeres que lo lleven. Por tanto, lo que siento no tiene ningún interés y es tonto... Siempre llego a la misma con-clusión: que mis emociones son una tontería. Es como si siem-pre tuviera que borrarme del mapa. Tendría que ser como los hombres, más preocupados por el trabajo que por la gente... Sí, debería poner el trabajo en primer lugar y tomar a los hom-bres a medida que fuesen apareciendo o encontrar a uno que fuese común, cómodo, y que me solucionara la cuestión del pan de cada día... Pero no, yo no soy así.»

Por el altavoz se anunciaba el número de su vuelo. Ella cruzó con los demás pasajeros la pista y subió al avión. Tomó asiento, y junto a ella se acomodó una mujer, lo que le hizo sen-tirse aliviada, pues no tendría que soportar la compañía de un hombre. Cinco años antes hubiera experimentado una reacción totalmente opuesta. El avión rodó por la pista, giró y empezó a tomar velocidad para el despegue. De pronto, el aparato vibró, pareció que se encorvaba hacia arriba con el esfuerzo de saltar al aire, y luego redujo la velocidad. Estuvo rugiendo unos minu-tos, sin conseguir nada. Algo no funcionaba bien. Los pasajeros, embutidos en la estrechez de aquel envase de metal vibrante, se miraban disimuladamente las caras para ver si en las de los demás se reflejaba la alarma que cada uno sentía; pero comprendieron que sus propias caras no debían ser sino caretas de bien conservada indiferencia, y volvieron a sus secretos temores, sin dejar de lanzar miradas a las azafatas, cuyos gestos de naturalidad parecían ya excesivos. El avión tomó velocidad otra vez, dio tres saltos hacia adelante, cobró fuerzas para la subida, perdió nuevamente velocidad y se quedó rugiendo. Luego correteó de regreso a la terminal, y una vez allí los pasajeros fueron invitados a bajar, mientras los mecánicos «ajustaban un pequeño fallo del motor». Regresaron en tropel al restaurante, donde los empleados, con aparente cortesía, pero con la irritación saliéndoseles por las orejas, anunciaron que iban a servirles una comida. Ella se sentó sola en un rincón, aburrida y molesta. El grupo de viajeros guardaba silencio, reflexionando en la suerte que habían tenido al descubrirse a tiempo el fallo del motor. Comieron todos, para pasar el tiempo; luego pidieron bebidas, sin dejar de mirar por las ventanas hacia donde los mecánicos se afanaban, bajo intensos focos, en torno del avión.

Ella se encontró presa de un sensación que, al examinarla, resultó ser de soledad. Era como si entre ella y los grupos de personas hubiera un espacio lleno de aire frío, un vacío emocional. La sensación era de frío físico, de aislamiento físico. De nuevo pensaba en Paul, y con tanta intensidad que parecía imposible no verle aparecer simplemente por la puerta y acercarse hacia donde estaba ella. Sentía cómo el frío que la rodeaba empezaba a derretirse al contacto con la intensa fe de que pronto acudiría él. Hizo un esfuerzo para interrumpir aquella fantasía: pensó, sobrecogida de pánico, que si no detenía semejante locura, nunca más volvería a ser ella misma, nunca lograría reponerse. Acertó a desvanecer la inmanencia de Paul, volvió a sentir los helados espacios vacíos en torno suyo, mientras que por dentro toda ella era frío y aislamiento, hojeó el montón de revistas francesas, y no pensó en nada. Cerca de ella había un hombre, absorto en la lectura de unas revistas que vio trataban de medicina. Era, a primera vista, americano; bajo, ancho, vigoroso, y con el pelo muy corto, estilo cepillo. Bebía vasos de zumo de frutas, uno tras otro, y no parecía que el retraso le hubiese perturbado lo más mínimo. En una ocasión, sus miradas se cruzaron, después de haber inspeccionado por la ventana la reparación del avión, y él dijo con una estrepitosa carcajada:

—Vamos a estar aquí toda la noche, seguro.

Después volvió a sus revistas médicas. Ya habían dado las once, y ellos eran el único grupo de personas que esperaba en el edificio. De súbito, les llegó de abajo un gran rumor de gritos e interjecciones en francés: eran los mecánicos, que estaban en desacuerdo y se peleaban. Uno de ellos, al parecer el responsable, exhortaba a los otros y se quejaba, con mucho movimiento de brazos y encogimiento de hombros. Los otros, que al principio le habían respondido a gritos, terminaron por callar, encaminándose con expresión hosca al edificio central y dejándole solo bajo el avión. Entonces, al verse solo, el aparente responsable soltó unas cuantas violentas maldiciones, tras lo cual se encogió de hombros con un gesto enfático y siguió a los demás hasta el edificio. El americano y Ella cambiaron miradas de inteligencia. Él dijo, al parecer divertido:

—No me hace mucha gracia todo esto.

Mientras, por el altavoz, se les invitaba a ocupar sus plazas. Ella y aquel hombre fueron juntos. Ella observó:

—¿Y si rehusáramos embarcar?

Él contestó, mostrando su dentadura hermosa y blanca, y con un brillo de entusiasmo en sus ojos azules y muchachiles:

—Tengo una cita mañana por la mañana.

Al parecer, la cita era tan importante que justificaba el riesgo de estrellarse. Los viajeros, la inmensa mayoría de los cuales debía haber visto la escena entre los mecánicos, ocuparon obedientemente sus plazas, al parecer absortos y convencidos de la necesidad de poner buena cara al mal tiempo. Incluso las azafatas revelaban, sin salirse de su calma habitual, un evidente nerviosismo. En el interior del avión, muy iluminado por cierto, había cuarenta personas dominadas todas ellas por el terror y preocupadas por que no se les notara. Todos, pensó Ella, excepto el americano, que ahora se había sentado a su lado, enfrascándose de nuevo en el estudio de sus revistas. En cuanto a Ella, había montado en el avión como quien sube al patíbulo; recordaba el encogerse de hombros del mecánico, y pensaba que aquel gesto expresaba también lo que ella sentía. Al empezar la vibración pensó: «Voy a morir, casi seguro que voy a morir, y me agrada».

Este descubrimiento, pasado el primer momento, no le asombró. Lo había sabido durante todo el rato: «Estoy tan agotada, tan total y fundamentalmente cansada, en todas las fibras de mi cuerpo, que el saber que no voy a seguir viviendo es como un indulto. ¡Qué extraño! Cada una de estas personas, exceptuando posiblemente al joven exuberante que tengo al lado, están aterrorizadas por la posibilidad de que se estrelle el aparato. Y, no obstante, hemos subido todos como buenos chicos. ¿Es que quizá todos sentimos lo mismo?». Ella lanzó una mirada de curiosidad a las tres personas que ocupaban los asientos contiguos: estaban pálidas de miedo, se les veía sudor en la frente. El aparato cobró fuerzas de nuevo para saltar al aire. Corrió rugiendo por la pista, y luego, vibrando con gran intensidad, levantó el vuelo con un esfuerzo, como una persona cansada.

Volando bajo, rebasó los tejados, cobrando altura penosamente. El americano exclamó, con una sonrisa:

—¡Bueno, lo hemos conseguido!

Y continuó leyendo. La azafata, que se había mantenido rígida y con una gran sonrisa, se reavivó y fue a preparar más comida. El americano volvió a hablar:

—El condenado a muerte se comerá ahora un buen bocado.

Ella cerró los ojos. Pensó: «Estoy casi convencida de que nos vamos a estrellar o, al menos, de que es muy probable que eso ocurra. ¿Y qué será de Michael? No he pensado una sola vez en él… Claro que Julia le cuidaría…». Durante un momento, la idea de Michael fue como un estímulo para vivir; luego pensó: «Que una madre se muera en un accidente de aviación es triste, pero no irreparable. No es como un suicidio. ¡Qué extraño…! La frase hecha dice: dar vida a un niño. Pero es el niño quien da vida a su madre o su padre, cuando aquélla o éste deciden vivir simplemente porque si se suicidaran perjudicarían al niño. ¿Cuántos padres deciden seguir viviendo porque se han propuesto no perjudicar a sus hijos, aunque ellos no tengan ninguna gana de vivir? (Ella sintió sueño.) Bueno, esta forma me libra de responsabilidades. Claro que pude haber rehusado subir al avión, pero Michael nunca se enterará de la escena entre los mecánicos. Ya ha pasado. Siento como si hubiera nacido llevando una carga de fatigas que he tenido que arrastrar toda mi vida. La única vez que no arrastré un gran peso colina arriba, fue cuando estuve con Paul. Bueno, ¡basta de Paul y basta de amor y basta de mí! ¡Qué aburridas son las emociones que nos aprisionan y de las que es imposible librarse por mucho que lo queramos…! (Notó que el aparato vibraba y se sacudía.) Va a desintegrarse en el aire —continuó pensando—, y yo caeré girando vertiginosamente hasta el mar, como una hoja en la oscuridad. Luego me sumergiré en las profundidades negras y frías del mar, que lo absorbe todo…». Ella se durmió, y cuando despertó se encontró dentro del aparato, parado. El americano la sacudía. Habían aterrizado. El reloj marcaba la una de la madrugada, pero cuando el autobús hubo depositado a los pasajeros en la terminal, eran ya las tres. Ella estaba entumecida, tenía frío y acusaba la pesadez del cansancio. El americano continuaba a su lado, todavía de buen humor y con su ancha cara del color rosa brillante que da la salud. Le ofreció compartir un taxi; no había suficientes para todos.

—Estaba segura de que era el final —comentó Ella, notando que su voz sonaba de tan buen humor como la de él.

—Sí. Desde luego lo parecía —asintió él con una sonrisa y enseñando la dentadura—. Cuando vi al tipo aquel que se encogía de hombros, pensé: «¡Muchacho, estamos listos!…». ¿Dónde vive?

Ella se lo dijo y añadió:

—¿Tiene alojamiento?

—Ya encontraré un hotel.

—¡A estas horas de la noche! No va a resultar muy fácil… Le ofrecería mi casa. Pero sólo tengo dos habitaciones, y en una de ellas duerme mi hijo.

—Es usted encantadora, pero no se preocupe.

Desde luego, él no estaba preocupado. Pronto amanecería, no tenía donde ir a dormir, pero continuaba tan exuberante y animado como al principio de la noche. La dejó frente a su casa y le dijo que le encantaría cenar con ella. Vaciló, pero aceptó. Así, pues, quedaron en que se encontrarían la noche siguiente o, mejor dicho, aquella noche. Ella subió las escaleras pensando que no tendría nada de qué hablar con el americano, y que la sola idea de la noche que le esperaba ya la aburría. Encontró a su hijo durmiendo en su habitación, que más bien parecía la cueva de un animal joven; olía a sueño sano. Le tapó bien con la colcha y se quedó un rato mirando aquella cara rosada y tierna, que ya se vislumbraba en la luz gris del amanecer, lo mismo que el brillo suave de su cabello castaño. Pensó: «Tiene el tipo físico del americano. Los dos son cuadrados, tienen el cuerpo grande y están cargados de carne rosada y fuerte. Pero el americano me repele físicamente, aunque no me desagrada tanto como aquel buey joven. Robert Brun. ¿Por qué será?». Ella se acostó y, por vez primera desde hacía muchas noches, no invocó el recuerdo de Paul. Pensó que cuarenta personas dadas por muertas estaban en sus camas, vivas, en distintas partes de la ciudad.

Su hijo la despertó dos horas más tarde, radiante de sorpresa al verla allí. Puesto que oficialmente todavía estaba de vacaciones, no acudió a la oficina; se limitó a informar por teléfono a Patricia de que no había comprado el serial y de que París no la había salvado. Julia estaba ensayando una nueva pieza de teatro. Ella pasó el día sola, limpiando, cocinando, cambiando la disposición de los muebles, y jugando con el niño cuando éste regresó de la escuela. Bastante tarde ya, el americano, que resultó llamarse Cy Maitland, la llamó diciéndole que estaba a su disposición: ¿qué quería hacer? ¿Teatro? ¿Ópera? ¿Ballet? Ella dijo que era demasiado tarde para todo aquello, y sugirió ir a cenar. Él se mostró aliviado:

—La verdad es que los espectáculos no son mi fuerte —explicó—. Casi nunca voy. A ver, dígame dónde quiere ir a cenar.

—¿Qué le parece? ¿Vamos a un lugar especial o a un sitio donde tengan bisté o algo así?

De nuevo demostró que se le quitaba un peso de encima, y contestó :

—Esto me vendría muy bien. En materia de comida tengo gustos muy sencillos.

Ella mencionó el nombre de un restaurante bueno y sólido, y descartó el vestido que había destinado para aquella velada: era el tipo de vestido que nunca se había puesto cuando iba con Paul, por causa de todas las inhibiciones imaginables, y que ahora no se quitaba nunca de encima, como si de un arma retadora se tratase. Se puso una falda y una blusa, y se arregló de forma que pareciera más sana que interesante. Michael estaba sentado en la cama, rodeado de tebeos.

—¿Por qué sales, si acabas de llegar?

Parecía deliberadamente agraviado.

—Porque tengo ganas —replicó Ella, con una sonrisa como respuesta a su tono.

Michael contestó con otra sonrisa, forzada, arrugó el ceño y dijo con voz ofendida:

—No es justo.

—¡Pero si antes de una hora te habrás dormido! O, al menos, así lo espero.

—¿Me leerá Julia un cuento?

—¡Pero si ya lo he hecho yo durante horas! Además, mañana es día de escuela y tienes que dormir.

—De todas formas, cuando te hayas ido, espero convencerla para que venga.

—Bueno. Pero más vale que no me lo cuentes, porque me enfadaré.

El chico la miró con impertinencia. Estaba incorporado en la cama, ancho de cuerpo, sólido, con las mejillas sonrosadas y muy seguro de sí mismo y del reducido mundo de la casa.

—¿Por qué no llevas el vestido que has dicho te pondrías?

—He decidido cambiar y ponerme esto.

—¡Bah! Mujeres… —exclamó aquel mocoso de nueve años, con aires de superioridad—. ¡Las mujeres y sus vestidos!

—Bueno, buenas noches —concluyó Ella, poniendo sus labios por un instante sobre aquella mejilla caliente y suave y husmeando con placer el olor de jabón fresco que despedía su pelo.

Bajó y se encontró con que Julia tomaba un baño. Gritó:

—¡Me voy!

Julia respondió:

—No tardes, que ayer apenas dormiste.

En el restaurante, Cy Maitland ya la esperaba. Tenía un aspecto fresco y lleno de vitalidad. Sus ojos azul claro estaban intactos, sin señales de no haber dormido. Ella, al verle tan fresco, dijo, sentándose junto a él y sintiéndose de pronto fatigada:

—¿No tiene sueño?

Él contestó en seguida, muy ufano:

—Nunca duermo más de dos o tres horas por noche.

—¿Y por qué?

—Porque nunca conseguiré llegar donde quiero si pierdo el tiempo durmiendo.

—Cuénteme su vida —propuso Ella—, y luego yo le contaré la mía.

—Estupendo. Estupendo. La verdad es que usted me resulta un enigma, o sea que tendrá que hablar mucho.

Para entonces, los camareros estaban ya claramente dispuestos a servirlos, y Cy Maitland encargó «el bisté más grande que tengan y una Coca-Cola»; patatas no, pues tenía que adelgazar siete kilos, pero sí salsa de tomate.

—¿No bebe nunca alcohol?

—Nunca; sólo jugo de frutas.

—Pues lo siento, pero tendrá que pedir vino para mí.

—Con mucho gusto —y dio órdenes al camarero para que sirviera una botella del «mejor vino» que tuvieran.

Cuando se hubieron ido los camareros, Cy Maitland comentó con agrado:

—En París, los garçons hacen todo lo posible para darte a entender que eres un patán; en cambio, aquí simplemente te lo hacen saber, sin esfuerzos.

—¿Es usted un patán?

—Sí, claro —repuso él, mostrando su hermosa dentadura—. Bueno, ahora venga la historia de su vida.

Tardó en contarla todo lo que duró la comida, que para Cy fueron diez minutos. Pero esperó a que ella acabara, sin que pareciera importarle, y contestando todas sus preguntas. Había nacido pobre, pero dotado de una mente que supo usar. Con diversos tipos de becas llegó donde se había propuesto: era cirujano del cerebro, cotizado, casado felizmente, padre de cinco niños... y gozaba de una posición y de grandes perspectivas, aunque no le estuviera bien decirlo.

—¿Y qué es ser pobre de nacimiento en América?

—Mi padre ha vendido medias de señora toda su vida, y sigue haciéndolo. No digo que pasáramos hambre, pero en nuestra familia no hubo ningún cirujano especialista en cerebros, puede apostar lo que quiera.

Su jactancia era tan sencilla, tan natural, que no era tal jactancia. Y aquella vitalidad había empezado a contagiar a Ella. Estaba olvidando su cansancio. Al sugerir él que ahora le tocaba a ella contarle su vida, aplazó lo que entonces comprendió que iba a ser una experiencia penosa. Para empezar, se dio cuenta de que su vida, tal como ella la veía, no podía ser descrita con una simple sucesión de afirmaciones: mis padres eran esto y lo otro; he vivido en tales sitios; hago tal trabajo... Y, además, había comprendido que él le resultaba atractivo, descubrimiento éste que la molestaba. Al ponerle él su enérgica y blanca mano sobre el brazo, sintió que los pechos se le erizaban y escocían. Sus muslos estaban húmedos. Pero no tenía nada en común con él. No podía recordar una sola ocasión en toda su vida en que hubiera sentido atracción física por un hombre que de una u otra manera no tuviera algo en común con ella. Sus reacciones habían respondido siempre a una mirada, una sonrisa, un tono de voz, un modo de reír. Para ella, aquel hombre era un salvaje muy sano, y el descubrimiento de que deseaba estar en la cama con él la desconcertaba. Sentía irritación y contrariedad. Se acordó de que había experimentado algo similar cuando su marido trató de excitarla con manipulaciones externas, contrariando las emociones de ella. El resultado fue la frigidez. Pensó: «Con facilidad podría convertirme en una mujer frígida». Luego percibió la ironía de la situación: allí estaba, ablandada por el deseo hacia aquel hombre, y preocupada por una hipotética frigidez. Se rió, y él preguntó:

—¿Qué la divierte?

Contestó lo primero que se le ocurrió.

—Bien. Así que usted también me considera un patán. Bueno; no me importa. Le sugiero una cosa. Tengo que hacer más de veinte llamadas telefónicas y quiero hacerlas desde mi hotel. Venga conmigo, le serviré una copa, y cuando haya terminado con mis llamadas me cuenta usted su vida.

Ella estuvo de acuerdo. Se preguntó si aquello debía interpretarlo como que se proponía seducirla, y se le ocurrió que, con los hombres de su ambiente, era capaz de interpretar lo que sentían o pensaban por una mirada o un gesto, de manera que las palabras no añadían nada a lo que ya sabía acerca de ellos. Pero con aquel hombre no tenía ni idea. Era casado, sí; pero no sabía, como habría sabido con Robert Brun, por ejemplo, qué actitud adoptaba con respecto a la infidelidad. Y puesto que ella no sabía nada acerca de él, lo lógico era que él no supiera nada de ella, como, por ejemplo, que le ardían los pezones. Por lo tanto, aceptó con toda naturalidad acompañarle al hotel.

Tenía un dormitorio con saloncito y baño en un hotel caro. Las habitaciones se encontraban en el centro del edificio, con aire acondicionado, sin ventanas, lo que causaba claustrofobia, decoradas con pulcritud y estilo anónimo. Le dio un whisky, luego se acercó la mesilla del teléfono e hizo, tal como había dicho, una veintena de llamadas; en total, una media hora. Ella escuchó y observó que al día siguiente tenía que ver por lo menos a diez personas, incluyendo cuatro visitas a hospitales famosos de Londres. Cuando hubo terminado las llamadas, empezó a dar zancadas por la reducida habitación, pletórico de alegría.

—¡Muchacho! —exclamó—. Muchacho, me siento en grande.

—Si yo no estuviera aquí, ¿qué haría usted?

—Trabajaría.

Sobre la mesilla de noche había un gran montón de revistas médicas, y ella preguntó:

—¿Leería?

—Sí. Hay mucho que leer, si uno quiere estar al día.

—¿Lee mucho aparte lo concerniente a su trabajo?

—No. —Se rió y añadió—: Mi mujer es la fuerte en cultura. Yo no tengo tiempo.

—Cuénteme cosas de ella.

Al instante sacó una foto. Era una rubia muy bonita, con cara de bebé, rodeada de cinco niños.

—Muchacho, ¿no la encuentra guapa? ¡Es la chica más guapa de toda la ciudad!

—¿Por eso se casó usted con ella?

—¡Pues claro…! —Captó su tono, se rió de sí mismo y dijo, sacudiendo la cabeza como si no comprendiera—: ¡Claro! Yo me dije: tengo que casarme con la chica más guapa y de más clase de toda la ciudad. Y lo hice. Eso es exactamente lo que hice.

—¿Y son felices?

—Es una gran chica —se apresuró a decir, con entusiasmo—. Es una chica excelente, y tengo cinco chicos. Me gustaría tener una niña, pero mis chicos son excelentes. Sólo me agradaría disponer de más tiempo para estar con ellos, pero cuando lo tengo, me siento muy bien.

Ella pensaba: «Si me levantara y dijera que me iba, él no se opondría; lo tomaría sin rencor, con buen humor. Quizá le volveré a ver. Quizá no. A ninguno de los dos nos importa. Pero ahora soy yo la que tengo que llevar la batuta, porque él no sabe cómo tomarme. Tendría que irme, pero ¿por qué? Ayer mismo decidí que era ridículo que mujeres como yo tengamos emociones que no se adaptan a nuestro género de vida. Un hombre, ahora, en una situación como ésta, *el tipo de hombre que sería yo si hubiera nacido hombre*, me llevaría a la cama sin pensarlo más». Él estaba diciendo:

—Y ahora, Ella, ya he hablado bastante de mí. Usted ha demostrado ser una estupenda oyente, se lo reconozco. Pero piense que no sé nada de usted, nada de nada.

«Ahora —pensó Ella—. Ahora.»

Pero le preguntó, en tono trivial:

—¿Sabe que son más de las doce?

—¿Sí? ¿De veras? Da igual. Nunca me acuesto antes de las tres o las cuatro, y me levanto a las siete todos los días de mi vida.

«Ahora —pensó Ella—. Es ridículo que sea tan difícil.» Decir lo que acababa de decir contradecía sus instintos más profundos. Por eso le sorprendió que le saliera con tanta naturalidad, al parecer, esta frase, que pronunció en un tono apresurado en demasía:

—¿Quiere irse a la cama conmigo?

La miró con una gran sonrisa. No estaba sorprendido. Estaba… interesado. «Sí —pensó Ella—, interesado. Bueno, mejor para él.» Eso le gustó. Súbitamente, echó atrás su ancha y sana cabeza, y gritó:

—¡Muchacho! ¡Oh, muchacho! ¡Que si me gustaría! Sí, señor. Ella, si no lo hubiera dicho usted, no sé cómo me las hubiese arreglado.

—Ya lo sé —repuso Ella con una sonrisa recatada. (Sentía aquella sonrisa recatada y se maravillaba.) Luego añadió, en un tono tímido—: Bueno, pues, *señor*, creo que debiera facilitarme las cosas de alguna manera.

Él volvió a sonreír. Estaba de pie, en el extremo opuesto de la habitación, y ella le veía como todo carne, un cuerpo de carne cálida, abundante, exuberante. «Muy bien —pensó—. Pues tendrá que ser así.» Para entonces, Ella ya se había separado de Ella, y observaba desde fuera, con gran interés.

Se levantó, sonriendo, y se despojó parsimoniosamente de la falda y la blusa. Él, también sonriendo, hizo lo propio con la chaqueta y la camisa.

En la cama, fue como una deliciosa sorpresa de carne caliente y tensa. (Ella estaba a un lado, pensando con ironía: «¡Bueno, bueno!».) La penetró casi en seguida y salió al cabo de unos segundos. Ella iba a consolarle o a comportarse con diplomacia, pero vio que él se echaba de espaldas, extendía los brazos en el aire y exclamaba:

—¡Muchacho! ¡Oh, muchacho!

(En aquel instante, Ella volvió a ser ella, una sola persona cuyo pensamiento ya no estaba desdoblado.)

Ella se quedó a su lado, controlando su decepción física y sonriendo.

—¡Oh, muchacho! —dijo él, satisfecho—. Esto es lo que a mí me gusta. Contigo no hay problemas.

Ella analizó estas palabras con parsimonia, rodeándole el cuerpo con sus brazos. Luego, él empezó a hablar de su mujer, aparentemente al azar.

—¿Sabes una cosa? Vamos al club, a bailar, dos o tres noches por semana. Es el mejor club de la ciudad, ¿sabes? Los otros muchachos me miran pensando: «¡El cabrón este, qué suerte tiene!». Ella es la chica más guapa de allí, a pesar de haber tenido cinco niños. Todos creen que nos lo pasamos bárbaro. ¡Oh, muchacho! A veces pienso: «¿Y si les dijera la verdad? Tenemos cinco niños… y desde que nos casamos lo hemos hecho cinco veces». Bueno, estoy exagerando, pero no mucho… A ella no le interesa, aunque nadie lo diría.

—¿Qué tipo de problema tenéis? —preguntó Ella, recatadamente.

—Ni idea. Antes de casarnos, cuando salíamos juntos, ella era la mar de cachonda. ¡Oh, muchacho! Cuando lo pienso…

—¿Durante cuánto tiempo salisteis juntos?

—Tres años. Entonces nos hicimos novios oficiales. Cuatro años.

—¿Y no hicisteis nunca el amor?

—El amor… ¡Ah, ya! No, ella no me lo permitía, y yo no se lo hubiera consentido. Lo hacíamos todo, excepto eso. ¡Y qué cachonda era ella entonces, muchacho! Cuando lo pienso… Pero después, en la luna de miel, fue como si se congelara. Y ahora no la toco nunca. Bueno, después de una fiesta, a veces, si estamos un poco bebidos… —Soltó una de sus carcajadas llenas de jovialidad y energía, lanzando al aire sus piernas morenas y grandes, para dejarlas caer acto seguido—. Cuando salimos a bailar, ella lleva unos vestidos que le dejan a uno muerto. Todos los muchachos la miran y me envidian, y yo pienso: «¡Si supieran la verdad!».

—¿No te importa?

—¡Diablos! Claro que sí. Pero no quiero forzar a nadie. Es lo que me gusta de ti: que dices vamos a la cama, y todo marcha como sobre ruedas. Me gustas.

Ella se quedó echada a su lado, sonriendo. El cuerpo de Cy, sano y grande, estaba radiante de bienestar.

—Espera un poco —dijo él de pronto—, lo volveré a hacer. Supongo que me falta entrenamiento.

—¿Tienes otras mujeres?

—A veces, cuando me sale la oportunidad. Pero no voy detrás de nadie. No tengo tiempo.

—¿Demasiado trabajo luchando por llegar a donde te has propuesto?

—Eso es.

Bajó la mano y se tocó.

—¿No preferirías qué lo hiciera yo?

—¿Cómo? ¿No te importaría?

—¿Importarme? —dijo ella, sonriendo. Y se apoyó sobre un hombro, incorporándose junto a él.

—¡Demonios, mi mujer no me tocaría por nada en el mundo! A las mujeres no les gusta. —Soltó otra carcajada—. ¿Y a ti? No te importa, ¿eh?

Al cabo de un momento, su rostro adoptó una expresión de maravillosa sensualidad.

—¡Diablos! —exclamó—. ¡Diablos! ¡ Oh, muchacho!

Ella consiguió un gran eretismo, sin prisas, y a continuación dijo:

—Y ahora no vayas tan rápido.

Él arrugó el ceño, como pensativo, y Ella comprendió que reflexionaba sobre aquella salida suya. En fin, no era estúpido…, aunque pensaba con asombro en su esposa, en las otras mujeres. La penetró de nuevo, mientras Ella pensaba:

«Es la primera vez que hago una cosa así: estoy *dando placer*. ¡Qué extraño! Nunca había usado esta expresión, ni se me había ocurrido. Con Paul me sumía en la oscuridad y dejaba de pensar. Lo fundamental en esto de ahora es que soy consciente, hábil, discreta: doy placer. No tiene nada que ver con lo que hacía con Paul. Sin embargo, estoy en la cama con este hombre, y ésta es una situación íntima.»

La carne de él se movía en la de ella demasiado de prisa, sin sutileza. De nuevo, ella se quedó sin reaccionar, mientras él rugía de placer, besándola y exclamando:

—¡Oh, muchacho! ¡Muchacho! ¡Oh, muchacho!

Ella pensaba: «Pero con Paul esta vez habría tenido un orgasmo. ¿Qué me pasa? No basta decir que no quiero a este hombre». Entonces comprendió que con aquel hombre no podía tener un orgasmo. «Para las mujeres como yo la integridad no consiste en ser casta ni fiel, ni nada de esos anticuados conceptos. La integridad es tener un orgasmo, tener algo sobre lo que no ejercemos ningún control. Con este hombre me sería imposible tener un orgasmo. Puedo darle placer, eso es todo. ¿Y por qué? ¿Significa esto que sólo puedo tener orgasmos con un hombre al que quiero? ¿Qué horrible desierto me espera, si esto es verdad?»

Cy estaba enormemente contento de Ella; se lo demostraba con gran generosidad, relucía de bienestar. Y Ella estaba encantada consigo misma, por haber sido capaz de hacerle tan feliz.

Cuando Ella se hubo vestido para volver a casa, y mientras esperaban al taxi que habían pedido por teléfono, él preguntó:

—¿Cómo debe de sentar el estar casado con una persona como tú? *¡Diablos!*

—¿Te ha gustado? —preguntó Ella, con recato.

—Sería… ¡Hombre! Una mujer con la que puedes hablar y con la que, además, te puedes divertir… ¡Hombre, ni me lo puedo imaginar!

—¿No hablas con tu mujer?

—Es una chica estupenda —dijo con seriedad—. Siento un inmenso respeto tanto por ella como por los niños.

—¿Es feliz?

Esta pregunta le sorprendió sobremanera. Se reclinó en la cama, para pensarlo mejor, y la miró frunciendo el ceño con seriedad. Ella sintió de pronto un gran afecto por él y se sentó, ya vestida, a un lado de la cama. Por fin él dijo, después de haberlo pensado:

—Tiene la mejor casa de la ciudad, tiene todo lo que quiere para la casa, tiene cinco chicos… Ya sé que desea una niña, pero quizá la próxima vez… Lo pasa bien conmigo; vamos a bailar una o dos veces por semana, y ella es siempre la chica más elegante. Además, me tiene a mí, y te aseguro, Ella, que soy un marido con un gran porvenir… No lo digo por hablar. Ella, aunque ya veo que te sonríes.

Entonces cogió la foto de su mujer, que estaba junto a la cama, y prosiguió:

—¿Te parece que tiene cara de no ser feliz?

Ella miró aquella cara bonita y repuso:

—No; es verdad. Mujeres como tu esposa son un misterio para mí.

—Sí, ya lo imagino.

El taxi esperaba. Ella le dio un beso de despedida y se marchó, mientras él le decía:

—Te llamaré mañana. ¡Muchacho! ¡Qué ganas tengo de volverte a ver!

Ella pasó la noche del día siguiente con él. No porque esperara placer, sino, sencillamente, porque le inspiraba afecto. Y, además, si rehusaba volverle a ver, le parecía que iba a ofenderse.

Cenaron en el mismo restaurante. («Es nuestro restaurante, Ella», dijo él, con sentimiento y de la misma manera que podía haber dicho: «Es nuestra canción, Ella».)

Habló de su carrera.

—Y cuando hayas pasado todas las pruebas y hayas ido a todas las conferencias, ¿qué harás?

—Trataré de presentarme para senador.

—¿Y por qué no para presidente?

Se rió de sí mismo, con tan buen humor como siempre.

—No, presidente, no. Pero senador, sí. Te lo aseguro, Ella, tú espera a que mi nombre aparezca en la prensa. Lo encontrarás dentro de quince años, a la cabeza de mi especialidad. Hasta hoy he hecho todo lo que dije que haría, ¿no? Pues lo mismo sucederá en el porvenir. Senador Cy Maitland, Wyoming. ¿Te apuestas algo?

—Nunca apuesto si sé que voy a perder.

Regresaba a los Estados Unidos al día siguiente. Había hablado con una docena de los médicos más importantes, visto otros tantos hospitales, ido a cuatro conferencias. En una palabra, había terminado con Inglaterra.

—Me gustaría ir a Rusia —explicó—. Pero, tal como están ahora las cosas, es imposible.

—¿Te refieres a McCarthy?

—¡Vaya! ¿Sabes quién es?

—Pues, sí. Es conocido.

—¡Esos rusos…! Están muy avanzados en mi especialidad, lo sé por los artículos. No me importaría nada hacerles una visita, pero no puede ser.

—Cuando seas senador, ¿qué actitud adoptarás con respecto a McCarthy?

—¿Mi actitud? ¿Me estás tomando el pelo otra vez?

—No, en absoluto.

—Mi actitud… Bueno, está cargado de razón. No podemos permitir que los rojos tomen el poder.

Ella vaciló por un instante. Luego dijo, con expresión recatada:

—La mujer con quien comparto la casa es comunista.

Sintió cómo él se ponía sucesivamente rígido y meditabundo. Pero en seguida volvió a relajarse.

—Ya sé que aquí las cosas son distintas. Aunque me resulta incomprensible, te lo confieso.

—En fin, da lo mismo.

—Es verdad. ¿Vienes al hotel conmigo?

—Si quieres…

—¡Que si quiero!

De nuevo, Ella dio placer. Sentía afecto por él; nada más.

Hablaron del trabajo de Cy. Su especialidad eran las lobotomías:

—¡Muchacho! He cortado por la mitad, literalmente, cientos de cerebros.

—Lo que haces ¿no te plantea problemas?

—¿Y por qué?

—Pero una vez concluida la operación tú ya sabes que no se puede hacer nada más, que aquella persona ya no volverá a ser la misma.

—Para eso lo hacemos; la mayoría no quieren volver a ser lo mismo. —Luego añadió, con la franqueza característica en él—: Aunque debo confesarte que, a veces, cuando pienso que he hecho cientos de operaciones y que ése es el único final posible…

—Los rusos no aprobarían en absoluto lo que haces —arguyó Ella.

405

—Ya lo sé. Por eso me gustaría ir, para ver qué hacen ellos. Dime, ¿cómo es que sabes tanto de lobotomías?

—Tuve una digamos aventura con un psiquiatra. También era neurólogo, pero no cirujano de cerebros. Él me dijo que casi nunca recomendaba lobotomías; sólo muy raras veces.

De súbito, observó:

—Desde que te he dicho que estaba especializado en esta rama de la cirugía, ya no te gusto tanto.

Ella asintió, después de una pausa:

—Es verdad. Pero no puedo hacer nada.

Entonces él se echó a reír y concluyó:

—Bueno, yo tampoco. —Tras una pausa, añadió—: Dices que tuviste una aventura. ¿Sin más?

Ella había estado pensando que cuando se refería a Paul usando aquella expresión «tuve una aventura», no hacía sino darle la razón a él cuando decía de ella que era «una mujer de armas tomar» o cuales fueran las palabras que pronunciara para significar lo mismo. Se sorprendió pensando, sin querer: «¡Bien! Él dijo que yo era así. Pues lo soy, y con mucho orgullo».

Cy Maitland le preguntaba:

—¿Le quisiste?

Aquella palabra, querer, no la había pronunciado ni una sola vez para referirse a ellos dos, ni tampoco con respecto a su esposa.

—Mucho.

—¿No quieres casarte?

Ella comentó recatadamente:

—Todas las mujeres quieren casarse.

Cy soltó una carcajada; luego se volvió hacia Ella, mirándola con astucia:

—No te comprendo, Ella. ¿Lo sabías? No logro entenderte. Lo único que entiendo es que eres una mujer muy independiente.

—Pues sí, supongo que sí.

Entonces él la rodeó con sus brazos y le dijo:

—Ella, me has enseñado algunas cosas, ¿sabes?

—Me alegro. Espero que hayan sido agradables.

—Pues, sí, lo han sido.

—Bien.

—¿Me estás tomando el pelo?

—Un poquito.

—No importa; me es igual. ¿Sabes, Ella, que hoy he mencionado tu nombre a alguien y me han dicho que habías escrito una novela?

—Todo el mundo ha escrito novelas.

—Si le dijera a mi mujer que he conocido a una escritora de verdad, no se sobrepondría a la emoción. La cultura y todo eso la enloquece.

—Quizá sería mejor que no se lo dijeras.

—¿Y si yo leyera tu libro?

—¡Pero si tú no lees novelas!

—Sé leer —dijo, de buen humor—. ¿De qué trata?

—Pues… déjame pensar. Está llena de penetración psicológica, de integridad y todo eso.

—¿No te la tomas en serio?

—Claro que me la tomo en serio.

—Bien, entonces… Bien, ¿te marchas ya?

—Sí. Debo irme porque mi hijo se va a despertar dentro de cuatro horas y yo no soy como tú. Necesito dormir.

—Bien. No te olvidaré, Ella. Siempre me preguntaré cómo debe de ser estar casado contigo.

—Tengo la impresión que no te gustaría mucho.

Ella se vistió, mientras Cy permanecía echado cómodamente en la cama, observándola con astucia y en actitud pensativa.

—Pues no me gustaría —concluyó; y se rió, estirando los brazos—. No, seguro.

—No.

Se separaron con afecto.

Ella regresó a casa en taxi y subió las escaleras sigilosamente, para no molestar a Julia. Pero salía luz por debajo de la puerta de su cuarto.

—¿Ella?

—Sí. ¿Se ha portado bien Michael?

—Duerme como un tronco. ¿Qué tal te lo has pasado?

—Interesante —dijo Ella con intención.

—¿Interesante?

Entró en el dormitorio. Julia estaba en la cama, reclinada sobre almohadas, fumando y leyendo. Examinó a Ella pensativamente.

—Era un hombre muy simpático.

—Eso está bien.

—Y por la mañana voy a estar muy deprimida. La verdad es que ya empiezo a estarlo ahora.

—¿Porque se va a los Estados Unidos?

—No.

—Tienes muy mala cara. ¿Qué pasa? ¿Es que no valía nada en la cama?

—No mucho.

—¡Ah, bueno! —exclamó Julia, tolerante—. ¿Quieres un cigarrillo?

—No. Me voy a la cama antes de caer presa de la depresión.

—Ya has caído. ¿Por qué te acuestas con un tipo que no te gusta?

—No he dicho que no me gustara. El problema es que no me sirve irme a la cama con otro que no sea Paul.

—Ya te pasará.

—Sí, claro. Pero tardará.

—Ten paciencia.

—Es lo que pienso hacer —concluyó Ella, antes de darle las buenas noches y subir a su cuarto.

[Continuación del cuaderno azul.]

15 de septiembre de 1954

Ayer por la noche, Michael dijo (hacía una semana que no le veía):

—Bueno, Anna, ¿estará terminando nuestra gran aventura amorosa?

Es característico de él decirlo como una pregunta: es él quien la está terminando, aunque lo dice como si fuera yo. Le he contestado con una sonrisa, pero sin poder contener cierta ironía:

—Al menos ha sido una gran aventura de amor, ¿no?

—¡Ay, Anna! Te inventas historias sobre la vida, te las cuentas a ti misma, y no sabes distinguir lo cierto de lo falso.

—O sea que no hemos tenido una gran aventura amorosa.

He dicho esto último sin aliento, suplicante, aunque no quería dar ese tono a mis palabras. Las de Michael me causaban un terrible desaliento y me producían frío. Era como si negara mi existencia. Él ha contestado, caprichosamente:

—Si tú lo dices, pues sí. Y si tú dices que no, pues no.

—Y lo que tú sientes, ¿no cuenta?

—¿Yo? Pero, Anna, ¿por qué debería contar yo?

(Esto último lo ha dicho con rencor, en broma, pero también con cariño.) Después de esto he luchado contra una sensación que siempre se apodera de mí al término de una de estas conversaciones: una sensación de irrealidad, como si la sustancia de mi ser se debilitase hasta disolverse. Y luego he reflexionado sobre la ironía de que, para recobrarme, haya tenido que utilizar precisamente a aquella Anna que más desagrada a Michael: la Anna crítica y reflexiva. Muy bien; pues si él dice que me invento historias sobre nuestra vida en común, será así. Voy a anotar todas las etapas de un día de la forma más realista que pueda. Empezaré mañana. Al final de mañana me sentaré a escribir todo lo que haya sucedido.

17 de septiembre de 1954

Ayer noche no pude escribir porque me sentía demasiado desgraciada. Y, naturalmente, ahora me pregunto si el hecho de haber decidido ser muy consciente de todo lo que pasara ayer no alteraría la forma del día. ¿Quizá fue un día especial debido a que yo era muy consciente? De todos modos, voy a describirlo, y a ver qué resulta. Me desperté temprano, a las cinco, tensa porque me parecía haber oído a Janet moverse en el cuarto contiguo. Pero debió de dormirse otra vez, pues no pude oír nada más. Un chorro de agua gris azotaba el cristal de la ventana. La luz era gris. Las siluetas de los muebles parecían enormes bajo aquella luz vaga. Michael y yo estábamos de cara a la ventana, yo

409

rodeándole con los brazos por debajo de la chaqueta del pijama, con las rodillas metidas en el hueco de las suyas. Un calor fuerte y reparador emanaba de él hacia mí. Pensé: «Muy pronto ya no vendrá más. ¿Reconoceré cuando sea la última vez? Quizá sea ésta». Pero parecía imposible unir las dos sensaciones: la de Michael, entre mis brazos, cálido, durmiendo, y el conocimiento de que pronto no estaría allí. Moví la mano hacia arriba, sintiendo en la palma el vello de su pecho, resbaladizo y áspero a la vez. Me causaba un placer intenso. Se sobresaltó, dándose cuenta de que estaba despierta, y dijo con dureza:

—Anna, ¿qué pasa?

La voz venía de un sueño, sonaba asustada y enfadada. Me volvió la espalda y se durmió de nuevo. Yo le miré a la cara para ver la sombra del sueño; tenía los músculos faciales tensos. Tiempo atrás me dijo, despertándose de súbito y asustado por un sueño:

—Querida Anna, si te empeñas en dormir con un hombre que ha vivido la historia de Europa de los últimos veinte años, no te quejes si tiene sueños complicados.

Lo dijo con rencor, un rencor debido a que yo no formaba parte de aquella historia. No obstante, yo sé que una de las razones por las que está conmigo es que yo no he sido parte de esa historia y, por lo tanto, no he destruido nada dentro de mí. Ayer por la mañana, contemplando su cara tensa y dormida, intenté imaginar otra vez, como si fuera parte de mi experiencia, el significado de:

«Siete personas de mi familia, incluyendo a mi padre y a mi madre, fueron asesinadas en cámaras de gas. La mayoría de mis amigos íntimos han muerto: comunistas asesinados por comunistas. Los que han sobrevivido están casi todos refugiados en países extranjeros. Durante el resto de mi vida, voy a vivir en un país que no puede ser el mío de verdad.» Pero, como siempre, no logré imaginarlo. La luz era densa y pesada debido a la lluvia. Tenía la cara franca, relajada. Ahora era ancha, tranquila, confiada. Párpados sellados por la calma, y encima de ellos las pestañas tenues, lustrosas. Lo imaginaba de niño: atrevido, petulante, con una sonrisa clara, cándida y alerta. Y lo imaginaba ya viejo: un viejo irascible, inteligente, enérgico, encerrado en una soledad amarga y lúcida. Me embargó una emoción que es corriente en mí, en las mujeres, con respecto a los niños: un sentimiento de intenso triunfo, de que, contra todas las probabilidades, contra la amenaza de la muerte, existe ese ser humano, ese milagro de carne que respira. Reforcé este sentimiento y lo enfrenté al otro, al de que pronto iba a abandonarme. Él debió de haberlo sentido en su sueño, porque se removió y dijo:

—Duerme, Anna.

Sonrió con los ojos cerrados. Su sonrisa era fuerte y cálida; provenía de un mundo distinto del que le hacía decir: «Pero, Anna, ¿por qué he de contar yo?». «Absurdo —pensé—; claro que no va a abandonarme. No es posible que me sonría de esta manera y que piense dejarme.» Permanecí echada junto a él, boca arriba. Tuve cuidado de no volver a dormirme, porque Janet se iba a despertar pronto. La luz de la habitación era como un caudal grisáceo, debido al chorro de humedad que se escurría por los cristales de la ventana. Los cristales temblaron ligeramente. En las noches de viento tiemblan, trepidan, pero no me despiertan. Lo que sí me despierta es oír a Janet dar una vuelta en la cama.

Deben de ser las seis. Tengo las rodillas rígidas. Me doy cuenta de que se ha apoderado de mí lo que yo llamaba, en las sesiones de Madre Azúcar, «el mal del ama de casa». Esta tensión que hace que me haya abandonado la tranquilidad se debe a que la corriente de lo cotidiano está fluyendo: tengo-que-vestir-a-Janet-darle-el-desayuno-mandarla-a-la-escuela-hacer-el-desayuno-de-Michael-recordar-que-no-queda-té-etc-etc. Junto con esta tensión inútil, pero al parecer inevitable, empieza el rencor. ¿Rencor contra qué? Contra una injusticia: ¡tener que perder tanto tiempo cuidando de detalles! El resentimiento se cierne sobre Michael, aunque mi razón sabe que no tiene nada que ver con Michael. Y, no obstante, le tengo cierta rabia porque todo el día se verá asistido por secretarias y enfermeras; es decir, por mujeres que con sus distintos tipos de capacidad le aligerarán el peso. Intento relajarme, desconectar la corriente. Pero empiezo a sentir malestar en mis extremidades y debo cambiar de postura. Se produce otro movimiento al otro lado de la pared. Janet está despertando. Simultáneamente, Michael se remueve y siento cómo se va haciendo grande contra mis nalgas. El rencor adopta la forma siguiente: «Claro, escoge este momento en que yo estoy tensa oyendo despertarse a Janet». Pero la ira no va dirigida contra él. Hace tiempo, durante las sesiones con Madre Azúcar, aprendí que el resentimiento y la ira son impersonales. Es el mal de las mujeres de nuestro tiempo. Lo veo cada día en las caras de las mujeres, en sus voces o en las cartas que llegan al despacho. La emoción de la mujer, el rencor contra la injusticia, es un veneno impersonal. Las desgraciadas que no saben que es impersonal se revuelven contra su hombre. Las afortunadas, como yo, luchan por dominarlo. Es una lucha agotadora. Michael me penetra por detrás, medio dormido, con fuerza y apretándome. Me posee de un modo impersonal, y por eso yo no reacciono como cuando le hace el amor a Anna. Además, una parte de mi mente está pensando que si oigo los pasos delicados de Janet afuera, tendré que levantarme y atravesar la habitación para impedir que entre. No entra nunca antes de las siete, es la regla, y no creo que vaya a entrar; pero no puedo evitar mantenerme alerta. Mientras Michael se agarra a mí y me llena, en el cuarto vecino continúan los ruidos, y yo sé que él también los oye, y que parte de su excitación proviene de tomarme en momentos arriesgados, y que para él Janet, la niña de ocho años, representa en cierto modo a las mujeres, a las otras mujeres a quienes traiciona durmiendo conmigo. También significa la infancia, la infancia eterna contra la cual él afirma su derecho a vivir. Cuando habla de sus hijos lo hace siempre con una risita a medias cariñosa y agresiva: son sus herederos, sus asesinos. No va a permitir ahora, pues, que mi hija, a sólo unos metros de distancia, le prive de su libertad. Al terminar me dice:

—Y ahora, Anna, supongo que me vas a dejar para irte con Janet.

Y lo dice como un niño celoso de su hermano o hermana pequeña. Yo río y le doy un beso, a pesar de que el rencor es tan fuerte, de súbito, que debo apretar los dientes para dominarlo. Lo domino, como siempre, pensando: «Si yo fuera hombre, haría lo mismo». El control y la disciplina de ser madre han resultado tan duros para mí, que es imposible que me engañe y crea que, si hubiera sido hombre y no me hubieran forzado al autocontrol, me hubiera portado de manera distinta. Y, no obstante, durante los breves segundos que tardo en ponerme la bata para ir a ver a Janet, mi rencor se hace atosigante y furibundo. Antes de reunirme con Janet, me lavo a toda prisa la entrepierna para que no la turbe el olor del sexo, a pesar de que todavía no sabe qué es. A mí me gusta este olor, y detesto tener que lavarme con prisas; por eso tener que hacerlo acrecienta mi mal humor. (Recuerdo que pensé que, el hecho de observar de forma deliberada todas mis reacciones las exacerbaba; normalmente, no son tan intensas.) Pero cuando cierro tras de mí la puerta del cuarto de Janet y la veo sacando la cabeza de la cama, con el pelo negro en desorden y la carita pálida (la mía) sonriente, mi rencor se desvanece tras la costumbre de la disciplina: casi en seguida se transforma en afecto. Son las seis y media, y el cuarto está muy frío. La ventana del cuarto de Janet también chorrea de humedad gris. Enciendo la estufa de gas, mientras la niña se incorpora en la cama rodeada de manchas de color brillante que provienen de sus tebeos, vigilando que yo lo haga todo como de costumbre, y leyendo a la vez. Me encojo de cariño hasta conseguir el tamaño de Janet, y me convierto en Janet. El fuego, amarillo y enorme como un gran ojo; la ventana, enorme, por la que puede entrar cualquier cosa; una luz gris y siniestra que espera la llegada del sol, de un demonio o de un ángel que haga desaparecer la lluvia. Luego vuelvo a ser Anna y veo a Janet, una niña pequeña en una cama grande. Pasa un tren y las paredes tiemblan ligeramente. Voy a darle un beso, y percibo el agradable olor de la carne, del pelo y de la tela del pijama, calientes de dormir. Mientras se caldea el cuarto, voy a la cocina y le hago el desayuno: cereales, huevos fritos y té, en una bandeja. Llevo ésta a su cuarto, y ella toma el desayuno en la cama, mientras yo bebo té y fumo. La casa todavía está dormida: Molly dormirá dos o tres horas más, Tommy llegó tarde con una chica y ambos seguirán durmiendo. A través de la pared oigo llorar a un bebé. Me produce una sensación de continuidad, de paz: el bebé llora

413

como Janet lo hacía cuando era más pequeña. Es el llanto satisfecho y semiinconsciente de los recién nacidos cuando les acaban de alimentar y están a punto de volverse a dormir. Janet pregunta:

—¿Por qué no tenemos otro bebé?

Lo dice a menudo. Y yo contesto:

—Porque no tengo marido, y para tener un bebé se necesita un marido.

Me lo pregunta, en parte porque le gustaría tener un bebé, y en parte para que la tranquilice en cuanto al papel de Michael. Entonces me pregunta:

—¿Está Michael?

—Sí, duerme —digo con firmeza.

Mi firmeza la tranquiliza; y continúa desayunando. Ahora el cuarto ya está caldeado y sale de la cama vistiendo su pijama blanco. Parece frágil y vulnerable. Me rodea el cuello con los brazos y se balancea, de adelante atrás, cantando: «Meciéndote, nena…». Yo la columpio y canto, arrullándola: te has convertido en el bebé de la casa vecina, en el bebé que no voy a tener. Luego me deja ir, bruscamente, de manera que yo siento cómo me pongo derecha, lo mismo que un árbol que ha estado combado bajo un gran peso. Se viste, canturreando todavía medio dormida, en paz. Pienso que va a conservar esa paz todavía unos años, hasta que empiece a sentir la necesidad de reflexionar. Dentro de media hora tengo que acordarme de poner a hervir las patatas, y luego de hacer la lista para la tienda de comestibles. Luego, debo cambiar el cuello del vestido y luego… Deseo intensamente protegerla contra las obligaciones, aplazárselas. En seguida me digo que no tengo por qué protegerla contra nada, que mi deseo es, en realidad, proteger a Anna contra Anna. Se viste con calma, hablando un poco, tarareando. Sus gestos son, un poco, como los de un abejorro revoloteando al sol. Se pone una falda corta, encarnada y plisada, un jersey azul oscuro y calcetines largos del mismo color. Una niña muy bonita. Janet. Anna. El bebé de la casa vecina está ya dormido: es el silencio satisfecho de un bebé. Todos duermen, salvo Janet y yo. Es una sensación de intimidad y exclusivismo, una sensación que se inició cuando su nacimiento, cuando ella y yo estábamos a veces despiertas y juntas, mientras la ciudad dormía a nuestro alrededor. Es una alegría cálida, perezosa e íntima. La veo tan frágil que quiero extender la mano para salvarla de un paso mal dado o de un movimiento de descuido, y a la vez tan fuerte que me parece inmortal. Siento lo que sentí mientras estaba en la cama con Michael: una necesidad de reírme por el triunfo de que aquel ser humano tan maravilloso, precario e inmortal exista a pesar de la presencia de la muerte.

Ya son casi las ocho y empiezo a sentir el apremio de otra obligación. Hoy es el día que Michael va al hospital del sur de Londres, y tiene que levantarse a las ocho para llegar a tiempo. Prefiere que Janet se haya marchado a la escuela antes de que él se levante. Y yo también lo prefiero porque lo contrario me divide en dos personalidades: la madre de Janet y la amante de Michael, que se llevan mucho mejor cuando están separadas. Resulta muy difícil ser las dos cosas a la vez. Ya no llueve. Paso un trapo por el cristal de la ventana, empañado por el aire encerrado del cuarto y el vapor de la noche, y veo que hace un día frío y húmedo, aunque sin nubes. La escuela de Janet está cerca, a pocos pasos.

—Llévate el impermeable —le recomiendo.

Al instante empieza a protestar:

—¡Oh, no, mamá, por favor! El impermeable no me gusta. Prefiero el chaquetón.

Yo contesto con calma y firmeza:

—No, el impermeable. Ha llovido toda la noche.

—¿Cómo lo sabes, si dormías?

Esta contestación victoriosa la llena de buen humor. Se pone el impermeable y las botas de goma sin replicar.

—¿Me irás a buscar esta tarde?

—Sí, seguramente. Pero, si no me ves, vuelve sola. Molly estará en casa.

—O Tommy.

—No, Tommy no.

—¿Por qué no?

—Porque Tommy ya es mayor y tiene novia.

Lo digo a propósito, porque ha dado señales de estar celosa de la amiga de Tommy. Dice, con calma:

—Tommy siempre me preferirá a mí. —Y añade—: Si no vas a buscarme, iré a jugar a casa de Barbara.

—Bueno; entonces te iré a buscar a las seis.

Baja las escaleras corriendo, con gran barahúnda. Parece como un alud desencadenado en medio de la casa. Temo que despierte a Molly. Me quedo junto a las escaleras, escuchando, hasta que, diez minutos más tarde, se oye el golpe de la puerta; y me fuerzo a no volver a pensar en Janet hasta que no sea otra vez la hora. Regreso al cuarto. Michael es como una giba tapada por las sábanas. Corro las cortinas, me siento en la cama y le despierto con un beso. Me coge y dice:

—Vuelve a la cama.

—Son las ocho pasadas.

Ha puesto sus manos sobre mis pechos. Me empiezan a arder los pezones, y tengo que dominar mi reacción.

—Son las ocho.

—Ay, Anna, ¿por qué eres tan hacendosa y eficiente por las mañanas?

—Más vale así —comento en tono ligero, aunque no se me escapa cierto tono molesto.

—¿Dónde está Janet?

—Se ha ido a la escuela.

Aparta las manos de mis pechos, y yo me siento perversamente decepcionada de que no hagamos el amor, a la vez que aliviada porque si lo hubiéramos hecho habría llegado tarde, enojándose conmigo por ello. Y, naturalmente, también siento resentimiento: es mi mal, mi carga, mi cruz. El resentimiento se debe a que ha dicho que soy «tan hacendosa y eficiente», cuando gracias precisamente a mi eficiencia y sentido práctico puede estarse dos horas más en la cama.

Se levanta, se lava y se afeita, mientras yo le hago el desayuno. Comemos siempre en una mesa baja que hay al lado de la cama, con las sábanas estiradas ya hacia arriba. Tomamos café, fruta y tostadas; él es ahora el hombre profesional, que viste pantalón y chaqueta. Con los ojos bien abiertos, tranquilo, me observa. Sé que lo hace porque quiere decirme algo. ¿Será hoy el día que va a romper conmigo? Recuerdo que es la primera mañana que pasamos juntos desde hace una semana. No quiero pensar en ello porque no es probable que Michael, que en su casa se siente como prisionero e incómodo, haya pasado las seis noches con su mujer. ¿Dónde habrá estado? No siento precisamente celos, sino un dolor apagado y agobiante, el dolor de haber perdido algo. Pero le sonrío, le doy una tostada, le ofrezco la prensa. Coge los periódicos, les echa una ojeada, y observa:

—Si me pudieras aguantar dos noches seguidas, esta tarde tengo que dar una conferencia en el hospital de aquí al lado…

Sonrío. Durante un momento intercambiamos bromas irónicas, pues durante años hemos estado juntos noche tras noche. Después cae en el sentimentalismo, parodiándolo al mismo tiempo:

—¡Ay, Anna! ¿Ves como te has ido cansando?

Me limito a sonreírle: protestar no sirve de nada. Luego, él dice alegremente, imitando el tono del seductor:

—Cada día eres un poco más hacendosa. Todo hombre con un mínimo de sentido común sabe que, cuando una mujer empieza a tratarle con eficacia, ha llegado el momento de irse.

De súbito, me resulta tan doloroso seguir este juego, que digo:

—Bueno, de todas maneras me gustaría mucho que vinieras esta noche. ¿Quieres cenar aquí?

—No es probable que rechace la oportunidad de cenar contigo, con lo buena cocinera que eres, ¿no crees?

—Te esperaré con impaciencia.

—Si te vistes con rapidez, te puedo llevar a la oficina.

Vacilo, porque pienso: «Si hago la cena para esta noche, tengo que comprar comida antes de ir al despacho». Apresuradamente, al advertir mis dudas añade:

—Bueno, si prefieres no venir, me marcho.

Me da un beso; el beso es la continuación de todo el amor que hemos sentido juntos. Dice, borrando aquel instante de intimidad, pues sus palabras siguen con el otro tema:

—Quizá no tenemos mucho en común, pero, por lo menos, nos llevamos bien sexualmente.

Cada vez que dice esto, y sólo últimamente ha empezado a decirlo, me coge frío en el estómago. Aquello es el rechazo total de mi individualidad o, al menos, así me lo parece, y abre un abismo entre los dos. A través de ese abismo yo pregunto, irónicamente:

—¿Es lo único que tenemos en común?

—¿Lo único? Pero Anna, querida Anna... Bueno, tengo que marcharme o llegaré tarde.

Y se va con la sonrisa triste y amarga del hombre que ha sido rechazado.

Y ahora yo tengo que apresurarme. Me vuelvo a lavar y me visto. Escojo un vestido de lana blanco y negro con un cuellecito blanco, porque le gusta a Michael, y esta noche puede que no tenga tiempo de cambiarme. Luego voy corriendo a la tienda y a la carnicería. Me causa gran placer comprar comida que voy a guisar para Michael; es un placer sensual como el acto mismo de cocinarla. Imagino la carne rebozada con huevo y galleta; los champiñones, cociéndose en la crema y las cebollas; la sopa clara, sabrosa y de color de ámbar... Mientras lo imagino, recreo la comida, los gestos que voy a hacer vigilando los ingredientes, el fuego, la consistencia. Subo a casa con los víveres y los pongo sobre la mesa; luego, me acuerdo de que debo machacar la ternera ahora mismo, porque si lo hago más tarde despertaré a Janet. Así que llevo a cabo la operación; envuelvo los trozos de carne en papel y los dejo. Son las nueve. No tengo mucho dinero en el bolso, por lo que deberé ir en autobús, no en taxi. Me quedan quince minutos. Aprisa, paso la escoba por el cuarto y hago la cama, cambiando la sábana de debajo, que esta noche se ha manchado. Al meter la sábana en la cesta de la ropa sucia, noto una mancha de sangre. ¿No será otra vez la regla? Rápidamente paso revista a las fechas y veo que sí, que es hoy. De pronto, me siento cansada y presa de la irritación, porque es lo que normalmente siento cuando tengo la regla. (Me pregunto si no sería mejor dejar para otro día la descripción detallada de todas mis emociones. Luego decido continuar como había planeado: no he escogido el día de hoy a propósito; me había olvidado de la regla. Decido que el sentimiento instintivo de vergüenza y pudor es deshonesto: no son emociones propias de una escritora.) Me pongo un tampón de algodón en la vagina, y en la escalera recuerdo que no he cogido tampones de recambio. Voy a llegar tarde. Enrollo unos tampones en el bolso y los disimulo debajo de un pañuelo, cada vez más irritada. Al mismo tiempo, me digo que si no hubiera notado que me había empezado la regla no me sentiría tan irritada. Pero, de todos modos, tengo que dominarme antes de ir al trabajo, porque si no me encontraré de muy mal humor en el despacho. Más vale que coja un taxi, así todavía me sobrarán diez minutos. Tomo asiento y trato de calmarme, pero estoy demasiado tensa. Busco maneras de relajar la tensión. En el repecho de la ventana hay media docena de macetas con enredaderas y una planta de un gris verdoso cuyo nombre ignoro. Tomo las seis macetas y las llevo a la cocina. Las sumerjo, una a una, en una vasija llena de agua, observando las burbujas que ello provoca en el líquido. Las hojas brillan. La tierra huele a humedad fértil. Me siento mejor. Pongo las macetas otra vez en el repecho de la ventana para que tomen el sol, si es que sale. Cojo el abrigo y bajo las escaleras corriendo. Me cruzo con Molly, que está medio dormida, en bata.

—¿Dónde vas tan aprisa? —me pregunta.

—¡Llego tarde! —respondo gritando.

Noto el contraste entre su voz, gruesa, perezosa y sin prisas, y la mía, tensa. No encuentro ningún taxi antes de la parada, y como se acerca un autobús, monto en él en el preciso instante en que empiezan a caer gotas. Las medias se me han manchado de barro: tengo que acordarme de cambiármelas esta noche, pues Michael se fija mucho en esta clase de detalles. Entonces, sentada en el autobús, siento el dolor difuso en el vientre. No es nada fuerte. Bien, si la primera punzada es floja, eso quiere decir que no va a durar más que un par de días. ¿De qué me quejo cuando sé que, comparada con otras mujeres, sufro muy poco? Molly, por ejemplo, se pasa cinco o seis días gimiendo y quejándose de un dolor no del todo desagradable. Me doy cuenta de que mi mente ha vuelto a encajar en el engranaje de los asuntos cotidianos, de las cosas que tengo que hacer hoy en relación con el trabajo del despacho. A la vez, me preocupa este asunto de tener que fijarme en todo para escribirlo después, especialmente por lo que respecta a la regla. Porque, en cuanto a mí, el hecho de tener la regla no es más que entrar en un determinado estado emocional, que se repite con regularidad y que no tiene ninguna importancia. Pero sé, al escribir la palabra «sangre», que adquirirá un sentido inadecuado, incluso para mí, cuando relea lo que he escrito. Y, por lo tanto, empiezo a tener dudas sobre el valor de anotar un día entero, antes de haber empezado a anotarlo. En realidad, estoy tocando un punto muy importante del estilo literario, una cuestión de tacto. Por ejemplo, cuando James Joyce describe a su personaje durante el acto de defecar, leerlo fue como un choque, algo chocante de verdad. A pesar de que su intención era desnudar las palabras, para que no chocara. Y hace poco he leído en un comentario que un hombre decía que le repugnaba la descripción de una mujer defecando. Me molestó. La razón, naturalmente, era que el hombre no quería que le destruyeran su idea romántica de la mujer, que se la hicieran menos romántica. Pero, a pesar de esto, tenía razón. Porque caigo en la cuenta de que, básicamente, no es un problema literario. En absoluto. Por ejemplo, cuando Molly me dice, riéndose estrepitosamente, a su manera, «tengo el mes», al instante debo dominar mi desagrado, a pesar de que las dos somos mujeres, y empiezo a pensar en la posibilidad de los malos olores. Al pensar en mi reacción hacia Molly, olvido mis problemas de sinceridad literaria (que no es más que ser sincera acerca de mí misma) y empiezo a preocuparme: ¿huelo mal? Es el único olor de los que conozco que me desagrada. No me molestan los olores inmediatos de mis propios excrementos, y los del sexo, el sudor, la piel o el pelo me gustan. Pero el olor ligeramente dudoso, esencialmente rancio de la sangre menstrual, lo detesto. Y me resiento de ello. Es un olor que me parece raro incluso cuando viene de mí; es como una imposición de fuera, que no procede de mí. Sin embargo, durante dos días tengo que enfrentarme con esta cosa de fuera, con un mal olor que sale de mí. Me doy cuenta de que todo esto no lo hubiera pensado si no me hubiese propuesto fijarme en todo. La regla es algo que soluciono sin que me preocupe mucho o, mejor dicho, la veo con la parte de mi mente que se ocupa de las cuestiones rutinarias. Es la misma parte de la mente que se ocupa de la limpieza diaria. Pero la idea de que voy a describirla lo desequilibra todo, deforma la verdad. Por lo tanto, dejo ahora mismo de pensar en la regla, anotando, sin embargo, mentalmente, que en cuanto llegue a la oficina deberé ir al lavabo para asegurarme de no oler mal. En realidad, tendría que pensar en la entrevista que voy a mantener con el camarada Butte. Le llamo camarada irónicamente; tal como él me llama a mí, con ironía, camarada Anna. La semana pasada le dije, furiosa por algo:

—Camarada Butte, ¿has pensado que si por casualidad fuéramos rusos y comunistas me hubieras hecho fusilar hace ya años?

—Sí, camarada Anna, me parece más que probable.

(Esta broma, en particular, es típica del Partido actualmente.) Mientras tanto, Jack nos sonreía mirándonos a través de sus gafas redondas. Le divierten mis peleas con el camarada Butte. Cuando se hubo marchado el camarada Butte, Jack dijo:

—Hay una cosa que no tienes en cuenta, y es que muy bien podrías haber sido tú quien hubiese hecho fusilar al camarada Butte.

Esta observación se parecía mucho a mis pesadillas secretas, y para conjurarla, he hecho la broma siguiente:

—Querido Jack, lo esencial de mi posición es que a quien fusilarían precisamente sería a mí. Éste es, tradicionalmente, mi papel.

—No estés tan segura. Si hubieras conocido a John Butte en los años treinta, no estarías tan dispuesta a darle el papel de verdugo burocrático.

—En fin, no es esto lo importante.

—Pues ¿qué es lo importante?

—Que Stalin murió hace un año y todo sigue igual. No ha cambiado nada.

—Han cambiado muchas cosas.

—Sí, ahora sacan a la gente de las cárceles. Pero no se ha hecho nada para cambiar la mentalidad de quienes la metieron en ellas.

—Están pensando en cambiar las leyes.

—Cambiarán el código legal de una u otra manera, sí, pero no modificarán el espíritu del que estoy hablando.

Al cabo de un momento afirmó con la cabeza, arguyendo:

—Es muy posible, pero no lo sabemos.

Me estaba examinando, mansamente. A menudo me pregunto si esta mansedumbre, la objetividad que nos permite sostener este tipo de conversaciones, no será un signo de que nuestra personalidad está rota por las concesiones que la mayoría de la gente acaba haciendo o si será, por el contrario, una disimulada fuerza del espíritu. No lo sé. Sí sé, en cambio, que Jack es la única persona del Partido con la que puedo sostener este tipo de discusión. Hace unas semanas le dije que estaba pensando en dejar el Partido, y él contestó, en broma:

—Llevo afiliado al Partido treinta años, y a veces pienso que John Butte y yo vamos a ser las únicas personas, de las miles que conozco, que sigamos hasta el final.

—¿Dices esto como una crítica al Partido o como una crítica a los miles de personas que lo han dejado?

—A los miles de personas que lo han dejado, naturalmente —ha replicado, riendo.

Ayer dijo:

—Bueno, Anna. Si te vas del Partido, dímelo con el mes de antelación reglamentario, porque eres muy útil y necesitaré tiempo para reemplazarte.

Hoy tengo que entregar a John Butte el informe sobre los dos libros que he leído. Nos pelearemos. Jack me asignó este puesto para utilizarme como arma en la batalla que ha emprendido contra el espíritu del Partido, espíritu que él está muy dispuesto a calificar de muerto y estéril. Las apariencias indican que Jack lleva esta casa editorial. La realidad es que él hace las veces de una especie de administrador. Por encima de él, por encima de su puesto, «el Partido» ha puesto a John Butte. Y las decisiones definitivas sobre lo que será o no será publicado las toma el cuartel general. Jack es «un buen comunista». Esto quiere decir que, con toda sinceridad y honestidad, se ha despojado del falso orgullo que podría causarle rencor por su falta de independencia. No le irrita, en principio, el hecho de que sea en un subcomité del cuartel general, bajo la dirección de John Butte, donde se decida lo que él tiene que hacer. Al revés; se muestra

422

muy partidario de esta forma de centralismo. Pero cree que la línea política del cuartel general está equivocada y, lo que es más, no desaprueba una cuestión de una persona o de un grupo, sino que, simplemente, dice que el Partido, «hoy en día», es una ciénaga intelectual, y que no se puede hacer más que esperar a que las cosas cambien. Mientras, no le importa ver su nombre asociado a posturas intelectuales que desprecia. La diferencia entre él y yo es que él ve el Partido en términos de décadas, e incluso de siglos (yo me burlo, diciéndole: «Como la Iglesia Católica»), mientras creo que el desmoronamiento intelectual es, con seguridad, definitivo. Discutimos sobre esto interminablemente, durante los almuerzos, en los ratos de descanso en el trabajo, siempre que podemos. A veces, asiste John Butte, que escucha y, en casos excepcionales, interviene. Esto es lo que más me fascina y me enfurece, porque el tipo de temas que tratamos en estas discusiones está a miles de kilómetros de distancia de la «línea» pública del Partido. Y, lo que es peor, este tipo de conversación sería un acto de traición en un país comunista. Sin embargo, cuando abandone el Partido será esto lo que echaré más en falta: la compañía de gente que se ha pasado la vida en un medio determinado, donde se da por supuesto que su vida debe estar dirigida por una filosofía central. Por esto muchas personas que quisieran dejar el Partido o que creen que debieran irse de él no lo hacen. De los grupos o tipos de intelectual que he conocido fuera del Partido, no hay ni uno que no esté mal informado o que sea frívolo, o provinciano, si se le compara con unos tipos determinados de intelectuales existentes dentro del Partido. Y lo trágico es que esta responsabilidad intelectual, esta seriedad de alto nivel, pervive en un vacío: no viene de Inglaterra, ni de los países actualmente comunistas, sino de un espíritu que existía hace años en el comunismo internacional, antes de que lo matara el espíritu de lucha, de supervivencia, ese espíritu desesperado y maniático que ahora denominamos stalinismo.

Al bajar del autobús me doy cuenta que el solo pensamiento de la pelea que se avecina me ha excitado demasiado, cuando lo esencial para las peleas con el camarada Butte es conservar la calma. Yo, ahora, no estoy calmada, me duele la parte inferior del estómago y, además, llego media hora tarde. Tengo siempre muy en cuenta la puntualidad y el trabajar las horas normales, porque no me pagan y no quiero privilegios especiales. (Michael bromea: «Tú sigues la gran tradición de la clase superior británica de servir a la comunidad. Anna, querida, trabajas para el Partido Comunista sin cobrar, de la misma forma que tu abuela hubiera hecho buenas obras para los pobres». Es el tipo de broma que me gasto yo misma; pero cuando la hace Michael, me ofende.) Voy en seguida al lavabo, de prisa, porque llego tarde, me examino, cambio el tampón y me lavo una y otra vez los muslos con agua caliente, para eliminar el olor, agrio y mohoso. Luego me perfumo por entre los muslos y en los sobacos, y trato de grabarme en la memoria que debo volver dentro de una o dos horas. Por último, subo al despacho de Jack, sin entrar en el mío. Jack, que está con John Butte, observa:

—Hueles muy bien, Anna —y en seguida me siento a mis anchas y capaz de dominar la situación.

Miro al rechinante y gris John Butte, un viejo al que se le ha secado todo el jugo, y recuerdo que Jack me contó que, de joven, a principios de los años treinta, era alegre, brillante y agudo. Fue un orador bien dotado y formó parte de la oposición a la línea oficial del Partido. Entonces era en extremo crítico e irrespetuoso. Y después de contarme todo esto, divirtiéndose perversamente con mi asombro, me pasó una novela que John Butte había escrito veinte años antes, una novela sobre la Revolución francesa. Se trataba de un libro lleno de chispa, vivo, valiente. Y ahora le vuelvo a mirar y pienso, sin querer: «El verdadero crimen del Partido Comunista británico es el número de personas maravillosas que ha destrozado o convertido en oficinistas polvorientos, secos y quisquillosos, forzándoles a vivir en grupos cerrados a otros comunistas y desconectados de lo que ocurre en su propio país».

De pronto, las palabras que uso me sorprenden y desagradan: así, «crimen» proviene del arsenal comunista y carece de sentido. Hay cierto tipo de proceso social que hace que términos como «crimen» sean estúpidos. Y al pensar en esto siento que me nace otra idea. Y sigo pensando, confusamente: «El Partido Comunista, como cualquier otra institución, sigue existiendo gracias al proceso de absorber en su seno a quienes le critican. Les absorbe o les destruye. Siempre he visto la sociedad, las sociedades, organizadas de la siguiente manera: una sección dirigente o gobierno, y otras secciones que se le oponen y que acaban transformando aquélla o suplantándola». Pero la realidad no es en absoluto así. De pronto, lo veo todo de un modo diferente. Hay un grupo de hombres endurecidos y fosilizados a quienes se oponen nuevos jóvenes revolucionarios como lo fue John Butte en su tiempo. Se crea así entre los dos grupos un conjunto, un equilibrio. Y, luego, al grupo de hombres fosilizados y endurecidos como John Butte se opone un grupo nuevo de gente viva y crítica. Pero el centro de ideas muertas y secas no existiría sin los brotes de nueva vida que, a su vez, se transforman rápidamente en madera muerta y sin savia. En otras palabras: yo, la camarada Anna —y ahora, recordándolo, el tono irónico con que me llama el camarada Butte me atemoriza—, conservo vivo al camarada Butte, le alimento y, a su debido tiempo, me convertiré en él. Y en esto no hay ni bien ni mal, sino simplemente un proceso, una rueda que gira, mas siento miedo, porque todo lo que forma parte de mi ser clama contra esta visión de la vida, y vuelvo a ser presa de una pesadilla que me parece que me ha tenido prisionera desde hace mucho tiempo, siempre que me coge desprevenida. La pesadilla, que adopta formas diversas, me sobreviene tanto si duermo como si estoy despierta. Puede ser descrita con la mayor sencillez, de la siguiente manera: surge un hombre con los ojos vendados y de espaldas a una pared de ladrillos. Ha sido torturado casi hasta la muerte. Frente a él hay seis hombres con los fusiles apuntados, listos para disparar, que esperan órdenes de un séptimo individuo que tiene una mano levantada. Cuando baje la mano, harán fuego y el prisionero caerá muerto. Pero, de pronto, ocurre algo inesperado, aunque no del todo, pues el séptimo hombre ha estado atento durante todo el rato, por si ocurría. En la calle se produce una explosión de gritos y lucha. Los seis miran interrogativos al oficial, al séptimo. El oficial espera, inmóvil, para ver de qué lado acaba inclinándose la lucha. Se oye un grito: «¡Hemos ganado!». El oficial cruza el espacio hasta la pared, desata al condenado, y se coloca en su lugar. El que había estado atado hasta entonces, ata al otro. Se desarrolla a continuación el momento más angustioso de la pesadilla: ambos hombres se contemplan con una sonrisa breve, amarga, de aceptación. Esa sonrisa les hermana. La sonrisa contiene una verdad terrible que yo quiero ignorar, porque hace imposible la emoción creadora. El oficial, el séptimo, está ahora con los ojos vendados y esperando de espaldas a la pared. El antiguo prisionero se dirige al pelotón, que sigue con las armas a punto. Levanta la mano y la deja caer. Suenan unos tiros y el cuerpo se desploma junto a la pared, entre convulsiones. Los seis soldados tiemblan, se encuentran mal, necesitan beber algo para borrar el recuerdo del asesinato que han cometido. Pero el hombre que había estado atado y permanece libre se ríe de los que se van a trompicones, maldiciéndole y odiándole, de la misma forma que hubieran maldecido y odiado al otro, al que ha muerto. Y esa risa ante los seis soldados inocentes encierra una terrible ironía comprensiva. Ésta es la pesadilla. Mientras tanto, el camarada Butte está esperando. Como siempre, sonríe con aquella sonrisita crítica y a la defensiva, semejante a una mueca.

—Bueno, camarada Anna, ¿nos vas a permitir que publiquemos estas dos obras maestras?

Jack no puede contener una mueca. Y caigo en la cuenta de que acaba de comprender, como yo misma, que se van a publicar los dos libros: la decisión ya está tomada. Jack los ha leído y ha observado con su mansedumbre característica:

—No son muy buenos, pero supongo que podrían ser peores.

—Si de veras te interesa lo que yo pienso —objeto—, creo que debería publicarse uno, aunque lo cierto es que ninguno de los dos me satisface.

—Pero, como es natural, no podemos esperar que logren obtener tantas alabanzas como tu obra maestra.

Esto no significa que no le gustara *Las fronteras de la guerra*; le dijo a Jack que le había gustado, aunque a mí nunca me lo ha

426

dicho. Pero sugiere que si tuvo tanto éxito fue debido a lo que él llamaría «el tinglado de las editoriales capitalistas». Y, claro, le doy la razón, salvo que la palabra capitalista podría ser sustituida por otras, como, por ejemplo, comunista o revista femenina. El tono de su voz forma parte del juego, de nuestros papeles. Yo soy la «escritora burguesa de éxito», y él, «el guardián de la pureza de los valores de la clase obrera». (El camarada Butte proviene de una familia de la clase media alta. Pero esto, naturalmente, no cuenta.) Hago una sugerencia:

—¿Quizá las podríamos discutir por separado?

Pongo dos paquetes de manuscritos sobre la mesa y empujo uno hacia él. Afirma con la cabeza. Se titula: *Por la paz y la felicidad*, y lo ha escrito un joven obrero. O al menos así es como le ha descrito el camarada Butte. En realidad tiene casi cuarenta años, ha sido durante veinte funcionario del Partido Comunista, y antes fue albañil. Está mal escrito y la historia carece de vida, pero lo que de verdad aterroriza de este libro es que se ajusta al mito oficial de este momento. Si un marciano (o ruso, es igual) leyera esta novela, se llevaría la impresión de que: a) las ciudades de Inglaterra están sumidas en una espantosa pobreza, llenas de paro, de brutalidad, y de una miseria dickensiana; y b) los trabajadores de Inglaterra son todos comunistas o, por lo menos, reconocen que el Partido es su dirigente natural. Esta novela no tiene ningún contacto con la realidad. No obstante, es una recreación muy exacta de los ilusorios mitos del Partido Comunista en esta época concreta. La he leído bajo cincuenta formas y disfraces diversos en el transcurso de este año pasado.

—Sabéis muy bien que el libro es rematadamente malo.

La cara larga y huesuda del camarada Butte adopta una expresión de seca testarudez. Pienso en la novela que él escribió, hará veinte años, viva, excelente, y me maravillo de que sea la misma persona.

—No es una obra maestra ni he dicho que lo fuera —observa—, pero es un buen libro. Creo yo, ¿eh?

Es el preludio, por así decirlo, de lo que se espera que va a seguir. Yo le llevaré la contraria y él se defenderá. El final no importa, porque la decisión ya se ha tomado. El libro se publicará.

La gente del Partido dotada de cierto sentido crítico va a sentir un poco más de vergüenza por la degradación progresiva que sufren los valores comunistas. El *Daily Worker* lo ensalzará: «A pesar de sus defectos, es una honesta novela sobre la vida del Partido». Los críticos «burgueses» que se fijen en ella proclamarán su desprecio. En realidad, todo continuará como siempre. Y yo, de pronto, pierdo todo interés.

—Muy bien; publicadla. No hay nada que añadir.

Se produce un silencio de asombro. Los camaradas Jack y Butte llegan, incluso, a intercambiar miradas. El camarada Butte baja los ojos. Está molesto. Caigo en la cuenta de que mi papel o función es discutir, representar al crítico, para que así el camarada Butte pueda hacerse la ilusión de que ha conseguido sus propósitos gracias a una victoria sobre la oposición de personas bien informadas. En realidad, yo soy su juventud, que se le encara y a la que tiene que derrotar. Me avergüenza no haberme dado cuenta antes de este hecho tan obvio, y llego a pensar que tal vez los otros libros no se hubieran publicado, si yo me hubiera negado a representar el papel del crítico cautivo. Jack dice, con mansedumbre, al cabo de un rato:

—Pero, Anna, ¡esto no puede ser! Se espera que ofrezcas tu opinión crítica para conocimiento de nuestro camarada Butte.

—Tú sabes que es mala. El camarada Butte sabe que es mala... —el camarada Butte alza sus ojos medio apagados, rodeados de arrugas, y me mira—. Y yo sé que es mala. Pero todos sabemos, también, que se va a publicar.

John Butte dice:

—¿Puedes explicarme, camarada Anna, en seis palabras, o en ocho si no es pedir demasiado de tu valioso tiempo, por qué es mala esta novela?

—Porque, a mi entender, el autor ha trasplantado, intactos, sus recuerdos de los años treinta a la Inglaterra de 1954, y aparte de eso parece abrigar la impresión de que la gran clase obrera británica es leal al Partido Comunista.

Los ojos se le encienden de ira. De súbito, levanta el puño y golpea el escritorio de Jack.

—¡Que lo publiquen, maldita sea! —grita—. ¡Que lo publiquen, maldita sea! Lo digo yo.

Resulta tan estrambótico que yo me echo a reír. Luego me doy cuenta de que debí preverlo. Ante mi risa y la sonrisa de Jack, John Butte parece retorcerse de ira. Se parapeta más y más detrás de las barricadas erigidas por sí mismo para encerrarse en una fortaleza interior, mientras nos mira con ojos firmes y airados.

—Parece que te divierto, Anna. ¿Podrías tener la amabilidad de explicarme por qué?

Me sigo riendo y miro a Jack, que me hace una señal con la cabeza: sí, explícate. Vuelvo a mirar a John Butte, reflexiono y digo:

—Tus palabras compendian lo que no funciona en el Partido. El hecho que se usen los lemas del humanismo decimonónico, predicando el valor frente a los riesgos, la verdad frente a la mentira, y todo para defender la publicación de un libro detestable y falso por una editorial comunista que no arriesga nada publicándolo, ni siquiera la reputación de integridad, es la cristalización de la podredumbre intelectual del Partido.

Estoy enojadísima. Luego me acuerdo de que trabajo para esta editorial, de que no soy quién para criticarla, de que Jack la dirige, y de que, de hecho, publicará la novela. Temo haber ofendido a Jack y le miro: me devuelve la mirada, con calma, y luego hace una inclinación de cabeza, sólo una, y sonríe. John Butte ve el gesto de la cabeza y la sonrisa. Jack se vuelve para enfrentarse con la ira de John, una ira justa, a pesar de todo, porque defiende el bien, la justicia y la verdad. Más tarde, los dos discutirán lo sucedido. Jack me dará la razón a mí, el libro se publicará…

—¿Y el otro libro? —pregunta Butte.

Pero yo estoy harta e impaciente. Pienso que, al fin y al cabo, a este nivel debe juzgarse al Partido, al nivel en que se toman las decisiones, en que se realizan tareas concretas, y no al nivel de las conversaciones que tengo con Jack, y que no afectan en nada al Partido. De pronto, concluyo que debo abandonar el Partido. Me interesa el hecho de que lo decida en este momento, y no en otro.

—Así, pues —digo amablemente—, se publicarán los dos libros y la discusión habrá sido muy interesante, ¿no?

—Sí, gracias, camarada Anna. De veras que lo ha sido —dice el camarada John Butte.

Jack me está observando. Creo adivinar en su expresión que sabe que he tomado la decisión. Pero ahora estos hombres tienen que discutir otras cosas que no me conciernen. Por lo tanto, me despido de John Butte y me voy a mi despacho, que está en el cuarto vecino. Lo comparto con la secretaria de Jack, Rose. No nos tenemos ninguna simpatía, y nos saludamos con frialdad. Me encaro con el montón de periódicos y artículos que hay sobre mi escritorio.

Leo revistas y periódicos publicados en inglés en los países comunistas (Rusia, China, Alemania del Este, etc., etc.), y si hay alguna historia, artículo o novela «adaptable a las circunstancias inglesas» se lo presento a Jack, que es tanto como decir a John Butte. En realidad, los temas «adaptables a las circunstancias inglesas» son muy pocos. De vez en cuando, un artículo o un cuento. No obstante, leo todo este material con avidez, lo mismo que Jack, por una sola razón: para leer entre líneas, para descubrir corrientes y tendencias.

Pero, tal como he descubierto recientemente, hay algo más. La razón de mi fascinada voracidad es otra. Casi todo está escrito de manera insípida, es convencional y optimista, y tiene un tono curiosamente alegre, incluso cuando trata de guerras y sufrimientos. Todo proviene del mito. Sin embargo, este estilo malo, sin vida y trivial, es la otra cara de mi moneda. Me avergüenzo del impulso psicológico que creó *Las fronteras de la guerra*. He decidido no volver a escribir, si ésta es la emoción que pervive en mi literatura.

Durante el año pasado, al leer todas estas historias y novelas en las que, a veces, hay un párrafo, una frase o una expresión que contiene algo auténtico, me vi obligada a reconocer que los instantes de arte auténtico proceden siempre de una emoción íntima y repentina, pura e imposible de disimular. Incluso en un texto traducido es imposible no reconocer estos instantes rapidísimos de auténtico sentimiento personal. Y leo todo esto rogando que salga una sola historia corta, una novela o siquiera un artículo escrito desde el principio al fin con auténtico sentimiento personal.

Y ésta es la paradoja: yo, Anna, rechazo mi propio arte «malsano»... y rechazo también el arte «sano» cuando lo encuentro.

La cuestión es que todos estos textos son esencialmente impersonales. Su trivialidad deriva de ese carácter impersonal. Es como la obra de un nuevo anonimato del siglo veinte.

Desde que formo en el Partido, mi «trabajo» se ha centrado, sobre todo, en dar conferencias sobre arte a grupitos de personas. El contenido de mis conferencias es más o menos como sigue: «El arte, durante la Edad Media, era comunitario e impersonal, y procedía de la conciencia del grupo. Estaba exento del aguijón doloroso de la individualidad del arte de la era burguesa. Algún día dejaremos atrás el punzante egoísmo del arte individual. Regresaremos a un arte que no expresará las mismas divisiones y clasificaciones que el hombre ha establecido entre sus semejantes, sino su responsabilidad para con el prójimo y con la fraternidad. El arte occidental se convierte cada vez más en un grito de tormento que refleja un dolor. El dolor se está transformando en nuestra realidad más profunda...». (He estado diciendo cosas por el estilo. Hace unos tres meses, en mitad de una conferencia, empecé a tartamudear y no pude terminarla. No he dado más conferencias. Sé muy bien lo que significa este tartamudeo.)

Se me ha ocurrido que la razón por la que he venido a trabajar para Jack ha sido, sin yo saberlo, que quería enfocar minuciosamente mis preocupaciones más hondas e íntimas sobre el arte, la literatura (y, por lo tanto, sobre la vida), y acerca de mi rechazo a volver a escribir. Deseaba tener la oportunidad de observar esas preocupaciones diariamente, sin escapatoria posible.

Lo he discutido con Jack. Él me escucha y comprende. (Siempre comprende.)

—Anna, el comunismo no tiene ni cuatro décadas. Hasta ahora, casi todo el arte que ha producido es malo. Pero ¿por qué no crees que nos hallamos ante los primeros pasos de un niño que aprende a andar? Dentro de un siglo...

—O de cinco siglos —le corto en tono burlón.

—Dentro de un siglo puede que nazca el nuevo arte. ¿Por qué no?

—No sé qué pensar. Pero empiezo a temer que he estado diciendo tonterías. ¿Te das cuenta de que las únicas razones que damos versan siempre sobre lo mismo: la conciencia individual, la sensibilidad individual?

Es él quien se burla ahora:

—¿Y va a ser la conciencia individual la que produzca tu gozoso arte comunitario, sin egoísmos?

—¿Por qué no? ¿Quizá la conciencia individual es también un niño aprendiendo a caminar?

Y él afirma con la cabeza como diciendo: «Sí, muy interesante, pero sigamos con nuestra labor».

La lectura de esta enorme cantidad de literatura es sólo una pequeña parte de mi trabajo. Porque sin que haya sido el propósito o la intención de nadie, mi trabajo se ha convertido en algo muy diferente. Es trabajo «de asistenta social», como dice Jack, en broma, y yo misma, y hasta Michael, quien me pregunta:

—¿Cómo va tu labor de asistenta social, Anna? ¿Has salvado alguna otra alma últimamente?

Antes de ponerme a hacer mi «labor social», bajo de nuevo al lavabo, me maquillo, me lavo entre las piernas, y me pregunto si la decisión que acabo de tomar de salir del Partido se debe a que hoy tengo las ideas más claras porque he decidido anotarlo todo con detalle. En tal caso, ¿quién es la Anna que va a leer lo que escribiré?

¿Quién es el otro yo cuya crítica temo o cuya mirada, al menos, es diferente de la mía cuando no pienso, ni anoto, ni me fijo? ¿Y si mañana, cuando el otro ojo de Anna me contemple, decido no salir del Partido? Porque lo cierto es que echaré de menos a Jack. ¿Con qué otra persona podré hablar, sin reservas, de todos estos problemas? Con Michael, claro…, pero él está a punto de dejarme. Y, además, siempre habla con amargura. Lo interesante es lo siguiente: Michael, el ex comunista, el traidor, el alma perdida, y Jack, el burócrata comunista. En cierto sentido, Jack es quien ha asesinado a los camaradas de Michael (aunque yo también, pues estoy en el Partido), es Jack quien llama traidor a Michael... y es Michael quien llama asesino a Jack. Y, sin embargo, estos dos hombres (si se encontraran no intercambiarían una sola palabra de desconfianza) son los dos con quienes puedo hablar, los dos que comprenden lo que siento: forman parte de la misma experiencia. Estoy en el lavabo, perfumándome los sobacos para contrarrestar el olor de la mohosa sangre que se ha derramado, y de pronto caigo en la cuenta de que lo que estoy pensando sobre Jack y Michael es la pesadilla del pelotón de fusilamiento y de los prisioneros que se cambian de sitio. Me siento mareada y confusa. Subo a mi despacho y pongo a un lado los grandes montones de revistas: *Voks, Soviet Literature, Peoples for Freedom Awake!, China Reborn*, etc., etc., (el espejo donde hace un año que me contemplo), y veo que no puedo volver a leerlas. Simplemente, me resulta imposible leerlas. Ya no me dicen nada, no les encuentro ningún interés. Miro qué hay, hoy, en materia de «labor social». Y entonces Jack entra, porque John Butte ha vuelto al cuartel general, y me pregunta:

—Anna, ¿quieres compartir conmigo el té y los bocadillos?

Jack vive del salario oficial del Partido, que asciende a ocho libras, y su esposa gana aproximadamente lo mismo como maestra. Por lo tanto, tiene que procurar no excederse en sus gastos, y el no almorzar en un restaurante constituye un ahorro. Le agradezco su invitación, voy a su despacho y hablamos. No sobre las dos novelas, porque ya está todo dicho: se van a publicar, y ambos, cada uno a su manera, nos sentimos avergonzados. Jack tiene un amigo que acaba de llegar de la Unión Soviética con información privada sobre el antisemitismo vigente en aquel país. Y con rumores sobre asesinatos, torturas y toda clase de chantajes. Jack y yo comenzamos a contrastar detalladamente toda esta información. ¿Será verdad? ¿Será siquiera probable? Si es cierto, eso significa que... Y por centésima vez reflexiono sobre lo extraño que resulta que este hombre, que forma parte de la burocracia comunista, a pesar de todo no sepa mejor que yo o que cualquier comunista común, qué pensar. Por fin decidimos, también por centésima vez, que Stalin debe de haber sido un caso clínico de locura. Bebemos té y comemos bocadillos

mientras hacemos especulaciones sobre si, de haber vivido nosotros en la Unión Soviética durante estos últimos años, hubiéramos decidido que nuestro deber era asesinarlo. Jack dice que no,
porque Stalin es una parte tan importante de su experiencia, de su
más honda experiencia, que aun cuando hubiese estado convencido de su locura criminal, en el momento de apretar el gatillo no
habría sido *capaz* de consumar el crimen: habría apuntado el revólver hacia su propia persona. Y yo digo que tampoco hubiera
podido, porque «el crimen político va contra mis principios».
Y así, sin parar. Pienso en lo terrible y deshonesta que es nuestra
conversación. Nosotros vivimos cómodamente, sin peligro, en el
próspero Londres, con nuestras existencias y nuestra libertad a
salvo de todo. Y ocurre una cosa de la que cada vez tengo más
miedo: las palabras pierden sentido. Oigo a Jack hablarme, y a mí
hablarle, y me parece como si las palabras que salen de nuestro interior, de un lugar anónimo de nosotros mismos, no significasen
nada. Continuamente *veo* ante mis ojos escenas de lo que estamos
hablando: muertes, torturas, interrogatorios y demás; y las palabras que pronunciamos no tienen nada que ver con lo que estoy
viendo. Suenan como el farfullar de un idiota, como el hablar de
un loco. De pronto, Jack me pregunta:

—¿Vas a dejar el Partido, Anna?

—Sí.

Jack hace un signo con la cabeza. Es un gesto afable, no
crítico, un gesto de soledad. Al instante se abre un abismo entre
nosotros dos, no de desconfianza, porque estamos seguros uno
de la otra, sino de la experiencia futura. Él se queda porque ha
estado dentro mucho tiempo, porque ha sido toda su vida, porque sus amigos están dentro y van a seguir estándolo. Así que
pronto, cuando nos encontremos, seremos como extraños. Y yo
pienso en lo buen hombre que es, y en todos los que son como
él, y en cómo han sido traicionados por la historia… Sí, ya sé
que ésta es una expresión melodramática; pero no la uso en su
sentido melodramático, porque es real, justa. Y si le dijera a Jack
lo que pienso, él se limitaría a hacer un gesto amable con la cabeza, me miraría, yo le devolvería la mirada, y ambos nos comprenderíamos irónicamente, diciendo:

—Hágase la voluntad del Señor, etcétera, etcétera.

(Nuestra actitud sería como la de los dos hombres que cambian de sitio frente al pelotón.)

Me fijo en él. Está sentado sobre la mesa, con un bocadillo seco y desabrido, en la mano, a medio comer. Su aspecto es, a pesar de todo, el de un profesor universitario, que es lo que podría haber decidido ser: juvenil, con gafas, pálido, intelectual... y decente. Sí, ésta es la palabra, decente. Y, sin embargo, detrás de él, formando parte de él, como de mí, está la siniestra historia de sangre, de asesinatos, desgracias, traiciones y mentiras.

—¿Lloras, Anna?

—No me costaría nada.

Afirma con la cabeza y añade:

—Tienes que hacer lo que creas tu deber.

Me echo a reír, porque acaba de hablar según su educación británica, su conciencia de persona decente e inconformista. Y él, que sabe por qué me río, afirma con la cabeza y replica:

—Todos somos el resultado de nuestra experiencia. Yo cometí el error de nacer como ser consciente al principio de la década de los años treinta.

De pronto, mi desdicha se hace insoportable y digo:

—Jack, vuelvo a mi trabajo.

Y regreso a mi despacho y escondo la cabeza entre los brazos, y doy gracias a Dios de que la estúpida secretaria haya salido a almorzar. Pienso: «Michael me está abandonando, se ha terminado. Aunque él salió del Partido hace mucho tiempo, también forma parte de toda la cosa. Y yo voy a darme de baja del Partido. Es una etapa de mi vida que ha terminado. Pero ¿qué va a seguir?». No lo sé. Lo único claro es que me dirigiré voluntariamente hacia algo nuevo. No me queda otro remedio. Cambiar de piel o volver a nacer. La secretaria, Rose, entra, me sorprende con la cabeza entre los brazos, y me pregunta si estoy enferma. Yo le contesto que voy atrasada de sueño, que estaba echando una siesta, y empiezo con mi «trabajo de asistenta social». Lo echaré de menos cuando me vaya. Me sorprendo pensando: «Voy a echar de menos la ilusión de que estoy haciendo una cosa útil, y me pregunto si de verdad es una ilusión».

Hará unos dieciocho meses, en una de las revistas del Partido, salió un párrafo corto anunciando que la editorial Boles & Hartley había decidido publicar novelas además de sus habituales libros de sociología, historia, etc., que son su especialidad principal. Y en seguida llegó al despacho de la firma una invasión de manuscritos. Bromeábamos, diciendo que todos los miembros del Partido deben de ser novelistas en sus ratos libres. Pero pronto cesó la broma, porque a cada manuscrito, alguno evidentemente guardado en un cajón desde hacía años, le acompañaba una carta. Y esas cartas se han convertido en mi ocupación especial. La mayoría de las novelas son malísimas o, sencillamente, impublicables. En cambio, las cartas provienen de un clima del todo distinto. Le he dicho a Jack que era una pena que no pudiéramos publicar una selección de cincuenta de esas cartas, en forma de libro. A lo cual me ha contestado:

—Pero, Anna, querida mía, eso sería ir en contra del Partido. ¡Qué cosas sugieres!

Una carta típica: «Querido camarada Preston: No sé qué pensarás de lo que te mando. Lo escribí hace unos cuatro años. Lo mandé a unos cuantos de los editores "reputados" de siempre. ¡Sobran los comentarios! Cuando vi que Boles & Hartley había decidido fomentar la narrativa, además de los folletos filosóficos de costumbre, me atreví a probar fortuna otra vez. Es posible que esta decisión sea el tan anhelado indicio de que el Partido ha adoptado una actitud nueva hacia la creación auténtica. Sea lo que sea, espero con ansia vuestra decisión, ¡no hay ni que decirlo! Saludos, camarada. — P. D.: Me resulta muy difícil encontrar tiempo para escribir. Soy secretario de la rama local del Partido (que en estos diez años se ha reducido de cincuenta y seis miembros a sólo quince, la mayoría de los cuales están adormilados). Milito en mi sindicato. Además, soy secretario de la sociedad de música de la localidad. Sí, lo siento, pero yo creo que no debemos despreciar las manifestaciones de cultura local como ésa, aunque sé perfectamente cuál sería el comentario de los del Comité central. Y, por si fuera poco, tengo mujer y tres niños. De modo que para poder escribir esta novela (si se le puede llamar novela), me levanté cada mañana a las cuatro, escribiendo tres horas antes de que se despertaban los niños y mi querida media naranja. Y luego me iba a la oficina y empezaba el trote para los amos, que en este caso eran Beckly Cement Co. Ltd. ¿Los habéis oído nombrar? Pues creedme, si pudiera escribir una novela sobre ellos y lo que hacen, me encontraría en los tribunales por difamación. ¿Ha quedado claro?».

Otra también típica: «Querido camarada: Con gran temor y nerviosismo te mando mis cuentos. Espero tu juicio *justo* y *sensato*: ¡me los han devuelto ya tantas veces de las así llamadas revistas culturales! Me alegra que por fin el Partido juzgue oportuno fomentar el talento entre sus filas, en lugar de hablar sobre la Cultura en todos los discursos, pero sin hacer nada práctico para remediar la situación. Todos esos tomos sobre el materialismo dialéctico y la historia de la rebelión de los campesinos están muy bien, pero ¿qué hay sobre lo que está vivo y coleando ahora? He tenido bastante experiencia como escritor. Empecé durante la guerra (la segunda mundial), en que escribí para la revista de nuestro batallón. Desde entonces, he escrito siempre que he tenido tiempo. Ésta es la pega. Con mujer y dos hijos (y mi mujer está totalmente de acuerdo con los oráculos de King Street, cuando dicen que más le vale a un camarada ocuparse en distribuir folletos que *perder el tiempo haciendo garabatos*), hay que luchar constantemente, no sólo con ella, sino, además, con los funcionarios de la rama local del Partido, pues todos ponen mala cara cuando les digo que quiero que me dejen tiempo libre para escribir. Saludos, camarada».

«Querido camarada: Mi problema principal es cómo empezar esta carta, pero si me dejo llevar por mis temores nunca sabré si vais a tener la amabilidad de ayudarme o si echaréis la carta a la papelera. Escribo, en primer lugar, como madre. Yo, al igual que miles de mujeres, me encontré con mi hogar destrozado durante la última fase de la guerra, y tuve que trabajar para mis hijos, a pesar de que esto ocurrió justamente cuando había acabado una crónica (no una novela) de mi adolescencia, de la que habló muy bien el lector de una de nuestras mejores casas editoriales (me temo que capitalista, y hay que suponer, naturalmente, que receloso de mis creencias políticas, ¡porque no las escondí!). Pero, con dos hijos a mi cuidado, tuve que abandonar la esperanza de poderme expresar a través de la palabra. No me faltó suerte, sin embargo, y encontré una colocación de ama de llaves en casa de un viudo con tres hijos. Así pasaron cinco años, alegremente, hasta que él se volvió a casar (no con muy buen criterio, pero ésta es otra historia), y ya no me necesitaron más en la casa. Entonces tuve que marcharme con mis hijos. Luego encontré una colocación como recepcionista de un odontólogo, y con diez libras semanales hube de alimentar a mis hijos y a mí misma, y conservar una apariencia de respetabilidad. Ahora, mis dos hijos trabajan, y yo me encuentro con tiempo disponible para mis gustos. Tengo cuarenta y cinco años, pero me rebelo contra la idea de que mi vida ya ha pasado. Los amigos, los camaradas, todo el mundo me dice que mi deber es dedicar el tiempo libre al Partido, al que me he mantenido fiel a pesar de la falta de tiempo para hacer algo útil y práctico. Sin embargo —¿me atreveré a confesarlo?—, mis ideas sobre el Partido son confusas y a menudo negativas. No me es posible reconciliar mi temprana fe en el futuro glorioso de la humanidad con lo que leemos (claro que en la prensa capitalista, aunque ¿acaso no es cierto que no hay humo sin fuego?), y creo que soy más fiel a mí misma escribiendo. En fin, que con todo esto ha pasado el tiempo, mientras yo estaba ocupada con las faenas de la casa y ganándome la vida, de modo que ahora me encuentro desentrenada para las mayores sutilezas de la vida. Por favor, recomiéndeme qué debo leer, cómo debería ensanchar mis horizontes y cómo puedo recuperar el tiempo perdido. Saludos fraternales. — P.D.: Mis dos hijos fueron al instituto, y me temo que los dos están mucho más avanzados que yo en cuanto a conocimientos. Esto me ha producido un sentimiento de inferioridad que resulta muy difícil combatir. Apreciaría más de lo que soy capaz de expresar su amable consejo y ayuda.»

Hace un año que contesto estas cartas, que veo a los escritores, que doy consejos prácticos. Por ejemplo: a los camaradas que se ven obligados a luchar con los funcionarios de su Partido local para tener tiempo libre y poder escribir, les he pedido que viajaran a Londres. Jack y yo les hemos llevado a almorzar o a tomar el té, diciéndoles (Jack es esencial para ello, porque ocupa un alto puesto en el Partido) que resistan a aquellos funcionarios, que insistan en su derecho a disponer de tiempo libre para sus cosas. La semana pasada acompañé a una mujer a nuestra asesoría legal para que le aconsejaran acerca de cómo divorciarse.

Mientras yo me ocupo de esas cartas o de sus autores, Rose Latimer trabaja frente a mí, rígida de hostilidad. Es una militante típica de los tiempos que corren: a ella, que procede de la baja clase media, la palabra «obrero» le empaña literalmente los ojos de lágrimas. Cuando enuncia conceptos como El Obrero Británico o La Clase Obrera, la voz se le ablanda en un tono reverencial. Cuando visita las provincias para organizar mítines o pronunciar discursos, regresa exaltada:

—Una gente maravillosa, una gente estupenda y maravillosa. Ésas sí que son personas *reales*.

Hace una semana que recibí una carta de la esposa de un sindicalista con quien Rose pasó un fin de semana el año anterior. Regresó y se puso a recitar la acostumbrada salmodia acerca de cuán maravillosa y real es esa gente. La mujer se quejaba de que ya no podía más: el marido se pasaba todo el tiempo con sus compañeros del sindicato o en la taberna, y nunca conseguía que le ayudara con los cuatro hijos. La postdata de rigor, tan reveladora, añadía que no habían tenido «vida amorosa» desde hacía ocho años. Le pasé la carta a Rose, sin comentarios. Ella la leyó y dijo, de prisa, a la defensiva y enfadada:

—No advertí nada parecido cuando estuve con ellos. El hombre es parte de la sal de la tierra. Esa gente es la sal de la tierra... —Y luego, devolviéndome la carta con una sonrisa postiza, añadió—: Supongo que la animarás a que vaya sintiendo lástima de sí misma.

Me doy cuenta del alivio que supondrá para mí librarme de la compañía de Rose. Pocas veces me disgustan las personas (o, por lo menos, nunca mucho más allá de unos instantes). Sin embargo, el desagrado que me produce Rose es positivo y constante. Me desagrada incluso su presencia física. Tiene un cuello largo, delgado y desproporcionado, lleno de espinillas y de rastros de grasa. Corona su desagradable cuello una cabeza estrecha, vidriosa y vivaracha, como la de un pájaro. Su marido, funcionario también del Partido, es un hombre agradable y no demasiado inteligente, dominado por ella. Tienen dos hijos, a los que la madre educa según normas burguesas y convencionales, preocupándose de sus modales y su porvenir. Debió de ser una chica muy bonita: me dijeron que, en los años treinta, era una de «las guapas» del Partido, pero… Reconozco que esta mujer me da miedo: un miedo muy similar al que me inspira John Butte. ¿Qué podrá salvarme de llegar a ser como ellos?

Al mirar a Rose, hipnotizada por su cuello sucio, me acuerdo de que hoy tengo razones especiales para preocuparme de mi propia limpieza, y vuelvo al lavabo. Cuando regreso a mi mesa de trabajo me encuentro con que el correo de la tarde ya ha llegado, y con él otros dos originales…, acompañados de las dos cartas de rigor. Una de las cartas es de un pensionista anciano, un hombre de setenta y cinco años que vive solo, con la esperanza de que se publique su libro y la convicción de que merece publicarse (da la impresión de que es muy malo), porque eso «le haría más llevadera la vejez». Decido ir a verle, pero en seguida recuerdo que voy a dejar este trabajo. ¿Llevará alguien a cabo estas tareas si yo las dejo? Seguramente no. En definitiva, ¿cambiará eso las cosas? Me cuesta imaginar que las cartas que he escrito, las visitas que he hecho, los consejos y hasta la ayuda práctica que he prestado durante todo este año de trabajo como «asistente social», haya contribuido a que las cosas sean muy distintas. Tal vez he conseguido aliviar un poco la frustración, la desdicha… Pero ésta es una manera de pensar peligrosa, para la que tengo demasiada facilidad, y me da miedo.

Entro en el despacho de Jack. Se encuentra solo, en mangas de camisa, con los pies sobre la mesa, fumando una pipa. Su rostro, pálido e inteligente, está concentrado, con el ceño fruncido, de tal manera que parece más que nunca un profesor de universidad. Piensa, estoy segura, en su trabajo particular. Ha decidido especializarse en la historia del Partido Comunista en la Unión Soviética. Habrá escrito un millón de palabras sobre el tema. Pero es imposible publicarlo ahora, porque el texto contiene la verdad acerca del papel desempeñado por figuras como

Trotski y otras de parecida tendencia. Acumula manuscritos, notas, apuntes de conversaciones. Me burlo de Jack, diciéndole:

—Dentro de dos siglos se podrá decir la verdad.

Sonríe con calma y replica:

—O dentro de dos o cinco décadas.

No le preocupa en absoluto que este trabajo minucioso no vaya a ser reconocido en muchos años, ni tal vez mientras él viva. Una vez me confesó:

—No me sorprendería nada que alguien ajeno al Partido se nos adelantara y publicase todo esto. Pero, por otro lado, nadie ajeno al Partido tendrá acceso a determinadas personas y documentos. O sea que hay inconvenientes por los dos lados.

—Jack, cuando me vaya, ¿habrá alguien que haga algo en favor de toda esta gente en dificultades?

—Pues no me puedo permitir pagar a nadie especial. No hay muchos camaradas en condiciones de vivir de derechos de autor, como tú. —Y añade, en tono más suave—: Ya veré lo que se puede hacer en los casos más graves.

—Hay el de un anciano pensionista…

Me siento y empiezo a discutir sobre qué hacer.

—Supongo que no me vas a dar un mes de tiempo para decidirlo. Siempre creí que tomarías esta decisión, que decidirías dejarlo y que te largarías sin más.

—Es que si no lo hiciera así, seguramente no sería nunca capaz de marcharme.

Afirma con la cabeza.

—¿Vas a buscar otro trabajo?

—No lo sé; quiero reflexionar.

—¿Una especie de retiro por una temporada?

—Me parece que mi mente es una masa de actitudes contradictorias acerca de todo.

—La mente de todos es una masa de actitudes contradictorias, sí. ¿Y qué importa eso?

—Debiera importarnos a nosotros, ¿no?

(Quiero decir que debería importar a los comunistas.)

—Pero, Anna, ¿no se te ha ocurrido que a través de la historia…?

441

—Jack, por favor, no hablemos de la historia, de los cinco siglos de todo eso. Es una evasión.

—No, no es una evasión. Porque, a través de la historia, sólo han existido cinco, diez, o tal vez cincuenta personas cuyas conciencias estaban verdaderamente acordes con la época en que vivían. Así, pues, si nuestra conciencia de la realidad no se armoniza con nuestra época, no creo que ello sea tan terrible. Nuestros hijos…

—O nuestros tataranietos —le interrumpo, irritada.

—De acuerdo, nuestros tataranietos lo verán todo en perspectiva y comprenderán perfectamente que nuestra manera de ver el mundo, el modo como lo estamos viendo ahora, era incorrecto. Pero, por otro lado, su manera de verlo será la de su época. Así que da lo mismo.

—Por Dios, Jack, eso es una solemne tontería…

Oigo el chillido de mi voz y me contengo. Me doy cuenta de que la regla ha acabado dominándome; cada mes llega un momento en que ocurre, y entonces me irrito porque me hace sentir desamparada y descontrolada. Además, estoy irritada porque el hombre que tengo delante se ha pasado años en la universidad, estudiando filosofía, y no le puedo decir: «Sé que no tienes razón, porque lo intuyo». (Además, en lo que dice hay algo peligrosamente atractivo, y sé que parte de esta irritación que siento proviene de mi lucha contra ese atractivo.) Jack no hace caso de mis gritos. Arguye, con blandura:

—A pesar de todo, me gustaría que reflexionaras sobre ello, Anna: esa insistencia tuya en el derecho a tener razón encierra una gran arrogancia.

(La palabra arrogancia me afecta, debido a que, frecuentemente, yo misma me he acusado de ser arrogante.)

—Es que yo pienso, pienso y pienso —objeto en tono bastante suave.

—No, déjame intentar explicártelo otra vez. Desde hace una o dos décadas, los éxitos de la ciencia han sido revolucionarios. Y esto en todos los campos. Seguramente no hay ni un sólo hombre de ciencia en el mundo capaz de abarcar todas las implicaciones de los descubrimientos científicos, ni tan sólo de una parte de ellos. Tal vez en Massachusetts haya uno que comprenda una cosa, y en Cambridge otro que comprenda otra, y en la Unión Soviética otro… Pero yo dudo incluso de esto. Yo dudo de que haya nadie vivo que pueda realmente abarcar con su imaginación las implicaciones de, digamos, el uso de la energía atómica en la industria…

Me doy cuenta de que se está desviando mucho de lo importante, y no cedo un solo milímetro.

—En suma —le replico—: lo que tú dices es que debemos resignarnos a estar divididos.

—¿Divididos?

—Sí.

—Desde luego, lo que yo estoy diciendo es que tú no eres un científico, que no tienes imaginación científica.

—Eres un humanista —replico—; has sido educado de esta manera y ahora, súbitamente, alzas los brazos al cielo y dices que no puedes emitir juicios sobre nada porque careces de preparación física y matemática.

Adopta una expresión incómoda y tan poco frecuente en él que hasta yo empiezo a sentirme incómoda. Sin embargo, sigo en mis trece:

—La alienación, el estar dividido, ésa es la parte moral, digamos, del mensaje comunista. Y, de repente, te encoges de hombros y dices que debido a que la base mecánica de nuestras vidas se está complicando, debemos contentarnos y no tratar siquiera de comprender el conjunto de las cosas.

Ahora su cara adopta una expresión terca y cerrada que me recuerda a la de John Butte. Está enfadado.

—El no estar dividido no depende de que se comprendan o no, imaginativamente, los acontecimientos. Ni de que se intente comprenderlos. Depende de hacer el propio trabajo de la mejor manera posible, y ser una buena persona.

Me doy cuenta de que está traicionando lo que se supone debería defender.

—Esto es traición —acuso.

—¿A qué?

—Al humanismo.

Reflexiona y contesta:

—La idea humanista cambiará, como todo lo demás.

—Entonces, se convertirá en algo distinto. Pero el humanismo defiende la totalidad de la persona, defiende al individuo entero, que lucha por ser lo más consciente y responsable posible de todo el universo. En cambio, ahora dices tranquilamente, y como humanista, que debido a la complejidad de los descubrimientos científicos el ser humano debe renunciar a la esperanza de sentirse un ente completo, condenado a sentirse siempre fragmentado.

Se queda pensando. De pronto, se me ocurre que hay en él una expresión como de no haberse desarrollado por completo, y me pregunto si reacciono así porque he decidido dejar el Partido y ya estoy proyectando sentimientos sobre él o si, realmente, esto es lo que he visto en él todo este tiempo. Sin embargo, no puedo por menos de decirme a mí misma que su cara es la de un chico que está envejeciendo; y me acuerdo de que está casado con una mujer que parece lo suficientemente entrada en años como para ser su madre. Está muy claro que se trata de un matrimonio basado en el afecto.

—Cuando has dicho que no estar dividido depende simplemente de hacer bien el trabajo de uno y todo eso, me ha parecido como si hablaras de la Rose del cuarto vecino.

—Pues sí, era como si hablara de ella, y hablaba de ella, sin ir más lejos.

No creo que lo diga en serio, y llego a buscar la chispa de humor con que seguramente lo habrá dicho. Entonces me doy cuenta de que hablaba en serio, lo que me hace preguntarme por qué será sólo ahora, después de haber anunciado yo que abandonaba el Partido, cuando empiezan a surgir desacuerdos entre nosotros.

De repente, saca la pipa de la boca y dice:

—Anna, me parece que tu alma está en peligro.

—Es más que probable. ¿Y qué hay de terrible en ello?

—Te encuentras en una situación muy peligrosa. Ganas el dinero suficiente para no tener que trabajar, debido a las arbitrarias compensaciones de nuestro sistema editorial...

—Nunca he pretendido que se hubiera debido a un mérito especial mío.

(Noto que mi voz vuelve a adoptar un tono chillón, y añado una sonrisa.)

—No, no lo has pretendido nunca. Pero es posible que esa linda novelita continúe proporcionándote el suficiente dinero como para que no te veas obligada a trabajar durante una buena temporada. Por otra parte tienes a tu hija en el colegio y no te causa muchas preocupaciones. De modo que nada te impide quedarte en una habitación cualquiera, sin hacer mucho más que cavilar sobre todo.

Me río. (El tono con que me habla suena irritado.)

—¿De qué te ríes?

—De que una vez tuve una maestra, durante mi agitada adolescencia, que me decía: «No discurras, Anna. Deja de discurrir, sal y haz algo».

—Tal vez tuviera razón.

—La cuestión es que yo no creo que la tuviera. Y no creo que tú la tengas.

—En fin, Anna, no hay nada que añadir.

—Y no creo ni por un instante que tú mismo creas tener razón.

Al oír esto se sonroja ligeramente y me lanza a la cara una mirada hostil. Me asombra que, de repente, surja este antagonismo entre los dos, sobre todo en el momento de separarnos. Porque en los momentos de antagonismo, separarse no es tan doloroso como yo suponía. Los ojos de los dos están empañados. Nos besamos en la mejilla y nos abrazamos por un instante, pero no cabe duda de que esta última discusión ha transformado nuestros sentimientos recíprocos. Me apresuro hacia mi despacho, cojo el abrigo y el bolso, y bajo la escalera, agradeciendo que Rose no esté por allí y que no deba darle explicaciones.

Está lloviendo otra vez, fina y monótonamente. Los edificios, grandes y oscuros, aparecen mojados, en medio de una aureola de luz reflejada. Los rojos autobuses están llenos de vida. Es demasiado tarde para llegar a tiempo a la escuela y recoger a Janet, aun tomando un taxi. Así que subo a un autobús y me siento entre gente húmeda que huele a moho. Lo que deseo más en estos momentos es tomar un baño, en seguida. Mis muslos se rozan, pegajosos y, tengo los sobacos húmedos. En el autobús me desmorono, pero decido no pensar en ello, en mi vaciedad. Tengo que estar animada para Janet. Y es así como me despido de la Anna que va al despacho, discute sin parar con Jack, lee cartas tristes y frustradas, siente desagrado por Rose. Al llegar a casa no encuentro a nadie. Llamo por teléfono a la madre de la amiga de Janet, y me dice que se presentará a las siete: están terminando un juego. Abro el grifo del baño. Todo el cuarto de aseo se llena de vapor, y me baño con gusto, despacio. Después reviso el vestido negro y blanco, descubriendo que el cuello tiene un poco de mugre, por lo que no me lo puedo poner. Me irrita haber echado a perder el vestido poniéndomelo para ir al despacho. Me vuelvo a vestir, con los alegres pantalones a rayas y la chaqueta de terciopelo negro. Pero en mi mente oigo a Michael que dice: «¿Por qué tienes ese aspecto de muchacho esta noche, Anna?», y pongo mucho cuidado en cepillarme el pelo, de modo que no parezca el de un muchacho. Tengo ya todas las estufas encendidas. Empiezo a cocinar las dos comidas: una para Janet, la otra para Michael y para mí. Estos días Janet está chiflada por las espinacas con bechamel y huevos al horno. Y también por las manzanas al horno. Me he olvidado de comprar azúcar moreno. Bajo corriendo a la tienda, en el preciso momento en que están cerrando las puertas. Me dejan pasar, haciendo broma, y me encuentro siguiéndoles el juego a los tres dependientes: con sus delantales blancos, me toman el pelo y me llaman cariño y patito. Soy la pequeña Anna, la niña a quien todos quieren. Me apresuro otra vez escalera arriba. Molly ha llegado ya, y Tommy está con ella. Los dos discuten en voz alta, y yo hago ver que no les oigo y me voy arriba. Janet también está en casa. La encuentro muy animada, pero distante de mí: ha estado en el mundo de los niños, en el colegio, y después con su amiguita, en un mundo también de niños, y no quiere salir de él.

—¿Puedo cenar en la cama? —me pregunta.

Y yo, por guardar las formas, le contesto:

—¡Qué perezosa eres!

—Sí, pero no me importa.

Se dirige al baño, sin que se lo digan, y abre el grifo. Oigo cómo ella y Molly ríen y hablan tres rellanos más abajo. Molly, sin hacer ningún esfuerzo, se transforma en una niña cuando está con niños. Oigo que cuenta una historia absurda de unos animales que toman un teatro y lo administran, sin que nadie note que no son personas. La historia me absorbe y salgo al rellano para escuchar mejor. En el rellano de abajo está Tommy, que también escucha, aunque con una expresión de mal humor, crítica, en el rostro: su madre le irrita más que nunca cuando está con Janet o con cualquier otro niño. Janet ríe y chapotea en el agua del baño, que cae al suelo. Ahora soy yo la que se irrita, porque tendré que recoger el agua del suelo. Janet sube, con su bata blanca y el pijama también blanco, y ya con cara de sueño. Bajo y recojo el agua del cuarto de baño, que forma como un mar. Cuando vuelvo, Janet está en la cama con todos sus tebeos alrededor. Le llevo la bandeja con las espinacas, los huevos al horno y la manzana asada con una bola de crema que se desmorona. Janet me pide que le cuente una historia.

—Había una vez una niña pequeña que se llamaba Janet... —empiezo, y ella sonríe de placer.

Le cuento que la niña fue a la escuela un día de lluvia, escuchó las lecciones, jugó con los otros niños, se peleó con su amiga...

—No, mamá, no es verdad. Eso fue ayer. *Quiero* a Marie y la querré siempre.

Así que cambio la historia haciendo que Janet quiera a Marie para siempre jamás. Janet come medio en sueños, acompañando la cuchara adentro y afuera de su boca y escuchando cómo yo recreo para ella el día que ha pasado, le doy forma. La observo, viendo a Anna observando a Janet. En la habitación vecina, el bebé está llorando. Empieza de nuevo la sensación de continuidad, de alegre intimidad y yo termino la historia:

—Y entonces, Janet se comió una cena muy buena de espinacas, huevos y manzanas con crema, y el bebé de al lado lloró un poco, y luego paró de llorar, y se durmió, y Janet se limpió los dientes y se fue a dormir.

Le cojo la bandeja y Janet pregunta:

—¿Tengo que lavarme los dientes?

—Claro que sí, sale en la historia.

Saca los pies por el borde de la cama, se calza las zapatillas, va al lavabo como una sonámbula, se lava los dientes, regresa, apago la estufa y corro las cortinas... Janet tiene una manera adulta de permanecer echada en la cama antes de dormirse: cara arriba, con las manos en la nuca y los ojos clavados en el balanceo suave de las cortinas. Está lloviendo otra vez, con fuerza. Oigo que se cierra de golpe la puerta de la casa: es Molly que se ha ido al teatro. Janet lo ha oído y dice:

—Cuando sea mayor, seré actriz.

Ayer dijo que sería maestra. Añade soñolienta:

—Cántame. —Cierra los ojos y murmura—: Esta noche soy un bebé. Soy un bebé.

Así que yo canto una y otra vez, mientras Janet escucha para descubrir qué nuevo cambio voy a introducir, pues la serie de variaciones en la letra es infinita:

—Meciéndote, nena, en tu cama caliente, con sueños suaves y muy bonitos que florecen en tu cabeza, soñarás, soñarás durante toda la noche negra, y despertarás salva y reconfortada en la mañana luminosa.

A menudo, si Janet encuentra que la letra que he escogido no va bien con su humor de aquel día, me obliga a parar y me pide otra versión; pero esta noche he acertado; y repito la letra una y otra vez, hasta que se duerme. Cuando está dormida tiene un aspecto tan indefenso, tan de cosa diminuta, que debo controlar el fuerte impulso que me embarga por protegerla, por ampararla de los posibles peligros. Esta noche es más fuerte que nunca; pero ya sé que es debido a que tengo la regla, y que yo misma necesito ampararme en alguien. Salgo de la habitación, cerrando la puerta con cuidado. Y ahora he de hacer la comida para Michael. Extiendo la ternera que esta mañana golpeé hasta dejarla bien plana, impregno los trozos con yema de huevo y con el pan rallado que tosté ayer y que sigue oliendo a recién hecho —incluso está crujiente, pese a la humedad del aire—, y corto los champiñones en rodajas, que luego mezclo con crema de leche. Tengo una lata de gelatina en la nevera, que hago derretir y condimento, mientras preparo las manzanas al horno que han sobrado después de cocer las de Janet. Separo la pulpa de la piel, que aún está caliente y crujiente, la paso por el colador, la mezclo con crema de vainilla y, una vez batido el conjunto hasta que se hace espeso, lo introduzco de nuevo en las pieles de las manzanas y pongo éstas en el horno para que se doren. La cocina entera está impregnada de los buenos olores de la comida que se cuece. Y, de súbito, me siento feliz, tan feliz que llego a notar cómo el calor me traspasa el cuerpo. Luego siento algo frío en el estómago, y pienso: «Ser feliz es un engaño, es un hábito que nace de momentos similares a éste, acaecidos durante los últimos cuatro años». De pronto, la felicidad se desvanece y me siento muy cansada. Y, junto con el cansancio, me invade un sentimiento de culpabilidad, cuyas formas y variantes me son tan familiares que llegan a producirme hastío. Sin embargo, tengo que luchar contra ello. Tal vez no paso suficiente tiempo con Janet. Pero no, ¡qué tontería! No podría ser tan feliz y estar tan a sus anchas si yo no hiciese lo debido. Soy demasiado egoísta. Jack tiene razón: debería preocuparme sólo de un trabajo y no cavilar tanto sobre mi conciencia. ¡Bah! Tonterías; no me lo creo. No debería encontrar a Rose tan desagradable, aunque esto sólo podría hacerlo un santo, pues es una mujer horrible. Vivo del dinero que no me he ganado, porque si mi libro fue un *bestseller* se debió tan sólo a una cuestión de suerte. Sí, ya sé que gente con más talento tiene que sudar y sufrir. Pero ¡tonterías! No es culpa mía. La lucha contra las diversas formas de la insatisfacción me cansa; pero sé que no es una lucha personal. Si hablo con otras mujeres, me cuentan que ellas tienen que luchar contra toda suerte de sentimientos de culpabilidad, que ellas mismas reconocen como irracionales, como relacionados, en la mayoría de los casos, con el trabajo o con el deseo de tener tiempo para ellas solas. De modo que el sentimiento de culpabilidad es un hábito nervioso del pasado, al igual que la felicidad de hace unos instantes era el hábito nervioso de una situación que ya ha terminado. Pongo a calentar una botella de vino y me voy a mi cuarto, donde me reconfortan su techo bajo y blanco, sus paredes pálidas y sombreadas, el resplandor rojo de la estufa. Me siento en el sillón grande, invadida por una depresión tal que debo dominarme para no llorar. Pienso, me doy ánimos a mí misma: el cocinar para Michael, el esperarle, ¿qué significa? Ya tiene otra mujer a la que quiere más que a mí. Lo sé. Esta noche vendrá por costumbre o para ser bueno conmigo. Pero debo luchar contra esta depresión, debo recobrar el sentimiento de seguridad y confianza (es como entrar en otro cuarto de mi interior), y lo consigo: «Vendrá pronto, comeremos juntos y beberemos vino, y él me contará anécdotas del trabajo de hoy, y luego fumaremos un cigarrillo, y me tomará en sus brazos… Entonces yo le diré que tengo la regla, y como siempre él se reirá de mí y dirá: "Mi querida Anna, no me transfieras tus sentimientos de culpabilidad". Sí, siempre que paso la regla tengo la certidumbre de que Michael va a hacerme el amor por la noche, despojándome del resentimiento contra la herida que hay dentro de mi cuerpo y que yo no pedí tener. Y luego dormiremos juntos, toda la noche».

Veo que se está haciendo tarde. Molly vuelve del teatro. Pregunta:

—¿Va a venir Michael?

—Sí.

Pero, por la cara que pone, veo que no se lo cree. Me pregunta qué tal ha ido el día y le contesto que he decidido borrarme del Partido. Afirma con la cabeza, diciendo que también ella ha notado cómo, mientras antes actuaba en media docena de comités y estaba ocupada siempre con algún trabajo para el Partido, ahora está sólo en un comité y le cuesta mucho trabajar para el Partido.

—De modo que el resultado es el mismo, supongo —concluye.

Pero lo que la preocupa esta noche es Tommy. No le gusta su nueva amiga. (A mí tampoco me gustó.)

—Se me acaba de ocurrir que todas sus amigas son del mismo tipo: del tipo que forzosamente tiene que sentir desaprobación hacia mí. Cuando están aquí no hacen más que irradiar desaprobación hacia mí. Y en lugar de darse cuenta de que no tenemos nada en común, Tommy nos fuerza a estar juntas. Es decir, que está usando a sus amigas como una especie de alter ego para expresar lo que piensa de mí, sin decirlo en voz alta. ¿Te parece que esta interpretación es demasiado absurda?

Pues no, no lo es, porque creo que tiene razón. Pero le digo que sí. Trato con tacto el tema Tommy, como ella trata con tacto el hecho de que Michael me está dejando: ambas nos protegemos. Luego vuelve a decir que le parece una pena que Tommy haya sido objetor de conciencia, porque los dos años en las minas le han convertido en una especie de héroe dentro de un pequeño círculo determinado. Y añade:

—No puedo soportar el aire de satisfacción y gloria con que va por ahí.

A mí también me irrita, pero le digo que es joven y que ya se le pasará.

—Además, esta noche le he dicho una cosa horrible: le he dicho que miles de hombres se pasan la vida trabajando en las minas de carbón y que lo hacen con toda naturalidad, y que, por el amor de Dios, no exagere tanto. Pero, claro, es injusto decir esto, porque es algo realmente importante que un chico de su condición social trabaje en las minas de carbón. Y él lo aguantó hasta el final…, ¡hay que reconocerlo!

Enciende un cigarrillo, y observo sus manos, posadas sobre sus rodillas en un gesto fláccido, de desaliento.

—Lo que me aterroriza —prosigue— es que soy incapaz de ver nada puro en las acciones de la gente, ¿comprendes lo que quiero decir? Incluso cuando hace algo bueno, me encuentro adoptando una actitud de cinismo y de crítica psicológica. Es horrible, ¿verdad, Anna?

Sé demasiado bien a lo que se refiere, y se lo digo. Ambas permanecemos sumidas en un silencio deprimido, hasta que ella observa:

—Me parece que Tommy se va a casar con ésa. Es un presentimiento.

—Bueno, es inevitable que acabe casándose con una de ellas.

—Sí, ya sé que esto suena a madre que no quiere que su hijo se case. En fin, hay algo de ello. Pero te juro que estoy convencida de que la chica es horrorosa, se mire por donde se mire. ¡Es tan de la clase media, la condenada! Y, además, ¡tan socialista! Cuando la conocí pensé: «Dios mío, ¿quién será esta horrible *tory* que Tommy me está imponiendo?». Luego resultó que era socialista... Ya sabes, una de esas socialistas académicas, de Oxford. Estudia sociología. Me comprendes, ¿verdad? Veo el fantasma de Keir Hardie todo el rato. En fin, aquella pandilla se llevaría una sorpresa si pudiera ver lo que han producido. La nueva chica de Tommy les abriría realmente los ojos. ¿Entiendes lo que quiero decir? Llegas a palpar cómo las pólizas de seguros y los ahorros en el banco van tomando forma en el aire que les envuelve, mientras ellos hablan de cómo van a obligar al Partido Laborista a cumplir sus promesas. Ayer llegó a decirle a Tommy que debería empezar a hacer planes para la vejez. ¡Es el colmo!

Nos reímos, pero no sirve de nada. Baja a su piso, dándome las buenas noches con dulzura (como yo se las doy a Janet), y sé que le causo pena, pues comprende que Michael no va a venir. Son casi las once. También yo sé que no vendrá. De pronto, suena el teléfono. Es Michael.

—Anna, perdóname, pero resulta que esta noche no puedo ir.

Digo que no importa.

—Te llamaré mañana o dentro de un par de días. Buenas noches, Anna. —Y añade, pronunciando nerviosamente las palabras—. Siento que te hayas molestado en cocinar algo especial para mí.

Esa última excusa me pone furiosa, de súbito. Entonces me parece raro enfadarme por algo tan insignificante, e incluso me río. Michael oye mi risa, y dice:

—¡Ah! Sí, Anna, sí...

Con lo que quiere significar que tengo el corazón duro y que no pienso en él. Pero, de repente, no lo puedo soportar y, antes de colgar el aparato, concluyo:

—Buenas noches, Michael.

Saco la comida del horno, cuidando de no estropear lo que todavía puede aprovecharse, y echo al cubo de la basura el resto, casi todo. Reposo y pienso:

—Bueno, si me llamara mañana…

Pero sé que no me llamará. Por fin me doy cuenta de que esto es el final. Voy a ver si Janet está durmiendo; ya sé que sí, pero tengo que ir a mirar. Luego percibo un torbellino horrible, caótico y negro, que está cerca de mí, esperando entrar en mí. Tengo que irme a dormir de prisa, antes de que me invada este caos. Tiemblo de desdicha y cansancio. Lleno un vaso grande de vino y me lo bebo rápidamente. Luego me acuesto. La cabeza me flota, a causa del vino. «Mañana —pienso—, mañana seré responsable, me enfrentaré con el futuro…» Y me niego a sentirme desdichada. Después me duermo, pero incluso antes de quedar dormida ya me oigo llorar. Es un llanto soñoliento, lleno de dolor, nada agradable.

[Todo lo anterior aparecía rayado, tachado, y debajo había escrito, con muy mala letra: no, no ha salido bien. Un fracaso, como siempre. A continuación, y escrito con una letra distinta, más cuidada y ordenada que la extensa entrada —escrita de corrido y descuidadamente—, decía:]

15 de septiembre de 1954

Un día normal. En el transcurso de una discusión con John Butte y Jack he decidido abandonar el Partido. Ahora tengo que poner atención para no odiar al Partido, al igual que se odian las etapas de la vida ya superadas. He comenzado a notar señales de ello; por ejemplo: instantes de disgusto por causa de Jack, totalmente irracionales. Janet, como siempre, sin problemas. Molly, preocupada por Tommy, creo que con razón. Tiene el presentimiento de que se va a casar con la nueva chica, y por lo regular sus presentimientos se cumplen. He caído en la cuenta de que, finalmente, Michael ha decidido acabar. Tengo que conservarme entera.

Mujeres libres

3

Tommy se adapta a ser ciego, y los mayores tratan de ayudarle.

Tommy pasó una semana entre la vida y la muerte. El final de aquella semana estuvo marcado por estas palabras de Molly, dichas con la voz muy diferente del tono acostumbrado, cantarín y seguro:

—Qué curioso, ¿verdad, Anna? Ha estado entre la vida y la muerte, y resulta que va a vivir. Parece imposible que hubiera sido de otra manera. Pero si hubiese muerto, supongo que entonces también nos habría parecido inevitable.

Las dos mujeres habían pasado toda la semana en el hospital, a la cabecera de Tommy o esperando en cuartitos adyacentes, mientras los médicos se consultaban, opinaban, operaban. Periódicamente, volvían al piso de Anna, para cuidar a Janet, y recibían cartas y visitas de condolencia. Tuvieron que recurrir a sus últimas reservas de energía para enfrentarse con Richard, quien tomó francamente la actitud de acusar a las dos. Durante aquella semana, en que el tiempo se había detenido y así lo sentían ambas (se preguntaban a sí mismas, y la una a la otra, por qué no experimentaban más que inquietud y embotamiento, aunque sabían que la tradición: autorizaba dicha reacción), hablaron, aunque muy poco y abreviadamente, por decirlo así, puesto que los puntos en cuestión les eran muy familiares, de la atención que Molly había dedicado a Tommy y de la relación que Anna había tenido con él, todo con el propósito de localizar el suceso o el momento en que le habían defraudado definitivamente.

¿Por causa de la ausencia de Molly, que duró un año? No, ella estaba convencida de que había hecho bien. ¿Debido a la falta de rigor en sus vidas? Pero ¿cómo y en qué hubieran podido ser diferentes? ¿Por algo dicho o no dicho en la última visita de Tommy a Anna? Era posible, aunque ninguna de las dos lo creía, aparte que ¿cómo podían saberlo? No trataron de echarle la culpa a Richard, pero cuando éste las acusó, ellas replicaron:

—Mira, Richard, no sirve de nada acusarse mutuamente. La cuestión es: ¿qué podemos hacer ahora por él?

El nervio óptico de Tommy quedó dañado, y la consecuencia de ello fue la ceguera. En cambio, el cerebro permanecía ileso, o por lo menos iba a curarse. Tan pronto como se declaró al muchacho fuera de peligro, el ritmo volvió a establecerse, y Molly se entregó a largas horas de lágrimas de depresión y desaliento. Anna estaba muy ocupada con ella y con Janet, a quien debía ocultar que Tommy había tratado de matarse. Recurrió a la expresión «ha sufrido un accidente», pero fue una estupidez, porque ahora se daba cuenta, por la mirada de la niña, de que la conciencia de las posibilidades de un accidente tan terrible que pudiera dejarla tumbada en el hospital, ciega irremediablemente, le acechaba por entre los objetos y las costumbres cotidianas. En consecuencia, Anna rectificó la frase y aclaró que Tommy se había herido accidentalmente mientras limpiaba un revólver. Entonces Janet observó que ellas no tenían ningún revólver, Anna aseguró que nunca lo habría, etc… De este modo, la niña salió de su estado de ansiedad.

En cuanto a Tommy, después de permanecer como una silenciosa figura en la soledad de un cuarto a oscuras, asistido por los vivos y a merced de éstos, se movió, volvió a la vida y habló. Y entonces, aquel grupo de personas, Molly, Anna, Richard y Marion, que habían estado aguardando de pie o sentadas, que habían velado toda una semana desgajada del tiempo, comprendieron hasta qué punto habían dejado que él, mentalmente, se les escapara hacia la muerte. Cuando Tommy habló, fue un choque, pues aquella cualidad suya, aquella obstinación acusadora y hosca que le empujara a tratar de atravesarse los sesos con una bala, había desaparecido tras la imagen de la víctima que yacía

cubierta por sábanas y vendajes blancos. Sus primeras palabras
—y estaban todos allí para oírlas— fueron:

—Estáis aquí, verdad? No puedo veros —habló en un tono, que mantuvo silenciosos a los circunstantes—. Estoy ciego, ¿no es eso?

Y, de nuevo, su forma de hablar tornó imposible cualquier intento de suavizar el choque de Tommy con la realidad, al volver a la vida. A pesar de que ése fue el primer impulso de Anna y Molly. Esta última, al cabo de un momento, le dijo la verdad. Los cuatro estaban de pie alrededor de la cama, con la mirada fija en aquella cabeza ciega cubierta de telas blancas y bien ajustadas, sintiéndose enfermos de horror y de compasión, imaginando la lucha solitaria y valerosa que debía de estar librándose en el interior del muchacho. Pero Tommy no dijo nada. Yacía inmóvil. Sus manos, aquellas manos gruesas y desmañadas como las de su padre, reposaban a los lados. Las levantó para juntarlas y cruzarlas sobre el pecho, en actitud paciente. Sin embargo, en la manera de hacer el gesto hubo algo que llevó a Molly y Anna a intercambiar una mirada en la que había algo más que compasión. Era una especie de terror; la mirada había sido como una afirmación con la cabeza. Richard vio a las dos mujeres comunicarse esta sensación, y rechinó los dientes, literalmente, de rabia. Aquél no era el mejor sitio para decir lo que sentía; pero lo dijo fuera. Se alejaban del hospital caminando los cuatro juntos. Marion iba un poco retrasada, pues aunque el choque de lo ocurrido a Tommy le había hecho dejar de beber temporalmente, aún parecía moverse en un mundo lento y privado. Richard habló furiosamente a Molly, dirigiendo unos ojos ardientes y enojados hacia Anna, para incluirla:

—Lo que has hecho ha sido una buena cabronada.

—¿Por qué? —inquirió Molly, agarrándose fuertemente al brazo de Anna, que la sostenía, pues desde que habían salido del hospital toda ella se estremecía en sollozos.

—¿Por qué? ¡Decirle de esa manera que se ha quedado ciego para siempre! ¡Vaya forma de proceder!

—Él ya lo sabía —adujo Anna, viendo que Molly no podía hablar por causa de la turbación, y sabiendo, además, que no las acusaba de eso.

—¡Lo sabía, lo sabía! —les espetó Richard entre dientes—. Acababa de salir del estado de inconsciencia, y le dices que está ciego para el resto de la vida.

Anna argumentó, contestando a sus palabras, no a sus sentimientos:

—Tenía que saberlo.

Entonces Molly se dirigió a Anna, sin hacer caso de Richard, para continuar el diálogo que habían comenzado con aquella mirada horrorizada, de confirmación, en el cuarto del hospital:

—Anna, yo creo que hacía rato que estaba consciente. Esperaba que todos estuviéramos allí; era como si disfrutara. ¿No es horrible, Anna?

Rompió a llorar histéricamente, y Anna le dijo a Richard:

—No empieces ahora a cargar la culpa sobre Molly.

Richard soltó una exclamación inarticulada de disgusto, retrocedió hacia Marion, quien seguía a los tres vagamente, la agarró por el brazo impacientemente, y se marchó con ella a través del césped verde y brillante del hospital, punteado sistemáticamente por parterres de flores de colores. Luego puso en marcha el coche, y ambos se fueron, dejándolas allí a la espera de un taxi.

No hubo un solo momento en que Tommy se desplomara. No dio muestras de derrumbarse en un estado de desesperación o de lástima de sí mismo. Desde el primer instante, desde sus primeras palabras, se mostró paciente, en calma, cooperó de buen grado con las enfermeras y los médicos, y discutió con Anna y Molly, e incluso con Richard, varios planes para el porvenir. Era, según repetían sin cesar las enfermeras —no sin algo de la misma incomodidad que Anna y Molly sentían con tanta fuerza—, «un paciente modelo». Jamás habían conocido a nadie, dijeron y repitieron incesantemente, que hubiera aceptado un destino tan horrible con tanta valentía; y mucho menos a un pobre muchacho de veinte años.

Se sugirió que Tommy pasara una temporada en un hospital de rehabilitación para ciegos recientes, pero él insistió en volver a casa. Había aprovechado tan bien las semanas en el hospital, que ya podía comer solo, lavarse y llevar a cabo otros menesteres sin ayuda, moviéndose despacio por el cuarto. Anna y Molly se sentaban y le observaban: de nuevo normal, el mismo de antes, al parecer, salvo por la venda negra sobre los ojos sin vista, yendo con obstinada paciencia de la cama al sillón y del sillón a la pared, con los labios fruncidos por el esfuerzo de concentración, aquel esfuerzo de su voluntad que se observaba detrás de cada pequeño movimiento suyo.

—No, gracias, enfermera, ya me arreglaré.

—No, madre, por favor, no me ayudes.

—No, Anna, no necesito ayuda.

Y era verdad.

Se decidió que la sala de estar de Molly, situada en el primer piso, se convirtiera en el cuarto de Tommy; así tendría que aprender a subir menos escaleras. Este cambio estuvo dispuesto a aceptarlo, pero insistió en que la vida de ella, y la suya propia, continuaran como antes.

—No es necesario hacer ningún cambio, madre. No quiero que nada sea diferente.

La voz era de nuevo la que le conocían: la histeria, la risa siempre a punto de estallar, el tono desapacible de aquella noche en que visitó a Anna, habían desaparecido totalmente. Su voz, como sus movimientos, era lenta, pictórica y controlada; cada palabra tenía la autorización de un cerebro metódico. Pero cuando dijo que no era necesario hacer cambios, las dos mujeres se miraron (lo que ahora podían hacer tranquilamente, pues él no las podía ver, si bien no lograban librarse de la sospecha de que él, a pesar de todo, se daba cuenta), y ambas sintieron el mismo pánico sofocado. Tommy había pronunciado las palabras como si nada hubiera cambiado, como si el hecho que él estuviera ciego fuera poco menos que casual, y si su madre se sentía desdichada por ello, era porque quería o porque demostraba excesivo celo y no podía dejarle en paz, como esas mujeres incapaces de soportar el desorden o las malas costumbres. Bromeaba con ellas como lo hace un hombre con mujeres de trato difícil. Las dos le observaban, se miraban entre sí, horrorizadas, desviaban la vista ante la sensación de que él captaba aquellos mudos mensajes de pánico, y asistían sin poder hacer nada a los esfuerzos que el chico realizaba para adaptarse, tediosa, pero al parecer no dolorosamente, al mundo de tinieblas que ahora era el suyo.

Los antepechos blancos y con almohadones de las ventanas en que Molly y Anna se habían sentado tan a menudo para charlar, con las macetas de flores a sus espaldas, la lluvia o los pálidos rayos de sol en los cristales, era lo único que permanecía idéntico en el cuarto. Ahora había una cama estrecha y bien arreglada, una mesa con una silla de respaldo recto y unos estantes fáciles de alcanzar. Tommy estaba aprendiendo Braille. Y se enseñaba a sí mismo a escribir de nuevo, con un libro de ejercicios y una cartilla de colegial. Tenía una letra muy distinta a la de antes, grande, cuadrada y clara, como la de un niño. Cuando llamaban a la puerta antes de entrar, él levantaba la cabeza del Braille o de lo que escribía para decir: «Adelante», con el mismo tono de atención momentánea, pero cortés, que emplea un hombre de negocios desde el otro lado de la mesa de su despacho.

De modo que Molly, que había rechazado un papel en una pieza de teatro para poder cuidar a Tommy, volvió a su trabajo de actriz. Anna dejó de ir a cuidar al muchacho las noches en que Molly actuaba, pues él le dijo:

—Anna, es muy amable de tu parte venir a compadecerte de mí, pero no me aburro nada. Me gusta estar solo.

Habló como lo hubiera hecho un hombre normal que prefería la soledad. Y Anna, que sin conseguirlo había tratado de recobrar la intimidad que le uniera a Tommy antes del accidente (sentía como si el chico fuera un desconocido al que nunca había visto), tomó aquellas palabras al pie de la letra. No se le ocurría nada, literalmente, que decirle. Además, cuando se encontraba sola con él en un cuarto, sucumbía continuamente a oleadas de pánico puro, que no alcanzaba a comprender.

Molly, ahora, no llamaba a Anna desde su casa, pues el teléfono se encontraba al salir de la habitación de Tommy, sino desde cabinas telefónicas o desde el teatro.

—¿Cómo está Tommy? —preguntaba Anna.

Y la voz de Molly, de nuevo potente y segura, aunque con un matiz permanente de interrogación agresiva, de desafío al sufrimiento, replicaba:

—Anna, todo es tan raro que no sé qué decir o qué hacer. Se limita a estar en su cuarto, trabajando mucho, siempre calmado. Y cuando ya no lo aguanto ni un instante más y entro, él levanta la vista y dice: «Bueno, madre, ¿en qué puedo ayudarte?»… Sí, ya lo sé. Así que yo, como es natural, digo alguna tontería, por ejemplo: «Pensé que quizá te apetecería una taza de té». Normalmente contesta que no, con gran cortesía, claro, y yo vuelvo a salir… Ahora está aprendiendo a hacerse él mismo té y café. Hasta quiere cocinar.

—¿Maneja ollas y todo eso?

—Sí. Me he quedado de piedra. Tengo que salir de la cocina, porque él sabe lo que yo siento y me dice: «Madre, no hay razón para asustarse, no me voy a quemar».

—Pues, Molly, no sé qué decirte.

(Se producía un silencio, provocado por lo que las dos tenían miedo de decir.)

—Y la gente sube a vernos, eso sí, muy afectuosa y amable, ¿sabes? —proseguía Molly.

—Sí, lo imagino perfectamente.

—Me dicen: «¡Tu pobre hijo!». «¡Qué mala suerte con Tommy!»… Siempre supe que todo era una salvajada, pero nunca lo vi tan claramente como ahora.

Anna la comprendía perfectamente, pues amigos y conocidos comunes la usaban como blanco de observaciones, que, en la superficie, eran amables, pero que escondían malicia, y que hubieran deseado poder dirigir contra Molly en persona:

—Claro, fue una pena que Molly se marchara aquel año y dejara solo al chico.

—No creo que eso tenga nada que ver. Además, lo hizo después de haber reflexionado mucho.

O bien:

—Claro, ¡con ese matrimonio deshecho! Debe de, haber afectado a Tommy mucho más de lo que nadie hubiera supuesto.

Ante tales insinuaciones, Anna respondía, sonriendo:

—También mi matrimonio está deshecho, y de verdad confío en que Janet no termine de la misma forma.

Y detrás de todo el tiempo que Anna consagraba a defender a Molly y a ella misma, había otra cosa: la causa del pánico que ambas sentían, aquel algo que les daba miedo confesar.

Se expresaba por el mero hecho de que apenas seis meses antes, Anna llamaba a la casa de Molly para charlar con ésta, mandando recuerdos para Tommy, o iba a ver a Molly y tal vez entraba en el cuarto de Tommy para cambiar unas palabras con él, o asistía a las reuniones de Molly en que Tommy era un invitado como los demás, o participaba en la vida de Molly, en sus aventuras con hombres, en sus necesidades y en su fracaso matrimonial... En cambio, ahora, todo eso, la intimidad de años, que había ido creciendo despacio, se veía afectada y rota. Anna nunca telefoneaba a Molly como no fuera por razones muy concretas, pues aunque el teléfono no se hubiera encontrado junto al cuarto de Tommy, éste era capaz de intuir, lo que la gente decía, al parecer a través de un sexto sentido recién desarrollado. Por ejemplo, una vez llamó Richard, aún en la fase de acusadora agresividad, para decirle a Molly:

—Contesta sí o no; con eso basta. Quiero que Tommy vaya a pasar unas vacaciones con una enfermera especializada en ciegos. ¿Querrá ir?

Y antes de que Molly pudiera responder, Tommy había gritado desde su habitación, en un tono normalísimo:

—Dile a mi padre que me encuentro perfectamente. Dale las gracias y comunícale que ya le llamaré yo mismo mañana.

Anna ya no visitaba a Molly sin hacer cumplidos y con toda naturalidad para pasar una velada con ella, ni entraba en la casa si pasaba por allí. Llamaba a la puerta después de haber telefoneado, oía sonar el timbre arriba, y estaba segura de que Tommy ya sabía quién era. La puerta se abría, mostrando la astuta y dolorosa sonrisa, forzadamente alegre, de Molly. Subían ambas a la cocina, hablando de trivialidades y conscientes del chico que estaba al otro lado de la pared, hacían café o té, y ofrecían una taza a Tommy, que siempre la rehusaba. Las dos mujeres subían al cuarto que había sido el dormitorio de Molly, transformado ahora en una especie de sala de estar con alcoba, y se instalaban allí, pensando, sin querer, en el chico mutilado que estaba en el piso de abajo, convertido ahora en el centro de la casa, dominándola, consciente de todo lo que pasaba en ella, como una presencia ciega, pero consciente de todo lo que en ella sucedía. Molly charlaba un poco, y refería algunos chismes del teatro, llevada por la costumbre. Luego se callaba, con la boca torcida de ansiedad y los ojos enrojecidos de lágrimas contenidas. Había adquirido la tendencia de romper a llorar súbitamente, por una palabra dicha a la mitad de una frase, con lágrimas de desamparo e histerismo, que dominaba al instante. Su vida había cambiado por completo. Ahora únicamente salía para ir al teatro, a trabajar, y para hacer las compras necesarias. Luego volvía a casa y se sentaba a solas en la cocina o en su cuarto.

—¿Ves a alguien? —le preguntó Anna.

—Tommy también me lo ha preguntado. La semana pasada me dijo: «No quiero que abandones tu vida de sociedad por mí, madre. ¿Por qué no traes a tus amigos a casa?». Bueno, pues le tomé la palabra y traje a aquel director, ya le conoces, el que se quería casar conmigo, Dick. ¿Te acuerdas? Se ha mostrado muy afectuoso a raíz de lo de Tommy, quiero decir realmente afectuoso y amable, sin malicia. Bien, pues estaba aquí con él, bebiendo whisky, y por primera vez pensé: «No, no me importaría. Es realmente amable, y esta noche estoy dispuesta a aceptar el afecto de un hombre masculino». Ya estaba a punto de ponerle la luz verde, cuando me percaté de que no podía darle ni un beso de hermana sin que Tommy lo supiera. Claro que Tommy nunca me lo reprocharía. A la mañana siguiente hubiera dicho, seguramente: «¿Pasaste una velada agradable ayer, madre? Me alegro mucho».

Anna contuvo un impulso de decirle a su amiga que exageraba, porque lo cierto era que Molly no exageraba, y ella no se sentía capaz de representar ese tipo de deshonestidad ante Molly.

—¿Sabes, Anna? Cuando miro a Tommy y le veo con esa cosa siniestra y negra tapándole los ojos, tan bien puesto y limpio, y con su boca, ya sabes, esa boca suya, fija, dogmática… Bueno, pues me invade una irritación tal…

—Sí, te comprendo.

—Pero ¿no es horrible? Se trata de una irritación física… Todos esos movimientos lentos y cuidadosos, ¿comprendes?

—Sí.

—Porque es exactamente igual que antes, sólo que confirmado. No sé si me entiendes…

—Sí.

—Es como una especie de fantasma.

—Sí.

—Sería capaz de gritar de irritación… Y lo peor es que tengo que salir del cuarto, porque sé muy bien que *él* capta que yo siento esto y… —En este punto, Molly se contuvo. Luego decidió continuar, desafiante—: Él disfruta. —Soltó una carcajada chillona y añadió—: Es feliz, Anna.

—Sí.

Por fin había salido aquel algo. Ahora las dos se sentían mejor.

—Es feliz por primera vez en su vida —prosiguió Molly—. Esto es lo terrible… Se puede ver en el modo como se mueve y habla. Por primera vez en su vida es todo él de una pieza.

A Molly se le cortó el aliento de horror ante sus propias palabras, oyendo lo que había dicho, *todo él de una pieza*, y encajándolo con la realidad de aquella mutilación. Entonces escondió la cara entre sus manos y lloró, de una manera diferente, con todo su cuerpo. Cuando hubo terminado de llorar, levantó la vista y profirió, tratando de sonreír:

—No debiera llorar. Me va a oír.

En aquellos momentos su sonrisa era valiente.

Anna notó, por vez primera, que el casquete dorado del pelo de su amiga tenía mechones grises, y que alrededor de sus ojos, directos pero tristes, había unas cavidades oscuras por las que se le veían los huesos, delgados y agudos.

—Creo que deberías teñirte el pelo —observó Anna.

—¿Para qué? —preguntó Molly, enfadada. Luego se obligó a reír, y añadió—: Ya le oigo, cuando yo subiera la escalera con el pelo muy bien arreglado, satisfecha, y él oliera el tinte o lo que fuese, captando el matiz de la cosa y diciéndome: «Madre, ¿te has teñido el pelo? Pues me alegro de que no te dejes abandonar».

—Bueno, pues a mí me alegraría que no te dejaras abandonar, aunque a él no le hiciera gracia.

—Supongo que volveré a ser sensata cuando me haya acostumbrado a todo esto… Ayer lo pensaba, pensaba en estas palabras. Acostumbrarse a ello, quiero decir. ¿Es esto la vida? ¿Acostumbrarse a cosas que son realmente intolerables…?

Los ojos se le enrojecieron, se le llenaron de lágrimas, y de nuevo los aclaró pestañeando con determinación.

Unos días más tarde, Molly llamó desde una cabina telefónica para decir:

—Anna, está ocurriendo algo muy raro. Marion ha empezado a venir a todas las horas del día a visitar a Tommy.

—¿Qué tal está ella?

—Casi no ha bebido nada desde el accidente de Tommy.

—¿Quién te lo ha dicho?

—Ella misma se lo ha contado a Tommy, quien, a su vez, me lo ha dicho a mí.

—¡Muy bien! ¿Y qué opina él?

Molly imitó la voz lenta y pedante de su hijo:

—Marion está haciendo auténticos progresos ahora, en conjunto. Se está transformando en otra con gran rapidez.

—¡No es posible!

—¡Oh! Sí, eso es lo que dijo.

—Bueno, por lo menos Richard debe de estar satisfecho.

—Está furioso. Me manda unas cartas largas e indignadas, y cuando abro una de ellas, aunque hayan llegado por el mismo correo otras diez, Tommy me pregunta: «¿Y qué dice ahora mi padre?». Marion se presenta casi todos los días. Pasan horas enteras juntos, como un profesor anciano que recibe a su alumno favorito…

—¡Vaya, vaya! —exclamó Anna, desconcertada.

—Sí, ya.

Anna fue citada para que apareciera en el despacho de Richard unos días después. Telefoneó, brusco y hostil, diciendo:

—Quisiera verte. Podría ir a tu casa, si quieres...

—Pero está claro que tú no quieres —le interrumpió ella.

—Reconozco que mañana por la tarde tengo una o dos horas disponibles.

—¡Ah, no! Estoy segura de que no tienes tiempo. Ya iré yo. ¿Quedamos a una hora?

—¿Te va bien a las tres?

—A las tres —concluyó Anna, consciente de que le alegraba que Richard no acudiera a su piso.

Durante aquellos meses le había obsesionado el recuerdo de Tommy, de pie, mirando sus cuadernos, pasando página tras página, la misma noche que intentara matarse. Recientemente había hecho algunas anotaciones; pero con un gran esfuerzo. Sentía como si el chico, acusándola con sus ojos oscuros, la mirara por encima del hombro. Sentía como si su cuarto ya no le perteneciera. Y si hubiera recibido a Richard en él, habrían empeorado las cosas.

Se presentó en la oficina de Richard a las tres en punto, diciéndose que, naturalmente, la haría esperar a propósito. Calculaba que unos diez minutos bastarían para satisfacer la vanidad del hombre. A los quince minutos, le informó su secretaria de que podía pasar.

Tal como había dicho Tommy, Richard, detrás de la mesa de su despacho, causaba una impresión que ella no hubiera imaginado en él. Las oficinas centrales de aquel imperio ocupaban cuatro pisos de un edificio antiguo y feo de la City. No era allí, evidentemente, donde se hacían los negocios; constituían más bien como un escaparate de las personalidades de Richard y sus socios. El decorado era discreto y la atmósfera, internacional. A una no le hubiera sorprendido verlo en cualquier otra parte del mundo. Tan pronto como se cruzaba el umbral de la gran puerta de entrada, el ascensor, los pasillos, las salas de espera, todo era como una larga y discreta preparación del momento en que, finalmente, se entraba en el despacho de Richard. Los pies se hundían seis centímetros, en una moqueta oscura y espesa, y las paredes eran de cristal oscuro, enmarcado en madera blanca. El conjunto estaba iluminado con discreción, al parecer desde detrás de varias plantas trepadoras que iban dejando ver algunas hojas verdes bien cuidadas en todos los pisos. Richard, con su cuerpo hosco y testarudo escondido bajo un traje anónimo, aparecía sentado tras un escritorio que tenía todo el aspecto de una tumba de mármol verdoso.

Anna había estado examinando a la secretaria mientras esperaba, y observó que era un tipo semejante al de Marion: otra muchacha color de avellana, con clara tendencia a un desaliño elegante y vivaz. Puso cuidado en captar el comportamiento de Richard y de la muchacha durante los pocos segundos en que les vio juntos, al acompañarla ella hasta el despacho. Y sorprendió una mirada entre los dos, que le hizo comprender el grado de sus relaciones. Richard se dio cuenta de que Anna había llegado a unas conclusiones, y dijo:

—No quiero un sermón de los tuyos, Anna. Quiero hablar en serio.

—Para eso he venido, ¿no?

Él dominó su disgusto y le ofreció el asiento colocado frente al escritorio, que Anna rechazó para ir a sentarse en el alféizar de una ventana, a cierta distancia. Antes de que él pudiera hablar, se encendió una luz verde en el tablero del teléfono y Richard se excusó antes de hablar al aparato.

—Perdona un momento —dijo, mientras una puerta interna se abría para dar paso a un joven portador de una carpeta, que depositó del modo más agradablemente discreto posible sobre la mesa de Richard, haciendo casi una reverencia antes de volver a salir de puntillas.

Richard se apresuró a abrir la carpeta. Luego escribió una nota, a lápiz, e iba a pulsar otro botón cuando vio la cara de Anna y le preguntó:

—¿Qué encuentras tan divertido?

—Nada de particular. Me acordaba de que alguien dijo que la importancia de cualquier personalidad pública se puede medir por el número de jóvenes melifluos que le rodean.

—Molly, imagino…

—Pues sí, es verdad. ¿Cuántos tienes, por curiosidad?

—Un par de docenas, supongo.

—El primer ministro no podría alardear de tantos.

—Seguramente no. Anna, ¿por qué te pones así?

—Yo sólo pretendía conversar.

—En ese caso, te ahorraré la molestia… Quiero hablarte acerca de Marion. ¿Sabías que se pasa todo el tiempo con Tommy?

—Me lo ha dicho Molly, y también que ya no bebe.

—Viene a la ciudad por la mañana, compra todos los periódicos y va a leérselos a Tommy. Vuelve a casa a las siete o las ocho… De lo único que sabe hablar es de Tommy y de política.

—Ya no bebe —insistió Anna.

—¿Y qué ocurre con los niños? Les ve durante el desayuno, y si tienen suerte, una hora por la noche. Imagino que la mitad del tiempo ni se acuerda de que existen.

—Pienso que deberías emplear a alguien, de momento.

—Oye, Anna, te he pedido que vinieras para discutirlo seriamente.

—Hablo en serio. Te sugiero que contrates a una buena mujer para que se ocupe de los niños hasta… que las cosas se aclaren.

—¡Dios mío, lo que va a costar eso…! —exclamó Richard, quien inmediatamente calló, frunciendo el ceño y sintiéndose azorado.

—¿Quieres decir que no deseas a una extraña en la casa, ni por una temporada? Porque es imposible que te preocupe el dinero. Marion dice que ganas treinta mil al año, sin contar los gastos pagados y los descuentos.

—Lo que Marion diga acerca de dinero es, normalmente, una tontería. De acuerdo, pues no quiero a una extraña en la casa. ¡Toda la situación es absurda! Marion jamás se había preocupado de política. De repente, se pone a recortar trozos de periódicos y recita el *New Statesman*.

Anna se echó a reír.

—Richard, ¿qué ha ocurrido, realmente? En fin, ¿de qué se trata? Marion se embrutecía bebiendo y ya no lo hace. Seguro que eso vale la pena, ¿no? Imagino que como madre debe de ser mejor que antes.

—¡Desde luego eres una gran ayuda!

Los labios de Richard comenzaron a temblar, y el rostro se le hinchó, enrojecido. Al ver la expresión de Anna, que le diagnosticaba con toda franqueza lástima de sí mismo, se recobró apretando el timbre, y cuando otro discreto y atento joven hubo entrado, le entregó la carpeta, al tiempo que decía:

—Llama a sir Jason y pídele que almuerce conmigo el miércoles o el jueves, en el club.

—¿Quién es sir Jason?

—Sabes perfectamente que no te importa.

—Es por interés.

—Es un hombre encantador.

—Estupendo.

—Además, es muy aficionado a la ópera… Lo sabe todo sobre música.

—Qué bien.

—Y vamos a comprar una participación en su compañía.

—Bueno, todo esto marcha muy bien, ¿verdad? Quisiera que hablaras de lo importante, Richard. ¿Qué te preocupa, realmente?

—Si pagara a una mujer para que ocupase el lugar de Marion con los niños, toda mi vida se trastocaría… Sin hablar del gasto —añadió, sin poder evitarlo.

—Se me acaba de ocurrir que debes de ser tan raro en cuestiones de dinero por causa de tu fase bohemia, en los años treinta. Nunca había conocido a un hombre rico de nacimiento que tuviera esta actitud hacia el dinero. Supongo que, cuando la familia te dejó sin un chelín, fue un golpe muy duro para ti, ¿no? Te comportas como el director de una fábrica oriundo de los suburbios a quien las cosas le han ido mejor de lo que esperaba.

—Sí, es verdad. Aquello fue un golpe. Fue la primera vez en mi vida en que me di cuenta del valor del dinero. Nunca lo he olvidado. Y estoy de acuerdo: con el dinero muestro la misma actitud del que ha tenido que ganárselo. Marion nunca ha podido comprenderlo, ¡y tú y Molly no os cansáis de decirme que es una mujer tan inteligente!

Esto último lo dijo con un tono tan propio de víctima de una injusticia, que Anna volvió a reírse, sinceramente.

—Richard, eres un caso cómico. Sí, realmente lo eres. En fin, no discutamos. Sufriste un trauma muy grave cuando la familia se tomó en serio tu flirteo con el comunismo, y el resultado es que no puedes disfrutar del dinero. Por otro lado, siempre has tenido muy mala suerte con tus mujeres. Molly y Marion son bastante estúpidas, y las dos tienen un carácter desastroso.

Richard miraba de frente a Anna, con su testarudez característica.

—Así es como lo veo yo, sí.

—Bueno. ¿Y qué más?

Richard apartó los ojos de su interlocutora; se quedó frunciendo el ceño, clavando la mirada en una hilera de delicadas hojas verdes que se reflejaban en el cristal oscuro. Anna pensó que no quería verla por la razón de siempre, para atacar a Molly a través de ella, sino con objeto de anunciar un nuevo plan.

—¿Qué intenciones tienes, Richard? ¿Vas a dejar a Marion y a pasarle una pensión? ¿Es eso? ¿Tienes el plan de que Marion y Molly vivan juntas los años de la vejez, en alguna parte, mientras que tú…? —Anna se interrumpió, dándose cuenta de que aquella ocurrencia fantasiosa se acercaba, de hecho, a la verdad, y exclamó—: ¡Oh, Richard! No puedes abandonar a Marion ahora. Especialmente ahora que ha empezado a controlar la bebida.

Richard dijo con vehemencia:

—No le importo nada. Es incapaz de dedicarme un minuto. Parece como si yo no estuviera en la casa.

En su voz se reflejaba la vanidad herida. La huida de Marion para escapar a su situación de prisionera o de compañera víctima, le había dejado desamparado y ofendido.

—¡Por Dios, Richard! Te has pasado años sin hacerle ningún caso. Te has limitado a usarla como…

De nuevo los labios de él temblaron con vehemencia, y sus ojos, grandes y oscuros, se llenaron de lágrimas.

—¡Dios mío! —se limitó a decir Anna, con un suspiro.

Estaba pensando: «Resulta que Molly y yo somos unas estúpidas. Es sólo esto; ésta es su manera de querer a una persona, y se muestra incapaz de comprender otra cosa. Probablemente también Marion lo entiende así».

—¿Y cuál es tu plan? He tenido la impresión de que mantienes relaciones con esa chica de ahí fuera. ¿Es eso?

—Sí, es eso. Por lo menos ella me quiere.

—¡Richard! —exclamó Anna con desaliento.

—Pues es verdad. Para Marion, es como si yo no existiera.

—Pero si ahora te divorcias de Marion, puede que la destroces para siempre.

—Dudo que llegue a darse cuenta. De todos modos, no me proponía hacer nada con prisas. Por esto quería verte. Deseo sugerir que Marion y Tommy se vayan de vacaciones juntos a alguna parte. Al fin y al cabo, ya se pasan todo el tiempo juntos. Estoy dispuesto a mandarlos a donde les guste, por todo el tiempo que deseen. Lo que quieran. Y mientras ellos estén fuera, yo acostumbraría a los niños, poco a poco, a la presencia de Jean. Ya la conocen, claro, y les cae bien; pero así se harían a la idea de que, cuando sea oportuno, me casaré con ella.

Anna permaneció silenciosa hasta que él insistió:

—Bueno, ¿qué dices?

—¿Quieres que yo te dé la opinión de Molly?

—Te lo pregunto a ti, Anna. Me doy cuenta de que podría ser un choque para Molly.

—No sería ningún choque para Molly. Nada de lo que tú hagas puede afectarla, lo sabes muy bien. Así, pues, ¿qué deseas saber?

Anna se negaba a ayudarle, no sólo por el desagrado que le producía él, sino por el que se producía a sí misma, juzgando las cosas crítica y tranquilamente, mientras él parecía tan desgraciado. Siguió sentada allí, en el alféizar de la ventana, fumando.

—¿Bueno, Anna?

—Si se lo preguntaras a Molly, creo que sería un alivio para ella que Marion y Tommy se fueran por una temporada.

—Claro que sí. ¡Se libraría de la carga!

—Escúchame, Richard: puedes insultar a Molly ante otras personas, pero ante mí no.

—¿Y cuál sería el problema, si a Molly no le iba a importar?

—Pues Tommy, naturalmente.

—¿Por qué? Marion me ha dicho que al chico no le gusta ni que Molly esté en el mismo cuarto; sólo es feliz con ella. Con Marion, quiero decir.

Tras una vacilación, Anna dijo:

—Tommy lo ha preparado todo para poder tener a su madre en casa, no junto a él, sino cerca. Como su prisionera. Y no es probable que renuncie a ello. Puede que acepte, como un gran favor, irse de vacaciones con Marion. Pero a condición de que Molly quede bien atada, bajo control...

Richard estalló en un ataque de furia:

—¡Dios mío, debí suponerlo! Sois un par de malpensadas, odiosas, con los sesos fríos y...

Acabó farfullando y se quedó mudo, sin poder articular nada más, respirando pesadamente. Sin embargo, la observaba con curiosidad, esperando oír lo que iba a decirle.

—Me has hecho venir para que dijera lo que he dicho y así poder insultarme. O insultar a Molly. Y ahora que ya te he hecho el favor de decirlo, me voy a casa.

Anna se dejó caer del alto alféizar de la ventana y se dispuso a salir de allí. Sentía un profundo desagrado de sí misma. «Está claro —pensó— que Richard me ha llamado aquí por las razones de siempre, para que acabara insultándole. Tenía que haberlo imaginado... Sí, estoy aquí porque tengo la necesidad de insultarle, a él y a lo que representa. Entro en el juego estúpido y debiera avergonzarme de mí misma.» Pero, a pesar de que pensaba esto sinceramente, Richard permanecía frente a ella con la actitud del que espera a que lo azoten, y esto le hizo añadir:

—Hay gente que necesita tener víctimas, querido Richard. Seguro que me comprendes. Al fin y al cabo, es tu hijo. —Luego se dirigió hacia la puerta por la que había entrado, descubriendo que no se podía abrir; aquella puerta sólo funcionaba pulsando un botón situado en la mesa de la secretaria o en la de Richard.

—¿Qué puedo hacer, Anna?

—No me parece que puedas hacer nada.

—Pues no estoy dispuesto a dejar que Marion me tome el pelo.

A Anna le dio de nuevo un ataque de risa.

—¡Richard, por Dios, ya basta! Marion está harta, eso es todo. Incluso la gente de voluntad más blanda tiene caminos para escapar. Marion se ha dirigido a Tommy porque él la necesita. Y nada más. Estoy segura de que no existe premeditación por su parte. Hablar en términos de tomadura de pelo con respecto a Marion es tan…

—Es lo mismo. Sí, Anna, se da perfecta cuenta de la situación, la está gozando. ¿Sabes lo que me dijo hace un mes? Me dijo: «Puedes dormir solo Richard, y…» —pero se contuvo cuando estaba a punto de terminar la frase.

—Vamos, Richard, ¡si te quejabas de tener que compartir la cama con ella!

—Es como si no estuviera casado. Ahora Marion tiene su propia habitación. Y no está nunca en casa. ¿Por qué he de permitir que me estafen una vida normal?

—Pero, Richard… —una sensación de inutilidad le hizo callar. Sin embargo, como él todavía esperaba, deseando saber qué iba a decir, añadió—: Pero tú tienes a Jean, Richard. Seguro que existe alguna relación entre eso y lo que acabas de decirme. ¿Acaso no la ves? Tienes a tu secretaria.

—Ella no va a esperar siempre. Quiere casarse.

—Pero Richard, el surtido de secretarias no tiene límites. ¡Oh, no pongas esta cara de herido! Has tenido asuntos por lo menos con una docena de tus secretarias, ¿verdad?

—Quiero casarme con Jean.

—Bueno, pues me parece que no va a ser fácil. Tommy no permitirá que lo hagas, aunque Marion se divorcie de ti.

—Ha dicho que no quiere divorciarse.

—Entonces, dale tiempo.

—¡Tiempo! Yo no rejuvenezco. El año que viene cumpliré los cincuenta; no puedo perder tiempo. Jean tiene veintitrés años. ¿Por qué he de esperar, echando a perder oportunidades, mientras Marion…?

—Deberías hablar con Tommy. ¿Seguro que te das cuenta de que él es la clave de todo?

—¡Como si fuera a obtener alguna comprensión de su parte! Ha estado siempre del lado de Marion.

—Tal vez si trataras de ponerle a favor tuyo...

—No va a ocurrir ni en sueños.

—Sí, es verdad. Me parece que tendrás que bailar al son que Tommy te toque. Igual que Molly y que Marion.

—Justamente lo que esperaba de ti. El chico tiene una desgracia física, y tú hablas de él como si fuera un criminal.

—Sí, ya sé que eso era lo que esperabas. No me perdono el no haberte defraudado. Por favor, déjame ir a casa, Richard. Abre. —Se acercó a la puerta, esperando a que él la abriera.

—Y tú llegas y te burlas de todo este desgraciado lío.

—Me río, como sabes muy bien, ante el espectáculo de una de las fuerzas financieras de nuestro gran país, pataleando rabiosamente como un niño de tres años, en medio de una alfombra tan cara. Por favor, déjame salir, Richard.

Richard, con un esfuerzo, fue hasta su mesa y apretó un botón; la puerta se abrió.

—Yo, en tu lugar, esperaría unos meses y ofrecería un puesto aquí a Tommy. Uno bastante importante.

—¿Quieres decir que ahora tendría la amabilidad de aceptarlo? Estás loca. Atraviesa una etapa de izquierdismo político, lo mismo que Marion, y ambos se muestran muy indignados por las injusticias que en este preciso instante se cometen con los condenados e infelices negros.

—Vaya, vaya. ¿Y por qué no? Está muy de moda, ¿lo sabías? No tienes idea de la oportunidad que se te ofrece, Richard. Nunca lo has entendido, ¿sabes? Esto no es ser de izquierdas, es seguir lo que está *à la mode*.

—Creí que la noticia te iba a gustar.

—¡Ah! Pues sí. Recuerda lo que te he dicho: si llevas las cosas con tino, a Tommy le gustará aceptar un trabajo aquí. Seguramente, incluso estará dispuesto a sustituirte.

—Pues me alegraría. Nunca has acertado conmigo, Anna. La verdad es que este tinglado no me divierte. Quiero retirarme, lo más pronto posible, y marcharme a gozar de una vida tranquila con Jean, tener más hijos, tal vez. Esto es lo que me propongo. No estoy hecho para los tinglados financieros.

—Salvo que desde que tomaste la dirección has cuadriplicado las acciones y los beneficios de tus dominios, según Marion. Adiós, Richard.

—Anna.

—Bueno, ¿qué pasa ahora?

Había dado la vuelta de prisa, para interponerse entre ella y la puerta, medio abierta. Entonces la cerró de un empujón, con una sacudida impaciente de sus nalgas. El contraste entre este gesto y la pomposidad del secreto funcionamiento de aquel lujoso despacho o sala de exhibición, tuvo en Anna el efecto de recordarle su propia persona, tan fuera de lugar, aguardando de pie para salir de allí. Se vio a sí misma, pequeña, pálida, bonita, manteniendo una sonrisa inteligente y crítica. Se sentía, bajo esta forma ordenada, como un caos de incomodidad y ansiedad. Aquel feo empujoncito de las bien vestidas nalgas de Richard concordaba con su propia agitación, apenas ocultada. Ante tales pensamientos, se sintió exhausta y dijo:

—Richard, no veo qué sentido tiene todo esto. Cada vez que nos vemos, pasa lo mismo.

Richard había captado su momentáneo colapso de desaliento. Permaneció frente a ella, respirando con pesadez y aguzando sus ojos oscuros. Luego sonrió con lentitud y sarcasmo. «¿Qué está tratando de hacerme recordar? —se preguntó Anna—. No será…» Sí, lo era. Le estaba haciendo recordar aquella noche en que ella pudo, casi seguramente, haberse ido a la cama con él. Y en lugar de enojarse o de despreciarle, se dio cuenta de que se sentía incómoda. Entonces clamó:

—Richard, por favor, abre la puerta.

Él no se movió, volcando sobre ella su sarcasmo, divirtiéndose, y ella se dirigió hacia la puerta, cruzando por donde él estaba, para tratar de hacer fuerza, de abrirla. Se veía, torpe y atolondrada, empujando inútilmente la puerta, que finalmente se abrió: Richard había vuelto al escritorio y pulsado el botón apropiado. Anna salió sin volverse, pasó frente a la exuberante secretaria, la probable sucesora de Marion, y descendió por el centro del edificio, lleno de almohadones, luces, alfombras, plantas, hasta la calle, fea, donde se sintió aliviada.

Fue a la estación de metro más cercana, sin pensar, sabiendo que se hallaba en un estado próximo al derrumbamiento. Había empezado la hora punta, y le empujaba un rebaño de gente. De súbito se encontró sobrecogida de pánico, tanto que se apartó de la gente con las palmas de las manos y los sobacos húmedos, para apoyarse contra una pared. Esto le había sucedido dos veces, recientemente, en la hora punta. «Me está pasando algo —pensó, luchando para controlarse—. Estoy consiguiendo resbalar por la superficie de algo, pero ¿de qué?» Permaneció junto a la pared, incapaz de volver a avanzar entre la muchedumbre. No podía salvar de prisa los siete u ocho kilómetros que la separaban de su piso, si no era en metro. Nadie podía. Todos, toda aquella gente estaba apresada por el terrible atolladero de la *city*. Todos, salvo Richard y la gente como él. Si volviera arriba y le pidiera que la mandara en coche a casa, él lo haría. ¡Naturalmente! Estaría encantado. Pero no podía pedírselo. No le quedaba más remedio que decidirse a avanzar. Lo hizo, sumergiéndose en el río de gente, a la espera de que le llegara el turno para sacar el billete. Luego bajó las escaleras en medio de una multitud, y esperó en el andén. Pasaron cuatro trenes antes de que ella pudiera escurrirse hasta el interior de un vagón. Lo peor ya estaba hecho; ahora sólo tenía que mantenerse de pie, dejarse sostener por la presión de la gente, en aquel sitio tan iluminado, abarrotado y maloliente, y al cabo de diez o doce minutos ya habría llegado a la estación de su casa. Tenía miedo de desmayarse.

«Cuando una persona enloquece, ¿qué significa? ¿En qué momento se da cuenta uno de que está enloqueciendo, cuando se halla al borde de caer hecho pedazos? Si yo enloqueciera, ¿qué forma adoptaría?» Cerró los ojos, sintiendo el resplandor de la luz en los párpados, el estrujamiento de los cuerpos, que olían a sudor y suciedad, y fue consciente de sí misma, de una Anna reducida al apretado nudo de determinación que le oprimía el estómago. «Anna, Anna, yo soy Anna —repitió para sí varias veces—. Pero, de todos modos, no puedo enfermar, ni dejarme ir, porque está Janet. Si yo desapareciera del mundo mañana, a nadie le importaría, salvo a Janet. ¿Qué soy, pues? Alguien necesario a Janet. ¡Pero esto es terrible! —concluyó aumentándole el miedo—. Es malo para Janet. Volvamos a probar: ¿quién soy yo?...» Ya no pensó en Janet; la suprimió. Y vio su cuarto, largo, blanco, a media luz, con los cuadernos de colores sobre la mesa de caballete. Se vio a sí misma, Anna, sentada en el taburete de música, escribiendo afanosamente, redactando un párrafo en un cuaderno y tachándolo luego con una línea o una cruz. También vio las páginas recubiertas de diversos tipos de letra: frases entre paréntesis, fragmentadas, rotas, y sintió mareo y náusea. A continuación vio a Tommy, ya no a ella, de pie, con los labios fruncidos en un gesto que revelaba concentración, pasando las páginas de sus ordenados cuadernos.

Abrió los ojos, mareada y temerosa, y vio el balanceo del reluciente techo. La rodeaba una mezcla de anuncios publicitarios y de caras inexpresivas, con la vista fija por el esfuerzo de mantener el equilibrio en el tren. Una de aquellas caras, con la carne gris, amarillenta y de poros grandes, y la boca de aspecto arrugado y húmedo, estaba a seis centímetros y tenía los ojos clavados en ella. La cara sonrió, mitad temerosa, mitad invitadora, y Anna pensó: «Mientras yo estaba con los ojos cerrados, él me miraba y se imaginaba que me tenía debajo». Se encontró mal. Desvió sus ojos de aquel rostro, pero sentía el irregular aliento del hombre en su mejilla. Quedaban todavía dos estaciones. Anna empezó a escurrirse, centímetro a centímetro, sintiendo cómo en el traqueteo del tren el hombre se apretujaba tras ella, lívido de excitación. Era feo. «¡Dios mío, qué feos son! ¡Qué feos somos todos!», pensó Anna, mientras su carne, amenazada por la proximidad del otro, se retorcía de repugnancia. En la estación se deslizó afuera, chocando con los que entraban. Pero el hombre bajó también, se apretujó detrás de ella en la escalera automática y la siguió junto a la barrera del que recogía los billetes. Anna entregó su billete y avanzó apresuradamente, volviéndose para fruncirle el ceño mientras él le decía, detrás mismo:

—¿Damos un paseo? ¿Un paseo?

Mostraba una sonrisa de triunfo, seguro de que en su imaginación la había humillado, triunfando sobre ella en el tren, mientras permanecía con los ojos cerrados.

—Váyase —le conminó, y avanzó en dirección a la calle.

El hombre continuaba siguiéndola. Anna sentía miedo, y estaba asombrada de sí misma, asustada al comprobar que tenía miedo. «¿Qué me ha pasado? —se preguntó—. Esto ocurre cada día, es el vivir en una ciudad, no me afecta…» Pero el hecho es que sí le afectaba, como la había afectado la necesidad agresiva de Richard de humillarla, media hora antes, en el despacho. La conciencia de que el hombre aún la seguía, con aquella sonrisa desagradable, le hizo desear echarse a correr, espantada. «Si pudiera ver o tocar algo que no fuera feo…» Enfrente mismo de ella había un carro de fruta que ofrecía, en ordenadas pilas ciruelas, melocotones, albaricoques. Anna compró fruta y aspiró su olor ácido y limpio, palpando las pieles suaves o velludas. Aquello le hizo sentirse mejor. El pánico había desaparecido. El hombre que la había seguido continuaba cerca, aguardando con la sonrisa; pero se sentía ya inmunizada contra él. Le cruzó por delante, impasible.

Llegaba tarde, pero no le preocupaba, pues Ivor estaría en casa. Durante el tiempo que Tommy permaneció en el hospital y Anna estuvo tan a menudo con Molly, Ivor había entrado en sus vidas. Aquel joven casi desconocido, que vivía en el cuarto de arriba, que decía buenas noches y buenos días, que entraba y salía discretamente, se había convertido en amigo de Janet. La había llevado al cine cuando Anna estaba en el hospital, le ayudaba a hacer los deberes, y le repetía a Anna que no se preocupara, que le encantaba cuidar de Janet. Y era verdad. Sin embargo, esta nueva situación hacía que Anna se sintiese incómoda. No por ella o por Janet, pues con la niña demostraba una inteligencia de lo más simple, de lo más encantador.

De pronto, se puso a pensar, subiendo las feas escaleras que conducían a la puerta del piso: «Janet necesita un hombre en su vida, echa de menos a un padre. Ivor es muy afectuoso con ella, pero como él no es un hombre… ¿Qué quiero decir con eso de que no es un hombre? Richard es un hombre, Michael es un hombre, ¿por qué no lo es Ivor? Sé que con *un hombre de verdad* se produciría toda un área de tensiones, de malentendidos, que con Ivor no pueden producirse. Habría toda una dimensión que ahora no existe. Y, sin embargo, él es encantador con la niña… ¿Qué quiero decir, pues, con eso de *un hombre de verdad*? Porque Janet adora a Ivor. Y adoraba, o así lo dice, a su amigo Ronnie…».

Hacía unas semanas que Ivor le había preguntado si podía compartir la habitación con un amigo que iba corto de dinero y estaba sin trabajo. Anna siguió los trámites convencionales de ofrecerse a instalar otra cama en el cuarto, etc. Ambas partes habían interpretado su papel, pero Ronnie, actor en paro, se había trasladado al cuarto de Ivor y a su cama, y como a Anna le daba igual, no había dicho nada. Al parecer, Ronnie tenía la intención de quedarse, si a ella no le importaba. Anna sabía que Ronnie era el precio que se esperaba debía pagar por la reciente amistad de Ivor con Janet.

Ronnie era un joven moreno y lleno de gracia, con el pelo cuidadosamente ondulado y brillante, y con una sonrisa blanca que emitía destellos. A Anna le cayó mal, pero al darse cuenta de que no le disgustaba tanto la persona como el tipo, controló sus sentimientos. También era amable con Janet, pero no le salía de dentro (como a Ivor), sino que era un afecto calculado. Seguramente su relación con Ivor también se debía a un cálculo, aunque esto no les atañía ni a ella ni a Janet. Sin embargo, Anna se sentía incómoda. «Supongamos que yo viviera con un hombre…, con *un hombre de verdad* —pensó—. O bien que estuviera casada. Seguro que entonces se produciría una tensión con Janet. Ella experimentaría resentimiento hacia él, se vería forzada a aceptarle, tendría que adaptarse. Y el resentimiento se debería precisamente al sexo, a que se trataría de un hombre. O incluso si en la casa hubiera un hombre con el que yo no durmiese o con el que no quisiera dormir, aun entonces el hecho de que él fuera *un hombre de verdad* provocaría tensiones, establecería un equilibrio. ¿Por qué, pues, siento que en realidad debiera tener a un hombre auténtico, por el bien de Janet y ya no digamos por el mío, en lugar de Ivor, un joven tan amable, encantador y sensible?

¿Acaso pienso —o así lo acepto (¿lo aceptamos todos?)—, que los niños necesitan tensiones para crecer? Pero ¿por qué? Y, no obstante, es obvio que lo siento así, porque de lo contrario no me incomodaría ver a Ivor con Janet, ya que él es como un perrazo cariñoso, como una especie de hermano mayor inofensivo… ¿Por qué uso la palabra inofensivo? Desprecio. Siento desprecio. Es despreciable por mi parte que lo sienta. Un hombre auténtico… ¿Como Richard? ¿Como Michael? Ambos son muy estúpidos con sus hijos, lo cual no me impide creer que, sin duda alguna, su condición, el hecho de que les gusten las mujeres en lugar de los hombres, sería mejor para Janet.»

Anna llegó a la pulcritud de su piso por las escaleras oscuras y polvorientas, y oyó la voz de Ivor arriba, leyéndole algo a Janet. Pasó ante la puerta de su cuarto grande, subió por la escalera blanca, y encontró a Janet sentada con las piernas cruzadas sobre la cama, un diablillo de niña con el pelo negro, y a Ivor, moreno, peludo y afectuoso, sentado en el suelo, con una mano en el aire y recitando una historia sobre un colegio de niñas. Janet hizo un gesto con la cabeza a su madre, avisándola para que no interrumpiera. Ivor, usando la mano levantada como si fuera un palo, hizo un guiño y alzó la voz al leer:

—«Y, así, Betty se inscribió como candidata para la selección del equipo de hockey. ¿La seleccionarían? ¿Tendría suerte?» —Hizo una pausa para decirle a Anna, con su voz normal—: Te llamaremos cuando hayamos terminado. —Luego prosiguió—: «Todo dependía de la señorita Jackson. Betty se preguntaba si había sido sincera al desearle buena suerte el miércoles, después del partido. ¿Lo había dicho sinceramente?».

Anna se quedó detrás de la puerta para escuchar, y descubrió que en la voz de Ivor había otro componente, un matiz nuevo: burla. La burla iba dirigida contra el mundo del colegio de niñas, contra el mundo femenino, no contra lo absurdo de la historia; y había empezado en el instante en que Ivor se dio cuenta de la presencia de Anna. Sí, pero no había nada insólito en ello; ya estaba acostumbrada. Porque la burla, la defensa del homosexual, no era otra cosa que el exceso de galantería de un hombre *de verdad*, del hombre *normal* que trata de sentar unos límites en la relación con una mujer, conscientemente o no, aunque por lo general sea inconsciente. Era el mismo sentimiento, frío y evasivo, llevado un paso más allá; había una diferencia de grado, pero no intrínseca. Anna miró a Janet asomándose por la puerta, y vio en la cara de la niña una sonrisa indicadora de que estaba encantada, aunque también algo incómoda. Sentía que la burla iba dirigida a ella, una hembra. Anna dirigió el pensamiento mudo y compasivo a su hija: «Bueno, pobrecita, más vale que te acostumbres pronto, porque vas a tener que vivir en un mundo lleno de esto». Y entonces, cuando Anna estuvo totalmente fuera de escena, la voz de Ivor perdió el elemento de parodia y volvió a ser normal.

La puerta de la habitación que compartían Ivor y Ronnie estaba abierta. Ronnie cantaba, también en tono de parodia. Era una canción que se cantaba por todas partes en un tono de deseo anhelante y como un aullido: «Dame esta noche lo que quiero, nena. No me gusta que tú y yo peleemos, nena. Bésame, apriétame…», etc. Ronnie también se burlaba del amor *normal*, y a un nivel de mofa vulgar y arrabalera. Anna pensó: «¿Por qué supongo que todo esto no va a afectar a Janet? ¿Por qué doy por supuesto que no se puede corromper a los niños? Lo que pasa es que estoy segura de que mi influencia, la influencia de una mujer sana, es lo suficientemente fuerte como para contrarrestar la de ellos. Pero ¿por qué razón habría de serlo?». Se volvió para bajar la escalera. La voz de Ronnie calló, y su cabeza apareció por la puerta. Era una cabeza peinada con cariño: la cabeza de una muchacha con aire de chico. Él sonrió, sarcástico, como diciendo lo más claramente posible que, en su opinión, Anna le había estado espiando. Una de las cosas turbadoras de Ronnie era que siempre suponía que la gente decía o hacía cosas referidas a él; de modo que constantemente se tenía conciencia de su persona. Anna le saludó con un gesto de la cabeza, mientras pensaba: «En mi propia casa no me puedo mover libremente por culpa de estos dos. Estoy todo el tiempo a la defensiva, en mi propio piso…». Entonces Ronnie decidió ocultar su malicia y salió, parándose con negligencia y dejando caer todo el peso de su cuerpo sobre una cadera.

—Vaya, Anna, no sabía que también tú participaras de la alegría de la hora de los niños.

—Me he asomado a echar un vistazo —repuso Anna sin más.

Se había convertido en la encarnación del encanto seductor.

—Es una niña tan encantadora, tu Janet…

Indudablemente, Ronnie había recordado que estaba viviendo allí gratis, y que dependía del buen humor de Anna. En aquellos momentos era la figura perfecta de… «Pues sí —pensó Anna—, la perfecta imagen de la muchacha bien educada, de una corrección casi pegajosa. —Y añadió, dirigiéndose a él en silencio—: *Muy jeune filie.*» Le dedicó una breve sonrisa, con la que trataba de comunicarle:

«A mí no me engañas, y más vale que te des cuenta de ello», y bajó las escaleras. Sin embargo, una vez estuvo abajo miró arriba y pudo ver que él seguía allí, sin mirarla a ella, con los ojos clavados en la pared. Su cara, bonita y cuidada, tenía una expresión preocupada. De miedo. «¡Jesús! —pensó Anna—. Ya veo lo que va a suceder: quiero que se largue, pero si no me vigilo no seré capaz de echarle, porque le tendré lástima.»

Entró en la cocina y llenó un vaso de agua, lentamente, dejando correr el líquido para verlo salpicar y brillar, para oír su rumor refrescante. Usaba el agua como antes había usado la fruta: para calmarse, para darse confianza ante la posibilidad de lo normal. Sin embargo, todo el rato pensaba: «He perdido el equilibrio completamente. Siento como si el aire de este piso estuviese envenenado, como si el espíritu de lo perverso y feo estuviera por todas partes. No obstante, es una tontería. Lo cierto es que todo lo que pienso actualmente está equivocado. *Siento* que lo está… y, sin embargo, me protejo con este tipo de reflexiones. ¿De qué me protejo?». Volvió a sentirse mal, y tuvo miedo, como le había ocurrido en el metro. Pensó: «Tengo que pararlo, no me queda otro remedio que pararlo». Pero era incapaz de decir qué debía parar. Decidió ir a la habitación de al lado, sentarse y… No terminó la reflexión, porque la mente se le ocupó con la imagen de un pozo seco que se llenaba lentamente de agua. «Sí, esto es lo que me pasa: estoy seca, vacía. Debo tocar una fuente en alguna parte; de lo contrario...» Abrió la puerta del cuarto grande y allí, negra, a contraluz frente a la ventana, había una gran forma femenina que tenía algo amenazador. Anna preguntó, secamente:

—¿Quién es?

Inmediatamente accionó el interruptor de la luz, de modo que la figura cobró forma y personalidad al iluminarse.

—¡Dios mío, Marion!, ¿eres tú?

Anna parecía enfadada; estaba azorada por la equivocación cometida. Observó de cerca a Marion, pues durante los años de trato le había parecido una figura que daba pena, pero nunca que amenazara. Y mientras lo hacía se pudo *ver* a sí misma realizando todo el proceso que, le parecía, tenía que seguir cientos de veces al día: erguirse, endurecerse, ponerse en guardia. Pero se sentía tan cansada, debido a que «el pozo estaba vacío», que alertó su cerebro como una maquinita crítica y seca. Podía, incluso, sentir el funcionamiento de su inteligencia, operando a la defensiva y con eficacia, como una máquina. Y pensó: «La inteligencia es la única barrera entre yo y... —Hizo una pausa, aunque esta vez sabía cómo terminar la frase—: Entre yo y la locura. Sí».

Marion dijo:

—Lamento haberte dado un susto, pero fui arriba y oí a tu joven leyéndole algo a Janet, y no quise molestarles. Luego, aquí, he pensado que se estaba bien a oscuras...

Anna oyó las palabras «tu joven», que reflejaban una modestia ingenua, como si procedieran de una matrona de salón dedicándole cumplidos a una joven, y pensó que los cinco primeros minutos después de encontrarse con Marion siempre tenían algo de discordante. Luego se acordó del ambiente en que Marion se crió y le dijo:

—Perdona si he parecido enfadada. Estoy cansada. Me ha pillado la hora punta...

Se puso a correr las cortinas y a restaurar en la habitación la severidad tranquila que necesitaba para ella.

—¡Pero, Anna, estás tan mal acostumbrada! La gente común como nosotros la vivimos cada día...

Anna le lanzó una mirada atónita: ella, Marion, que jamás había tenido que enfrentarse con algo tan común como las aglomeraciones de las horas punta, ahora le hablaba en aquel tono. Miró su cara, inocente, con los ojos brillantes, llena de entusiasmo, y le dijo:

—Necesito beber una copa. ¿Quieres?

Le ofreció una copa a Marion con la sincera naturalidad de siempre, cuando ésta ya decía:

—Oh sí, me gustaría mucho. Pero sólo una. Tommy dice que es mucho más valiente decidir beber normalmente, en lugar de dejarlo del todo. ¿Crees que tiene razón? Yo sí. Creo de verdad que es muy listo y muy fuerte.

—Sí, pero debe de ser mucho más difícil.

Anna vertió whisky en dos vasos, de espaldas a Marion, tratando de pensar: «¿Está aquí porque sabe que acabo de ver a Richard? Y si la razón es otra, ¿cuál será?».

—Acabo de ver a Richard.

Marion tomó el vaso y lo colocó a su lado con una falta aparentemente sincera de interés, al tiempo que comentaba:

—Ah, ¿sí? Bueno, siempre habéis sido muy buenos compinches.

Anna se negó a parpadear ante el vocablo compinches; notó con alarma que la irritación le iba aumentando progresivamente, fortaleció el rayo claro de su fría inteligencia, y oyó arriba a Ivor vociferar con toda su alma:

—¡Chuta!, gritaron cincuenta voces entusiasmadas. Y Betty, corriendo a través del campo como si le fuera en ello la vida, dio un puntapié a la pelota y metió un gol. ¡Lo había conseguido! El aire vibró con los vítores de las jóvenes, mientras Betty vislumbraba los rostros de sus camaradas a través de una neblina de lágrimas de felicidad.

—¡Me gustaban tanto estas maravillosas historias de colegio, cuando era niña! —la voz de Marion adquirió un timbre juvenil, y suspiró.

—Yo las odiaba.

—Es que tú siempre has sido una chica muy intelectual.

Anna se sentó entonces con el vaso de whisky y examinó a Marion. Llevaba un traje caro de color marrón, claramente nuevo.

El pelo oscuro, algo gris, acababa de ser ondulado. Los ojos, castaños, le brillaban, y tenía las mejillas rosadas. Era la viva estampa de la matrona pictórica, feliz y viva.

—Y por eso he venido a verte. La idea fue de Tommy. Necesitamos tu ayuda, Anna. Tommy ha tenido una idea maravillosa, de veras creo que es un chico muy inteligente… Bueno, pues los dos hemos creído que te lo debíamos pedir a ti.

En este punto, Marion sorbió el whisky, hizo una ligera *moue* de delicado disgusto y, dejando el vaso, continuó en aquel tono parlanchín:

—Gracias a Tommy, me acabo de dar cuenta de lo ignorante que soy. Empezó al leerle los periódicos. Nunca había leído nada. Y, claro, ¡él está tan bien informado! Me explica las cosas, y realmente me siento una persona muy distinta, terriblemente avergonzada por no haberme preocupado nunca más que de mí misma.

—Richard mencionó que ahora te interesabas por la política.

—¡Oh sí! Y él está enfadadísimo, lo mismo que mi madre y mis hermanas. —Oyéndola, se hubiera dicho que era una chica traviesa.

Sonreía apretando coquetamente los labios y lanzando miraditas y parpadeos de reojo.

—Lo imagino —comentó Anna,

La madre de Marion era la viuda de un general, y sus hermanas eran todas *ladies* u *honorables*. Anna era capaz de comprender que alguien se complaciera en enojarlas.

—Claro que ellas no tienen idea de nada. Como yo hasta que Tommy me tomó a su cuidado. Siento como si mi vida hubiera empezado en aquel instante. Me siento como nueva.

—Pareces otra persona.

—Ya lo sé, Anna. ¿Dices que has visto a Richard?

—Sí, en su despacho.

—¿Ha mencionado algo sobre el divorcio? Te lo pregunto porque si te ha mencionado algo de ello a ti, entonces supongo que me lo tengo que tomar en serio. Siempre me viene con amenazas y chulerías. ¿Sabes? Es un chulo terrible. Por eso no me lo he tomado en serio. Pero si realmente habla de ello, debo creer que Tommy y yo habremos de tomárnoslo en serio.

—Me parece que quiere casarse con su secretaria. Así lo ha dicho.

—¿La has visto? —inquirió Marion, que verdaderamente se reía y adoptaba una expresión pícara.

—Sí.

—¿Has notado algo?

—Que se parece a ti cuando tenías su edad.

—Sí. —Marion se rió de nuevo—. ¿No es divertido?

—Si a ti te lo parece…

—Sí me lo parece. —Marion suspiró de repente, y la cara le cambió. Ante los ojos de Anna, se convirtió, de una niña pequeña en una mujer sombría. Se quedó con la mirada fija, seria, irónica, y añadió—: ¿Es que no te das cuenta? Tengo que encontrarlo cómico.

—Sí, me doy cuenta.

—Sucedió de repente, una mañana, durante el desayuno. Richard siempre ha sido horrible a la hora del desayuno. Siempre ha tenido mal humor y se ha quejado. Pero lo curioso es que se lo he dejado hacer. ¿Por qué…? Y él, dale que dale, venga a quejarse de que veía demasiado a Tommy. De pronto, fue como una revelación. En serio, Anna. Parecía como si botara por toda la habitación, con la cara roja y un genio de mil diablos. Yo escuchaba su voz. Tiene una voz muy fea, ¿no encuentras? Tiene voz de matón, ¿verdad?

—Sí, es cierto.

—Y yo pensé…, Anna, ¡ojalá lo pudiera explicar! Realmente fue una revelación. Pensé: «He estado casada con él muchos años, y durante todo el tiempo he estado… como transportada por él». En fin, a las mujeres les pasa, ¿no? No pensaba en nada más. Durante años, por las noches he llorado hasta caer dormida, y he hecho escenas, y he sido una tonta y una desgraciada y… La cuestión es, ¿y todo para qué? Hablo en serio, Anna. —Anna sonrió, y Marion prosiguió—: Porque lo importante es que él no es nada, ¿verdad? No es muy guapo, ni muy inteligente…, y me importa un comino que sea tan importante, que sea el jefe de una industria. ¿Comprendes lo que quiero decir?

Anna asintió, al tiempo que preguntaba:

—Bueno, ¿y qué pasó?

—Pues que pensé: «¡Dios mío, por esta persona he echado a perder mi vida!» Me acuerdo del momento exacto. Yo estaba sentada a la mesa del desayuno, vestida con una especie de *negligée* que había comprado porque a él le gusto con ese tipo de cosas, ya sabes, volantes y flores… Bueno, mejor dicho, antes le gustaba con ellas. Yo siempre las he odiado. Y pensé que durante años he estado llevando ropa que encuentro odiosa y todo para dar gusto a esa criatura.

Anna se rió. Marion también se reía, con su hermosa cara llena de vida por la ironía crítica que empleaba consigo misma, y tenía los ojos tristes y sinceros.

—Es humillante, ¿verdad, Anna?

—Sí, lo es.

—Me apuesto lo que quieras a que tú nunca has hecho la tonta por ningún estúpido. Tienes demasiado sentido común para ello.

—Eso es lo que tú crees —replicó Anna secamente.

Pero se dio cuenta de que había cometido un error, porque Marion necesitaba verla, a ella, Anna, como a una mujer autosuficiente y no vulnerable.

Marion, sin haber oído las palabras de Anna, insistió:

—No, tú tienes demasiado sentido común, y por eso te admiro.

Lo dijo sujetando el vaso con los dedos en tensión. Luego bebió un sorbo de whisky, y otro, otro, otro… Anna se esforzó en no mirar. Finalmente, oyó la voz de Marion:

—Y luego está esa chica, Jean. Cuando la vi, fue otra revelación. Está enamorado de ella; es lo que dice. Pero ¿de qué está enamorado? Ésta es la cuestión. Sólo está enamorado de un tipo, de algo que le pone cachondo.

La grosería de las palabras *pone cachondo*, sorprendente en Marion, hizo que Anna levantara la vista hacia ella. Marion estaba crispada, con su gran cuerpo rígido y derecho en la silla, los labios apretados, los dedos como garras en torno al vaso vacío, cuyo contenido miraba con avidez.

—¿Y qué es ese amor? Nunca me ha querido. Quiere a chicas altas, de pelo castaño y con pechos abultados. Yo tenía un busto muy bonito en mi juventud.

—Una chica color de avellana —dijo Anna, espiando la mano ávida que se enroscaba en torno al vaso vacío.

—Sí. Y por eso no tiene nada que ver conmigo. Es lo que he decidido. Seguramente ni sabe cómo soy. Por lo tanto, ¿para qué hablar de amor?

Marion se rió, con dificultad. Echó la cabeza hacia atrás y cerró los ojos, los cerró con tanta fuerza que las pestañas color castaño temblaron contra las mejillas, que ahora parecían cansadas. Luego abrió nuevamente los ojos, que parpadearon y escudriñaron; buscaban la botella de whisky que estaba encima de la mesa de caballete, junto a la pared. «Si me pide más bebida tendré que dársela», pensó Anna. Era como si ella, Anna, estuviera participando con todo su ser en la lucha silenciosa de Marion. Ésta cerró los ojos otra vez, recobró el aliento, los abrió, miró la botella, giró espasmódicamente el vaso entre los dedos, y volvió a cerrar los ojos.

«Con todo —pensó Anna—, para Marion es mejor ser una borrachina y una persona entera; mejor borracha, desengañada y sincera que sobria, si el precio ha de ser convertirse en una pequeña ingenua, boba y detestable.» La tensión se había hecho tan dolorosa que, de pronto, dijo, con objeto de romperla:

—¿Qué quería Tommy de mí?

Marion se incorporó, dejó el vaso, y en un instante se transformó, de una mujer triste, honesta y vencida, en una niña pequeña.

—¡Oh qué maravilloso es! ¡Es tan maravilloso en todo, Anna! Le he dicho que Richard quería divorciarse, y él ha reaccionado maravillosamente.

—¿Qué dijo?

—Que debo hacer lo que sea justo, lo que a mí me parezca bien, y que no he de seguirle la corriente a Richard sobre su engreimiento sólo porque me parece que sería lo más generoso o porque quiero mostrarme noble de sentimientos. Mi primera reacción fue decir: «Que se divorcie, ¿a mí qué me importa? Yo tengo dinero suficiente, no es problema». Pero a Tommy no le parecía bien, pues tengo que pensar en lo que a la larga resultará mejor para Richard. Y, así, he de obligarle a enfrentarse con sus responsabilidades.

—Ya veo.

—Sí. Tiene una cabeza muy clara. Y más cuando piensas que sólo cuenta veintiún años. Aunque imagino que esta cosa terrible que le ha pasado tiene mucho que ver con ello. Quiero decir que es terrible, sí, pero no la puedes considerar una tragedia cuando ves que se comporta con tanto valor, sin ceder nunca, y que es una persona tan maravillosa.

—No, supongo que no.

—Y por eso mismo Tommy me aconseja que no haga ningún caso a Richard, que lo ignore. Porque, lo digo muy en serio, quiero dedicar mi vida a cosas más importantes. Tommy me está enseñando el camino. Voy a vivir para los demás, y no para mí.

—Bien.

—Ésta es la razón por la que he pasado a verte. Tienes que ayudarnos a Tommy y a mí.

—De acuerdo. ¿Qué debo hacer?

—¿Te acuerdas de aquel cabecilla negro, aquel africano que tú conocías? Un tal Mathews, o algo así.

Eso no era, en absoluto, lo que Anna se esperaba.

—¿No querrás decir Tom Mathlong?

Marion había sacado un cuaderno de notas y estaba con el lápiz a punto.

—Sí. Dame su dirección, por favor.

—¡Pero si está en la cárcel!

Se sentía impotente. Al oír su propia voz haciendo tímidos reparos, se dio cuenta de que no sólo se sentía impotente, sino aterrorizada. Era el mismo pánico que la asaltaba cuando estaba con Tommy.

—Sí, claro, está en la cárcel. Pero ¿cómo se llama?

—Pero, Marion, ¿qué te propones hacer?

—Ya te lo he dicho, no voy a vivir más para mí sola. Quiero escribirle al pobre, a ver en qué puedo ayudarle.

—Pero, Marion... —Anna la miró, tratando de establecer contacto con la mujer que hacía unos minutos había estado hablando con ella, pero se encontró con la mirada fija de unos ojos castaños empañados por una culpable, pero dichosa histeria. Anna prosiguió, con firmeza—: No es una cárcel bien organizada, como Brixton o alguna otra de aquí. Seguramente es una barraca entre el matorral, a cientos de kilómetros de cualquier parte, con unos cincuenta prisioneros políticos que, muy probablemente, ni reciben cartas. ¿Qué creías? ¿Que tenían sus días de visita y cosas así?

Marion hizo un puchero y respondió:

—Me parece que ésa es una actitud horrible y negativa hacia aquellos pobres.

Anna pensó: «Actitud negativa viene de Tommy; son ecos del Partido Comunista. Pero lo de pobres es totalmente de Marion. Es muy probable que su madre y sus hermanas den ropa vieja a sociedades caritativas».

—Quiero decir —prosiguió Marion alegremente— que es un continente encadenado. —*(Tribune*, pensó Anna; o quizás el *Daily Worker.)*— Deben tomarse medidas inmediatas para restaurar la fe de los africanos en la justicia, si no es ya demasiado tarde. —(El *New Statesman*, pensó Anna.)— En fin, la situación debe ser examinada exhaustivamente en interés de todos. —(El *Manchester Guardián*, en momentos de crisis aguda.)— ¡Pero, Anna, no comprendo tu actitud! ¿Seguro que reconoces que hay algo que no funciona? —(El *Times*, en un editorial publicado una semana después de la noticia sobre el fusilamiento de veinte africanos por la administración blanca, que, además, encarceló a otros cincuenta sin juicio.)

—Marion, ¿qué te ha dado?

Marion se inclinaba adelante ansiosamente, pasándose la lengua por sus labios sonrientes y parpadeando con avidez.

—Mira, si quieres intervenir en la política de África, hay unas organizaciones de las que puedes hacerte miembro. Tommy lo debe saber.

—Pero los pobres infelices, Anna... —dijo Marion, en tono de gran reprobación.

Anna pensó: «La mentalidad política de Tommy, antes del accidente, había llegado mucho más allá de... "los pobres infelices"... De modo que su mente ha sido afectada seriamente o...». Anna guardó silencio, considerando por vez primera que el cerebro de Tommy podía haber resultado dañado.

—¿Te ha dicho Tommy que vinieras a pedirme la dirección de la cárcel del señor Mathlong, para que tú y él pudierais mandar paquetes de comida y cartas de consuelo a los pobres prisioneros? Él sabe perfectamente que nunca llegarían a la cárcel, aparte todo lo demás.

Los ojos castaños y brillantes de Marion, fijos en Anna, no la veían. Su sonrisa de muchacha iba dirigida a una amiga encantadora, pero terca.

—Tommy ha dicho que tus consejos podrían ser útiles. Y que los tres podríamos trabajar juntos para la causa común.

Anna, al empezar a comprender, se enojó. Dijo, en voz alta, con sequedad:

—Hace años que Tommy no ha pronunciado la palabra *causa* más que irónicamente. Si ahora la usa...

—Pero, Anna, ¡eso suena tan cínico! No parece que venga de ti.

—Olvidas que todos nosotros, Tommy incluido, hemos estado metidos en el ambiente de las buenas causas desde hace años, y te aseguro que si hubiéramos pronunciado la palabra con ese respeto tuyo, nunca hubiéramos conseguido nada.

Marion se puso de pie. Daba la impresión de sentirse extremadamente culpable, astuta y encantada consigo misma. Entonces, Anna comprendió que Marion y Tommy habían hablado de ella, y decidieron salvar su alma. ¿Para qué? Se sentía extraordinariamente enojada. El enojo era desproporcionado con relación a lo sucedido, se daba perfecta cuenta de ello; y por eso sentía más terror.

Marion captó el enojo, lo cual le produjo complacencia y confusión a la vez.

—Lamento muy de veras haberte molestado para nada —se excusó.

—¡Oh, no! No ha sido para nada. Escríbele una carta al señor Mathlong, Administración de la Cárcel, Provincia Septentrional. No la recibirá, naturalmente, pero en estas cosas lo que cuenta es el gesto, ¿verdad?

—Gracias, Anna. Muchas gracias. ¡Eres tan útil! Ya sabíamos nosotros que ibas a colaborar. Bueno, ahora debo irme.

Marion se fue, deslizándose por la escalera de un modo que parodiaba a una niña culpable, pero desafiadora. Anna la observó y se vio a sí misma, de pie en el rellano, con aire impasible, rígida, crítica. Cuando Marion hubo desaparecido de su vista, Anna fue al teléfono y llamó a Tommy.

La voz le llegó lenta y educada, a través del kilómetro de calles.

—Cero, cero, cinco, seis, siete.

—Soy Anna. Marion acaba de irse. Dime, ¿ha sido realmente idea tuya eso de adoptar por carta a prisioneros políticos africanos? Porque si es así, no puedo menos que sospechar que andas algo despistado.

Hubo una pausa momentánea.

—Me alegro de que hayas llamado, Anna. Me parece que sería una buena cosa.

—¿Para los pobres prisioneros?

—Para serte franco, creo que sería una buena cosa para Marion. ¿Tú no? Es evidente que necesita interesarse por algo fuera de ella misma.

Anna dijo:

—¿Una especie de terapéutica, quieres decir?

—Sí. ¿No estás de acuerdo conmigo?

—Pero, Tommy, la cuestión es que yo no creo que necesite ninguna terapéutica o, por lo menos, no de esta clase en particular.

Tommy dijo con cuidado, al cabo de un silencio:

—Gracias por llamarme y darme tu opinión, Anna. Te estoy muy agradecido.

Anna se rió, enfadada. Esperaba que él se riera con ella; a pesar de todo, había estado pensando en el antiguo Tommy, quien sí se hubiera reído. Colgó el aparato y se quedó temblando. Tuvo que sentarse.

«Este chico, Tommy... Le conozco desde que era niño. Ha sufrido un percance terrible y, sin embargo, ahora le veo como una especie de sombra, como una amenaza, algo que da miedo. Y todos tenemos la misma sensación. No, no está loco, no es eso; pero se ha transformado en una persona distinta, nueva... Ahora no puedo pensar sobre ello; lo haré más tarde. Tengo que dar la cena a Janet.»

Eran las nueve pasadas, y hacía rato que Janet debía haber cenado. Anna puso comida en una bandeja y la subió, ordenando su mente para disipar a Marion, Tommy y todo lo que representaban. De momento, al menos.

Janet tomó la bandeja sobre sus rodillas y dijo:

—¿Madre?

—Sí.

—¿Te gusta Ivor?

—Sí.

—A mí me gusta mucho. Es cariñoso.

—Sí que lo es.

—¿Te gusta Ronnie?

—Sí —repuso Anna, después de vacilar.

—Pero, en realidad, no te gusta.

—¿Por qué lo dices? —preguntó Anna, sorprendida.

—No lo sé. Sólo he pensado que no te gustaba, porque a Ivor le hace hacer cosas tontas.

No dijo nada más, pero se tomó la cena en un estado meditativo y abstraído. Miró varias veces, muy astutamente, a su madre. Ésta, dejándose inspeccionar, mantenía una expresión de calma.

Cuando se hubo acostado Janet, Anna bajó a la cocina y fumó mientras bebía una taza de té. Ahora estaba preocupada por Janet. «A Janet la turba todo este asunto —pensó—, pero ella no sabe por qué. La causa no es Ivor, sino el ambiente creado por Ronnie. Podría decirle a Ivor que Ronnie tiene que marcharse. Casi seguro que ofrecerá pagar un alquiler por Ronnie, pero no se trata de eso. Siento exactamente lo mismo que con Jemmie...»

Jemmie era un estudiante cingalés que había vivido en el cuarto de arriba durante un par de meses. A Anna no le gustaba, pero no se atrevía a decirle que se fuera porque era de color. Al final, el problema se solucionó gracias a que él se fue a Ceilán. Y ahora Anna era incapaz de decir a un par de jóvenes que turbaban su paz de espíritu, que se marcharan porque eran homosexuales. Sabía que a ellos, como al estudiante de color, les iba a ser difícil encontrar una habitación.

Sin embargo, ¿por qué habría de sentirse Anna responsable...? «Como si una no tuviera ya suficientes problemas con los hombres *normales* —se dijo, tratando de disipar su sensación de incomodidad con una broma. Pero la broma fracasó. Lo intentó de nuevo—: Es mi casa, mi casa, mi casa.» Esta vez intentaba revestirse de arraigados sentimientos de propiedad. Esto también fracasó. Se quedó pensando: «Al fin y al cabo, ¿por qué tengo una casa? Porque escribí un libro del que me avergüenzo y que me ha producido mucho dinero. Suerte, suerte, eso es todo. Y odio todo esto: *mi* casa, *mis* posesiones, *mis* derechos. Y, no obstante, cuando llega un punto en que me siento incómoda, caigo en ello como cualquier otra persona. Lo mío. La propiedad, las posesiones... Voy a proteger a Janet debido a *mis* posesiones. ¿De qué sirve protegerla a ella? Va a crecer en Inglaterra, un país lleno de hombres que son como niños pequeños, como homosexuales, como semihomosexuales...». Sin embargo, este pensamiento un tanto manido se desvaneció arrastrado por una fuerte ola de emoción auténtica: «¡Qué caramba! Quedan unos pocos hombres auténticos y haré lo posible para que tenga uno de ellos a su lado. Voy a cuidar de que crezca de modo que sepa reconocer a un hombre auténtico cuando se lo encuentre. Ronnie va a tener que marcharse».

Con lo cual se fue al cuarto de baño, y se dispuso a acostarse. Las luces estaban encendidas. Se detuvo junto a la puerta y vio a Ronnie contemplándose ansiosamente en el espejo situado encima del estante donde ella tenía sus cosméticos. Se estaba poniendo loción en las mejillas, con el algodón de ella, y tratando de borrar las arrugas de la frente.

—¿Te gusta más mi loción que la tuya?

Se volvió, sin mostrar sorpresa. Anna notó que lo había hecho adrede para que ella le encontrara allí.

—Querida mía —dijo él graciosamente y con coquetería—, estaba probando tu loción. ¿A ti te va bien?

—No mucho —dijo Anna.

Se apoyó contra la puerta, observando, aguardando a que le explicara lo que ocurría.

Ronnie llevaba un costoso batín de seda, de un color purpúreo, suave y borroso, y un pañuelo rojo alrededor del cuello. Sus zapatillas eran de cuero rojo, caro, en forma de babuchas, con una tira dorada. Daba la impresión de que estaba en un harén, no en aquel piso perdido en el Londres estudiantil. Ladeó la cabeza, dándose toquecitos a las ondas de pelo negro, ligeramente gris, con una mano bien cuidada.

—He probado de utilizar un tinte —observó—, pero se ve el gris.

—Hace distinguido, de todos modos —comentó Anna.

Acababa de comprender que, aterrorizado ante la perspectiva de verse en la calle, apelaba a ella como lo haría una chica con otra. Trató de convencerse de que la divertía. Lo cierto era que sentía repugnancia, y que se avergonzaba de ello.

—Pero, mi querida Anna —susurró él, seductoramente—, tener un aspecto distinguido está muy bien si uno se codea, si me permites decirlo así, con los que conceden los empleos.

—Ronnie —dijo Anna, sucumbiendo a pesar de su repugnancia, e interpretando el papel que se esperaba de ella—, si estás encantador, a pesar de alguna que otra cana. Estoy segura de que docenas de personas te encuentran irresistible.

—No tantas como antes —puntualizó—. Por desgracia, debo confesarlo. Claro que me las arreglo bastante bien, a pesar de las subidas y bajadas. Pero tengo que cuidarme mucho.

—Tal vez deberías encontrar un protector rico y permanente muy pronto.

—Pero, querida —exclamó, con un pequeño contoneo de la cadera, del todo inconsciente —, ¿no pensarás que no lo he probado?

—¡No sabía que el mercado estuviera tan saturado! —exclamó Anna, expresando su repugnancia y avergonzándose de sus palabras antes, incluso, de haberlas pronunciado.

«¡Dios mío! —pensó—. ¡Nacer así! ¡Y me quejo de las dificultades que entraña ser una mujer como yo! ¡Dios bendito! ¡Podía haber nacido un Ronnie!»

Él le dirigió una rápida y franca mirada llena de odio. Vaciló, pues el impulso había sido demasiado fuerte, y dijo:

—Me parece que, bien pensado, prefiero tu loción a la mía.

Tenía la mano encima de la botella, reclamándola. Le sonrió de lado, desafiándola, odiándola abiertamente.

Ella, con una sonrisa, adelantó la mano y tomó la botella:

—Bien, será mejor que te compres una para ti. ¿No crees?

Y entonces la sonrisa de él fue rápida, impertinente. Reconocía que ella le había vencido, que la odiaba por ello, que se proponía volver a intentarlo pronto. Luego la sonrisa se desvaneció y fue sustituida por la expresión de miedo frío y cansado que había visto antes. Se estaba diciendo a sí mismo que sus impulsos de sarcasmo eran peligrosos, y que debería aplacarla, en lugar de desafiarla.

Se excusó rápidamente, con un murmullo encantador y que trataba de restablecer las paces, dio las buenas noches, y subió de puntillas al cuarto de Ivor.

Anna se bañó y luego fue a ver si Janet dormía bien. La puerta del cuarto de los jóvenes estaba abierta. Anna se sorprendió, pues ellos sabían que cada noche a aquella hora subía a ver a Janet. Luego se dio cuenta de que estaba abierta a propósito. Oyó:

—De nalgas gruesas como vacas...

Era la voz de Ivor, y añadió un ruido obsceno. Luego la voz de Ronnie:

—Pechos sudorosos y caídos...

E hizo como si vomitara.

Anna, furiosa, estuvo a punto de entrar e insultarles. Se encontró, en cambio, débil, temblorosa y aterrorizada. Bajó sigilosamente la escalera, con la esperanza de que no se hubieran dado cuenta de su presencia. Pero entonces cerraron la puerta con un golpe, y oyó la risa de Ivor y las carcajadas estridentes de Ronnie. Se metió en la cama, horrorizada de sí misma, pues se daba cuenta de que aquella breve escena de obscenidades que habían preparado para ella, no era más que el aspecto nocturno de la puerilidad de niña pequeña de Ronnie, o de la afabilidad de perrazo de Ivor, y de que así podía habérselo imaginado mucho antes, sin tener que esperar a que se lo demostraran. Tenía miedo porque se sentía afectada. Permaneció sentada en la cama, fumando a oscuras en el centro de aquella gran habitación, y la embargó una profunda sensación de vulnerabilidad e impotencia. Se dijo de nuevo: «Si me desmoronara...». El hombre del metro la había afectado; los dos jóvenes de arriba la habían dejado temblando. Una semana antes, al volver tarde del teatro, un hombre se le había exhibido en la esquina de una calle oscura. Su reacción no fue ignorarlo, sino encogerse por dentro, como si se hubiera tratado de un ataque personal contra ella. Sintió que había sido amenazada... En cambio, recordando tiempos no muy lejanos, vio a aquella otra. Anna que atravesaba los peligros y la fealdad de la gran urbe sin miedo e inmune. Ahora, sin embargo, parecía como si la fealdad se le hubiera acercado tanto que estaba a punto de desvanecerse gritando.

¿Y cuándo había nacido esa nueva Anna vulnerable? Lo sabía; cuando Michael la dejó.

Anna, con miedo y sintiéndose mal, pese a todo se sonrió de sí misma, se sonrió de su conciencia de que ella, la mujer independiente, sólo era independiente e inmune frente a la fealdad de las perversidades del sexo, del sexo violento, cuando era querida por un hombre. Permanecía sentada a oscuras, sonriendo, o más bien forzándose a sonreír, y pensando que no había ninguna persona en el mundo a quien pudiera comunicar aquella broma, salvo a Molly. Pero Molly estaba pasando tantas dificultades, que no se podía hablar con ella, por el momento. Sí: tenía que llamar a Molly por la mañana y hablar con ella de Tommy.

Y entonces Tommy volvió a ocupar la primera fila de sus preocupaciones, junto a su problema con Ivor y Ronnie. ¡Aquello era demasiado! Se deslizó bajo las sábanas, aferrándose a ellas.

«El hecho —se dijo Anna, tratando de conservar la calma— es que no me encuentro en condiciones para enfrentarme con nada. Me mantengo por encima de todo esto, del caos, gracias a este cerebro mío que cada vez es más frío. Me balanceo para conservar el equilibrio.» (Anna vio de nuevo su cerebro como una maquinita impávida, haciendo tic tac en la cabeza.)

Estaba tumbada, con miedo, y otra vez acudieron a su mente aquellas palabras: el manantial se ha secado. Y a las palabras las acompañó la imagen: el pozo seco, una hendidura abierta en la tierra, que era todo polvo.

Buscando algo donde sujetarse, se asió al recuerdo de Madre Azúcar. «Sí. Tengo que soñar con agua», se dijo. ¿De qué le serviría aquella larga "experiencia" con Madre Azúcar, si ahora, en tiempo de sequía, no podía recurrir a ella en busca de ayuda? «Tengo que soñar cómo volver al manantial.»

Anna se durmió y soñó. Estaba de pie al borde de un desierto ancho y amarillo, al mediodía. El sol aparecía oscurecido por el polvo que pendía del aire, y tenía un siniestro color naranja por encima de la extensión amarilla y polvorienta. Anna sabía que debía cruzar el desierto. Al otro lado, en el extremo más alejado, había unas montañas, de color púrpura, naranja y gris. Los colores del sueño eran extraordinariamente hermosos y vívidos. Pero estaba encerrada en medio de ellos, cercada por aquellos colores brillantes y secos. No había agua en ninguna parte. Anna empezó a caminar a través del desierto, para llegar a las montañas.

Éste fue el sueño con que se despertó por la mañana; y sabía lo que significaba. El sueño marcaba un cambio en ella, en el conocimiento de sí misma. En el desierto estaba sola, no había agua y se encontraba muy lejos de los manantiales. Se despertó sabiendo que, si quería cruzar el desierto, tendría que librarse de fardos. Se había ido a la cama sin ideas claras acerca de lo que haría con Ivor y Ronnie, y despertó sabiendo lo que iba a hacer. Detuvo a Ivor cuando salía hacia el trabajo (Ronnie estaba todavía en la cama, durmiendo el sueño de las amantes mimadas), y le comunicó:

—Ivor, quiero que te vayas.

Aquella mañana tenía el semblante pálido, aprensivo y suplicante. No podía exteriorizar más claramente sus sentimientos, sin pronunciar estas palabras:

—Lo siento mucho. Estoy enamorado de él y no puedo controlarme.

Pero no era necesaria la aclaración.

—Ivor, debes darte cuenta de que esto no puede seguir así.

—Hace tiempo que te lo quería decir… ¡Has sido tan amable! Verdaderamente me gustaría pagar por la estancia de Ronnie.

—No.

—El alquiler que fijes tú.

Incluso entonces, cuando sin duda se sentía avergonzado por su actitud de la noche anterior, y sobre todo asustado porque su idilio podía recibir un rudo golpe, no pudo evitar que su voz adoptase de nuevo aquel tono de desprecio y burla.

—Puesto que hace semanas que Ronnie está aquí y yo no he mencionado la cuestión del alquiler, es obvio que no se trata de eso —contestó Anna, disgustada con la persona fría y crítica que estaba allí, hablando con aquella voz.

Él volvió a vacilar. Su cara era una mezcla muy notable de culpabilidad, impertinencia y miedo.

—Mira, Anna, voy a llegar muy tarde al trabajo. Bajaré esta noche y lo discutiremos, ¿te parece bien?

Habló desde la escalera, bajándola a saltos, tratando desesperadamente de alejarse de ella y de su propio impulso de burlarse, de provocarla.

Anna regresó a la cocina. Janet estaba tomando el desayuno. La niña le preguntó:

—¿De qué hablabas con Ivor?

—Le sugería que debería marcharse o que, por lo menos, lo hiciera Ronnie… —Rápidamente añadió, pues Janet iba a protestar—: El cuarto es para una persona, no para dos. Y como son amigos, seguramente prefieren vivir juntos.

Ante la sorpresa de Anna, Janet decidió no protestar. Durante el desayuno se mantuvo quieta y en silencio, tal como había permanecido durante la cena de la noche anterior. Al final observó:

—¿Por qué no voy al colegio?

—¡Pero si ya vas al colegio!

—No. Quiero decir a un colegio de verdad, a un pensionado.

—Los pensionados no son ni mucho menos como el de la historia que Ivor te leía ayer noche.

Janet pareció que iba a proseguir, pero abandonó el tema. Se fue a la escuela, como siempre.

Ronnie bajó al cabo de un rato, mucho antes de lo que tenía por costumbre. Iba vestido con cuidado, y estaba muy pálido bajo el débil colorete que llevaba en las mejillas. Por primera vez se ofreció a hacerle las compras a Anna.

—Soy muy útil para las tareas de la casa —adujo.

Cuando Anna rehusó, tomó asiento en la cocina y se puso a charlar con mucha gracia. Sus ojos la miraban suplicantes.

Pero Anna había tomado una determinación firme, y cuando Ivor fue a verla a su cuarto aquella noche, se mantuvo en su decisión. Así que Ivor sugirió que Ronnie se marcharía, pero él se quedaría.

—Después de todo, Anna, he vivido aquí durante muchos meses, y nunca habíamos tenido ninguna agarrada. Estoy de acuerdo contigo; Ronnie pedía demasiado. Pero él se va a ir, te lo prometo. —Anna vaciló y él insistió—: Además está Janet. La echaría de menos… Y no creo que exagere si digo que ella también me echaría de menos a mí. Nos vimos muy a menudo mientras tú estabas tan ocupada ayudando a tu amiga durante aquel horrible asunto de su hijo.

Anna cedió, y Ronnie se marchó. Lo hizo aparatosamente, dando a entender claramente a Anna que era una mala pécora por echarle (y ella, en efecto, se sentía una mala pécora), y a Ivor que había perdido un amante, cuyo precio mínimo era un techo bajo el que cobijarse. Ivor sintió resentimiento hacia Anna por la pérdida, y se lo demostró. Ponía mala cara.

Sin embargo, la mala cara de Ivor significó que las cosas volvieron a ser como antes del accidente de Tommy. Casi nunca le veían. Se había vuelto a convertir en el joven que daba las buenas noches y los buenos días cuando se cruzaban en la escalera. La mayoría de las noches salía. Luego Anna oyó que Ronnie no había logrado retener a su nuevo protector, que se había instalado en un cuartito en una calle vecina, y que Ivor le mantenía.

Los cuadernos

[Ahora, el cuaderno negro cumplía plenamente lo proyectado, pues sus dos apartados estaban escritos. Debajo del título de la izquierda, *Fuentes*, decía:]

11 de noviembre de 1955

Una de esas palomas gordas y domesticadas que se pasean por las aceras de Londres, entre las botas y los zapatos de la gente que corre para no perder el autobús, recibe un puntapié de un hombre. El animal se tambalea en el aire, proyectado hacia delante, y choca contra un farol: queda tumbado con el cuello estirado y el pico abierto. El hombre se detiene, sorprendido, asustado: había supuesto que la paloma echaría a volar. Lanza una mirada furtiva en derredor suyo, como si quisiera escapar. Pero es demasiado tarde: una virago con la cara roja se acerca ya.

—¡Usted, bruto! ¡Conque dando puntapiés a una paloma!

La cara del hombre se ha puesto roja. Sonríe cómicamente, azorado, asombrado, y observa, pidiendo que se le haga justicia:

—¡La ha matado! ¡Le ha dado un puntapié a la pobre palomita! —grita la mujer.

Pero la paloma no está muerta: sigue estirando el cuello junto al farol, tratando de levantar la cabeza, mientras sus alas realizan grandes esfuerzos para desplegarse, sin conseguirlo. Se ha formado un grupo que incluye a dos chicos de unos quince años. Tienen las caras agudas y alertadas, típicas de los pillos callejeros, y observan en silencio, inmóviles, sin dejar de mascar chicle. Alguien dice:

—Llamen a la Sociedad protectora de Animales.

—No habría sido necesario si este matón no le hubiera dado un puntapié al pobre animal —sigue gritando la mujer.

El hombre adopta un gesto ovejuno: es el criminal odiado por la muchedumbre. Las únicas personas que no participan emocionalmente del sentir unánime son los dos chicos. Uno de ellos observa, como quien no quiere la cosa:

—En la cárcel es donde hay que meter a los criminales como él.

—Sí, sí —exclama la mujer.

Está tan ocupada mirando al autor del delito que no ve a la paloma.

—A la cárcel con él —dice el otro chico—. Que le propinen unos azotes, vaya.

La mujer mira penetrantemente a los muchachos y se da cuenta de que le están tomando el pelo.

—¡Sí, y a vosotros también! —les reprende sofocada, con la voz casi estrangulada por la ira—. ¡Reírse mientras una pobre avecilla sufre!

Los dos chicos están ya sonriendo, aunque no con la misma expresión de incredulidad y vergüenza que muestra el malo del momento.

—Reíd, reíd —repite la mujer—. Unos buenos azotes, eso es lo que *necesitáis*. Sí. Es verdad.

Mientras tanto, un hombre eficiente y con el ceño fruncido se inclina sobre la paloma y la examina. Acto seguido se incorpora y anuncia:

—Va a morir.

Tiene razón: los ojos del ave se están velando, y de su pico abierto mana abundante sangre. Y entonces la mujer, olvidando a sus tres objetos de odio, se inclina hacia adelante para ver la paloma, con la boca entreabierta, en una desagradable expresión de curiosidad, mientras el animal se estremece, tuerce la cabeza y queda inmóvil.

—Está muerta —dice el hombre eficiente.

El malo, recobrando ánimos, proclama en tono de disculpa, pero abiertamente determinado a no tolerar más tonterías:

—Lo siento, pero fue un accidente. Nunca había visto una paloma que no se apartara del paso.

Todos miramos con desaprobación al despiadado golpeador de palomas.

—¡Un accidente! —clama la mujer—. ¡Un accidente!

Pero el grupo ya se disuelve. El hombre eficiente recoge el ave en un gesto absurdo, porque ahora no sabe qué hacer con ella. El del puntapié se aleja, pero la mujer va tras él, diciendo:

—¿Cuál es su nombre y dirección? Le voy a llevar a los tribunales.

El hombre replica, irritado:

—Ande, ande, no convierta un montecito en una montaña.

Ella insiste:

—Conque el asesinato de una pobre avecilla es un montecito.

—Bueno, señora, no hay para tanto. Asesinar no es una montaña —observa uno de los chicos de quince años, que está con las manos metidas en los bolsillos de la chaqueta, sonriendo.

Su compañero aprovecha la alusión, con sagacidad:

—Tienes razón. Los montecitos son asesinato, pero las montañas no.

—Es verdad —concede el primero—. ¿Desde cuándo una paloma es una montaña? Es un montecito.

La mujer se vuelve hacia ellos y el malo, agradecido, escapa con una expresión increíblemente culpable, a pesar suyo. La mujer está intentando encontrar las palabras adecuadas para insultar a los dos chicos, pero entonces aparece el hombre eficiente con el cadáver del animal y sin saber qué hacer con él. Uno de los chicos pregunta, burlándose:

—¿Va a hacer empanada de paloma, señor?

—Si os atrevéis a burlaros de mí, llamaré a la policía —amenaza en seguida el eficiente.

La mujer está encantada, y dice:

—Eso, eso es lo que debíamos haber hecho hace rato.

Uno de los chicos suelta un silbido, largo, incrédulo, sarcástico y admirativo.

—¡Bueno! Llamemos a la bofia. ¿Sabe que le engancharán por robar una paloma pública, señor?

Y los dos chicos se marchan, desternillándose, pero lo más aprisa que pueden, ante la invocación de la policía.

La mujer enojada, el hombre eficiente, el cadáver y unos cuantos mirones, tardan aún en irse. El hombre busca por los alrededores, ve una papelera colgando de un farol, y se adelanta para echar en ella el ave muerta. Pero la mujer le sale al paso, coge la paloma y dice, con la voz preñada de ternura:

—Démela. Enterraré al pobre animalito en la maceta de mi ventana.

El hombre eficiente se apresura a marcharse, agradecido. Ella queda sola, mirando con repugnancia la sangre espesa que cae del pico de la paloma.

12 de noviembre

Ayer por la noche soñé con la paloma. Me recordaba algo, pero no sabía qué. En mi sueño luchaba, sin conseguirlo, por acordarme. Sin embargo, cuando desperté supe en seguida lo que era: un incidente ocurrido en los fines de semana en el hotel Mashopi. No he pensado en él desde hace años, pero ahora lo evoco claramente y con todo detalle. De nuevo me exaspero por el hecho de que mi cerebro conserve tantas cosas encerradas tan imposibles de alcanzar, a menos que tenga suerte. Esas cosas dan lugar a que se produzcan incidentes como el de ayer. Debió de suceder durante uno de los fines de semana intermedios, no en el último, cuando estalló la crisis. Sí, porque aún debíamos estar en buenas relaciones con los Boothby. Recuerdo que la señora Boothby entró en el comedor a la hora del desayuno, con un fusil del calibre 22, y nos preguntó a todo el grupo:

—¿Alguno de ustedes sabe tirar?

Paul contestó, tomando el arma:

—La costosa educación que me han dado no podía permitir que ignorase las sutilezas del asesinato de patos y faisanes.

—¡Oh, no se trata de nada fino! —exclamó la señora Boothby—. Por ahí andan sueltos algunos patos y faisanes, aunque no muchos. El señor Boothby ha dicho que le gustaría comer una empanada de pichón. Antes solía salir con la escopeta de vez en cuando, pero ha engordado demasiado para seguir haciéndolo. Por eso pensé que tal vez ustedes serían tan amables...

Paul inspeccionaba el arma irónicamente. Por fin dijo:

—Bueno, nunca se me había ocurrido ir a matar pájaros con un fusil. Pero, si lo hace el señor Boothby, también puedo hacerlo yo.

—No es difícil —comentó la señora Boothby, dejándose engatusar como de costumbre por la apariencia cortés del trato de Paul—. Hay un pequeño *vlei* allí, entre los *kopjes*, que está lleno de pichones. Espere a que se posen, y sólo es cuestión de irlos recogiendo.

—¡Eso no es deportivo! —exclamó Jimmy, solemnemente.

—¡Dios mío! ¡No es deportivo! —gritó Paul teatralmente y tapándose la frente con una mano, mientras que con la otra apartaba de sí el fusil.

La señora Boothby no estaba muy segura de si tenía que tomarle en serio, pero explicó:

—No hay nada malo en ello. No disparen a menos que no estén seguros de matar. Así, ¿qué daño hacen?

—Tiene razón —dijo Jimmy, dirigiéndose a Paul.

—Sí que tiene razón —asintió Paul, hablándole ahora a la señora Boothby—. Toda la razón. Lo haremos. ¿Cuántos pichones son necesarios para el pastel del anfitrión Boothby?

—No se puede hacer mucho con menos de seis, pero si consiguen más haré pastel de pichón también para ustedes. Será un intercambio.

—Es cierto —afirmó Paul—. Será un intercambio. Confíe en nosotros.

Ella le dio las gracias, con gravedad, y nos dejó con el fusil.

El desayuno había terminado —eran casi las diez de la mañana—, y nos alegrábamos de tener algo con que ocupar el tiempo hasta la hora del almuerzo. Algo apartado del hotel había un camino que se alejaba de la vía principal en ángulo recto, y cuyas roderas cruzaban el *veld*, siguiendo la línea de un antiguo camino africano. Este camino conducía a la misión católica, distante unos once kilómetros, hacia el monte. De vez en cuando, pasaba por allí el coche de la misión, en busca de víveres o algún grupo de peones que se dirigían a trabajar a la importante granja administrada por la misión; pero la mayoría del tiempo, el camino estaba vacío. Toda aquella parte era un ondulante *veld* salpicado aquí y allí de *kopjes*. Cuando llovía, el suelo parecía resistirse al agua, en lugar de acogerla. La lluvia caía con furia sobre el *veld*, a veinte o treinta centímetros del duro suelo, pero una hora después de la tormenta todo volvía a estar seco. La noche pasada había llovido tanto que el tejado de hierro del bloque donde se hallaban nuestros dormitorios había trepidado incesantemente. No obstante, el sol ya volvía a estar alto, no había nubes en el cielo, y caminábamos a lo largo del piso de *tarmac*, sobre una fina costra de arena blanca que se abría crujiente bajo nuestros zapatos, dejando al descubierto la oscura humedad del subsuelo.

Aquella mañana éramos sólo cinco; no me acuerdo dónde estaban los otros. Quizás era un fin de semana en que no habíamos ido al hotel más que cinco del grupo. Paul llevaba el fusil como un auténtico *sportman*, satisfecho interiormente del papel que representaba. Jimmy iba a su lado, torpe, grueso, pálido, con sus inteligentes ojos mirando en todo momento a Paul, humilde, irónico hacia el sufrimiento que implicaba su situación. Willi, Maryrose y yo les seguíamos. Willi llevaba un libro. Maryrose y yo vestíamos trajes de vacaciones: pantalones de color, de calicé, y camisas. Maryrose lucía pantalones azules y blusa blanca.

En cuanto dejamos el camino principal para coger el de arena, tuvimos que avanzar despacio y con cuidado, pues tras la lluvia de la noche anterior todo estaba infestado de insectos. El paisaje parecía conmocionado y en movimiento. Por encima de las hierbas bajas volaba y saltaba un millón de mariposas blancas con alas de un blanco verdoso. Todas eran blancas, pero de distinto tamaño. Era como si aquella mañana no hubieran salido del huevo, saltado o caído de sus crisálidas, más que las mariposas de una sola especie, que ahora celebraban su libertad. Y entre la misma hierba, así como por todo el camino, había una determinada especie de saltamontes de color vivo que andaban en parejas. Se contaban por millones.

—«Y un saltamontes saltó sobre la espalda de otro...» —canturreó Paul, con su voz ligera y a la vez honda. Iba a la cabeza del grupo. Se detuvo. Jimmy lo hizo también a su lado, obedientemente. Nosotros nos paramos detrás de ellos dos. Entonces Paul añadió—: Es extraño, pero hasta ahora nunca había comprendido el sentido intrínseco o concreto de esta canción.

Era grotesco, y más que azoramiento, lo que nos producía era un miedo reverencial. Nos reímos, pero nuestra risa resultó demasiado fuerte. En todas direcciones, a nuestro alrededor, había insectos ayuntándose. Los unos permanecían inmóviles, con las patas clavadas firmemente en la arena, mientras que los otros, idénticos en apariencia, se mantenían encaramados encima, de modo que no les dejaban moverse. Cerca de nosotros, uno de esos insectos intentaba subirse encima de otro, mientras éste le ayudaba como si temiese que las sacudidas vehementes y frenéticas de su compañero acabaran por hacerles caer a los dos de lado. Un poco más lejos, una pareja mal ayuntada se caía, y el que había estado debajo se erguía y esperaba a que el otro volviera a recuperar su posición, sin darse cuenta de que otro, idéntico, le quitaba el sitio... En fin, nos rodeaban multitud de parejas de insectos, los unos encima de los otros, mostrando en sus ojos brillantes y redondos una expresión estúpida. A Jimmy le dio un ataque de risa, y Paul le golpeó la espalda.

—Estos insectos tan extremadamente vulgares no merecen nuestra atención —observó Paul.

Tenía razón. Uno de aquellos insectos, o media docena, o incluso un centenar, hubieran parecido atractivos, con sus élitros de colores brillantes medio sumergidos entre finas hierbas del color de la esmeralda; pero a miles, con los ojos negros y abiertos sin expresión, producían un efecto absurdo y obsceno, aparte que eran la viva representación de la estupidez.

—Es mucho mejor observar las mariposas —dijo Maryrose, poniéndose a hacerlo.

Eran extraordinariamente bellas. En toda la extensión que alcanzábamos a ver, sus alas blancas agitaban graciosamente el aire azul. Parecían como una neblina blanca y reluciente sobrevolando la hierba verde.

—Pero, ¡mi querida Maryrose! —exclamó Paul—. Sin duda imaginas, en tu inefable candidez, que esas mariposas celebran lo alegre que es la vida o, simplemente, se divierten. El caso, sin embargo, no es ése. Lo que hacen no es más que perseguir el vil goce sexual, lo mismo que esos saltamontes tan vulgares.

—¿Cómo lo sabes? —inquirió Maryrose con su vocecita, muy seriamente; y Paul se echó a reír, con aquella risa suya tan pictórica y cuyo atractivo conocía perfectamente.

Acto seguido, retrocedió para colocarse junto a ella. Jimmy se quedó solo, delante. Willi, que había estado acompañando como un caballero a Maryrose, cedió su sitio a Paul y se acercó a mí; pero yo ya me había ido al lado de Jimmy, que parecía abandonado.

—Esto, de verdad, *es* grotesco —dictaminó Paul, con un tono de sincera turbación.

Miramos hacia donde él miraba y vimos, en medio de aquel ejército de saltamontes, a dos parejas que sobresalían del resto. Una la constituían un insecto enorme y de apariencia todopoderosa, con unas grandes y muelles patas semejantes a un pistón, sobre cuya espalda había un bicho inútil e incapaz de encaramarse lo suficientemente arriba. La otra pareja, junto a ellos, resultaba del todo opuesta: un saltamontes minúsculo montado, casi aplastado, por un insecto enorme y muy fuerte.

—Voy a tratar de hacer un pequeño experimento científico —anunció Paul.

Se abrió paso entre los insectos, con cuidado, se dirigió hacia las hierbas que había junto al camino, dejó el fusil en el suelo y arrancó el tallo de una hierba. Luego hincó una rodilla en la arena, y su mano se abrió paso entre los insectos, con gesto eficaz e indiferente, hasta lograr levantar al animal de cuerpo pesado que se hallaba encima del pequeño. Pero éste, de inmediato, saltó hasta su compañero de un solo bote, con sorprendente decisión.

—La operación requiere dos personas —anunció Paul.

Jimmy arrancó prestamente una hierba y se colocó junto a él, frunciendo el ceño en un gesto de repugnancia por tener que inclinarse hasta tan cerca del enjambre. Los dos estaban arrodillados en el camino de arena, manejando los tallos de hierba. Willi, Maryrose y yo nos quedamos mirando. Willi también fruncía el ceño.

—¡Qué frívolos! —observó con ironía.

Aunque, para variar, aquella mañana no estábamos de un humor especialmente bueno, Willi se dignó sonreírme al tiempo que decía, de veras divertido:

—Así y todo, es interesante.

E intercambiamos una nueva sonrisa, con cariño y con dolor por causa de lo raros que eran aquellos instantes. Maryrose nos miraba, con envidia y dolor, por encima de aquellos dos cuerpos amigos que permanecían arrodillados. Ella veía en nosotros a una pareja feliz, y se sentía aislada. Yo no pude soportarlo, abandoné a Willi para acercarme a ella, y ambas nos incluíamos por sobre las espaldas de Paul y Jimmy, observando lo que hacían.

—Ahora —dijo Paul, volviendo a levantar al monstruoso insecto que aplastaba con su peso al pequeño.

Pero Jimmy era torpe y no lo consiguió; en consecuencia, antes de que tuviera tiempo de probar otra vez, el gran insecto de Paul volvía a ocupar su puesto.

—¡Oh, qué idiota eres! —exclamó Paul, irritado.

Era una irritación que por lo general dominaba, porque sabía que Jimmy lo adoraba. Jimmy dejó caer la hierba y rió dolorosamente, tratando de disimular su pena… Pero Paul ya había cogido los dos tallos y levantado a los dos insectos que estaban ya acoplados, el grande y el pequeño, separándolos de los otros dos, pequeño y grande respectivamente, logrando que los cuatro formaran dos parejas bien avenidas. En efecto, ahora los dos insectos, el grande y el pequeño, tenían su correspondiente pareja en lo que al tamaño se refiere.

—Ya está —dijo Paul—. Ésta es la actitud científica. Limpio, fácil y satisfactorio.

Allí nos quedamos los cinco, midiendo el triunfo del sentido común y riendo sin poder remediarlo, incluido Willi, ante lo totalmente absurdo de todo ello. Mientras tanto, a nuestro alrededor, miles y miles de saltamontes continuaban con la tarea de propagar su especie sin nuestra ayuda. Por lo demás, nuestra pequeña victoria se disipó pronto, pues el insecto grande que había estado encima del otro insecto grande se cayó, y en seguida el que soportara su peso hasta aquel momento montó sobre él.

—Obsceno —profirió Paul, gravemente.

—No hay pruebas —dijo Jimmy, tratando de seguir el tono fácil y grave de su amigo, pero sin lograrlo porque su voz carecía del aliento suficiente, era chillona o exageraba demasiado la mofa—. No hay pruebas sobre si, en lo que nosotros denominamos cosas naturales, existe un orden mejor que el nuestro. ¿Qué pruebas tenemos de si todos estos trogloditas en miniatura están o dejan de estar bien repartidos, con los machos cubriendo a las hembras? Ni tan siquiera sabemos —añadió atrevidamente, dando, como siempre, la nota equivocada— si los machos están con las hembras... A juzgar por lo que vemos, igual esto es una orgía tumultuosa, de machos con machos, hembras con hembras...

Sin terminar la frase, soltó una risa sofocada. Y al mirar su cara enrojecida, azorada e inteligente, nos dimos todos cuenta de que se preguntaba por qué nada de lo que él decía o podía decir sonaba natural, como cuando lo decía Paul. Si Paul hubiera pronunciado aquel discurso, lo cual muy bien podría haber sucedido, todos nos hubiéramos reído. Y en cambio ahora nos sentíamos incómodos, sabíamos que nos obsesionaba la porfía de aquellos horribles insectos.

De pronto, Paul saltó sobre ellos, sobre aquellas dos parejas cuya fornicación había organizado él mismo, y los pisoteó deliberadamente.

—¡Paul! —gritó Maryrose, turbada, mirando el estrujado montón de alas de color, de ojos y de jugo blanco y pegajoso.

—La reacción típica de una sentimental —dijo Paul, parodiando conscientemente a Willi, quien sonrió para evidenciar que se daba cuenta de que se burlaban de él. Pero luego Paul añadió, seriamente—: Querida Maryrose, esta noche, o todo lo más mañana por la noche, casi todas estas cosas estarán muertas…, al igual que las mariposas.

—¡Oh, no! —exclamó Maryrose, mirando con angustia hacia las nubes danzantes de mariposas, e ignorando a los saltamontes—. Pero ¿por qué?

—Porque son demasiados. ¿Qué pasaría si vivieran todos? Sobrevendría una invasión. El hotel Mashopi desaparecería bajo el alud de saltamontes… Sería aplastado, borrado de la faz de la tierra, mientras inconcebibles enjambres de amenazadoras mariposas bailarían una danza victoriosa por la muerte de los señores Boothby y su hija casadera.

Maryrose, ofendida y pálida, apartó la vista de Paul. Todos sabíamos que estaba pensando en su hermano muerto. En momentos como aquel adoptaba tal expresión de aislamiento, que a todos nos daban ganas de pasarle un brazo por los hombros.

No obstante, Paul continuó, y empezó a parodiar a Stalin:

—Es obvio, no es preciso decirlo… En realidad, todo el mundo lo sabe. ¿Por qué, pues, me tomo la molestia…? Sin embargo, da igual que haya o no necesidad de decir una cosa. Como es bien sabido, digo yo, la naturaleza es pródiga. Antes de que pasen muchas horas, estos insectos se habrán matado mutuamente. Caerán luchando, mordiendo, por causa de homicidio deliberado, de suicidio o de mala fornicación. Tal vez se los hayan comido los pájaros, que ahora están aguardando a que nos vayamos para empezar el festín. El próximo fin de semana, o el otro si nos lo impide nuestro deber político, cuando volvamos a este delicioso paraje y demos nuestros comedidos paseos por este camino, quizá veamos a uno o dos de estos encantadores insectos rojos y verdes retozando por la hierba, y pensemos: ¡qué bonitos son! Pero no lloraremos por el millón de cadáveres que se estarán hundiendo en el lugar de su último reposo, debajo de nuestros pies. Y no menciono a las mariposas porque a ellas, puesto que son incomparablemente más bellas, aunque no más útiles, las echaríamos de menos de un modo activo, incluso asiduamente, si no fuera que estamos más ocupados con nuestras diversiones habituales y de un carácter más decadente.

Nos preguntábamos qué razón le impulsaba a hurgar en la herida causada en Maryrose por la muerte de su hermano. Ella sonreía con dolor. Y Jimmy, a quien atormentaba continuamente el miedo a estrellarse y morir, tenía la misma sonrisa amarga de Maryrose.

—Lo que intento demostrarles, camaradas...

—Sabemos muy bien lo que tratas de demostrar —dijo Willi, con brusquedad y enfadado. Tal vez instantes como ese eran los que le convertían en el «padre» del grupo, como Paul decía—. Ya basta —añadió, terminantemente—. Vayamos a por los pichones.

—No hay necesidad de mencionarlo, es obvio... Si continuamos en esta actitud irresponsable, el pastel de pichón para nuestro anfitrión Boothby nunca podrá cocinarse... —observó Paul por último, volviendo a las expresiones introductorias favoritas de Stalin, con el solo fin de dejar claro que Willi no podía con él.

Seguimos avanzando por el camino, entre los saltamontes. Un kilómetro más adelante había un pequeño *kopje* o montón de tambaleantes piedras de granito, al otro lado del cual, como si de una frontera se tratase, no vimos un solo saltamontes. Allí no existían. Así de sencillo; eran una especie extinta. En cambio, las mariposas seguían revoloteando por doquier, como pétalos blancos danzando.

Creo que debía de ser octubre o noviembre. No por los insectos; no sé lo bastante para identificar por ellos la época del año, sino por el tipo de calor que hacía. Era un calor absorbente, espléndido, amenazador. Si hubiera sido más tarde, la estación de las lluvias, por ejemplo, habría habido un sabor de champaña en el aire, una premonición del invierno. En cambio, aquel día me acuerdo de que el calor nos golpeaba las mejillas, los brazos y las piernas, filtrándose incluso a través de la ropa. Sí, claro, tenía que ser a principios de la estación, pues la hierba era corta, formando matas de un verde claro y penetrante en la arena blanca. De modo que aquel fin de semana precedía en cuatro o cinco meses al último, que fue justamente el inmediato anterior al fin de semana en que Paul murió. Y el camino por donde nos paseábamos aquella mañana era el mismo que una noche, meses después, Paul y yo recorreríamos cogidos de la mano y corriendo en medio de la neblina, hasta caer juntos sobre la hierba mojada. ¿Dónde? Tal vez cerca de donde nos sentamos a disparar contra los pichones para el pastel.

Pasamos el pequeño *kopje*, y apareció ante nosotros otro, más grande. El espacio que quedaba entre los dos era el sitio que la señora Boothby había dicho frecuentaban los pichones. Fuimos hasta el pie del *kopje* grande en silencio. Me acuerdo que andábamos silenciosos, con el sol abrasándonos las espaldas. Puedo *vernos*, cinco jóvenes de pequeña estatura, vestidos de colores chillones, caminando por el *vlei* herboso, cruzando el torbellino de mariposas blancas bajo un cielo azul y espléndido.

Al pie del *kopje* había un grupo de árboles grandes, debajo de los cuales nos instalamos. A unos veinte metros, en otro grupo de árboles, un pichón profería arrullos por entre las hojas. Calló sus arrullos. Profería un sonido blando, somnoliento e intoxicante, que hipnotizaba tanto como el cantar de las cicadas, a las que ahora —cuando nos pusimos a escuchar— oíamos chillar a nuestro alrededor. El canto de la cicada es como cuando se padece la malaria y se tiene el cuerpo atiborrado de quinina: es un sonido incesante, chillón y enloquecedor, que parece provenir de un tambor que se hubiese colocado en nuestros oídos. Uno pronto deja de oírlo, al igual que se deja de oír el chillido febril de la quinina en la sangre.

—¡Sólo hay un pichón! —exclamó Paul—. ¡La señora Boothby nos ha engañado!

Apoyó el cañón del arma en una roca, apuntó al ave en aquella posición, lo intentó hacer sin el apoyo de la roca, y cuando creíamos que iba a disparar, dejó el fusil en el suelo.

Nos preparamos para un intervalo ocioso. La sombra era espesa, la hierba, blanda, elástica, y el sol ascendía hacia su cénit El *kopje* que quedaba detrás resaltaba en el cielo, dominador, pero no opresivo. Los *kopjes*, en aquella parte del país, son engañosos:

en principio parecen bastante altos, pero se esparcen y disminuyen de tamaño cuando uno se acerca a ellos, porque consisten en grupos o montones de piedras de granito redondeadas. Así, pues, cuando se está junto a la base de un *kopje*, es muy posible que se vea claramente el *vlei* que se extiende al otro lado, a través de una grieta o pequeño canal abierto entre las grandes piedras relucientes que se ciernen sobre nosotros como un gigantesco montón de guijarros. En el *kopje* donde nos encontrábamos, proliferaban, tal como ya sabíamos, porque lo habíamos explorado, las fábricas y barricadas de piedra construidas por los mashona setenta u ochenta años atrás, para defenderse de las incursiones de los matabele. También abundaban allí las magníficas pinturas de los aborígenes... Bueno, lo de magníficas había perdido sentido tras la llegada de los huéspedes del hotel, los cuales se habían divertido destruyéndolas a pedradas.

—Imaginemos que somos un grupo de mashona —dijo Paul—. Estamos cercados. Los matabele se aproximan con sus horribles atuendos. Nos superan en número. Además, según me han dicho, no somos un pueblo guerrero, sino gente sencilla que se dedica a tareas pacíficas. Los matabele nos vencen siempre. Nosotros, los hombres, sabemos que dentro de unos minutos vamos a morir de una muerte dolorosa. En cambio, vosotras, las mujeres, tenéis suerte. Anna y Maryrose serán simplemente arrastradas por los nuevos amos hasta la tribu superior de los matabele, una gente mucho más guerrera y viril.

—Antes se matarían —dijo Jimmy—. ¿Verdad que sí, Anna? ¿Verdad que sí, Maryrose?

—¡Claro! —exclamó Maryrose, siguiendo la broma de buen grado.

—¡Claro! —asentí.

La paloma seguía con sus arrullos. Podíamos verla: un ave pequeña, de formas gráciles, recortándose contra el cielo. Súbitamente, Paul tomó el fusil, apuntó y disparó. El ave revoloteó con sus alas desplegadas y, finalmente, se desplomó sobre el suelo con un golpe que se oyó desde donde estábamos nosotros.

—Necesitamos un perro —dijo Paul.

Esperaba que Jimmy se levantara de un salto para ir a buscarlo. Todos pudimos ver cómo Jimmy luchaba consigo mismo, pero el hecho es que se levantó, cruzó los grupos gemelos de árboles, recogió el cadáver; desprovisto de gracia, lo arrojó a los pies de Paul y volvió a sentarse. El corto paseo bajo el sol le había sofocado, haciendo que en su camisa aparecieran grandes manchas de sudor. Se la quitó. Su torso desnudo era pálido, grasiento, casi como el de un niño.

—Así es mejor —dijo con tono retador, sabiendo que le mirábamos, y seguramente con ojo crítico.

En aquel grupo de árboles imperaba nuevamente el silencio.

—¡Ya tenemos un pichón! —proclamó Paul—. Un rico bocado para nuestro anfitrión.

De árboles más distantes llegaba ahora el arrullo de otros pichones, un sonido susurrante y agradable.

—Paciencia —recomendó Paul, depositando el fusil en el suelo y encendiendo un cigarrillo.

Willi leía. Maryrose estaba tumbada de espaldas, con la cabeza dorada y suave sobre una mata de hierba, y los ojos cerrados. Jimmy había encontrado una nueva diversión. En efecto, entre las aisladas matas de hierba surcaba el suelo un diminuto arroyuelo de arena clara por donde, seguramente la noche pasada, durante la tormenta, había corrido el agua. Era un lecho de río en miniatura, de dos palmos de ancho y totalmente desecado ya por el sol de la mañana. Sobre la arena blanca de este lecho aparecía una docena de cavidades circulares, irregularmente distribuidas y de tamaños diferentes. Jimmy, tumbado boca abajo y armado con el tronco de una hierba fina y recia, hurgaba en una de las cavidades más grandes. De pronto, la fina arena de los bordes comenzó a caer en una serie de aludes seguidos y un instante después, aquella especie de hoyo de forma exquisitamente regular quedó destrozado.

—¡Qué torpe e idiota eres! —gritó Paul.

Parecía, como siempre, que ocurrían cosas de este tipo con el dolorido e irritado Jimmy. Realmente no comprendía que alguien pudiera ser tan desmañado. Agarró el tronco de las manos de Jimmy, lo metió con delicadeza en el fondo de otra de las cavidades, y al cabo de un segundo había pescado el insecto que se albergaba en su interior: un pequeño devorador de hormigas que, aun cuando no sobrepasaba el tamaño de una cabeza de cerilla, era un ejemplar enorme para su especie. El insecto, súbitamente, cayó del tallo de hierba con el que Paul había logrado sacarlo de su madriguera y, una vez sobre la arena, comenzó a moverse frenéticamente hasta desaparecer otra vez, dejando sobre sí una pequeña pirámide de arena.

—Ya está —proclamó Paul con brusquedad, dirigiéndose a Jimmy y devolviéndole el tallo.

Paul parecía azorado por su propio enojo, en tanto que Jimmy, en silencio y bastante pálido, no decía nada: tomó el tallo y se quedó mirando el diminuto montículo de arena.

Entretanto, habíamos estado tan absortos que no nos dimos cuenta de que otros dos pichones se habían refugiado en los árboles de enfrente, empezando a intercambiarse arrullos, al parecer sin ningún intento de coordinación, unas veces al unísono y otras no.

—Son muy bonitos —observó Maryrose, protestando, con los ojos cerrados.

—Así y todo, están condenados, como tus mariposas —replicó Paul.

Acto seguido levantó el fusil y disparó. Un ave cayó de una rama, esta vez como una piedra. El otro pichón, asustado, comenzó a girar su cabeza puntiaguda a uno y otro lado, con un ojo fijo en lo alto, para tratar de averiguar si un gavilán se había lanzado contra su compañero y se lo había llevado. Luego miró hacia abajo, donde, al parecer, no logró identificar el objeto sangriento que yacía en la hierba, pues al cabo de un corto e intenso silencio de espera, durante el cual se oyó el clic del cerrojo del fusil, empezó a arrullar de nuevo. Rápidamente, Paul alzó por segunda vez el arma, disparó y el segundo pichón se precipitó también, muerto, al suelo. En aquel instante, ninguno de nosotros se atrevió a mirar a Jimmy, quien no había levantado la vista del objeto de su atención. Ahora, el insecto invisible trabajaba en la formación de un hoyo plano y hermosamente regular en la arena. Al parecer, Jimmy no había oído los dos disparos efectuados por Paul, quien ni siquiera se molestó en mirarle; simplemente aguardó, silbando muy por lo bajo y frunciendo el ceño. Un instante después, sin mirarnos a nosotros ni a Paul, Jimmy empezó a enrojecer; luego, se levantó con dificultades, caminó a través de los árboles y regresó con los dos cuerpos.

—¡Vaya! Resulta que no necesitamos perro —observó Paul.

Lo dijo antes de que Jimmy hubiera alcanzado la mitad del camino de vuelta, pero le oyó. Imagino que Paul no quería que lo oyera, aunque tampoco le preocupaba demasiado. Jimmy volvió a sentarse. Todos pudimos ver que la carne muy blanca y gruesa de sus hombros se había puesto escarlata, debido a los dos cortos viajes bajo el sol, a través de la hierba resplandeciente. Ahora, Jimmy reanudó la observación de su insecto.

Otra vez se produjo un intenso silencio. No se oía el menor arrullo, como si las palomas hubiesen desaparecido. Los tres cuerpos de las que habíamos matado se amontonaban bajo el sol, junto a una pequeña roca que sobresalía. El granito gris y tosco aparecía adornado aquí y allí por líquenes color de óxido, verde y púrpura, y sobre la hierba había unas gotas espesas y relucientes de color escarlata.

Se olía a sangre.

—Esos bichos se van a pudrir —observó Willi, quien no había dejado de leer en todo el rato.

—Saben mucho mejor si están un poco pasados —adujo Paul.

Yo veía cómo los ojos de Paul se cernían sobre Jimmy, y cómo éste luchaba interiormente consigo mismo, de modo que me levanté de prisa y arrojé los cuerpos fláccidos y de alas caídas a la sombra.

Para entonces se había producido una tensión punzante entre todos nosotros, y Paul dijo:

—Quiero beber.

—Falta una hora para que abra la taberna —dijo Maryrose.

—Bueno, sólo espero que el número requerido de víctimas venga a ofrecerse pronto… En cuanto suene la hora de la apertura de la taberna, yo me voy. Dejaré la matanza para otro.

—Ninguno de nosotros sabe disparar tan bien como tú —dijo Maryrose.

—Como tú sabes tanto… —prorrumpió Jimmy, sarcástico, de pronto.

Estaba observando el arroyuelo de arena. Era ya difícil saber cuál era el nuevo hoyo de arena. Jimmy tenía la vista clavada en el hoyo más grande, en el fondo del cual había un diminuto montículo (el cuerpo del monstruo al acecho) y un diminuto fragmento negro, como una ramita (las mandíbulas del monstruo).

—Ahora, lo único que necesitamos son unas cuantas hormigas —dijo Jimmy.

—Y unos cuantos pichones —replicó Paul antes de añadir, respondiendo al reproche de Jimmy—: ¿Qué puedo hacer yo si tengo aptitudes naturales? El Señor concede o no concede. En mi caso, ha concedido.

—Injustamente —puntualicé.

Paul me dirigió su encantadora sonrisa de tristeza y reconocimiento. Yo le sonreí, a mi vez. Sin alzar los ojos del libro, Willi se aclaró la garganta con un ruido cómico, como el de un mal actor. Y ambos, Paul y yo, nos echamos a reír desaforada e incontroladamente como a menudo les ocurría a los miembros del grupo, ya estuviesen solos, en parejas o todos juntos. Willi siguió leyendo. Ahora recuerdo perfectamente la forzada postura de paciencia que adoptaron sus hombros, y la posición apretada y sufrida de sus labios. Pero, en aquel momento, preferí no darme cuenta.

De pronto, se produjo un gran revoloteo, agudo y sedoso, y un pichón se posó rápidamente sobre una rama, casi encima de nosotros. Volvió a desplegar las alas al vernos, pero se quedó allí, dando vueltas sobre la rama, con la cabeza ladeada y mirándonos. Sus ojos negros, brillantes y abiertos eran como los ojos redondos de los insectos que copulaban en el camino. Veíamos el rosa delicado de sus garras asiendo la rama, y el resplandor del sol sobre sus alas. Paul tomó el fusil, lo puso casi perpendicular, disparó… y el pájaro cayó en medio de nosotros. La sangre salpicó el antebrazo de Jimmy, haciéndole palidecer; pero se limpió sin decir nada.

—Esto va pareciendo ya repugnante —dijo Willi.

—Lo ha sido desde el comienzo —replicó Paul, con mucha calma.

Se inclinó, cogió el ave y la examinó. Todavía estaba viva. Colgaba, fláccida, de las manos de Paul. Sus ojos negros no dejaban de observarnos. Una película enturbió su mirada por un instante; pero, con una pequeña sacudida de determinación, alejó de sí la muerte y se revolvió en las manos de Paul durante un momento:

—¿Qué voy a hacer? —inquirió Paul, con un súbito chillido; en seguida se repuso y añadió, con tono de broma—: ¿Esperáis que lo mate a sangre fría?

—Sí —contestó Jimmy, encarándose con Paul y desafiándole.

La sangre, inoportunamente, le había vuelto a subir a las mejillas, llenándolas de manchas e inflamándolas. Pero mantuvo la mirada de Paul.

—Muy bien —accedió Paul, con desprecio y apretando los labios.

La ternura con que sostenía el cuerpo del pichón demostraba que no tenía idea de cómo matarlo. Y Jimmy esperaba ver cómo Paul salía de la prueba. Mientras tanto, el ave aleteó de nuevo, con la cabeza hundida en su cuerpo, volvió a incorporarse temblando, sus bonitos ojos quedaron cubiertos por un velo, y se esforzó una y otra vez para vencer a la muerte.

Luego, el pichón murió de pronto, salvando del aprieto a Paul, quien lo arrojó al montón de cadáveres.

—Siempre tienes una suerte condenada en todo —dijo Jimmy, con voz enojada y temblorosa.

Sus labios, a los que él se refería con orgullo calificándolos de «decadentes», estaban visiblemente turbados.

—Sí, ya lo sé —replicó Paul—. Ya lo sé. Los dioses me favorecen. Porque he de admitir, querido Jimmy, que no me hubiera atrevido a torcer el cuello de este pichón.

Jimmy se volvió, con expresión de sufrimiento, y reanudó su observación de los hoyos de los devoradores de hormigas. Mientras había estado prestando atención a Paul, una hormiga muy diminuta, ligera como una pizca de pelusa, cayó por el borde de un hoyo, y en aquel momento estaba doblada entre las mandíbulas del monstruo. Este drama de la muerte se desarrollaba todo él a una escala tan pequeña, que el hoyo, el devorador de hormigas y la hormiga misma hubieran cabido cómodamente sobre una uña pequeña; por ejemplo, sobre la uña rosada del dedo meñique de Maryrose.

La diminuta hormiga desapareció bajo una capa de arena blanca, y al cabo de un instante reaparecieron las mandíbulas del monstruo, limpias y preparadas para seguir operando.

Paul introdujo una bala en la recámara del fusil con un golpe seco del cerrojo y observó:

—Tenemos que obtener dos más para llegar a satisfacer las necesidades mínimas de Mamá Boothby.

Pero los árboles estaban vacíos; se erguían, tupidos y silenciosos, con sus ramas verdes, ligeras y llenas de gracia expuestas al radiante sol que parecía iba a quemarlas. Las mariposas habían disminuido mucho en cantidad, y sólo unas pocas docenas danzaban bajo el sofocante calor. Las olas de calor se expandían como aceite desde la hierba y la arena, tornándose penetrantes y espesas al posarse sobre las rocas que emergían de la hierba.

—¡Nada! —exclamó Paul—. No pasa nada. ¡Qué tedio!

Transcurría el tiempo. Fumamos. Aguardamos. Maryrose estaba tendida en el suelo, completamente plana, con los ojos cerrados y ofreciéndose cual deleitosa miel. Willi leía, prosiguiendo tozudamente su educación. Estaba leyendo *Stalin y la cuestión colonial*.

—Viene otra hormiga —anunció Jimmy, excitado.

En efecto, una hormiga más grande, casi del mismo tamaño que el devorador de hormigas, se apresuraba con irregular premura por entre los tallos de hierba. Se movía con el mismo talante, en apariencia espasmódica, del perro de caza cuando husmea. Cayó verticalmente por el borde del hoyo, y esta vez estuvimos a tiempo de ver cómo las mandíbulas marrones y brillantes se adelantaban y atrapaban a la hormiga por en medio, rompiéndola casi en dos. Una lucha. Aludes blancos de arena precipitándose al fondo del hoyo... y, luego, quietud.

—Hay algo en este país —dijo Paul— que me ha marcado para toda la vida. Cuando uno piensa en la cuidada educación que buenos chicos como Jimmy y yo hemos tenido... Nuestros hogares, donde todo era afecto, y la *public school* y Oxford... ¿Qué otra cosa se puede hacer sino agradecer ahora esta educación a la vista de las realidades de la sangrienta naturaleza de picos y garras?

—Yo no lo agradezco —contestó Jimmy—. Odio este país.

—Pues yo lo adoro. Se lo debo todo. Nunca más podré pronunciar los lugares comunes liberales y magnánimos de mi educación democrática. Ya estoy más curtido.

—Yo quizá también lo esté, pero pienso continuar diciendo todos los lugares comunes, propios de personas bien pensantes en cuanto llegue a Inglaterra... Cuanto antes, mejor. Nuestra educación nos ha preparado, sobre todo, para la vasta nimiedad de la vida. ¿O es que nos ha preparado para algo más? Por mi parte, estoy deseando que empiece la vasta nimiedad. Cuando regrese, si es que regreso, lo que haré será...

—¡Callad! —exclamó Paul—. Viene otro pichón... No, no viene...

Un ave volaba acercándose a nosotros, nos vio y estuvo a punto de posarse en uno de los árboles situados enfrente. Pero, de pronto, cambió de idea y se alejó, cobrando velocidad. Un grupo de peones de alguna de las granjas próximas pasó por el camino, a unos doscientos metros de donde estábamos. Les miramos, en silencio. Habían estado hablando y riendo hasta que, al vernos, también ellos guardaron silencio. Pasaron con las caras vueltas, como si de aquel modo pudieran evitar cualquier daño posible que proviniera de nosotros, los blancos.

Paul dijo, suavemente:

—¡Señor, Señor! —Luego cambió de tono, y prosiguió, alegremente—: Considerándolo objetivamente, con una leve referencia al gobierno del camarada Willi y su clan... Camarada

Willi, te invito a que consideres algo objetivamente... —Willi dejó el libro en el suelo y se dispuso a mostrarse irónico. Entonces, Paul continuó—: Este país es más grande que España. Alberga a millón y medio de negros, si es que se nos permite mencionarlos, y cien mil blancos. Esto, en sí, es ya un objeto de reflexión que requiere dos minutos de silencio. ¿Y qué vemos? Cualquiera puede imaginar..., cualquiera cuenta con todas las excusas posibles para imaginar, pese a lo que digas tú, camarada Willi, que este puñado insignificante de arena sobre las playas del tiempo... No está mal la imagen, ¿eh? No es original, pero sí adecuada... Cualquiera puede imaginar, digo, que este millón y medio largo de personas están aquí, en este bonito trozo de la tierra de Dios, solamente para hacerse infelices los unos a los otros... —En aquel punto, Willi recogió su libro y le dedicó de nuevo toda su atención—. Camarada Willi, que tus ojos recorran las letras, pero que los oídos de tu alma escuchen. Pues los *hechos* son... Los *hechos* objetivos son que en este lugar hay comida suficiente para todos, material suficiente para construir casas que alberguen a todos, talento suficiente, aunque admito que por ahora está tan escondido bajo los arbustos que sólo un ojo muy generoso puede percibirlo... Talento suficiente, repito, para crear luz donde ahora no hay más que oscuridad...

—¿De lo cual deduces? —inquirió Willi de pronto.

—No deduzco nada. Me ha llegado una nueva...; es una luz cegadora, nada más...

—Pero eso que dices tú se aplica al mundo entero, no sólo a este país —objetó Maryrose.

—¡Magnífico, Maryrose! Sí. Los ojos se me han abierto... Camarada Willi, ¿no te parece que hay otro principio operante que tu filosofía no ha admitido aún? ¿Un principio de destrucción?

Willi replicó, en el tono exacto que todos esperábamos:

—No hay ninguna necesidad de buscar más allá de la filosofía de la lucha de clases.

Y como si hubiera pulsado un botón, Jimmy, Paul y yo respondimos a su sentencia con uno de aquellos incontenibles ataques de risa en los que Willi nunca participaba.

—Estoy encantado —observó, con expresión agria— de contemplar cómo unos socialistas (al menos dos de vosotros os llamáis socialistas) encuentran esto tan divertido.

—Yo no lo encuentro divertido —protestó Maryrose.

—Tú nunca encuentras nada divertido —le reprochó Paul—. Nunca te ríes, Maryrose. Nunca. ¿Por qué? Yo, en cambio, que tengo una visión de la vida a la que sólo puede calificarse de morbosa, cada vez más morbosa, me estoy riendo continuamente. ¿Cómo te explicarías esto, Maryrose?

—Yo no tengo ninguna visión de la vida —contestó Maryrose.

Seguía tumbada en el suelo, con su aspecto de dulce muñequita enfundada en sus pantalones y su blusa de colores brillantes. Luego, tras una breve pausa, prosiguió:

—No os riáis. Os escucho con gran atención —dijo esto como si no se sintiese una de nosotros, como una de fuera—, y he notado que cuando más os reís es cuando decís algo terrible. Yo no llamo a eso reír.

—Cuando estabas con tu hermano, ¿reías, Maryrose? ¿Y cuando estabas con tu afortunado galán del Cabo?

—Sí.

—¿Por qué?

—Porque éramos felices —dijo simplemente Maryrose.

—¡Dios mío! —exclamó Paul, aterrado—. ¡Yo no podría decir eso de mí! Jimmy, ¿has reído alguna vez porque eras feliz?

—Nunca he sido feliz —contestó Jimmy.

—¿Y tú, Anna?

—Yo tampoco.

—¿Willi?

—Indudablemente —asintió Willi, con expresión testaruda y defendiendo el socialismo, la filosofía de la felicidad.

—Maryrose —dijo Paul—, tú decías la verdad. A Willi no le creo, pero a ti sí. Eres muy envidiable, Maryrose, a pesar de todo. ¿Lo sabías?

—Sí —repuso Maryrose, con naturalidad—. Sí, creo que tengo más suerte que ninguno de vosotros. Yo no veo nada malo en ser feliz. ¿Qué mal hay en ello?

Silencio. Nos miramos. Luego, Paul hizo una reverencia solemne hacia Maryrose y dijo humildemente:

—Como siempre, no sabemos qué responderte.

Maryrose volvió a cerrar los ojos. Un pichón descendió, veloz, sobre uno de los árboles que teníamos enfrente. Paul tiró y falló.

—¡Qué fracaso! —exclamó en fingido tono trágico.

El ave se quedó donde estaba, mirando sorprendida a su alrededor, observando cómo una hoja arrancada por la bala de Paul caía flotando hasta el suelo. Paul accionó el cerrojo, cargó otra bala sin prisas, apuntó y disparó… El pichón cayó, fulminado. Jimmy se obstinó en no moverse, y Paul, antes de que la batalla de voluntades acabara en derrota para él, optó por vencerla levantándose y proclamando:

—Me cobraré yo mismo la pieza.

Se dirigió a donde estaba el pichón, y todos vimos cómo Jimmy tuvo que luchar consigo mismo para evitar que sus extremidades se disparasen y le hicieran adelantarse a Paul. Finalmente, Paul regresó con el animal muerto y lo arrojó junto a los otros.

—Huele tanto a sangre que me voy a marear —dijo Maryrose.

—¡Paciencia! —aconsejó Paul—. Casi hemos conseguido la cuota.

—Con seis ya habrá bastante —comentó Jimmy—. Ninguno de nosotros va a comer de ese pastel. El señor Boothby se lo puede quedar todo para él…

—Yo sí que voy a comer —cortó Paul—. Y vosotros también… Pero ¿de verdad creéis que cuando nos pongan delante el sabroso pastel de carne oscura y apetitosa, aderezada con salsa, nos acordaremos del dulce arrullo de los pichones tan brutalmente interrumpido por los truenos del día del juicio final?

—Sí —afirmó Maryrose.

—Sí —la secundé.

—¿Willi? —preguntó Paul, tomando muy en serio su indagación.

—Probablemente no —repuso Willi, sin dejar de leer.

—Bien. Las mujeres son enternecedoras… —dijo Paul—. Nos miran mientras comemos con deleite el excelente buey asado de la señora Boothby, haciendo delicadas muecas de repugnancia y queriéndonos todavía más por nuestra brutalidad.

—Por ejemplo, las mujeres mashona y los matabele —observó Jimmy.

—Me gusta pensar en aquella época —asintió Paul, instalándose con el fusil preparado y sin perder de vista las ramas de los árboles—. Tan simple. Gente simple, matándose mutuamente por razones tan buenas como tierra, mujeres, comida… No como nosotros. Entonces todo era muy distinto… En cuanto a nosotros, ¿sabéis lo que nos va a pasar? Os lo diré. Como resultado del trabajo de excelentes camaradas como Willi, siempre dispuestos a dedicarse a los demás, o de gente como yo, preocupada sólo por los beneficios, profetizo que dentro de cincuenta años todo este hermoso y vacío país que vemos extenderse ante nuestros ojos estará repleto de casitas prefabricadas llenas de trabajadores negros.

—¿Y qué hay de malo en eso? —inquirió Willi.

—Es el progreso —dictaminó Paul.

—Sí que lo es —asintió Willi.

—¿Y por qué tienen que ser casitas prefabricadas? —inquirió Jimmy, muy seriamente. Había momentos en que se tomaba en serio el porvenir socialista—. Bajo un gobierno socialista habrá hermosas casas con jardines propios o pisos amplios.

—¡Mi querido Jimmy! —exclamó Paul—. ¡Qué pena que la economía te aburra tanto! Socialismo o capitalismo, ¿qué más da? En uno u otro caso, todo este hermoso territorio apto para desarrollarse crecerá sólo según el índice posible para los países seriamente infracapitalizados… ¿Me escuchas, camarada Willi?

—Estoy escuchando.

—Y puesto que el gobierno, ya sea socialista o capitalista, se enfrentará con la necesidad de proveer rápidamente de viviendas a la mucha gente que carece de ellas…, tendrá que escoger las casas más baratas entre las disponibles y, ya que lo óptimo es enemigo de lo mejor, el cuadro justo va a ser el de fábricas humeando contra el hermoso cielo azul, y masas de viviendas baratas e idénticas. ¿Tengo razón, camarada Willi?

—Tienes razón.

—Bueno, pues ¿entonces?

—No se trata de eso.

—Para mí, sí. Ésa es la razón por la que me interesa el simple estado salvaje de los matabele y los mashona... Lo otro es, sencillamente, demasiado siniestro para imaginarlo. Es la realidad de nuestra época, socialista o capitalista... ¿Verdad, camarada Willi?

Willi vacilaba, y acabó contestando:

—Existen algunas similitudes exteriores, pero...

Fue interrumpido por la risa incontenible de Paul, Jimmy y yo.

Maryrose dijo a Willi:

—No se ríen por lo que dices, sino porque siempre dices lo que ya esperan.

—Ya me doy cuenta.

—No —objetó Paul—. Estás equivocada, Maryrose. Yo también me río de lo que dice. Sí, porque no es verdad..., y conste que lo siento muchísimo. Que Dios me perdone si soy un dogmático, pero, lamentándolo mucho... Bueno, yo, de vez en cuando, pienso salir, en avión de Inglaterra para inspeccionar mis inversiones en ultramar y sobrevolar, de paso, esta región, observando el humo de las fábricas y los bloques de viviendas, recordando estos días tan agradables y pastoriles, y...

Un pichón aterrizó sobre los árboles de enfrente, y otro, y otro. Paul disparó. Una de las aves cayó. Disparó de nuevo, y cayó la segunda. La tercera salió despedida hacia arriba de entre un matorral, como si hubiera sido disparada por una catapulta. Jimmy se levantó, caminó hacia el lugar, regresó con los dos pichones, llenos de sangre, los arrojó junto a los demás y dijo:

—Siete. Por el amor de Dios, ¿no es ya bastante?

—Sí —concedió Paul, dejando el fusil—. Y ahora emprendamos rápidamente el camino de vuelta a la taberna. Tendremos el tiempo justo de limpiarnos la sangre, antes de que abran.

—Mirad —dijo Jimmy.

Un escarabajo pequeño, pero cuyo tamaño doblaba el del devorador de hormigas más grande, se aproximaba por entre las hierbas altas.

—No sirve —declaró Paul—. No es una víctima natural.

—Quizá no —convino Jimmy.

Pero empujó al escarabajo para que cayera en el hoyo más grande. Se produjo un tumulto. Las mandíbulas brillantes y marrones del devorador de hormigas aferraron el cuerpo del escarabajo, y éste dio un salto, arrastrando hacia arriba al monstruo. El hoyo se derrumbó en medio de una cascada de arena blanca.

—Si tuviéramos un oído lo bastante agudo —dijo Paul—, percibiríamos los gritos, rugidos, gruñidos y sofocos que llenan el aire… Pero, para nosotros, el silencio de la paz reina sobre el *veld* bañado por el sol.

De pronto, se oyó un revoloteo. Era un pichón que descendía sobre los árboles.

—¡No lo hagas! —exclamó Maryrose, dolorosamente, abriendo los ojos e incorporándose sobre un codo.

Pero era demasiado tarde. Paul había disparado ya, haciendo caer el ave. Antes de que el pichón llegara a tocar el suelo, un segundo volátil se había posado con tranquilidad suicida sobre una ramita de otro árbol. Paul disparó de nuevo, y el animal cayó con un grito ahogado por el revoloteo de sus alas inutilizadas. Paul se levantó, cruzó la hierba corriendo y recogió a los dos pichones, el muerto y el herido. Vimos cómo dirigía una rápida y decidida mirada al ave herida, antes de retorcerle el cuello con los labios apretados.

Volvió, arrojó los dos cadáveres al montón y dijo:

—Nueve. Y ya está. —Estaba blanco, como si se sintiera enfermo; sin embargo, tuvo fuerzas para dirigir a Jimmy una sonrisa triunfal y divertida.

—Vámonos —prorrumpió Willi, cerrando el libro.

—Espera —dijo Jimmy.

La arena ya no se movía. Cavó en ella con un tallo fino y extrajo, primero, al escarabajo diminuto, y luego el cuerpo del devorador de hormigas. Ahora se veían las mandíbulas del monstruo hundidas en el cuerpo del escarabajo. El devorador de hormigas estaba decapitado.

—La moraleja —concluyó Paul— es que las luchas sólo deberían entablarse entre enemigos naturales.

—Pero ¿quién decide cuáles son los enemigos naturales y cuáles no? —preguntó Jimmy.

—Tú no, desde luego —replicó Paul—. Mira cómo has desbaratado el equilibrio de la naturaleza. Ahora hay un devorador de hormigas menos, con lo que, probablemente, los cientos de hormigas destinadas a llenarle el estómago seguirán con vida. Y queda un escarabajo muerto, eliminado sin ninguna finalidad.

Jimmy cruzó el reluciente río de arena pisando con cuidado para no molestar a los insectos que continuaban aguardando en el fondo de sus trampas de arena, y colocándose la camisa por sobre la carne sudada y enrojecida de su espalda. Maryrose se levantó de aquel modo tan característico en ella: paciente, sufrida, como si no tuviera voluntad propia. Todos nos detuvimos al llegar junto a la frontera de sombra, poco dispuestos a zambullirnos en el calor del mediodía, candente, mareante y revuelto por las pocas mariposas que todavía osaban agitarse. Y, de pronto, mientras permanecíamos allí, el grupo de árboles bajo el cual habíamos estado tumbados volvió a la vida, cantando. Las cicadas que habitaban aquel arbolado rompieron la calma, una tras otra, con su cantar estridente. Mientras, al grupo de árboles hermanos habían llegado, sin que nosotros lo notáramos, dos pichones que comenzaron a proferir sus arrullos con total indiferencia. Paul los contempló, balanceando el fusil.

—¡No! —suplicó Maryrose—. Por favor, no lo hagas.

—¿Por qué no?

—Por favor, Paul.

Los nueve pichones muertos y atados por las patas colgaban de la mano de Paul, goteando sangre.

—Me pides que haga un sacrificio terrible, Maryrose —dijo Paul, gravemente—. Pero, por ti, me contendré.

Ella le sonrió, no por gratitud, sino con la tranquila expresión de reposo que siempre tenía para él. Y Paul le devolvió la sonrisa, con su cara agradable, morena y de ojos azules, totalmente ofrecida a la inspección de ella. Ambos emprendieron la marcha, al frente y con las aves muertas arrastrando las alas por sobre las matas de hierba de color de jade.

Nosotros tres les seguimos.

—¡Qué pena —exclamó Jimmy— que Maryrose deteste tanto a Paul! Porque no hay duda de que son lo que se llama una pareja perfectamente avenida…

Había intentado hablar en un tono irónico y ligero, y casi lo había conseguido. Casi, pero no del todo; sus celos de Paul le quebraban la voz.

Nosotros miramos: en efecto, ambos formaban una pareja perfecta, ligeros y llenos de gracia, con el sol bruñéndoles el pelo brillante, que relucía sobre su piel morena. Y, no obstante, Maryrose caminaba sin mirar a Paul, en tanto él le dirigía vanas miradas azules, juguetonas y suplicantes.

Hacía demasiado calor para hablar durante el regreso. Al llegar al pequeño *kopje* sobre cuyas rocas de granito daba el sol de lleno, nos golpeó el cuerpo una oleada de calor tan mareante, que lo pasamos apresuradamente. Todo estaba solitario y silencioso; se oía tan sólo el canto de las cicadas y el arrullo de algún pichón lejano. Una vez rebasado el *kopje*, aminoramos el paso y buscamos los saltamontes. Las parejas brillantes y enlazadas casi habían desaparecido; no quedaban más que unos pocos insectos semejantes a pinzas de tender la ropa en las que se hubieran pintado los ojos negros y redondos de los saltamontes. Sólo había unos pocos de esos animales. Y las mariposas habían desaparecido casi por completo. Tan sólo una o dos flotaban, cansadas, sobrevolando la hierba batida por el sol.

El calor nos producía dolor de cabeza. Estábamos un poco mareados por el olor de la sangre.

En el hotel nos separamos sin apenas decir una palabra.

[El apartado situado a la derecha del cuaderno negro, bajo el título *Dinero*, continuaba.]

Hace unos meses recibí una carta de la *Pomegranate Review*, de Nueva Zelanda, pidiéndome un cuento. Les contesté diciendo que no escribía cuentos. Me respondieron solicitando «fragmentos de sus diarios, si los escribe». Repliqué que no creía en la publicación de diarios que se escribían para uno mismo. Y a partir de entonces decidí entretenerme escribiendo un diario imaginario redactado en el tono adecuado para una revista literaria de una colonia o dominio: los círculos aislados de los centros culturales toleran un tono mucho más solemne que los editores y clientes de, digamos, Londres o París. (Aunque a veces no estoy tan segura de ello.) Este diario lo escribe un joven periodista americano que vive de la asignación que le pasa su padre, agente de seguros. Le han publicado tres cuentos y ha completado la tercera parte de una novela. Bebe bastante, incluso demasiado, pero no tanto como le gusta que la gente crea; fuma marihuana, pero sólo cuando le visitan sus amigos de los Estados Unidos; y siente un gran desprecio por la vulgaridad de los Estados Unidos de América.

16 de abril. *En las escalinatas del Louvre*. Recuerdo a Dora, una chica con serias dificultades. Me pregunto si habrá solucionado sus problemas. Tengo que escribir a mi padre. El tono de su última carta me ha ofendido. ¿Tenemos que estar siempre tan aislados el uno del otro? Yo soy un artista… *Mon Dieu!*

17 de abril. *La Gare de Lyon*. Pienso en Lise. ¡Dios mío, y han pasado dos años desde aquello! ¿Qué he hecho con mi vida? París me la ha robado… Tengo que leer otra vez a Proust.

18 de abril. *Londres. La Horseguards' Parade*. Un escritor es la conciencia del mundo. Pienso en Marie. El deber de un artista es traicionar a su mujer, a su país y a su amigo, si con ello sirve al arte. También a su amante.

18 de abril. *Frente al Buckingham Palace*. George Eliot es el Gissing del rico. Tengo que escribir a mi padre. Sólo me quedan noventa dólares. ¿Hablaremos de una vez en la misma lengua?

9 de mayo. *Roma. El Vaticano*. Pienso en Fanny. ¡Dios mío, qué muslos, idénticos a los cuellos blancos de los cisnes! ¡Los problemas que tenía! Un escritor es, debe ser, el Maquiavelo de la cocina de las almas. Tengo que volver a leer a Thom (Wolfe).

11 de mayo. *La Campagna*. Recuerdo a Jerry: le mataron… *Salauds!* Los mejores mueren jóvenes. No me queda mucho

tiempo de vida. A los treinta me mataré. Pienso en Betty. Las sombras negras de los limeros sobre su cara. Parecía un cráneo. Besé la cuenca de sus ojos para sentir en mis labios el contacto del hueso blanco. Si la semana próxima no tengo noticias de mi padre, mandaré este diario para que lo publiquen. Caigan sobre él las consecuencias. Tengo que releer a Tolstoi. No dijo nada que no fuera obvio, pero quizás ahora que la realidad está drenando la poesía de mis días, podré admitirlo en mi Panteón.

21 de junio. *Les Halles.* Hablo con Marie. Muy ocupada, pero me ha ofrecido gratuitamente una de sus noches. *Mon Dieu!* Los ojos se me llenan de lágrimas cuando lo recuerdo. En el momento en que me mate recordaré que una mujer de la calle me ofreció una de sus noches, por amor. Nunca se me había hecho un cumplido más grande. No es el periodista, sino el crítico quien prostituye el intelecto. Leo de nuevo *Fanny Hill.* Estoy pensando en escribir un artículo que se titule «El sexo es el opio del pueblo».

22 de junio. *Café de Flore.* El tiempo es el río que arrastra hasta el olvido las hojas de nuestros pensamientos. Mi padre dice que debo regresar a casa. ¿Podrá comprenderme algún día? Estoy escribiendo un texto porno para Jules, que se titula *Loins.* Quinientos dólares, o sea que mi padre puede irse al infierno. El Arte es el espejo de nuestros ideales traicionados.

30 de julio. *Londres. Lavabo público, en Leicester Square.* ¡Ah, las ciudades perdidas de nuestra pesadilla urbana! Pienso en Alice. La lascivia que siento en París es diferente de la que me asalta en Londres. En París, el amor tiene un perfume de *je ne sais quoi;* en Londres, en cambio, es sólo sexo. Tengo que volver a París. ¿Leeré a Bossuet? Estoy leyendo mi libro *Loins* por tercera vez. Bastante bueno. He puesto en él no a mi mejor yo, pero sí a mi segundo mejor yo. La pornografía es el auténtico periodismo de la década de los cincuenta. Jules ha dicho que sólo me pagaría por el original trescientos dólares. *Salaud!* Telegrafío a mi padre diciéndole que he terminado un libro que ha sido aceptado y me manda mil dólares. *Loins* es un buen escupitajo en el ojo para Madison Avenue. Leautard es el Stendhal del pobre. Tengo que leer a Stendhal.

Conocí al joven escritor americano James Schafter. Le mostré este diario. Estuvo encantado. Le añadimos unas mil palabras más, y lo mandó a una revistita americana como el trabajo de un amigo demasiado tímido para enviarlo él mismo. Se publicó. Ahora me ha invitado a almorzar para celebrarlo. Me ha contado lo siguiente: el crítico Hans P., un hombre muy vacuo, había escrito un artículo sobre la obra de James diciendo que era decadente. El crítico iba a llegar a Londres. James, quien había hecho un feo con anterioridad a Hans P. porque no le cae bien, le mandó un telegrama adulador al aeropuerto y un ramo de flores al hotel. Fue a esperarle al aeropuerto, en cuyo vestíbulo le encontró Hans P. con una botella de whisky y otro ramo de flores. Luego se le ofreció como guía en Londres. A Hans P. se le veía halagado, pero incómodo. James mantuvo la situación durante las dos semanas que duró la visita de Hans P., pendiente de cada una de sus palabras. Cuando Hans P. se marchó dijo, desde una elevada cumbre moral:

—Ya comprenderá que yo nunca admito que los sentimientos personales interfieran mi conciencia crítica.

A lo que James replicó «retorciéndose de vileza moral», según su descripción:

—Claro que sí, pues claro... Lo *comprendo*, hombre... Pero lo que cuenta es comunicar, claro.

Dos semanas más tarde, Hans P. escribió un artículo sobre la obra de James diciendo que el elemento decadente era más bien la expresión del cinismo honesto de un joven que acusa el estado de la sociedad, y no un elemento inherente a la visión que James tiene de la vida. James se pasó la tarde retorciéndose de risa por el suelo.

James es el revés de la careta habitual del joven escritor. Todos, o casi todos, son realmente ingenuos al empezar; pero luego, medio consciente o medio inconscientemente, comienzan a usar la ingenuidad como escudo protector. En cambio, James juega a estar corrompido. Cuando se encuentra, por ejemplo, con un director de cine que hace el juego habitual de pretender que quiere realizar una película basada en una historia de James, «tal como está, aunque, naturalmente, deberíamos introducir algunos cambios...», James se pasa toda la tarde con la cara impávida, tartamudeando por causa de su supuesto interés, y ofreciéndose a hacer cambios más y más disparatados en honor a la taquilla, mientras que el director se va encontrando cada vez más incómodo. Pero, como dice James, ninguno de los cambios que a uno se le ocurra sugerir pueden llegar a ser más increíbles que los que ellos mismos están dispuestos a hacer, y por eso nunca saben si les estás tomando el pelo o no. Les deja «sin habla, emocionados y agradecidos». Pero, «inexplicablemente», se marchan ofendidos y no vuelven a ponerse en contacto con él. Otro ejemplo: en una reunión donde haya un crítico o un mandarín con cierto gusto por la vacuidad, James se sienta a los pies de él o ella, pidiendo realmente favores y derrochando adulaciones. Luego, se ríe. Le digo que todo eso es muy peligroso, pero él replica que no más peligroso que ser «el joven escritor honesto, auténticamente íntegro».

—La integridad —explica, con una mirada solemne y rascándose la ingle— es como una capa roja para el toro de Mammon o, dicho de otro modo, la integridad es el truco del pobre.

Yo le contesto que bueno, que todo eso... Y él replica:

—Bueno, Anna, ¿y cómo describes tú todos estos pastiches? ¿Cuál es la diferencia entre tú y yo?

Le doy la razón; pero, luego, inspirados por el éxito obtenido con el diario del joven americano, decidimos inventar otro, supuestamente escrito por una autora de mediana edad, aunque todavía joven, que ha pasado algunos años en una colonia africana y a la que atribula su gran sensibilidad. Esto lo hacemos con miras a Rupert, el redactor jefe de *Zenith*, que me ha pedido le diera «algo mío... ¡por fin!».

James conoce a Rupert y le odia. Rupert es blandengue, apático, histérico, homosexual, inteligente.

Semana de Pascua. Las puertas de la iglesia ortodoxa rusa de Kensington daban directamente a la calle mid-Twentieth

Century. Dentro, sombras temblorosas, incienso, figuras arrodilladas e inclinadas de la piedad inmemorial. El suelo era vasto y estaba desnudo. Unos pocos sacerdotes absortos en el ritual. Los escasos fieles permanecían de rodillas sobre la madera dura, inclinándose hacia adelante hasta tocar el suelo con la frente. Escasos, sí; pero *reales*. Ésa era la realidad, y yo tenía conciencia de ella. Después de todo, la mayoría de la humanidad está inmersa en la religión, en tanto que los paganos son minoría. ¿Paganos? ¡Oh, qué palabra tan acertada para expresar la aridez del hombre moderno, al que Dios le es ajeno! Me quedé de pie, mientras los demás se arrodillaban. Yo, terca de mí, sentía que las rodillas se me doblaban debajo la falda; yo, la única testaruda que permanecía de pie. Los sacerdotes, graves, armoniosos, *masculinos*. Un grupito de chicos pálidos y encantadores, graciosamente afectados por la piedad. Las oleadas atronadoras, plenas y *viriles* de los cánticos rusos. Mis rodillas, débiles... De pronto, me encontré de rodillas. ¿Dónde estaba la pequeña individualidad que normalmente afirmaba sus principios? No me importaba. Me daba cuenta de cosas más profundas. Vi las graves figuras de los sacerdotes que temblaban, borrosas, a través de las lágrimas de mis ojos. Aquello era *demasiado*. Me levanté a trompicones y huí de aquel suelo que no era el mío, de aquella solemnidad que no era la mía... ¿Debería considerarme agnóstica, y no atea? ¡Hay algo tan estéril en la palabra ateo cuando pienso (por ejemplo) en el majestuoso fervor de aquellos sacerdotes! ¿*Suena* mejor agnóstico? Llegaba tarde al cóctel. No importaba; la condesa ni siquiera lo notó. Qué triste, pensé, como lo pienso siempre, ser la condesa Pirelli... Una degradación, seguro, después de haber sido la amante de cuatro hombres famosos. Pero imagino que todos necesitamos de una careta contra la crueldad del mundo. Las salas estaban abarrotadas, como siempre, con la crema del Londres literario. Vislumbré en seguida a mi querido Harris. ¡Me gustan tanto estos ingleses altos, de frente pálida y rasgos equinos! ¡Son tan *notables*! Hablamos, tratando de ignorar el absurdo murmullo del cóctel. Me sugirió que escribiera una pieza teatral basada en *Las fronteras de la guerra*. Una pieza que no tomara partido, sino que acentuara la tragedia esencial de la situación colonial, la tragedia de los blancos. Sí, claro…, porque ¿qué son la pobreza, el hambre, la mala alimentación, el no tener casa, las degradaciones *pedestres* (lo dijo con esta palabra: ¡qué sensibles, qué imbuidos de la *verdadera* sensibilidad están un determinado tipo de ingleses, realmente mucho más intuitivos que las mujeres!), comparadas con la realidad, la realidad humana del dilema blanco? Al oírle hablar comprendí mejor mi propio libro. Y pensé en cómo, a un solo kilómetro de distancia, las figuras arrodilladas sobre la piedra fría de la iglesia rusa inclinaban las cabezas reverenciando una verdad más profunda. ¿Mi verdad? ¡Por desgracia, no! Sin embargo, decidí que en lo sucesivo me calificaría de agnóstica, no de atea, y que a la mañana siguiente almorzaría con mi querido Harry y hablaríamos de la pieza. Al irnos, él —sumamente delicado— estrechó mi mano con un apretón helado, esencialmente poético. Luego me marché a casa, más cercana a la realidad —creo— de lo que nunca había estado. Y, en silencio, me acosté en mi limpia y estrecha cama. ¡Es tan esencial, me parece a mí, tener cada día las sábanas limpias! ¡Oh, qué placer de los sentidos (que no sensual) deslizarse, después de haber tomado un baño, entre el lino fresco y *limpio*, y quedar a la espera de que llegue el sueño! ¡Ay, qué condenada suerte la mía…!

Domingo de Pascua
Almorcé con Harry. ¡Qué encantadora era su casa! Había hecho ya un esbozo de cómo pensaba que debía ser la pieza. Dijo que su amigo íntimo, Sir Fred, podría hacer el papel principal, y entonces, naturalmente, no tendríamos ninguna de las dificultades habituales para encontrar a un patrocinador. Sugirió un pequeño cambio en el argumento. Un joven granjero blanco se fija en una joven africana de rara belleza e inteligencia, y trata de influir en ella para que se eduque, para que mejore su condición, pues su familia es de groseros nativos de una reserva. Pero ella comprende mal sus motivos y se enamora de él. Entonces, cuando él le explica (¡Oh, con cuánta gentileza!) el verdadero interés que le mueve a ayudarla, ella se transforma en un virago y le insulta. Se lo reprocha. Paciente, él lo soporta todo.

Pero ella va a la policía y denuncia que él ha intentado violarla. El joven granjero sufre en silencio el oprobio social. Va a la cárcel acusándola sólo con la mirada, mientras ella le vuelve la espalda, avergonzada. ¡Podría resultar un drama real, fuerte! Simboliza, según Harry, el superior estado espiritual del hombre de raza blanca, prisionero de la historia y arrastrado al lodo del África. ¡Tan cierto, tan penetrante, tan *nuevo*! El valor auténtico consiste en nadar *contra* corriente. Cuando abandoné la casa de Harry para volver a la mía, caminando, la realidad me tocó con sus alas blancas. Avanzaba con pasos cortos y lentos, para no perderme nada de aquella *hermosa* experiencia. Y me acosté en mi cama, bañada y *limpia*, a leer la *Imitación de Cristo*, que Harry me había dejado.

Yo opino que todo esto es un poco crudo, pero James dice que no, que se lo tragaría. Luego ha resultado que James tenía razón; pero, desgraciadamente, mi preciosa sensibilidad ha terminado por ser más fuerte y he decidido preservar mi intimidad. Rupert me ha enviado una nota diciendo que lo comprendía muy bien, que algunas experiencias eran demasiado personales para ser publicadas.

[En este punto, al cuaderno negro se le había adjuntado una copia mecanográfica de un cuento de James Schaffer, que lo escribió cuando le pidieron que hiciera la crítica de una docena de novelas para determinada revista literaria. Cuando Schaffer mandó el cuento sugiriendo que se lo dieran a conocer en lugar de la recensión, el redactor jefe contestó que estaba entusiasmado con el cuento y le pedía permiso para publicarlo en la revista:

—Pero ¿dónde está su recensión, señor Schaffer? La esperábamos para este número.

Fue entonces cuando James y Anna decidieron que estaban derrotados, que algo había pasado en el mundo para que la parodia se hiciera imposible. James escribió una recensión seria de las doce novelas, considerándolas una por una y usando las mil palabras prescritas. Anna y él no escribieron ya más chapuzas.]

Frrrrr, frrr, frrr, le dicen los mágicos bananos a la vieja y cansada luna del África, acechando el viento. Duendes. Duendes del tiempo y de mi dolor. Alas negras de las cigarras, alas blancas de las mariposas nocturnas, cortad, acechad la luna. Frrrr, frr, dicen los bananos, y la luna se desliza pálida de dolor sobre las hojas que se balancean al viento. John, John, canta mi chica, morena, con las piernas cruzadas en la oscuridad de los aleros de la cabaña y la misteriosa luna en las pupilas de sus ojos. Ojos que he besado en la noche, ojos de víctima de la tragedia impersonal, que ya no serán impersonales nunca más. ¡Oh, África! Pronto las hojas de los bananos serán seniles, de un rojo oscuro, y el polvo rojo será todavía más rojo, rojo como los labios recién pintados de mi oscuro amor, traicionado por la codicia comercial del mercader blanco.

—Estate quieta y duerme. Noni. La luna está armada de cuatro cuernos amenazadores, y yo voy a labrar mi destino y el tuyo, el destino de nuestro pueblo.

—John, John —dice mi chica, y en su voz oigo el mismo suspiro de añoranza de las hojas incandescentes que cortejan a la luna.

—Duerme ahora, mi Noni.

—Pero mi corazón está negro como el ébano por causa de la intranquilidad y del pecado de mi destino.

—Duerme, duerme… No siento odio hacia ti, Noni mía. A menudo he visto al hombre blanco lanzando sus ojos como flechas contra el balanceo de tus caderas, Noni mía. Lo he visto. Lo he visto como veo las hojas de los bananos respondiendo a la luna, y las lanzas blancas de la lluvia asesinando el sucio golpe del caníbal sobre nuestra tierra. Duerme.

—Pero John, mi John. Me repugna saber que te he traicionado, mi hombre, mi amante… Pero se me llevaron a la fuerza, porque el hombre blanco del almacén no consiguió mi ser auténtico.

Frrrrr, frrr, dicen las hojas de los bananos, y las cigarras claman el asesinato del negro a la luna encanecida por el disgusto.

536

—Pero John, mi John. Sólo fui a comprar un lápiz de labios, un pequeño lápiz de labios para embellecer mis labios sedientos de ti, amor mío... Y cuando lo estaba comprando vi sus ojos fríos sobre mis caderas de virgen... Yo corrí, corrí, amor mío, salí de la tienda para ir contigo, contigo mi amor. Mis labios rojos para ti, para ti, mi John, mi hombre...

—Duerme, Noni. No te sientes ya más con las piernas cruzadas en las sombras sonrientes de la luna. No llores más por tu dolor, por ese dolor tuyo que es mi dolor y el dolor de nuestro pueblo que implora mi compasión, una compasión que tú tienes ya para siempre, Noni mía, mi chica.

—Pero tu amor, John mío, ¿dónde está tu amor por mí?

Ay, anillos oscuros de la serpiente roja del odio, que os desenrolláis junto a las raíces del banano, que os enroscáis en las ventanas enrejadas de mi alma.

—Mi amor es para ti, Noni, y para nuestro pueblo, y para la serpiente del capuchón rojo del odio.

—¡Ay, ay, ay, ay! —grita mi amor, mi amada Noni, con su vientre de misterio y generosidad traspasado por la lujuria del blanco, por su lujuria de poseer, por su lujuria de comerciante.

Y «Ay, ay, ay» aúllan las viejas desde sus cabañas al oír mis designios en el viento y en la señal de las maltratadas hojas del banano. *¡Voces del viento, clamad mi dolor por el mundo libre! ¡Serpiente del polvo eterno, muerde por mí el talón del mundo desalmado!*

—Ay, ay, mi John. ¿Qué será del niño que voy a tener? ¡Cómo pesa en mi corazón el niño que te entrego a ti, amor mío, hombre mío, y no al odiado blanco de la tienda que me hizo la zancadilla cuando huía velozmente de él, derribándome sobre el polvo ciego a la hora en que se pone el sol, a la hora en que el mundo entero es traicionado por la noche eterna!

—Duerme, duerme, mi niña, mi Noni. El niño será para el mundo, con el peso de su destino, y estará marcado por el misterio de las sangres mezcladas. Será el hijo de las sombras vengativas, el hijo de la serpiente acechante de mi odio.

—Ay, ay —grita mi Noni, retorciéndose profunda y místicamente en las sombras del alero de la cabaña.

—Ay, ay —gritan las viejas al oír mis designios, esas viejas que escuchan la corriente de la vida, con los vientres secos para la vida, y que escuchan en sus cabañas los gritos silenciosos de los vivos.

—Duerme ahora, Noni mía. Volveré dentro de muchos años. Ahora voy en busca de mis designios de hombre. No me detengas.

Azules y verde oscuro son los duendes a la luz de la luna, los duendes subdivididos por mi odio. Y rojo oscuro es la serpiente en el purpúreo polvo acumulado a los pies del banano. Entre una miríada de respuestas, la respuesta. Detrás de un millón de designios, el designio. Frrrrr, frrr, dicen las hojas del banano, y mi amor canta: «John, ¿dónde vas, que te alejas de mí? Te esperaré siempre, con el vientre lleno de deseo».

Ahora voy a la ciudad, a las calles retorcidas y grises como el metal de las armas. Allí me encontraré con mis hermanos, en cuyas manos colocaré la serpiente roja de mi odio, y juntos iremos en busca de la lujuria del hombre blanco, y la mataremos, para que el banano no dé más frutos extraños, para que el suelo de nuestro violado país y el polvo de las almas lloren pidiendo lluvia.

—¡Ay, ay! —gritan las viejas.

En la noche de luna amenazadora suena un grito, el grito del asesinado anónimo.

Mi Noni se arrastra, doblada, hacia el interior de la cabaña, y las sombras verdes y purpúreas de la luna están vacías, como vacío está mi corazón, salvo por su designio de serpiente.

La luz de ébano odia las hojas. La Jacaranda mata a los árboles. Suaves globos de *paw-paw* reciben venganza índigo. Frrr, frr, le dicen las mágicas hojas del banano a la vieja y cansada luna del África. Tengo que irme, tengo que decírselo a las hojas del banano. Multitud de escalofríos pervertidos rasgan la encrucijada de sueños del bosque destruido.

Camino con pies predestinados, y los ecos del polvo son negros en el telar del tiempo. He dejado atrás el banano, y las rojas serpientes del odio amoroso cantan conmigo: «Ve, hombre, ve en busca de venganza a la ciudad. *Y la luna es escarlata sobre las hojas del banano, que cantan Frrrr, jrr, y gritan, y lloran, y murmuran. ¡Oh, mi dolor es rojo, y escarlata mi tortuoso dolor! ¡Oh, el rojo y el escarlata gotean sobre la eterna luna de las hojas de mi odio!*

[Aquí se incluía el recorte de una recensión de *Las fronteras de la guerra*, publicada en *Soviet Writing*, con fecha de agosto de 1952.]

La explotación existente en las colonias británicas es realmente terrible, según se pone de manifiesto en esta valiente primera novela, escrita y publicada bajo los mismos ojos del opresor... ¡para revelar al mundo la auténtica verdad escondida detrás del *imperialismo británico!* Sin embargo, nuestra admiración por el valor de la joven escritora que lo arriesga todo por fidelidad a su conciencia social, no debe impedirnos ver que su enfoque de la lucha de clases en África es incorrecto. Se trata de la historia de un joven aviador, un auténtico patriota dispuesto a morir por su país en la gran guerra antifascista, quien se ve involucrado en un grupo de autodenominados socialistas que, en realidad, sólo son blancos colonizadores y decadentes, aficionados al juego de la política. Lleno de repugnancia por la experiencia con esta banda de ricos miembros de la buena sociedad cosmopolita, acude al pueblo, a una sencilla chica negra que le enseña las realidades de la auténtica vida de la clase obrera. Y aquí, precisamente, surge el punto débil de esta novela bien intencionada pero mal encaminada. Pues ¿qué clase de contacto puede tener un joven miembro de la clase alta inglesa con la hija de un cocinero? Lo que el escritor ha de proponerse en el calvario de su búsqueda de la auténtica veracidad artística es lo típico. Y esta situación no es, no puede ser la típica. Imaginemos que la joven escritora, arriesgándose a escalar el mismísimo Himalaya de la verdad, hubiera hecho de sus protagonistas un joven obrero blanco y una organizada obrera africana de una fábrica. En una situación como ésa es posible que hubiera encontrado una solución, política, social o espiritual, mediante la que habría llegado a esclarecer la lucha por la libertad que se avecina en África. ¿Dónde están ahora, en el libro, las masas trabajadoras? ¿Dónde están representados quienes conscientemente llevan a cabo la lucha de clases? Simplemente, no se les ve por ninguna parte. Sin embargo, ¡no se desanime la joven y talentosa escritora! ¡Las cimas artísticas son para los grandes espíritus! ¡Adelante, en beneficio de la salvación del mundo!

[Recensión de *Las fronteras de la guerra* en *Soviet Gazette*, con fecha de agosto de 1954.]

África es majestuosa y salvaje. ¡Qué estallido de esplendor se ofrece a nuestros ojos en las páginas de esta novela que nos acaba de llegar de la Gran Bretaña, y que describe un incidente ocurrido durante la guerra en el corazón mismo de las llanuras y selvas de la tierra africana!

No es preciso recordar ahora que los caracteres típicos del arte difieren, en su contenido y también, por consiguiente, en su forma, del concepto científico de los tipos. De ahí que, en una cita que la escritora hace al principio de su libro, y a pesar de sus reminiscencias de marasmo sociológico occidental, esté contenida una profunda verdad (a saber: «Se dice que Adán se perdió o cayó porque comió la manzana. Pero yo digo que fue debido a que la reclamó como suya, debido a su Yo, Mío, Mi, etc.»), y que a partir de ese momento leemos su obra con viva expectación, que no está justificada. Sin embargo, acojamos bien lo que nos ha ofrecido ahora, esperando lo que un día nos puede dar, lo que nos dará cuando comprenda que una obra auténticamente artística debe poseer una vida revolucionaria… que afirme su contenido, su profundidad ideológica, su humanidad, tanto como su mérito artístico. El sentimiento crece a medida que se pasan las páginas: ¡qué nobles, qué auténticamente profundos deben de ser los tipos humanos que se dan en este continente todavía no desarrollado! Ese sentimiento no abandona un solo instante al lector, quien continuamente evoca una respuesta de su corazón. Pero el joven aviador inglés, al igual que la confiada muchacha negra, inolvidables gracias a la fuerza abrumadora de la escritora, no son, sin embargo, típicos de la potencia moral del futuro. Tus lectores te dicen, querida autora, unánimemente: ¡Continúa trabajando! ¡Recuerda que el arte debe estar impregnado de la clara luz de la verdad! ¡Recuerda que el proceso de crear nuevas formas concretas de realismo en la literatura africana y, en general, en la literatura de los países subdesarrollados que tienen un fuerte movimiento de liberación nacional, es un proceso muy difícil e intrincado!

[Recensión de *Las fronteras de la guerra*, en *Soviet Journal for Literature for Colonial Freedom*, con fecha de diciembre de 1956.]

La lucha contra la opresión imperialista en el África tiene sus Homeros y sus Jack Londons. Tiene también sus mediocres psicólogos, que, sin embargo, no carecen de cierto mérito menor. Ante las masas negras en marcha, ante las heroicas posturas que a diario adoptan los movimientos nacionalistas, ¿qué puede decirse de esta novela, crónica de una historia de amor entre un joven británico educado en Oxford y una chica negra? Ella es la única representante del pueblo que aparece en todo el libro, y sin embargo su carácter es sólo un esbozo; no está desarrollado, no satisface. No; la escritora tiene que aprender de nuestra literatura, la literatura de la salud y del progreso, pues a nadie aprovecha la desesperación. Ésta es una novela negativa. Detectamos en ella influencias freudianas, lo cual constituye un elemento místico. En cuanto al grupo de «socialistas», la autora trata de utilizarlos para llevar a cabo una sátira, pero falla en su intento. Su estilo contiene algo insano y hasta ambiguo. Que aprenda de Mark Twain, cuyo saludable humor aprecian tanto los lectores progresistas. Sus novelas, en efecto, hacen que la humanidad se ría de lo que ya está muerto, de lo caduco y superado por la historia.

[Continuación del cuaderno rojo:]

13 de noviembre de 1955

Desde que murió Stalin, en 1953, el P.C. ha atravesado por una etapa que los viejos expertos aseguran no hubiera podido darse en cualquier época anterior. Grupos de personas, de ex comunistas y de comunistas, todos juntos, han celebrado reuniones para discutir lo que sucede en el Partido, en Rusia y en Gran Bretaña. La primera reunión a la que me rogaron asistiera (y hace ya cerca de un año que estoy fuera del Partido) constaba de nueve miembros y de cinco ex miembros. Y a ninguno de nosotros, de los ex miembros, se nos dirigió la habitual acusación:

«vosotros sois los traidores». Nos reunimos como socialistas, con plena confianza. Las discusiones se han ido desarrollando lentamente, y ahora hay una especie de vago plan de alejar a la «burocracia muerta» del núcleo del Partido, de suerte que el P.C. pueda cambiar por completo, ser un Partido genuinamente británico, sin la mortal lealtad a Moscú, ni la obligación de decir mentiras, etc. En una palabra: que se convierta en un Partido auténticamente democrático. De nuevo me encuentro entre gente llena de excitación y buenos propósitos…, incluida la gente que abandonó el Partido hace años. El plan puede resumirse del siguiente modo: a) El Partido, limpio de sus «viejos expertos», incapaces de pensar rectamente después de tantos años de mentir y tergiversar, tiene que hacer una declaración en la que se repudie el pasado. Esto, lo primero. b) Para romper todos sus vínculos con los Partidos comunistas extranjeros, a la espera de que los otros también rejuvenezcan y rompan con el pasado. c) Para convocar a los miles y miles de personas que han sido comunistas y que dejaron el Partido, asqueadas, invitándoles a reintegrarse al Partido revitalizado. d) Para…

[Aquí, el cuaderno rojo aparecía repleto de recortes de periódicos relacionados con el XX Congreso del Partido Comunista ruso, de cartas de toda clase de personas sobre política, de órdenes del día para mítines políticos, etc. Todos estos documentos estaban atados con gomas elásticas y unidos a la página correspondiente del cuaderno con una pinza sujetapapeles.

Luego volvía a empezar la letra de Anna:]

11 de agosto de 1956

No es la primera vez en mi vida que me doy cuenta de que he pasado semanas y meses inmersa en una frenética actividad política sin conseguir nada con ello. Es más, ya sabía que no iba a lograr nada. El XX Congreso ha duplicado y triplicado el número de gente, tanto dentro como fuera del Partido, que quiere presentar una imagen «nueva». Ayer por la noche asistí a un mitin que casi duró hasta la madrugada. Hacia el final, un hombre que no había proferido palabra durante toda la sesión, un socialista de Austria, pronunció un breve discurso en tono de broma para decir algo así como: «Mis queridos camaradas: Os he estado escuchando, atónito ante las reservas de fe de los seres humanos. Lo que vosotros decís no es más que lo siguiente: que sabéis que la dirección del P.C. británico está integrada por hombres y mujeres totalmente corrompidos por los años de trabajo en el ambiente stalinista. Vosotros sabéis que harán cualquier cosa para mantener su posición. Lo sabéis porque habéis dado un centenar de ejemplos de ello, aquí, esta noche: desacatan resoluciones, hacen trampas con las votaciones, acaparan mítines, mienten y deforman las cosas. No hay medio de expulsarles de sus puestos democráticamente, en parte porque son poco escrupulosos, y en parte porque la mitad de los militantes del Partido son demasiado ingenuos para creer a sus líderes capaces de tales trampas. Pero cada vez que llegáis a este punto de vuestras reflexiones, os detenéis en él y, en lugar de sacar las conclusiones obvias de lo que habéis dicho, empezáis a soñar y a hablar como si todo lo que hubiera de hacerse fuese pedir a los camaradas dirigentes su inmediata dimisión en bien del Partido. Es como si os propusierais suplicar a un ladrón profesional que se retirara porque su eficiencia da mala fama a la profesión».

Todos nos reímos, pero continuamos con la discusión. El tono de broma con que había hablado le absolvía, por así decirlo, de la necesidad de una respuesta en serio.

Más tarde medité sobre ello. Hace tiempo decidí que, en un mitin político, la verdad surge normalmente en un discurso como aquel o en una observación que, de momento, se ignora porque no tiene el *tono* del mitin. Expresada jocosa o satíricamente, o incluso en tono de enojo o resentimiento, ésa es la verdad, y todos los discursos y contribuciones largas son una tontería.

Acabo de leer lo que escribí el año pasado, el día 13 de noviembre, y me asombra nuestra ingenuidad. Sin embargo, me sentí realmente inspirada por la creencia de que fuese posible un P.C. nuevo y honesto. Lo creía de veras posible.

20 de septiembre de 1956

No he asistido a más mítines. La consigna, según me dicen, es poner en marcha un nuevo «P.C. realmente británico» como ejemplo y como alternativa del P.C. actual. La gente parece preparada para aceptar, al parecer sin ningún reparo, la existencia de dos P.C. rivales. No obstante, es obvio lo que ocurrirá si esto se lleva a cabo: ambos utilizarán sus energías para lanzarse insultos y negarse el uno al otro el derecho de ser comunista. Se trata, en definitiva, de una receta infalible para cocinar una farsa. Pero no es más estúpida que la idea de «enviar a paseo» a la vieja guardia por medios democráticos y reformar el Partido «desde el interior». ¡Qué estupidez! No obstante, he creído en ello durante meses, como cientos de otras personas normalmente inteligentes que se han dedicado a la política desde hace años. A veces pienso que hay una forma de experiencia que la gente es incapaz de asimilar: la experiencia política.

La gente se larga del P.C. por docenas, con el corazón destrozado. Y lo irónico es que todos están desolados y llenos de cinismo en la misma medida que fueron leales e inocentes. Quienes, como yo, se habían hecho pocas ilusiones (todos nos hicimos algunas: yo, por ejemplo, que el antisemitismo era «imposible)», nos mantenemos en calma y dispuestos a volver a empezar, aceptando el hecho de que el P.C. británico degenerará poco a poco en una secta pequeña, diminuta. La nueva consigna es «reconsiderar la posición socialista».

Hoy me ha llamado Molly. Tommy se ha metido en el nuevo grupo de jóvenes socialistas. Molly ha dicho que se había quedado escuchando mientras ellos hablaban. Tenía la sensación de que «había retrocedido cien años, a los tiempos de su juventud», cuando ingresó en el P.C.

—¡Anna, era extraordinario! Realmente *muy curioso*. Están ahí, sin paciencia para con el P.C., con toda la razón, por lo demás, y sin paciencia tampoco para con el Partido Laborista, en lo cual no me sorprendería que también tuvieran razón. No pasan de unos pocos cientos, esparcidos por toda Inglaterra, pero hablan como si Inglaterra entera fuera a convertirse en socialista dentro de unos diez años, lo más tarde, y, naturalmente, gracias a sus esfuerzos. Ya sabes, como si ellos fuesen los elegidos para dirigir la nueva y hermosa Inglaterra socialista, que saldrá a la luz el próximo martes. Los miraba como si se tratase de locos, pensaba que ellos o yo estábamos locos..., pero la cuestión, Anna, la cuestión es que son exactamente como éramos nosotros, ¿no te parece? Incluso hablan aquella misma jerga horrible de la que nosotras nos burlamos hace años, como si la hubieran inventado ellos.

—Pero tú, Molly, ¿estás contenta de que se haya hecho socialista en lugar de una especie de hombre de provecho?

—Sí, claro. Naturalmente. La cuestión es: ¿no deberían ser más inteligentes de lo que éramos nosotros, Anna?

[Continuación del cuaderno amarillo:]

LA SOMBRA DE LA TERCERA PERSONA

A partir de este punto de la novela, «la tercera persona», primero la mujer de Paul, luego el otro y más joven *alter ego* de Ella —integrado por fantasías sobre la esposa de Paul—, y más tarde el recuerdo del mismo Paul, se convierten en la propia Ella. Ella, a medida que se va desmoronando y desintegrando, se agarra firmemente a la idea de una Ella entera, sana y feliz. El lazo entre las distintas «terceras personas» está claro: lo que las une es la normalidad, pero también algo más: lo convencional, las actitudes y emociones propias de la vida «respetable» que, de hecho, Ella rechaza totalmente.

Ella se cambia de piso. Julia se muestra resentida. Una parcela de la relación entre las dos, que aparecía oscurecida, se esclarece ahora gracias a Julia, a su actitud. Julia dominaba a Ella, la cual había aceptado el ser dominada o, por lo menos, pareció aceptarlo. Julia, por naturaleza, era esencialmente generosa: amable, afectuosa, desprendida. En cambio, ahora incluso llega a quejarse a amigos mutuos de que su amiga se ha aprovechado de ella, de que la ha utilizado. Por su parte, Ella, sola con su hijo en un piso grande, feo y sucio, que tiene que limpiar y pintar, piensa que, en cierto modo, Julia se queja de algo que es verdad. En efecto, comprende que había sido como una prisionera voluntaria y agradecida, y que incluso alimentaba el secreto sueño de independencia común a todos los prisioneros. Para ella, marcharse de casa de Julia era como abandonar el hogar materno o como la disolución de un matrimonio, piensa ahora, perversamente, al recordar las bromas poco amables de Paul, según el cual parecía que estuviese «casada con Julia».

* * *

Durante un tiempo, Ella se encuentra más sola que nunca. Piensa mucho en su amistad, rota, con Julia. Porque ella está más cerca de Julia que nadie, aun cuando «cerca» no signifique confianza mutua ni experiencias compartidas. Aparte que ahora esta amistad no es más que odio y resentimiento. Y Ella no puede dejar de pensar en Paul, que la abandonó hace meses; hace ya más de un año.

* * *

Ella comprende que, viviendo con Julia, ha estado protegida por una determinada especie de atención. Ahora es, sin duda, «una mujer que vive sola»; y esto, aunque no se hubiera dado cuenta de ello antes, es muy distinto a «dos mujeres que viven en la misma casa».

Un ejemplo. Tres semanas después de mudarse al nuevo piso, el doctor West la telefonea. Le comunica que su esposa está fuera, de vacaciones, y la invita a cenar. Ella acepta, incapaz de sospechar, pese a la alusión, tan concreta, a la ausencia de la esposa, que no se trata de una invitación para hablar de algún tema relativo al trabajo de la oficina. Pero, en el curso de la cena, Ella va comprendiendo poco a poco que el doctor West le está ofreciendo una aventura. Recuerda entonces sus observaciones poco amables después de que Paul la dejase, y piensa que probablemente la ha clasificado como una mujer idónea para estas ocasiones. También comprende que si le rechaza esta noche, él recurrirá a una corta lista de tres o cuatro nombres de mujer, a juzgar por su sarcástico comentario:

—Hay otras, ¿sabe? No puede usted condenarme a la soledad.

Ella observa cambios en el despacho, y ve, hacia el final de la semana, que Patricia Brent tiene una nueva forma de comportarse con el doctor West. Aquella manera dura, eficiente, de la mujer profesional, se ha convertido en algo dulce, casi propio de una jovencita. Patricia ha sido la última en la corta lista del doctor West, quien ha probado suerte y ha fracasado con dos de las secretarias. Ella está maliciosamente contenta porque el doctor West ha terminado con lo que, para él, era la peor alternativa; está airada, en nombre de su sexo, porque Patricia Brent se muestra positivamente agradecida y adulada; tiene miedo porque si acepta los favores de un hombre como el doctor West, ello se puede convertir en el fin de su propio camino; está enfadada y divertida porque el doctor West, al verse rechazado, ha querido demostrarle algo, como si dijera: «Tú no has querido. Pero, ya ves, no me importa».

Y todos estos sentimientos son incómodamente fuertes, están enraizados en un resentimiento ajeno por completo al doctor West. A Ella no le agrada tenerlos, y está avergonzada. Se pregunta por qué no le inspira pena el doctor West, un hombre de edad madura, no muy atractivo, y casado con una mujer muy competente y a buen seguro aburrida. ¿Por qué no habría de buscar alguna aventura con la que alegrar un poco su vida? Pero es inútil. Ella experimenta resentimiento y desprecio hacia el hombre.

Se encuentra a Julia en casa de una amiga. Sus relaciones son heladas. Ella, «casualmente», empieza a contarle lo que ha sucedido con el doctor West. En unos instantes, las dos mujeres vuelven a ser amigas, como si nunca hubieran conocido aquel período de frialdad. Pero vuelven a ser amigas sobre la base de un aspecto de su relación que antes había sido siempre subordinado: la crítica de los hombres.

Julia emula la historia de Ella sobre el doctor West con esta otra: una noche, un actor del teatro donde Julia está trabajando la acompañó a casa y subió a tomar una taza de café. No tardó nada en comenzar a quejarse de su matrimonio.

—Yo, como siempre, me mostré muy amable y le prodigué los buenos consejos. Pero me aburría tanto el volverlo a oír todo, que me entraban ganas de gritar.

Julia, a las cuatro de la mañana, le insinuó que se encontraba cansada y que él debería irse a casa.

—Pero hija, ¡ni que le hubiera insultado gravemente! Me di cuenta de que si aquella noche no podía conseguirme, su ego se quedaría por los suelos. Y entonces me fui a la cama con él.

El hombre resultó ser impotente, pero Julia se lo tomó bien.

—Por la mañana dijo que podía volver aquella noche, y añadió que era lo mínimo que podía hacer por él: darle una oportunidad de redimirse. Demostró, por lo menos, cierto sentido del humor.

Y así, el hombre pasó otra noche con Julia. Con parecido resultado.

—Como es natural, se fue a las cuatro para que su mujercita creyera que había estado trabajando hasta tarde. En el preciso momento de irse, se volvió y me dijo: «Eres una mujer castradora; lo imaginé nada más verte».

—¡Jesús! —exclamó Ella.

—¡Sí! —dijo Julia furiosamente—. Y lo divertido es que se trata de un buen hombre. Quiero decir que de él nunca hubiera esperado este tipo de comentario.

—No debieras haberte ido a la cama con él.

—Pero ya sabes lo que pasa: siempre se produce ese momento en que el hombre parece todo él herido en su masculinidad… y no lo puedes soportar; sientes la necesidad de remontarle los ánimos.

—Sí, pero luego te dan un puntapié bien fuerte. Entonces, ¿por qué lo hacemos?

—Sí, parezco incorregible.

Unas semanas más tarde, Ella ve a Julia y le dice:

—Cuatro hombres con los que yo no he tenido nunca ni un *flirt* me han telefoneado para decirme que sus esposas se habían ido fuera, y cada vez lo decían con un tono de voz más deliciosamente recatado. Realmente es extraordinario: conoces a hombres que trabajan contigo desde hace años, y basta con que sus esposas se marchen para que les cambie la voz y crean que una está deseando irse a la cama con ellos. ¿Qué diablos te imaginas que les pasará por la cabeza?

—Es mejor no pensar en *eso*.

Ella le dice a Julia, llevada por un impulso de apaciguamiento, de seducción (y ella se da cuenta al decirlo de que eso mismo le sucede con respecto a los hombres: siente necesidad de seducirlos, de hacer las paces con ellos):

—Bueno, por lo menos cuando vivía en tu casa esto no pasaba. Lo cual, en sí, ya es curioso. ¿No crees?

Julia muestra una chispa de triunfo, como si quisiera decir: «Bueno, pues al menos sirvió de algo…».

Se produce entonces un instante de incomodidad: Ella, por cobardía, deja pasar la oportunidad de decirle a Julia que se ha portado mal en el asunto de su marcha, la oportunidad de «ventilarlo todo». Y en el silencio de aquel momento incómodo surge un pensamiento que es la consecuencia natural de «lo cual, en sí, ya es curioso»: «¿Será posible que nos hayan creído lesbianas?».

A Ella se le había ocurrido antes, y eso la había divertido. Pero ahora piensa: «No. Si nos hubiesen creído lesbianas les hubiéramos atraído, los hubiéramos tenido a nuestro alrededor como un enjambre de moscones. Todos los hombres que he conocido me han hablado con gusto, abierta o inconscientemente, de las lesbianas. Es un aspecto de su increíble vanidad: se consideran redentores de esas mujeres perdidas».

Ella escucha las amargas palabras en su mente y se queda turbada. Una vez en casa trata de analizar la amargura que la posee. Se siente literalmente envenenada.

Piensa que no ha ocurrido nada que no le haya venido sucediendo durante toda su vida. Hombres casados, temporalmente viudos, que intentan tener una aventura con ella, etc., etc. Diez años antes no hubiera notado ni observado nada de todo eso: se lo habría tomado como parte integrante de las dichas y desdichas de ser una «mujer libre». Pero ahora caía en la cuenta de que diez años antes ya había sentido algo que entonces no reconoció: un sentimiento de satisfacción, de victoria sobre las esposas, basado en el hecho de que Ella, la mujer libre, era mucho más interesante que las mujeres sosas y atadas. Recordando y reconociendo esta emoción, siente vergüenza.

Piensa también que el tono que usa al hablar con Julia es el de una solterona amargada. Hombres. El enemigo. Ellos. Decide no hacer más confidencias a Julia o, por lo menos, suprimir el tono de sequedad y amargura.

Poco después, ocurre un nuevo incidente. Uno de los subdirectores de la oficina trabaja con Ella en una serie de artículos donde se dan consejos sobre aquellos problemas emocionales que aparecen con más frecuencia en las cartas de los lectores. Ella y ese hombre se quedan varias veces, hasta tarde, solos en el despacho. Trabajan en seis artículos, cada uno de los cuales tiene dos títulos, el oficial y el de broma, para uso de Ella y su colega. Por ejemplo: «¿Se aburre a veces en su hogar?» es, para Ella y Jack, «¡Socorro! Me estoy volviendo loca.» O: «El marido que descuida su familia» se convierte en «Mi marido duerme por ahí». Y así los demás. Ella y Jack se ríen mucho, y bromean acerca del estilo demasiado simple de los artículos. Pero los escriben con cuidado, prestándoles atención. Los dos saben que sus bromas nacen de la infelicidad y la frustración contenidas en las cartas que llegan a riadas al despacho, y que sus artículos no podrán aliviar en absoluto esa desdicha.

La última noche de aquel trabajo en colaboración, Jack lleva a casa en su coche a Ella. Está casado, tiene tres hijos, y anda por la treintena. A Ella le cae muy bien. Le ofrece una copa y él sube al piso. Ella sabe que se acerca el momento en que él va a pedirle hacer el amor. Piensa: «Pero no siento ninguna atracción por él. Claro que podría sentirla, si consiguiera librarme de la sombra de Paul. ¿Cómo sé que no me va a gustar cuando esté en la cama con él? Al fin y al cabo, Paul no me atrajo inmediatamente...». Este último pensamiento la sorprende. Está sentada, escuchando, mientras el joven charla y la entretiene. «Paul siempre me decía, bromeando, pero con un fondo de seriedad, que no me había enamorado de él a primera vista. Y ahora yo misma me lo repito.

Pero me parece que no es verdad. Probablemente lo creo sólo porque él lo dijo… Y no es extraño que no logre interesarme por ningún hombre, si todo el tiempo estoy pensando en Paul…».

Ella se acuesta con Jack. Le clasifica como el tipo de amante eficiente. «Un hombre que no es sensual y que ha aprendido a hacer el amor de un libro probablemente titulado *Cómo satisfacer a su esposa*». El placer lo obtiene al conseguir que una mujer se meta en la cama con él, no del sexo en sí mismo.

Los dos son alegres, amistosos, y mantiene el tono de sensatez en su trabajo de colaboración en el despacho. No obstante, Ella lucha contra la necesidad de llorar. Conoce este tipo de depresión repentina y la combate así: «No es mi depresión. Es culpabilidad, pero no la mía, sino la que procede del pasado; es algo que tiene que ver con el doble patrón que yo repudio».

Al anunciar que tiene que regresar a casa, Jack empieza a hablar de su mujer:

—Es una buena chica —observa, y Ella se hiela ante el tono condescendiente de su voz—. Me aseguro bien de que no se dé cuenta cuando yo me salgo de madre por esos mundos. Claro que a veces está harta de todo, con los niños, que la tienen atada y no dejan de ser un problema… Pero se las arregla bien.

Está poniéndose la corbata; luego se calza, sentado sobre la cama de Ella. Rebosa bienestar. Su cara es lisa: tiene la cara abierta de un muchacho.

—He tenido mucha suerte con mi costilla —añade.

Pero ahora hay resentimiento en sus palabras, resentimiento contra la esposa; y Ella sabe que, en esta ocasión, el hecho de haberse acostado juntos Jack lo usará, con sutileza, para denigrar a su mujer. Y él brinca de satisfacción, no por los placeres del amor, acerca de los cuales sabe muy poco, sino porque se ha probado algo a sí mismo. Se despide de Ella y observa:

—Bueno, de vuelta a la molienda. Tengo la mejor mujer del mundo, pero no puede decirse que su conversación sea precisamente muy interesante.

Ella se controla, no dice que una mujer con tres hijos pequeños y anclada en una casa de los suburbios, con la televisión por todo entretenimiento, es imposible que tenga nada excitante de que hablar. La profundidad del rencor que él muestra la deja atónita. Sabe que su esposa, la mujer que le está esperando a varios kilómetros de distancia, al otro lado de Londres, se dará cuenta en seguida de que ha estado en la cama con otra: no necesitará más que verle entrar en el dormitorio dando brincos de vanidad complacida.

Ella decide: a) que será casta mientras no vuelva a enamorarse, y b) que no hablará de aquel incidente con Julia.

Al día siguiente telefonea a Julia, se encuentran para almorzar y se lo cuenta todo. Piensa, mientras habla, que así como siempre ha rehusado hacerle confidencias a Patricia Brent o, por lo menos, se ha negado a ser cómplice de las críticas sardónicas que Patricia hace de los hombres (Ella cree que la ironía casi benevolente de las críticas que Patricia dirige a los hombres será la que un día llegue a dulcificar su propia amargura actual, y no está dispuesta a que ese día llegue), en cambio se muestra pronta en todo momento a confiarse a Julia, cuya amargura se transforma rápidamente en un desprecio corrosivo. De nuevo decide no dejarse llevar por este tipo de conversación con Julia, pensando que dos mujeres cuya amistad se basa en sus críticas a los hombres son lesbianas psicológica, si no lo son físicamente.

Esta vez mantiene la palabra que se ha dado a sí misma de no hablar con Julia. Se encuentra aislada y sola.

Entonces le pasa algo nuevo: empieza a sufrir atormentadores deseos sexuales. Ella está aterrorizada porque no puede acordarse de haber sentido nunca deseo sexual como algo en sí, sin referencia a un hombre determinado; o, por lo menos, no recuerda haberlo sentido desde su adolescencia, y entonces era siempre en relación con alguna fantasía acerca de un hombre. Ahora no puede dormir, se masturba al tiempo que experimenta odio hacia los hombres. Paul se ha desvanecido por completo en su mente. Ella ha perdido al hombre fuerte y cálido de su experiencia, y sólo puede recordar en él a un cínico traidor. Sufre deseo sexual en el vacío. Se siente muy humillada, pensando que eso significa su dependencia de los hombres para «las necesidades del sexo», para «aplacarse», para «saciarse». Utiliza estas expresiones crueles para humillarse a sí misma.

Luego se da cuenta de que ha caído en una falsedad acerca de sí misma, lo mismo que acerca de las mujeres, y de que no debe perder de vista la siguiente certidumbre: cuando estaba con Paul no sentía apetito sexual si no se lo provocaba él; cuando él se ausentaba por unos días, recuperaba la calma hasta que volvía. La rabiosa hambre sexual de ahora no provenía del sexo, sino más bien de la penuria emocional de que adolecía toda su vida. En fin, estaba convencida de que cuando volviera a querer a un hombre, su espíritu recobraría la normalidad: la sexualidad de la mujer está contenida en el hombre, por así decirlo, a condición de que sea un hombre auténtico; está, en cierto sentido, adormecida por él. La mujer no piensa en el sexo.

Ella se aferra a esta certidumbre y piensa: «Cada vez que mi vida atraviesa un período de sequedad, un período de muerte, hago lo mismo: me aferró a un conjunto de palabras, de expresiones que corresponden a un tipo de conocimiento, aun cuando soy consciente de que están muertas y carecen de sentido. Pero sé que la vida volverá y que las hará vivir también a ellas. ¡Qué extraño resulta que una tenga que aferrarse a una serie de frases, y que, además, crea en ellas!»

Entre tanto, los hombres le hacen proposiciones y ella las rechaza porque sabe que no puede amarlos. Las palabras que usa para sí misma son: «No me acostaré con un hombre hasta que no sepa que puedo amarle».

Sin embargo, unas semanas después, Ella conoce a un hombre en una fiesta. Vuelve a ir conscientemente a fiestas, aunque odia «estar de nuevo en el mercado». El hombre es un escritor de guiones, canadiense. Su aspecto físico no le atrae mucho; pero es inteligente, y posee un sentido del humor peculiar, transatlántico, hecho de esas ocurrencias lúcidas y agudas que tanto la divierten. Su esposa, que está en la fiesta, es una chica guapa, de una belleza que podría clasificarse de profesional. A la mañana siguiente, el hombre llega al piso de Ella sin avisar. Lleva ginebra, agua tónica y flores, y convierte la situación en el juego «del hombre que se presenta a seducir a la chica que conoció en la fiesta de ayer noche, con flores y ginebra». Ella lo encuentra divertido. Beben, ríen y hacen chistes. Riendo, se acuestan. Ella «da placer», pero no siente nada. Juraría, incluso, que él tampoco siente nada, pues en el instante de la penetración le pasa por la mente la certeza de que es algo que él ha decidido hacer y nada más. «Bueno, yo también lo estoy haciendo sin sentir nada. ¿Cómo, pues, puedo criticarle a él? No es justo.» Luego piensa, rebelándose: «Pero la cuestión es que el deseo del hombre crea el deseo de la mujer o debe crearlo. Así que tengo razón al ser severa».

Continúan bebiendo y haciendo bromas. Luego él observa, por casualidad, sin conexión con nada que haya sucedido antes:

—Tengo una mujer hermosa a la que adoro, tengo un trabajo que me gusta, y ahora tengo una chica.

Ella comprende que se le asigna el papel de esa chica, y que la hazaña de haberla llevado a la cama es una especie de proyecto o plan para tener una vida feliz. Cae en la cuenta de que él espera que la relación continúe, dando por supuesto que va a ser así. Ella insinúa que, por su parte, el intercambio ha terminado, y al decirlo ve cruzar por el rostro de su compañero un relámpago de siniestra vanidad, pese a que el tono de su voz ha sido de gentileza, de auténtica sumisión, como si su rechazo se debiera a circunstancias ajenas a su control.

Él la estudia, con gesto endurecido.

—¿Qué pasa, nena? ¿Es que no te he satisfecho? —le pregunta, abatido y como perdido.

Ella se apresura a asegurarle que sí, aunque no sea cierto. Pero comprende que la culpa no es de él, pues no ha tenido un verdadero orgasmo desde que Paul la dejó.

Ella dice, con involuntaria rudeza:

—Bueno, me parece que no hay mucha convicción en ninguno de los dos.

De nuevo la mirada dura, abatida, clínica del hombre:

—Tengo una mujer hermosa —anuncia—. Pero no me satisface sexualmente. Necesito más.

Esta confesión hace enmudecer a Ella. Siente como si se encontrara en una tierra de nadie, perversamente emocional, que nada tiene que ver con su persona aun cuando se haya adentrado en ella como perdida y temporalmente. Pero se da cuenta de que él no comprende realmente qué hay de raro en lo que ofrece. Tiene un pene grande, «se porta bien en la cama»... y ya está. Ella permanece inmóvil, muda, pensando que el cansancio sensual que revela en la cama es la otra cara del frío cansancio ante el mundo que siente cuando está fuera de ella. Él se queda mirándola, repasándola. «*Ahora* —piensa Ella—, ahora me va a dar el golpe bajo, ahora me lo soltará.» Y se prepara para encajarlo.

—He aprendido —dice él, con cachaza, con el sarcasmo de la vanidad herida— que no es necesario que la mujer que tienes en el saco sea guapa. Es suficiente con que uno se concentre en una parte de ella, en cualquier cosa. Siempre hay algo hermoso, incluso en una fea. Por ejemplo, una oreja o una mano...

Ella se ríe de pronto y trata de encontrar su mirada, creyendo que él también va a reírse, pues durante el par de horas que han pasado juntos antes de acostarse ambos han mantenido una relación llena de buen humor, jocosa. Lo que acaba de decir es realmente la parodia de una observación propia del don Juan que ha visto mucho mundo. Pero ¿seguro que va a reírse de sus palabras? No; lo ha dicho con la intención de ofender, y no está dispuesto a rectificarlo ni con una sonrisa.

—¡Suerte que mis manos, al menos, son bonitas! —exclama Ella por fin, muy secamente.

Él se le acerca, toma sus manos, las besa con aire cansado, rufianesco, y dice:

—Hermosas, muñeca, hermosas.

Se va, y Ella medita por centésima vez que todos estos hombres inteligentes se comportan, en sus vidas emocionales, a un nivel mucho más bajo del que usan en el trabajo, como si fueran seres distintos.

Aquella noche Ella va a casa de Julia y la encuentra en lo que ha clasificado como «el estado anímico de Patricia», es decir, sardónica en vez de amargada.

Julia le dice a Ella, de buen humor, que aquel hombre, el actor que la había llamado una «mujer castradora», había aparecido unos días después llevándole flores, como si no hubiera pasado nada.

—Estaba realmente muy sorprendido de que yo no quisiera seguirle la correa. Se mostraba muy alegre y campechano. Y yo permanecía sentada aquí, mirándole y recordando cómo lloré después de que se hubiera marchado aquellas dos noches, ¿recuerdas que te lo conté? ¡Yo, que había sido tan tierna y amable con él, intentando facilitarle las cosas, para que luego me diga que si soy…! Pues bien; ni siquiera entonces fui capaz de decirle algo que pudiera ofenderle. Me estaba quieta, aquí, y pensaba: «¿Debemos suponer que se olvidan de lo que dicen o de por qué lo dicen? ¿O resulta que no hemos de hacer el menor caso de las cosas que dicen? ¿Nos toca ser fuertes para encajarlo todo?». A veces, tengo la impresión de que estamos en una especie de sociedad sexualmente loca.

Ella dice, con sequedad:

—Mi querida Julia, hemos escogido ser mujeres libres, y éste es el precio que debemos pagar. Eso es todo.

—Libres —exclama Julia—. ¡Libres! ¿De qué sirve que nosotras seamos libres, si ellos no lo son? Te juro que cada uno de ellos, incluso el mejor, cree en la vieja idea de las buenas y las malas mujeres.

—Y nosotras ¿qué? Nos llamamos libres, y la verdad es que ellos consiguen tener erecciones cuando están con una mujer que les importa un bledo, mientras que nosotras no podemos tener orgasmos si no les queremos. ¿Qué hay de libre en eso?

—Pues has tenido más suerte que yo. Ayer lo pensaba: de los diez hombres con quienes me he acostado estos últimos cinco años, ocho han sido impotentes o padecían eyaculación precoz. Me he culpado a mí misma, claro, como hacemos siempre. ¿No es curioso que hagamos lo posible para echarnos la culpa de todo? Pero es que hasta ese maldito actor tuvo la suficiente amabilidad como para decirme, sólo de pasada, claro, que en su vida no había encontrado más que a una mujer con la que pudo hacerlo. ¡Ah, y no se te ocurra salir ahora con que lo dijo para hacerme sentir mejor! En absoluto.

—Querida Julia, ¿no me dirás que te has puesto a contarlos?

—Hasta que no empecé a pensar en ello, no.

Ella se siente en un estado nuevo o en una nueva fase. Se vuelve por completo asexuada. Lo atribuye al incidente con el guionista canadiense, pero no le importa mucho. Ahora está calmada, distanciada, y se basta a sí misma. No sólo ya no puede acordarse de lo que era sufrir de deseo sexual, sino que ya no cree que pueda volver a sentirlo. Sabe, sin embargo, que el estado de autosuficiencia y el olvido del sexo son la otra cara de la posesión por el deseo sexual.

Llama a Julia para anunciarle que ha renunciado al sexo y a los hombres, porque «ni le va ni le viene». El escepticismo humorístico de Julia sorprende literalmente a Ella, y le hace exclamar:

—¡Pero si lo digo en serio!

—Que te vaya bien —le responde Julia.

Ella decide volver a escribir. Busca en sí misma el libro que ya está escrito en su interior y que espera poder trasladar al papel. Pasa muchos ratos sola, esperando descubrir el perfil del libro que sabe lleva dentro.

* * *

Veo a Ella caminando despacio por una habitación grande y vacía, pensando, esperando. Yo, Anna, veo a Ella, que, naturalmente, es Anna. Pero la cuestión estriba en que no lo es. En el momento en que yo, Anna, escribo: «Ella llama a Julia para anunciarle», etcétera, Ella se desprende flotando de mí y se transforma en una persona distinta. No comprendo lo que ocurre en el momento en que Ella se desprende de mí y se convierte en Ella. Nadie lo comprende. Basta con llamarla Ella, en vez de Anna. ¿Por qué escogí el nombre de Ella? Una vez, en una fiesta, conocí a una chica que se llamaba Ella. Hacía recensiones de libros para un periódico y leía originales para un editor. Era bajita, delgada y morena: tenía el mismo tipo físico que yo. Llevaba el pelo atado a la nuca con un lazo negro. Me impresionaron sus ojos, extraordinariamente avizores y a la defensiva. Eran como las ventanas de un fortín. La gente bebía mucho. El anfitrión se acercó para llenarnos los vasos. Ella avanzó la mano, una mano delgada, blanca y fina, en el mismo instante en que él le había puesto dos centímetros de alcohol en el vaso, y lo cubrió. Con calma, hizo un gesto con la cabeza, dando a entender que ya tenía bastante, y luego la sacudió con calma al insistir él en ponerle más. Cuando él se hubo marchado, dándose cuenta de que la había estado mirando, tomó el vaso con sólo dos centímetros de vino tinto y dijo:

—Es la cantidad exacta que necesito para el grado adecuado de intoxicación.

Yo me reí. Pero no, lo decía en serio. Se bebió los dos centímetros de vino tinto, y observó:

—Sí, esto es.

Acto seguido, comprobando el efecto que le hacía el alcohol, dio otra cabezada, pequeña y tranquila:

—Sí, es precisamente lo que quería —concluyó.

Bueno, yo nunca haría una cosa así. Esto no corresponde en absoluto a Anna.

Veo a Ella, aislada, paseando por la gran habitación, atándose su atiesado pelo negro a la nuca, con una cinta asimismo negra. O sentada durante horas en un sillón, con las manos blancas y finas abandonadas sobre su regazo. Las mira frunciendo la frente, meditando.

* * *

Ella encuentra dentro de sí la siguiente historia: una mujer, amada por un hombre que durante toda su larga relación la critica por serle infiel, por desear la vida social que los celos de él le impiden vivir, y por ser una «mujer de carrera». Esta mujer, que, en realidad, durante los cinco años de su aventura sentimental jamás mira a otro hombre, jamás sale sola, y descuida incluso su carrera, se convierte en todo aquello que él le criticaba en el momento mismo en que él la deja. Se entrega a la promiscuidad, vive sólo para ir a fiestas, y no siente escrúpulos en cuanto se refiere a su carrera, por la que sacrifica a sus hombres y a sus amigos. Lo que la historia demuestra es que esta nueva personalidad ha sido creada por él, y que todas sus actividades —encuentros sexuales, traiciones a causa de su carrera, etc.— tienen un objetivo exclusivo de venganza: «Esto es lo que querías, ¿no? Pues aquí lo tienes. Así es como querías que fuera». Y al volver a encontrar al hombre, al cabo de un tiempo, cuando su nueva personalidad ya se ha consolidado, él vuelve a enamorarse de ella. Así es como él siempre ha querido que fuera; y la razón por la que la dejó fue, en el fondo, que se trataba de una chica callada, sumisa y fiel. Pero ahora, cuando él vuelve a enamorarse, ella le rechaza y le desprecia amargamente: lo que ella es ahora no responde a lo que es «auténticamente». En consecuencia, él ha rechazado su personalidad real, ha traicionado un amor auténtico, para amar sólo una caricatura. Y ella le rechaza para preservar su auténtica personalidad, que se ha visto traicionada y rechazada por él.

Ella no escribe esta historia. Tiene miedo de que, si lo hace, se convierta en verdad.

Vuelve a mirar a su interior y encuentra un nuevo argumento.

Un hombre y una mujer. Ella, al cabo de años de libertad, se siente madura para un amor serio. Él representa el papel del amante serio porque tiene necesidad de encontrar un asilo o refugio. (Ella toma como modelo para este personaje al escritor canadiense, con su actitud fría y como de máscara mientras hace el amor: se observaba a sí mismo interpretando el papel, su papel de hombre casado que tiene una amante. Éste es el aspecto del canadiense que Ella utiliza: un hombre que se observa representando un papel.) La mujer, demasiado hambrienta, demasiado intensa, hiela al hombre todavía más; aunque él sólo es consciente a medias de su frialdad. La mujer, que había sido muy poco posesiva, nada celosa ni exigente, se transforma en una carcelera. Es como si la hubiese poseído una personalidad que no fuera la suya. Y observa con sorpresa su degeneración en harpía celosa, como si esta otra personalidad no tuviera nada que ver con ella, de lo cual está convencida porque, cuando el hombre la acusa de ser una espía celosa, ella replica con sinceridad:

—No soy celosa. Nunca lo he sido.

Ella contempla atónita esta historia, pues en su propia experiencia no hay nada que pueda habérsela inspirado. ¿Cómo, pues, se le ha ocurrido? Ella piensa en la esposa de Paul; pero no, se comportó con demasiada humildad y resignación para sugerirle un carácter como éste. ¿Quizá su propio marido, que se denigraba a sí mismo, era celoso y abyecto, y le organizaba escenas histéricas típicamente femeninas por su incapacidad como hombre? Seguramente, piensa Ella, ya que esta figura, su marido, con la que ella estuvo ligada por tan poco tiempo y, al parecer, sin auténtica entrega, es el equivalente masculino de la virago de su argumento. Sin embargo, decide no escribir el relato. Está escrito en su interior, pero no lo reconoce como suyo. «¡Tal vez lo leí en alguna parte —reflexiona— o quizás alguien me contó esta historia y he olvidado quién…!».

Por este tiempo, Ella visita a su padre. Hace bastante que no le ha visto. Nada ha cambiado en la vida de él. Sigue siendo un hombre callado, absorto en su jardín, en sus libros. En fin, es el clásico militar transformado en una especie de místico. ¿O ha sido siempre un místico? Ella, por vez primera, se lo pregunta: ¿Cómo debe sentirse una, casada con un hombre así? Casi nunca piensa en su madre —¡hace tanto que murió!—, pero empieza a revivir recuerdos de ella. Ve a una mujer con sentido práctico, alegre y activa. Una noche, sentada frente a su padre junto a la chimenea, en aquella habitación con el techo pintado de blanco, las vigas negras y las paredes cubiertas por los libros, le observa mientras lee y sorbe whisky. Por fin, se atreve a hablarle de su madre.

La cara de él adopta una expresión alarmada muy cómica: es obvio que desde hace años tampoco piensa en su mujer. Ella insiste. Su padre, finalmente, dice con sequedad:

—Tu madre era demasiado buena para mí.

Luego sonríe, incómodo, y en sus ojos remotos y azules aparece de pronto la mirada asustada y franca de un animal sorprendido. La sonrisa ofende a Ella; pero reconoce la causa: está enojada en nombre de la esposa, de su madre. «Lo que no marcha bien con Julia y conmigo es muy simple: somos el tipo de la amante en una época en que eso ya ha pasado.» Luego pregunta, en voz alta:

—¿Por qué demasiado buena?

Su padre ha vuelto a tomar el libro como para escudarse. Sin mirarla, aquel hombre de edad, de piel curtida por el sol y espíritu súbitamente agitado por sentimientos de hace treinta años, le contesta:

—Tu madre era una buena mujer, una buena esposa. Pero no tenía idea, ninguna idea de nada. Todas esas cosas le eran completamente ajenas.

—¿Te refieres al sexo? —pregunta Ella, forzándose a decirlo pese a la repugnancia que le produce asociar estas ideas con sus padres.

Él se ríe, ofendido, y con los ojos de nuevo muy abiertos responde:

—Sí, claro. A vosotros no os importa hablar de ello. Yo nunca hablo de estas cosas. Sí, el sexo, si es así como lo llamáis. Era algo completamente ajeno a su mundo.

El libro, las memorias de un general británico, les separa como una muralla. Pero Ella insiste:

—Y tú ¿qué hiciste para remediarlo?

El lomo del libro parece temblar. Una pausa. Ella ha querido decir: «¿No le enseñaste?». Pero la voz de su padre emerge desde detrás del libro, una voz tajante y vacilante a la vez —tajante por la costumbre, vacilante por la vaguedad de su mundo privado—, y confiesa:

—Cuando ya no podía más, salía y me compraba una mujer. ¿Qué esperabas?

El *qué esperabas* no va dirigido a Ella, sino a su madre.

—Era celosa —añade—; vaya si lo era. Yo le importaba un bledo, pero tenía celos de mí como una gata enferma.

—Lo que quise decir es que quizás era tímida. Tal vez debieras haberle enseñado.

Recuerda que Paul le había dicho: «La mujer frígida no existe. Sólo hay hombres incompetentes».

El libro desciende lentamente hasta los muslos delgados como bastones de su padre. El rostro amarillento y enjuto ha enrojecido, y los ojos se salen de sus órbitas como los de un insecto:

—¡Óyeme! —clama—. El matrimonio se cumplió por lo que a mí se refiere… ¡Vaya si se cumplió! En fin, aquí estás tú. Supongo que está claro.

—Supongo que debería pedir excusas, pero quiero saber cosas de ella. Al fin y al cabo, fue mi madre.

—No pienso en ella. No he pensado en ella desde hace años. Sólo la recuerdo cuando tú me concedes el honor de visitarme.

—¿Por eso tengo siempre la impresión de que no te gusta mucho verme? —pregunta Ella, aunque sonriendo y forzándole a que la mire.

—Yo nunca he dicho tal cosa. No, no creo. Pero todo eso de los lazos de familia… La familia, el matrimonio, todo este tipo de cosas me parece muy poco real. Eres mi hija, estoy seguro de ello. Conociendo a tu madre… Pero no lo siento así. ¿Tú sientes los lazos de la sangre? Yo no.

—Yo sí. Cuando estoy aquí, contigo, siento como un lazo. No sé qué es.

—No, yo tampoco. —El anciano ha vuelto a recobrarse y se ha refugiado de nuevo en un lugar remoto, a salvo del sufrimiento de las emociones personales. Añade—: Somos seres humanos, cualquiera que sea el significado de este concepto. Yo no lo sé. Pero me agrada verte, cuando me haces el honor de venir. No creas que no eres bienvenida… Aunque me estoy haciendo viejo, y tú todavía no sabes lo que eso significa. Todo este asunto de la familia, los hijos, todo este tipo de cosas no parecen reales. No son lo más importante. Al menos para mí.

—¿Qué es, pues, lo importante?

—Dios, supongo. Lo que se quiera entender por él. ¡Ah, claro, ya sé que para ti no significa nada! ¿Por qué habría de significar algo? Yo, antes, a veces tenía instantes en que lo veía. En el desierto, en el Ejército, ya sabes. O en momentos de peligro. También ahora, en ocasiones, por la noche. Yo creo que estar solo es importante. La gente, los seres humanos, todo este tipo de cosas, es sólo un lío. Las personas deberían dejarse en paz las unas a las otras. —Toma un sorbo de whisky, mirándola fijamente, con expresión de asombro por lo que ve—. Tú eres mi hija, según creo. No sé nada de ti. Te ayudaría en lo que pudiera, claro, y tendrás todo el dinero que poseo cuando me vaya… En fin, ya lo sabes. No es que sea mucho, pero… Sin embargo, no quiero saber nada de tu vida. Estoy seguro de que no podría aprobarla.

—No, me parece que no podrías.

—Ese marido tuyo…, ese infeliz… Nunca pude comprenderlo.

—De eso hace mucho tiempo. Imagina que te digo que he querido a un hombre casado durante cinco años, y que esa experiencia ha sido la más importante de mi vida.

—Son tus problemas, no los míos. Y supongo que desde entonces ha habido otros hombres. No eres como tu madre; ya es algo. Te pareces más a una mujer que tuve después de que ella muriera.

—¿Por qué no te casaste con ella?

—Estaba casada, atada al marido. En fin, supongo que tenía razón. En ese aspecto fue lo mejor de mi vida. Pero ese aspecto… nunca ha sido muy importante para mí.

—¿No sientes ni siquiera curiosidad acerca de mí, de lo que hago? ¿No piensas en tu nieto?

Ahora se hace patente que emprende la retirada con todo descaro. Esta insistencia no le gusta nada.

—No. ¡Oh, sí! Es un hombrecito muy salado. Encantado siempre de verle. Pero se volverá un caníbal, exactamente lo mismo que los demás.

—¿Un caníbal?

—Sí, un caníbal. Las personas son caníbales, si no se dejan en paz las unas a las otras. En cuanto a ti, ¿qué sé acerca de ti? Eres una mujer moderna, y yo no sé nada acerca de las mujeres modernas.

—¡Una mujer moderna! —repite Ella, secamente, sonriendo.

—Sí. Tu libro, supongo. Imagino que vas detrás de algo tuyo, como todos los demás. Y te deseo mucha suerte. No nos podemos ayudar mutuamente. Las personas no se ayudan entre sí. Están mejor separadas.

Una vez dicho esto, levanta el libro, después de haberle dirigido una mirada corta y abrupta para darle a entender que la conversación ha concluido por su parte.

Ella, sola en el cuarto, se asoma a su lago privado aguardando a que se ciernan las sombras, a que la historia tome forma. Ve a un joven oficial de carrera, tímido, orgulloso y con dificultades para expresarse. Ve a una joven esposa, tímida y alegre. Y entonces, no una imagen, sino un recuerdo aflora a la superficie. Ve la escena siguiente: de noche, ya tarde, en su dormitorio, simula que duerme. Su padre y su madre están de pie en medio de la habitación. Él la rodea con el brazo, ella está avergonzada y se recata como una muchacha. Él la besa, y ella sale corriendo de la habitación, con los ojos llenos de lágrimas. Él se queda solo, enojado, tirándose del bigote.

Permanece solo, apartado de su esposa y dedicado a sus libros y a los sueños secos y concisos de un hombre que podría haber sido un poeta o un místico. Y, en efecto, cuando muere, se encuentran diarios, poemas, fragmentos de prosa que llenan cajones cerrados con llave.

Ella se sorprende de esta conclusión. Nunca había pensado en su padre como un hombre que pudiera escribir poesía o cualquier otra cosa. Vuelve a visitar a su padre, lo antes posible.

Entrada ya la noche, en el cuarto silencioso donde el fuego arde despacio contra la pared, Ella le pregunta:

—Padre, ¿has escrito alguna vez poesía?

El libro desciende de golpe hasta sus muslos delgados, mientras él la mira fijamente.

—¿Cómo demonios lo has sabido?

—No lo sé. Sencillamente, se me ocurrió que quizá sí.

—Nunca se lo he dicho a nadie.

—¿Puedo leer algo?

Se queda un rato inmóvil, tirándose del recio y viejo bigote que ahora ya es blanco. Luego se levanta y abre un cajón cerrado con llave. Le entrega un manojo de poemas. Son todos poemas sobre la soledad, la derrota, la fortaleza, las desventuras del aislamiento. Se refieren casi todos a soldados. T. E. Lawrence: «Un hombre flaco y austero entre hombres flacos». Rommel: «Y al atardecer, los amantes se detienen en las afueras de la ciudad, donde una extensión cubierta de cruces se inclina sobre la arena». Cromwell: «Fe, montañas, monumentos y rocas...».

De nuevo T. E. Lawrence: «...pero explora los salvajes precipicios del alma». Y otra vez T. E. Lawrence: quien renunció a «la luz, la acción y las puras recompensas, se reconoce derrotado como todos los que usamos las palabras».

Ella se los devuelve. El anciano indomable toma los poemas y los guarda de nuevo bajo llave.

—¿Nunca has pensado en publicarlos?

—Desde luego que no. ¿Para qué?

—Lo pregunto sólo por curiosidad.

—Naturalmente, tú eres distinta. Tú escribes para que te publiquen. En fin, supongo que es lo que hace la gente.

—Nunca me has dicho si te había gustado mi novela. ¿La has leído?

—¿Gustarme? Estaba bien escrita y todo eso. Pero aquel infeliz, ¿para qué quiso matarse?

—La gente hace esas cosas.

—¿Cómo? Todo el mundo quiere hacerlo en un momento u otro. Pero ¿por qué escribir sobre ello?

—Puede que tengas razón.

—Yo no digo que tenga razón. Es lo que yo siento. Es la diferencia entre todos nosotros y vosotros.

—¿El qué, suicidarnos?

—No. Pedís tanto... La felicidad, ese tipo de cosa... ¡La felicidad! No me acuerdo de haber pensado nunca en ella. En cambio, vosotros parecéis creer que se os debe algo. Es por culpa de los comunistas.

—¡Qué! —exclama Ella, atónita y divertida.

—Sí, todos vosotros sois rojos.

—Pero yo no soy comunista. Me confundes con mi amiga Julia. E incluso ella ya no lo es.

—Da lo mismo. Os han cogido. Todos creéis que podéis hacer cualquier cosa.

—Pues me parece que es verdad. En alguna parte, en el fondo de la mente de los nuestros, subsiste la creencia de que todo es posible. Vosotros parecíais contentaros con muy poco.

—¿Contentarnos? ¡Contentarnos! ¡Qué palabra es esa!

—Quiero decir que, para bien o para mal, ahora estamos dispuestos a experimentar con nosotros mismos, a tratar de ser diferentes. Pero vosotros os limitasteis a resignaros a ser una cosa determinada.

El anciano se incorpora, feroz y resentido.

—Aquel cachorro de tu libro no pensaba más que en matarse.

—Tal vez porque se le *debía* algo. A todos se nos debe algo, y él no lo obtuvo.

—¿Tal vez, dices? ¿Tal vez? Lo escribiste tú; debieras saberlo.

—Acaso la próxima vez intente escribir sobre esto, sobre las personas que intentan deliberadamente ser distintas, romper con su propia forma, para decirlo así.

—Hablas como si… Una persona es una persona. Un hombre es lo que es. No puede ser otra cosa; no le puedes cambiar.

—Bueno, pues, ésa me parece que es la auténtica diferencia entre nosotros. Porque yo creo que se puede cambiar.

—En tal caso, no te entiendo; no quiero entenderte. Ya es bastante malo tener que enfrentarse con lo que uno es para complicarse más las cosas.

Esta conversación con su padre pone en marcha otra serie de ideas en Ella.

Ahora, viendo que busca las líneas maestras de una historia y que sólo encuentra, una y otra vez, argumentos de derrota, muerte e ironía, lo rechaza todo deliberadamente. Intenta crear por la fuerza argumentos de felicidad o de vida sencilla. Pero no lo logra.

Luego se encuentra pensando: «Tengo que aceptar los patrones que me concede el conocimiento de mí misma y que significan desdicha o, por lo menos, cierta sequedad. Pero les puedo dar la vuelta y convertirlos en una victoria. Un hombre y una mujer, sí. Ambos ya no aguantan más. Los dos están enloqueciendo debido al intento deliberado de trascender sus propios límites. Y del caos nace un nuevo tipo de fuerza».

Ella mira hacia su interior como si escrutase el fondo de un lago, con objeto de encontrar las imágenes de esta historia. Pero en su mente sólo hay una serie de frases secas. Y aguarda, aguarda con paciencia a que se formen las imágenes, a que cobren vida.

[Por espacio de dieciocho meses el cuaderno azul habría de incluir entradas cortas y de diferente estilo, tanto en las anotaciones previas del cuaderno azul como en las del resto de los cuadernos. Esta sección comenzaba así:]

17 de octubre de 1954

Anna Freeman, nacida el 10 de noviembre de 1922, hija del coronel Frank Freeman y de May Fortescue, vivió en el 23 de Baker Street. Se educó en la *High School* femenina de Hampstead, pasó seis años en el África central (de 1939 a 1945) y se casó con Max Wulf en 1945, con quien tuvo una hija, nacida en 1946. Se divorció de Max Wulf en 1947, ingresó en el Partido Comunista en 1950 y en 1954 lo abandonó.

[Aquí, cada día había un capítulo consistente en anotaciones cortas relativas a hechos concretos: «Me he levantado temprano. He leído tal cosa. He visto tal otra. Janet está enferma. Janet ya está bien. A Molly le han ofrecido un papel que le gusta no le gusta», etcétera. Después de una fecha del mes de marzo de 1956, había una página cruzada por una línea negra y gruesa, que marcaba el final de aquellas pequeñas entradas. Los últimos dieciocho meses habían sido tachados, página por página, con una cruz negra y gruesa. Luego, Anna continuaba con una escritura distinta, que no era ya la de letra pequeña y clara de las anotaciones diarias, sino otra mucho más fluida, rápida y, a veces, ilegible, como consecuencia de la rapidez con que había sido escrita:]

De modo que esto también ha resultado un fracaso. El cuaderno azul, que yo esperaba fuese el cuaderno más sincero, es aún peor que los otros. Esperaba que la anotación tersa de los hechos ofreciera un dibujo al volverlo a leer, pero este tipo de anotación resulta tan falso como la descripción de lo que pasó el 15 de septiembre de 1954, que ahora leo con vergüenza a causa del tono emocional y por la suposición de que si escribía que «a las nueve y media fui al váter a hacer caca y a las dos a hacer pipí y a las cuatro sudé», sería más real que si escribía, simplemente, lo que pensaba. No obstante, no comprendo aún por qué ha ocurrido tal cosa, pues aunque en la vida real actos como ir al váter o cambiarse un tampón cuando se tiene la regla se hacen a un nivel casi inconsciente, soy capaz de acordarme con todo detalle de un día, dos años atrás, pues recuerdo perfectamente que Molly tenía sangre en la falda y que yo tuve que avisarle para que subiera a cambiarse antes de que llegara su hijo.

Es evidente que no se trata en absoluto de un problema literario; es lo mismo que la «experiencia» con Madre Azúcar. Me acuerdo que le dije que la mayor parte del tiempo que pasábamos juntas, su trabajo consistía en hacerme cobrar conciencia de hechos físicos que durante la niñez habíamos aprendido a olvidar para poder vivir. Y entonces ella dio una respuesta obvia: que el modo como se «aprende» durante la niñez constituía un error, y que la mejor prueba era que necesitaba sentarme frente a ella tres veces por semana para pedirle ayuda. A lo que le repliqué, sabiendo que no obtendría respuesta o que, por lo menos, no la obtendría al nivel que yo deseaba, puesto que ya sabía que lo que iba a reprocharme era la «intelectualización» a la que ella atribuía mis disturbios emocionales:

—Tengo la impresión que hacerse psicoanalizar es, esencialmente, un proceso en el que a una se le fuerza a volver al infantilismo, y luego se la rescata de él por otro proceso de cristalización de lo que una aprende, en una especie de primitivismo intelectual; te fuerzan a volver a un mito, al folklore y a todo lo que es propio de los estados salvajes o no desarrollados de la sociedad. Por ejemplo, si a usted le digo: en este sueño reconozco este mito y este otro; o en esta emoción acerca de mi padre, tal cuento popular; o el ambiente de este recuerdo es idéntico al de tal romance inglés: entonces usted sonríe y se siente satisfecha. En su opinión, he ido más allá de lo infantil, lo he transmutado y lo he salvado al encarnarle en el mito. Pero, en realidad, lo único que yo hago o que usted hace, es pescar entre los recuerdos infantiles de un individuo y fundirlos con el arte o las ideas que pertenecen a la infancia de un pueblo.

Ella, a todo esto, sonrió, tal como era de esperar.

—Ahora —proseguí— estoy volviendo sus propias armas contra usted. No estoy hablando de lo que usted dice, sino de la manera que usted reacciona. Porque los momentos en que se muestra realmente encantada y excitada; los momentos en que su cara se llena de vida, son aquellos en los que yo digo el sueño de ayer noche tenía un contenido idéntico al del cuento de Hans Andersen sobre la sirena. Por el contrario, cuando intento usar una experiencia, un recuerdo, un sueño, en términos modernos, cuando trato de hablar de él críticamente, con sequedad o complejamente, diríase que entonces usted se aburre y se impacienta. De todo ello deduzco que lo que le gusta de veras, lo que realmente le conmueve es el mundo primitivo. ¿Se da cuenta de que ni una sola vez, ni una sola, he hablado de una experiencia mía o de un sueño, tal como le hablaría de ello a una amiga, o de la manera como usted misma le hablaría de ello, fuera de este cuarto, a un amigo? En tales momentos, nunca deja usted de fruncir las cejas, y le aseguro que sus fruncimientos de cejas o su impaciencia es algo de lo que usted no es consciente. ¿O va a decirme que el fruncimiento de cejas es deliberado, porque opina que no estoy preparada para avanzar y salir del mundo de los mitos?

—¿Y bien? —dijo ella sonriendo.

—Eso ya está mejor, aunque lo más probable es que me sonreiría así si le estuviera hablando en un salón. Sí, ya sé que me va a decir que esto no es un salón, y que estoy aquí porque tengo problemas...

—¿Y bien? —continuó sonriendo.

—Voy a tratar de demostrar lo que es evidente: que la palabra neurosis significa un estado de conciencia muy elevado y desarrollado. La esencia de la neurosis es el conflicto. Pero la esencia de la vida, actualmente, consiste en vivir de una forma total, sin cerrarse a lo que está pasando, lo cual es un conflicto. De hecho, yo misma he llegado a un punto en que miro a la gente y digo: ella o él está «entero» porque ha decidido cerrarse ante esta o aquella fase. La gente se conserva sana cerrándose, limitándose.

—¿Le parece que está mejor o peor debido a su experiencia conmigo?

—¡Ah, ya ha vuelto al cuarto de consulta! Pues claro que estoy mejor, pero esto no es más que un término clínico. Me da miedo estar mejor al precio de vivir de mitos y sueños. El psicoanálisis es un éxito o un fracaso según se mejore a la gente desde un punto de vista moral, y no se la haga más sana clínicamente. En realidad, lo que usted me pregunta es si puedo vivir más fácilmente ahora que antes. ¿Me siento menos en conflicto, tengo menos dudas? En resumen, ¿estoy menos neurótica? Pues bien; ya sabe usted que sí.

Recuerdo cómo se sentaba aquella anciana frente a mí, siempre alerta, llena de vigor, con su aspecto eficiente: blusa y falda, el pelo blanco estirado hasta la nuca en un moño hecho aprisa y frunciendo constantemente el ceño. Ese fruncimiento me ponía contenta, porque significaba que, mientras durara, la relación psicoanalista-paciente se hallaba entre paréntesis.

—Mire —dije de pronto—, si ahora yo le estuviera describiendo un sueño que hubiera tenido anoche, el sueño del lobo, por ejemplo, pero más desarrollado, en su rostro habría una expresión determinada, y sé lo que esa expresión significa porque la siento en mí misma: es el reconocimiento de algo conocido. El placer de reconocer algo, un poco de rescate, por decirlo así, de rescate de lo que no tiene forma para darle forma. Otro fragmento de caos rescatado y «etiquetado». ¿Se da usted cuenta de cómo sonríe cuando yo «etiqueto» algo? Es como si acabara de salvar a alguien que se estuviera ahogando. Conozco la sensación: es de gozo. Pero hay algo terrible en ella, porque nunca he conocido el gozo cuando estoy despierta, tal y como lo siento cuando duermo, en el curso de un determinado tipo de sueño: cuando los lobos bajan del bosque, cuando se abren las puertas del castillo, cuando estoy frente a las ruinas del templo blanco, con el mar y cielo azul en el fondo, o bien cuando vuelo como Ícaro; durante estos sueños, sin que importe nada lo terrorífico del material que incluyen, creo que podría llorar de dicha. Y sé muy bien por qué: porque todo el dolor, todas las matanzas y todas las violencias están delimitadas en la misma historia, con lo que puedo sentirme a salvo.

Se quedó en silencio, mirándome intensamente. Pero yo proseguí:

—¿Me insinúa, tal vez, que no estoy lista para avanzar más? Pues yo creo que si soy capaz de mostrar impaciencia y deseos de hacerlo, es que debo de estar dispuesta para pasar a la próxima fase.

—¿Y qué es la próxima fase?

—La próxima fase, sin duda, consiste en que Anna Wulf abandona la seguridad de los mitos y camina hacia adelante sola.

—¿Sola? —repitió, y añadió secamente—: Es comunista o, por lo menos, lo dice, pero quiere caminar sola. ¿No es eso lo que ustedes llaman una contradicción?

Aquello hizo que ambas nos riéramos, con lo que todo hubiera podido terminar aquí, pero yo continué diciendo:

—Usted habla de la individuación. Hasta ahora, eso ha significado para mí lo siguiente: que el individuo va reconociendo una parte y otra de su vida anterior como un aspecto de la experiencia humana en general. Cuando es *capaz de* decir: «lo que hice entonces, lo que sentí entonces», eso es tan sólo el reflejo de aquel gran sueño arquetipo o de aquella historia épica o fase de la historia, lo que a su vez supone que es libre porque ha conseguido separarse a sí mismo de la experiencia o la ha encajado como la pieza de un mosaico en un dibujo muy antiguo, y gracias al acto de colocarlo en su sitio se ha liberado del dolor individual que le producía.

—¿Dolor? —preguntó suavemente.

—Eso es, mi querida señora, pues la gente no acude a usted porque sufra un exceso de dicha.

—No, normalmente viene como usted misma, porque dice que no siente nada.

—Pero ahora puedo sentir. Estoy abierta a todo. Sin embargo, en cuanto usted logra esto, se apresura a decir: déjalo, deja el dolor donde no pueda hacerte sufrir, conviértelo en un cuento o en una historia. Pero yo no quiero dejarlo. Sí, ya sé lo que quiere que diga: que gracias a que he rescatado tanto material íntimo y doloroso (y que me maten si puedo llamarlo de otra manera); gracias a que «lo he trabajado» y lo he aceptado y lo he convertido en algo general, ahora soy libre y puedo sentirme fuerte. Bueno, muy bien, lo acepto y lo digo... Y ahora, ¿qué? Estoy harta de los lobos y de los castillos y de los bosques y de los sacerdotes. Puedo enfrentarme con ellos sea cual sea la forma en que decidan presentarse. Pero ya se lo he dicho, Anna Freeman, quiero empezar a caminar sola.

—¿Usted sola? —repitió.

—Sí, eso es, pues estoy convencida de que hay zonas enteras de mi persona hechas con un tipo de experiencia que las mujeres nunca han tenido antes...

En aquel momento, comenzó a dibujarse la sonrisita en su cara. Era la «sonrisa del conductor» propia de nuestras sesiones, lo cual quería decir que volvíamos a ser la psicoanalista y la paciente.

—No, no sonría aún... —dije—. Creo que estoy viviendo un tipo de vida que las mujeres todavía no han vivido nunca. Puedo asegurárselo.

—¿Nunca? —y detrás de su voz alcanzaba a oír los sones, que siempre evocaba en momentos parecidos, que eran como mares lamiendo antiguas playas o como voces de gente que hacía siglos había muerto.

Tenía la facultad de evocar la sensación de vastas áreas de tiempo con una sonrisa o una entonación de la voz que a mí me encantaba, me apaciguaba y me henchía de gozo, pero en aquel momento yo no deseaba aquello.

—Nunca —dije.

—Los detalles cambian, pero la forma es la misma.

—No.

—¿En qué es usted diferente? ¿Acaso quiere decir que no ha habido nunca mujeres artistas? ¿Que nunca han existido mujeres independientes, mujeres que hayan exigido una libertad sexual? Se lo aseguro yo: hay una gran cantidad de mujeres que han desaparecido en el pasado mucho antes que usted, y por eso mismo tiene que encontrarlas, encontrarlas en sí misma y ser consciente de ellas.

—Estoy segura de que no se veían como yo me veo a mí misma. No sentían lo que yo siento. ¿Cómo hubieran podido hacerlo? Que no me digan cuando me despierto, aterrorizada por un sueño de aniquilación total a causa de que ha estallado la bomba de hidrógeno, que la gente sentía lo mismo con respecto al arco y la flecha. No es verdad. En el mundo hay algo nuevo. Y no quiero oír, después de una entrevista con un magnate de la industria del cine, que tiene en sus manos un tipo de poder sobre la mentalidad de la gente que ningún emperador había tenido... En esos momentos me siento como si me hubieran pisoteado toda, y no creo que Lesbia sintiera lo mismo después de entrevistarse con su proveedor de vinos. No soporto que me digan, cuando de pronto tengo una visión (y Dios sabe qué difícil es obtenerla) de una vida que no está llena de odio y de miedo y de envidia y rivalidades a cada minuto de la noche y del día, que esto es simplemente el viejo sueño de la edad de oro puesto al día...

—¿Y no lo es?

—No, porque el sueño de la edad de oro es un millón de veces más poderoso, ya que es posible, del mismo modo que la destrucción total también es posible. Probablemente, y *debido* a que ambos son posibles...

—¿Qué quiere que le diga, entonces?

—Quiero ser capaz de separar en mí lo que es antiguo y cíclico, la historia que se repite, el mito, de lo que es nuevo, de lo que siento o creo que pueda ser nuevo... —Advertí la expresión de su cara, y le dije—: ¿Me está diciendo que nada de lo que siento o creo es nuevo?

—Yo nunca he dicho... —empezó, y luego cambió al *nosotros* de la realeza—... Nunca hemos dicho ni sugerido que el desarrollo progresivo de la raza humana no sea posible. No me acusa de esto, ¿verdad? Porque es lo contrario de lo que decimos nosotros.

—Le acuso de comportarse como si no se lo creyeran. Mire, si le hubiera dicho cuando entré esta tarde: ayer, en una fiesta, conocí a un hombre y reconocí en él al lobo, al caballero o al monje, usted hubiera hecho una afirmación con la cabeza y hubiera sonreído. Y las dos hubiéramos sentido el gozo de reconocer lo ya conocido. Pero si yo hubiera dicho: ayer, en una fiesta, encontré a un hombre y, de pronto, dijo algo, y yo pensé: Sí, hay una sugerencia de algo; en la personalidad de este hombre hay una brecha como un escape en un dique, y por ese escape es posible que el futuro vierta algo con una forma diferente, algo quizá terrible o maravilloso, pero nuevo. Si le hubiera dicho esto, hubiera fruncido el ceño…

—¿Es que ha encontrado a un hombre así? —me preguntó, con sentido práctico.

—*No.* No lo he encontrado. Pero, a veces, conozco a gente, y me parece a mí que el hecho de que estén como partidos por enmedio significa que se mantienen abiertos para algo, ¿no cree?

Después de un largo silencio de meditación, me dijo:

—Anna, a mí no debería referirme una cosa así.

Estaba sorprendida, y dije:

—¿No será que me está invitando conscientemente a que sea deshonesta con usted?

—No. Lo que estoy diciendo es que debería volver a escribir.

Como es natural, yo me enojé, cosa que ella sabía que iba a hacer.

—¿Me está sugiriendo que debería escribir sobre nuestra experiencia? ¿Cómo podría hacerlo? Si me pusiera a escribir cada palabra intercambiada entre nosotras durante una hora, todo ello sería ininteligible, como no escribiera la historia de mi vida para explicarlo.

—¿Y qué?

—Sería una descripción de cómo me vi yo en un momento determinado, porque la descripción de una hora de la primera semana, digamos, en que la venía a ver, y de una hora en este momento, serían tan distintas que…

—¿Y qué?

—Además existen problemas literarios, problemas de gusto que usted nunca parece tener en cuenta. Lo que usted y yo hemos hecho juntas es, esencialmente, superar la vergüenza. La primera semana que la conocí hubiera sido incapaz de decir: recuerdo la sensación de repulsa violenta, de vergüenza y de curiosidad, que tuve cuando vi a mi padre desnudo. Tardé meses enteros en poder derribar las barreras de mi interior y ser capaz de decir algo parecido. En cambio, ahora puedo decir algo como que deseaba que... mi padre muriera. Sin embargo, la persona que leyera esto, sin la experiencia subjetiva, sin derribar las mismas barreras que yo, sé escandalizaría como ante un espectáculo de sangre o una palabra que tiene asociaciones vergonzosas. En resumen, el escándalo no permitiría ver nada de todo lo demás.

—Mi querida Anna —dijo con sequedad—, creo que está usando nuestra experiencia para reforzar su racionalización de los motivos por los que no escribe.

—Por Dios, no; no es eso todo lo que quiero decir.

—¿O acaso pretende que ciertos libros tan sólo son aptos para una minoría?

—Mi querida señora Marks, usted sabe muy bien que va contra mis principios admitir una idea semejante, aunque la pensara...

—Muy bien. Entonces, *si* pensara eso, dígame por qué algunos libros son tan sólo para una minoría...

Lo pensé y respondí:

—Es una cuestión de forma.

—¿De forma? ¿Y qué hay de vuestro tan cacareado contenido? Yo había entendido que la gente como vosotros se empeñaba en separar la forma del contenido.

—Mi gente puede que lo separe, pero yo no. Por lo menos, hasta ahora no lo he hecho. Es más, afirmo que todo es una cuestión de forma. A la gente no le importan los mensajes inmorales. No le importa el arte que le diga que el asesinato es bueno, que la crueldad es buena, que el sexo por el sexo es bueno. Le gusta, en todo caso, a condición de que el mensaje esté debidamente disfrazado. Los mensajes que gustan a los lectores son aquellos que dicen que el asesinato es malo, que la crueldad es mala y que el amor es el amor que es amor. Lo que no pueden sufrir es que les digan que nada importa nada; no pueden soportar la falta de forma...

—¿Así, pues, las obras de arte que carecen de forma, si ello fuera posible, son para la minoría?

575

—No creo que algunos libros sean solamente para una minoría. Ya sabe que no lo creo, puesto que no tengo una idea aristocrática del arte.

—Mi querida Anna, la actitud de usted hacia el arte es tan aristocrática que cuando escribe, cuando llega a escribir, lo hace sólo para usted.

—Igual que todos los demás… —me oí murmurar.

—¿Quiénes son los demás?

—Los demás, todo el mundo; los que escriben libros en secreto, porque tienen miedo de lo que piensan.

—¿Así que usted tiene miedo de lo que piensa? —Y tomó la agenda para anotar que la sesión había terminado.

[En este punto, hay otra línea negra y gruesa que cruza la página.]

Cuando vine al nuevo piso y me arreglé el cuarto grande para mí, lo primero que hice fue comprarme la mesa de caballete y colocar los diarios sobre ella. En cambio, en el otro piso, en casa de Molly, los cuadernos estaban metidos en una maleta que guardaba debajo de la cama. No los compré con ningún plan. Me parece que nunca, hasta que vine aquí, me llegué a decir: «Escribo cuatro cuadernos, uno negro, que está relacionado con Anna Wulf como escritora; otro rojo, que trata de política; uno amarillo, en que invento historias basadas en mi experiencia; y otro azul, que intenta ser un diario». En casa de Molly los cuadernos eran algo en lo que nunca pensaba, pues estaba lejos de concebirlos como un trabajo o como un deber.

Las cosas que resultan importantes en la vida llegan sin que una se dé cuenta; no se las espera, puesto que no han cobrado forma en la cabeza. Se las reconoce después que han aparecido. Eso es todo.

Cuando vine a este piso fue para hacer sitio, no sólo a un hombre (a Michael o a quien le sucediera), sino también a los cuadernos. Pero ahora considero que me trasladé aquí para hacer sitio a los cuadernos, pues aún no hacía ni una semana que me había trasladado, cuando ya me había comprado la mesa de caballete y colocado los cuadernos encima de ella. Entonces los leí completos, por vez primera desde que empecé a escribir. Me turbó aquella lectura. Primero, porque no me había dado cuenta de cómo me afectó la experiencia del rechazo de Michael; de cómo había cambiado, al parecer, mi personalidad entera. Pero, sobre todo, porque no me reconocía a mí misma. Comparando lo que había escrito con lo que recordaba, todo me parecía falso. Era evidente que la falta de veracidad de lo escrito se debía a algo sobre lo cual nunca había pensado: mi esterilidad. De ahí esa actitud cada vez más profunda de crítica, defensa y desagrado.

Entonces fue cuando decidí usar el cuaderno azul, que habría de servirme tan sólo para anotar hechos. Cada noche me sentaba en el taburete de música y anotaba mi día, como si yo, Anna, clavara a Anna sobre la página. Cada día daba su forma a Anna: hoy me he levantado a las siete, he hecho el desayuno para Janet, la he mandado al colegio, etc., etc., y adquiría la impresión de haber evitado que el día en cuestión cayera en el caos. Ahora, sin embargo, cuando leo estas anotaciones, no siento nada. Cada vez experimento más vértigo ante el hecho de que las palabras no signifiquen nada, porque la realidad es que las palabras no significan nada, pues se han convertido, *cuando lo pienso*, no en la forma dentro de la que se moldea la experiencia, sino en una serie de sonidos desprovistos de sentido (como el habla de los niños) y al margen de la experiencia. O como la banda sonora de un filme que haya resbalado y perdido la conexión con la película. *Cuando pienso*, basta que haya escrito una frase como «fui calle abajo» o que haya tomado una frase de un periódico como «medidas económicas que consiguieron el pleno rendimiento de…», para que de inmediato las palabras se disuelvan y la mente comience a generar imágenes que no tienen nada que ver con las palabras, de modo que cada palabra que veo u oigo es como una pequeña balsa flotando sobre un enorme mar de imágenes. Por esto ya no puedo escribir, a no ser que lo haga deprisa, sin volverme a mirar lo que he escrito, porque si lo miro, las palabras se ponen a nadar y no tienen ningún sentido, y tan sólo consigo ser consciente de mí, Anna, como un pulso dentro de una gran oscuridad. Así, pues, las palabras que yo, Anna, escribo sobre el papel, no son nada o son como las secreciones de la oruga, que salen en forma de filamento y se endurecen al contacto con el aire.

Se me acaba de ocurrir que lo que me está sucediendo a mí, Anna, es un desmoronamiento de mi persona, y que ésta es la manera de darme cuenta, ya que las palabras son la forma, y si me encuentro en un pozo donde el molde, la forma o la expresión no son nada, entonces es que yo tampoco soy nada, pues veo claramente, al leer los cuadernos, que sigo siendo Anna gracias a un determinado tipo de inteligencia. Pero he aquí que esta inteligencia se está disolviendo y que yo me siento aterrorizada.

Ayer por la noche se repitió aquel sueño que, como le dije a Madre Azúcar, era el más terrorífico de todos los sueños cíclicos que he tenido. Cuando ella me pidió que «lo etiquetara» (que le diera forma), yo dije que era una pesadilla sobre la destrucción. Más tarde, cuando volvió el sueño, ella me pidió que le diera un nombre, y yo fui capaz de ir más allá, pues dije que era una pesadilla sobre el principio de la mala voluntad, de la malicia: el gozo de la mala voluntad.

La primera vez que soñé, el principio o la figura tomó forma y se concretó en un vaso que tenía yo entonces, un vaso de madera elaborado por campesinos rusos, que alguien me había traído. Tenía una forma bulbosa. Era bastante divertido e ingenuo, y estaba cubierto de dibujos coloreados en rojo, negro y dorado, bastante crudos. Este vaso, en mi sueño, tenía una personalidad, y la personalidad era la pesadilla, pues representaba algo anárquico e incontrolado, algo de carácter destructivo. Esta figura u objeto, pues no era humano, parecía más bien un tipo de duende o hada que bailaba y saltaba con una extrema vivacidad, amenazándome no sólo a mí, sino a todo lo que estaba vivo, aunque de un modo impersonal y sin causa aparente. Fue entonces cuando a este sueño lo «llamé» un sueño sobre la destrucción. La siguiente vez que lo soñé, unos meses más tarde, lo reconocí en seguida. El principio o figura tomó forma de anciano, casi como un enano, infinitamente más terrorífico que el vaso-objeto, porque en parte era humano. El anciano sonreía y se burlaba. Era feo, lleno de vida y de fuerza, y de nuevo representaba la mala voluntad: era el gozo de la malicia, el gozo del impulso destructor. Así fue como «etiqueté» el sueño con el concepto del gozo en la malicia. Después, volví a soñar lo mismo siempre que me encontraba en un estado de cansancio especial, en dificultades o con algún conflicto, cuando sentía que las paredes de mi persona eran delgadas y corrían peligro de derrumbarse. El elemento adquirió toda una serie de variadas formas, aunque la más usual era la del anciano o anciana, pues se tenía la impresión de que era bisexual o carecía de sexo. La figura era siempre muy real, a pesar de tener una pata de palo, de llevar muletas, de tener una joroba o de sufrir cualquier otra deformación. La criatura era siempre poderosa, con una vitalidad interior que yo sabía se debía a la malicia, empleada sin medida, causa o dirección. Se burlaba, se reía y ofendía a todo el mundo: deseaba el asesinato, deseaba la muerte, a pesar de lo cual vibraba siempre de gozo. Al contarle el sueño a Madre Azúcar, recreado por sexta o séptima vez, ella me preguntó, igual que siempre:

—¿Y cómo lo llama?

Y yo contesté, según mi costumbre, con los conceptos de mala voluntad, malicia, placer de causar daño, etc.

—Ésas son cualidades negativas. ¿Es que no hay nada bueno en él?

—Nada —concluí, sorprendida.

—¿Y no hay nada creador en ello?

—Al menos, para mí, no…

Sonrió de aquella manera que significaba, según me consta, que yo debería pensar más en ello, y le pregunté:

—Si esta figura fuera una fuerza elemental, para el bien tanto como para el mal, ¿por qué le tengo tanto miedo?

—Tal vez si soñara de manera más profunda, sentiría la vitalidad como buena al mismo tiempo que como mala.

—Para mí es tan peligrosa, que en cuanto siento el ambiente que rodea a la figura, incluso antes de que la figura misma aparezca, ya sé que el sueño está empezando, y lucho y grito para despertarme.

—Será peligroso para usted mientras le tenga miedo.

Esto lo dijo con su característica cabezada maternal, casera y enfática de siempre, sin que al parecer le importara lo profundo de mis conflictos en relación con algo que era igual que me produjera daño o que me hiciera reír. A veces, me echaba a reír, sin poderlo remediar, mientras ella se limitaba a sonreírme, hablándome tal como la gente habla de animales o serpientes: no te harán nada si no les tienes miedo.

En tales momentos, que eran bastante frecuentes, yo pensaba que hacía trampa, pues si aquella figura le era tan conocida por los sueños o fantasías de sus pacientes, hasta el punto de reconocerla en seguida, ¿por qué era yo responsable de que la cosa fuese completamente mala? Claro que la palabra mal es demasiado humana para un elemento que, a pesar de las formas parcialmente humanas que a veces adoptaba, daba la impresión de que era esencialmente inhumano.

En otras palabras, ¿acaso era yo la que debía decidir si aquello era bueno o malo? ¿Era eso lo que Madre Azúcar me estaba diciendo?

Ayer por la noche volví a tener este sueño, que fue más espantoso que nunca, pues no sólo sentí terror, sino desamparo ante la fuerza incontrolada de la destrucción, ya que esta vez no era un objeto ni un enano quienes la conllevaban... En el sueño, yo me encontraba con otra persona, que al principio no reconocí, si bien acabé comprendiendo que aquella terrible fuerza maligna radicaba en una persona amiga, y por eso me esforcé en salir del sueño. Al despertar, di un nombre a la persona de mi sueño, sabiendo que por vez primera el principio estaba encarnado en un ser humano. Cuando me percaté de quién era la persona, aún tuve más miedo. Pues era más seguro tener esta fuerza aterradora contenida en una forma que se podía asociar con algo mítico o mágico, antes que en libertad, encarnada en una persona, y en una persona que, además, tenía el poder de conmoverme.

Una vez despierta, y recordando el sueño en un estado de consciencia total, tuve miedo, porque si el elemento ya estaba fuera del mito y dentro de otro ser humano, aquello suponía por fuerza que también estaba en mí y que podía evocarse con toda facilidad.

Ahora tendría que escribir la experiencia a la que se refiere el sueño.

[Al llegar aquí, Anna trazó una línea negra y gruesa a través de la página. Después escribió:]

Tracé esta línea porque no quería escribirlo, como si el hecho de escribirlo todavía me succionara más hacia el peligro. No obstante, debo agarrarme con fuerza a esta evidencia: Anna, la Anna reflexiva, aún es capaz de mirar lo que Anna siente y «etiquetarlo».

Lo que está ocurriendo es algo nuevo en mi vida. Creo que mucha gente tiene un sentido de la forma, del desarrollo, en sus vidas. Este sentido es lo que les permite decir: sí, esta nueva persona es importante para mí; él o ella va a ser el comienzo de algo que tengo que vivir hasta el final. O bien: esta emoción, que nunca había sentido anteriormente, no me es tan ajena como en principio creí. A partir de ahora, formará parte de mí, y tengo que reconocerla como tal.

En estos momentos, al repasar toda mi vida, es fácil decir: Anna, en aquel tiempo, era tal o cual persona. Y luego, cinco años más tarde, fue tal y cual. Un año, dos años, cinco años de una determinada manera de ser, pueden envolverse perfectamente y guardarse... o «etiquetarse». En tal tiempo era así, pero ahora atravieso un período que, cuando haya pasado, consideraré como carente de importancia, y diré: sí, era esto; era una mujer terriblemente vulnerable, crítica, que usaba la feminidad como una suerte de patrón o medida para medir y descartar a los hombres. O algo parecido: Era una Anna que incitaba a los hombres a la derrota sin darme cuenta siquiera. (Pero soy consciente de ello, y ser consciente de ello quiere decir que lo voy a dejar tras de mí y que me voy a convertir... ¿en qué?) Estaba anclada en una emoción muy común entre las mujeres de nuestro tiempo, en una emoción que las puede volver resentidas, lesbianas o solitarias. Sí, Anna, en aquella época, era...

[Otra línea negra a través de la página:]

Hará unas tres semanas fui a un mitin político. No era oficial y se celebraba en casa de Molly. El camarada Harry, uno de los académicos más importantes del P.C., había ido recientemente a Rusia para descubrir, en tanto que judío, lo que les había ocurrido a sus hermanos de raza durante «los años negros», antes de que Stalin muriera. Tuvo que luchar con el funcionariado comunista para poder ir, pues intentó impedírselo. Él amenazó diciendo que si no se le permitía ir, si no se le ayudaba, haría público el hecho. Y fue. Pero ha vuelto con informaciones terribles y ellos no han querido que se supiera nada. Su argumento es el habitual entre los «intelectuales» de hoy día: el Partido Comunista, al menos por una vez, debería admitir y explicar lo que todos saben que es cierto. El argumento de ellos, el viejo argumento de la burocracia comunista, es el siguiente: la solidaridad con la Unión Soviética es antes que nada, lo cual significa admitir lo menos posible. Han acordado publicar un informe limitado, suprimiendo los peores horrores. Él ha estado convocando una serie de mítines para comunistas y ex comunistas en los que ha hablado sobre lo que ha descubierto. Ahora los funcionarios están furiosos, y le amenazan con expulsarle a él y a los militantes que acuden a esos mítines. Al parecer, va a presentar su dimisión.

En el salón de Molly se encontraban más de cuarenta personas.

Todas «intelectuales». Lo que Harry nos dijo era grave, pero no peor de lo que ya sabíamos a través de los periódicos. Por mi parte, me fijé en un hombre que se sentaba a mi lado y escuchaba en silencio. Debo decir que su silencio me impresionó, puesto que se trataba de una reunión emocional. Nos sonreíamos en cierto momento con la sufrida ironía característica de cierto tipo de personas. Cuando el mitin hubo terminado oficialmente, continuaron allí unas diez personas. Podía reconocerse el ambiente de «los mítines cerrados»: aquello no se había acabado; se esperaba que los no comunistas se marcharan. No obstante, después de cierta vacilación, Harry y los demás dijeron que nos podíamos quedar. Harry volvió a tomar la palabra. Lo que habíamos oído antes era terrible, pero lo que oímos a continuación resultó mucho peor que todo cuanto los periódicos más violentamente anticomunistas habían llegado a publicar. Ellos no habían tenido la oportunidad de comprobar los hechos reales y Harry sí: habló de torturas, de palizas y de las formas más cínicas de asesinato. Se refirió a judíos que han sido encerrados en jaulas ideadas durante la Edad Media y torturados con instrumentos sacados de los museos, etc.

Lo que Harry dijo entonces era horroroso, pero a un nivel distinto de lo narrado con anterioridad en el mitin de las cuarenta personas. Cuando terminó, le formulamos preguntas, y cada respuesta hizo que emergiera algo nuevo y terrible. Lo que estábamos viendo lo conocíamos muy bien por experiencia propia: un comunista, decidido a ser honesto, luchaba palmo a palmo para no tener que admitir la verdad acerca de la Unión Soviética. Cuando hubo terminado de hablar, el hombre callado, cuyo nombre resultó ser Nelson (americano), se levantó y rompió a hablar con una oratoria apasionada. Habló bien y era evidente que lo hacía con una gran experiencia política. La suya era una voz fuerte y ejercitada. Pero ahora resultaba acusadora. Dijo que la razón por la que los Partidos comunistas de Occidente se habían derrumbado o iban a hacerlo era su incapacidad de decir la verdad sobre nada. Por esto, debido a su vieja costumbre de decir mentiras al mundo, resultaba que ni ellos mismos podían discernir ya lo que era o no cierto. Sin embargo, aquella noche, dijo, después del XX Congreso y de todo lo que habíamos aprendido sobre la situación del comunismo, veíamos a uno de los camaradas más importantes y de quien sabíamos había luchado por la verdad dentro del Partido contra gente más cínica que él, dividir la verdad en dos: una, la verdad suavizada, para la audiencia de cuarenta personas, y la otra, una verdad más dura, para un grupo cerrado. Harry estaba azorado y turbado. Entonces todavía no sabíamos nada de las amenazas a que los funcionarios le habían sometido para impedir que hablara. Dijo, sin embargo, que la verdad era tan terrible que lo mejor era que la supiese la menor cantidad de gente posible: en resumen, utilizaba los mismos argumentos de la burocracia, los mismos argumentos contra los que él había luchado.

Entonces volvió a levantarse Nelson y lanzó otra denuncia todavía más violenta y autoacusadora. Era casi histérica, tanto que todos nos pusimos histéricos. Por ejemplo, yo podía sentir cómo la histeria surgía de mi interior, y pude reconocer el ambiente que descubriera en mi «sueño de destrucción». Era la sensación o el ambiente que preludiaba la comparecencia de la figura de destrucción. Me levanté y le di las gracias a Harry; al fin y al cabo, hacía dos años que había dejado de ser miembro del Partido, y no tenía ningún derecho a asistir a un mitin cerrado. Me fui abajo, donde encontré a Molly, que estaba llorando en la cocina. Me dijo:

—Para ti es muy fácil; tú no eres judía.

En la calle me encontré con que Nelson había bajado detrás de mí. Dijo que me acompañaba a casa. Ahora volvía a estar callado, y yo me olvidé del tono autoacusador de su discurso. Era un hombre de unos cuarenta años, judío americano de aspecto agradable, un poco el tipo del paterfamilias. Yo sabía que me sentía atraída por él...

[Otra línea gruesa y negra. Y luego:]

La razón por la que no quiero escribir sobre esto es que debo luchar para escribir sobre las cuestiones del sexo. Es extraordinario lo fuerte que resulta esta especie de prohibición.

Lo estoy complicando demasiado: me refiero al mitin. Pero Nelson y yo no nos hubiéramos comunicado fácilmente sin haber compartido esta experiencia, incluso si hubiera sido en cualquier otro país. Aquella primera noche, estuvo conmigo hasta tarde. Me hizo la corte. Hablé sobre mí; quiso saber el tipo de vida que llevaba. Las mujeres en seguida reaccionan como agradecidas frente a los hombres que comprenden que estamos en una situación de frontera. Supongo que podría decirse que nos «etiquetan». Nos sentimos a salvo con ellos. Subió a ver a Janet, que dormía. Su interés por ella era genuino, pues tenía tres hijos propios y llevaba diecisiete años casado. Su matrimonio era una consecuencia directa de haber estado luchando en España. El tono de la velada fue serio, responsable, adulto. Cuando se hubo ido pensé en la palabra adulto. Y le comparé a los hombres con quienes me había encontrado recientemente (¿por qué?), a aquellos otros hombres-niños. Me sentía tan animada que hube de obligarme a tomar precauciones. De nuevo me maravillaba lo fácil que es, cuando se vive destituida, olvidar el amor, el gozo y otras delicias. Durante casi dos años no había experimentado más que encuentros decepcionantes y desengaños emocionales. Por así decirlo, me había recogido las faldas emocionales y me había vuelto muy cautelosa en mis reacciones. Ahora, después de una noche con Nelson, lo había olvidado todo. Vino a verme al día siguiente. Janet acababa de salir para jugar con sus amigas. Nelson y ella se hicieron en seguida amigos. Hablaba como si fuese más que un amante en potencia. Estaba a punto de dejar a su esposa, según me dijo, pues necesitaba una relación real con una mujer. Podía venir aquella noche «después de que Janet se hubiera dormido». Le acepté por lo que significaba aquel «después de que Janet se hubiera dormido» y por su esfuerzo de comprender el tipo de vida que yo llevaba. Cuando vino aquella noche, llegó muy tarde y de un humor algo distinto: desde el primer momento se mostró locuaz, como si no pudiera parar de hablar. Los ojos se le disparaban hacia todas partes, sin encontrar nunca los míos. A mí se me caía el alma a los pies, y me invadió un repentino nerviosismo y aprensión. Comprendí, antes de que lo comprendiera mi mente, que aquello iba a suponer otra decepción. Habló de España, de la guerra. Se condenaba a sí mismo, como en el mitin, se daba golpes en el pecho, histéricamente, por haber tomado parte en las traiciones del Partido Comunista. Dijo que personas inocentes habían sido fusiladas por su culpa, si bien entonces no creyó que fueran inocentes. (Mientras hablaba, yo iba experimentando la siguiente sensación: no está realmente arrepentido, no lo está; su histeria y todo el ruido que arma no es más que una defensa contra sus propios sentimientos, porque es abrumadora la culpa que debería pesar sobre él.) A ratos resultaba también muy divertido. Mostraba ese sentido del humor tan americano, que consiste en autocastigarse. Se marchó a medianoche o, más bien, se escabulló, mientras seguía hablando con voz aguda y sin abandonar su expresión de culpabilidad. Podría decirse que se agotó a sí mismo hablando. Por mi parte, comencé a pensar en su esposa, pero no quería admitir lo que el instinto me dictaba con toda claridad. A la mañana siguiente, volvió sin avisar, pero no pude reconocerle ya como al hombre histérico y escandaloso: parecía sobrio y responsable, mostrándose incluso chistoso. Me llevó a la cama y entonces descubrí que sexualmente no funcionaba bien. Le pregunté si siempre era así, y él se mostró visiblemente desconcertado (y esto me reveló más sobre sus relaciones sexuales que cualquier otra cosa) porque yo hablara francamente sobre ello, mientras que él pretendía no entenderme. Luego dijo que le tenía un miedo mortal al sexo y que no podía permanecer dentro de una mujer más que unos pocos segundos. Esto le sucedía desde siempre. En efecto, por la prisa nerviosa e instintivamente repulsiva con que se apartaba de mí, por la prisa con que se vestía, pude comprender cuan hondo era su miedo. Dijo que había empezado a psicoanalizarse y que esperaba «curarse» pronto. (Yo no pude evitar reírme ante la palabra «curar», pues así es como habla la gente cuando va a un psicoanalista; es, en fin, la forma clínica de hablar, como si uno se sometiera a una operación definitiva y desesperada que fuera a convertirle en algo distinto.) Después, nuestra relación cambió: todo quedó en un sentimiento amistoso y de confianza. Debido a esta confianza, seguiríamos viéndonos.

Y así fue. Hace ya meses de todo esto. Lo que ahora me aterroriza es: ¿por qué continué una relación semejante? No fue por vanidad, puesto que no me dije: yo puedo curar a este hombre. En absoluto. Tengo la experiencia suficiente y he conocido ya a demasiados inválidos sexuales. No fue tampoco por compasión, aunque tal vez hubiera algo de eso. Siempre me asombra, en mí misma y en otras mujeres, la fuerza de nuestra necesidad de animar a los hombres. Esto no deja de ser irónico, y más viviendo como vivimos en una época en que los hombres nos critican por ser «castrantes», etc., cuando no emplean otras palabras o expresiones de tipo parecido. (Nelson dice que su esposa es «castrante», lo cual me enfurece, sobre todo si pienso en lo infeliz que debe haber sido.) La verdad es que las mujeres tienen esta honda necesidad instintiva de superar al hombre para «hacerle un hombre», como Molly, por ejemplo. Supongo que esto se debe a que los hombres auténticos son cada día más escasos, y también a que nosotras tenemos miedo. Por eso tratamos de crear hombres.

Lo que a mí me aterroriza, sin embargo, es mi fácil disposición. Madre Azúcar la llamaría «el lado negativo» de la necesidad que las mujeres tienen de conciliar y someterse. Ahora ya no soy Anna, carezco de voluntad, puesto que no puedo salir de una situación en cuanto la he empezado. Una vez en este punto, no sé hacer más que seguir adelante.

Al cabo de una semana de haberme acostado con Nelson, me encontraba ya en una situación sobre la que no tenía el menor control. El hombre, Nelson, callado y responsable, había desaparecido. No podía ya ni acordarme de él. Incluso las palabras, el lenguaje de responsabilidad emocional había desaparecido. Estaba dominado por una histeria discordante, de la que yo me encontraba también prisionera. Fuimos a la cama por segunda vez acompañados de una autodenuncia muy verbal, amargamente bromista, que se transformó en seguida en insultos histéricos hacia las mujeres en general. Luego desapareció de mi vida durante casi dos semanas. Me sentía más nerviosa y deprimida que nunca. Era como si no tuviera sexo. Eso es; no tenía sexo. Muy a lo lejos vislumbraba a Anna, que pertenecía a un mundo normal y afectuoso. La podía ver, pero no me acordaba de lo que era estar viva, como lo estaba ella. Nelson me llamó por teléfono dos veces, excusándose de una manera ofensiva, puesto que no había ninguna necesidad de que se disculpara. Eran las excusas que se le dan a «una mujer», a «las mujeres», al «enemigo», no a Anna; en sus buenos momentos, él habría sido incapaz de tanta falta de sensibilidad. En mi mente ya había eliminado a aquel hombre como amante, pero tenía la intención de conservarlo como amigo. De hecho, existe una afinidad entre los dos deseos, pues se trata de la relación de cierto tipo de autoconocimiento y de desesperación. Una noche Nelson se presentó sin avisar y con su otra personalidad, con la «buena», por así decirlo. Al oírle hablar, no podía acordarme de cómo era cuando estaba histérico y poseído. Me quedé mirándole de la misma manera que suelo «mirar» a la Anna sana y dichosa; pero no puedo alcanzarles ni a él ni a ella, porque es como si se movieran tras una pared de cristal. Por supuesto que sé cómo es la pared de cristal tras la que viven determinados americanos; la conozco demasiado bien: no me toques, por Dios; no me toques, porque tengo miedo de sentir.

Aquella noche me invitó a una fiesta en su casa. Dije que iría, pero tan pronto como se hubo marchado, ya sabía que no debía acudir, puesto que no lo veía muy claro. Sin embargo, desde otra perspectiva, ¿por qué no ir? Nunca sería mi amante; así que nos quedábamos en amigos. Entonces, ¿por qué no ir a conocer a sus amigos, incluida su esposa?

En cuanto entré en su casa, me di cuenta de lo mal que había utilizado mi imaginación y de lo estúpida que había decidido ser. A veces, las mujeres me desagradan; me desagradan por la capacidad que tenemos para no pensar en nada cuando nos conviene. Por ejemplo, decidimos no pensar cuando intentamos alcanzar la felicidad. Bien; la cuestión es que, al entrar en casa de Nelson, comprendí que había decidido no pensar, a causa de lo cual me sentí avergonzada y humillada.

Se trataba de un piso grande, lleno de muebles elegidos sin gusto y más bien anónimos. Por lo demás, sabía que cuando se trasladaran a otra casa y la llenaran con sus propios objetos, seguirían resultando anónimos: ésa era la característica del anonimato, la seguridad del anonimato, algo que entiendo bien, demasiado bien. Mencionaron el alquiler que pagaban por el piso, y yo me llené de asombro: treinta libras a la semana es una fortuna, una locura. Había allí alrededor de doce invitados y todos eran americanos que tenían algo que ver con la televisión o con el cine; gente del «negocio de los espectáculos», y se hacían bromas sobre ello.

—Estamos en el *show biz*. Y ¿por qué no? ¿Verdad que no hay nada de malo en ello?

Al parecer, todos se conocían, lo que suponía, evidentemente, que todos estaban en el negocio de los espectáculos y que todos tenían los contactos arbitrarios propios de su trabajo. No obstante, eran amables. La suya era una manera atractiva, abierta y natural de mostrarse amables. A mí me gustaba, pues me recordaba la amabilidad natural y sin ceremonias de los blancos en África: «Hola, ¿cómo estás? Aquí tienes mi casa. No importa que sólo te haya visto una vez». Sí, aquello me gustaba. Según el criterio de los ingleses, todos eran ricos. En Inglaterra, la gente tan rica como ellos no habla de dinero, lo que no ocurre con los americanos, que siempre parecen ansiosos de dólares. No obstante, a pesar del dinero y de que «todo era tan caro» (lo cual les parece siempre tan natural), entre aquellos americanos había un ambiente de clase media difícil de describir. Intentaré definirlo: un tipo de ordinariez deliberada, un rebajamiento del individuo; como si todos llevaran dentro la necesidad de amoldarse a lo que se espera de ellos, lo que no constituye impedimento para que a uno le caigan bien, pues se trata de excelentes personas. Por eso se les observa con dolor, por haber escogido ese rebajarse ante sí mismos, ese autolimitarse. Los límites, por supuesto, son de dinero. (Sin embargo, ¿por qué la mitad de ellos eran gente de izquierdas? Habían estado en la lista negra y se hallaban en Inglaterra porque en América no se podían ganar la vida.) ¡Dinero, siempre dinero! Podía sentirse en el aire la ansiedad por el dinero, como si se hubiera tratado de un signo de interrogación. No obstante, con el alquiler del piso grande y feo de Nelson se habría podido mantener con holgura una familia inglesa de clase media.

Por mi parte, me sentía secretamente fascinada por la mujer de Nelson. En parte creo que era una curiosidad normal: ¿cómo será esta persona? Pero, en parte, se trataba de algo que también me causaba vergüenza: ¿qué tengo yo que pueda faltarle a ella? Nada. Al menos, nada que yo pudiera ver.

Se trataba de una judía alta y muy delgada, casi huesuda. Era también muy atractiva, con rasgos marcados y sorprendentes, todos ellos muy acentuados: una boca grande y animada; la nariz también grande, con una curva bastante hermosa; los ojos de gran tamaño y prominentes, negros y vistosos. Iba vestida de colores vivos. Tenía una voz alta y aguda (que yo detesté; detesto las voces altas) y una risa como fingida. Tenía mucho estilo y aplomo, que yo, naturalmente, no dejé de envidiar. Por lo demás, al mirarla más detenidamente, pude percibir que el suyo era un aplomo superficial, pues no quitó ni un momento los ojos de Nelson. (A cambio, él no la miraba nunca, pues sin duda le daba miedo.) Esta característica empiezo a reconocerla como típica de las americanas: se trata de una eficiencia superficial basada en la seguridad, por debajo de la cual se halla la ansiedad. La mirada que posan sobre los hombres es una mirada nerviosa y atemorizada. Indudablemente, tienen miedo. Parece como si se encontraran solas en alguna parte del espacio y pretendieran no estarlo. Tienen la mirada de las gentes que se sienten solas y aisladas, pero que pretenden aparentar todo lo contrario. En el fondo, a mí me dan miedo.

Desde el momento que entró Nelson, ella no le quitó los ojos de encima. Él adoptó su tono bromista y dicharachero, el de la autoflagelación y la autodefinición, que a mí tanto me asusta, porque acepta tantas cosas:

—El hombre llega dos horas tarde, pero ¿por qué? Pues porque se estaba emborrachando para enfrentarse con la feliz velada social que le espera.

(Y todos sus amigos se rieron, a pesar de que ellos eran la feliz velada social.) Ella, en el mismo estilo alegre de tensión acusadora, replicó:

—Los demás ya sabían que llegaría dos horas tarde, debido a la feliz velada social, y por eso la cena era a las diez; ¡por favor, no te preocupes en absoluto!

Todos se reían, y los ojos de ella, aparentemente tan negros y atrevidos, tan llenos de aparente aplomo, estaban clavados en su marido con ansiedad y miedo.

—¿Whisky, Nelson? —le preguntó, después de servir a los demás; su voz parecía matizada por una repentina y aguda súplica.

—Doble —lo dijo con agresividad y en tono desafiante.

Se miraron un momento. Un momento en el que se quedaron al descubierto. Los demás, entonces, hicieron bromas y se rieron para disimular. Esto último lo comencé a comprender poco a poco: se tapaban los unos a los otros continuamente. Aquello me produjo una sensación de gran incomodidad: el contemplar una actitud amistosa semejante y tan natural, sabiendo que estaban vigilantes todos ellos por si se producían momentos como aquél, a fin de poder cubrirlos. Yo era la única inglesa de la reunión, lo que evidenciaba su delicadeza y su especial instinto de la generosidad. Se esforzaron por hacer chistes, con los que se burlaban de ellos mismos por las actitudes tan convencionales que los americanos adoptan respecto a los ingleses. Debo reconocer que tenían mucha gracia y que me reí con gana, aunque sentía cierto malestar porque no sabía cómo podía burlarme fácilmente de mí misma en una lógica respuesta. Bebimos mucho, pues era ese tipo de reunión en que la gente se dispone, desde el momento de entrar, a trasegar la mayor cantidad posible de bebida en el menor tiempo. La verdad es que yo no estoy acostumbrada a ello, y me emborraché más que nadie y más rápidamente, aun cuando los otros bebieran mucho más que yo. Recuerdo a una mujer rubia y pequeña, vestida con un traje chino de brocado verde muy estrecho. Aquella mujer era realmente hermosa, de una exquisitez diminuta y perfecta. Creo que es la cuarta esposa de un magnate del cine, un hombre moreno y bastante feo. En una hora se bebió cuatro dobles, pero se mantuvo tranquila, siempre bajo control y encantadora, observando cómo su marido bebía con ansiedad y cuidándole como a un niño pequeño para que no se emborrachara de verdad.

—Mi nene no necesita beber más. De veras.

Le arrullaba, hablándole como a un bebé. Y él:

—Oh sí, tu nene necesita este trago y se lo va a tomar.

Y ella le acariciaba y le daba palmaditas:

—Mi nenito no se lo beberá, no, porque su mamá no quiere.

Y no se lo bebió. Ella le acarició y le meció, y yo pensé que aquello era insultante, hasta que me di cuenta que la actitud de ambos era la base de aquel matrimonio: el hermoso vestido verde chino y los estupendos y largos pendientes eran la contrapartida de que ella le hiciera de madre y le tratara como a un bebé. Aunque yo me sentía azorada, no había nadie más que lo estuviera. Me di cuenta de ello al notarme allí sentada, demasiado tensa, mientras les observaba. Estaba un poco aparte, pues yo no sé hablar de aquella manera tan tranquila y dicharachera a un mismo tiempo. Me sentía azorada y con miedo a que la próxima vez que surgiera una curva peligrosa no hubiera nadie al tanto y se produjera el temido accidente, cosa que al final se produjo hacia medianoche. Entonces comprendí que no tenía de qué asustarme, porque todos los presentes me aventajaban en sofisticación; el término medio de ésta llegaba mucho más lejos de lo que yo estaba acostumbrada. En realidad, era su sentido del humor sobre ellos mismos y su capacidad de autoparodia lo que les protegía contra el sufrimiento real. Esta protección, sin embargo, duraba tan sólo hasta que llegaba el momento en que la violencia estallaba en forma de otro divorcio o en la lógica caída del alcoholismo.

Por mi parte, seguí observando a la esposa de Nelson, que se mostraba audaz, atractiva y llena de vida, sin que separara los ojos de su marido en ningún instante de la velada. Hay que decir que sus ojos tenían una mirada ancha, inexpresiva y un tanto desorganizada. Conocía aquella mirada, pero no lograba situarla, hasta que, de pronto, recordé: los ojos de la señora Boothby eran así cuando estuvo a punto de perder los estribos hacia el final de la historia; eran unos ojos francos y desorganizados, pero que miraban muy abiertos a causa del esfuerzo que hacían para no revelar el estado en que se encontraba su dueña. La mujer de Nelson se hallaba presa, por así decirlo, de una histeria permanente y controlada. Después me di cuenta de que aquélla era la situación de casi todos los presentes, pues eran personas que habían llegado al límite de sí mismas, que se controlaban, mientras la histeria iba chispeando por entre la conversación dicharachera y espinosa, y también por entre los ojos astutos y en continua vigilancia.

Aquel ejercicio era algo a lo que estaban todos acostumbrados, pues llevaban practicándolo desde hacía años. Nada de todo aquello les parecía extraño. De hecho, sólo me lo parecía a mí, a pesar de lo cual continuaba sentada en un rincón, sin beber más, pues me había emborrachado tan aprisa que me encontraba en aquel estado de superconciencia y sensibilidad cuyo primer objetivo era conseguir que se me pasara el amodorramiento. Comprendí que todo aquello, al fin y al cabo, tampoco era tan insólito como me figuraba, pues se trataba de lo que había visto en cientos de matrimonios ingleses; era la misma situación, sólo que llevada a una fase más avanzada y consciente de sí misma. Comprendí, en fin, que se trataba de personas con una gran capacidad de autodominio, y que su sentido del humor provenía de aquella misma autovigilancia tan consciente. Las bromas no eran en absoluto el juego verbal, inocente e intelectualizado a que están acostumbrados los ingleses, sino que se trataba de una especie de desinfección, de un quitarle hierro a la cosa, de un «etiquetar» para resguardarse del sufrimiento. Eran como los campesinos que acostumbran a tocar ciertos amuletos para alejar el mal de ojo.

Como ya he dicho, fue hacia medianoche cuando oí la voz de la esposa de Nelson, alta y aguda, que decía:

—*Okey*, ya sé lo que va a ocurrir, Bill. No harás nunca ese guión. Ahora bien; si es así, ¿por qué pierdes el tiempo con Nelson?

(Bill era el marido grande y agresivo de la diminuta rubia maternal y tan llena de tacto.) La mujer de Nelson continuó diciéndole a Bill, que tenía una expresión de abierto buen humor:

—Una vez más, mi marido te hablará del asunto meses y meses, pero al final te dejará en la estacada y perderá el tiempo en otra obra maestra que nunca conseguirá llevar a la escena...

Se rió, con una risa llena de disculpas, pero sin control y completamente histérica. Por su parte, Nelson, cogiendo la oportunidad por los pelos y antes de que Bill pudiera ponerse a defenderle, lo cual Bill estaba muy dispuesto a hacer, dijo:

—Ésta es mi mujer. Su marido pierde el tiempo escribiendo obras maestras... Pero, bueno, ¿acaso no estrené una pieza en Broadway?

Estas últimas palabras las profirió chillando, chillando como una mujer, con la expresión llena de odio hacia ella, con un miedo indefenso, incluso con pánico. Los otros comenzaron entonces a reír y toda la habitación se convirtió en una gran carcajada, a fin de soslayar aquel momento de peligro. Bill dijo:

—¿Y cómo sabes que no voy a plantar a Nelson para escribir mi propia obra maestra?—Dirigió una mirada a su bonita y rubia mujer, como si le dijera: «No te preocupes, tesoro, ya sabes que lo digo sólo para disimular».

Pero todos aquellos intentos de disimulo no sirvieron de nada, pues la autoprotección del grupo no era lo bastante fuerte como para contener la violencia de aquel momento. Nelson y su mujer estaban solos, como si se hubieran olvidado de nosotros. Se hallaban de pie en un extremo de la habitación, encerrados en su mutuo odio a la vez que en una súplica desesperada y anhelante, lanzada del uno a la otra. De hecho, ya no eran conscientes de nosotros, y sin embargo seguían valiéndose de aquel humorismo, mortal e histérico, de autocastigo.

NELSON: Pse. ¿Lo has oído, cariño? Bill va a escribir *La muerte de un viajante* de nuestros días, y va a hacerlo antes que yo. Pero ¿de quién va a ser la culpa? ¡De mi amante esposa!

ELLA *(chillando y riendo, con los ojos frenéticos de ansiedad y moviéndosele sin control en la cara, como negros molusquitos retorciéndose bajo un cuchillo):* Sí, naturalmente, es culpa mía. ¿De quién iba a ser, si no? Es para lo único que sirvo, ¿no?

NELSON: Por supuesto, es para lo que sirves. Tú eres mi excusa, ya lo sé. *Y te quiero por eso.* Pero ¿existió o no aquella pieza en Broadway? ¿Y las críticas de encomio? ¿O es que son imaginaciones mías?

ELLA: Eso fue hace doce años. Oh, entonces eras un americano espléndido, sin listas negras en el horizonte, no lo olvides. Pero, *desde entonces, ¿qué has hecho?*

ÉL: *Okey,* o sea que me han vencido. ¿Crees que no lo sé? ¿Necesitas frotarme las narices con ello? Está bien, yo también lo digo: no necesitan pelotones de fusilamiento ni cárceles para derrotar a la gente. Es mucho más fácil que todo eso… En cuanto *a mí*… Pse, en cuanto *a mí*…

ELLA: Tú estás en la lista negra, eres un héroe; es la coartada para el resto de tu vida…

ÉL: No, no cariño. La coartada para el resto de mi vida eres tú: ¿quién me despierta todas las madrugadas a las cuatro, gritando y chillando que tú y los niños vais a terminar en la miseria si no escribo otra birria de pieza para nuestro buen amigo Bill?

ELLA (riendo, con la cara deformada por la risa): Okey, me despierto a las cuatro todas las mañanas, ¿y qué? Tengo miedo; eso es todo. ¿Quieres que me cambie al cuarto libre?

ÉL: Sí, quiero que te vayas al cuarto libre. Al menos, esas tres horas las podría aprovechar para trabajar, si es que me acuerdo aún de cómo se trabaja. (De repente, se echa a reír.) No, lo mejor será que vaya contigo al cuarto libre para gritar que tengo miedo de terminar en la miseria. ¿Qué te parece como plan? Tú y yo juntos en el fracaso, juntos hasta que la muerte nos separe, amándonos hasta la muerte.

ELLA: Podrías escribir una comedia sobre eso; me partiría de risa

ÉL: Sí, mi amante esposa partiéndose de risa si yo terminara en la miseria. (Riendo.) Pero el chiste es que si tú te encontraras perdida y borracha en un portal, yo acudiría a ti para infundirme confianza. Sí, es la verdad. Si te encontraras en semejante estado, yo te seguiría, pues necesito seguridad. Es lo que necesito de ti. Mi analista lo dice, y ¿quién soy yo para contradecirle?

ELLA: Sí, es lo que necesitas de mí. Necesitas a Mamá. Que Dios me asista…

(Los dos se ríen, apoyándose uno contra la otra, gritando de risa sin poder contenerse.)

ÉL: Eso es; tú eres mi madre. Él lo dice y él tiene siempre razón. No hay nada malo en odiar a mamá, ¿sabes? Está en el libro. Hago lo que me corresponde, así es que no voy a sentirme culpable por ello.

ELLA: ¡Ah, no! ¿Por qué ibas a sentirte culpable, ni ahora ni nunca?

ÉL: (gritando, con su hermosa cara morena deformada): ¡Porque tú me haces sentir culpable! Puesto que contigo siempre me equivoco, mamá siempre tiene razón.

ELLA (de repente, sin reír, desesperada, en cambio, por la ansiedad): Por favor, Nelson, no me estés siempre atacando; no lo hagas, no puedo soportarlo…

ÉL (*blando y amenazador*): ¿De modo que no puedes soportarlo? Pues tendrás que aguantarlo a la fuerza. ¿Y sabes por qué? Pues porque yo necesito que lo aguantes... Por cierto, que tal vez seas *tú* la que debería ir al analista. ¿Por qué tengo que hacer yo todo el esfuerzo? Sí, eso es; deberías ser tú quien fuera al analista, puesto que yo no estoy enfermo. La enferma eres tú. Tú estás enferma...

(*Ella abandona la lucha, apartándose de él, exhausta y desesperada. Él corre hacia ella, victorioso pero escandalizado.*)

ÉL: ¿Qué te pasa ahora? ¡Eso sí que no! Pero ¿por qué no? ¿Cómo sabes que no eres tú la enferma? ¿Por qué he de ser yo el que siempre haga las cosas mal? Ah, no pongas esa cara. Ahora tratas de hacerme sentir remordimientos, como siempre, ¿no es así? Pues bien; lo estás consiguiendo. *Okey*, soy yo el equivocado, de acuerdo, pero, por favor, no te preocupes un solo instante más. Soy siempre yo el que se equivoca. Lo he dicho, ¿verdad? Lo he confesado, ¿no? Tú eres una mujer, y por eso tienes siempre razón. *Okey*, *okey*, no me quejo; me limito a dar fe de un hecho: yo soy un hombre, y aunque sólo sea por esto, tengo yo la culpa. ¿Estás de acuerdo?

Pero entonces, de pronto, la rubia diminuta (que se había bebido por lo menos las tres cuartas partes de una botella de whisky y se mantenía tan tranquila y controlada como una suave gatita de ojos azules apenas abiertos) se levantó y dijo:

—Bill, Bill, quiero bailar. Quiero bailar, nene.

Y Bill se acercó de un salto al tocadiscos, y la habitación se llenó de un Armstrong tardío: la cínica trompeta y la voz cínica y bienhumorada del Armstrong más viejo. Bill cogió a su bella esposa entre sus brazos y se pusieron a bailar en una especie de parodia de cómo se suele bailar incitante y alegremente. Entonces todos comenzaron a bailar. Nelson y su mujer estaban al margen del grupo, como olvidados. Nadie les escuchaba ya. Pero Nelson dijo entonces en voz alta, apuntándome bruscamente con el dedo pulgar:

—Voy a bailar con Anna. No sé bailar, no sé hacer nada, no necesitas decírmelo, pero voy a bailar con Anna.

Yo me levanté, porque todos me estaban mirando, diciéndome con los ojos: «Vamos, tienes que bailar, lo tienes que hacer».

Nelson se acercó a mí, diciéndome en voz alta y con tono de parodia:

—Voy a bailar con Anna. Baila conmigooo, baaaiiila conmigo, Anna.

Tenía los ojos desesperados por la repugnancia que sentía hacia sí mismo, por la infelicidad y el sufrimiento. Después, en el mismo tono, dijo:

—Ven, vamos a joder, nena; me gusta tu estilo.

No podía hacer otra cosa que reírme. (Oía mi risa, chillona y suplicante.) Todos reían aliviados, puesto que representaba mi papel..., y con ello contribuía a que pasara el momento de peligro. La esposa de Nelson era la que más se reía. Me dirigió, sin embargo, una mirada temerosa e inquisitorial, con lo que me di cuenta de que había llegado a formar parte de la lucha conyugal, y que para ellos la única razón de mi existencia, de la existencia de Anna, era probablemente la de echar leña al fuego. Incluso es posible que la pelea fuese por mi causa y que se prolongara hasta esas terribles horas de la madrugada, cuando se despertaran llenos de ansiedad (aunque ansiedad, ¿por qué motivo?). Se peleaban a muerte, y llegué, incluso, a imaginar que oía el diálogo... Bailé con Nelson, mientras que su esposa vigilaba, sonriendo con dolorosa ansiedad, y escuchaba el diálogo:

ELLA: Sí, supongo que crees que no sé nada de lo tuyo con Anna Wulf.

ÉL: Eso es; tú no sabes nada y nunca sabrás nada, ¿no es así?

ELLA: O sea que crees que no lo sé. Pues sí lo sé... ¡No hay más que mirarte a la cara!

ÉL: ¡Mírame, nena! ¡Mírame, muñeca! ¡Mírame, tesoro, mira, mira, mira! ¿Qué ves? ¿Acaso ves a Don Juan? Sí, eso es lo que soy. Exacto, he estado jodiendo con Anna Wulf. Es exactamente de mi estilo. Mi analista me lo dice, y ¿quién soy yo para discutir con mi analista?

Después de aquel baile violento, doloroso y jocoso, en que todos bailábamos parodiando y *apremiando* a los otros miembros del grupo para mantener la parodia a fin de salvar sus preciosas vidas, nos dimos las buenas noches y nos fuimos a casa.

La esposa de Nelson me dio los correspondientes besos de despedida. Todos nos besamos como una grande y feliz familia, aunque yo sabía, y ellos sabían también, que cualquier miembro del grupo podría dejar de pertenecer al mismo por haber fracasado, por borrachera o disformidad, sin que se le volviera a ver nunca más. La esposa de Nelson me besó en las mejillas: primero en la izquierda y luego en la derecha, mostrándose cariñosa y sincera, pero sólo a medias, como diciendo: «Lo siento, no podemos evitarlo; no es nada que tenga que ver contigo». Pero diciendo también, en forma interrogativa: «Quiero saber qué tienes tú para Nelson que yo no tenga».

Recuerdo que incluso cambiamos miradas, irónicas y amargas, que decían: «¡Bueno, esto es algo que no tiene nada que ver con ninguna de nosotras!».

El beso me puso incómoda, sin embargo, e hizo que me sintiera como una impostora, porque me daba cuenta de algo que debería haber descubierto usando mi inteligencia, sin necesidad de ir nunca a su apartamento, y era que los lazos que unían a Nelson y a su mujer resultaban amargamente estrechos e irrompibles. Estaban unidos por el vínculo más estrecho de todos, por el sufrimiento que neuróticamente se causaban, por la experiencia del sufrimiento dado y recibido. Esta clase de sufrimiento es como una faceta del amor, percibido como el conocimiento de lo que es el mundo, de lo que es el crecimiento en sí mismo.

Nelson estaba a punto de abandonar a su mujer, pero no la abandonaría jamás. Ella gemiría por sentirse rechazada y abandonada, pero estaba convencida de que nunca iba a ser rechazada.

A la noche siguiente de aquella fiesta, me encontraba yo en casa sentada en un sillón. Me sentía exhausta. Una imagen acudía a mi mente: era como la instantánea de una película. Después fue como si estuviera viendo una secuencia fílmica: un hombre y una mujer estaban sobre un tejado por encima del ajetreo de una gran ciudad; el ruido y el movimiento urbanos quedaban muy por debajo de donde se encontraban, vagando sin dirección fija por las alturas. A veces se abrazaban, casi como por hacer un experimento, como si pensaran: ¿a qué sabrá esto? Luego se volvían a separar y andaban sin rumbo por el tejado. Entonces el hombre iba hacia la mujer y le decía: «Te quiero». Y ella, sobrecogida de terror, le respondía: «¿Qué quieres decir?». Él le repetía: «Te quiero». Entonces ella le abrazaba y él se apartaba, como con nervios y prisa, por lo que ella le reprochaba: «¿Por qué has dicho que me querías?». Y él respondía: «Quería oír cómo sonaba». Y ella añadía: «Pero yo te quiero, te quiero, te quiero». Y él corría entonces hacia el borde del tejado, quedándose allí, dispuesto a saltar. Sin duda hubiera saltado si ella hubiera vuelto a decirle una sola vez «te quiero».

Mientras dormía, soñé la secuencia de esta película, que era en colores. No se trataba ya de un tejado, sino de una neblina o niebla fina y de color, una niebla de colores exquisitos y arremolinada, y con un hombre y una mujer vagando por ella. Esta última trataba de encontrarle, pero cuando ella topaba con él o le encontraba, él se apartaba nerviosamente, volviéndose a mirarla y apartándose a continuación.

A la mañana siguiente, Nelson me telefoneó para anunciarme que quería casarse conmigo. Reconocí inmediatamente el sueño. Le pregunté por qué decía aquello, y gritó:

—Porque así lo quiero.

Objeté que estaba muy atado a su mujer. Y entonces el sueño o la secuencia de la película se detuvo. Su voz cambió de tono y dijo en broma:

—¡Dios mío, si eso es cierto, estoy arreglado!

Hablamos un poco más. Y después me comunicó que le había dicho a su mujer que se había acostado conmigo. Como es lógico, me enfadé mucho, y le reproché que me utilizara en sus peleas conyugales. Por su parte, empezó a gritarme y a injuriarme, tal como había hecho con su mujer la noche anterior, durante la fiesta.

Por último, colgué el teléfono, lo que hizo que él se presentara en mi casa al cabo de unos minutos. Entonces se puso a defender su matrimonio, no ante mí, sino más bien ante un espectador invisible. Me parece que no era muy consciente de mi presencia. Me di cuenta de lo que deseaba realmente cuando me dijo que su analista se había ido de vacaciones un mes.

Al final se fue, gritando y chillando contra mí: es decir, contra las mujeres. Una hora más tarde me telefoneó pidiéndome perdón, dijo que estaba «chiflado» y que esto era todo.

—No te he hecho daño, ¿verdad, Anna?

Esto último me dejó pasmada, pues sentí de nuevo el ambiente de aquel sueño terrible.

—Créeme —añadió—, no quería de ti más que conseguir la autenticidad —y luego, pasando al tono de amargura y sufrimiento, añadió—: Si el amor del que se habla es posible, entonces es más real que el que experimentamos. —Y luego otra vez, apremiante y con estridencia—: Lo que quiero que me digas, sin embargo, es que no te he hecho daño. Tienes que decírmelo.

Me invadió la sensación de que un amigo me abofeteaba o me escupía, sonriendo de placer, a la vez que sacaba un cuchillo y lo retorcía en mis carnes. No obstante, le contesté que desde luego me había hecho daño, pero evité las palabras que traicionaran lo que en realidad sentía; me limité a hablarle como él me había hablado, como si el daño que me causó fuera algo sobre lo que una podía pensar por casualidad tres meses después de haber iniciado una relación como aquélla.

—Anna, se me ocurre que puedo imaginarme a mí mismo tal como debiera ser, que puedo imaginarme queriendo realmente a una persona, dedicando todas mis energías a esa persona… Así, pues, no debo de estar tan mal cuando soy capaz de trazar proyectos para el futuro, ¿no te parece?

La verdad es que estas palabras me conmovieron, pues creo sinceramente que la mitad de lo que hacemos o aquello a lo que aspiramos no deja de ser el conjunto de planes para un futuro que tratamos de imaginar. Recuerdo que fue así como terminamos la conversación, o sea, como dos buenos compañeros.

No obstante, acabé sentándome en medio de una especie de niebla fría, y pensé: «¿Qué les ha pasado a los hombres para que les hablen de esta forma a las mujeres? Durante semanas y semanas, Nelson ha estado complicándome en sus cosas y ha usado todos los recursos de su cariño y de su experiencia para conmover a las mujeres: los ha usado especialmente cuando yo me he enfadado o cuando él se ha dado cuenta de que había dicho algo particularmente alarmante. Después ha hecho como si se volviera y me dijera: "¿Te he hecho daño?" A mí me parece esa la actitud más negativa de lo que es un hombre, y tanto así que, cuando pienso en lo que significa, me siento enferma y perdida (como si me encontrara dentro de una niebla fría); las cosas pierden su sentido, e incluso las palabras que digo se adelgazan, se convierten en una especie de eco y adquieren un sentido de parodia».

Fue después de que me hubiera llamado preguntándome: «¿Te he hecho daño?», cuando soñé y reconocí en sí misma la ensoñación sobre el gozo-en-el acto-de-la-destrucción. Aquel sueño, en realidad, fue una conversación sostenida por teléfono entre Nelson y yo. No obstante, él estaba en el mismo cuarto que yo, y su apariencia exterior era la del hombre responsable, animado por sentimientos afectuosos. No obstante, al hablar, su sonrisa cambió y yo reconocí un gesto de repentino e inmotivado despecho. Sentí cómo el cuchillo se retorcía en mi carne, entre las costillas, y cómo los bordes cortantes rechinaban agudamente contra el hueso. Yo no podía hablar porque el peligro, la destrucción, provenía de una persona a la que yo me sentía allegada, de alguien que me agradaba. Después empecé a hablar por teléfono y comencé a sentir en mi propio rostro aquella sonrisa, la sonrisa de despecho gozoso que tan bien conocía. Llegué, incluso, a dar unos pasos de baile, sacudiendo la cabeza, casi como la danza de la muñeca rígida del vaso que hubiera cobrado vida. Recuerdo que en medio del sueño pensé: «Así que ahora soy el vaso del mal; luego seré el viejo enano; y más tarde la vieja encorvada… Y después, ¿qué?». Después oí la voz de Nelson, que me llegaba al oído por teléfono y decía:

—Luego la bruja, luego la bruja joven.

Me desperté oyendo aquellas palabras que sonaban con una terrible alegría hecha de regocijado rencor: «¡La bruja, y luego la bruja joven!».

He estado muy deprimida. He dependido muchísimo de mi personalidad como madre de Janet, de lo que no ceso de maravillarme. ¡Qué extraño resulta que cuando por dentro estoy inerme, nerviosa y muerta, pueda mantenerme aún, para Janet, tranquila, responsable y con vida!

No he vuelto a tener el sueño. Pero, hace dos días, conocí a un hombre en casa de Molly. Un hombre de Ceilán. Me hizo proposiciones y yo las rechacé. Tuve miedo de ser a mi vez rechazada y experimentar otro fracaso. Ahora me avergüenzo. Soy una cobarde. Es miedo lo que tengo, porque mi primer impulso, cuando un hombre pulsa la cuerda sexual, es correr hacia donde sea, lejos del camino que conduce al peligro.

[Una línea gruesa y negra a través de la página.]

De Silva, de Ceilán. Era amigo de Molly. Le conocí hace años en su casa. Vino a Londres y se ganaba la vida como periodista, pero bastante mal. Se casó con una inglesa. En las reuniones impresionaba por su actitud sarcástica y desprendida. Hacía observaciones ingeniosas sobre los demás, unas observaciones algo crueles pero extrañamente objetivas. Cuando le recuerdo, le veo de pie, ligeramente apartado de un grupo de personas, observándolas con una sonrisa. El matrimonio vivía realquilado, como tantos marginados del mundo literario. Tenía un niño pequeño. Al no poder ganarse la vida aquí, decidió regresar a Ceilán. La esposa no quería: él era el hijo menor de una familia de clase alta, muy esnob, que no veía con buenos ojos que se hubiera casado con una blanca. Consiguió persuadir a su mujer de que se fuera con él. Su familia no estaba dispuesta a tolerar a su esposa, por lo que buscó una habitación para ambos. Pasaba gran parte del tiempo con ella y el niño, y el resto con su familia. Ella quería volver a Inglaterra, pero él aseguraba que todo se arreglaría y la convenció para que tuviera otro hijo, que ella no deseaba. En cuanto nació el segundo hijo, él desapareció.

Un buen día me llamó por teléfono. Me preguntaba por Molly, que estaba en el extranjero. Dijo que había venido a Inglaterra «porque había ganado una apuesta en Bombay, y el resultado había sido la obtención de un pasaje gratis para Inglaterra». Más tarde me enteré de que esto no era cierto, pues había pedido prestado el dinero, llevado seguramente por un impulso, y había volado hacia Londres. Sin duda, confiaba que Molly, quien le había dejado dinero en tiempos pasados, le ayudaría ahora también, pero como no estaba, probó con Anna. Por mi parte, le dije que no tenía dinero para prestar en aquel momento, lo cual era verdad, pero como me dijo que había perdido el contacto con la vida de aquí, le invité a cenar e invité también a unos cuantos amigos, a fin de presentarle. No acudió a la cena, y una semana más tarde me telefoneó, portándose como un niño y excusándose, diciendo que se sentía demasiado deprimido para conocer gente, aparte que «la noche de la cena no fue capaz ni de acordarse de mi número de teléfono». Luego le encontré en casa de Molly, que ya había vuelto. Él se comportó con su calma, su objetividad y su ingenio habituales. Había conseguido un trabajo como periodista. Habló con cariño de su mujer, que vendría a reunirse con él seguramente una semana más tarde. Ésa fue la noche que me invitó y que yo escapé corriendo. Lo hice con razón. Pero mi temor no era razonado, pues huía de cualquier hombre, y por esto, cuando me llamó al día siguiente, le invité a cenar. De su manera de comer, deduje que no se alimentaba lo suficiente. Había olvidado que él mismo nos comunicó que su mujer llegaría, «seguramente, la semana próxima», y dijo que «ella no quería marcharse de Ceilán, donde era muy feliz». Lo dijo como si escuchara sus propias palabras. Hasta aquel momento habíamos estado bastante alegres y amistosos, pero la mención de su mujer pulsó una nota nueva. Así lo sentí en seguida. Me dirigía miradas frías, interrogadoras y hostiles. La hostilidad no tenía nada que ver conmigo, por supuesto, pero cuando pasamos a mi habitación, se puso a caminar por ella, con aire de alarma y la cabeza ladeada, como si *escuchara*, dirigiéndome aquellas miradas rápidas, impersonales e interesadas. Luego se sentó, y dijo:

—Anna, quiero contarte una cosa que me ha pasado. No, siéntate y escucha. Quiero contártelo, que me escuches y que no digas nada. Necesito que me escuches en silencio.

Me senté, pues, a escuchar, ganada por cierta pasividad que ahora me aterra, porque sé que debiera haber dicho *no* en aquel preciso momento, pues todo aquello olía a hostilidad y agresividad. No era en absoluto un asunto personal. Me contó la historia como si fuera ajeno a ella, sonriendo y vigilando mi expresión.

Una de las noches anteriores se había drogado con marihuana. Luego salió a pasear, por alguna parte de Mayfair.

—Ya sabes, Anna, por ese ambiente tan podrido de riquezas que llegas a olerlas. Me atrae. A veces paseo por allí y huelo la corrupción; es algo que me excita.

Vio una chica en la acera, se encaminó directamente hacia ella y le dijo: «Te encuentro muy hermosa. ¿Quieres acostarte conmigo?»: No hubiera podido hacerlo de no haber estado ebrio a causa del alcohol o la marihuana.

—No es que me pareciera hermosa, pero llevaba un atuendo muy bello, y en cuanto le hube dicho aquellas palabras, la encontré hermosa. Ella me dijo, con toda sencillez, que sí.

»Yo le pregunté si era una prostituta. Me contestó con tranquila impaciencia, como si hubiera esperado que le preguntara aquello y hasta como si lo hubiera provocado:

»—No lo sé. No importa.

»Me impresionó la manera de decir «no importa». Era un tono frío e inerme, como queriendo dar a entender: ¿qué me importan los demás?

»—Te encuentro guapo, me gustaría dormir contigo —me dijo.

Sin duda, De Silva es un hombre guapo, con buen tipo, lleno de vigor. No obstante, es un guapo frío. Cuenta que le dijo a la muchacha: «Quiero hacer el amor contigo como si estuviera desesperadamente enamorado de ti. Pero tú no me respondas. Tú sólo tienes que entregarte sexualmente, y debes ignorar lo que yo te diga. ¿Me prometes que lo harás?». Ella accedió, riendo: «Sí, lo prometo». Fueron a la habitación.

—Ha sido la noche más interesante de mi vida, Anna, te lo juro. ¿Me crees? ¿Y sabes por qué? Pues porque me comporté como si la amara, como si la amara desesperadamente. Llegué a creérmelo, eso es todo. Tienes que comprenderlo, Anna, amarla a ella tan sólo por una noche era la cosa más maravillosa que puedas imaginar. Cuando le dije que la amaba, me sentí como un hombre perdidamente enamorado. Pero ella se salía de su papel. Cada diez minutos veía cambiar su cara y reaccionaba como una mujer que es amada. Entonces tuve que interrumpir el juego y decirle: «Esto no es lo que me has prometido. Yo te amo, pero tú sabes que no lo siento en serio». Sin embargo, lo sentía. Nunca había estado tan enamorado. En aquellos momentos, adoraba a aquella mujer. Nunca había estado tan enamorado. Pero ella lo echaba continuamente a perder, porque me respondía en serio. Al final hube de separarme de ella, porque no podía dejar de decirme que estaba enamorada de mí.

—¿Y no se enfadó? —le pregunté. (Porque yo me enfadé, al escucharle, y sabía que él quería que me enfadara.)

—Sí, se enfadó mucho. Me dirigió toda clase de insultos. Pero a mí me daba igual. Me llamó sádico y cruel, todo ese tipo de cosas. A mí no me importaba. Habíamos hecho un pacto y ella estuvo de acuerdo. Quería poder amar a una mujer una vez en mi vida, sin tener que darle nada a cambio. Te lo cuento porque, en cierto modo, es algo que no tiene importancia, ¿comprendes, Anna?

—¿La has vuelto a ver?

—No, claro que no. Volví a la calle donde la encontré, pero ya sabía que no iba a verla más. Tenía la esperanza de que fuera una prostituta, pero sabía que no lo era, porque me lo dijo ella misma. Era una chica que trabajaba en uno de los cafés. Confesó que deseaba enamorarse.

Más adelante, aquella misma noche, me contó la siguiente historia: tiene un amigo íntimo, el pintor B., casado, cuyo matrimonio no ha sido nunca satisfactorio en el aspecto sexual. («Naturalmente, el matrimonio no le ha sido nunca satisfactorio sexualmente», y las palabras «satisfactorio sexualmente» sonaron con cierto acento irónico.) B. vive en el campo. Una mujer del pueblo va diariamente a limpiar la casa. Durante algo así como un año, B. se estuvo acostando con la mujer de la limpieza todas las mañanas en el suelo de la cocina, mientras la esposa estaba arriba. De Silva fue a ver a B., pero estaba ausente. Su mujer también. De Silva se instaló en la casa, esperando a que volvieran, y la mujer de la limpieza llegó entonces como todas las mañanas. Aquella mujer le dijo a De Silva que había estado acostándose con B. durante un año y que lo amaba, pero que sabía que «ella no era nadie para un señor como él, pues aquello sucedía tan sólo porque su esposa no le servía».

—¿No lo encuentras encantador, Anna? ¡Esa expresión de que la esposa «no le servía»! Hay que reconocer que no es nuestro lenguaje, que no es el lenguaje de nuestra clase.

—Eso lo dirás por ti.

Ladeó la cabeza, y añadió:

—No. Lo que ocurre es que me gustó aquello, el calor que contenía. Y entonces yo también le hice el amor. En el suelo de la cocina, sobre una especie de alfombrita hecha en casa que tienen allí, como el mismo B. Quise hacerlo porque B. lo había hecho. No sé por qué. Y, claro, para mí no tuvo ninguna importancia.

Después regresó la esposa de B. Volvió para arreglar las cosas del hogar y se encontró con que De Silva estaba allí. Le agradó verle porque era amigo de su marido y «trataba de complacer al marido fuera de la cama, porque en la cama él no le interesaba». De Silva pasó aquella velada tratando de descubrir si ella sabía que su marido hacía el amor con la mujer de la limpieza.

—Descubrí que ella no lo sabía, y le dije: «Naturalmente, el asunto de tu marido con la mujer de la limpieza no significa nada; supongo que a ti no debe de importarte lo más mínimo». Pareció estallar, pues se puso frenética de celos. ¿Acaso lo comprendes tú, Anna? No hacía más que decir: «Ha estado acostándose con esa mujer todas las mañanas en el suelo de la cocina». En realidad, completaba la frase así: «Ha estado acostándose con ella en el suelo de la cocina, mientras yo leía arriba».

De Silva hizo todo lo posible, según él, para apaciguar a la esposa de B. Más tarde, regresó el propio B.

—Le conté lo que había hecho y supo comprenderlo. Su esposa dijo que iba a abandonarle. Creo que, en efecto, va a dejarle. Y todo porque él se había acostado con la mujer de la limpieza «en el suelo de la cocina».

Por mi parte, le pregunté:

—¿Por qué lo hiciste?

(Mientras le escuchaba, sentí un frío extraordinario, un terror inerme. Mi actitud era pasiva por una especie de inconfesable terror.)

—¿Por qué? ¿Por qué me lo preguntas? ¿Qué importa? Quería saber lo que iba a ocurrir, eso es todo.

Al hablar sonrió con una sonrisa evocadora, bastante taimada, divertida e interesada. Reconocí esa sonrisa: era la esencia de mi sueño, la sonrisa de la figura de mi sueño. Tuve ganas de escapar corriendo de la habitación. Y, no obstante, pensaba: esa cualidad, esa cosa tan intelectual de que «deseaba ver lo que pasaría», ese «querer saber lo que va a pasar» es algo que flota en el ambiente y que está en muchas personas conocidas, incluso en mí. Forma parte de lo que somos. Es la otra cara de ese «no tenía importancia» o «a mí no me importaba nada», que es la expresión que aparece incesantemente en todo cuanto dice De Silva.

De Silva y yo pasamos la noche juntos. ¿Por qué? Porque a mí no me importaba nada. El hecho de que me importara, la posibilidad de que me importara, quedaron descartados, pues pertenecía a la Anna normal, a la que caminaba por un horizonte de arena blanca que alcanzaba a ver pero no a tocar.

Para mí, la noche fue una noche muerta, al igual que su sonrisa interesada y distante. Él estuvo tranquilo, desprendido, abstraído. Para él no tenía ninguna importancia. Sin embargo, en algunos momentos, caía de pronto en la actitud abyecta del niño que necesita a su madre. Estos momentos me agradaron aún menos que su frío desprendimiento y su curiosidad, pues pensaba sin cesar y con tozudez : «Es él, y no yo, puesto que son los hombres los que crean estas cosas, los que nos crean a nosotras».

Por la mañana, recordando cómo me aferré a la situación, tal como siempre me aferro a esto, me encontré bastante ridícula. Una y otra vez me decía: «¿Por qué tiene que ser cierto?»

Por la mañana le di de desayunar. Me sentía fría y remota, como marchita, como si no hubiera vida ni calor en mí. Pero fuimos perfectamente conscientes el uno con el otro. Me sentía amistosa y alejada al mismo tiempo de él. En el momento de irse, dijo que me telefonearía, y yo le contesté que no volvería a acostarme con él. Su rostro cambió de pronto y tomó una expresión de virulento enojo. En su rostro vi la expresión que seguramente había adoptado cuando aquella chica que recogió en la calle le había respondido a sus declaraciones de amor. Ésa fue su expresión, que yo jamás habría esperado de él. Luego recobró su máscara de sonriente desprendimiento y dijo:

—¿Por qué no?

—Porque te importa un bledo el acostarte o no conmigo.

Yo esperaba que me dijera: «Lo mismo que a ti».

Eso lo hubiera aceptado. En cambio, se desmoronó, tomando la actitud del niño miserable que había adoptado durante algunos momentos de aquella misma noche, después de lo cual dijo:

—Te equivocas, porque me importa.

Llegó casi a golpearse el pecho para probarlo, pero detuvo a tiempo su puño, a medio camino de su pecho. Entonces sentí de nuevo el ambiente del sueño de la niebla: la falta de sentido, la vacuidad de las emociones.

—No, no te importa. Pero continuaremos siendo amigos.

Se fue escaleras abajo sin decir una palabra. Aquella tarde me llamó. Me contó dos o tres historias descaradas, divertidas y maliciosas sobre gente que ambos conocíamos. Por mi parte, sabía que algo iba a suceder, porque sentía aprensión, pero era incapaz de imaginar lo que iba a ser. Entonces él observó, abstraídamente y casi con indiferencia:

—Quiero que dejes dormir esta noche a una amiga mía en tu habitación de arriba. Ya sabes, la que está encima de donde duermes tú.

—Pero es la habitación de Janet —repliqué.

Lo cierto es que no entendía lo que estaba diciendo.

—La puedes trasladar a otra pieza, aunque mi amiga puede dormir en cualquier habitación. La llevaré esta noche a eso de las diez, ¿de acuerdo?

—¿Es que quieres traerme a una amiga aquí para pasar con ella la noche?

Me sentía tan confundida que no me daba cuenta de lo que quería decir. Pero estaba enfadada, y eso era algo que él debiera haber comprendido.

—Sí —admitió con indiferencia, y luego añadió en un tono abstraído y tranquilo—: En fin, de todos modos no importa.

Y colgó el aparato.

Aquello me hizo pensar, y entonces comprendí. A pesar de mi enojo, le volví a llamar, y le dije:

—¿Quieres decir que deseas traer una mujer a mi piso para acostarte con ella?

—Sí, eso es. Mejor dicho, no es una amiga. Iba a coger a una prostituta de la estación y llevarla a tu casa. Mi idea era dormir con ella encima de tu habitación para que pudieras oírnos.

No pude decir nada. Luego me preguntó:

—Anna, ¿estás enfadada?

—No se te hubiera ocurrido una cosa así, de no haber querido enfadarme.

Entonces dejó escapar un grito, como un niño pequeño:

—Anna, Anna, lo siento, perdóname.

Y siguió lamentándose y gimoteando. Creo que se estaba dando golpes de pecho con la mano libre del teléfono, o que se golpeaba la cabeza contra la pared, pues podía oír unos golpes irregulares que acaso hubieran sido una de las dos cosas. Por mi parte, sabía muy bien que todo aquello lo había planeado desde el principio, desde el momento que me llamó para preguntarme si podía traer aquella mujer a mi casa. Buscaba mi negativa para poder terminar golpeándose el pecho o dando cabezadas contra la pared. Aquél era, sin duda, su verdadero objetivo, en vista de lo cual colgué el teléfono.

Después me envió dos cartas. La primera era descarada, maliciosa e impertinente, pero, sobre todo, fuera de lugar, pues no tenía nada que ver con lo ocurrido. Se trataba de una carta que podía haberse escrito al cabo de una docena de situaciones diferentes, cada cual muy distinta de la otra. Por eso la había escrito, por su misma intrascendencia. Recibí otra carta dos días más tarde. Parecían los gemidos histéricos de un niño pequeño. He de decir que la segunda carta me afectó más que la primera.

Desde entonces he soñado dos veces con De Silva, que viene a ser como la encarnación del proceso del gozo que causa daño. En el sueño se me apareció sin ningún disfraz, tal como es en la vida real, sonriente, malicioso, desprendido e interesado.

Ayer me llamó Molly. Según me dijo, De Silva ha abandonado a su mujer, dejándola sin dinero y con dos niños. Su familia, aquella familia rica y de clase alta, ha acogido a los tres. Molly me ha dicho:

—La cuestión es que convenció a su mujer para que tuviera el otro niño, que ella no quería, con el fin de asegurarse que la tenía bien atada y de que él se quedaba libre. Luego se vino a hacer el vago a Inglaterra, donde supongo que esperaba que yo le acariciara la frente. Lo peor es que, si no fuera porque en aquel momento yo me encontraba en el extranjero, me lo hubiera creído todo tal como él lo presentaba: el pobre intelectual cingalés que no puede ganarse la vida y tiene que dejar a la mujer y a los dos niños para venir a los bien pagados emporios intelectuales de Londres con el fin de abrirse camino. ¡Qué tontas somos las mujeres! No aprendemos nunca. Y sé que la próxima vez que suceda volveré a caer en cualquier trampa semejante.

Un día me encontré a B. casualmente por la calle. Hace ya tiempo que le conozco y fui a tomar un café con él. Me habló calurosamente de De Silva. Dijo que le había persuadido para que fuese «más afectuoso con su mujer», y que él, B., pondría la mitad de la cantidad de dinero necesario para darle un tanto mensual a la mujer de De Silva, siempre que ésta prometiera pagar la otra mitad.

—¿Y pagará la otra mitad? —pregunté.

—Pues claro que no —repuso B. con expresión de disculpa en su rostro, inteligente y atractivo, disculpa no sólo por De Silva, sino por el universo entero.

—¿Y dónde está De Silva? —pregunté, sabiendo por anticipado la respuesta.

—Va a venir a vivir a un pueblo vecino a donde vivo yo. Hay una mujer a la que se ha aficionado. En realidad, es la mujer que viene cada mañana a limpiarme la casa, pero continuará haciéndolo. Me alegro de todo ello, porque es muy buena persona.

—Yo también me alegro.

—Como te digo, le tengo mucho afecto.

Mujeres libres

4

Anna y Molly ejercen una bienhechora influencia sobre Tommy.
Marion deja a Richard. Anna pierde contacto consigo misma.

Anna esperaba a Richard y Molly. Era bastante tarde, casi las once. Las cortinas de la habitación alta y blanca estaban corridas, los cuadernos escondidos, y una bandeja con bebidas y bocadillos ya lista. Anna se había repantigado en un sillón, en un estado letárgico de agotamiento moral. Finalmente había comprendido que no controlaba sus actos. Además, aquella noche había visto a Ronnie en bata a través de la puerta entreabierta de Ivor. Parecía haberse vuelto a instalar, sencillamente, y ahora dependía de ella echarlos a los dos. Se sorprendió a sí misma pensando: «¡Qué importa! Hasta es posible que Janet y yo tengamos que hacer las maletas y marcharnos, dejando el piso libre para Ivor y Ronnie. (Cualquier cosa, con tal de evitar una pelea!». Se le ocurrió que este pensamiento no estaba muy lejos de la chifladura, pero no se sorprendió, pues ya había decidido que, probablemente, estaba loca. Nada de lo que pensaba le agradaba; durante unos días estuvo analizando las ideas y las imágenes que le pasaban por la mente, desconectadas de cualquier emoción, y no las reconocía como suyas.

Richard había dicho que recogería a Molly a la salida del teatro donde trabajaba, en el papel de una viuda deliciosamente frívola, que trataba de escoger nuevo marido entre cuatro hombres, a cual más atractivo. Iban a celebrar una consulta. Hacía tres semanas que Marion, habiéndose retrasado por causa de Tommy, había dormido en el piso de arriba, vacío, que Anna y Janet habitaron en otro tiempo. Al día siguiente, Tommy informó a su madre de que Marion necesitaba un *pied-a-terre* en Londres. Pagaría, naturalmente, el alquiler íntegro del piso, aunque sólo tenía la intención de usarlo de vez en cuando. Desde entonces, Marion sólo había estado en su casa una vez, a recoger ropa. Vivía arriba, y de hecho había abandonado calladamente a Richard y a los niños. Sin embargo, parecía como si no se diera cuenta de que lo había hecho, pues cada mañana se producía una agitada escena de reconvención en la cocina de Molly, en la que Marion se culpaba de lo mala que había sido por retrasarse tanto la noche anterior, asegurando que iría a casa aquel día sin falta, para cuidarse de todo.

—Sí, de verdad. Te lo prometo, Molly —como si Molly fuera la persona ante la cual se sentía responsable.

Molly había telefoneado a Richard, exigiendo que hiciera algo. Pero él rehusó. Había tomado un ama de llaves para salvar las apariencias, y su secretaria, Jean, estaba ya prácticamente instalada. Le encantaba que Marion se hubiera marchado.

Tommy, quien desde que había salido del hospital no abandonaba nunca su refugio doméstico, acudió con Marion a un mitin político relacionado con la independencia africana, y también participó en una espontánea manifestación callejera frente a las oficinas de la representación en Londres del país en cuestión. Marion y Tommy habían seguido al grupo, compuesto por estudiantes en su mayoría. Hubo escaramuzas con la policía. Tommy, que no llevaba bastón blanco ni signo externo alguno que indicara su condición de ciego, no «circuló» cuando se lo ordenaron, y fue detenido. Marion, a quien la muchedumbre había separado de él por unos instantes, se abalanzó sobre el policía, chillando histéricamente y ambos fueron conducidos a la comisaría junto con otros dos revoltosos. A la mañana siguiente les pusieron una multa, les soltaron…, pero los periódicos publicaban, destacada, una historia sobre «la esposa de un conocido financiero de la *city*». Y entonces Richard telefoneó a Molly, quien a su vez tuvo ocasión de negarse a prestarle la menor ayuda:

—Por Marion no levantarías ni un dedo. Estás preocupado porque los periódicos han encontrado una pista y puede que descubran lo de Jean.

Entonces Richard telefoneó a Anna.

Durante la conversación que mantuvieron, Anna se observó a sí misma de pie, sosteniendo el aparato telefónico, con una sonrisita quebradiza en los labios, mientras intercambiaba con Richard expresiones de hostilidad. Sentía como si la obligaran a hacerlo, como si ninguna de las palabras que ella o Richard pronunciaban hubiera podido ser diferente, como si lo que decían fuera una conversación de maníacos.

Él estaba incoherentemente enojado.

—Es una farsa absoluta, planeada. Lo habéis organizado vosotras, para vengaros. ¡La independencia africana! ¡Vaya farsa! ¡Una manifestación espontánea…! Le habéis contagiado el virus comunista a Marion, a ella, tan inocente que no reconocería a uno de ellos aunque lo tuviese delante. Y todo porque tú y Molly queréis verme hacer el ridículo.

—¡Pues claro que es eso, querido Richard!

—Es vuestra idea de lo que son las bromas. La esposa de un empresario que se vuelve roja.

—¡Pues claro!

—Bien, ya me ocuparé yo de que os descubran.

Anna pensaba: «La razón por la que todo esto da tanto miedo es que si no estuviéramos en Inglaterra, la furia de Richard significaría gente perdiendo sus puestos, yendo a la cárcel, siendo fusilada… Aquí es sólo el mal humor de un hombre, aunque refleja algo terrible… Y yo haciendo tranquilamente intrascendentes comentarios sarcásticos…».

—Mi querido Richard, ni Marion ni Tommy planearon nada. Sencillamente, siguieron a la muchedumbre.

—¡Siguieron! ¿A quién te crees que intentas engañar?

—Casualmente, yo estaba allí. ¿No sabías que las manifestaciones, en la actualidad, son realmente espontáneas? El P.C. ha perdido toda influencia sobre los jóvenes, y el Partido Laborista es demasiado respetable para organizar este tipo de cosas. En consecuencia, los jóvenes se agrupan con objeto de manifestarse en favor de África, en contra de la guerra o lo que sea.

—Debí suponer que tú estabas allí.

—No, no podías suponerlo, porque fue una casualidad. Volvía a casa del teatro, y vi un grupo de estudiantes que corrían por una calle. Bajé del autobús y les seguí, para ver qué pasaba. No supe que Marion y Tommy estaban allí hasta que leí los periódicos.

—¿Y qué vas a hacer para arreglarlo?

—No pienso hacer nada. Te puedes enfrentar tú sólito con la amenaza roja, ¿no?

Y Anna colgó el teléfono, sabiendo que aquello no terminaría allí, y que, en realidad, iba a hacer algo, porque algún rescoldo de raciocinio acabaría obligándola a intervenir.

Molly telefoneó, totalmente abatida, poco después:

—Anna, tienes que ver a Tommy y tratar de hacerle entrar en razón.

—¿Lo has intentado tú?

—Esto es lo extraño, que no puedo ni intentarlo. Me lo repito sin cesar: «No debo seguir viviendo en mi propia casa como un huésped, con Marion y Tommy dominándolo todo. ¿Por qué he de permitirlo?». Pero entonces ocurre una cosa extraña. Me preparo para enfrentarme con ellos, y descubro que no puedes *enfrentarte* con Marion. Está como ida… Y me quedo pensando: «Bueno, ¿por qué no? ¿Qué importa? ¿A quién le importa?», y me encojo de hombros. Vuelvo del teatro y entro sigilosamente en mi propia casa para no molestar a Marion y a Tommy. Me siento más bien culpable de estar en la casa. ¿Lo entiendes?

—Sí, por desgracia, sí.

—Sí. Pero lo que me aterra es que… Bueno, si te pones a describir la situación en palabras, ya sabes, resulta que la segunda mujer de mi marido viene aquí porque no puede vivir sin mi hijo… No es que sea simplemente *raro*, es… Pero, claro, ¿qué tiene eso que ver? ¿Sabes lo que pensé ayer, Anna? Estaba arriba, quieta como una mosca para no molestar a Marion y a Tommy, y pensaba en hacer la maleta, en marcharme a alguna parte y dejarles que se arreglaran solos. Entonces se me ocurrió que la generación posterior a la nuestra, al vernos, decidirán casarse a los dieciocho años, prohibir los divorcios, ser partidarios de reglas morales estrictas y todo lo demás. Sí, porque en caso contrario es demasiado espantoso... —en este punto, la voz de Molly tembló, y precipitadamente concluyó—: Por favor, ven a hablarles, Anna. Tienes que hacerlo, porque yo ya no puedo enfrentarme con nada.

Anna se puso el abrigo y cogió el bolso, dispuesta a «hacer algo». No tenía ni idea de lo que podía decir, ni de qué pensar. Estaba de pie, en el centro de la habitación, vacía como una bolsa de papel, y dispuesta a acercarse a Marion, a Tommy, para decirles: «¿Qué?». Pensó en Richard, en su furia y en su frustración convencionales; en Molly, cuyo valor se había gastado totalmente en lágrimas de apatía; en Marion, que había superado el sufrimiento para adoptar una desfachatez histérica; en Tommy... Pero de él sólo podía ver la imagen de su cara ciega y testaruda; sentía como una especie de fuerza que irradiaba de él, aunque no sabía cómo llamarla.

De pronto, empezó a reírse tontamente. Anna oyó su risita y pensó: «Sí, es la risa de Tommy aquella noche que vino a verme, antes de intentar matarse. Qué curioso; es la primera vez que me oigo reír de esta forma. ¿Qué habrá sucedido con aquella persona que había en el interior de Tommy y que se reía de aquella forma? Ha desaparecido del todo, supongo. Tommy debió de matarla cuando se atravesó la cabeza con una bala. ¡Qué extraño que yo suelte esta risa viva y absurda! ¿Qué voy a decirle a Tommy? Ni sé qué está pasando. ¿De qué se trata? Tengo que acercarme a Marion y a Tommy, y decirles que acaben con esta comedia de que se interesan por el nacionalismo africano, que los dos saben muy bien cuan absurdo es todo eso».

Anna se rió de nuevo, ante lo ridículo de la situación.

A ver, ¿qué diría Tom Mathlong? Se imaginó a sí misma sentada a una mesa de café, frente a Tom Mathlong, contándole lo de Marion y Tommy. Él la escucharía y diría: «Anna, ¿me estás diciendo que esas dos personas han decidido trabajar en pro de la liberación de África? ¿Y a mí por qué deben importarme sus motivos?». Pero luego se echaría a reír. Sí, Anna podía oír su risa profunda, llena, que le salía del estómago. Sí. Se pondría las manos sobre las rodillas y se reiría; luego, sacudiría la cabeza para añadir: «Mi querida Anna, ¡ojalá tuviéramos vuestros problemas!».

Anna, al oír la risa, se sintió mejor. Apresuradamente, cogió varios recortes de papel sugeridos por el recuerdo de Tom Mathlong, los metió en el bolso y echó a correr calle abajo, hacia la casa de Molly. Mientras andaba, pensó en la manifestación en que Tom y Marion habían sido detenidos. La manifestación no se había parecido en nada a las ordenadas manifestaciones políticas que organizaba el Partido Comunista en los viejos tiempos, ni a los mítines laboristas. No; había sido algo fluido, experimental…, con gente que hacía cosas sin saber por qué. La riada de jóvenes había corrido hacia las oficinas del país africano como el agua. Nadie les había dirigido o controlado. Luego, el raudal de gente alrededor del edificio, gritando lemas, se diría que para escuchar cómo sonaban… y la llegada de la policía, que también parecía vacilar, tantear la situación, sin saber qué esperaba. Anna se quedó al margen, observando. Por debajo del movimiento nervioso y fluido de gente y policías, había un esquema o dibujo. Cerca de una docena o veintena de jóvenes, todos con la misma expresión en la cara, mirada fija, seria y fanática, se movían de tal manera que ridiculizaban y provocaban deliberadamente a la policía. Pasaban corriendo junto a un policía o iban hasta otro, colocándose tan cerca de él que le caía el casco sobre la cara; o bien le daban un golpe en el brazo, al parecer por accidente… Se escabullían, volvían, mientras los agentes les vigilaban. Uno tras otro, aquellos jóvenes fueron detenidos porque se conducían de tal manera que había que detenerlos. Y en el instante de la detención, sus rostros adquirían una expresión satisfecha, de éxito. Se producía un instante de lucha: los policías usaban toda la brutalidad de que eran capaces, y en sus rostros se dibujaba una súbita expresión de crueldad.

Simultáneamente, la masa de estudiantes, que no había ido a buscar satisfacción a su íntima necesidad de desafiar y recibir el castigo de la autoridad, siguió lanzando gritos, y poniendo a prueba sus voces políticas. Sus relaciones con la policía eran de muy otra índole; no existía ningún lazo entre ellos y la policía.

¿Y qué expresión adoptaría Tommy cuando fue detenido? Anna lo sabía sin haberlo visto.

Al abrir la puerta del cuarto de Tommy, éste se encontraba solo, y en seguida preguntó:

—¿Eres Anna?

Anna se contuvo para no decir: «¿Cómo lo sabes?». Preguntó, en cambio:

—¿Dónde está Marion?

—Arriba —repuso, rígido y desconfiado. Era como si hubiera ordenado: «No quiero que la veas». Sus ojos oscuros y vacíos estaban clavados en Anna, casi centrados en ella, de manera que se sintió como desenmascarada: tal era el peso de aquella mirada oscura que, sin embargo, no estaba del todo fija en ella: la Anna a la que dirigía su orden o aviso quedaba un poco más a la izquierda. Anna sintió, con un ápice de histeria, que se veía obligada a moverse hacia la izquierda, para quedar dentro de la línea recta de su visión o no visión.

—Ya subo. No, no te molestes, por favor.

Él se había levantado a medias, como si quisiera detenerla. Cerró la puerta y subió la escalera, dirigiéndose al piso donde antaño viviera junto con Janet. Pensó que había dejado a Tommy porque no existía ningún lazo con él; no tenía nada que decirle... Aunque, la verdad, iba a ver a Marion y tampoco tenía nada que decirle.

La escalera era estrecha y sombría, y la cabeza de Anna surgió de aquel pozo oscuro a la nitidez pintada de blanco del diminuto rellano. A través de la puerta vio a Marion, inclinada sobre un periódico. La recibió con una alegre sonrisa de anfitriona.

—¡Mira! —gritó, arrojando triunfalmente el periódico a Anna.

Publicaba una fotografía de Marion y este titular: «Es absolutamente repugnante el modo como se trata a los pobres africanos». El resto era del mismo estilo: un comentario malicioso. Pero, al parecer, Marion no era capaz de darse cuenta de ello. Lo leía por sobre el hombro de Anna; sonriendo, mostrándose indiferente y haciendo traviesos gestitos de casi culpable placer.

—Mi madre y mis hermanas están absolutamente furiosas; están absolutamente fuera de sí.

—Ya lo imagino —dijo Anna, secamente.

Oyó su vocecita seca y crítica, mientras Marion hacía una mueca de rechazo. Anna se sentó en el sillón tapizado de blanco, y Marion lo hizo sobre la cama. Parecía una gran muchacha, aquella matrona desarreglada y bella. Tenía un aire triunfal y coqueto.

Anna pensó: «He venido, presumiblemente, para forzar a Marion a que se enfrente con la realidad. ¿Cuál es su realidad? Una horrible honestidad encendida por el alcohol. ¿Por qué no puede seguir así, por qué no puede pasar el resto de su vida riendo, haciendo caer cascos de policías y conspirando con Tommy?».

—Me encanta verte, Anna —prorrumpió Marion, después de esperar a que Anna dijera algo—. ¿Quieres té?

—No —repuso Anna, despertando.

Pero era demasiado tarde; Marion ya estaba fuera del cuarto, en la cocinita contigua. La siguió.

—Es un pisito encantador. Lo adoro. ¡Qué suerte tuviste de poder vivir aquí! Yo no hubiera sido capaz de dejarlo.

Anna contempló el pisito encantador, con su techo bajo, las ventanas bien proporcionadas y lustrosas. Todo era blanco, claro y nuevo. Cada uno de sus objetos le hacía sufrir, porque aquellas habitaciones pequeñas y sonrientes habían sido testigos del amor de ella y de Michael, de cuatro años de la infancia de Janet y de su creciente amistad con Molly. Anna se apoyó contra una pared y miró a Marion, cuyos ojos estaban empañados de histeria mientras seguía haciendo el papel de ágil anfitriona. Detrás de aquella histeria se ocultaba un terror mortal a que Anna la hiciera volver a casa, lejos de aquel blanco refugio que la tenía a salvo de toda responsabilidad.

Anna cortó la corriente; algo dentro de ella se apagó o se alejó de lo que estaba ocurriendo. Se convirtió en una concha.

Analizó palabras como amor, amistad, deber, responsabilidad, y vio que todas eran mentira. Sintió cómo se encogía de hombros. Y Marion, al comprender su gesto, adoptó una expresión de terror y protesta para exclamar:

—¡Anna!

Era una súplica.

Anna miró a Marion frente a frente, con una sonrisa que a ella le constaba era forzada, y pensó: «Bueno, no importa en absoluto». Luego regresó al otro cuarto, y se sentó, como vacía.

Marion no tardó a aparecer con la bandeja del té. Tenía un aire culpable y de desafío, debido a que esperaba enfrentarse con Anna. Empezó con un gran jaleo de cucharillas y tazas, para descorazonar a la Anna que no estaba allí; después suspiró, apartó a un lado la bandeja del té, y dulcificó la expresión de su rostro.

—Ya sé que Richard y Molly te han dicho que vinieras a hablarme.

Anna guardó silencio. Le parecía que iba a guardar silencio para siempre jamás. Pero, súbitamente, se dio cuenta de que iba a empezar a hablar. Pensó: «¿Qué voy a decir? ¿Y quién será la persona que lo diga? ¡Qué raro estar aquí, esperando a ver lo que una va a decir!». Habló, casi en sueños:

—Marion, ¿te acuerdas del señor Mathlong?

(Pensó: «Voy a hablar de Tom Mathlong. ¡Vaya, qué raro!».)

—¿Quién es el señor Mathlong?

—El cabecilla africano, ¿recuerdas? Viniste a preguntarme por él.

—¡Ah, sí! Por un instante el nombre se me había escapado de la memoria.

—He pensado en él esta mañana.

—¿Ah, sí?

—Sí, pensé en él. —La voz de Anna seguía en calma e imparcial, como si se escuchara ella misma.

Marion había empezado a poner una expresión de disgusto. Se estiraba un mechón suelto de pelo, enrollándoselo con el índice.

—Cuando estuvo aquí, hace dos años, se encontraba muy deprimido. Había perdido semanas tratando de ver al secretario de Colonias, sin que éste le hiciera caso. Tenía la idea bastante clara de que muy pronto iba a volver a la cárcel... Es un hombre muy inteligente, Marion.

—Sí, estoy segura de ello.

La sonrisa que Marion dirigió a Anna fue rápida e involuntaria, como si dijera: «Sí, qué lista eres, ya sé a lo que vas».

—Un domingo me llamó y dijo que estaba cansado, que necesitaba reposo. Así que le llevé en barco por el río hasta Greenwich. A la vuelta estuvo muy callado. Iba sentado, sonriendo. Miraba las orillas. ¿Sabes, Marion? Es impresionante ver la masa sólida de Londres, al regreso de Greenwich. El edificio del Consejo municipal, las enormes moles comerciales, los muelles, los barcos, las dársenas... Y luego Westminster... —Anna hablaba reposadamente, interesada todavía por ver qué iba a añadir—. Todo está ahí desde hace siglos. Le pregunté qué pensaba. Dijo: «No me dejo descorazonar por los colonos blancos. No perdí las esperanzas cuando estuve en la cárcel, la última vez. La historia está de parte de nuestra gente... Pero esta tarde siento encima el peso del Imperio británico, como si fuera una lápida sepulcral. —Y añadió—: ¿Te das cuenta de cuántas generaciones se necesitan para lograr una sociedad en la que los autobuses sean puntuales, y las cartas comerciales se contesten como es debido, y uno pueda confiar en que los ministros del gobierno no se dejan sobornar?...». Pasábamos ante Westminster, y recuerdo que yo pensaba que muy pocos políticos de allí tendrían la mitad de sus cualidades, pues él era como un santo...

La voz de Anna se quebró. «Ya sé lo que ocurre. Estoy histérica. Me he pasado a la histeria de Marion y Tommy. No tengo ningún control sobre lo que estoy haciendo... Uso palabras como santo, que nunca pronuncio cuando soy yo. No sé lo que significa...» Su voz continuaba más alta, bastante chillona:

—Sí, es un santo. Un santo ascético, no neurótico. Le dije que me parecía muy triste convertir la independencia de África en una cuestión de autobuses puntuales y cartas de negocios bien escritas. Y él me contestó que quizás era triste, pero que a su país se le juzgaría por esas cosas.

Anna había empezado a llorar. Permaneció llorando, observándose llorar. Marion la miraba, inclinada adelante, con los ojos brillantes, curiosa y totalmente incrédula. Anna se controló las lágrimas y prosiguió:

—Bajamos en Westminster. Pasamos caminando frente al Parlamento, y él comentó —supongo que pensando en los mezquinos políticos de aquella casa—: «No debí convertirme en político. En un movimiento de liberación nacional, toda clase de personas se comprometen accidentalmente, como hojas llevadas por un polvo maligno… —Luego reflexionó sobre ello un momento y prosiguió—: Me parece muy probable que, después de conseguir la independencia, me vuelva a encontrar en la cárcel. No soy el tipo adecuado para los primeros años de una revolución. No me siento a mis anchas haciendo discursos populares. Soy más feliz escribiendo artículos analíticos. —Y más tarde, cuando entramos a tomar el té en un bar, añadió—: Por una razón u otra, espero pasar muchos años de mi vida en la cárcel». ¡Éstas fueron sus palabras!

La voz de Anna volvió a quebrarse. «¡Dios mío —pensó—, si me viera a mí misma, me repugnaría todo este sentimentalismo! Bueno, me estoy poniendo enferma.» Y en voz alta y temblorosa:

—No debemos comentar frívolamente los principios en los que él cree.

«Cada una de mis palabras es pura frivolidad», pensó. Marion interrumpió el monólogo de Anna:

—Parece un hombre maravilloso. Pero seguro que todos sus correligionarios no son como él.

—Naturalmente que no. Su amigo, por ejemplo, es rimbombante y pendenciero, bebe y va de putas. Lo más probable es que sea el primer jefe de gobierno, pues tiene todas las cualidades necesarias… Ese si es o no es de vulgaridad, ya sabes.

Marion se rió. Anna también. La risa era demasiado fuerte e incontrolada.

—Hay otro —prosiguió Anna. («¿Quién? —pensó—. No voy a ponerme a hablar de Charlie Themba.»)—. Es un dirigente sindical que se llama Charlie Themba. Un hombre violento y apasionado, muy peleón y fiel... Bueno, pues recientemente hizo crac.

—¿Hizo crac? —inquirió Marion, de pronto—. ¿Qué quieres decir?

Anna pensó: «Sí, tenía la intención de hablar de Charlie desde el principio. En realidad, probablemente es a él a quien quería llegar».

—Enloqueció. Pero ¿sabes, Marion, que lo realmente curioso es que al principio nadie se dio cuenta de que estaba enloqueciendo? Porque los políticos, allí... son violentos, intrigantes, celosos y rencorosos, muy como en la Inglaterra isabelina... —Anna se detuvo. Marion fruncía el ceño, molesta—. Marion, ¿sabes que tienes cara de enfadada?

—¿Yo?

—Sí, porque una cosa es pensar en «los pobres» y otra admitir que la política africana tenga algún parecido con la política inglesa, incluso con la de hace tanto tiempo.

Marion se sonrojó, y luego se echó a reír.

—Sigue hablando de él —le rogó.

—Pues Charlie empezó a pelearse con Tom Mathlong, que era su amigo más íntimo, y luego con todos los demás amigos, acusándoles de intrigar contra él. Después empezó a escribir cartas furiosas a personas de aquí, como yo. No vimos lo que debiéramos haber visto, y de pronto recibí una carta... La he traído, ¿quieres verla?

Marion alargó la mano. Anna depositó la carta en ella, pensando: «Cuando puse la carta en el bolso no me di cuenta del porqué...». La carta era una copia hecha con papel carbón. Había sido mandada a varias personas. Arriba, con lápiz, estaba escrito: «Querida Anna».

«Querida Anna: En mi última carta me referí a las intrigas urdidas por los enemigos que conspiran contra mi vida. Mis antiguos amigos se han puesto en contra de mí y dicen al pueblo, en discursos que pronuncian en mi propia zona, que yo soy el enemigo del Congreso y el suyo. Todo esto mientras yo estoy enfermo. Te escribo para pedirte que me mandes comida intacta porque temo la mano del envenenador. Estoy enfermo, pues he descubierto que mi mujer está a sueldo de la policía y del mismo gobernador. Es una mujer muy mala, de la que debo divorciarme. He sido víctima de dos detenciones ilegales, y tengo que aguantarlas, puesto que nadie me ayuda. Estoy solo en mi casa, llena de ojos que me vigilan a través del tejado y las paredes. Me alimentan con diversos tipos de comidas peligrosas, hechas de carne humana (carne de humanos muertos) y de reptiles, incluso de cocodrilos. El cocodrilo se vengará. Por la noche veo sus ojos, brillantes, que me miran, mientras sus fauces se acercan atravesando las paredes. Ayudadme cuanto antes. Con saludos fraternales, Charlie Themba.»

Marion dejó caer la mano con que sostenía la carta. Se quedó callada. Luego suspiró. Se levantó como en sueños, devolvió la carta a Anna y se sentó de nuevo, alisándose la falda por detrás y cruzando las manos. Observó, como si estuviera soñando:

—Anna, la última noche la pasé sin dormir. No puedo volver con Richard. No puedo.

—¿Y los niños?

—Sí, ya. Pero lo horrible es que no me importan. Tenemos hijos porque queremos a un hombre. Bueno, es mi opinión. Tú dices que para ti no es cierto, pero para mí, sí. A Richard le odio. De verdad. Me parece que debe de hacer años que le odio sin saberlo. —Marion se levantó despacio, con el mismo movimiento de sonámbula. Sus ojos recorrían la habitación en busca del alcohol. Se dirigió hacia una botella pequeña de whisky colocada sobre un montón de libros, llenó a medias un vaso y se sentó con él en la mano, sorbiéndolo—. Así, pues, ¿por qué no puedo quedarme aquí con Tommy? ¿Por qué no?

—Pero Marion, es la casa de Molly…

En aquel momento llegó un ruido desde las escaleras. Tommy subía. Anna vio cómo Marion ponía el cuerpo rígido, como sobreponiéndose. Dejó el vaso de whisky y se pasó apresuradamente un pañuelo por la boca. Se había ensimismado en la siguiente reflexión: «Estas escaleras son resbaladizas. Pero no debo ir a ayudarle».

Despacio, los pies firmes, aunque ciegos, subían las escaleras. Se pararon en el rellano mientras Tommy se volvía, palpando las paredes. Luego entró. Como aquella habitación no le era conocida, se paró con la mano puesta sobre el borde de la puerta. Después adelantó el hocico oscuro y ciego hacia el centro del cuarto, soltó la puerta y avanzó.

—Más a la izquierda —dijo Marion.

Se encaminó hacia la izquierda, avanzó un paso más de lo debido, tropezó con la rodilla contra el borde de la cama, dio rápidamente una vuelta para no caer, y se sentó de golpe. Entonces miró por la habitación con aire de pregunta.

—Estoy aquí —dijo Anna.

—Estoy aquí —dijo Marion.

Él dijo, dirigiéndose a Marion:

—Me parece que es hora de que empieces a hacer la cena. Si no, vamos a llegar tarde al mitin.

—Esta noche vamos al gran mitin —proclamó Marion, alegre y traviesa.

Su mirada se encontró con la de Anna, hizo una mueca y apartó la vista. En aquel preciso momento, Anna vio, o más bien sintió, que ya había dicho lo que Marion y Tommy esperaban que dijera. De pronto, Marion añadió, hablando a Tommy:

—Anna opina que hacemos las cosas de una manera equivocada.

Tommy volvió la cara en dirección a Anna. Los labios gruesos y testarudos se movían al unísono. Era un gesto nuevo: los labios intentaban torpemente articularse, como si toda la incertidumbre que se negaba a mostrar en su ceguera, surgiese entonces. La boca, que antes era la confirmación visible de su voluntad oscura, decidida, siempre bajo control, parecía ahora la única cosa incontrolada en él, pues no tenía conciencia de que hacía mover la boca de aquella forma. En la luz clara y poco profunda de aquel cuartito, estaba alerta sobre la cama, muy joven, muy pálido, como un chico indefenso, con una boca vulnerable y que daba pena.

—¿Por qué? —preguntó—. ¿Por qué?

—El caso es —dijo Anna, oyendo como la voz se le volvía dura y llena de humor, liberándola de toda aquella histeria—, el caso es que Londres está lleno de estudiantes que van dándose de golpes con la policía. En cambio, vosotros dos estáis en una excelente situación para estudiarlo todo y convertiros en expertos.

—Yo creí que venías a apartarme de Marion —dijo Tommy, apresuradamente y quejoso, en un tono que nadie le había oído desde que se volvió ciego—. ¿Por qué tiene que volver con mi padre? ¿La vas a obligar a volver?

—Oídme, ¿por qué no os marcháis los dos juntos de vacaciones? A Marion le daría tiempo de pensar sobre lo que quiere hacer. Y tú, Tommy, tendrás una oportunidad de volar fuera de esta casa.

Marion dijo:

—Yo no tengo nada qué pensar. No vuelvo. ¿Para qué serviría? No sé lo que debo hacer con mi vida, pero sé que si vuelvo con Richard estoy acabada.

Le brotaron lágrimas de los ojos, se levantó y huyó a la cocina. Tommy aguzó el oído con un gesto de la cabeza, tensando los músculos del cuello, atento a lo que sucedía en la cocina.

—Has ejercido una influencia muy positiva sobre Marion —observó Anna, en voz queda.

—¿Tú crees? —inquirió él, con unas ganas lamentables de que se lo dijeran.

—El caso es que debes mantenerte junto a ella para ayudarla. No es tan fácil deshacer un matrimonio que ha durado veinte años, casi tantos como los que tienes tú. —Se levantó—. Y opino que no debieras ser tan duro con todos nosotros —añadió en voz queda y hablando rápidamente; para su sorpresa, su tono era de súplica.

Pensaba: «Esto no lo siento. ¿Por qué, pues, lo digo?». Él sonreía, consciente, con aire arrepentido, sonrojándose. Su sonrisa iba dirigida detrás mismo de su hombro izquierdo. Ella se puso en la línea de su mirada. «Todo lo que diga ahora va a oírlo el Tommy de antes.» Pero no se le ocurría qué decir.

—Ya sé lo que piensas, Anna.

—¿Qué?

—En algún rincón de tu cabeza, estás pensando: «No soy más que una maldita asistenta social. ¡Vaya manera de perder el tiempo!».

Anna se rió con alivio; él le hacía una broma.

—Algo por el estilo.

—Sí, ya lo sabía —su tono era triunfal—. Pues mira, Anna, he reflexionado mucho sobre este tipo de cosas desde que traté de pegarme un tiro, y he llegado a la conclusión de que te equivocas. Opino que la gente necesita que los demás se muestren afectuosos.

—Es muy posible que tengas razón.

—Sí. Nadie cree realmente que las grandes cosas sirvan para algo.

—¿Nadie? —repitió Anna secamente, pensando en la manifestación en la que Tommy había tomado parte—. ¿Ya no te lee los periódicos Marion?

Tommy sonrió con tanta sequedad como ella, y prosiguió:

—Sí, ya sé lo que quieres decir. Pero así y todo es verdad. ¿Sabes lo que la gente desea, en el fondo? Todos, quiero decir. Todo el mundo piensa: «Ojalá hubiera una persona con la que pudiera hablar, que pudiera comprenderme de veras, que fuera buena conmigo». Esto es lo que la gente desea, cuando dice la verdad.

—Bueno, Tommy…

—Ah, sí, ya sé que te has estado preguntando si mi cerebro fue dañado por el accidente. Tal vez sí, a veces también yo lo pienso. Pero esto es lo que yo creo cierto.

—No me he preguntado por eso si… habías cambiado. Es por el modo de tratar a tu madre.

Anna vio cómo la sangre le subía al rostro y cómo bajaba la cabeza, quedándose callado al tiempo que le hacía un gesto que significaba: «De acuerdo, pero déjame solo». Anna se despidió y salió de la habitación, pasando silenciosa junto a Marion, de espaldas a ella.

Anna volvió a su casa despacio. No sabía qué acababa de pasar entre los tres, por qué había pasado o qué habían de esperar que pasara ahora realmente. Pero le constaba que acababa de venirse abajo una barrera y que ahora todo sería diferente.

Se echó un rato en la cama, atendió a Janet cuando ésta volvió del colegio, captó la mirada de Ronnie que significaba que podía prepararse para una prueba de fuerza entre sus voluntades contrapuestas, y después se sentó a esperar a Molly y Richard.

Cuando oyó que ambos subían, se endureció para aguantar el inevitable altercado, pero resultó innecesario. Entraron casi como amigos. Estaba claro que Molly se había predispuesto para no empeorar las cosas. Además, no tuvo tiempo de arreglarse al salir del teatro, de modo que la vivacidad que siempre irritaba a Richard estaba ausente.

Se sentaron. Anna sirvió bebidas.

—Les he visto —notificó—, y me parece que todo se arreglará.

—¿Cómo has conseguido ese cambio tan milagroso? —inquirió Richard; sus palabras eran sarcásticas, pero no el tono.

—No lo sé.

Se produjo un silencio. Molly y Richard se miraron.

—Verdaderamente no lo sé. Pero Marion dice que no van a volver contigo. Me parece que lo dice en serio. Y yo les he sugerido que se fueran de vacaciones a alguna parte.

—¡Pero si es lo que les he venido diciendo yo en los últimos meses! —exclamó Richard.

—Me parece que si ofrecieras a Tommy y a Marion un viaje para inspeccionar alguno de los negocios que tienes por ahí, aceptarían.

—Realmente —admitió Richard— me deja atónito el modo en que las dos salís con ideas que yo sugerí hace tiempo, como si fueran nuevas y brillantes.

—Las cosas han cambiado —sentenció Anna.

—No dices por qué —replicó Richard.

Anna vaciló. Luego, dirigiéndose a Molly y no a Richard —explicó.

—Fue muy curioso. Subí sin tener idea de lo que iba a decir. Me puse histérica, exactamente como ellos, e incluso lloré. Y surtió efecto. ¿Lo comprendes?

Molly, pensativa, afirmó con la cabeza.

—Pues yo no lo entiendo —confesó Richard—, pero no me importa. ¿Qué va a pasar ahora?

—Tú deberías ir a ver a Marion y arreglar vuestros asuntos. Y no la regañes, Richard.

—No soy yo quien regaña, es ella —espetó Richard, ofendido.

—Y tú, Molly, me parece que deberías hablar con Tommy esta noche. Presiento que debe de estar a punto para hablar.

—Entonces voy ahora, antes de que se meta en la cama.

Molly se levantó, y Richard la siguió.

—Te debo las gracias, Anna —dijo Richard.

Molly se rió.

—La próxima vez volveremos a las riñas normales, estoy segura. Pero, ¡qué gusto practicar esta *politesse* por una vez!

Richard se rió también; sin querer, pero se rió. Luego tomó a Molly por el brazo, y los dos se fueron escaleras abajo.

Anna subió a ver a Janet y se sentó, a oscuras, junto a la niña dormida. Sintió la usual oleada de amor protector hacia su hija, pero aquella noche examinó su emoción críticamente: «No conozco a nadie que no sea incompleto —pensó—. Todos estamos atormentados y luchamos… Lo mejor que puede decirse de cualquiera es que lucha. Pero, si toco a Janet, en seguida siento que para ella va a ser diferente. ¿Por qué razón? No lo será. La estoy empujando a esa batalla, pero no es eso lo que siento cuando la contemplo durmiendo».

Anna, descansada y repuesta, salió del cuarto de Janet, cerró la puerta y se detuvo en el rellano, a oscuras. Era el momento de enfrentarse con Ivor. Llamó a la puerta, la abrió unos centímetros y dijo, en la oscuridad:

—Ivor, tienes que irte. Tienes que abandonar esta casa mañana.

Tras un silencio, una voz lenta y casi reidora repuso:

—Sí, comprendo tus razones, Anna.

—Gracias; lo esperaba.

Cerró la puerta y bajó. «¡Qué fácil! —pensó—. ¿Por qué imaginé que sería difícil?» Luego tuvo una idea muy clara, de cómo Ivor subiría las escaleras con un ramo de flores. «Naturalmente —se le ocurrió—, mañana intentará convencerme. Subirá con un ramo de flores, para complacerme.»

Estaba tan segura de que esto iba a ocurrir, que ya le esperaba a la hora del almuerzo, cuando él subió las escaleras con un gran ramo de flores y la sonrisa cansada del hombre dispuesto a poner de buen humor a una mujer.

—A la patrona más simpática del mundo —murmuró.

Anna tomó las flores, vaciló y, finalmente, le golpeó la cara con ellas. Temblaba de enojo.

Él se quedó sonriendo, con el rostro inclinado a un lado, parodiando al hombre que ha sufrido un castigo injustamente.

—¡Vaya, vaya! —murmuró—. ¡Vaya, vaya, vaya!

—Sal inmediatamente —le ordenó Anna.

Nunca en su vida había estado tan enojada.

Él subió, y al cabo de unos instantes Anna oyó el ruido de quien hace maletas. Ivor no tardó en bajar, con una maleta en cada mano: sus bienes. Allí llevaba todo lo que tenía en el mundo. ¡Oh, qué triste era ver a aquel pobre joven, con todas sus pertenencias encerradas en un par de maletas!

Dejó en la mesa el alquiler que le adeudaba: cinco semanas atrasadas, pues era mal pagador. Anna comprobó, interesada, que tuvo que reprimir un impulso de devolvérselo. Mientras, él permanecía de pie, cansado y disgustado, como diciendo: «Mírala, ávida de dinero. ¿Bueno, qué quieres?».

Debía de haber sacado el dinero del banco aquella misma mañana o tal vez lo pidió prestado. En cualquiera de los dos casos, significaba que esperaba que ella se mantuviera firme, a pesar de las flores. Debió de decirse: «Hay una posibilidad de que la convenza con flores. Lo probaré. Vale la pena arriesgar cinco chelines».

Los cuadernos

[El cuaderno negro había abandonado ya su propósito original de tener dos partes: fuentes y dinero. Sus páginas estaban cubiertas de recortes de periódicos, pegados y con la fecha, que abarcaban los años 1955, 1956, 1957. Todas las noticias se referían a violencias, muertes, disturbios callejeros y odios que tuvieran por escenario cualquier lugar del continente africano. Había sólo un apartado escrito por Anna y fechado en septiembre de 1956:]

Ayer por la noche soñé que iban a hacer una película para la televisión sobre el grupo del hotel Mashopi. Se basaba en un guión escrito por otra persona. El director no cesaba de asegurarme: «Estarás contenta cuando veas el guión; es exactamente como lo habrías escrito tú misma». Pero, por una u otra causa, no vi el guión. Asistí a los ensayos para el rodaje. El escenario era el de los eucaliptos, junto a la vía del tren, frente al hotel Mashopi. Estaba contenta por lo bien que el director había recreado el ambiente. Luego me di cuenta de que, en realidad, el escenario era auténtico había conseguido trasladar a todo el equipo al África central y filmaba la historia debajo mismo de los eucaliptos, con detalles tales como el olor del vino que emanaba del polvo o el aroma de los eucaliptos bajo el calor del sol. Entonces vi que las cámaras se adelantaban para rodar la película. Me recordaron las armas, por la forma en que apuntaban y oscilaban, por encima del grupo que esperaba dar comienzo a la actuación. Al fin, se inició el rodaje. Yo empecé a sentirme incómoda. Entonces comprendí que, por el modo en que el director escogía los planos o imprimía el ritmo a la acción, la historia cambiaba por completo. Lo que saldría al acabar la película sería muy distinto de lo que yo recordaba. Pero no podía detener al director y a los hombres que manejaban las cámaras. De modo que me quedé a un lado y observé el grupo (en el que estaba Anna, yo misma, pero no como yo la recordaba). Recitaban un diálogo que yo no recordaba tampoco, y sus relaciones entre sí eran totalmente distintas. Yo permanecía quieta, rígida, sobrecogida de ansiedad. Cuando hubo terminado el rodaje, los actores empezaron a retirarse para ir a beber al bar del hotel Mashopi, mientras los operadores (entonces me di cuenta de que todos eran negros; todos los técnicos eran negros) recogían las cámaras y las desmontaban (pues además eran ametralladoras). Le pregunté al director: «¿Por qué has cambiado mi historia?». Vi que no entendía lo que yo quería decir. Imaginé que lo hacía a propósito, que había decidido que mi historia no era buena. Pareció ofenderse, o cuando menos estaba ciertamente sorprendido. «¡Pero Anna! ¿No fue allí donde viste a aquella gente? Viste lo que vi yo, oíste las mismas palabras que yo he oído, ¿no es cierto? Yo me he limitado a filmar lo que estaba allí.» No supe qué decir, pues me di cuenta de que tenía razón, de que lo que yo «recordaba» era probablemente falso. Dijo, disgustado porque yo también lo estaba: «Ven a beber algo, Anna. ¿No ves que no importa lo que filmemos, con tal de que filmemos algo?».

Voy a dar este cuaderno por concluido. Si Madre Azúcar me hubiera pedido que diera un «nombre» a este sueño, le hubiera dicho algo relativo a la esterilidad absoluta. Y, además, desde que soñé esto no he podido recordar cómo movía Maryrose los ojos o la risa de Paul. Todo ha desaparecido.

[La página estaba cruzada por dos líneas negras que indicaban el final del cuaderno.]

[El cuaderno rojo, como el negro, había sido acaparado por recortes de periódicos durante los años 1956 y 1957. Se referían a sucesos ocurridos en Europa, la Unión Soviética, China y los Estados Unidos. Al igual que los recortes sobre África del mismo período, en su mayoría trataban de los más diversos actos de violencia. Anna había subrayado todas las apariciones del vocablo «libertad» con lápiz rojo, y al final de la serie de recortes había sumado los subrayados rojos, que daban un total de 679 referencias a la palabra libertad. El único apartado escrito de su puño y letra en este período era el siguiente:]

Ayer vino a verme Jimmy. Acaba de llegar de un viaje a la Unión Soviética con una delegación de maestros. Me contó la historia siguiente. Harry Mathews, maestro también, dejó su trabajo para ir a luchar a España. Fue herido y estuvo diez meses en el hospital con una pierna fracturada. Durante esos meses reflexionó sobre España: las sucias maniobras de los comunistas, etc. Leyó mucho, empezó a tener sospechas de Stalin. En fin, lo de siempre lucha dentro del P.C., expulsión, paso a los trotskistas… Por último, se peleó con éstos, los dejó y, siendo incapaz de combatir en la guerra a causa de la lesión en la pierna, aprendió a enseñar a niños atrasados.

—No es preciso aclarar que, para Harry, no existen niños estúpidos, sino sólo niños que han tenido mala suerte.

Harry pasó la guerra viviendo en una habitación de austeridad espartana cerca de King's Cross, realizando gran número de actos heroicos, rescatando a gente de edificios bombardeados y en llamas, etcétera.

—Llegó a ser un personaje legendario en el barrio. Pero, naturalmente, en cuanto empezaban a buscar al héroe cojo que había rescatado a un niño o a una pobre vieja, Harry no se dejaba ver por ninguna parte, porque no es preciso decir que se hubiera despreciado a sí mismo si se hubiera presentado a recoger los laureles merecidos por sus actos de heroísmo.

Al terminar la guerra, Jimmy, de vuelta de Birmania, fue a ver a su viejo amigo Harry; pero se pelearon.

—Yo era el miembro del Partido cien por cien, y Harry, el sucio trotskista. Intercambiamos palabras fuertes y nos separamos para siempre. Pero yo sentía afecto por aquel tontón, y en consecuencia hacía todo lo posible para enterarme de qué le ocurría.

Harry tenía dos vidas. Su vida exterior era toda sacrificio personal y dedicación. No sólo trabajaba en un colegio para niños atrasados, y con grandes resultados, sino que, además, invitaba a los niños del barrio (un barrio pobre) a su piso y les daba clases todas las noches. Les enseñaba literatura, les hacía leer, les preparaba para los exámenes. Entre una cosa y otra, enseñaba dieciocho horas diarias.

—Ni que decir tiene que, para él, dormir era perder el tiempo. Estaba acostumbrado a descansar sólo cuatro horas por noche.

Vivió en aquella habitación hasta que la viuda de un piloto de aviación se enamoró de él y lo trasladó a su piso, dos de cuyas habitaciones pasaron a su entero dominio. Ella tenía tres niños. Harry la trataba con cariño, pero si la vida de ella estaba dedicada a él, la de él lo estaba a los niños del colegio y de la calle. Ésta era su vida externa. Mientras tanto, aprendió ruso. Mientras tanto, recogió libros, folletos y recortes de periódicos sobre la Unión Soviética. Mientras tanto, dio forma a una imagen personal de la verdadera historia de la Unión Soviética o, mejor dicho, del Partido Comunista ruso a partir del año 1900.

Un amigo de Jimmy fue a visitar a Harry hacia 1950, y luego le dio noticias de cómo le había encontrado.

—Se vestía con una especie de blusa peluda o de túnica, y calzaba sandalias. Llevaba un corte de pelo militar. No sonreía nunca. En la pared, un retrato de Lenin, claro, y otro más pequeño de Trotski. La viuda revoloteaba respetuosamente en un segundo plano. Constantemente entraban y salían niños de la calle. Harry hablaba de la Unión Soviética. Hablaba ya sin dificultad el ruso, y se sabía todas las historias internas de las menores riñas e intrigas, sin olvidar las de los grandes baños de sangre de las épocas más remotas. Y todo esto ¿para qué? Anna, no lo adivinarías nunca.

—Pues claro que sí. Se estaba preparando para cuando llegara el día.

—¡Naturalmente! Acertaste a la primera.

El pobre loco lo tenía todo calculado. Llegaría el día en que los camaradas de Rusia verían de pronto, y todos al mismo tiempo, la luz. Dirían: «Nos hemos extraviado, no hemos tomado el buen camino, nuestros horizontes no están claros. Pero allí, en St. Pancras, Londres, Inglaterra, está el camarada Harry, que lo sabe todo. Le invitaremos a que venga y le pediremos consejo». Pasaba el tiempo. Las cosas empeoraban cada vez más, aunque desde el particular punto de vista de Harry mejoraban más y más. Cada nuevo escándalo en la Unión Soviética hacía crecer la fuerza moral de Harry. Los montones de periódicos acumulados en las habitaciones de Harry llegaron hasta el techo e inundaron las dependencias de la viuda. Hablaba ruso como un ruso. Stalin murió, y Harry hizo un gesto con la cabeza pensando: «Ya falta poco». Llega el XX Congreso: «Bien, pero no lo suficientemente bien». Entonces Harry se encuentra a Jimmy por la calle. Como buenos antiguos enemigos políticos, arrugan el ceño y se ponen tiesos. Luego hacen una señal con la cabeza y sonríen.

—En fin, Harry me invitó al piso de la viuda. Tomamos té. Le dije: «Una delegación viajará pronto a la Unión Soviética. La organizo yo. ¿Te gustaría ir?». El rostro de Harry se iluminó de pronto. ¿Te lo imaginas, Anna? Yo sentado allí como un tonto pensando: «Bueno, al fin y al cabo el pobre trotskista tiene buenas intenciones. Todavía mantiene una debilidad por nuestra Alma Mater». Mientras que él todo el rato pensaba: «Ha llegado mi día». Me preguntó mil y una veces quién me había sugerido su nombre, y era tan claro que aquello para él tenía mucha importancia que yo no le dije la verdad: que la idea acababa de ocurrírseme. ¡Qué poco imaginaba yo que se creía que «el mismísimo Partido», y desde el propio Moscú, le llamaba para que le ayudara a salir de la situación! En fin, para acortar la historia te diré que nos marchamos a Moscú: ¡treinta felices maestros británicos! Y el más feliz de todos, el pobre Harry, que había abarrotado todos los bolsillos de su túnica militar con documentos y papeles. Cuando llegamos a Moscú tenía un aire devoto y expectante. Era amable con todos nosotros, lo cual atribuíamos, caritativamente, al hecho de que nos despreciaba por nuestras vidas comparativamente frívolas, aunque no se decidiese a revelarlo. Además, la mayoría éramos ex stalinistas, y no se puede negar que más de un ex stalinista siente una o dos punzadas de mala conciencia cuando se encuentra con trotskistas. Pero, en fin… La delegación prosiguió su floreado camino, visitando fábricas, escuelas, palacios de cultura y la universidad, para no mencionar todos los discursos y banquetes. Y Harry, con su túnica, su pata coja y su seriedad revolucionaria, que parecía más la viva encarnación de Lenin que un maestro inglés... Pese a todo, los estúpidos rusos no llegaron a reconocer tan manifiesta identificación. Le adoraron, naturalmente, por su solemne seriedad; pero más de una vez preguntaron por qué Harry llevaba aquel ropaje tan extraño, e incluso —si no recuerdo mal— si se debía a alguna pena escondida. Con todo esto habíamos reanudado nuestra amistad y por la noche acostumbrábamos a charlar, sobre materias diversas, en nuestras habitaciones. Noté que me miraba con creciente desconcierto, que se iba excitando, pero no me di cuenta de lo que tramaba en su fuero interno. Bueno, la última noche de nuestra estancia allí estábamos invitados a un banquete ofrecido por una organización de maestros. Harry no quiso ir. Dijo que se sentía algo mal. Fui a verle, a la vuelta, y le encontré sentado en un sillón junto a la ventana, con la pata coja estirada. Se levantó para saludarme, radiante. Luego vio que no venía nadie conmigo, y aquello para él fue un duro golpe; de eso sí que me di cuenta. Me preguntó si le habían invitado a la delegación puramente porque se me ocurrió a mí al encontrarle por la calle... Por poco me pega. Te lo juro, Anna, en el instante en que lo comprendí, deseé haberme inventado una historia cualquiera sobre que «Jruschov en persona», etc. Él no hacía más que repetirme, una y otra vez: «Jimmy, debes decirme la verdad. Me invitaste *tú*, ¿no es cierto? Fue sólo idea tuya...». En el fondo, fue terrible. Bueno, pues de pronto entró el intérprete para ver si necesitábamos algo y para despedirse, pues a la mañana siguiente no podría hacerlo. Era una chica de unos veinte o veintidós años, un verdadero encanto, con largas trenzas doradas y ojos grises: te juro, Anna, que todos los hombres de la delegación estaban enamorados de ella. Se caía de cansancio, porque no es ninguna broma hacer de niñera de treinta maestros británicos durante dos semanas por todos aquellos palacios y escuelas. Pero, de repente, Harry comprendió que aquélla era su última oportunidad. Cogió una silla y dijo: «Camarada Olga, siéntese, por favor». Sin permitir discusión.

Yo sabía lo que iba a ocurrir, porque ya había empezado a sacarse tesis y documentos de todos los bolsillos, ordenándolos encima de la mesa. Traté de impedírselo, pero él me señaló tranquilamente la puerta. Cuando Harry te señala la puerta, no puedes hacer otra cosa que marcharte. Bueno, me fui a mi cuarto, me senté y me puse a fumar, esperando. Todo esto ocurría hacia la una de la mañana. Teníamos que levantarnos a las seis para que nos llevaran al aeropuerto a las siete. A las seis entró Olga, pálida de cansancio y definitivamente desconcertada. Sí, ésta es la palabra, desconcertada. Me dijo: «He venido a comunicarle que me parece debería prestar atención a su amigo Harry, creo que no se encuentra bien, que está demasiado excitado». En fin, le conté a Olga toda su historia de la guerra española y sus actos heroicos —debo confesar que inventé dos o tres de más— y ella dijo: «Sí, se ve en seguida que es un hombre estupendo». Luego, casi se le desencajó la mandíbula con un bostezo y se fue a la cama, porque al día siguiente debía empezar a trabajar con otra delegación de curas escoceses amantes de la paz. Poco después se presentó Harry. Estaba tan desvaído que parecía un fantasma. Los más firmes cimientos de su vida se habían derretido. Me contó lo sucedido, a la vez que yo trataba de darle prisa, pues teníamos que ir al aeropuerto y ni siquiera nos habíamos mudado la ropa de la noche anterior…

Por lo visto, Harry había extendido un montón de papeles y recortes encima de la mesa, iniciando acto seguido una conferencia sobre la historia del Partido Comunista ruso, desde los días de *Iskra*. Olga estaba sentada enfrente, disimulando los bostezos, sonriendo encantadoramente y conservando la cortesía debida a unos invitados progresistas del extranjero. En cierto momento, le había preguntado si era historiador, a lo que él contestó: «No, yo soy socialista. Lo mismo que tú, camarada». Le había hecho recorrer los años de intrigas, de heroísmos y de batallas intelectuales, sin olvidarse de nada. A eso de las tres de la mañana, ella le dijo: «¿Me permites un instante, camarada?». Y había salido, dejándole convencido de que iba en busca de la policía, para que le detuvieran y «le mandasen a Siberia». Al preguntarle Jimmy qué le habría parecido irse a Siberia y desaparecer, posiblemente para siempre, Harry contestó: «Un momento como ése no tiene precio». Porque, claro, se había olvidado ya de que estaba hablando con Olga, la intérprete, la bonita chica de veintidós años cuyo padre había muerto en la guerra, que cuidaba de su madre viuda, y que iba a casarse con un periodista de *Pravda* la próxima primavera. Para entonces hablaba ya con la mismísima historia. Había esperado a la policía, pasivo y con resignación extasiada, y quien aparecía era Olga, con dos vasos de té traídos del restaurante. «Allí, Anna, el servicio es indescriptiblemente malo —comentó Jimmy—. O sea que me imagino debió esperar las esposas durante un buen rato». Olga se había sentado de nuevo, ofreciéndole el vaso de té y diciendo: «Siga, por favor; siento haberle interrumpido». Poco después la habían rendido el sueño y el cansancio, cuando Harry refería el momento en que Stalin planeaba el asesinato de Trotski en México. Al parecer, Harry se había quedado cortado en medio de una frase, mirando a Olga con sus trenzas relucientes deslizándose adelante por encima de sus hombros y la cabeza inclinada a un lado. Entonces recogió los papeles, los amontonó y se los guardó, antes de despertarla con mucha gentileza, excusándose por haberla aburrido. Ella estaba muy avergonzada por su falta de cortesía, y le explicó que, aun cuando le gustaba su trabajo de intérprete de una delegación tras otra, aquello resultaba muy cansado. «Y, además, mi madre es inválida. Quiero decir que, cuando vuelvo a casa, por las noches, tengo que hacer el trabajo doméstico… Le prometo una cosa —había añadido, juntando las manos—. Le prometo que cuando nuestros historiadores del Partido hayan reescrito la historia de nuestro Partido Comunista de acuerdo con las revisiones impuestas por las censuras y omisiones decretadas durante la época del camarada Stalin, le prometo que, entonces, la leeré.» Al parecer, a Harry le venció el apuro de la chica por culpa de su falta de cortesía. Invirtieron unos minutos en tranquilizarse mutuamente, tras lo cual Olga fue a ver a Jimmy para decirle que su amigo estaba excesivamente agitado.

Le pregunté a Jimmy qué había pasado después.

—No lo sé. Tuvimos que vestirnos y hacer las maletas a toda prisa. Luego tomamos el avión de regreso. Harry guardaba silencio y tenía bastante mala cara, pero no me percaté de nada más. Me dio las gracias por haberle incluido en la delegación: dijo que para él había sido una experiencia muy valiosa. La semana pasada fui a verle. Al fin se ha casado con la viuda y ella está embarazada. Por lo demás, no sé lo que demuestra esto, si es que demuestra algo.

[Aquí había una doble raya negra que marcaba el final del cuaderno rojo.]

[Continuación del cuaderno amarillo:]

* 1 Un cuento

Una mujer falta de amor conoce a un hombre bastante más joven que ella, más joven tal vez en experiencia emocional que en años, o acaso por la profundidad de esa experiencia emocional. Ella se deja engañar sobre el carácter del hombre, mientras que para él se trata de una aventura amorosa más.

* * *

* 2 Un cuento

Un hombre habla con un lenguaje adulto, el lenguaje de las personas que han madurado emocionalmente. Su fin es atraerse a una mujer. Poco a poco ella va comprendiendo que ese lenguaje proviene de un esquema mental que lleva en la cabeza y que no tiene nada que ver con sus emociones. Lo cierto es que, emocionalmente, no ha pasado de la adolescencia. Sin embargo, aunque lo sabe, no puede resistir la emoción y la atracción del lenguaje.

* * *

Leí en la recensión de un libro hace poco: «Un problema incomprensible: las mujeres, incluso las más preparadas, tienden a enamorarse de hombres muy inferiores a ellas». La recensión, naturalmente, estaba escrita por un hombre. La verdad es que cuando «mujeres que valen» se enamoran de «hombres inferiores», es siempre porque estos hombres tienen una cualidad ambigua e increada de que son incapaces los hombres «buenos» o «correctos». Los hombres normales, los buenos, están acabados y completos, sin potencialidad. El cuento trataría de mi amiga Annie, que estaba en África central: una «buena chica» casada con un «buen chico»; él era un funcionario del Estado, hombre responsable que escribía mala poesía en secreto, mientras que ella se había enamorado de un minero mujeriego y bebedor. No se trataba de un minero organizado; no se trataba de ningún capataz, oficinista o propietario. Las minas en las que trabajaba eran siempre de un rendimiento precario y próximo al fracaso. Se iba de las minas cuando éstas se agotaban o eran compradas por un gran monopolio. Pasé una velada con los dos. Él acababa de llegar de una mina que se encontraba en el *bush*, a unos quinientos kilómetros de distancia. Ella estaba bastante gorda; era una bonita muchacha hundida entre las carnes de una matrona. Él le dirigió una mirada y dijo: «Annie, naciste para ser la esposa de un pirata». Recuerdo el modo como nos reímos ante lo ridículo de semejante idea: piratas en aquella salita de un suburbio ciudadano; piratas junto al buen marido y a Annie, la buena esposa, que se sentía avergonzada de aquella aventura, más imaginada que carnal, con el minero errante. No obstante, recuerdo que cuando dijo aquello, Annie le miró muy agradecida. Al parecer, el minero se mató bebiendo, años más tarde. Al cabo de varios años, recibí carta de ella: «¿Te acuerdas de X? Pues ha muerto. Sé que me comprenderás: con él ha desaparecido el sentido de mi vida». Esta historia, traducida en términos ingleses, sería la historia de la buena esposa suburbana enamorada de un incorregible vago de café, que dice que va a escribir, y que quizás un día lo haga. Pero eso no importa. La historia debería

escribirse desde el punto de vista del marido, hombre totalmente responsable y decente, incapaz, por otra parte, de comprender el atractivo del vagabundo.

* 4 Un cuento

Una mujer saludable y enamorada de un hombre se encuentra casi enferma, con síntomas que nunca en su vida había
tenido. Poco a poco, comprende que aquella enfermedad no es
la suya, sino que es el hombre quien está enfermo. Comprende
la índole de la enfermedad no por él, ni por cómo se comporta o
por lo que dice, sino por el modo cómo se refleja su enfermedad
en ella misma.

* * *

* 5 Un cuento

Una mujer se enamora contra su voluntad. Es feliz. Y, no
obstante, se despierta en medio de la noche: él se sobresalta, como si corriera un peligro, y exclama: «¡No, no, no!». Luego se
controla y vuelve a acostarse en silencio. Ella quiere preguntarle: «¿Por qué dices no?». Pues la verdad es que siente mucho
miedo. Sin embargo, no le pregunta nada. Se hunde otra vez en
el sueño y llora dormida. Cuando se despierta, él todavía permanece en vela. Ella dice, llena de ansiedad: «¿Es tu corazón el
que late?». Y él, hosco, le responde: «No, es el tuyo».

* * *

* 6 Un cuento

Un hombre y una mujer viven juntos una aventura amorosa. Ella está hambrienta de amor y ansía encontrar un refugio.
Una tarde, él le dice con cautela: «Tengo que marcharme para
ver…». Pero ella sabe que es una excusa, pues mientras le escucha una larga explicación llena de detalles, siente una gran cons-

ternación, y contesta: «Claro, claro». Él dice con una risa brusca y estrepitosa, llena de jovialidad, muy agresiva: «Eres muy indulgente», y ella le contesta: «¿Qué quieres decir con eso de indulgente? No soy tu guardián, no me conviertas en una americana». Él se va a la cama muy tarde, y ella se vuelve hacia él, pues acaba de despertarse. Siente cómo él la rodea con sus brazos, con cautela y mesuradamente. Comprende que él no quiere hacer el amor. El pene está fláccido, pero se remueve contra sus muslos. A ella le irrita tanta ingenuidad, y le dice bruscamente: «Tengo sueño». Él cesa de moverse. Ella lo lamenta, porque quizá le ha ofendido, pues entonces se percata de que el miembro ha aumentado de tamaño. Se siente consternada porque la desea tan sólo porque ella le ha rechazado. Pero está enamorada y se vuelve hacia él. Cuando el acto termina, ella se da cuenta de que para él ha significado una victoria y le dice secamente, llevada por el instinto, sin saber exactamente lo que va a decir: «Acabas de hacer el amor con otra». Él se apresura a contestar: «¿Cómo te has dado cuenta?». Y luego, como si no hubiera pronunciado aquellas palabras, añade: «No es verdad; son imaginaciones tuyas». Después, debido a su silencio tenso y afligido, dice hoscamente: «Creí que no te importaría. Tienes que comprender que no me lo tomo en serio». Esta observación le hace a ella sentirse empequeñecida y aniquilada, pues le parece no existir como mujer.

* * *

* 7 Un cuento

Un hombre errante va a parar casualmente a la casa de una mujer a la que tiene aprecio y a quien necesita. Es un hombre que tiene una larga experiencia de mujeres necesitadas de amor. Normalmente no pasa de ciertos límites. Pero esta vez las palabras que usa, las emociones que se permite, son ambiguas, porque necesita el cariño de la mujer por un tiempo. Le hace el amor, aunque el acto sexual con ella no sea mejor ni peor de lo que él ha experimentado ya cientos de veces. Se da cuenta de que su necesidad transitoria de refugio le ha hecho caer en lo que más le horroriza: una mujer que dice «te quiero». Lo corta. Se despide según las formas propias de una amistad que ha llegado a su fin. Se va y escribe en su diario: «Me he ido de Londres, porque Anna me colma de reproches. Me odia. Puede que así sea mejor». Pero meses más tarde anota también: «Anna se ha casado. Estupendo». O: «Anna se ha suicidado. Es una pena, porque era una buena mujer».

* * *

* 8 Un cuento

Una mujer artista, pintora o escritora, no importa qué, vive sola. Pero toda su vida está orientada alrededor de un hombre ausente al que espera. Su piso es demasiado grande y su mente está llena de las formas del hombre que va a entrar en su vida. Mientras tanto, deja de pintar o escribir. Sin embargo, en su mente todavía es «una artista». Por fin, el hombre entra en su vida. Es un artista, alguien que aún no ha acabado de cristalizar como tal. La personalidad «artista» de ella entra en la de él, de forma que él se nutre de ella. Trabaja a partir de ella como si fuera una dínamo que le abasteciera de energía. Por fin emerge como artista de verdad, completo, mientras que en ella muere su personalidad artística. En el momento en que ella ya no es artista, él la deja, pues necesita a una mujer con esta cualidad a fin de seguir creando.

* * *

* 9 Una novela corta

Un «ex rojo» americano viaja a Londres. No tiene dinero, ni amigos, y está en la lista negra del mundo del cine y de la televisión. La Colonia Americana de Londres —o, mejor dicho, la colonia «ex roja» americana— le conoce como el hombre que empezó a criticar la actitud stalinista del Partido Comunista tres o cuatro años antes de que los otros se atrevieran a hacerlo. Acude a ellos en busca de ayuda, pensando que como los acontecimientos le han dado la razón, habrán olvidado su hostilidad hacia él. Pero su actitud sigue siendo la misma de cuando aún eran leales miembros del Partido o compañeros de viaje. Lo ven todavía como un renegado, a pesar de que sus actitudes hayan cambiado y de que ahora se lamenten por no haber roto antes con el Partido. Empieza a correr un rumor entre ellos, iniciado por uno que había sido comunista dogmático desprovisto de sentido crítico, y que ahora se golpea histéricamente el pecho: el rumor consiste en la sospecha de que el nuevo americano es un agente del FBI. La colonia acepta el rumor como un hecho y le niega asilo y ayuda, a la vez que condena a este hombre al ostracismo y habla con muy buena conciencia de la policía secreta rusa y de lo que hacen los Comités de Actividades antiamericanas y sus confidentes los ex rojos. El nuevo americano se suicida. Entonces los otros se reúnen para recordar incidentes de su pasado político, buscando razones para justificar su hostilidad contra él, a fin de acallar sus conciencias.

* * *

*10

Un hombre o una mujer atraviesa por un particular estado mental: ha perdido la conciencia del tiempo. Como en una película, le saltan a la vista las maravillas que podrían obrarse. Bueno; nunca ha tenido la oportunidad de escribirlo, no sirve de nada pensar en ello. Pero no puede apartar de sí estas imaginaciones. Un hombre que ha perdido «el sentido de la realidad»; tiene, en consecuencia, un sentido de la realidad más profundo que la gente «normal». Hoy Dave ha dicho como por casualidad: «Ya sé que ese tipo tuyo, Michael, está a punto de abandonarte. Pero no deberías permitir que eso *te* afectara. ¿Quién eres *tú* si te dejas destrozar por alguien tan estúpido que te rechaza?». Hablaba como si Michael estuviera todavía en el proceso de «abandonarme», cuando hace ya años que ocurrió tal cosa. Pero, naturalmente, hablaba de él mismo. Era, por un instante, Michael. Mi sentido de la realidad vaciló y se quebró. Sin embargo, algo muy claro permaneció durante esos momentos como en una especie de iluminación, aunque sería difícil explicar lo que era. (Este tipo de comentario pertenece al cuaderno azul, no a este.)

* * *

* 11 Una novela corta

Dos personas unidas, en cualquier tipo de relación: madre e hijo; padre e hija; dos amantes; no importa… Uno de ellos es extremadamente neurótico. El neurótico comunica su estado mental al otro u otra, quien toma el relevo, sanando al enfermo y enfermando en su lugar. Recuerdo que Madre Azúcar me contó la historia de un paciente. Un joven había ido a verla convencido de que sufría un trastorno psicológico muy grave. Ella no veía ningún síntoma en el joven. Le pidió que le mandara a su padre. Toda la familia, un miembro tras otro, pasó por el consultorio. A todos les encontró normales. La madre, aparentemente, era «normal», pero en el fondo era muy neurótica, si bien mantenía el equilibrio transfiriendo su neurosis a la familia entera, especialmente a su hijo pequeño. Por fin Madre Azúcar puso en tratamiento a la madre, pero fue un trastorno terrible conseguir que siguiera con dicho tratamiento. Mientras tanto, el joven que había acudido en primer lugar sintió que se le iba aliviando la carga. Recuerdo que ella me dijo: «Sí, a menudo el miembro más "normal" de una familia o de un grupo es el que está realmente enfermo, pero debido a que tiene una personalidad fuerte consigue sobrevivir, porque los otros, con personalidades más débiles, expresan la enfermedad en su lugar». (Este tipo de comentario pertenece al cuaderno azul. Tengo que mantener la separación.)

* * *

* 12 UN CUENTO

Un marido le es infiel a su mujer, no porque esté enamorado de otra, sino para afirmar su independencia en relación con el estado matrimonial. Cuando vuelve de haber estado en la cama con la otra mujer, con la intención de comportarse discretamente, deja que se descubra lo ocurrido, como «por accidente». El «accidente» —perfume mancha de carmín u olor de sexo sin lavar— tiene un sentido más profundo, aunque él no lo sepa. En realidad, necesita decirle a su mujer: «No te pertenezco».

* * *

* 13 UNA NOVELA CORTA, QUE SE TITULARÁ «EL HOMBRE QUE SE HA LIBERADO DE LAS MUJERES».

Un hombre de unos cincuenta años, soltero, o que tal vez estuvo casado una corta temporada: la mujer ha muerto o se ha divorciado. Si es americano, está divorciado, pero si es inglés tiene la mujer encerrada en algún rincón, puede que incluso viva con ella o compartan la misma casa, pero sin un verdadero contacto emocional. A los cincuenta años, ha tenido un par de docenas de aventuras amorosas, tres o cuatro bastante serias, con mujeres que tenían la esperanza de casarse con él. Mantuvieron con él relaciones continuadas que eran, realmente, como matrimonios sin vínculos oficiales; él se deshizo de ellas en el momento de verse más o menos obligado a casarse. A los cincuenta años es un hombre seco, que sufre de ansiedades por causa de su sexualidad. Tiene cinco o seis amigas, todas antiguas amantes, que ahora están casadas. Es como un cuclillo instalado en media docena de familias: el viejo amigo de la familia. Es como un niño, dependiente de las mujeres, cada vez más abstraído y más ineficaz, siempre llamando por teléfono a una amiga u otra para que le haga algún favor. En lo externo es un hombre apuesto, inteligente e irónico, que impresiona a mujeres más jóvenes por lo menos durante la primera semana. Tiene, pues, aventuras con chicas mucho más jóvenes, y luego vuelve a las mujeres mayores, que hacen las veces de niñeras o enfermeras bondadosas.

* * *

* 14 UNA NOVELA CORTA

Un hombre y una mujer, casados o que han mantenido una larga relación, se leen en secreto sus respectivos diarios, en los que (y esto constituye para ambos una cuestión de honor) han anotado lo que piensan sobre el otro con la mayor franqueza. Uno y otra saben que su compañero lee lo que escribe, pero por una temporada mantienen la objetividad. Luego, poco a poco, empiezan a escribir mintiendo, primero inconscientemente y luego conscientemente, a fin de influir en el otro. Se llega a la situación en que cada uno tiene dos diarios, uno para su uso privado y escondido, y un segundo para que lo lea el otro. Luego uno dice algo sin querer o comete un error, y el otro le acusa de haber encontrado el diario secreto. Se produce una pelea tremenda que les separa para siempre y que no es a causa de los diarios originales, pues «ambos sabíamos que leíamos estos diarios, lo cual no cuenta; lo que importa es que hayas sido tan deshonesto como para leer mi diario íntimo».

* * *

* 15 UN CUENTO

Un americano y una inglesa. Ella espera, por medio de todas sus actitudes y emociones, que el otro la posea y la seduzca, mientras que él hace lo mismo, sólo que a la inversa, pues se considera un instrumento que ella puede usar para su placer. Se trata de un callejón sin salida. De un análisis posterior resultará que la discusión sobre actitudes sexuales y emotivas se convierte en una comparación de las dos sociedades.

* * *

* 16 Un cuento

Un hombre y una mujer. Los dos están orgullosos de su sexualidad y son experimentados, tanto que raras veces se encuentran con otros que lo sean más. Pero, de pronto, se apodera de ambos un mutuo desagrado. Se trata de un sentimiento que, al examinarlo (y son personas que, sobre todo, se autoexaminan), resulta ser desagrado de sí. Han encontrado el reflejo de ellos mismos, lo han contemplado a fondo, han hecho una mueca y se alejan el uno de la otra. Cuando se encuentran, cobran triste conciencia de lo que son, y sobre esta base se hacen buenos amigos, pero al cabo de un tiempo esta amistad irónica y desabrida se convierte en amor. El amor, sin embargo, les resulta imposible a causa de la primera experiencia fría y vacía de sentimiento.

* * *

* 17 Una novela corta

Dos libertinos, hombre y mujer, están juntos. El contacto entre los dos sigue el siguiente ritmo: él la seduce y ella se muestra escéptica debido a la experiencia, pero, poco a poco, se deja vencer en el terreno sentimental. En el momento que ella se le entrega emocionalmente, los sentimientos de él se interrumpen y deja de desearla. Ella, herida y sintiéndose desgraciada, acude a otro hombre. Pero, en aquel momento, el primero vuelve a encontrarla deseable. De este modo él se siente excitado al saber que ella se ha acostado con otro, mientras que ella es incapaz de sentir nada debido a que él está excitado no por ella, sino por el hecho de que ha estado con otro. Poco a poco, sin embargo, se deja vencer sentimentalmente por él, y en el preciso momento que ella se encuentra a gusto, él vuelve a enfriarse, y se lanza tras de otra mujer. Ella lo hace con otro hombre... y así sucesivamente.

* * *

* 18 Un cuento

El mismo tema que el de «La amante», de Chejov. Pero esta vez la mujer no cambia para amoldarse a hombres distintos, uno tras otro, sino que cambia frente a un hombre que psicológicamente es un camaleón, y tanto es así que en el transcurso de un día puede llegar a tener media docena de personalidades distintas, ya sea contra él o en armonía consigo mismo.

* * *

* 19 La escuela de estilo duro y romántico

Los amigotes habían salido juntos la noche del sábado. Era la pandilla de los sábados por la noche, la de los amigos de verdad, de corazón sincero y alocado. La pandilla de Buddy, Dave y Mike. Nevaba y hacía frío, ese frío que suele reinar en la ciudad, y particularmente en la madre de las grandes ciudades que es Nueva York, aunque siempre nos sea fiel. Buddy, el de los hombros de simio, se apartó del grupo y miró con los ojos muy abiertos. Se rascó la ingle. Buddy, el soñador, de ojos negros como el carbón y mirada sombría, se masturbaba a menudo en nuestra presencia, inconsciente y con una curiosa pureza. Aquella noche se detuvo con los hombros encorvados y tristes, cubiertos de nieve blanca y crujiente. Dave le embistió por abajo y se revolcaron juntos sobre la inocente nieve. Buddy jadeaba. Dave metió el puño en el vientre de Buddy. ¡Oh, el amor auténtico de los amigos de verdad! Allí estaban retozando juntos bajo los fríos peñascos de Manhattan en una auténtica noche de sábado. Buddy perdió el conocimiento de frío. «La verdad es que quiero a este hijo de puta», dijo Dave, mientras Buddy yacía, lejos de nosotros y de la ciudad. Yo, Mike, el errante solitario, estaba un poco apartado, abrumado por mi sabiduría, con mis dieciocho años y solo, contemplando a mis dos amigos, Dave y Buddy. Buddy recobró el conocimiento. La saliva, que le manchaba los labios casi inermes, cayó sobre la nieve blanca. Se incorporó jadeando y vio a Dave, abrazado a sus propias rodillas, que le miraba fijamente. Había amor en sus tristes ojos del Bronx. Un izquierdazo del puño peludo golpeó de pronto la barbilla de Dave, que se derrumbó sobre la nieve, fría como la muerte. Buddy, riéndose, permaneció sentado esperando su turno. ¡Qué fanatismo! «¿Y ahora qué, Buddy?», pregunté yo, Mike, el errante solitario, pero fiel amigo de sus amigos. «Ja, ja, ja, ¿ves qué cara pone?», dijo él, y se revolcaba sin aliento, cogido a la ingle. «¿Has visto ésta?» Dave jadeó. La vida volvía a él: rodó, gimió y, por último, se incorporó. Entonces, Dave y Buddy lucharon entre sí de verdad, riéndose gozosos hasta que, entre risas, cayeron ambos sobre la nieve. Yo, Mike, Mike, el de palabras aladas, me sentía dolorido de gozo. «¡Oye, de verdad que quiero a este hijo de puta!», dijo Dave jadeando, a la vez que lanzaba un puñetazo al diafragma de Buddy. Por su parte, Buddy, parándolo con el antebrazo, exclamó «¡Ah, cómo le quiero!». Pero yo oí la musiquilla de los tacones sobre la acera cubierta de escarcha, y dije: «¡Eh, chicos!». Nos quedamos esperando. Era ella, Rosie, que salía del cuarto oscuro que tenía en las viviendas, pisando graciosamente el suelo con sus tacones. «¡Adiós, chicos!», dice Rosie, sonriendo con dulzura. Nos quedamos mirando a Rosie con cierta tristeza, mientras pasaba, orgullosa de su carne, contoneándose sobre su sexo de verdad y meneando su culo redondo como una pelota, que lanzaba un mensaje de esperanza dirigido a nuestros corazones. Entonces, nuestro amigo Buddy se apartó y, vacilando con sus ojos tristes, nos miró para decirnos: «La quiero, chicos». Dos de los amigos se quedaron entonces abandonados: Dave, el de los puños, y Mike, el de palabras aladas. Permanecimos contemplando a Buddy, marcado por la vida, que nos saludó con un gesto de la cabeza y se fue detrás de Rosie, con el corazón latiéndole al ritmo de su dulce taconeo. Las alas místicas del tiempo nos rozaron, blancas como copos de nieve; era el tiempo que nos lanzaría a todos detrás de nuestras Rosies camino de la muerte y del funeral en forma de hogar. Resultaba trágico y hermoso ver a nuestro Buddy avanzar hacia la danza inmemorial de los copos de nieve y del destino, con la escarcha seca bailándole sobre el cuello de la camisa. El amor que entonces emergió de nosotros hacia él fue algo fantástico y voluminoso, de cara triste e ignorante, pero auténtico y en verdad serio. Le amábamos mientras nos volvíamos. Allí quedábamos dos amigos abandonados, con los abrigos adolescentes que batían sobre nuestras piernas tan puras. Dave y yo nos quedamos tristes porque el ave agorera de la tragedia había tocado nuestras almas de perla, mientras permanecíamos aturdidos en medio de la vida. Dave, el rascador de ojos de lechuza, se rascó la ingle despacio. «Oye, Mike —dijo—, un día escribirás esto para todos nosotros.» Tartamudeó, sin poder expresarse, sin palabras en las alas: «Lo escribirás, ¿verdad, Mike?». Me miró fijamente y añadió: «Escribirás cómo nuestras almas se echaron a perder aquí, en esta acera blanca de Manhattan, ídolo del capital y perro infernal que nos pisa los talones, ¿verdad que lo escribirás?». «¡Eh, Dave, te quiero!», dije yo entonces. Mi alma de muchacho se retorcía de amor. Le di un golpe directo en la mandíbula, balbuceando de amor por el mundo, de amor por mis amigos, por los Daves y los Mikes y los Buddies. Cayó al suelo y yo le abracé como a un recién nacido, te quiero *baby*, la amistad en la jungla urbana, la amistad de la juventud joven. Pura. Y los vientos del tiempo soplaban, cargados de nieve, sobre nuestros hombros inocentes y amantes.

* * *

Si vuelvo a escribir pastiches, es que ha llegado el momento de detenerme.

[El cuaderno amarillo terminaba aquí, con una doble línea negra.]

[El cuaderno azul continuaba, pero sin fechas:]

Se ha corrido la noticia de que la habitación de arriba está vacía y me telefonean preguntando. Yo he dicho que no quiero alquilarla, pero estoy mal de dinero. Dos empleadas pasaron a verla, pues sabían por Ivor que tenía la habitación desocupada, pero me di cuenta de que no quería chicas. Janet y yo, más dos chicas: un piso lleno de mujeres. No me gustaba aquello. Luego vinieron unos hombres. Dos de ellos comenzaron en seguida a darse el tono de «tú y yo solos en el piso», por lo que los mandé a paseo. Por lo menos tres de ellos estaban necesitados de atenciones maternales; parecían fracasados y abandonados, por lo que comprendí que antes de una semana me encontraría con la obligación de cuidar de ellos. He decidido no alquilar la habitación. Me pondré a trabajar o me cambiaré a un piso más pequeño. Haré lo que sea. Mientras tanto, Janet me insiste: «¡Qué pena que Ivor tuviera que marcharse! Espero que volvamos a tener a otro huésped tan simpático como él». Luego, de repente, ha comenzado a mostrar su deseo de ir a un pensionado. Su amiga de la escuela va a ingresar en uno de ellos. Le he preguntado por qué y ha dicho que quería tener cerca a niñas con quienes jugar. Me he puesto triste y me he sentido como si me rechazaran. Luego me he enfadado conmigo misma por ello. Le he dicho que ya lo pensaría: todo es cuestión de dinero. Pero lo que yo quería reflexionar era sobre el carácter de Janet, sobre lo que más le convendría. A menudo he pensado que si no hubiera sido mi hija (no quiero decir genéticamente, sino porque se ha criado conmigo), hubiera sido una chica de lo más convencional. Y esto es lo que es, bajo su capa de originalidad. A pesar de la influencia de la casa de Molly, a pesar de mi larga relación con Michael y de su desaparición, a pesar de que es producto de lo que llaman un «matrimonio fracasado», cuando me fijo en ella no veo más que a una chiquita encantadora, con una inteligencia convencional, destinada por la naturaleza a una vida sin problemas. He estado a punto de escribir: «Así lo espero». ¿Por qué? No puedo soportar a la gente que no ha experimentado con su vida, que no ha puesto a prueba los límites, pero cuando se trata de una hija propia, no puedo soportar la idea de que ella tenga que pasar por todo esto. Cuando me dijo: «Quiero ir a un pensionado», y me lo dijo con la petulancia encantadora que tiene ahora, haciendo sus pinitos de mujer, en el fondo lo que me quería decir era: «Quiero ser una chica corriente y normal, quiero salir de este ambiente complicado». Creo que todo es porque se da cuenta de la depresión que me está invadiendo. Es cierto que cuando estoy con ella pongo el veto a la Anna pasiva y miedosa, pero debe de sentir que esa Anna existe. Naturalmente, no quiero que se vaya porque ella es mi normalidad. Con ella tengo que mostrarme sencilla, responsable y cariñosa, y gracias a ello puedo anclarme en la parte más normal de mi personalidad. Cuando vaya a la escuela...

Hoy me ha vuelto a preguntar:

—Cuando vaya al pensionado, quiero ir con Mary.

Es su amiga.

Le he dicho que nos teníamos que cambiar de piso y marcharnos a otro más pequeño. Le he dicho también que yo tengo que encontrar un empleo, aunque eso no sea urgente. Por tercera vez una compañía cinematográfica ha comprado los derechos de *Las fronteras de la guerra*, pero no hará nada. En fin, espero, de todas maneras, que ocurra así, pues no hubiera vendido los derechos si hubiera creído que de verdad iban a hacer la película. El dinero nos permitirá vivir con sencillez, incluso si Janet va a un pensionado.

He buscado información sobre colegios progresistas.

Se lo he dicho a Janet y ella me ha sugerido:

—Quiero ir a un pensionado normal.

—Nada es normal en los pensionados convencionales femeninos de Inglaterra. En cierto modo, son únicos en el mundo.

—Sabes muy bien lo que quiero decir. Mary va a uno de los pensionados que yo te digo.

Janet se marcha dentro de unos días. Hoy ha llamado Molly y ha dicho que corre un americano por la ciudad buscando una habitación. Le he dicho que no quería alquilar habitaciones, pero ella me ha advertido:

—Si estás sola por completo en un piso tan enorme, no tienes ni siquiera que verle.

Yo he insistido, y ella me ha dicho entonces:

—Tu actitud me parece muy poco social. ¿Qué te ocurre, Anna?

Lo de *qué te ocurre* me ha afectado, porque es evidente que soy poco social, lo cual, por otra parte, me da lo mismo. Molly me ha pedido:

—Ten un poco de compasión; es un americano de izquierdas. No tiene dinero y está en la lista negra, mientras que tú habitas un piso lleno de cuartos vacíos.

—Si es un americano que anda suelto por Europa, seguro que estará escribiendo la gran novela épica americana y que se encontrará en vías de psicoanalizarse; habrá pasado también por uno de esos horribles matrimonios americanos y yo tendré que escuchar la enumeración de sus problemas.

Molly no se rió, y se limitó a decirme:

—Si no te vigilas, vas a ser como tantos otros que han abandonado el Partido. Ayer me encontré a Tom, que dejó el Partido cuando lo de Hungría. Antes era una especie de padre espiritual no oficializado para docenas de personas. Ahora se ha convertido en algo bien distinto. He oído decir que, de pronto, ha doblado el alquiler de las habitaciones que tiene en su casa, y también que ya no es maestro. Según creo, se ha colocado en una agencia de publicidad. Le llamé para preguntarle qué demonios se proponía, y me dijo: «Ya me han tomado bastante el pelo». O sea que más vale que te vigiles, Anna.

Me decidí a permitir que viniera aquel americano, pero con la condición de que no tuviera que verle, y entonces Molly dijo:

—No está mal, te lo aseguro. Le he conocido y es algo insolente, pero está seguro de sus opiniones. De hecho, todos son así.

—No creo que sean insolentes los americanos de hoy, sino más bien desprendidos a la vez que cerrados. Es como si fueran con un cristal interpuesto entre ellos y el mundo.

—¡Si ésa es tu opinión! Y ahora, perdóname, pero estoy muy ocupada.

Después reflexioné sobre lo que había dicho. Resultaba interesante, porque no me había dado cuenta de ello hasta que lo dije. Pero es cierto. Los americanos pueden resultar insolentes y hacer mucho ruido, pero a menudo lo hacen con gran cantidad de humor. A mi modo de ver, éste es el rasgo que más les caracteriza: el buen humor. Por debajo está la histeria, el miedo a comprometerse con la gente. He estado reflexionando sobre los americanos que he conocido, que han sido muchos. Ahora recuerdo el fin de semana que pasé con F., un amigo de Nelson. Al principio sentí alivio y hasta pensé: «Por fin, he aquí un hombre normal, a Dios gracias...». Pero luego comprendí que todo provenía de su cabeza. Se comportaba «como era debido en la cama». Cumplía concienzudamente con su deber «de hombre». Pero lo hacía sin afecto. Todo en él estaba perfectamente mesurado. La esposa que estaba «en su país» era recordada por él con deferencia, cada vez que la nombraba: aunque en el fondo la temía, no la temía a ella, sino a las obligaciones y a la sociedad que se hallaban representadas en dicha mujer. Las aventuras, para él, no eran comprometedoras. La medida de afecto era exacta y todo estaba calculado; para tal relación, tanto sentimiento. Sí, esto es lo que define a los americanos: un frío y astuto cálculo. Por supuesto, los sentimientos son una trampa, puesto que te ponen en manos de la sociedad. Por esto la gente los prodiga con cuentagotas.

Volví al estado de ánimo en que solía encontrarme cuando iba a ver a Madre Azúcar. En tales momentos, no puedo sentir nada. No hay nada ni nadie que pueda importarme en el mundo, salvo Janet. ¿Hará ya siete años de todo? Cuando me despedí de Madre Azúcar le dije:

—Me ha enseñado usted a llorar; gracias por nada. Me ha devuelto la capacidad de sentir y esto es demasiado doloroso.

Lo cierto es que pequé de ingenua al acudir a una curandera para que me enseñara a sentir. Ahora, al pensar en ello, me doy cuenta de que por lo regular la gente hace esfuerzos para no sentir. Busco, sobre todo, tranquilidad. He aquí la gran palabra. Éste es el lema, primero en América y ahora entre nosotros. Pienso en los grupos de gente joven, en los grupos políticos y sociales que hay en Londres; en los amigos de Tommy, en los nuevos socialistas: lo que tienen en común todos ellos son las emociones mesuradas y su frío desprendimiento.

En un mundo tan terrible como el nuestro, hay que limitar las emociones. Es raro que no se me hubiera ocurrido antes.

Frente a este refugio instintivo del no sentir, frente a esta protección contra el sufrimiento, estaba Madre Azúcar, a la que recuerdo que le dije exasperada:

—Si le comunicara que ha caído una bomba de hidrógeno que ha hecho desaparecer a media Europa, usted chasquearía la lengua, y luego, si yo llorara a moco tendido, me haría recordar con expresión o gesto de advertencia, o bien me forzaría a tener en cuenta alguna emoción que yo, según su opinión, me empeñaba en ocultar. Pero ¿qué clase de emoción? Pues júbilo, claro. «¡Considera, hija mía —me diría, o me insinuaría—, los aspectos creativos de la destrucción! ¡Considera las implicaciones creativas de la fuerza encerrada en el átomo! ¡Deja que tu mente repose en las primeras hojas de hierba verde que, tímidamente, surgirán a la luz, de entre la lava, dentro de un millón de años!»

Ella sonrió, por supuesto. Luego la sonrisa cambió y se hizo seca. Se produjo uno de esos momentos que no tienen nada que ver con la relación analista-paciente que yo tanto deseaba.

—Mi querida Anna, ¿no sería posible que, a fin de cuentas, si queremos mantener la serenidad, confiáramos en esas hojas de hierba que hayan de brotar dentro de un millón de años?

Sin embargo, no es sólo el terror general lo que hiela a las gentes, sino el miedo de ser conscientes. O, mejor dicho: más que eso. La gente sabe que vive en una sociedad muerta o moribunda. Los individuos rechazan las emociones porque saben que al cabo de cada emoción están la propiedad, el dinero o la fuerza. Trabajan, desprecian su trabajo, y por esto se congelan. Aman, pero saben que se trata de un amor a medias o de un amor retorcido, y por esto sienten frío en el corazón.

Para conservar vivos el amor, los sentimientos y la ternura, tal vez sea necesario sentir todas estas emociones ambiguamente, incluso por lo que tienen de falso, o porque todavía son una idea, una sombra tan sólo de lo que quiere la imaginación… Si lo que experimentamos es sufrimiento, tenemos que sentirlo, por tanto, reconociendo que la alternativa es la muerte. Es preferible cualquier cosa antes que el rechazo astuto y calculado que no quiere comprometerse, el rechazo a la entrega por miedo a las consecuencias… En estos momentos oigo a Janet subir las escaleras.

Janet se ha marchado hoy a la escuela. El uniforme no es obligatorio, pero ella ha decidido que lo quería. No deja de ser extraño que mi hija quiera llevar uniforme. Yo no puedo recordar una sola época de mi vida en que no me hubiera sentido incómoda de uniforme. La paradoja es que, cuando era comunista, no lo era al servicio del hombre uniformado, sino todo lo contrario. El uniforme es una fea túnica de color gris salvia con una blusa marrón amarillento. Está hecho para que una niña de la edad de Janet, doce años, parezca lo más fea posible. Además, incluye un sombrero verde oscuro, de forma redonda y nada bonito. El color del sombrero y de la túnica no concuerdan. Pero ella está encantada. El uniforme fue escogido por la directora con la que me entrevisté: es una vieja inglesa digna de admiración, erudita, seca e inteligente. Imagino que lo que tenía de mujer murió antes de sus veinte años; probablemente lo eliminó ella misma. Se me ocurre que, al poner a Janet en manos de esta mujer, le estoy ofreciendo a Janet la imagen de un padre. Pero lo más raro es que yo estaba segura y confiaba en que Janet se opusiera, rechazando, por ejemplo, el ponerse un uniforme tan feo. Sin embargo, Janet no desea rebelarse contra nada.

Su condición de chica joven, aquel encanto petulante de niña consentida que se puso un bonito vestido hará un año, desapareció en el instante en que vistió el uniforme. En el andén de la estación era una niña simpática y viva dentro de un uniforme horrible, con el encanto derrotado de todo gesto práctico. Al verla, lamenté la pérdida de aquella muchacha morena, viva y de ojos oscuros, ligera y despierta, con su recién descubierta sexualidad y con el conocimiento instintivo de su poder. Al mismo tiempo, noté que pasaba por mi mente algo de veras cruel: ¡pobre hija mía, si vas a crecer en una sociedad llena de Ivors y Ronnies, llena de hombres aterrados y que miden con cuentagotas sus sentimientos, como si pesaran artículos en una tienda! Más valdría que tomaras como modelo a tu directora, la señorita Street. Al ver que aquella muchacha encantadora había desaparecido, sentí como si algo infinitamente valioso y vulnerable hubiera sido preservado para que no se dañara. En ello había cierta malicia triunfante, dirigida contra los hombres: Muy bien; ¿conque no nos apreciáis? Pues entonces nos guardaremos hasta el momento en que nos volváis a apreciar. Debiera haberme avergonzado de aquel despecho y de aquella malicia, pero sentí cierto placer.

El americano, el señor Green, estaba al llegar, así que preparé la habitación. Pero llamó por teléfono para decirme que le habían invitado a pasar un día en el campo y se instalaría al otro día. Aquello me irritó, porque había quedado en cosas que luego tuve que cambiar. Más tarde, llamó Molly para decirme que su amiga Jane había estado con el señor Green «enseñándole el Soho». Me enfadé, y Molly dijo:

—Tommy ha conocido al señor Green y no le ha gustado, dice que es desorganizado, lo que, por otra parte, es un tanto a favor del señor Green, ¿no te parece? Tommy nunca acepta a nadie que no sea morigerado. ¿No te parece raro? Tan socialistas como son él y sus amigos, y resulta que todos están hechos unos respetables pequeñoburgueses… No tienen más que encontrarse con alguien que tenga algo de vida dentro de él para sentirse escandalizados. Como es natural, la horrible mujer de Tommy es la peor. Se quejó de que el señor Green era, simplemente, un vagabundo, porque no tiene un empleo fijo. ¿Puedes imaginar algo más estúpido? Esa chica estaría que ni pintada en el papel de la esposa de un hombre de negocios provinciano, con tendencias ligeramente liberales, que vocea para escandalizar a sus amigos tories ¡Y pensar que es mi nuera! Creo que está escribiendo un tomazo sobre los chartistas, y ahorra dos libras a la semana para cuando sea vieja. En fin, que si Tommy y esa bruja se ponen en contra del señor Green, probablemente a ti va a gustarte. La virtud no tiene por qué ser nunca una recompensa.

Yo me reí al oír todo esto, y acabé pensando que no debo de estar tan mal como creía, si soy capaz de reírme. Madre Azúcar me dijo una vez que le había costado seis meses conseguir que una paciente deprimida se riera. Sin embargo, no cabe duda de que la marcha de Janet, al dejarme sola en este piso tan grande, ha empeorado mi situación. Me siento sin ánimos y perezosa. Pienso continuamente en Madre Azúcar, pero de una manera nueva, como si ella pudiera ser mi salvación. El que Janet se haya marchado me ha recordado otra cosa: el tiempo, lo que el tiempo puede ser cuando una no tiene obligaciones. Desde que nació Janet no he podido disponer de tiempo con holgura, porque tener un hijo significa ser consciente en todo momento del reloj, no poder librarse de algo que debe hacerse en un plazo determinado. Por eso, ahora está reviviendo una Anna que había muerto al nacer Janet. Esta tarde estaba sentada en el suelo contemplando cómo el cielo se oscurecía, y me sentía como la pobladora de un mundo en que puede hablarse del matiz de la luz que irradia el cielo al atardecer. Ya no he de pensar que, dentro de una hora, tendré que poner la verdura al fuego. Con ello he vuelto a un estado mental ya olvidado, a algo que proviene de mi niñez. Por la noche acostumbraba a sentarme en la cama para jugar a lo que yo llamaba «el juego». Primero creaba el cuarto donde me encontraba, «nombrando» todas las cosas (la cama, el sillón, las cortinas) hasta que todo estaba contenido en mi mente. Después salía del cuarto y «creaba» la casa; luego salía de la casa y, poco a poco, iba «creando» la calle; y a continuación me elevaba al aire contemplando Londres por debajo de mí (los enormes e inacabables yermos de Londres), a la vez que conservaba en mi mente la imagen del cuarto, de la casa y de la calle. Posteriormente «creaba» Inglaterra, la forma de Inglaterra en la Gran Bretaña, el grupito de islas colocadas frente al continente, y después, poco a poco, «hacía» el mundo, continente tras continente, océano tras océano. La gracia del «juego» estribaba en crear esta vastedad reteniendo a la vez en la mente el cuarto, la casa y la calle en su pequeñez, hasta que conseguía llegar al punto en que salía al espacio y miraba el mundo, una bola bañada por el sol en el cielo, que daba vueltas por debajo de mí. Al conseguir este punto, con las estrellas a mi alrededor, y la pequeña Tierra girando debajo de mí, intentaba imaginar al mismo tiempo una gota de agua bullendo de vida o una hoja verde. A veces conseguía lo que deseaba, el conocimiento simultáneo de lo vasto y lo diminuto: también me concentraba en una sola criatura, un pececito de colores en un lago, una sola flor o una mariposa, y trataba de crear, de «nombrar» el ser de la flor, la mariposa y el pez, creando poco a poco a su alrededor el bosque, el lago o el espacio de aire que sopla en medio de la noche, agitándome como si tuviera alas. Era así como yo podía «pasar» de lo pequeño a la inmensidad del espacio.

Cuando era niña, me resultaba fácil. Y ahora me parece como si hubiera vivido durante años en un estado de excitación gracias a aquel «juego». En estos momentos me resulta muy difícil volver a jugar así. Esta tarde me agoté al cabo de unos minutos. No obstante, conseguí, sólo durante unos segundos, ver a la Tierra girando bajo mis pies, mientras la luz del sol se hundía en la panza de Asia y las Américas se adentraban en la oscuridad.

Saul Green vino a ver la habitación y a dejar sus cosas. Le llevé a su alojamiento, le dirigió una mirada y dijo:

—Está bien, muy bien.

Lo dijo con tanta despreocupación que le pregunté si esperaba marcharse pronto. Me lanzó una rápida mirada de cautela, que yo supuse característica, y comenzó a darme una larga explicación en el mismo tono que había usado para excusarse el día anterior por no haber venido. Acordándome de ello, dije:

—Tengo entendido que pasó el día explorando el Soho con Jane Bond.

Él se sorprendió, pareció ofenderse en extremo, como si le hubiera cogido con las manos en la masa, y cambió el gesto. Adoptó una expresión cautelosa y atenta, y empezó a darme una larga explicación sobre cambios de planes, etc. El hecho de que todo fuera claramente falso hacía que la explicación resultara todavía más extraña. De pronto, sentí una especie de aburrimiento, y dije que sólo le había preguntado lo del cuarto porque pensaba cambiarme de piso, de forma que, si pensaba pasar una larga temporada, debería buscar otro lugar. Él dijo que estaba bien, pero daba la impresión de que no escuchaba y de que ni siquiera había visto la habitación. Sin embargo, al salir yo, siguió dejando las maletas. A continuación le solté mi sermón de patrona, referente a que «no ponía restricciones de ninguna clase», convirtiéndolo en una broma, pero él no lo comprendió, de modo que tuve que decirle claramente que si quería traer chicas a la habitación, a mí no me importaba. Me sorprendió su risa: sonora, brusca y ofendida. Dijo que se alegraba de que yo presumiera que era un joven normal. Eso era muy americano: la acostumbrada reacción automática de cuando se pone en tela de juicio la virilidad. Me abstuve de bromear tal como iba a hacerlo, y en conjunto encontré todo aquello desapacible y discordante, de modo que bajé a la cocina, dejándole que me siguiera si lo deseaba. Había hecho café, y entró en la cocina de paso hacia la puerta de salida.

Le ofrecí una taza. Vaciló. Me examinaba. Jamás en la vida había sido objeto de una inspección sexual tan brutal como aquélla. No había nada de humor ni de calor. Simplemente, la clásica comparación del coleccionista de mujeres. Parecía aquello tan descarado, que dije:

—Espero haber sido aprobada.

Pero él soltó de nuevo su risa brusca y ofendida, y dijo:

—Está bien, muy bien.

Aquello significaba que no se daba cuenta de que había estado haciendo un inventario de mis datos vitales o bien que era demasiado mojigato para reconocerlo. De modo que lo dejé correr y tomamos café. Me sentía incómoda con él, no sabía por qué. Era a causa de sus maneras. Había algo que me causaba malestar en su aspecto externo. Parecía como si una esperara instintivamente algo al mirarle y luego no lo encontrara. Es rubio; lleva el pelo muy corto, como un cepillo rubio y brillante. No es alto, a pesar de que yo continuaba imaginándolo alto. Luego, al volver a mirar veía que no lo era. La causa estaba en la ropa, holgada en demasía. Una espera de él que sea el tipo de americano de hombros anchos, bastante achaparrado, rubio, con ojos verdes, cara cuadrada: le miraba repetidamente, me doy cuenta de ello ahora, esperando ver ese tipo, y veía a un hombre de peso ligero, desmañado, con la ropa cayéndole ancha por encima de unos hombros fornidos, y entonces me quedaba como presa por sus ojos. Estos ojos eran de color verde gris, y nunca dejaban de estar en guardia. Hice una o dos preguntas llevada del sentimiento de compañerismo hacia un «socialista de América», pero desistí, porque esquivaba mis preguntas. Para decir algo, le pregunté por qué llevaba la ropa tan ancha, y él pareció atónito, como si le sorprendiera que lo hubiera notado. Luego, evasivamente, dijo que había perdido mucho peso, que normalmente pesaba diez kilos más. Le pregunté si había estado enfermo y se ofendió de nuevo, dando a entender por sus gestos que le estaban importunando o que le estaban espiando. Nos quedamos un rato en silencio, mientras yo deseaba que se fuera, ya que parecía imposible decirle nada sin que él no se amoscara. Después hice alguna referencia a Molly, a la que él no había mencionado. Me sorprendió la manera como cambió de actitud. De pronto pareció despertarse en él una especie de entendimiento. No sé expresarlo de otra manera: su atención se concentró y me impresionó la manera como habló de ella. Se mostró extraordinariamente agudo al analizar el carácter y la situación de Molly. Entonces me di cuenta de que no había conocido a otro hombre, salvo Michael, capaz de una intuición tan rápida al juzgar a una mujer. Me di cuenta de que la «nombraba» a un nivel que a ella le hubiera gustado si lo hubiera oído…

[A partir de aquí, Anna señaló determinadas frases del diario o crónica con asteriscos, numerando dichos asteriscos.]

… y esto despertó mi curiosidad o, mejor dicho, mi envidia, de modo que dije algo (* 1) sobre mí misma. Él aprovechó para hablar de mí. Más bien, me dio una conferencia. Era como si un pedante bien intencionado me obsequiara con un discurso sobre los peligros, las desventajas y las compensaciones que tiene una mujer viviendo sola, etc. Se me ocurrió, y eso me produjo un sentimiento muy curioso de dislocación e incredulidad, que aquel hombre era el mismo que diez minutos antes me había hecho pasar por aquella inspección sexual tan fría y casi hostil. Sin embargo, en lo que estaba diciendo entonces, no había nada de aquello, ni tampoco de la curiosidad medio velada que inspira la clásica relamida a que tan acostumbrada está una. Por el contrario, no recordaba a ningún otro hombre que hablara con tanta simplicidad, franqueza y compañerismo acerca del tipo de vida que llevábamos yo y otras mujeres como yo. En cierto momento, me reí, porque se me «nombraba» a un nivel tan elevado (* 2), a la vez que se me estaba dando una lección como si fuera una niña, cuando, en realidad, tenía varios años más que él. Me llamó la atención como algo raro el hecho de que no se percatara de mi risa. No dio señal de haberse ofendido. Tampoco esperó a que dejara de reír, ni me preguntó por qué me reía. Se limitó a seguir hablando como si hubiera olvidado que yo estaba presente. Tuve la incomodísima sensación de que yo había dejado de existir para Saul, y me alegré de tener que poner término a la escena, a lo que me vi obligada porque esperaba la visita de uno de la compañía que deseaba comprar *Las fronteras de la guerra*. Cuando llegó, decidí no vender los derechos de la novela. Quieren hacer la película, me parece, pero ¿de qué habrá servido resistir todos estos años si ahora cedo sin más, sólo porque voy mal de dinero? En consecuencia, le dije que no quería vender. Él supuso que ya le había vendido los derechos a otro, pues era incapaz de creer que existiera un escritor que se negara a vender por un buen precio. Continuó subiendo el precio de un modo absurdo. Pero yo seguí rehusando. Era una farsa. Empecé a reírme y me acordé del momento en que me había reído y Saul no lo oyó. No sabía por qué me reía, y el agente me seguía mirando como si la Anna verdadera, la que se reía, no existiera para él. Cuando se marchó, ambos estábamos disgustados. En fin, volviendo a Saul, cuando le dije que estaba esperando una visita, me sorprendió el modo como empezó a agitarse; parecía que le echaba, en lugar de decirle, simplemente, que esperaba una visita de negocios. Luego dominó aquel gesto inquieto y defensivo, y dio una cabezada, muy desprendido y reservado. Acto seguido, se apresuró a bajar. Me sentí inquieta y disgustada por toda aquella entrevista llena de discordancias; tanto era así que creí haber cometido una equivocación al dejarle venir al piso. Más tarde le conté a Saul que no quería vender la novela para que hicieran un filme, y lo dije bastante a la defensiva, porque estoy acostumbrada a que me traten como si fuera tonta. Él dio por supuesto que lo que yo hacía estaba bien hecho. Dijo que la razón por la que al fin había dejado su empleo en Hollywood, se debió a que no quedaba ya nadie capaz de creer que un escritor prefiriese rehusar el dinero a que hicieran una mala película. Hablaba de toda la gente con la que había trabajado en Hollywood con una especie de feroz e incrédula desesperación. Luego dijo algo que me llamó la atención:

—Hay que resistir continuamente. Sí, eso es; a veces resistimos defendiendo posturas falsas, pero lo importante es resistir. Yo te gano por un tanto... —me impresionó, esta vez desagradablemente, el resentimiento con que dijo «te gano por un tanto», como si estuviéramos en una competición o en una batalla— y es que las influencias que han ejercido sobre mí para que cediera han sido mucho más directas y claras que las de este país.

Yo sabía a lo que se estaba refiriendo, pero quería oírselo definir:

—Ceder ¿a qué?

—Si no lo sabes, no te lo puedo decir.

—Pero es que lo sé.

—Creo que sí. Espero que sí. —Y, luego, con algo de hosquedad—: Créeme, es lo que mejor aprendí en aquel infierno; la gente que no está dispuesta a resistir hasta cierto punto, y a veces por cuestiones inapropiadas ni siquiera resiste y se vende. Ah, y no me digas: «¿*Venderse a qué?*». Si fuera fácil decir con exactitud a qué, no tendríamos que enfrentarnos con cuestiones que a veces no valen la pena. No deberíamos tener miedo...

Empezó de nuevo a echarme un sermón. Me gustaba que me discurseara. Me gustaba lo que decía. Y, sin embargo, mientras hablaba sin prestarme atención (podría jurar que había olvidado que yo estaba allí), me puse a mirarle, aprovechando que me había olvidado, y me di cuenta de que su postura, en pie contra la ventana, era como una caricatura del joven americano que vemos en las películas, el hombre varonil y *sexy*, todo cojones y arduas erecciones. Estaba repantigado, con los pulgares cogidos al cinturón y colgantes, como señalando los órganos genitales. Es la postura que siempre me divierte cuando la veo en las películas, porque va con la cara joven, fresca y muchachil de los americanos, con ese rostro tan propicio del muchacho y de la actitud de macho. Saul estuvo sermoneándome sobre las presiones sociales a que nos sometemos, mientras adoptaba aquella pose de *sexy*. Era inconsciente, pero iba dirigida a mí, y resultaba tan vulgar que empecé a sentir disgusto, pues me hablaba en dos lenguajes diferentes a la vez. Luego noté que había cambiado de aspecto. Antes le había estado mirando, incómoda porque esperé ver algo distinto de lo que era, y sólo veía al hombre delgado y huesudo metido en un traje demasiado ancho que le colgaba. Ahora llevaba un traje que le iba a la medida. Parecía nuevo. Me di cuenta de que debía de haber salido a comprarse ropa. Llevaba unos tejanos azules muy arregladitos, apretados, y un suéter azul oscuro. Tenía un aspecto ligero con aquella ropa nueva, pero seguía resultando mal, con aquellos hombros demasiado anchos y los huesos sobresalientes de la cadera. Interrumpí el monólogo y le pregunté si se había comprado ropa nueva sólo por lo que había dicho yo aquella mañana. Frunció el ceño y me contestó muy tieso, tras una pausa, que no quería parecer un patán.

—No más de lo inevitable —precisó.

Volví a sentirme incómoda y dije:

—¿Nunca te había dicho nadie que la ropa te estaba demasiado ancha? —Permaneció callado, como si yo no hubiera hablado. Sus ojos estaban abstraídos. Y yo continué—: Si nadie te lo había dicho, seguro que el espejo sí lo ha hecho.

Se rió con un gruñido y dijo:

—Señora, ya no me divierte mirarme al espejo; antes me creía un muchacho apuesto.

Al decir estas palabras, intensificó su actitud *sexy*. Yo imaginaba cómo debió de ser cuando la carne le iba a la medida de su estructura ósea: ancho, sólido; un hombre fuerte y rubio, que resplandecía de buena salud, con ojos grises y serenos, calculadores y astutos. Aquella ropa nueva y pulcra, sin embargo, intensificaba lo discorde de su aspecto. Así estaba fatal, pues parecía enfermo. En la cara tenía una blancura de poca salud. Pero él siguió repantigado, sin mirarme. Me retaba sexualmente. Pensé que era raro que aquel hombre fuera el mismo que había sido capaz de formular el anterior comentario sobre las mujeres, con aquel calor tan puro en la forma de las palabras que había usado. A poco más, le hubiera retado de buena gana, diciéndole algo así como: «¿Qué demonios te propones hablándome en ese lenguaje de persona adulta, y luego presentándote ante mí como un *cowboy* de película, con invisibles revólveres colgando de las caderas?». Entre los dos se interponía, sin embargo, un gran espacio. Me volvió a sermonear. Entonces dije que estaba cansada, y me fui a la cama.

Hoy he pasado el día «jugando» al juego de la creación. Por la tarde he conseguido el punto de comprensión relajada que buscaba. Me parece que si consigo obtener cierta autodisciplina, en vez de pensar y leer sin objeto, podré superar mi depresión. Me prueba muy mal la ausencia de Janet. No necesito levantarme por la mañana, y mi vida carece de forma exterior. Debo darle una forma interna. Si «el juego» no resulta, buscaré trabajo. De todos modos tengo que hacerlo, por razones económicas. (Me he sorprendido sin comer, contando los peniques, y es que odio la idea de trabajar.) Encontraré un tipo u otro de trabajo de asistencia social, ya que es para lo que sirvo. Aquí hay mucho silencio hoy. No hay tampoco señales de Saul Green. Molly llamó bastante tarde. Me ha dicho que Jane Bond «estaba perdida» por el señor Green, y añadió que la mujer que se enredara con el señor Green debía de estar chalada. (¿Era una advertencia?) (*3).

—Es el tipo para acostarse con él una noche y asegurarse bien de perder luego su número de teléfono, y eso si fuéramos aún el tipo de mujeres que se acuestan con un hombre sólo por una noche. En fin; aquéllos eran tiempos...

Esta mañana me he levantado sintiéndome como no me había sentido nunca. Tenía el cuello tenso y rígido. Me costaba trabajo respirar, tenía que forzarme para respirar hondamente. Sobre todo, me hacía daño el estómago o, más bien, la región por debajo del diafragma. Era como si esos músculos estuvieran apretados en un nudo. Me sentía invadida por una especie de aprensión sin objeto. Esta sensación fue la que me convenció para dejar de pensar en la posibilidad de una indigestión, de haber cogido frío en el cuello, etc. Llamé a Molly y le pregunté si tenía algún libro donde se describieran síntomas médicos, y en caso afirmativo, si podía leerme una descripción del estado de ansiedad. Fue así como descubrí que sufría un estado de ansiedad. A ella le dije que era para comprobar la exactitud de una descripción en una novela que estaba leyendo. Luego me senté a investigar sobre las causas de aquel estado de ansiedad. El dinero no me preocupaba, pues ir mal de dinero jamás me ha preocupado; no me da miedo ser pobre y, en todo caso, una siempre puede ganar lo necesario si se lo propone. No estoy preocupada por Janet. No veo ninguna razón por la que debiera sentir ansiedad. Al «nombrar» el estado en que me encuentro como ansiedad, he sentido mejoría durante un rato, pero esta noche (*4) ha vuelto a manifestarse de forma muy aguda. Es algo rarísimo.

El teléfono ha sonado hoy muy pronto: Jane Bond preguntaba por Saul Green. He llamado a su puerta, sin obtener respuesta. Ha ocurrido ya varias veces que no haya venido en toda la noche. Iba a decirle a ella que no había venido a pasar la noche, pero luego se me ha ocurrido que no sería oportuno, por si era cierto que «estaba perdida» por él. He vuelto a llamar a la puerta y he mirado dentro. Estaba allí. Me he sentido impresionada por la manera como dormía, formando una curva compacta bajo las sábanas muy bien puestas. Le he llamado inútilmente. Me he acercado, he puesto la mano sobre su hombro y no he obtenido mejor resultado. De pronto, aterrada, pues estaba tan quieto, durante un segundo lo he creído muerto. Su inmovilidad era completa. Lo que alcanzaba a ver de su cara, estaba blanco como el papel, como papel fino un poco arrugado. He intentado darle la vuelta. Parecía frío al tacto. Aquel frío impregnaba mis manos. Sentí terror. Todavía puedo sentir en las palmas de mis manos aquel tacto frío y pesado de su carne a través del pijama. Entonces despertó repentinamente, y al propio tiempo echó sus brazos alrededor de mi cuello, con el gesto de un niño asustado. Se incorporó, con las piernas colgando por fuera de la cama. Parecía aterrorizado.

—¡Por Dios, se trata tan sólo de Jane Bond, que está al teléfono!

Me miró fijamente y tardó lo menos medio minuto en comprender mis palabras. Se las repetí. Fue a trompicones hasta el teléfono. Y dijo bruscamente

—Ya, ya… ¡No!

Pasé por su lado en la escalera. Aquello me había sobresaltado. Aún sentía aquel frío mortal en mis manos. Y luego los brazos alrededor de mi cuello, que hablaban un lenguaje completamente distinto al que empleaban cuando estaba despierto. Le llamé para que viniera a tomar café. Se lo repetí varias veces. Bajó, sin hacer ruido, muy pálido y como en guardia. Le serví el café, y dije:

—Tienes un sueño muy profundo.

—¿Qué? Sí.

Hizo una ligera observación sobre el café y se perdió. No oía lo que yo le decía. Sus ojos estaban a la vez concentrados, en guardia y ausentes. No creo que me viera. Se quedó revolviendo el café. Luego, comenzó a hablar, pero de una manera inconexa. Hubiera podido muy bien hablar de otra cosa, pero habló de cómo criar a una niña pequeña. Decía cosas muy inteligentes sobre el asunto, y lo hacía de forma muy académica. Hablaba y hablaba. Yo dije algo, pero él no se dio cuenta. Me sorprendí más adelante distrayéndome, atenta sólo parcialmente a lo que decía. Me percaté de que estaba escuchando de forma especial la palabra «yo» en lo que decía. Yo, yo, yo, yo… De pronto, comencé a tener la impresión de que la palabra me la disparaban como balas de una ametralladora. Por un instante, imaginé que su boca, que se movía de prisa y con fluidez, era un arma. Le interrumpí, no me oyó, pero volví a interrumpirle, diciendo:

—Pareces entender mucho de niños. ¿Has estado casado?

Se sobresaltó, con la boca a medio abrir, y me miró fijamente. Después rió, de forma sonora, brusca y joven

—¿Casado? ¿De quién te estás burlando?

Me ofendió, pues era una clara advertencia dirigida a mi persona. Aquel hombre, advirtiéndome sobre el matrimonio, era una persona completamente distinta del hombre que hablaba de manera incontrolada, sin poder dejar de emplear palabras inteligentes (pero puntuadas a cada momento con la palabra «yo») sobre cómo educar a una niña pequeña para «que fuera una auténtica mujer». También se presentaba diferente al hombre que el primer día me desnudó con los ojos. Sentí que se me encogía el estómago, y por vez primera comprendí que mi estado

668

de ansiedad se debía a Saul Green. Aparté la taza de café vacía y dije que había llegado la hora de tomar un baño. Me había olvidado de cómo reaccionaba, como si le hubieran pegado o dado un puntapié, cuando una le decía que tenía algo que hacer, pues de nuevo saltó inquieto de la silla, como si le hubieran dado una orden. Esta vez le dije:

—Saul, por el amor de Dios, cálmate.

Hubo un movimiento instintivo de huida, que al final controló. El instante de autocontrol fue una lucha a todas luces física consigo mismo, en la que tomaron parte todos sus músculos. Luego me dirigió una encantadora y traviesa sonrisa y dijo:

—Tienes razón; seguro que no soy la persona más serena del mundo.

Yo llevaba puesto aún el batín y tuve que cruzar ante él para ir al baño. Al pasar por delante, instintivamente tomó la pose de macho, con los pulgares agarrados al cinturón y los dedos arqueados hacia abajo. Su mirada era la mirada conscientemente sardónica del Don Juan.

—Siento que no vaya vestida como Marlene Dietrich en camino hacia el cuarto de atrás.

Sonó su risa ofendida, sonora y joven. No hice caso y me fui al baño. Una vez allí, me estiré, tensa y llena de aprensiones, pero contemplando objetivamente los síntomas de «mi estado de ansiedad». Era como si un extraño que sufriera síntomas que yo nunca había experimentado, tomara posesión de mi cuerpo. Después ordené la casa y me senté en el suelo de la habitación, para intentar el «juego» una vez más. No lo conseguí, y se me ocurrió que me iba a enamorar de Saul Green. Recuerdo que primero encontré la idea ridícula, pero luego la analicé y acabé aceptándola. Bueno, más que aceptarla, luché por ella, como si fuera algo que me debían. Saul se quedó todo el día en casa, en su habitación. Jane Bond llamó dos veces por teléfono, una de ellas cuando yo estaba en la cocina, lo que me permitió escuchar: él le decía, de aquel modo suyo tan cauteloso, que no podía ir a cenar a su casa porque… y a esa negativa siguió una larga historia sobre un viaje a Richmond. Fui a cenar con Molly, pero ninguna de las dos mencionó a Saul en relación conmigo, por lo que comprendí que ya estaba enamorada de Saul, y que la lealtad hombre-mujer, más fuerte que la lealtad entre amigas, se había interpuesto entre nosotras. Molly insistió en hablarme de las conquistas de Saul en Londres, y no cabía ya duda de que me advertía, aunque también hubiera algo posesivo en su actitud. En cuanto a mí, cada vez que Molly se refería a una mujer a la que Saul hubiera causado buena impresión, aumentaba en mí una decisión secretamente triunfal, puesto que este sentimiento se hallaba relacionado con su pose de Don Juan (pulgares en el cinturón, mirada sardónica y desprendida) y no con el hombre que se me había «nombrado». Al regresar, me encontré con él en la escalera. Parecía un encuentro deliberado. Le invité a café y, melancólicamente, observó que yo tenía mucha suerte, pues no me faltaban amigas y una vida estable, refiriéndose a mi cena con Molly. Dije que no le habíamos invitado porque él tenía un compromiso; y se apresuró a preguntar:

—¿Cómo lo sabes?

—Porque he oído que se lo decías a Jane por teléfono.

Su mirada atónita, prudente y a la defensiva, no podía expresar más claramente: «Y a ti ¿qué te importa?». Me enfadé y le recordé :

—Si quieres que tus conversaciones telefónicas sean privadas, no tienes más que subir a telefonear a tu habitación y cerrar la puerta.

—Es lo que haré la próxima vez —dijo hoscamente.

En estos momentos de discordancia y antipatía, yo no sabía realmente qué hacer. Empecé a preguntarle sobre su vida en América, firme en mi propósito de atravesar la barrera de las evasivas. En cierto momento, comenté:

—¿Te das cuenta de que nunca respondes directamente a las preguntas? ¿Qué te ocurre?

Después de un silencio, me contestó que aún no se había acostumbrado a Europa, pues en los Estados Unidos nadie le preguntaba a uno si había sido comunista.

Observé que era una lástima hacer el viaje a Europa para seguir con la misma actitud que en América. Reconoció que tenía razón, pero que le costaba adaptarse, y empezamos a hablar de política. Saul Green era la clásica mezcla de amargura, tristeza y decisión de conservar como sea un equilibrio. En definitiva, eso hacemos todos. Me acosté habiendo decidido que enamorarse de aquel hombre era una estupidez. Mientras estaba echada en la cama, me puse a analizar la expresión «enamorarse» como si fuera la denominación de una enfermedad, enfermedad que yo podía contraer o no a voluntad.

Saul Green tiene una forma peculiar de hacer sentir su presencia en los momentos en que yo hago café o té: sube la escalera, muy afectado, saludándome rígidamente con la cabeza. En momentos como éstos irradia soledad y aislamiento, y llego a sentir su soledad como una aureola de frialdad. Le pedí ceremoniosamente que tomara una taza conmigo y él aceptó, muy serio. Esa noche estaba yo sentada frente a él cuando dijo:

—En mi país tengo un amigo. Poco antes de que yo partiera para Europa, me confesó que estaba harto de aventuras amorosas y de historias de cama, pues eso acaba siendo algo más bien seco y absurdo.

—Puesto que tu amigo ha leído mucho —repliqué, riendo—, debe saber lo que suele sentirse si se han tenido demasiadas aventuras.

—¿Cómo sabes que ha leído mucho? —se apresuró a atajarme.

Habíamos llegado al previsible instante del desagrado: primero porque era obvio que se refería a sí mismo, y yo al principio creí que lo hacía con ironía; luego, porque tuvo un sobresalto interior a causa de la sospecha y cautela, como en el incidente del teléfono. Pero lo peor de todo fue que no dijera: «¿Cómo sabes que he leído mucho?», sino: «Ha leído mucho». A pesar de todo, era obvio que se refería a sí mismo. Incluso después de la rápida mirada de advertencia que me dirigió, apartó los ojos como si examinara a otro, es decir, a él mismo. Ahora ya reconozco estos momentos, no por la secuencia de las palabras ni de las miradas, sino por la súbita tensión aprensiva de mi estómago. Primero siento el malestar de la ansiedad y de la tensión, y luego vuelvo a oír rápidamente lo que haya dicho o bien pienso en un incidente y me doy cuenta de su discordancia, de sopetón, como una grieta en una sustancia a través de la cual manase otra cosa. Esta otra cosa es aterrorizadora, puesto que me resulta hostil.

Después del diálogo sobre el amigo «muy leído», guardé silencio. Me quedé pensando que es increíble el contraste entre su objetiva y analítica inteligencia y aquellos instantes de *gaucherie* (usé la palabra *gaucherie* para ocultarme lo que tenía de aterrorizador). En consecuencia, guardé silencio unos instantes. Después de momentos como éste, en que tengo miedo, siempre siento compasión. Pensé en cuando me abrazó como un niño desamparado, dormido aún.

Más adelante volvió a hablar del «amigo», como si no lo hubiera mencionado con anterioridad. Tuve la sensación de que había olvidado que se refirió a él tan sólo media hora antes.

—Ese amigo tuyo... —y de nuevo miró al centro de la habitación, como alejado de donde estábamos, dirigiendo la vista al invisible amigo— ¿tiene siempre la intención de dejar que las mujeres *lo lleven a la cama* o es sólo un pequeño impulso a fin de experimentar consigo mismo?

Advertí el énfasis que puse en aquellas palabras y comprendí su irritación.

—Siempre que hablas del sexo o del amor, empleas palabras como ésas. ¿Por qué? No lo comprendo —y soltó su brusca carcajada, efectivamente sin comprender nada.

—Lo digo siempre como sujeto pasivo.

—¿Qué insinúas?

—Me produce una sensación rarísima oírte hablar. Con seguridad es a mí a quien se tiran, porque a las mujeres se nos tiran, mientras que tú, como hombre que eres, te tiras a las mujeres y no viceversa.

—No hay duda de que sabes muy bien cómo hacer que me sienta desgraciado —dijo, despacio.

Los ojos le brillaban de hostilidad, y a mí me invadió el mismo sentimiento. Algo que notaba yo desde hacía días, comenzó a bullir en mí, y observé:

—El otro día me contabas cómo habíais luchado, tú y tus amigos americanos, contra la forma en que la lengua degrada al sexo: te describiste como un auténtico puritano, como el Saul

Galahad de la cruzada, pero luego hablas de si se te tiran o no; nunca de que vas con una mujer, sino con una puta, un plan, una chavala, una muñeca, una tía. Cada vez que te refieres a una mujer, me la haces ver como el maniquí de un escaparate o como un montón de miembros sueltos, ya se trate de tetas, piernas o culos. —Estaba enojada, pero también me sentía ridícula. Y eso me enojó más—. Supongo que soy lo que vosotros llamáis una estrecha, pero que me maten si alguna vez reconozco que un hombre es capaz de mantener una actitud sana hacia el sexo en vez de hablar de planes y de muñecas amontonadas. No me extraña que los siniestros americanos tengan tantas dificultades con su maldita vida sexual.

Al cabo de un rato me contestó con sequedad:

—Es la primera vez en mi vida que me han acusado de antifeminista. Te interesará saber que soy el único americano que conozco que no culpa a las americanas de todos los pecados sexuales que pueda haber en el repertorio. ¿Acaso imaginas que no sé que los hombres echan la culpa de sus imperfecciones a las mujeres?

Esto último me ablandó y disipó mi enojo. Después hablamos de política, materia en la que no estábamos en desacuerdo. Era como volver a militar en el Partido, pero cuando ser comunista significaba defender altos valores, luchar por algo. A él le expulsaron por ser «prematuramente antistalinista». Luego, en Hollywood, le pusieron en la lista negra por rojo. Es una de las historias clásicas, ya arquetípicas, de nuestro tiempo, pero la diferencia entre él y los demás es que no le ha quedado ninguna clase de resentimiento.

Por vez primera pude hacer bromas con él y se rió sin ponerse a la defensiva. Llevaba sus tejanos nuevos de color azul, su suéter también azul y unos mocasines. Le dije que debería avergonzarse de llevar el uniforme americano del no conformismo y me contestó que todavía no tiene edad para formar parte de la pequeñísima minoría de seres humanos que no necesita uniforme.

Estoy perdidamente enamorada de este hombre.

Hace tres días que escribí esta frase, pero no me he dado cuenta de que hacía tres días hasta que no lo he calculado. Estoy enamorada y por eso pasa el tiempo sin darme cuenta. Hace dos noches estuvimos hablando hasta tarde, mientras subía la tensión entre nosotros. Yo quería reír, porque siempre resulta cómica la escena de dos personas maniobrando (por decirlo así) antes de entrar en contacto sexual. Al mismo tiempo, no me sentía del todo dispuesta, precisamente porque estoy enamorada, y se comprende que cualquiera de los dos habría podido interrumpir la corriente dando las buenas noches al otro. Por fin se me acercó, me abrazó y dijo:

—Los dos estamos solos, y creo que lo mejor será que nos comportemos bien el uno con el otro.

Noté en su voz un matiz hosco, pero preferí no darme por enterada (* 5). Me había olvidado cómo era hacer el amor con un hombre auténtico. Y me había olvidado de cómo era estar en los brazos de un hombre amado. Me había olvidado de cómo era estar enamorada de esta forma, cuando unos pasos en la escalera hacen latir el corazón y cuando el calor de un hombre contra la palma de la mano representa todo el gozo que puede encontrarse en la vida.

De esto hace semanas y no puedo decir nada más de todo este tiempo, salvo que fui feliz (* 6). Soy tan feliz, tan feliz, que me sorprendo sentada en mi cuarto, contemplando el reflejo del sol contra el suelo. Es así como he conseguido el estado en que llego a concentrarme en el «juego»: se trata de un éxtasis tranquilo y delicioso, una unidad con el todo, en donde la flor de un vaso resulta ser una misma y en donde el lento estirarse de un músculo es la energía confiada que dirige el universo (* 7). Saul se siente tranquilo. Es una persona distinta del hombre que llegó a casa. Ya no se muestra tenso y suspicaz. Mi aprensión ha desaparecido y la persona enferma que habitaba mi cuerpo (* 8) se ha diluido en la nada.

He leído el último párrafo como si hubiera sido escrito refiriéndose a otra persona. La noche siguiente a su redacción, Saul no bajó a dormir a mi cuarto. No dio ninguna explicación; simplemente no se presentó. Me saludó con la cabeza, fría y rígidamente, y se fue arriba. Yo permanecí en la cama despierta, pensando en la forma en que, cuando una mujer empieza a hacer el amor con un hombre nuevo, nace una criatura dentro de ella, hecha de reacciones emocionales y sexuales, que crece según sus leyes propias y según su propia lógica. Esta criatura se sintió rechazada dentro de mí por Saul al irse silenciosamente a la cama, y tanto fue así que hasta noté como temblaba y comenzaba a doblarse y a encogerse. Por la mañana tomamos café, y yo le miré a través de la mesa (estaba blanquísimo y parecía muy tenso). Pude comprender que si le pedía explicaciones sobre su actitud de la noche, pondría mala cara y me mostraría su habitual hostilidad.

Aquel mismo día, más tarde, entró en mi habitación y me hizo el amor. Pero aquello no era hacer el amor de verdad, puesto que había decidido hacer el amor. La criatura que hay dentro de mí, que es la mujer enamorada, no intervino, y se negó a que le mintieran.

Ayer por la noche, Saul dijo:

—Tengo que ir a ver… —y prosiguió con una historia larga y complicada.

—Está bien…

Pero él siguió con la historia, y yo me enfadé. Por mi parte, sabía de qué se trataba, pero prefería ignorarlo, y ello a pesar de que había escrito la verdad en el cuaderno amarillo. Entonces dijo con hosquedad:

—Tienes la manga ancha, ¿verdad?

Lo dijo el día anterior, y yo lo anoté en el cuaderno amarillo. Pero en voz alta, súbitamente, protesté:

—¡No!

Una expresión como de ceguera le pasó por el rostro, y recordé que conocía aquella expresión, que ya la había visto antes y no había querido darme por enterada. La expresión de «tener la manga ancha» es tan ajena a mí que no tiene nada que ver conmigo. Más tarde, vino a mi cama, pero comprendí que se acostaba con otra mujer.

—Te has acostado con otra, ¿verdad?

Se puso rígido, y negó hoscamente

—No. Y aunque así fuera, eso no significaría nada, ¿eh?

Lo extraño era que el hombre que había dicho «no» para defender su libertad, y el hombre que, suplicando, había dicho

675

«no significaría nada» eran dos personas distintas, que yo, sin embargo, no podía relacionar. Me limité a guardar silencio, sobrecogida de nuevo por la aprensión, pero luego un tercer hombre dijo, fraternalmente, con cariño:

—Y ahora, Anna, duérmete.

Me puse a dormir, obedeciendo al tercer hombre amistoso, consciente de las dos Anna, separadas por la niña obediente: Anna, la mujer enamorada que se sentía rechazada, que tenía frío y se creía desgraciada, replegada sobre un rincón de sí misma, y la otra Anna, llena de curiosidad, desprendida y sardónica, que lo miraba todo diciendo: «Vaya, vaya».

Tuve un sueño ligero, con pesadillas terribles. La pesadilla que se repetía consistía en verme a mí misma con el viejo enano malicioso. En el sueño incluso di señales de reconocimiento: aquí estás; ya sabía yo que aparecerías por aquí algún día. Tenía un pene enorme, que le salía atravesándole la ropa. Me amenazaba y era peligroso, porque sabía yo que el viejo me odiaba y quería hacerme daño. Me obligué a despertarme e intenté calmarme. Saul estaba echado contra mí, como un peso de carne inerme y fría. Estaba de espaldas, pero incluso cuando dormía adoptaba una postura defensiva. En medio de la luz tenue de la madrugada vislumbraba su gesto defensivo. Entonces percibí un olor fuerte y amargo. Pensé: no puede venir de Saul; es demasiado escrupuloso. Detecté el olor como si proviniera de su cuello, y comprendí que era el olor del miedo. Tenía miedo. En su sueño estaba cercado por el miedo, y comenzó a lloriquear como un niño. Yo sabía que estaba enfermo, aunque durante aquella semana de felicidad me hubiera negado a reconocerlo. Me sentí llena de amor y compasión y empecé a frotarle los hombros y el cuello para que entrara en calor. De madrugada se pone muy frío. Se trataba de aquel frío que irradiaba de su cuerpo junto con el olor del miedo. Una vez calentado, volví a dormirme y me convertí en el viejo; el viejo se había transformado en mí, pero yo era también la vieja, así que no tenía sexo. Además, estaba llena de malicia y destrucción. Al despertarme, Saul se hallaba de nuevo frío entre mis brazos. Era un peso helado. Tuve que recobrar calor para librarme del terror del sueño antes de poder calentarle a él. Me decía a mí misma: «He sido el viejo malicioso y la vieja maligna o los dos a la vez; ¿qué va a suceder ahora?». Mientras tanto, entró luz en el cuarto, una luz grisácea, de forma que podía ver a Saul. La carne, que en un estado normal hubiera tenido el color castaño característico de su tipo (del hombre ancho, fuerte, rubio y de carnes firmes) era, sin embargo, amarillenta, como si colgara de los grandes huesos de la cara. De pronto, despertó, con miedo, como saliendo de un sueño. Y se incorporó, poniéndose en guardia, buscando a los enemigos. Luego me vio y sonrió: pude imaginar cómo sería aquella sonrisa en la cara ancha y morena de Saul Green cuando se encontrara bien. Pero, condicionada por el temor, su sonrisa era como amarilla. Y por miedo me hizo el amor, para evitar sentirse solo. No era el amor falso que repudiaba la mujer enamorada, esa criatura instintiva, sino un amor movido por el temor, y en consecuencia la Anna que sentía miedo le correspondió. Éramos dos criaturas asustadas, y nos amábamos a través del miedo. Por eso, mi cerebro estaba en guardia, sobrecogido.

Durante una semana no se me acercó Saul sin que mediaran explicaciones. Se convirtió en un extraño que entraba, me saludaba con la cabeza y se iba arriba. Durante una semana contemplé cómo aquella criatura femenina se encogía, se enojaba y, por último, comenzaba a tener celos. Eran unos celos terribles, llenos de despecho e insólitos en mí. Subí al cuarto de Saul, y le dije:

—¿Qué clase de hombre será el que hace el amor a una mujer, gustándole aparentemente durante días y días, y luego se distancia sin decirle siquiera una mentira piadosa?

Sonó la carcajada sonora y agresiva, y dijo:

—¿Qué clase de hombre, preguntas? Es una pregunta muy oportuna.

—Supongo que estás escribiendo la gran novela americana, en la que el joven protagonista busca con qué identificarse.

—Eso es. Pero no estoy dispuesto a aguantar ese tono tan propio del Viejo Mundo, cuyos habitantes, por razones incomprensibles para mí, nunca dudan ni por un instante de su identidad.

Lo dijo riendo, con dureza y hostilidad. Yo también era dura, y me reía. Es más; disfrutando de aquel momento de fría hostilidad, le dije:

—Está bien; que tengas suerte, pero no me uses a mí para tus experimentos.

Y bajé a mi cuarto. Unos minutos más tarde bajó, a su vez, pero no con un grito de guerra, sino con simpatía y comprensión.

—Anna, tú buscas un hombre en tu vida, y a mi juicio mereces uno, pero...

—¿Pero?

—Buscas la felicidad. Esta palabra nunca ha significado nada para mí hasta que te he visto manipularla como si estuvieras extrayendo melaza de esta situación. Dios sabe que nadie, ni siquiera una mujer, podría conseguir la felicidad en circunstancias como las nuestras, pero... Se trata de mí, de Saul Green, que jamás ha sido feliz.

—O sea que te utilizo.

—Exacto.

—El intercambio es justo, puesto que tú me usas a mí.

Se le cambió el gesto y pareció sobresaltado.

—Perdona que lo mencione —dije yo—, pero estoy segura de que te habrá pasado por la mente.

Entonces rió de veras, no con hostilidad.

Pasamos a tomar café y hablamos de política o, mejor dicho, de América. Su América es fría y cruel. Habló de Hollywood; de los escritores que fueron «rojos», que cayeron en una forma conformista de ser «rojos» bajo la presión de McCarthy; de los escritores que se hicieron respetables y cayeron en el conformismo anticomunista; de los hombres que informaron sobre sus amigos a los comités inquisitoriales (* 9). Hablaba de ello con una mezcla de objetividad, de ira y diversión. Contó una historia de cuando su jefe le llamó al despacho para preguntarle si era miembro del Partido Comunista. Saul, entonces, no pertenecía ya al Partido, pues había sido expulsado con anterioridad, pero se negó a contestar. El jefe, muy apesadumbrado, dijo entonces que Saul debía dimitir. Y Saul dimitió. Unas semanas más tarde, se encontró con ese hombre en una reunión y empezó a gemir apesadumbrado:

—Eres amigo mío, Saul; me gusta creer que eres amigo mío.

En este punto coinciden docenas de historias: la de Saul, la de Nelson y las de otros muchos. Mientras hablaba, sentí algo que me inquietó, algo así como un fuerte impulso de ira y desprecio hacia el jefe de Saul, hacia los escritores «rojos» que se refugiaron en el comunismo conformista, hacia los delatores.

—De acuerdo, pero lo que nos afecta, que es nuestra actitud, proviene de asumir la hipótesis de que la gente va a tener el valor de jugársela por sus creencias individuales.

Levantó la cabeza, con vigor y en actitud de desafío. Normalmente, cuando Saul habla, lo hace como un ciego, con los ojos sin expresión. Es como si se hablara a sí mismo. Entonces fue cuando toda su persona se colocó en formación por detrás de sus fríos ojos grises, y aquello me hizo pensar en todo cuanto me había acostumbrado a su manera de hablarse a sí mismo, sin ser apenas consciente de mí.

—¿Qué quieres decir?

Me di cuenta de que era la primera vez que había pensado todo esto con tanta claridad. Su presencia me obligaba a pensar con claridad, porque buena parte de nuestra experiencia se parece, y ello a pesar de que somos personas tan distintas.

—Mira: ninguno de nosotros, por ejemplo, ha dejado de hacer y decir una cosa en público y otra en privado, una cosa a nuestros amigos y otra al enemigo. Ni uno siquiera de nosotros ha conseguido no dejarse vencer por las presiones, ante el miedo de que nos creyeran traidores. Yo misma recuerdo por lo menos una docena de veces en las que pensé: la razón por la que me aterra decir esto no es otra sino que tengo miedo de que el Partido me crea una traidora.

Saul miraba fijamente, con los ojos duros, como si se burlara. Conozco esta expresión: es «la burla del revolucionario», que todos nosotros hemos utilizado alguna vez. Por eso no la desafié, y proseguí:

—Lo que quiero decir es que, precisamente, el tipo de persona de nuestro tiempo que por definición hubiera podido esperarse que fuera incapaz de sentir temor, el individuo franco y sincero, es el que ha resultado más adulador, embustero y cínico, ya haya sido por miedo a la tortura o a la prisión o porque le creyeran un traidor.

—¡Verborrea burguesa! —rechazó, emitiendo como un ladrido—. Que, por supuesto, denota bien a las claras tu procedencia, ¿no crees?

Por un instante no supe qué decir, puesto que nada de lo que me había dicho hasta aquel momento, nada de su tono, hubiera podido hacerme esperar esa observación; era una de las armas clásicas del arsenal comunista: el sarcasmo y la burla. Me cogió por sorpresa y objeté:

—No se trata de eso.

Pero él replicó en el mismo tono:

—Es la muestra más arbitraria de acoso antirrojo que he visto desde hace tiempo.

—¿Es que acaso tus críticas de los viejos amigos del Partido constituyen un comentario objetivo? —No contestó, limitándose a fruncir el ceño. Proseguí—: Sabemos por América que toda una *inteliguentsia* puede ser forzada a tomar actitudes monótonamente anticomunistas.

De pronto, observó:

—Por eso amo este país, porque aquí no podría pasar una cosa así.

Volvió la sensación de discordia, pues lo que había dicho era algo muy sentimental, un lugar común del repertorio liberal, lo mismo que las otras observaciones eran lugares comunes del ropero comunista.

—Durante la guerra fría —comenté—, cuando los aspavientos contra el peligro comunista estaban en su punto máximo, los intelectuales de aquí hacían lo mismo. Ya sé que todo el mundo lo ha olvidado y ahora se escandaliza de McCarthy, pero en aquel tiempo nuestros intelectuales disminuían su importancia y afirmaban que las cosas no estaban tan mal como parecían. Adoptaban la misma actitud que sus colegas de los Estados Unidos. Nuestros liberales, en su mayoría, defendían abiertamente o por implicación a los comités de actividades antiamericanas.

Un editor de los más importantes escribió a la prensa sensacionalista una carta histérica en la que decía que, si hubiera sabido que X y Z, viejos amigos suyos, eran espías, no hubiera vacilado en acudir al M.15 con información sobre ellos. A nadie se le ocurrió decir nada contra este hombre, y todas las sociedades y organizaciones literarias se dedicaron a la forma más primitiva de anticomunismo. Todo o buena parte de cuanto decían era cierto, naturalmente, pero lo importante es que sus argumentos coincidían con lo que a diario publicaban los periódicos sensacionalistas, sin tratar de entender nada, limitándose a ladrar como una jauría enfurecida. Estoy segura de que si la temperatura hubiera subido un poco más, hubiéramos visto a nuestros intelectuales agruparse en Comités de Actividades antibritánicas, mientras que nosotros, los rojos, hubiéramos mantenido que lo negro era blanco.

—¿Y...?

—Por lo que hemos visto que pasaba durante los últimos treinta años en las democracias, y ya no digamos en las dictaduras, es tan reducido el número de personas que en una sociedad está de veras preparado para nadar contra la corriente, para luchar en serio por la verdad cueste lo que cueste...

De pronto, se excusó:

—Perdón...

Y comenzó a caminar de aquella manera suya tan característica, rígida y casi a ciegas.

Me quedé en la cocina pensando en lo que acababa de decir. Yo, junto con todas las personas a quienes conocía bien, algunas de ellas admirables, nos hundimos en el conformismo comunista y nos mentimos a nosotros mismos. Los intelectuales «liberales» o «libres» fueron empujados con facilidad a un tipo u otro de caza de brujas. Y es que muy pocas personas tienen el valor, el tipo de valor sobre el que descansa la democracia. Con gente que no tenga este valor, una sociedad libre no puede hacer otra cosa que morir, y esto en el supuesto de que haya llegado a nacer.

Me quedé allí sentada, desalentada y deprimida. En todos los que hemos sido criados en una democracia occidental existe la creencia íntima de que la libertad se reforzará y sobrevivirá a todo tipo de dificultades, porque es una creencia que, al parecer, sobrevive a toda prueba de efectos contrarios. Lo más probable, sin embargo, es que se trate de una creencia peligrosa en sí misma. Allí, sentada, tuve una visión del mundo, con naciones, sistemas y bloques económicos que se endurecían y consolidaban; un mundo en que cada vez sería más ridículo hablar de libertad o de cosas como la conciencia individual. Ya sé que este tipo de visión ha sido descrita en libros y que se trata de algo que hemos leído, pero, por un instante, no se trató de palabras ni de ideas, sino de algo que sentí en la sustancia de mi carne como una certeza.

Saul volvió a bajar, vestido, con la apariencia de lo que yo llamo «él mismo». Dijo, simplemente, y a la ligera:

—Perdona que me haya ido; es que no podía soportar lo que estabas diciendo.

—Estoy atravesando una época en que todo lo que pienso resulta negro y deprimente. Quizás yo tampoco lo soporto...

Se acercó a mí y me rodeó con sus brazos, diciendo:

—Nos consolamos mutuamente, pero yo me pregunto: ¿para qué? —Y luego, sin apartar los brazos—: Debemos recordar que quienes han experimentado lo nuestro han de estar deprimidos y desesperanzados.

—O tal vez ocurra que la gente con experiencia como nosotros seamos los que mejor sabemos la verdad, pues sabemos de lo que hemos sido capaces.

Le ofrecí almorzar y nos pusimos a hablar de su niñez. Había tenido una infancia desdichada, según el patrón clásico: matrimonio separado, etc. Después del almuerzo subió a su habitación, aduciendo que deseaba trabajar. Pero bajó casi en seguida, y apoyándose contra el marco de la puerta, dijo:

—Antes era capaz de trabajar durante horas sin interrupción, pero ahora no aguanto ni una.

De nuevo volví a sentir un sobresalto. Ahora, después de bien pensado, pero parece estar muy claro. No obstante, en aquel momento me desconcerté, porque hablaba como si hubiera estado trabajando una hora, y no apenas cinco minutos. Permaneció conmigo, distraído e inquieto.

—En mi tierra tengo un amigo cuyos padres se separaron cuando él era un niño. ¿Crees que ello le habrá afectado? —preguntó.

Durante un instante no supe qué responder, pues resultaba obvio que «el amigo» era él mismo. Sin embargo, no hacía ni diez minutos que estuvo hablando de sus padres.

—Sí, estoy segura que te ha afectado la separación de tus padres. Se sobresaltó, con un gesto de suspicacia e inquirió —¿Cómo lo has sabido?

(* 10) —¡Qué mala memoria tienes! —le reproché—. ¿Acaso no recuerdas que me has hablado de tus padres apenas si hace unos minutos?

Se puso en guardia, mientras pensaba. Tenía el gesto agudizado por ideas de sospecha. Pero dijo, haciéndose un lío con las palabras —Ah, es que pensaba en mi amigo, nada más…

Dio la vuelta y subió de nuevo a su cuarto.

Me quedé confundida, atando cabos. Era cierto, pues, que no recordaba que me hubiera hablado de ello. Entonces me acordé de una media docena de ocasiones durante aquellos días pasados en los que me había contado algo, mencionándolo de nuevo algunos minutos más tarde, como si fuera un tema nunca tratado. Ayer, por ejemplo, dijo:

—¿Te acuerdas de cuando llegué aquí?

Hablaba como si hiciera varios meses de aquello. Y en otra ocasión

—Aquella vez que fuimos al restaurante indio… —y resultaba que habíamos ido el mismo día a la hora del almuerzo.

Me dirigí a la habitación grande y cerré la puerta. Hemos acordado que, cuando la puerta está cerrada, no quiero que me molesten. A veces, cuando tengo la puerta cerrada, le oigo pasear de un lado a otro por encima de mí o bajar la escalera hasta la mitad. Entonces siento como si me apremiaran a que abra la puerta. Y lo hago. Pero hoy he cerrado, me he sentado en la cama y he intentado reflexionar. Sudaba un poco, tenía las manos frías y no podía respirar bien. Estaba agarrotada de ansiedad, y me repetía una y otra vez: «La ansiedad no es mía, no es mía»; pero esto no me ayudaba a sentirme mejor (* 11). Me he echado cara arriba en el suelo con una almohada debajo de la cabeza, he relajado los miembros y me he puesto a «jugar»… Mejor dicho, lo he intentado, pero era inútil, porque oía arriba a Saul. Cada uno de sus movimientos pasaba a través de mí. He pensado que debería salir de la casa o ir a ver a alguien. Pero ¿a quién? Sabía que no podía hablar de Saul con Molly. Sin embargo, la he llamado por teléfono, y ella me ha preguntado como de pasada:

—¿Cómo está Saul?

—Bien.

Me dice que ha visto a Jane Bond y que «está muy por él». Desde hace unos días no pensaba en Jane Bond, de modo que he hablado apresuradamente de algo y me he vuelto a tumbar al suelo. Ayer por la noche, Saul dijo:

—Tengo que dar un paseo; de lo contrario, no podré dormir.

Estuvo fuera alrededor de tres horas. Jane Bond vive a una media hora andando y a diez minutos en autobús. Antes de irse telefoneó a alguien, lo cual significa que había quedado con Jane, desde mi casa, para encontrarse con ella y hacer el amor. En efecto, fue, hizo el amor, regresó y se metió en mi cama a dormir. Anoche no hicimos el amor porque, inconscientemente, me defendía contra el dolor de confirmar mi sospecha. (Aunque intelectualmente no me importe, a la criatura que hay dentro de mí sí le importa; es ella la que siente celos, la que pone mala cara y la que desea vengarse.)

Llamó a la puerta y me dijo:

—No quiero molestarte; me voy a dar un paseíto.

Sin saber que lo iba a hacer, fui a la puerta y la abrí. Él comenzó a bajar la escalera, y le pregunté:

—¿Te vas a ver a Jane Bond?

Se puso tieso,—se volvió lentamente y me dijo con firmeza: —No; me voy a dar un paseo.

No dije nada porque me parecía imposible que mintiera si se lo preguntaba directamente. Hoy debiera haberle preguntado: «¿Fuiste a ver a Jane Bond ayer noche?». Y ahora caigo en la cuenta que no se lo he preguntado por miedo a que me dijera que no.

A cambio, me volví y cerré la puerta. Era incapaz de pensar o de moverme. Estaba enferma. Me he repetido: «Tiene que marcharse, tiene que marcharse de aquí». Pero yo sabía que no podría pedirle que se fuera, así que he acabado por repetirme una y otra vez: «Tengo que tratar de sentirme más imparcial».

Cuando volvió, me di cuenta de que, desde hacía horas, esperaba oír sus pasos. Era casi de noche. Me gritó un saludo demasiado amistoso, en voz muy alta, y se fue directamente al cuarto de baño (* 12). Me quedé pensando: «Es sencillamente imposible que este hombre venga de ver a Jane Bond y se vaya a lavar las huellas del acto sexual, sabiendo que puedo saber lo que está haciendo». Hube de forzarme para intentar decirle.

—Saul, ¿has ido a acostarte con Jane Bond esta tarde?

Cuando ha entrado, se lo he dicho. El ha soltado su sonora carcajada y ha replicado:

—No.

Luego me ha mirado con atención, se ha acercado a mí y me ha rodeado con sus brazos. Lo ha hecho con tanta sencillez y cariño, que yo inmediatamente me he rendido. Ha añadido, en tono muy amistoso:

—Vamos, Anna, las cosas te afectan demasiado. Tómatelo con calma. —Me acaricia un poco y prosigue—: Creo que deberías intentar comprender una cosa: somos dos personas muy distintas. Y otra cosa más: el género de vida que llevabas antes de que viniera yo, no te sentaba nada bien. Todo va mejor ahora que estoy aquí.

Al decir esto, ha hecho que me tumbara en la cama y ha empezado a consolarme, como si estuviera mala. Y, la verdad, lo estaba. Tenía la mente muy agitada y el estómago, revuelto. No podía pensar nada, porque el hombre que tanto cariño me mostraba era el mismo que me hacía enfermar. Más tarde ha dicho:

—Y ahora hazme la cena, te hará bien. Que Dios te guarde. La verdad es que eres una mujer, en el fondo, muy de tu casa. Deberías estar casada con un buen marido y disfrutar de una situación fija en alguna parte. —Después, con hosquedad (* 13)—. ¡Dios me asista! Tengo la impresión de que siempre caen en mis manos.

Le he hecho la cena.

Esta mañana, temprano, ha sonado el teléfono. Lo he cogido yo y era Jane Bond. He despertado a Saul. Se lo he dicho y he salido de la habitación. Me he ido al cuarto de baño, donde he armado mucho ruido, abriendo el grifo, etc. Cuando he vuelto, él ya estaba de nuevo en la cama, medio doblado y casi dormido. Esperaba, que me contara lo que Jane le había dicho o pedido, pero no ha mencionado siquiera la llamada. Me he vuelto a enfadar. Sin embargo, durante toda la noche pasada ha estado lleno de afecto y cariño. En sueños se ha vuelto hacia mí como un amante, besándome y tocándome, e incluso diciendo mi nombre, o sea que todo iba dirigido a mí. Yo no sabía qué sentir. Después del desayuno, ha dicho que tenía que salir. Ha dado una explicación larga y detallada sobre la necesidad que tenía de ir a ver a un hombre de la industria del cine. Yo sabía, por la expresión rígida que adoptaba su cara, y por las complicaciones innecesarias de la explicación, que se iba a ver a Jane Bond, pues había quedado con ella por teléfono. Al marcharse, he subido a su cuarto. Todo estaba muy ordenado. He empezado a revolver entre sus papeles. Recuerdo haber pensado, sin escandalizarme por ello, que tenía derecho a hacerlo por haberme mentido él, pues era la primera vez en mi vida que leía las cartas o escritos de otra persona. Estaba enfadada y me sentía mal, pero procedí con mucho método. Hallé un paquete de cartas atadas con una goma en un rincón. Eran de una chica de América. Habían sido amantes y ella se quejaba de que él no le escribiera. Había otro paquete de cartas de una chica de París, con nuevas quejas de que no hubiera escrito. Puse de nuevo las cartas en su sitio, y lo hice sin cuidado, de cualquier manera. Entonces comencé a buscar otra cosa y encontré un montón de diarios (* 14). Recuerdo haber pensado que era raro que sus diarios estuvieran en orden cronológico, no divididos como los míos. Hojeé unos cuantos de los primeros, sin leerlos, sólo para hacerme una idea: allí estaba la interminable lista de sitios nuevos, de trabajos diferentes y de nombres de muchachas. Era como seguir un hilo a través de la diversidad de los nombres de lugar, de los nombres de mujeres, de los detalles de su soledad, de su desprendimiento de todo, de su aislamiento. Me senté en su cama, tratando de hacer encajar las dos imágenes, la del hombre que yo conocía y la del hombre allí retratado, que resultaba totalmente inmerso en la lástima que sentía hacia sí mismo, revelándose frío, calculador y sin emociones. Luego recordé que cuando leía mis cuadernos, no me reconocía a mí misma. Algo extraño sucede cuando uno escribe sobre sí mismo, tal como es y no como se proyecta: el resultado es siempre frío, sin piedad y crítico. Si no es crítico, no tiene vida. Me doy cuenta de que al escribir esto, vuelvo a aquel punto del cuaderno negro en que escribí sobre Willi. Si Saul dijera, hablando de sus diarios, o resumiera su personalidad más joven desde la más madura: «Fui un cerdo, ¡qué manera de tratar a las mujeres!». O bien: «Tengo razón en tratar a las mujeres así». O: «Es simplemente una descripción de lo que ha pasado; no hago juicios morales sobre mí mismo…». En fin, si dijera lo que fuese, no tendría ninguna significación, porque entonces se habría dejado fuera de los diarios la vitalidad propia de la vida misma. «Willi dejó que las gafas brillaran a través del cuarto y dijo…» «Saul, de pie, cuadrado y sólido, con una ligera sonrisa, ironizando sobre su propia pose de seductor, diciendo con cachaza: "Vamos, nena, vamos a joder; me gusta tu estilo".» He seguido leyendo, primero escandalizada por la frialdad y falta de escrúpulos que iba descubriendo; luego traduciendo por lo que sabía de Saul y de la vida misma. Así es que he estado cambiando continuamente de humor, yendo de la ira femenina al deleite por todo lo que está vivo, al gozo de reconocerme en algo.

Luego, el gozo se ha disipado al encontrar una anotación que me ha dado miedo, porque ya la había escrito yo misma, sacándola de otro tipo de conocimiento, en mi cuaderno amarillo. Me causa miedo el hecho de que, cuando escribo, parece que tengo un terrible sexto sentido o algo así, cierta intuición. En esos momentos, empieza a trabajar en mí un tipo de inteligencia que en la vida ordinaria sería demasiado dolorosa, pues me resultaría imposible vivir si la usara en la vida. Tres anotaciones: «Tengo que salir de Detroit, pues ya he sacado de aquí todo lo que necesitaba. Mavis me causa problemas. Hace una semana estaba loco por ella; ahora ya no siento nada. Extraño». Luego: «Ayer noche Mavis vino a mi apartamento. Joan estaba conmigo. Tuve que salir al recibidor y hacer que Mavis se fuera». Y más adelante: «Tuve carta de Jack en Detroit. Mavis se ha cortado las muñecas con una navaja. Llegaron a tiempo para llevarla al hospital. Lástima, porque es una buena chica». No había más referencias a Mavis. Me sentía enojada, con esa ira fría y vengativa de la guerra de sexos; me sentía tan enojada que hube de poner freno a mi imaginación. Dejé el montón de diarios. Hubiera necesitado semanas enteras para leerlos y no me interesaban. Ahora tenía curiosidad por saber lo que había escrito de mí. Encontré la fecha en que había llegado a casa. «He visto a Anna Wulf. Si me quedo en Londres, me servirá. Mary me ofreció una habitación, pero en su casa temo que encuentre dificultades. Está bien en la cama, pero nada más. Anna no me atrae, lo que es una ventaja, dadas las circunstancias. Mary me ha hecho una escena. Jane estaba en la reunión. Bailamos y jodimos prácticamente en la pista de baile. Es pequeña y ligera como un muchacho. La acompañé a casa y estuvimos jodiendo toda la noche. Fue fantástico.» «Hoy, al hablar con Anna, no me acuerdo de lo que le he dicho. Espero que no haya notado nada.» Durante unos días no había entradas, y luego: «Una cosa rara, Anna me gusta más que nadie, pero no me divierto con ella en la cama. ¿Quizás ha llegado el momento de cambiar? Jane me causa problemas. ¡Joder con estas damas!». «Anna me está fastidiando a causa de Jane. Bueno, peor para ella.» «He roto con Jane. Lástima, porque es el mejor plan que he tenido en este maldito país. Marguerite en el café.» «Jane ha telefoneado, fastidiando a causa de Anna. No quiero dificultades con Anna. Cita con Marguerite.»

Esto era hoy. Así que cuando salió era para ir con Marguerite y no con Jane. Estoy escandalizada de mí misma por no escandalizarme de haber leído los escritos íntimos de otra persona, sino todo lo contrario, pues me siento llena de un gozo siniestro y triunfal porque he cogido a Saul in fraganti.

(* 15) Una anotación: No le divierte acostarse con Anna. Me ha tocado tan hondamente, que durante unos instantes no he podido respirar, pero no lo he comprendido. He perdido la fe durante unos minutos en el juicio de la criatura femenina que reacciona o no en función de si Saul hace el amor por convicción o no. No se le puede mentir. Durante un momento he imaginado que había estado concibiendo falsas ilusiones. Me avergonzaba que me preocupara que no quisiera acostarse conmigo. Eso lo máximo que significaría es que soy «un buen plan». Y me importaba sólo secundariamente que le resultara simpática. Al final, he dejado los diarios sin cuidado, por desprecio, como había dejado las cartas, y he bajado a escribir esto. Pero estoy demasiado confusa para escribir algo sensato.

He vuelto a echar un vistazo a su diario. Escribió «...pero no me divierto con ella en la cama», la semana en que no bajó a mi habitación. Desde entonces ha estado haciendo el amor como lo hace un hombre atraído por una mujer. No lo comprendo; no comprendo nada.

Ayer me forcé a retarle:

—¿Estás enfermo? Si lo estás, ¿qué te ocurre?

Lo que ha dicho casi esperaba que me lo dijera:

—¿Cómo lo sabes?

Me he reído. Y él ha dicho cautelosamente:

—Creo que si tienes problemas, te los deberías cargar a ti misma y no pasárselos a los demás.

Ha dicho eso con seriedad, con aspecto de un hombre responsable. Y yo le he respondido:

—Eso es exactamente lo que haces tú. ¿Qué te ocurre?

He tenido la sensación de encontrarme en medio de una niebla psicológica, pues me ha contestado seriamente:

—Tenía la esperanza de no pasarte mis problemas.

—No me quejo, pero creo que no es bueno reservarse las cosas; es mejor sacarlas fuera, ¿no te parece?

Pero él, súbitamente irritado y hostil, ha exclamado:

—Hablas como un maldito psicoanalista.

Por mi parte, pensaba cómo en cualquier conversación puede llegar este hombre a ser cinco o seis personas diferentes. En aquel momento, incluso esperaba que volviera a su personalidad de hombre responsable. Y así fue, puesto que dijo:

—No estoy en muy buena forma, es cierto. Trataré de mejorar.

Y yo:

—No se trata de mejorar.

Se empeñó en cambiar el giro de la conversación. En el rostro tenía una expresión de hombre acosado y herido como si estuviera defendiéndose.

Llamé al doctor Paynter y le dije que deseaba saber qué no funcionaba en una persona cuando ésta no tenía sentido del tiempo y parecía ser varias personas diferentes. Me contestó:

—No diagnostico por teléfono.

—Déjese de cuentos.

—Mi querida Anna —insistió—, opino que sería mejor que tomara hora.

—No es para mí, es un amigo.

Tras un silencio, me recomendó:

—No se asuste, pero se sorprendería si supiera cuántas personas encantadoras circulan por la calle como fantasmas. Tome hora.

—¿Cuál es la causa?

—Bueno, yo diría, me atrevería a suponer, sin decir nada extravagante, que se debe a la época en que vivimos.

—Gracias.

—¿No toma hora?

—No.

—Eso está mal, Anna; eso es orgullo espiritual. Si se encuentra con que es varias personas, ¿a cuál de ellas va a coger las manos?

—Está bien, le pasaré el recado a quien le interesa.

Me acerqué a Saul y le dije:

—He telefoneado al médico y cree que estoy enferma. Le he dicho que tengo un *amigo*…, ¿comprendes?

Saul adoptó una expresión suspicaz, de persona acosada, pero sonrió.

—Dice que debería pedir hora —proseguí—, pero que no debo asustarme de ser varias personas diferentes y de no tener ningún sentido del tiempo.

—¿Es lo que te ha parecido a ti?

—Pues sí.

—Gracias; supongo que, al fin y al cabo, tiene razón ese doctor.

Hoy me ha dicho:

—¿Por qué debería malgastar el dinero con un psiquiatra cuando resulta que tú me curas gratis?

Su tono era cruel y triunfal. Observé que era injusto aprovecharse de mí en este aspecto. Y él, con el mismo odio triunfal, exclamó:

—¡Ah, las inglesas! ¡Es lo justo, puesto que todos nos aprovechamos los unos de los otros! Tú te aprovechas de mí para soñar en la felicidad hollywoodiana, y yo me lo cobro aprovechándome de tu experiencia con curanderos.

Un momento después estábamos haciendo el amor. Cuando nos peleamos, cuando nos odiamos, surge la sexualidad del odio. Entonces el acto resulta duro y violento; es algo inusitado en mí, algo que no tiene nada que ver (* 16) con esa criatura que es la mujer enamorada, la cual se mantiene ajena a este lance.

Hoy, en la cama, me ha criticado uno de mis gestos, y me he dado cuenta de que me estaba comparando con otra. He observado que había escuelas diferentes de hacer el amor, y que nosotros veníamos de escuelas distintas. Nos odiábamos, pero todo esto nos lo hemos dicho de buen humor, pues él se ha puesto a pensar en ello y luego se ha echado a reír a carcajadas.

—El amor —dijo en tono tierno— es internacional.

—Y joder es una cuestión de estilos nacionales. Un inglés no haría el amor como tú. Me refiero, naturalmente, a los que hacen el amor.

Improvisó una canción pop: «Me gusta el estilo de tu nación, siempre que a ti te guste el de la mía».

Las paredes de este piso nos encarcelan. Hay días que los pasamos enteros entre ellas. Soy consciente de que los dos estamos locos. Él dice, riéndose a fuertes carcajadas:

—Si estoy loco, hasta ahora no me había dado cuenta. ¿Y qué? Supongamos que prefiera estar loco; ¿qué hay de malo en ello?

Mientras tanto, mi ansiedad es permanente, pues ya no sé lo que es despertarse con normalidad. Pero observo el estado en que me encuentro e incluso pienso: «Bueno, al menos yo nunca sufriré de ansiedad propia, de modo que es mejor que sienta la de otro, ahora que tengo la ocasión».

A veces trato de hacer «el juego». A veces escribo en este cuaderno y en el amarillo. O miro cómo cambia la luz del suelo, o cómo un grano de polvo o un nudo en la madera se hacen enormes y se convierten en símbolos de ellos mismos. Arriba, Saul pasea de un lado a otro, o bien se producen largos períodos de silencio. Tanto el silencio como el ruido de sus pasos reverbera por entre mis nervios. Cuando sale del piso «para dar un paseíto», mis nervios parecen estirarse y seguirle, como si estuvieran atados a él.

Hoy ha venido, y por instinto he sabido que estuvo durmiendo con otra. Se lo pregunté, no porque me importara, sino porque somos dos personas en lucha.

—No, ¿qué te lo hace suponer? —Adoptó una expresión ávida, astuta y furtiva, y añadió—: Te daré una prueba, si quieres.

Me reí, aunque estaba enfadada, y la risa hizo que me recobrara. Estoy loca, obsesionada por unos celos fríos que nunca había sentido. Soy el tipo de mujer que lee cartas íntimas y diarios; pero cuando me río, estoy curada. A él no le gustó mi risa.

—Los prisioneros aprenden a hablar de un modo especial.

—Nunca he sido un carcelero —repliqué—, y si ahora me porto como tal, es posiblemente porque tú lo necesitas.

El rostro se le aclaró y se sentó en mi cama, diciendo con esa sencillez que adopta tan instantáneamente:

—El problema es que cuando empezamos a estar juntos, tú diste por supuesto que teníamos que ser fieles, y yo no. Nunca he sido fiel a nadie. Nunca se me ha ocurrido una cosa así.

—Eres un mentiroso. ¿Acaso insinúas que cuando una mujer empieza a mostrar interés por ti o ve cómo eres, tú pasas a otra con toda naturalidad?

Soltó su carcajada franca y joven, en lugar de la hostil.

—Quizás haya algo de eso… —admitió.

A punto estuve de decir: «Pues pasa a otra». Me preguntaba por qué no lo decía, qué tipo de lógica seguía con él. Durante un segundo, cuando ya casi había comenzado a decir «pues pasa a otra», me dirigió una mirada rápida y asustada.

—Debieras haberme advertido que para ti tenía importancia —comentó.

—Está bien; te lo digo ahora. Me importa…

—De acuerdo —convino cautelosamente y después de una pausa. Su cara tenía la expresión astuta y furtiva. Yo sabía muy bien lo que estaba pensando.

Hoy ha salido un par de horas, después de una llamada telefónica, y en seguida subí a su cuarto a leer sus recientes anotaciones en el diario. «Los celos de Anna me están volviendo loco. He visto a Marguerite. La acompañé a casa. He conocido a Dorothy en su casa. Me escaparé cuando Anna se vaya a ver a Janet la semana próxima.»

He leído esto último con una fría sensación de triunfo.

Y, sin embargo, a pesar de todo, hay horas de camaradería cariñosa, en que hablamos sin parar. Y hacemos el amor. Dormimos juntos cada noche, y es un sueño maravillosamente profundo. Luego la camaradería se convierte en odio en la mitad de una frase. A veces el piso es un oasis de amor y cariño; luego, de repente, se convierte en un campo de batalla, e incluso las paredes vibran de odio. Nos cercamos mutuamente como dos animales. Las cosas que nos decimos son tan terribles que luego, al pensar en ellas, me escandalizo. Sin embargo, somos muy capaces de decirlas, escuchando lo que decimos, y rompiendo a reír luego, revolcándonos por el suelo.

Fui a ver a Janet. Durante todo el viaje me sentí desgraciada porque sabía que Saul estaba haciendo el amor con Dorothy, a la que no conozco. No pude olvidarme de ello mientras estuve con Janet. Parecía feliz: alejada de mí, se ha convertido en una colegiala absorta en sus amigas. A la vuelta, en el tren, pensé en lo extraño que resultaba durante doce años, cada minuto de cada día se hubiera ido organizando alrededor de Janet y que mi horario hubiera sido el de sus necesidades. Al irse a la escuela, todo terminó, y yo volví a ser una Anna que nunca dio a luz a Janet. Recuerdo que Molly dijo lo mismo: Tommy se fue de vacaciones con unos amigos cuando tenía dieciséis años, y ella se pasó los días rodando por la casa, asombrada de ella misma. «Me siento como si jamás hubiera tenido un hijo», decía.

Al acercarme a casa, aumentó la tensión de mi estómago, y al llegar ya me encontraba mal. Me fui directamente al cuarto de baño a vomitar. Jamás en mi vida me había mareado a causa de los nervios. Luego llamé arriba. Saul estaba ya en casa y bajó de buen humor: «¡Hola! ¿Cómo ha ido?», etc. Al mirarle, noté que le cambiaba la cara para adoptar una expresión de cautela furtiva que escondía una sensación de triunfo, y me vi a mí misma, fría y llena de malicia.

—¿Por qué me miras así? —Y luego—: ¿Qué tratas de saber?

He pasado a mi habitación grande. El «qué tratas de saber» era una nueva nota en el intercambio, un bajón hacia nuevas profundidades de despecho. Olas de odio puro habían irradiado de él al decirlo. Me senté en la cama e intenté reflexionar. Me di cuenta de que el odio me había causado miedo físico. ¿Qué sé yo sobre enfermedades mentales? Nada. Sin embargo, por instinto sentía que no tenía por qué sentir miedo.

Me siguió a la habitación y se sentó al borde de la cama, canturreando una tonada de *jazz* y mirándome.

—Te he comprado unos discos de *jazz*. El *jazz* te calmará.

—Bien... —me limité a decir.

—¡Maldita inglesa! —exclamó de pronto.

—Si no te gusto, vete...

Me dirigió una mirada rápida de sobresalto y se fue. Aguardé a que volviera, pues me constaba que lo haría. En efecto, volvió tranquilo, callado, fraternal y afectuoso. Puso un disco. Miré los discos. Se trataba de un primer Armstrong y de un Bessie Smith. Permanecimos sentados sin decir nada, escuchando mientras él me vigilaba.

—¿Te gustan? —me preguntó.

—Esta música está llena de buen humor. Es cálida y grata.

—¿Y qué más?

—No tiene ninguna relación con nosotros, puesto que no somos así.

—Mi carácter fue formado por Armstrong, Bechet y Bessie Smith.

—Entonces, algo te ha pasado últimamente...

—Lo que me ha pasado es exactamente lo que le ha pasado a América. —Y añadió hoscamente—: Supongo que va a resultar que también tienes talento natural para el *jazz*. Era lo único que faltaba…

—¿Por qué tienes que ser tan competidor en todo?

—Porque soy americano. Es un país de competidores.

Comprendí que el hermano tranquilo había desaparecido, y de nuevo afloraba el odio.

—Creo que sería mejor que esta noche nos separáramos. A veces resultas excesivo para mis fuerzas.

Se quedó asombrado. Luego, su rostro recobró el control. Cuando esto ocurre, su tez de enfermo parece, literalmente, que hace un esfuerzo para disciplinarse. En voz baja, y con una gran risa amistosa, dijo:

—No me quejo. Soy excesivo incluso para mí mismo.

Se marchó, pero al cabo de unos minutos, cuando ya estaba en la cama, bajó y me dijo, sonriendo:

—Córrete hacia un lado.

—No quiero pelear…

—No podemos evitarlo…

—¿No te parece rara la razón por la que hemos elegido pelearnos? Me importa un comino con quién duermas, y tú no eres el tipo de hombre que castiga a una mujer sexualmente. Está claro, pues, que nos peleamos por otra cosa. ¿Por qué crees tú que es?

—Es una experiencia interesante estar loco…

—Sí, desde luego; es una experiencia interesante.

—¿Por qué lo dices así?

—Dentro de un año, los dos lo recordaremos diciendo: éramos así entonces; ¡qué experiencia más fascinante!

—¿Qué hay de malo en ello?

—¡Unos megalomaníacos! Eso es lo que somos. Tú dices: soy lo que soy porque los Estados Unidos son tal y tal políticamente; así es que yo soy los Estados Unidos. Y yo digo: soy la situación de las mujeres de mi tiempo. Muy significativo.

—Probablemente los dos estamos en lo cierto.

Dormimos como amigos. Pero el sueño nos cambió. Cuando me desperté, él estaba de lado, mirándome con una dura sonrisa.

—¿Qué soñabas?

—Nada.

Pero luego recordé que sí. Tuve aquel sueño terrible, pero el principio maligno e irresponsable se manifestó encarnado en Saul. Fue una larga pesadilla, durante la cual él se mofaba de mí. Me estrechaba entre sus brazos para que no pudiera moverme, y decía:

—Voy a hacerte daño; me divierte.

El recuerdo era tan desagradable que salté de la cama y me alejé de Saul. Me dirigí a la cocina a hacer café. Una hora después, ya vestido, entró y anunció, con expresión enfurruñada:

—Salgo.

Se entretuvo, como para darme tiempo a que dijera algo, y bajó lentamente las escaleras, mirando atrás para ver si yo le detenía. Me eché en el suelo boca arriba y puse la música de la primera época de Armstrong. Envidiaba el mundo fácil, jovial, burlón y bien humorado del que provenía aquella música. Saul regresó cuatro o cinco horas más tarde con la cara encendida por un triunfo vengativo.

—¿Por qué no dices nada?

—No tengo nada que preguntar.

—¿Por qué no me devuelves el golpe?

—¿Te das cuenta de lo frecuentemente que me preguntas por qué no te devuelvo el golpe? Si quieres que te castiguen por algo, búscate a otra persona.

Se operó el cambio extraordinario que caracterizaba sus momentos de reflexión, tras mis palabras.

—¿Crees que necesito que me castiguen? —preguntó, interesado—. Eso es muy interesante.

Se sentó a los pies de la cama, tirándose de la barbilla y frunciendo el ceño. Al final, observó:

—Creo que no me gusto mucho, de momento. Y tú tampoco me gustas.

—Y tú no me gustas y yo no me gusto. Pero ninguno de los dos somos realmente así; entonces, ¿por qué nos tomamos la molestia de no gustarnos?

Su cara volvió a cambiar. Astutamente, replicó:

—Supongo que crees saber lo que he estado haciendo.

Me abstuve de contestar. Se levantó y comenzó a recorrer la habitación a zancadas, lanzándome todo el rato miradas rápidas y feroces.

—No lo sabrás nunca, puesto que no tienes manera de enterarte.

El que yo no dijera nada no se debía a que hubiera decidido no pelearme o aguantar, sino que era una arma de filo igualmente frío en la batalla. Sin embargo, tras un silencio lo bastante prolongado, dije:

—Sé lo que has estado haciendo. Has estado jodiendo con Dorothy.

—¿Cómo lo sabes? —se apresuró a inquirir. Y luego, como si no hubiera hablado, añadió: Si no me preguntas nada, no te contaré mentiras.

—No te pregunto nada. He leído tu diario…

Cesó de dar zancadas por el cuarto y se quedó mirándome. Su cara, que yo observaba con frío interés, reflejó sucesivamente miedo, rabia y triunfo.

—¡Pues no he estado jodiendo con Dorothy!

—Entonces, con otra.

Se puso a gritar, dando manotazos al aire, rechinando los dientes contra las palabras.

—¡Me espías, eres la mujer más celosa que he conocido! No he tocado a una mujer desde que llegué aquí, y esto para un americano de sangre roja es una proeza.

—Me alegra saber que tienes la sangre roja —ironicé.

—¡Soy un macho! —protestó a gritos—. No soy el juguete de ninguna mujer y no quiero que nadie me encierre.

Continuó chillando, y yo reconocí la sensación que tuve el día anterior, de bajar otro escalón hacia la falta absoluta de voluntad. «Yo, yo, yo, yo», gritaba. Pero todo resultaba sin conexión, como una especie de vaga chulería. Sentí como si me rociaran con balas de ametralladora, mientras seguía sin cesar: «yo, yo, yo, yo, yo». Al final, dejé de escuchar, y luego me di cuenta de que había callado, de que me miraba ansiosamente.

—¿Qué te sucede?

Se me acercó, se arrodilló a mi lado, me tomó la cara para que le mirara.

—¡Por el amor de Dios!; debes comprender que el sexo no tiene ninguna importancia para mí; ninguna importancia —protestó.

—Querrás decir que el sexo es importante, pero a ti no te importa con quien puedas practicarlo.

Me arrastró a la cama, con delicadeza y compasión. Y, disgustado de sí mismo, bromeó:

—Tengo mucha habilidad para recoger los trozos después de haber apaleado a una mujer...

—¿Por qué sientes la necesidad de apalear a una mujer?

—No lo sé. Hasta que no me has hecho consciente de ello, no me había dado cuenta.

—Quisiera que fueras a un curandero. Insisto en ello: vamos a volvernos locos los dos por tu causa.

Empecé a llorar, pues me sentía como en el sueño de la noche anterior, cuando me tenía sujeta en sus brazos mientras se reía y me hacía daño. Ahora, sin embargo, se portaba con afecto y cuidado. Luego, de pronto, comprendí que todo aquel ciclo de peleas y de ternura servía para llegar al momento en que él podía consolarme. Salté de la cama, furiosa de que me trataran como a una menor y también contra mí misma por aceptarlo, y encendí un cigarrillo.

—Quizá yo te golpee hasta tirarte al suelo, pero, la verdad, no permaneces caída por mucho tiempo —observó, resentido.

—Así puedes hacerlo una y otra vez. Estarás contento...

Después, reflexionando y realmente abstraído, contemplándose a distancia, preguntó:

—Pero, dime, ¿por qué?

—Como todos los americanos, ¡tú también tienes problemas con tu madre! —le grité—. La tienes tomada conmigo a causa de tu madre. Tienes que mostrarte más listo que yo en todo momento. Es importante para ti, ¿comprendes? Necesitas mentir y que te crean. Luego, cuando me haces daño, tus sentimientos de asesino hacia mí, hacia la madre, te dan miedo, y por eso tienes que consolarme y calmarme... —Gritaba como una histérica—. ¡Estoy harta de todo este asunto! ¡Estoy harta de ser una niñera! La vulgaridad de todo esto me da náuseas... —Me detuve y le miré. Su cara era la de un niño al que le hubieran dado un bofetón—. Y ahora estás encantado porque has conseguido que te grite. ¿Por qué no te enfadas? Debieras enfadarte: te estoy nombrando a ti, a Saul Green, y a un nivel tan bajo que debieras enfadarte. ¡Debieras avergonzarte, a tus treinta y tres años, de aceptar tranquilamente este tipo de simplificación!

Me detuve, exhausta. Estaba como dentro de una concha, tensa de ansiedad, que llegaba realmente a oler, cual una niebla mohosa de cansancio nervioso.

—Sigue —invitó.

—Es el último ejemplo de interpretación gratis que conseguirás de mí...

—Acércate.

No tuve más remedio que obedecerle. Me arrastró junto a él, riéndose, y me hizo el amor. Yo respondí a la frialdad brutal con que lo hacía, y me resultó fácil, porque no podía hacerme daño, como la ternura. Luego sentí que me iba distanciando. Al experimentar esta sensación supe, antes de pensarlo, que algo nuevo había surgido, pues ya no me hacía el amor a mí. Me dije, resistiéndome aún a creerlo: «Está haciéndole el amor a otra». Su voz cambió, y empezó a emplear el acento característico de los Estados del Sur, con un tono entre frívolo y agresivo:

—En fin; no hay duda de que eres un buen plan, no cabe ninguna duda, y así lo proclamaré por el mundo.

Me tocaba de una manera distinta. No me tocaba a mí. Me pasó la mano por las caderas y por las nalgas y dictaminó:

—Las formas de una mujer fuerte, eso es...

—Te estás confundiendo, porque yo soy delgada —objeté.

Se sobresaltó. Advertí que, literalmente, abandonaba la personalidad que había estado cultivando, y se volvía de espal-

das, tapándose los ojos con la mano, respirando con cierta dificultad. Estaba muy blanco. Luego, abandonando el acento sure-
ño, pero con voz seductora, recomendó:

—Nena, tómame con calma, como el buen whisky.

—Eso es lo que te define.

De nuevo se sobresaltó. Hizo un esfuerzo para salir de
aquella personalidad y se impuso la obligación de respirar a ritmo lento.

—¿Qué es lo que no funciona en mí? —preguntó en tono
normal.

—Quieres decir qué es lo que no funciona en nosotros
dos. Los dos estamos locos... Eso es; estamos dentro de una cri-
sálida de locura.

—¡Tú! —exclamó hoscamente—. ¡Pero si tú eres la mujer
más condenadamente sana que nunca he conocido!

—De momento, no...

Permanecimos tumbados largo rato en silencio. Él me acariciaba dulcemente el brazo. El ruido de los camiones que pasaban por la calle resultaba estrepitoso. Con aquella suave caricia,
iba sintiendo cómo se desvanecía la tensión. Toda la locura y el
odio se esfumaban. Y luego, otro atardecer largo y lento, apartados del mundo. Después llegó la noche larga y oscura. El piso
era como un barco flotando por el mar oscuro. Parecía flotar, en
efecto, aislado de la vida, bastándose a sí mismo. Pusimos los discos recién adquiridos e hicimos el amor. Las dos personas, Saul y
Anna, que estaban locas, se convirtieron en personas distintas, en
otra habitación, en un lugar desconocido por ellos mismos.

(* 17) Disfrutamos de una semana de felicidad. El teléfono
no sonó. Tampoco se presentó nadie. Al final, todo pasó. Se disparó en Saul una nueva energía, y por eso me pongo a escribir.
Veo que he escrito la palabra felicidad. Es suficiente. No sirve
de nada que él diga que manipulo la felicidad como si fuese melaza. Durante esta semana no he sentido el menor deseo de
acercarme a esta mesa de los diarios. No tenía nada que escribir
en ellos.

Hoy nos hemos levantado tarde. Pusimos discos e hicimos
el amor. Luego, él subió a su cuarto. Bajó con la cara muy seria.

Al mirarle, supe que la corriente se le había disparado. Midió a zancadas la habitación y confesó:

—Me siento inquieto, me siento inquieto.

Lo aseveraba lleno de animosidad hacia sí mismo.

—Pues sal a la calle.

—Si salgo, me vas a acusar de que he ido a acostarme con otra.

—Eso es lo que tú quieres que haga.

—Está bien; salgo.

—Pues márchate.

Permaneció de pie, mirándome lleno de odio, y yo sentí que se me tensaban los músculos del estómago y bajaba la nube de la ansiedad como una niebla oscura. Veía cómo se escurría aquella semana de felicidad, y pensaba: «Dentro de un mes Janet estará en casa y esta Anna cesará de existir. Si estoy segura de que puedo dejar de ser esta persona que sufre desesperadamente porque es necesario para Janet, entonces también lo puedo hacer ahora. ¿Por qué no lo hago? Porque no quiero; he aquí la razón. Hay algo que debe acabar de salir; hemos de completar el dibujo...». Saul sintió que yo me había distanciado y se alarmó.

—¿Por qué tengo que irme si no quiero?

—Pues no te vayas.

—Me voy a trabajar —anunció bruscamente, frunciendo el ceño.

Y se fue, pero al cabo de unos minutos regresó y se apoyó contra la puerta. Yo ni siquiera me había movido. Estaba sentada en el suelo esperando que viniera, porque estaba segura de que iba a bajar. Estaba oscureciendo, y la gran habitación llena de sombras, mientras el cielo se coloreaba. Había estado contemplando cómo el cielo se llenaba de color mientras la oscuridad invadía las calles y, sin intentarlo, había conseguido el distanciamiento del «juego». Yo era parte de aquella terrible ciudad y de sus millones de habitantes, y estaba a la vez sentada en el suelo por encima de la ciudad, contemplándola desde allí arriba. Cuando entró Saul, dijo, apoyándose contra el marco de la puerta y en tono acusador:

—Nunca me había sentido así, tan ligado a una mujer, hasta el punto de que no puedo irme ni siquiera a pasear sin sentirme culpable.

Lo decía en un tono muy alejado de lo que yo sentía, por lo que le increpé:

—Has estado aquí toda una semana sin que yo te lo pidiera porque lo deseabas, pero ahora has cambiado de humor. ¿Por qué debería cambiar yo también de humor?

—Una semana es mucho tiempo —repuso con cautela.

Por la manera como lo ha dicho me he dado cuenta de que, hasta que no hube pronunciado las palabras «una semana», era como si no hubiera sabido cuántos días habían pasado. Sentía curiosidad por saber cuánto tiempo creía él que había transcurrido, pero me daba miedo preguntárselo. Estaba de pie, frunciendo el ceño y mirándome de reojo. Se tocaba los dedos como si fueran un instrumento de música. Al cabo de una pausa y con la cara torcida en un gesto astuto dijo:

—Pero si fue anteayer cuando vi la película.

Sabía lo que estaba haciendo: pretendía que la semana eran dos días, en parte para ver si yo estaba segura de que había pasado una semana, y en parte porque odiaba la idea de haberle concedido toda una semana a una mujer. La habitación se estaba poniendo oscura y me miraba de cerca para verme la cara. La luz del cielo hacía que le brillaran los ojos grises, así como también su cabeza cuadrada y rubia. Parecía un animal amenazador y al acecho.

—La película la viste hace una semana —afirmé.

—Si lo dices tú, tendré que creerlo. —Acto seguido, saltó encima de mí, agarrándome por los hombros y sacudiéndome—: Te odio porque eres normal, te odio por ello. Eres un ser normal. ¿Qué derecho tienes a serlo? De pronto, he comprendido que te acuerdas de todo; probablemente te acuerdas de todo lo que he dicho. Te acuerdas de todo lo que te ha sucedido; ¡es intolerable!

Me hundió los dedos en los hombros y la cara se le encendió de odio.

—Sí, me acuerdo de todo —le confirmé.

Pero no en tono triunfal. Era consciente de que me veía como una mujer que, inexplicablemente, tenía el control de los acontecimientos, porque podía recordar y ver una sonrisa, un movimiento, unos gestos; oía palabras y explicaciones: yo era una mujer dentro del tiempo. Me desagradaba la solemnidad, la vacuidad de aquella guardiana de la verdad.

—Es como estar prisionero, vivir con una persona que sabe lo que dijiste la semana pasada o que puede decir «hace tres días hiciste tal y tal cosa».

Cuando hubo dicho esto, me sentí tan prisionera como él, porque deseaba liberarme de mi memoria ordenadora y textualista. Sentí desvanecerse la certeza de mi identidad. Se me encogió el estómago y me empezó a doler la espalda.

—Ven aquí —invitó, alejándose y señalando la cama.

Yo le seguí obedientemente. No podía rehusar. Con los dientes apretados decía: «Hala, hala» o, más bien «la, la», como masticando las palabras. Me he dado cuenta de que había retrocedido unos años, probablemente a sus veinte años. Entonces me he negado, porque no quería a aquel violento cachorro. La cara se le ha encendido con una crueldad sonriente y burlona:

—Dices que no. Muy bien, nena, pero debieras haber dicho que no más a menudo, porque eso me gusta.

Ha empezado a acariciarme el cuello y yo he seguido negándome. Casi lloraba. Al ver mis lágrimas, ha cambiado la voz adoptando un tono de ternura triunfal, como la de un experto, y ha dicho:

—Vamos, vamos.

El acto sexual ha sido frío, como de odio y no de amor. La criatura femenina que se había expandido, creciendo y ronroneando durante la última semana, se ha encerrado ahora en un rincón, temblando. La Anna que había sido capaz de disfrutar del sexo antagónico y combativo, estaba inerme, sin luchar. Ha sido rápido y siniestro, y ha dicho:

—Malditas inglesas, no valen nada en la cama.

Pero yo me he sentido definitivamente liberada al ser herida de aquella forma por él:

—Es culpa mía. Ya sabía que no iba a resultar. Cuando eres cruel, odio hacer el amor.

Se ha tirado de bruces y se ha quedado inmóvil, pensando. Ha murmurado:

—Alguien me ha dicho lo mismo hace poco. Pero ¿quién ha sido? ¿Y cuándo?

—¿Una de las otras te ha dicho que eras cruel? ¡Vaya, hombre!

—¡No! Yo no soy cruel. Nunca he sido cruel. ¿Cómo podría serlo?

La persona que hablaba entonces era el Saul bueno. No sabía lo que decir, por miedo a que se escurriera y volviera el otro.

—¿Qué puedo hacer, Anna?

—¿Por qué no vas a un curandero?

Al oír esto, como si le hubieran dado la corriente, ha soltado su carcajada triunfal y ha dicho:

—¿Quieres meterme en un manicomio? ¿Para qué voy a pagarle a un psicoanalista, teniéndote a ti? Tienes que pagar tu precio por ser una persona normal y sana. No eres la primera que me dice que vaya a un encogedor de cabezas. En fin, que no me voy a dejar mandar por nadie.

Ha saltado de la cama y se ha puesto a gritar:

—Yo soy yo, Saul Green, yo soy lo que soy, lo que soy. Yo…

Ha empezado el discurso de los yo, yo, yo, pero de pronto se ha detenido. O, mejor, ha hecho un alto dispuesto a continuar: se ha quedado inmóvil, con la boca abierta y en silencio. Y después:

—Yo quiero decir Yo…

Eran como los últimos tiros perdidos de una ametralladora, tras lo cual ha observado en tono normal:

—Me voy, tengo que salir de aquí.

Y se ha ido, subiendo las escaleras a saltos, frenéticos y enérgicos. Oía cómo abría cajones y los cerraba a golpes. He pensado: «¿Se irá tal vez para siempre?». Pero, al cabo de un momento, volvía a bajar y llamaba a la puerta. Me he reído, pensando que era una broma para pedir excusas.

—Pase, señor Green.

Y ha entrado, diciendo con desagrado, entre cortés y ceremonioso:

—He decidido que quería dar un paseo, porque me estoy enmoheciendo en este piso.

He caído en la cuenta de que, mientras estaba en su habitación, lo que había sucedido durante los últimos minutos en su mente ya había cambiado.

—Muy bien; es una tarde perfecta para dar un paseo. Por su parte, y con un candor entusiasta, ha manifestado:

—Vaya, pues tienes razón.

Ha bajado las escaleras como quien se escapa de la cárcel. He estado tumbada mucho rato, oyendo el batir de mi corazón, sintiendo cómo el estómago se me revolvía. Después he venido a escribir esto. Sin embargo, de la felicidad, de la normalidad, de la risa, no pienso escribir una sola palabra. Dentro de cinco o diez años, al leerlo, será el recuerdo de dos personas locas y crueles.

Ayer noche, al terminar de escribir, saqué el whisky y me llené un vaso. Estuve sorbiéndolo poco a poco, bebiéndolo de manera que el alcohol me resbalara y cayera contra la tensión que sentía por debajo del diafragma, con el ánimo de insensibilizarlo. Pensé: «Si continuara con Saul, no me costaría nada convertirme en una alcohólica. ¡Qué convencionales somos! El simple hecho de haber perdido mi voluntad, de pasar a ratos por unos celos fanáticos, de ser capaz de disfrutar atolondrando a un hombre que está enfermo, no me escandaliza tanto como la idea de que pueda alcoholizarme. Pero ser una alcohólica apenas es nada, comparado con el resto». Me bebí el whisky y pensé en Saul. Lo imaginé saliendo del piso para telefonear a una de sus mujeres desde abajo. Los celos me recorrieron todas las venas del cuerpo, como un veneno, alterando mi respiración, haciéndome daño a los ojos. Luego lo imaginé a trompicones por la ciudad, enfermo, y tuve miedo, pensando que no hubiera debido dejarle marchar, aunque me hubiera sido imposible retenerle. Estuve largo rato preocupada. Pero luego pensé en la otra mujer, y los celos volvieron a agitarme la sangre. Le odié. Recordé el tono frío de sus diarios y le odié por ello. Subí, diciéndome que no debía hacerlo, pero sabiendo que lo iba a hacer, y miré en su diario. Ni siquiera se había molestado en esconderlo.

Me pregunté si no habría escrito alguna cosa para que yo la viera. No había nada de la semana anterior, pero bajo la fecha de ayer podía leerse: «Estoy prisionero. Estoy enloqueciendo lentamente de frustración».

Observé cómo el despecho y la ira me traspasaban. Y pensé sensatamente, por un momento, que durante aquella semana había estado calmado y feliz como nunca. ¿Por qué, entonces, reaccionaba ofendida ante aquella anotación? No obstante, me sentía herida y desgraciada, como si aquellas palabras borraran toda la semana. Bajé y pensé en Saul. Le vi con una mujer, y me dije: «Tiene razón al odiarme y preferir a otras. Soy realmente odiosa». Y me puse a pensar con añoranza en la otra mujer, amable y generosa, y con la fuerza suficiente para darle lo que él quería, sin pedirle nada a cambio.

Me acuerdo de Madre Azúcar y de cómo me «enseñó» que las obsesiones de los celos son, en gran parte, un problema de homosexualidad. Pero entonces la lección me había parecido bastante académica, sin que tuviera ninguna relación conmigo, con Anna. Me pregunté, pues, si no sería que deseaba hacer el amor con la mujer con quien él estaba en aquellos momentos.

Luego se produjo en mí un instante de lucidez y comprendí que (* 18) había penetrado en su chifladura: él iba en busca de aquella figura sabia, cariñosa y toda maternal, que además era la compañera en el juego sexual. Como yo había pasado a ser parte de él, buscaba lo mismo, puesto que también la necesitaba y porque además deseaba convertirme en ella. Comprendí que ya no me podía separar de Saul, y esto me aterrorizó aún más, porque mi inteligencia me decía que aquel hombre repetía el mismo ciclo continuamente: cortejaba a una mujer con su inteligencia y simpatía, reclamándola emocionalmente; luego, cuando ella a su vez empezaba a reclamar para sí, él se escapaba. Cuanto mejor fuera la mujer, antes empezaba él a huir. Esto lo sabía por mi inteligencia, pero continué en la habitación a oscuras, mirando el brillo neblinoso y mojado del firmamento londinense, deseando con todas mis fuerzas a aquella mujer mítica, deseando ser ella para Saul.

Me encontré tumbada en el suelo, sin poder respirar a causa de la tensión del estómago. Fui a la cocina y bebí más whisky, hasta que la ansiedad disminuyó un poco. Regresé al cuarto grande y traté de volver a ser yo, viendo a Anna, una diminuta figura sin importancia en el piso feo de una casa fea que estaba a punto de derrumbarse, con el enorme yermo londinense a su alrededor. No pude. Estaba desesperadamente avergonzada, encerrada dentro de Anna, de los terrores de un animalito insignificante. Me repetía continuamente: «Ahí fuera está el mundo, y me importa tan poco que ni siquiera he leído los periódicos de toda una semana». Fui a buscar los periódicos de la semana y los extendí a mi alrededor. Durante la semana, las cosas se habían ido desarrollando: aquí una guerra, allí una discusión. Era como perderse las entregas de un serial, pero se podía adivinar lo que había pasado por la lógica interna de la historia. Me sentí aburrida y vieja, sabiendo que, sin haber leído los periódicos, podía haber acertado, por experiencia política, lo que había pasado en toda una semana. La sensación de trivialidad, la aversión a lo frívolo, mezclado con el miedo, además del avance hacia un nuevo conocimiento, a una mayor comprensión; todo aquello salía de Anna, del animalito aterrado que estaba sentado en el suelo y agazapado. Aquello era el «juego», pero suscitado por el terror. Eso es: me invadió el terror de las pesadillas. Estaba sintiendo el terror de las guerras como se experimenta en las pesadillas, no en el sopesar intelectual de las posibilidades, sino conociendo, con mis nervios y mi imaginación, el miedo de la guerra. Lo que leía en aquellos periódicos esparcidos a mi alrededor se hizo real. No se trataba ya de un miedo abstracto e intelectual. Hubo una especie de cambio en los equilibrios que tenía establecidos en el cerebro, en la forma de pensar. Era el mismo tipo de reordenación de hace unos días, cuando palabras como democracia y libertad se habían desvanecido bajo la influencia de una nueva forma de ver la evolución real del mundo hacia un poder oscuro e inflexible. *Supe*, pero naturalmente, la palabra así, escrita, no puede comunicar su cualidad cognoscitiva, pues sea lo que sea posee ya su lógica propia y su fuerza. Los enormes arsenales del mundo tienen también su dinámica interna, y mi terror, el auténtico terror nervioso de la pesadilla, era parte de aquella dinámica. Esto lo sentí como una visión, en un nuevo tipo de conocimiento. Y supe que la crueldad y el despecho, así como los «yo, yo, yo, yo» de Saul y de Anna, eran parte de la lógica de la guerra; supe lo fuertes que eran estas emociones de una forma que no iba a olvidarlo jamás. Todo aquello iba a formar parte de la manera como veía el mundo a partir de entonces.

Ahora, al escribirlo, y al leer lo que he escrito, no queda nada de todo aquello, pues son sólo palabras sobre el papel, que no puedo comunicarme ni a mí misma, cuando releo este conocimiento de la destrucción como una fuerza. Ayer por la noche estaba inerme en el suelo, sintiendo intensamente que jamás en mi vida lo iba a olvidar, pero se trataba de un conocimiento que no aparece en las palabras que ahora escribo.

Al pensar cómo iba a estallar la guerra y cómo se produciría el caos, sentí un sudor frío. Luego pensé en Janet, en aquella niña, encantadora y bastante convencional en el colegio femenino, y sentí ira, ira por que alguien pudiera hacerle daño. Me puse de pie, preparándome para luchar contra el terror. Me sentí exhausta, pues el terror se había ido y aparecía en las líneas impresas de los periódicos. Estaba inerme a causa del agotamiento y sin necesidad ya de herir a Saul. Me desnudé y me metí en la cama. Al recobrarme, comprendí el alivio que debe de sentir Saul cuando las garras de la locura le dejan de apretar el cuello.

Estuve echada pensando en él, con calor y objetividad.

Luego oí afuera el ruido de sus pasos furtivos, e inmediatamente volvió a establecerse la corriente. Sentí una oleada de miedo y de ansiedad. No quería que entrara o; mejor dicho, no quería que entrara la persona de aquellos pasos furtivos. Se detuvo un rato al otro lado de la puerta de mi cuarto, escuchando. No sé qué hora podía ser entonces, pero a juzgar por la luz del cielo, era de madrugada. Oí cómo subía de puntillas, con muchísimo cuidado. Le odié. Estaba horrorizada de que pudiera volverle a odiar tan pronto. Permanecí quieta, esperando que bajara. Entonces me deslicé arriba, a su cuarto. Abrí la puerta y, a la luz tenue de la ventana, pude verle enroscado, muy recogidito, bajo las mantas. El corazón se me encogió de compasión. Me deslicé dentro de la cama, a su lado, y él se volvió para abrazarme con fuerza. Supe que había estado yendo a trompicones por la calle, enfermo y solitario, por la manera que me cogía.

Esta mañana le he dejado durmiendo y he hecho café. He arreglado el piso y me he forzado a leer los periódicos. No sé quién va a bajar las escaleras. Me estoy leyendo los periódicos, pero ya no con aquel conocimiento nervioso, sino solamente con mi inteligencia, y pienso cómo yo, Anna Wulf, estoy esperando sin saber quién va a bajar las escaleras: si va a ser el hombre cariñoso y fraternal que me conoce a mí, Anna, el niño furtivo y astuto, o el loco dominado por el odio.

Esto ocurrió hace tres días, que los he pasado inmersa en la locura. Saul apareció con aspecto de enfermo. Sus ojos eran como unos animales muy brillantes y cautos dentro de círculos de carne marrón y azulada. Tenía la boca prieta, como un arma, con el aire vivaracho de un soldado. Yo sabía que todas sus energías estaban dedicadas meramente a no desintegrarse, pues todas sus diferentes personalidades estaban fundidas en el ser que luchaba tan sólo por sobrevivir. Me dirigió repetidas miradas de socorro, de las que él no era consciente. No era más que una criatura en los límites de sí mismo. En respuesta a las necesidades de esta criatura, yo me sentía tensa y preparada a soportar la carga. Los periódicos estaban sobre la mesa. Al entrar él, los puse a un lado, sintiendo que el terror que había experimentado yo por la noche estaba demasiado cerca, y que era demasiado peligroso para él, aunque en aquel momento yo no lo sentía ya. Tomó café y empezó a hablar de política, dirigiendo miradas al montón de periódicos. Hablaba sin poder remediarlo. No era el yo, yo, yo, que acusa y reta triunfalmente al mundo. Hablaba para conservarse entero. Hablaba y hablaba sin que sus ojos estuvieran implicados en lo que decía.

Si tuviera la grabación de momentos como aquél, sería una cinta llena de frases confusas, expresiones y observaciones sin conexión. Aquella mañana era una grabación política, una olla podrida de expresiones políticas. Me quedé escuchando el fluir de sus frases, dichas como un loro. Las clasificaba así: comunista, anticomunista, liberal, socialista. Podía también aislarlas: comunista, americano, 1954; comunista, inglés, 1956; trotskista, americano, principios del 1950; antiestalinismo prematuro, 1954; liberal, americano, 1956. Etcétera. Pensaba que, si Saul fuera psicoanalista, habría podido utilizar aquel fluir de galimatías, recoger algo y concentrarse en ello, puesto que es un hombre profundamente político y es en política donde resulta más serio. Entonces le hice una pregunta y comprendí que había tocado algo en él. Se sobresaltó, se sobrepuso, aspiró aire, se le aclararon los ojos y me miró. Repetí la pregunta, que trataba del derrumbamiento de la tradición política socialista en América. Me pregunté si hacía bien en detener aquel fluir de palabras, puesto que a él le servía para mantenerse entero, para evitar derrumbarse. Entonces, como parecía una máquina, una grúa que estuviera levantando un gran peso, vi que el cuerpo se le tensaba y que se concentraba para empezar a hablar. Me refiero a él, suponiendo que pueda enmarcar una personalidad y que haya en él un hombre real. ¿Cómo puedo suponer que una de las personas que es Saul es más él que las demás? A pesar de ello, lo creo. Al hablar en aquellos momentos, fue el hombre que pensaba, juzgaba, comunicaba y oía lo que yo decía; era el hombre que aceptaba responsabilidades.

Empezamos a discutir la situación de la izquierda en Europa, la fragmentación de los movimientos socialistas en todas partes. Naturalmente, ya lo habíamos discutido con anterioridad, pero nunca con tanta calma y claridad. Recuerdo haber pensado que era extraño que pudiéramos ser tan objetivos e inteligentes, cuando los dos estábamos enfermos de tensión y ansiedad. Y pensé asimismo que estábamos hablando de movimientos políticos, del desarrollo o de la derrota de éste u otro movimiento socialista, mientras que ayer noche yo había sabido, por fin, que la verdad de nuestra época era la guerra, la inmanencia de la guerra. Me pregunté si no era una equivocación hablar de todo aquello, puesto que las conclusiones a que llegábamos eran tan deprimentes y que aquel tipo de depresión había contribuido a ponerle enfermo. Pero ya era demasiado tarde. Para mí suponía un alivio enfrentarme con la persona real en vez de hacerlo con la algarabía del loro. En un momento dado, yo hice una observación, no recuerdo qué, y toda su figura se estremeció al cambiar de velocidad. ¿De qué otro modo podría expresar aquella reacción? Algo de su interior se estremeció y adoptó en seguida otra personalidad. Aquella vez pasó a ser el muchacho de clase obrera, puro y socialista, un muchacho, no un hombre, y se reanudó el fluir de las consignas. Todo su cuerpo se estremecía y gesticulaba, insultándome, puesto que insultaba a una burguesa liberal. Me quedé pensando en lo raro que era, si bien yo sabía que entonces no era «él», que los insultos eran mecánicos y salidos de una personalidad de un tiempo anterior. Me ofendieron y me enojaron, y comencé a sentir un dolor en la espalda, mientras que el estómago se me encogía, como en una reacción contra ello. Para huir de aquella reacción me fui al cuarto grande, y él me siguió gritando:

—No puedes aceptarlo, ya sé que no puedes aceptarlo, ¡inglesa de mierda!

Le cogí por los hombros y le sacudí. Le sacudí hasta que volvió a ser él mismo. Respiró profundamente y hundió por un momento la cabeza en mi hombro. Luego se acercó tambaleándose a la cama y se desplomó de bruces.

Yo me quedé junto a la ventana, mirando a la calle, tratando de calmarme pensando en Janet, pero me parecía muy lejana. La luz del sol era la propia de un sol pálido e invernal. Me pareció lejano. Y también lo que sucedía en la calle. La gente que pasaba no era gente; eran marionetas. Sentí que se producía un cambio dentro de mí, que algo se deslizaba a tumbos, apartándose de mí misma. Supe que aquel cambio era otro paso hacia lo hondo del caos. Toqué la tela de la cortina roja, y mis dedos tuvieron la sensación de tocar algo muerto, resbaladizo y viscoso. Vi aquella sustancia, transformada por una máquina, como material muerto que colgaba como una piel seca o como un cadáver inerte junto a mi ventana. A menudo, cuando toco las hojas de las plantas, siento un parentesco con las raíces vivas. Las hojas que respiran, en cambio, me producían entonces una sensación de desagrado, como si fuera un animalito hostil o un enano, aprisionado en el tiesto de tierra y que me odiaba por haberlo apresado. Intenté convocar a Annas más jóvenes y fuertes, a la colegiala londinense o a la hija de mi padre, pero a estas Annas sólo las pude ver como algo separado de mí. Entonces pensé en un rincón de un campo africano, me forcé a estar de pie sobre una arena blancuzca y brillante, dándome el sol en el rostro, pero no pude sentir ningún calor. Pensé en mi amigo, el señor Mathlong, pero él también estaba muy lejano. Traté de obtener la conciencia de un sol amarillo y ardiente, convocando al señor Mathlong, cuando de súbito ya no fui el señor Mathlong, sino el loco Charlie Themba. Me convertí en él. Era muy fácil ser Charlie Themba. Era como si estuviera allí mismo, junto a mí, aunque formaba parte de mí, con su cuerpo pequeño, puntiagudo y oscuro, mirándome con su cara pequeña, inteligente y acalorada de indignación. Entonces fue cuando se fundió en mí. Yo me encontré en una cabaña, en la provincia septentrional, y mi esposa era enemiga mía, y mis colegas del Congreso, antes amigos míos, trataban de envenenarme, y por entre las cañas yacía un cocodrilo muerto, muerto por una lanza envenenada, y mi mujer, comprada por mis enemigos, iba a darme de comer de aquella carne de cocodrilo, y al acercarla a mis labios, moriría, dada la encarnizada enemistad de mis ultrajados antepasados. Olía la carne fría y en descomposición del cocodrilo y miré por la puerta de la cabaña, viendo el cocodrilo muerto, que se balanceaba ligeramente sobre el agua caliente y podrida por entre las cañas del río. Luego descubrí los ojos de mi mujer que miraban a través de las cañas de las paredes que formaban la cabaña, para ver si podía entrar sin peligro. Entró encorvándose al pasar por la puerta, con las faldas recogidas por aquella mano alevosa y falsa, que yo tanto odiaba, mientras que en la otra mano llevaba un plato de latón con los trozos de carne maloliente, preparada para que yo me la comiera.

Luego, frente a mis ojos apareció la carta que aquel hombre me había escrito y, de un salto, me libré de la pesadilla como si hubiera salido del interior de una fotografía. Estaba junto a la ventana, sudando de terror por ser Charlie Themba, loco y paranoico, el hombre odiado por los blancos y repudiado por sus compañeros. Permanecí inerme, con un cansancio frío, y traté de hacer aparecer al señor Mathlong. Pero aunque podía verle claramente, andando bastante encorvado a través de un espacio polvoriento iluminado por el sol, yendo por las barracas de techo de latón, con una sonrisa cortés, incansable y bastante irónica, estaba separado de mí. Me agarré a la cortina de la ventana para no caerme y sentí la tela fría y resbaladiza de las cortinas entre los dedos, como carne muerta, y cerré los ojos. Con los ojos cerrados comprendí, entre las ondas del mareo, que yo era Anna Wulf, antes Anna Freeman, que estaba de pie junto a la ventana de un piso feo y viejo de Londres, y que detrás de mí, en la cama, estaba Saul Green, el americano errante. Pero no sé cuánto tiempo estuve allí. Me recobré como si saliera de un sueño, sin saber en qué habitación se despierta una. Me di cuenta de que yo, como Saul, había perdido el sentido del tiempo. Miré el cielo frío y blancuzco, y también el sol deformado y frío. Me volví cautelosamente para inspeccionar la habitación. El cuarto estaba bastante oscuro, y la estufa de gas relucía sobre el suelo. Saul estaba echado, completamente inmóvil. Caminé con cuidado a través del suelo, que parecía alzarse y combarse bajo mis pies, y me incliné para mirar a Saul. Estaba dormido, y parecía irradiar frío. Me eché a su lado, haciendo que mi cuerpo encajara contra la curva de su espalda. No se movió. Entonces, de repente, recobré el sentido y comprendí lo que significaba cuando yo decía: «Soy Anna Wulf y éste es Saul Green y tengo una hija que se llama Janet». Me apreté contra él, y él se volvió con brusquedad, con el brazo como si fuera a parar un golpe. Tenía la cara blanca como un muerto. Los huesos de la cara se le salían a través de la piel. Los ojos tenían un color gris y sin lustre, propios de un enfermo. Echó la cabeza entre mis pechos y yo lo abracé. Volvió a dormirse y yo traté de sentir el tiempo. Pero el tiempo había salido de mí. Estuve echada con el peso frío de aquel hombre contra mí, como junto a un pedazo de hielo, y traté de conseguir que mi carne se calentara para poder calentar la suya. Pero el frío de su cuerpo pasó al mío. Entonces yo le empujé con cuidado, para que quedara tapado por las mantas y nos quedamos echados debajo de las fibras calientes. Poco a poco, desapareció el frío, y su carne se calentó junto a la mía. Entonces me puse a pensar sobre la experiencia de haber sido Charlie Themba. Ya no me podía acordar, como ya no podía «recordar» cómo había comprendido que la guerra estaba fermentando dentro de todos nosotros. Aquello quería decir que había vuelto a recobrar el juicio. Pero la palabra juicio no significaba nada, de la misma manera que la palabra locura tampoco significaba nada. Estaba oprimida por una conciencia de inmensidad, por una sensación de enormidad, pero no como cuando jugaba al «juego», limitada a lo absurdo. Me acobardé y no comprendí por qué razón tenía que estar loca... o en mi juicio. Al mirar por encima de la cabeza de Saul, todas las cosas del cuarto me parecieron llenas de malicia y amenazadoras, sin valor y absurdas. Incluso entonces podía sentir las cortinas muertas y resbaladizas entre los dedos.

Me dormí y tuve el sueño. Esta vez sin ningún disfraz. Yo era la maliciosa figura masculina y femenina del enano, el principio del gozo en la destrucción; y Saul era mi propia imagen, masculina y femenina, mi hermano y mi hermana, y bailábamos al aire libre en un lugar desconocido, bajo enormes edificios blancos que estaban llenos de máquinas horribles, amenazadoras y negras. En el sueño, él y yo, o ella y yo, éramos amigos; no éramos hostiles el uno para el otro, pues estábamos unidos por la maldad y el despecho. En el sueño había un terrible deseo nostálgico, el deseo de la muerte. Nos acercamos el uno al otro y nos besamos, enamorados. Era terrible, incluso en el sueño me daba cuenta, porque reconocí aquellos sueños comunes a todo el mundo, puesto que la esencia del amor o de la ternura se hallaba concentrada en un beso o en una caricia, si bien era la caricia de dos criaturas semihumanas que celebraban la destrucción.

En el sueño había un gozo terrible. Cuando me desperté, la habitación estaba oscura y el resplandor de la estufa era muy rojo. El gran techo blanco estaba cubierto de una sombra reposada y yo me sentía llena de alegría y de paz. Me pregunté cómo un sueño tan terrible me podía dejar en tal estado, y entonces me acordé de Madre Azúcar, y pensé que quizá por primera vez había tenido el sueño «positivamente», aunque no supiera lo que esto podía significar.

Saul no se había movido. Yo estaba entumecida y moví los hombros. Él se despertó, asustado, y llamó: «¡Anna!», como si yo estuviera en otra habitación o en otro país.

—Estoy aquí.

Tenía el pene en erección. Hicimos el amor. El acto amoroso participaba del calor que había habido en el acto amoroso del sueño. Luego se incorporó sobre el lecho y dijo:

—¡Dios mío! ¿Qué hora es?

—Las cinco o las seis, imagino.

—¡Jesús, no puedo malgastar la vida durmiendo de esta forma! Y salió precipitadamente de la habitación.

Yo me quedé echada en la cama. Me sentía feliz. Aquel estado placentero, que tanto me llenaba entonces, era más fuerte que las desgracias y la locura del mundo o, por lo menos, así me lo pareció. Pero entonces la felicidad comenzó a escurrirse, y me quedé echada, pensando: «¿Qué será esto que tanto necesitamos? (Me refería a las mujeres.) ¿Y cuál es su valor? Lo tuve con Michael, pero no significó nada para él, porque, si no, no me hubiera dejado. Y ahora lo tengo con Saul, agarrándome a ello como si fuera un vaso de agua y yo tuviera sed. Pero, si pienso en ello, se desvanece. No quería pensar. Si pensara, no existiría nada entre mi persona y la planta enana del tiesto de la ventana, entre yo y el horror resbaladizo de las cortinas, ni entre yo y el cocodrilo que esperaba entre las cañas».

Permanecí a oscuras en la cama, escuchando el estrépito que hacía Saul arriba, con lo que me sentí ya traicionada. Porque Saul se había olvidado de la «felicidad». El simple hecho de subir había creado ya un abismo entre él y la felicidad.

Pero yo vi esto no sólo como una negación de Anna, sino también como una negación de la misma vida. Pensé que en esto había una temible trampa tendida a las mujeres, aunque todavía no sé en qué podía consistir, pues no cabe duda de la nueva cuerda pulsada por las mujeres, que es la de sentirse traicionadas. Está en los libros que escriben, en la forma en que hablan, en todas partes y en todo el tiempo. Es una nota solemne, llena de lástima por ellas mismas. Está en mí, Anna traicionada, Anna no amada, Anna a la que se le niega la felicidad, y quien no dice: «¿Por qué me niegas?», sino: «¿Por qué niegas la vida?».

Cuando Saul volvió, vino con prisas y agresividad, con los ojos empequeñecidos, y me dijo:

—Salgo.

—De acuerdo.

Era como el prisionero que se escapaba.

Yo me quedé donde estaba, exhausta por el esfuerzo que hacía para que no me importara el que tuviera que ser el prisionero que se escapa. Mis emociones se habían apagado, pero mi mente seguía trabajando, produciendo imágenes, como en una película. Me fijaba bien en las imágenes, al pasar, pues podía reconocerlas como fantasías compartidas actualmente por un determinado tipo de personas, salidas de un depósito común, común para millones de seres humanos. Vi a un soldado argelino estirado sobre una tabla de tortura, y yo era también él, preguntándome por cuánto tiempo lo podría resistir. Vi a un comunista en una cárcel comunista, y la cárcel estaba indudablemente en Moscú, pero esta vez la tortura era intelectual; esta vez la resistencia era una lucha dentro de los términos de la dialéctica marxista. El punto final de la escena fue cuando el prisionero comunista admitió, aunque después de días de discusión, que defendía la conciencia individual; fue el instante en que un ser humano dice:

—No, esto no lo puedo hacer.

En aquel punto el carcelero sonrió simplemente, pues no necesitaba decir: «Entonces, te reconoces culpable». Luego vi a un soldado cubano, al soldado de Argelia, con el fusil en la mano. Más adelante fue el recluta británico, forzado a hacer la guerra en Egipto, muerto por una futesa. Luego a un estudiante de Budapest, lanzando una bomba de fabricación casera a un gran tanque negro ruso. Después a un campesino de una parte desconocida de China, marchando en una procesión de un millón de personas.

Estas imágenes pasaron rápidamente frente a mis ojos. Pensé que cinco años antes las imágenes hubieran sido distintas, y que en cinco años serían distintas de nuevo, pero que ahora era lo que unía a un determinado tipo de personas, que se desconocían como individuos.

Cuando las imágenes cesaron de producirse, volví a tomar nota y a darles un nombre. Se me ocurrió que el señor Mathlong no se había presentado. Pensé que unas horas antes había sido el loco señor Themba, y que ello había ocurrido sin ningún esfuerzo consciente por mi parte. Me dije que deseaba ser el señor Mathlong, que me forzaría a ser su persona. Preparé la escena de todos los modos imaginables. Traté de imaginarme siendo un negro en territorio ocupado por los blancos, humillado en su dignidad de ser humano. Traté de imaginármelo en la escuela de la misión, y luego como estudiante en Inglaterra. Traté de crearlo y fracasé totalmente. Traté de hacerle aparecer en mi habitación, como una figura cortés e irónica, pero fracasé. Me dije que había fracasado porque esta figura, a diferencia de todas las otras, tenía una cualidad de desprendimiento. Era el hombre que representaba actos, pues hacía papeles que él creía necesarios para el bien de los demás, incluso cuando mantenía una duda irónica sobre el resultado de sus acciones. Me pareció que aquel tipo de objetividad era algo que todos necesitábamos mucho en la época actual, pero que muy pocos poseían, y que yo estaba ciertamente muy lejos de alcanzar.

Me dormí. Cuando desperté, era ya de mañana, pues pude ver que el techo de la habitación estaba pálido e inactivo, turbado por las luces de la calle, y que el cielo era de un púrpura brillante, húmedo y con una luna invernal. Mi cuerpo protestó contra su soledad, pues Saul no estaba. No volví a dormirme. Me había disuelto en el odio de la mujer traicionada. Estuve con los dientes apretados, negándome a pensar, sabiendo que todo lo que pensara surgiría de la solemnidad de aquel miserable sentimiento. Luego oí que Saul entraba. Lo hizo sigilosamente y furtivamente, yéndose directamente arriba. Esta vez no subí. Sabía que aquello significaría que por la mañana estaría resentido contra mí, que su mala conciencia, su necesidad de traicionarme, necesitaba que yo le tranquilizara, acudiendo junto a él.

Cuando bajó era ya tarde, casi la hora de almorzar, y yo sabía que aquél era el hombre que me odiaba. Dijo muy fríamente:

—¿Por qué dejas que duerma hasta tan tarde?

—¿Por qué debo ser yo quien te diga a qué hora debes levantarte?

—Tengo que salir para ir a almorzar. Tengo un almuerzo de negocios.

Por la manera como lo dijo, sabía yo que no se trataba de un almuerzo de negocios, y que había dicho las palabras de aquella manera para que yo supiera que no lo era.

Volví a sentirme muy enferma, y entré en mi habitación. Preparé los cuadernos. Él se asomó por la puerta, mirándome.

—Supongo que estás anotando mis crímenes.

Parecía que la idea le agradaba. Estaba guardando tres de los cuadernos.

—¿Por qué tienes cuatro cuadernos?

—Está claro, porque sentí la necesidad de dividirme, pero a partir de ahora sólo usaré uno.

Me interesó oírme decir esto, porque hasta aquel momento no lo había sabido ni yo misma. Estaba de pie junto a la puerta, aguantándose contra el marco con ambas manos. Sus ojos me escudriñaban con odio. Pude ver la puerta blanca, con sus anticuadas e innecesarias molduras, y pensé que las molduras de la puerta recordaban un templo griego, que provenían de allí, de las columnas de un templo griego, y que a su vez recordaban a un templo egipcio, y que al mismo tiempo recordaban el haz de cañas con el cocodrilo. Allí estaba el americano, agarrándose con ambas manos a toda aquella historia, con miedo de caerse, odiándome a mí, su carcelero. Le dije, como ya le había dicho otras veces:

—¿No encuentras extraordinario que nosotros dos, siendo seres con cierta personalidad —sea cual sea el sentido de la palabra—, lo suficientemente amplia como para abarcar todo tipo de cosas (política, literatura y arte), ahora que estamos locos lo concentremos todo en una cosita, en que yo no quiero que tú te vayas a dormir con otra y que tú sientas la necesidad de engañarme?

Durante un momento volvió a ser él mismo, al reflexionar sobre ello, y luego se desvaneció o se diluyó, y el furtivo antagonista dijo:

—No vas a hacerme caer con esa artimaña, no lo esperes.

Se fue arriba y, cuando volvió a bajar, unos minutos más tarde, dijo alegremente:

—¡Eh, que llegaré tarde si no me voy ahora! Hasta luego, nena.

Se marchó, llevándoseme consigo. Pude sentir cómo una parte de mi persona salía de la casa con él. Sabía cómo salía de la casa. Bajaba las escaleras a trompicones, deteniéndose un instante en la calle. Luego se puso a caminar con cautela, con el andar defensivo de los americanos; es el andar de gente preparada a defenderse, hasta que llegó a un banco, o tal vez unos peldaños en una parte cualquiera, y se sentó. Había dejado los diablos detrás, junto a mí, y durante un momento se sintió libre. Pero yo sentí el frío de la soledad que emanaba de su persona. El frío de la soledad me rodeaba por todas partes.

Miré el cuaderno, pensando que si llegaba a escribir en él, Anna volvería, pero no logré hacer que mi mano avanzara para coger la pluma. Telefoneé a Molly. Cuando contestó, me di cuenta de que no podía decirle lo que me estaba pasando. No podía hablarle. Su voz, alegre y llena de sentido común, como siempre, me resonaba como el graznido de un pájaro extraño, hasta el punto de oír mi propia voz, alegre y vacía.

—¿Qué tal tu americano?

—Bien… ¿Qué tal Tommy?

—Acaba de firmar un contrato para recorrer el país dando una serie de conferencias sobre la vida de un minero, ¿sabes?

—Estupendo.

—Sí, desde luego. Habla simultáneamente de irse a luchar con el FLN argelino o a Cuba. Un grupo de ellos estuvieron en casa ayer noche, y hablan de marcharse, no importa a qué revolución, con tal de que sea una revolución.

—A su mujer no le haría mucha gracia.

—No, es lo que le he dicho a Tommy cuando me enfrentó con ello, muy agresivamente, esperando que le disuadiera. No soy yo, es tu sensata mujercita, le dije. Por mí, tienes mi bendición, le precisé; se trata de cualquier revolución, sea cual sea, porque está claro que ninguno de nosotros puede soportar las vidas que llevamos. Él dijo que mi actitud era muy negativa. Más tarde me telefoneó para decirme que, desgraciadamente, no podía irse de momento, porque iba a dar esta serie de conferencias sobre «la vida de un minero». Anna, ¿me ocurre sólo a mí? Siento que vivo como en una farsa increíble.

—No, no eres tú sola.

—Ya lo sé, y esto empeora las cosas.

Colgué el aparato. El espacio de suelo, entre donde yo estaba y la cama, se alzaba, combándose. Las paredes parecían combarse también hacia dentro, y luego flotar, hasta desvanecerse en el espacio. Por un instante, me encontré en el espacio; las paredes habían desaparecido y me pareció como si me encontrara al pie de unas ruinas. Sabía que debía irme a la cama. Entonces anduve cuidadosamente por un suelo que subía y bajaba, y me tumbé. Pero yo, Anna, no estaba allí. Luego me dormí, aunque al dormirme ya sabía que no era un dormir natural. Podía ver el cuerpo de Anna tendido sobre la cama. Y en la habitación, una tras otra, entraban personas que yo conocía y se quedaban al pie de la cama, como intentando amoldarse al cuerpo de Anna. Yo me quedé a un lado, mirando, interesada, al próximo que entrara en la habitación. Fue Maryrose, una chica bonita y rubia, con una sonrisa cortés. Luego fue George Hounslow, y la señora Boothby, y Jimmy. Esta gente se detenía, miraba a Anna y proseguía su camino. Yo estaba a un lado, preguntándome: «¿A quién se va a aceptar?». Entonces sentí peligro, pues entró Paul, muerto, y vi su sonrisa seria y triste al inclinarse sobre ella. Después se disolvió dentro de ella y yo, gritando de miedo, me abrí camino entre una muchedumbre de espíritus indiferentes hasta alcanzar la cama, a Anna, a mí misma. Luché para volver a entrar en ella. Luchaba contra el frío, contra un frío terrible. Tenía las manos y los pies entumecidos de frío, y Anna estaba fría porque dentro de ella estaba Paul muerto. Percibía su sonrisa seria y desprendida en el rostro de Anna. Al cabo de una corta lucha, en defensa de mi vida, volví a deslizarme al interior de mí misma y me tumbé fría, muy fría. En sueños volví a encontrarme en Mashopi, pero los espíritus estaban colocados a mi alrededor según un orden, como estrellas en su sitio correspondiente, y Paul era un espíritu entre todos los demás. Nos sentamos bajo los eucaliptos, a la polvorienta luz de la luna, con las narices impregnadas del olor de vino dulce derramado y con las luces del hotel que relucían atravesando la carretera. Era un sueño ordinario, y yo supe que me había salvado de la desintegración, porque era capaz de soñar así. El sueño se desvaneció, dejando una dolorosa nostalgia. En el sueño me dije que debía mantenerme entera; lo lograrás si coges el cuaderno azul y escribes en él. Sentí la inercia de mi mano, que estaba fría y era incapaz de coger la pluma. Pero, en lugar de la pluma, lo que tenía en la mano era un arma. Y yo no era Anna, era un soldado. Sentía el uniforme sobre mí, pero yo no lo conocía. Estaba de pie, en medio de una noche fría, no sé dónde, rodeado de grupos de soldados que se iban moviendo despacio, preparando la comida. Alcancé a oír el sonido del metal contra el metal, al colocar los fusiles en un montón. Frente a mí, no sabía dónde, estaba el enemigo. Pero no sabía quién era, ni cuál era mi causa. Vi que tenía la piel negra. Primero pensé que era africano o negro. Entonces vi que tenía un vello negro y brillante en el antebrazo de color de bronce, que era con el que aguantaba un fusil que brillaba a la luz de la luna. Comprendí que estaba en una colina de Argelia. Era un soldado argelino y luchaba contra los franceses. Pero el cerebro de Anna funcionaba dentro de la cabeza de aquel hombre y pensaba: «Sí, voy a matar, incluso torturaré porque es necesario, pero lo haré sin fe, porque ya no es posible organizarse para luchar y matar sin saber que una nueva tiranía surgirá de ello». Sin embargo, uno tiene que luchar y organizarse. Luego, el cerebro de Anna se apagó como la llama de una vela. Era el argelino, que creía, lleno del coraje que proporciona la fe. El sueño se invadió de terror, porque Anna corría de nuevo el peligro de desintegrarse completamente. El terror me hizo salir del sueño y ya no fui el centinela de guardia a la luz de la luna, con los grupos de compañeros moviéndose calladamente detrás, alrededor de las hogueras de la cena. De un brinco me elevé del suelo argelino, seco y lleno del olor del sol, y me encontré en el aire. Tuve el sueño de volar, que hacía ya mucho tiempo que no lo había tenido, y casi lloré de alegría porque volvía a mantenerme en el aire. El sueño de volar es, esencialmente, un sueño de gozo, gozo en la ligereza y en la libertad del movimiento. Me encontré a gran altura en el aire, por encima del Mediterráneo, y sabía que podía ir a cualquier parte. Quise ir a Oriente. Quería ir a Asia, quería visitar al campesino. Volaba a una altura inmensa, con las montañas y el mar debajo de mí, pisando sin ninguna dificultad el aire con los pies. Pasé por unas montañas muy grandes y debajo estaba China. Dije en el sueño: «Estoy aquí, porque quiero ser un campesino junto con los otros campesinos». Me acerqué a una aldea y vi campesinos que trabajaban en los campos. Se les veía llenos de un firme propósito que me atrajo. Hice que los pies me descendieran cuidadosamente a la tierra. El gozo del sueño tenía una intensidad como nunca la había experimentado. Era el gozo de la libertad. Descendí a la vieja tierra de China. Había una campesina a la puerta de su cabaña. Me acerqué, caminando hacia ella, y del mismo modo que Paul se había inclinado junto a Anna mientras dormía, poco antes, con la necesidad de convertirse en ella, yo me mantuve junto a la campesina, necesitando entrar dentro de ella, ser ella misma. No me fue difícil, pues se trataba de una mujer joven, y estaba embarazada, pero estaba ya ajada por el trabajo. Entonces me di cuenta de que dentro de ella todavía tenía el cerebro de Anna y que estaba pensando ideas de forma mecánica, ideas que clasifiqué de «progresistas y liberales»: que era tal y tal, formada por tal movimiento, tal guerra, tal experiencia. La «nombraba» a partir de una personalidad ajena. Entonces el cerebro de Anna empezó a apagarse y a desvanecerse, como en la colina argelina. Y dije: «No te dejes asustar esta vez por el terror de la desintegración. Espera…». El terror, sin embargo, era demasiado fuerte. Me hizo salir de la campesina y me quedé a su lado, mirando cómo atravesaba un campo e iba a unirse a un grupo de hombres y mujeres que trabajaban. Llevaban uniformes. Pero el terror había ya destrozado el gozo, y los pies ya no podían pisar el aire. Me removí frenéticamente, tratando de encaramarme al aire por encima de las montañas negras que me separaban de Europa, que ahora, desde el sitio en que estaba, parecía un margen diminuto e insignificante del gran continente, como una enfermedad en la que volvía a caer, pero no pude volar, no podía salir del llano en que estaban trabajando los campesinos, y el miedo de quedarme allí prisionera me despertó. Me desperté ya avanzada la tarde. La habitación estaba llena de tinieblas y el tránsito rugía fuera, en la calle. Al despertar, fui una persona cambiada por la experiencia de ser otros. Anna ya no me importaba, pues no me gustaba ser ella. Con un cansado sentido del deber volví a ser Anna, como si me pusiera un vestido sucio y muy usado.

Y entonces me levanté y encendí las luces. Oí que arriba se movía alguien, lo que significaba que Saul había vuelto. Al oírle, se me encogió el estómago y volví a encontrarme dentro de la Anna enferma y sin voluntad.

Le llamé y me respondió. Como la voz me pareció propicia, desaparecieron mis temores. Luego bajó y la aprensión volvió, porque tenía en la cara una sonrisa caprichosa, que me hizo pensar: «¿Qué papel estará representando?». Se sentó en la cama, me tomó la mano y la miró con una admiración conscientemente absurda. Intuí que la estaba comparando con la mano de la mujer que acababa de dejar o con la mujer que él quería que yo creyera que acababa de dejar.

—Tal vez el barniz de tus uñas me gusta más.

—¡Pero si no llevo las uñas pintadas!

—Bueno, es igual, porque si las llevaras pintadas, seguramente me gustaría más.

Dio vueltas a la mano, mirándola con una sorpresa divertida. Al final, retiré la mano, y dijo:

—Supongo que me vas a preguntar dónde he estado. —Yo no dije nada—. Si no me haces preguntas, yo no te diré mentiras.

Seguí callada. Tuve la impresión de ser tragada por un remolino de arena o transportada por una polea hacia una máquina trituradora. Me alejé de él y fui hacia la ventana. En el exterior, la lluvia era reluciente y oscura, y los tejados aparecían mojados. Los cristales de las ventanas estaban fríos.

Él me siguió, me rodeó con sus brazos y me abrazó. Sonreía, como el hombre consciente de su poder con las mujeres. Se veía a sí mismo en aquel papel. Llevaba el suéter azul, con las mangas subidas. Le relucía el vello de los brazos. Me miró a los ojos y dijo:

—Te juro que no miento. Lo juro. Lo juro. No he estado con otra. Lo juro.

Su voz sonó dramática e intensa, a la vez que concentraba la mirada, como parodiando esa intensidad.

No le creí, pero la Anna que estaba entre sus brazos sí le creyó, incluso mientras contemplaba a la pareja representando aquellos papeles, sin poder creer que fueran capaces de tanto melodrama. Luego me besó. En el instante en que yo respondí, él se apartó y dijo lo que había dicho ya antes, con la hosquedad típica de momentos como aquel:

—¿Por qué no te me resistes? ¿Por qué no luchas?

Yo repetí:

—¿Por qué debiera luchar? ¿Por qué tienes tú que luchar?

Aquello ya lo había dicho otras veces; todo aquello ya lo habíamos hecho en otras ocasiones. Entonces me llevó hasta la cama y me hizo el amor. Me interesaba ver con quién estaba él haciendo el amor, porque sabía que no era conmigo. Por lo visto, la otra mujer necesitaba que la aconsejaran y animaran a hacer el amor, y era algo infantil. Estaba haciendo el amor con una mujer infantil de pechos planos y manos muy bonitas. De pronto, dijo:

—Sí, tendremos un hijo, de acuerdo. —Cuando hubo terminado, se apartó rodando, tomó aliento y exclamó—: Dios mío, esto sería el colmo, un hijo, con esto acabarías definitivamente conmigo.

—No fui yo la que te ofreció darte un hijo; yo soy Anna.

Levantó la cabeza, sobresaltado, para mirarme; la volvió a dejar caer, se rió y dijo:

—Pues sí, eres Anna.

En el cuarto de baño me sentí muy enferma, pues vomité, y cuando volví dije:

—Tengo que dormir.

Le di la espalda y me eché a dormir, para alejarme de él.

Pero en el sueño volví a Saul. Fue una noche de sueños. Hice muchos papeles, uno tras otro. Saul también hacía los suyos. Era como representar una obra de teatro en que el texto cambiara continuamente, como si el escritor hubiera escrito repetidas veces la misma pieza, pero con ligeras variaciones cada vez. Hicimos uno contra el otro todos los papeles imaginables

724

entre un hombre y una mujer. Al final de cada ciclo del sueño, yo decía:

—Bueno, he experimentado tal cosa. Ya era hora…

Fue como vivir un centenar de vidas. Me asombraba ver el número de papeles femeninos que no había representado en la vida, que me había negado a representar o que no me habían ofrecido. En el sueño supe que estaba condenada a representarlos ahora, porque me había negado a hacerlos en vida.

Por la mañana me desperté junto a Saul. Estaba frío y tuve que calentarle. Me sentía yo misma y muy fuerte. Fui directamente a la mesa y saqué los cuadernos. Él debió de despertarse y mirar lo que hacía un rato antes de que yo me diera cuenta, porque dijo:

—En lugar de anotar mis pecados en tu diario, ¿por qué no escribes otra novela?

—Podría darte cien razones por las que no lo hago, podría hablar horas y horas sobre el tema, pero la razón auténtica es que sufro de una parálisis como escritora. No hay más. Es la primera vez que lo he admitido.

—Tal vez sea eso —dijo ladeando la cabeza, con una sonrisa cariñosa. Me di cuenta del afecto y me sentí bien. Luego, al devolverle la sonrisa, cortó la suya, puso una cara hosca y dijo con vigor—: En fin; saber que le das vueltas a tantas palabras, me pone loco.

—Cualquiera podría decirnos que dos escritores no debieran estar juntos. O, más bien, que un americano ambicioso no debiera estar con una mujer que ha escrito un libro.

—Eso es, se trata de un desafío a mi superioridad sexual, y no es una broma.

—Ya sé que no. Pero, por favor, no me vengas más con tus solemnes sermones socialistas acerca de la igualdad entre el hombre y la mujer.

—Seguramente te haré sermones solemnes porque me divierte. Pero yo no voy a creer en ellos. La verdad es que estoy resentido hacia ti porque has escrito un libro que ha tenido éxito. Y yo he llegado a la conclusión de que toda la vida he sido un hipócrita, y que, de hecho, me gustan las sociedades en que las mujeres tienen ciudadanía de segunda clase. Me gusta ser el jefe y que me adulen.

—Bien. Eso es porque, en una sociedad en que ni uno entre diez mil hombres tiene idea de cómo son las mujeres ciudadanas de segunda, tenemos que contentarnos con la compañía de hombres que por lo menos no son hipócritas.

—Y ahora que esto ha quedado bien claro, hazme un café, porque en la vida éste es tu papel.

—Será un placer —y tomamos el desayuno de buen humor, agradándonos mutuamente.

Después del desayuno tomé la bolsa de la compra y caminé por la Earl's Court Road. Disfruté comprando fruta y comestibles; disfrutaba sabiendo que iba a cocinar para él, aunque a la vez era triste, porque sabía que no iba a durar. Pensé: «Pronto se irá y habrá terminado el placer de cuidar a un hombre». Estaba ya lista para volver a casa, pero me quedé en una esquina bajo la llovizna gris, entre los golpes de paraguas y los empujones de los cuerpos, sin comprender por qué me había detenido allí. Luego crucé la calle y entré en una papelería. Me dirigí a un contador cargado de cuadernos de notas. Los había similares a los cuatro míos, pero no era lo que quería. Vi uno grande y grueso, bastante caro, y lo abrí. El papel era bueno, consistente y blanco, sin líneas. Era un papel agradable al tacto, un poco tosco, pero sedoso. Tenía unas tapas pesadas, doradas y mate. Nunca había visto un cuaderno semejante, y le pregunté a la vendedora para qué era, y me dijo que un cliente americano lo había encargado especialmente, pero que luego no lo había ido a recoger. Había pagado una cantidad anticipada, de modo que no era tan caro como yo había supuesto. Así y todo era caro, pero lo quería y me lo llevé a casa. Me causa placer tocarlo y mirarlo, pero no sé para qué lo quiero.

Saul vino a la habitación, dando vueltas, como al acecho e inquieto. Cuando vio el cuaderno nuevo, se lanzó sobre él.

—Qué bonito es. ¿Para qué sirve?

—Todavía no lo sé.

—Pues dámelo.

Yo estuve a punto de decir. «Bueno, quédatelo», observando en mí la necesidad de entrega, como el surtidor de una ballena. Me irrité conmigo misma, porque lo quería para mí y, a pesar de ello, casi se lo di. Comprendí que aquella necesidad de complacer al otro era parte del ciclo sadomasoquista en que estábamos.

—No, no te lo puedo dar.

Me costó mucho decirlo, pues incluso lo dije tartamudeando. Lo cogió y dijo:

—Dámelo, dámelo, dámelo.

—No.

Había supuesto que se lo daría, con la broma del «dámelo, dámelo»; y se quedó mirándome de reojo y murmurando, sin reírse, «dámelo, dámelo, dámelo», con voz de niño. Se había convertido en un niño. Vi cómo la nueva personalidad o, mejor dicho, la antigua, penetraba en él como un animal penetra en la espesura. Encorvó el cuerpo y se agazapó, convirtiéndose en un arma; la cara, que cuando es «él mismo» tiene una expresión de buen humor y se muestra astuta y escéptica, ahora parecía la de un pequeño asesino. Se puso a dar vueltas, con el libro en la mano, dispuesto a escaparse (*19); y pude ver claramente al chiquillo de los barrios bajos, miembro de una pandilla de niños como él, robando algo en una tienda, o escapándose de la policía.

—No, no puedo dártelo.

Lo dije como se lo hubiera dicho a un niño, y volvió en sí, despacio, mientras la tensión iba desapareciendo de él. Dejó el libro de buen humor, incluso con gratitud. Pensé que era raro que necesitara la autoridad de otro que fuera capaz de decir no y que, sin embargo, hubiera entrado en la vida de una mujer a quien tanto costaba decir no. Porque una vez dicho que no, y cuando él hubo dejado el cuaderno, dando a entender en todos sus gestos que se sentía como el niño pobre a quien le habían negado una cosa que deseaba mucho, me sentí muy mal, queriendo decirle: «Cógelo, por Dios; no tiene ninguna importancia». Pero ya no podía decirlo, y me asusté al ver lo rápidamente que aquel objeto tan poco importante se había convertido en un elemento de lucha.

727

Se quedó un rato junto a la puerta, como perdido, mientras yo observaba cómo se iba reponiendo, y vi la manera como, en miles de ocasiones, debió reponerse de niño: puso rígidos los hombros y «se apretó el cinturón», tal como me había dicho que todos debían de hacer cuando estuvieran en una dificultad.

—Bueno, me voy arriba a trabajar.

Y se fue arriba, despacio, pero no trabajó, pues le oí dar vueltas. Volví a sentir la tensión, a pesar de que me había librado de ella durante unas horas. Contemplé cómo las manos del dolor se apoderaban de mi estómago y cómo los mismos dedos se me clavaban en los músculos del cuello y de la cintura. La Anna enferma regresó y entró en mi interior. Sabía que eran los pasos de arriba los que la habían hecho regresar. Puse un disco de Armstrong, pero el buen humor ingenuo de aquella música me pareció algo demasiado remoto. Lo cambié por Mulligan, pero la lástima de sí mismo que aquella música expresaba era la voz de la plaga que había invadido la casa. Apagué la música y pensé: «Janet va a volver pronto; tengo que acabar con todo esto a la fuerza».

Ha sido un día oscuro y frío, sin un asomo del sol invernal. Fuera está lloviendo. Las cortinas están corridas y las dos estufas de parafina, encendidas. La habitación ha quedado a oscuras, y en el techo hay dos dibujos de luz roja y dorada, que se tambalean suavemente y vienen de las estufas. El fuego del gas es de un resplandor rojo cuya furia resulta incapaz de penetrar en el frío más allá de a unos pocos centímetros.

He estado mirando el bonito cuaderno nuevo, tocándolo llena de admiración. Saul ha garabateado sobre su cubierta, sin que yo me hubiera dado cuenta, la vieja amenaza escolar:

> *Un palmo*
> *la nariz le va a crecer*
> *al que se atreva*
> *este libro a leer.*
> *Lo dice su dueño,*
>
> SAUL GREEN.

Me ha hecho reír y casi he ido arriba para dárselo. Pero no, no lo haré. Retiraré el cuaderno azul con los demás. Dejaré los cuatro cuadernos. Empezaré un cuaderno nuevo, y me pondré toda yo en un solo cuaderno.

[Aquí terminaba el cuaderno azul, con una línea gruesa y negra.]

El cuaderno dorado

Un palmo
la nariz le va a crecer
al que se atreva
este libro a leer.
Lo dice su dueño,

SAUL GREEN.

Es tan oscuro este piso como si la oscuridad tuviera la forma
del frío. Recorrí el piso encendiendo todas las luces. La oscuridad
hizo retroceder hasta la parte exterior de las ventanas a una forma
fría que trataba de irrumpir dentro del piso. Pero cuando encendí
la luz de la habitación grande, vi que era una equivocación, que la
luz le era ajena, así que dejé que volviera la oscuridad, controlada
por las dos estufas de parafina y por el resplandor del fuego del
gas. Me tumbé y pensé en la pobre tierra, una mitad sumida en la
fría oscuridad, balanceándose en inmensos espacios oscuros. Al
poco rato de haberme tumbado, entró Saul y se echó a mi lado.

—Es una habitación fantástica —dijo—. Es como un
mundo.

Su brazo bajo mi cuello era fuerte y caliente. Hicimos el
amor. Se durmió y, al despertar, estaba caliente, sin aquel frío
mortal que tanto me asustaba. Después observó:

—Bueno, quizás *ahora* conseguiré trabajar.

Era un egoísmo tan directo como el mío cuando necesito
algo. No pude evitar reírme. Él me secundó en la risa. Rodamos
por la cama, riéndonos, y luego por el suelo. Después se puso de
pie de un salto y dijo, en un tono cursi y muy inglés:

—Esto no puede ser, no puede ser.

Y salió del cuarto, riéndose todavía.

Los demonios se habían ido del piso. Es lo que pensé, desnuda encima de la cama, sentada al calor de las tres estufas. Los demonios. Como si el miedo, el terror y la ansiedad no estuvieran dentro de mí, dentro de Saul, como si sólo fuera una fuerza exterior que entraba y salía en algunos momentos escogidos. Esto es lo que pensé, mintiéndome; porque necesitaba aquel momento de pura felicidad: yo, Anna, desnuda sobre la cama, con los pechos apretujados entre mis brazos desnudos, entre el olor del sexo y del sudor. Me parecía que el calor y la fuerza de la felicidad de mi cuerpo eran suficientes para disipar todo el miedo del mundo. Volví a oír los pasos por arriba. Se movían, sin parar, de sitio en sitio, por encima de mi cabeza, como ejércitos trasladándose. Se me apretó el estómago. Vi cómo se me escapaba la felicidad. Inmediatamente me encontré en otro estado, en uno que era extraño para mí. Me di cuenta de que el cuerpo me repugnaba. Nunca me había sucedido. Y llegué a decirme: «Cuidado, porque esto es nuevo». Es algo que he visto en alguna parte. Y recordé que Nelson me había dicho que a veces miraba el cuerpo de su mujer y odiaba su feminidad; odiaba el vello de los sobacos y de la ingle. A veces, me decía, veía a su mujer como una araña, toda brazos y piernas, como garfios, rodeando una boca voraz. Me senté en la cama y contemplé mis piernas delgadas y blancas, y mis brazos delgados y blancos, y mis pechos… Mi centro, húmedo y pegajoso, me pareció repugnante. Al mirar nuevamente mis pechos, sólo podía pensar en el aspecto que tenían cuando estaban llenos de leche, y en lugar de recordarlo como una cosa agradable, me pareció asqueroso. Esta sensación de extrañeza ante mi propio cuerpo hizo que la cabeza me flotara, hasta que me anclé, necesitando agarrarme a algo, a la idea de que lo que experimentaba no provenía en absoluto de mi mente. Estaba experimentando, imaginariamente, por primera vez, los sentimientos de un homosexual. Por primera vez las descripciones literarias de la repugnancia de los homosexuales cobraron un sentido para mí. Caí en la cuenta de la gran cantidad de sentimientos homosexuales que flotan en el aire por todas partes y en gente que nunca se asociaría con la idea.

El sonido de los pasos de arriba había cesado. Yo no podía moverme. Me encontraba entre las garras de aquella repugnancia. Luego supe que Saul iba a bajar para decirme algo que sería un eco de lo que yo estaba pensando; estaba tan segura de ello que me limité a esperar, entre las miasmas del asco hacia mí misma, aguardando a oír cómo sonaría el asco cuando fuera expresado en voz alta por la voz de él, que era mi voz. Bajó, se quedó junto a la puerta y preguntó:

—Por Dios, Anna, ¿qué haces desnuda?

Y yo dije, desprendida y clínicamente:

—Saul, ¿te das cuenta de que hemos llegado a un punto en que nuestros humores se influyen mutuamente, incluso cuando estamos en habitaciones distintas?

El cuarto estaba demasiado oscuro para verle la cara, pero la forma de su cuerpo, alerta junto a la puerta, expresaba la necesidad de huir, de escapar de aquella Anna desnuda y repugnante, sentada en la cama. Dijo con la voz escandalizada de un muchacho:

—Échate algo encima.

—¿Has oído lo que he dicho?

No lo había oído, pues insistió

—Anna, ya te lo he dicho, no te quedes ahí de esa forma.

—¿Te parece que esto nos hace, a gente como nosotros, experimentarlo todo? Algo nos fuerza a ser el mayor número posible de cosas o personas.

Esto sí lo oyó y dijo:

—No lo sé. No tengo que hacer nada para que me ocurra, puesto que es mi manera de ser.

—Yo no hago esfuerzos. Algo me fuerza. ¿Crees tú que la gente de antes se atormentaba por lo que no había experimentado? ¿O sólo nos ocurre a nosotros?

—No lo sé, y no me importa —su tono era hosco—; sólo quisiera que alguien me librara de ello. —Y añadió, amistosamente y sin repugnancia—: Anna, ¿es que no te das cuenta de que hace muchísimo frío? Vas a caer enferma si no te vistes. Yo voy a salir.

Y se fue. A la par que sus pies bajaban la escalera, desaparecía con ellos la sensación de asco. Me quedé disfrutando de mi cuerpo. Hasta una arruguita de la piel de la parte interior del muslo, aquel comienzo de la vejez, me causó placer. Pensé: «Sí, es como debería ser; en la vida he sido tan feliz, que no me importará hacerme vieja». Pero mientras lo decía, aquella seguridad se me escapaba. Volví al asco. Me coloqué en el centro de la habitación, desnuda, dejando que el calor me acariciara desde las tres estufas, y aquello fue como una revelación, una de esas cosas que una siempre había sabido, sin haberlo comprendido, y es que la cordura dependía de lo siguiente: de que fuera un placer sentir la rugosidad de la alfombra en la planta de los pies, un placer la caricia del calor sobre la piel, un placer estar derecha sabiendo que los huesos se mueven con facilidad debajo de la carne. Si esto desaparece, desaparece también la fe en la vida, aunque yo no podía sentir nada parecido. Aborrecía el tacto de la alfombra como una cosa fabricada y muerta. Mi cuerpo era una especie de vegetal delgado, flaco y puntiagudo, como una planta sin sol. Al tocarme el pelo de la cabeza, me pareció muerto. Sentí que el suelo se movía debajo de mí. Las paredes iban perdiendo densidad. Supe que bajaba a una nueva dimensión, mucho más lejos de la cordura de lo que jamás había llegado. Supe que tenía que irme en seguida a la cama. No podía andar. Entonces me dejé caer de rodillas y me arrastré a la cama. Me tumbé en ella y me tapé. Pero estaba sin defensas. Echada en la cama, recordé a aquella Anna que podía soñar cuando quería, que podía controlar el tiempo, moverse con facilidad y que se sentía a sus anchas en el tenebroso mundo del sueño. Pero yo no era aquella Anna. Los trozos iluminados del techo se habían convertido en unos ojos enormes que miraban, los ojos de un animal que me vigilaba. Era un tigre, extendido por el techo, y yo, una niña *que sabía* que había un tigre en mi habitación, a pesar de que mi cerebro me decía que no. Al otro lado de la pared de las tres ventanas, soplaba un viento frío que golpeaba los vidrios y los hacía temblar, y la luz invernal traspasaba las cortinas. No eran cortinas; eran jirones de carne podrida y agria del animal. Caí en la cuenta de que me encontraba dentro de una jaula, dentro de la cual el animal podía saltar en cuanto quisiera. El olor de la carne muerta me ponía enferma; el hedor del tigre me producía miedo. Mientras el estómago se me revolvía más y más, acabé durmiéndome.

Fue el tipo de sueño que sólo tengo cuando he estado enferma: muy ligero, como si estuviera bajo una fina capa de agua y el sueño auténtico estuviera en capas sin fondo por debajo de mí. De modo que todo el rato fui consciente de estar encima de la cama, y consciente de que dormía, y de que pensaba con extraordinaria claridad. Pero no era como cuando me quedaba, en sueños, viendo cómo Anna dormía, contemplando cómo otras personalidades se inclinaban sobre ella para penetrarla. Era yo, pero sabiendo lo que pensaba y soñaba, de modo que había una personalidad aparte de la Anna que dormía, pero no sé quién era esa persona. Era alguien preocupado por evitar la desintegración de Anna.

Mientras yacía en la superficie del agua del sueño y empezaba a sumegirme poco a poco, aquella persona dijo:

—Anna, traicionas todas tus creencias; estás inmersa en la subjetividad, en ti misma, en tus necesidades.

Pero la Anna que deseaba sumergirse en el agua oscura no respondía. La persona desinteresada prosiguió:

—Siempre te habías creído una persona fuerte, pero este hombre es mil veces más valiente que tú, pues ha tenido que luchar durante años; en cambio tú, al cabo de unas semanas, ya estás dispuesta a ceder.

Pero la Anna que dormía estaba ya debajo mismo de la superficie del agua, meciéndose en ella, deseando bajar a las negras profundidades. La otra le amonestó:

—Lucha, lucha, lucha.

Me quedé meciéndome debajo del agua, y la voz estaba callada. Entonces supe que la profundidad del agua debajo de mí se había hecho peligrosa, llena de monstruos y de cocodrilos y de cosas que apenas podía imaginar. Pero el peligro que ellas representaban era lo que me tiraba hacia abajo. Deseaba el peligro. Luego, a través del agua ensordecedora, oí a la voz que decía:

—Lucha, lucha.

Vi que el agua no era nada profunda, que era sólo una capa delgada de agua maloliente al fondo de una jaula sucia. Encima, sobre la parte superior de la jaula, estaba extendido el tigre. Y la voz:

—Anna, tú sabes volar. Vuela.

Entonces me arrastré despacio, como borracha, de rodillas, hasta que me levanté y traté de volar, pisando el aire podrido con los pies. Era tan difícil que casi me desmayé. El aire era demasiado delgado y no me aguantaba. Pero me acordaba de cómo había volado otra vez, y por eso, haciendo un gran esfuerzo a cada pisada, me alcé y me agarré a las rejas, quedándome de pie junto al tigre. Estaba inmóvil, guiñándome sus ojos verdes. Encima estaba aún el techo del edificio, y tuve que empujar el aire hacia abajo con los pies para atravesarlo. Luché de nuevo y, poco a poco, me alcé hasta que el tejado desapareció. El tigre estaba extendido a sus anchas encima de una jaulita inútil, guiñando los ojos, con una pata extendida que me tocaba el pie. Sabía que no tenía nada que temer del tigre. Era un hermoso animal reluciente, estirado bajo la caliente luz de la luna. Le dije:

—Es tu jaula.

No se movió, pero bostezó, mostrando las blancas hileras de dientes. Luego se oyó el ruido de los hombres que iban a por él. Lo iban a coger y a enjaular.

—¡Corre, rápido!

El tigre se levantó y empezó a dar coletazos, girando la cabeza a un lado y a otro. Ahora olía a miedo. Al oír el griterío de las voces de los hombres y de sus pies que corrían, me arañó el brazo con la pata, en un gesto de terror ciego. Vi cómo la sangre brotaba de mi brazo. El animal saltó del tejado, cayendo en la acera. Se escapó corriendo por entre las sombras de las verjas de las casas. Empecé a llorar, llena de pena, porque sabía que los hombres iban a coger al tigre y enjaularlo. Entonces vi que no tenía nada en el brazo, que ya estaba curado. Lloré de compasión, diciendo: «El tigre es Saul; no quiero que le cojan; quiero que corra libre por el mundo». El sueño se adelgazó. Estaba a punto de despertar, pero no del todo. Me dije: «Debo escribir

735

una pieza de teatro sobre Anna, Saul y el tigre». La parte de mi mente preocupada por la pieza siguió funcionando, pensando en ello, como una niña que juega con ladrillos en el suelo; una niña que, además, tiene prohibido jugar, porque sabe que es una evasión, que hacer combinaciones entre Anna y Saul y el tigre es una excusa para no pensar; lo que Anna y Saul harían y dirían serían formas de dolor, el «argumento» de la pieza tendría la forma del dolor, y esto era evadirse. Mientras tanto, con la parte de mi mente que yo sabía era la personalidad desinteresada que me había salvado de desintegrarme, empecé a controlar el sueño. Aquella persona insistía en que tenía que dejar centrar la pieza sobre el tigre, que tenía que dejar de jugar con los ladrillos. Decía que, en lugar de hacer lo de siempre, inventarme historias sobre la vida para evitar enfrentarme con ella, tenía que hacer un esfuerzo de memoria y enfrentarme con escenas de mi vida. Este «recordar tenía una cualidad extraordinaria, era como un pastor contando las ovejas o como ensayar una pieza de teatro; era como si comprobara algo, palpando para tranquilizarme. Era el mismo acto de cuando siendo niña había tenido pesadillas. Cada noche, antes de dormirme, despierta, recordaba todo lo que durante el día había contenido algo que me diera miedo, susceptible de convertirse en una pesadilla. Tenía que «nombrar» las cosas aterrorizantes, una y otra vez, en una letanía horrorosa. Era como una especie de operación desinfectante que hacía mi mente antes de dormirme. Pero ahora, dormida, no transformaba en inocuos los acontecimientos del pasado, sino que, nombrándolos, *me aseguraba de que todavía estuvieran allí*. Pero sé que, una vez segura de que todavía estaban allí, tendría que «nombrarlos» de una forma diferente, y por eso la personalidad dominadora me forzaba a recordar. Volví a visitar, primero, al grupo de debajo de los eucaliptos de la estación de Mashopi, bajo la luz de la luna oliendo a vino, con las sombras oscuras de las hojas sobre la arena blanca. Sin embargo, ya se había librado de aquel terrible falseamiento nostálgico; carecía de emoción y era como una película acelerada. A pesar de todo, tuve que ver cómo George Hounslow se acercaba desde el negro camión aparcado junto a las vías ferroviarias, que relucían bajo las estrellas, con sus anchos hombros encogidos, para mirarnos, pavorosamente hambriento, a Maryrose y a mí; y tuve que escuchar también a Willi que me silbaba a la oreja, desafinando, la tonada de la ópera de Brecht; así como contemplar a Paul haciéndonos una irónica reverencia de cortesía antes de marcharse sonriendo hacia el edificio de los dormitorios, cerca del alud formado por guijarros. Después le seguíamos y caminábamos por el camino arenoso. Estaba parado esperándonos, frente a nosotros, con una sonrisa desprendida y de triunfo, sin mirarnos a nadie del grupo deambulante en dirección suya, en medio de la ardiente luz del sol. Miraba más bien detrás de nosotros, al hotel Mashopi. Uno tras otro, nosotros también nos volvimos a mirar hacia atrás. El edificio del hotel parecía haber estallado en una nube danzante y arremolinada de pétalos y alas blancas, de millones de mariposas blancas que se posaban en el edificio. Parecía una flor blanca, abriéndose despacio bajo el profundo cielo azul y vaporoso. Luego nos invadió una sensación amenazadora y nos dimos cuenta de que habíamos sido víctimas de una ilusión de la luz, que nos habíamos engañado. Lo que mirábamos era la explosión de una bomba de hidrógeno, y una flor blanca se abría bajo el cielo azul con tal perfección que las bocanadas de humo, los pliegues y despliegues de las formas, nos impedían movernos a pesar de que sabíamos que nos amenazaba. Era increíblemente hermoso; era la forma de la muerte. Nos quedamos mirando aquello en silencio, hasta que el silencio fue invadido poco a poco por un ruido de algo que crujía y se arrastraba rechinando. Al mirar hacia el suelo, vimos a los saltamontes; su grosera y desorganizada fecundidad tenía varios centímetros de espesor y nos rodeaban por todas partes. El invisible proyeccionista que pasaba la película cortó aquella escena, como si dijera: «Ya basta, sabéis muy bien que todavía está». E inmediatamente empezó a pasar otra parte de la película. La pasaba poco a poco, porque había una dificultad técnica, no sé cuál, y varias veces el proyeccionista volvía atrás para volverla a pasar. La dificultad era que la película no se veía bien, pues la habían filmado mal. Dos hombres, que eran el mismo, pero que estaban partidos en la película, parecían luchar en un silencioso duelo de voluntades a fin de aparecer en la película. Uno era Paul Tanner, el hombre que provenía de la clase obrera, que se había hecho médico y al que le había sostenido en la lucha una ironía seca y crítica; sin embargo, aquel rasgo que había sido su arma, había destruido su idealismo. El otro era Michael, el refugiado europeo. Cuando por fin las dos figuras se fundieron, se creó una nueva persona. Yo pude ver el momento en que esto ocurrió. Fue como si la forma de un ser humano, el molde existente para contener la personalidad de Michael o de Paul Tanner, se hinchara y transformara, como si un escultor trabajara desde el interior de su materia y cambiara la forma de la estatua apretándose con los hombros y las caderas contra la sustancia que había sido Paul, que había sido Michael. La nueva persona era de tamaño mayor, tenía el carácter heroico de una estatua, pero, sobre todo, yo sentía su fuerza. Entonces habló, y yo pude oír el sonido delgado de la voz real anterior a ser tragada o absorbida por la nueva voz fuerte:

—Anna, querida, no hemos fracasado como nos pensamos. Hemos pasado la vida luchando para que gente un poco menos estúpida que nosotros aceptara verdades que los grandes hombres ya sabían desde siempre, cosas como que encerrar a un ser humano y aislarlo completamente le convertiría en un loco o en un animal. Ellos siempre han sabido que un pobre hombre temeroso de la policía y del casero es un esclavo. Siempre han sabido que la gente asustada es cruel; siempre han sabido que la violencia origina más violencia. Y nosotros lo sabemos. Pero ¿lo saben las grandes masas de gente que van por el mundo? No. Por eso, nuestro trabajo es decírselo, ya que los grandes hombres no quieren tomarse esa molestia. Ellos tienen la imaginación ocupada en cómo poblar Venus; en sus mentes ya están creando visiones de una sociedad llena de seres humanos libres y nobles. Mientras tanto, los seres humanos van diez mil años retrasados y son prisioneros del miedo. Los grandes hombres no quieren tomarse esa molestia. Y tienen razón. Porque saben que estamos nosotros, que somos los que empujamos la piedra; en realidad, saben que seguiremos empujando desde la parte más baja de la montaña, mientras ellos están en la cima, ya liberados. Toda la vida, tú y yo, la pasaremos gastando las energías, el talento, para conseguir que la piedra ascienda un par de centímetros más. Ellos confían en nosotros y tienen razón; y por esto a fin de cuentas no somos inútiles.

La voz fue haciéndose más tenue, pero la película ya había cambiado. Era más superficial. Escena tras escena, se encendía, se apagaba; yo sabía que aquella breve «visita» al pasado era de aquel modo para que me acordara de que todavía tenía que trabajar en ello. Paul Tanner y Ella, Michael y Anna, Julia y Ella, Molly y Anna, Madre Azúcar, Tommy, Richard, el doctor West, toda esta gente apareció brevemente y volvió a desaparecer, y entonces la película se rompió o más bien se acabó, con una sacudida confusa. El proyeccionista dijo, rompiendo el silencio que siguió al fin de la película (y con una voz que me impresionó bastante, porque era una voz nueva, bastante jovial, práctica, sarcástica, una voz sensata):

—¿Y por qué crees que el énfasis que le has dado es el correcto?

La palabra *correcto* tenía un matiz de eco paródico. Era una burla de la palabra correcto del argot marxista. Lo había dicho además con cierta tirantez, como la de un maestro de escuela. Al oír la palabra «correcto», me invadió una sensación de náusea, y era una sensación bien conocida: era la náusea propia de cuando me sentía agotada, de cuando trataba de abrirme camino hasta un punto más allá de lo posible. Mareada, escuché a la voz que decía:

—¿Y por qué crees que el énfasis que le has dado es el correcto?

Mientras, el proyeccionista empezaba a pasar de nuevo la película o, mejor dicho, las películas, pues había varias, y yo pude, a medida que pasaban delante de mí en la pantalla, irlas distinguiendo y «nombrarlas». La película de Mashopi; la película sobre Paul y Ella; la película sobre Michael y Anna; la película sobre Ella y Julia; la película sobre Anna y Molly. Todas eran, me di cuenta entonces, películas convencionales bien hechas, como si hubieran sido rodadas en un estudio; luego vi los titulares: aquellas películas, que me eran de lo más odioso, habían sido dirigidas por mí. El proyeccionista siguió pasándolas muy deprisa, y luego se paraba en los titulares, mientras yo oía su risa burlona cuando aparecía lo de *dirigida por Anna Wulf*. Luego pasaba unas cuantas escenas más, todas ellas bien acabadas, inauténticas, falsas y estúpidas. Le grité al proyeccionista:

—¡Pero si no son mías; no las he hecho yo!

A lo cual el proyeccionista, casi aburrido de tan seguro que estaba, hacía que desaparecieran las escenas y esperaba a que yo le probara que se había equivocado. Entonces fue terrible, porque me enfrenté con la carga de crear el orden dentro del caos en que se había convertido mi vida. El tiempo había desaparecido y mis recuerdos no existían. Yo era incapaz de distinguir entre lo que me había inventado y lo que había experimentado, si bien sabía que todo lo que me había inventado era falso. Era un remolino, una danza desordenada, como la danza de las mariposas blancas en el calor vibrante sobre el *vlei* arenoso y húmedo. El proyeccionista todavía esperaba, sardónico. Lo que él pensaba me entró en la cabeza. Pensaba que el material había sido ordenado por mí para que encajara con lo que conocía, y por esto era todo falso. De pronto, dijo en voz alta:

—¿Cómo vería esta época June Boothby? ¿A que no sabes representar a June Boothby?

Aquello hizo que mi mente empezara a funcionar a una marcha desconocida para mí. Comencé a escribir un cuento sobre June Boothby. Era incapaz de detener el fluir de las palabras, y lloraba de frustración mientras escribía en el estilo insípido de la revista femenina más cursi; pero lo que daba más miedo era que la insipidez se debía a un cambio muy pequeño en mi propio estilo. Se trataba sólo de una palabra de vez en cuando:

—June, una chica de dieciséis años recién cumplidos, estaba tumbada en una *chaise longue* en la terraza, mirando a través del frondoso follaje de lluvia dorada. Sabía que iba a suceder algo, cuando su madre entró en la habitación por detrás de ella y dijo: «June, ven a ayudarme a hacer la cena del hotel». Ella no se movió. Y su madre, después de un silencio, salió de la habitación sin hablar. June estaba convencida de que su madre también lo *sabía*. Pensaba: «Querida mamá, tú sabes lo que siento». Entonces sucedió. Un camión se detuvo frente al hotel, junto a las gasolineras, y él salió. June, sin prisas, suspiró y se puso de pie. Diríase que movida por una fuerza exterior, salió de la casa y avanzó por el camino donde había pasado hacía unos instantes su madre, hacia el hotel. El joven, parado junto a las gasolineras, parecía consciente de la chica que se acercaba. Se volvió. Sus ojos se encontraron…

Oí que el proyeccionista se reía. Estaba encantado porque era incapaz de evitar que me salieran estas palabras; estaba sádicamente encantado.

—Ya te lo dije —dijo con la mano ya alzada para volver a empezar la película—. Ya te dije que no lo podías hacer.

Me desperté en el cuarto oscuro y cerrado, iluminado en tres sitios por el resplandor del fuego. Me sentía agotada a causa del sueño. En seguida supe que me había despertado porque Saul estaba cerca. No sentía ningún movimiento, pero intuía su presencia. Incluso sabía el sitio exacto donde se encontraba, de pie, un poco retirado de la puerta del rellano. Le podía ver, en una actitud tensa e indecisa, tirándose del labio, no sabiendo si entrar. Le llamé:

—Saul, estoy despierta.

Entró y dijo con una voz falsamente cordial:

—Hola. Creía que estabas durmiendo.

Entonces supe quién había sido el proyeccionista de la película de mi sueño, y dije:

—¿Sabes que te has convertido en una especie de conciencia o crítico interior? Te acabo de soñar en este papel.

Me dirigió una mirada larga, fría y astuta.

—Si me he convertido en tu conciencia, vaya broma, porque no hay duda de que tú eres la mía.

—Saul, nos hacemos mutuamente mucho daño.

Estuvo a punto de decir: «Puede que yo te haga daño a ti, pero a mí me haces mucho bien…».

Apareció en su cara la mirada de persona caprichosa y arrogante que era la máscara más apropiada para estas palabras. Le detuve, diciendo:

—Tendrás que acabarlo. Debiera hacerlo yo, pero no soy lo bastante fuerte. Reconozco que tú eres mucho más fuerte que yo, aunque creí que era al revés.

Contemplé cómo la ira, la repugnancia y la sospecha pasaban por su rostro. Me vigilaba con los ojos agudizados. Sabía que iba a entablar una lucha que provendría de la personalidad que me odiaba, pues le estaba quitando algo. También sabía que cuando fuera «él mismo», reflexionaría sobre lo que había dicho y, como era una persona responsable, haría lo que yo le había pedido.

Mientras tanto, dijo con hosquedad:

—Así es que me echas de una patada.

—No es lo que he dicho. —Le hablaba al hombre responsable.

—Como no me someto a tus caprichos, me echas a patadas.

Sin saber que lo iba a hacer, me incorporé y le chillé:

—¡Por Dios, basta, basta, basta!

Retrocedió, instintivamente. Sabía que, para él, una mujer víctima de un ataque de histeria significaba que le iban a pegar. Pensé que era muy extraño que estuviéramos juntos, que hubiéramos llegado a intimar tanto, porque yo jamás le había pegado a nadie. Él llegó a trasladarse al otro extremo de la cama y se preparó a huir de una mujer que chillaba y repartía golpes. Yo dije, sin chillar y llorando:

—¿No te das cuenta de que es un ciclo, que vamos dando vueltas y más vueltas?

Tenía el gesto gris de hostilidad y me di cuenta de que iba a soportar su marcha. Me aparté de él, contuve el malestar de mi estómago con un esfuerzo.

—De todas formas, te irás cuando vuelva Janet —dije.

No sabía que iba a decirlo, ni que lo pensaba. Me tumbé, pensando sobre ello. Naturalmente, era verdad.

—¿Qué quieres decir? —preguntó, interesado y sin hostilidad.

—Si tuviera un hijo, te quedarías, pues te hubieras identificado con él, al menos por una temporada. Pero, como tengo una niña, te irás porque nos verás como dos mujeres, como dos enemigos. —Hizo un gesto de afirmación con la cabeza—. Qué raro, constantemente me aflige una sensación de predestinación, fatalidad, inevitabilidad, pero por pura casualidad tuve una niña en lugar de un niño. Por pura casualidad. De modo que es por casualidad por lo que te marcharás, y así mi vida cambiará por completo a causa de ello. —Me sentí más ligera, menos encerrada, entregada a la casualidad—: Qué extraño; al tener un hijo las mujeres sienten que entran en un destino inasible. Nos sentimos más ligadas por simple casualidad. —Me miraba de reojo, sin hostilidad, con afecto. Añadí—: Al fin y al cabo, nadie en el mundo podría haber hecho que el que tuviera yo una niña en lugar de un niño, fuera otra cosa que una casualidad. Imagínate, Saul, si hubiera tenido un chico: hubiéramos tenido lo que vosotros los yanquis llamáis una relación. Una larga relación. Quizá se hubiera convertido en otra cosa, ¿quién sabe?

—Anna, ¿de verdad que te lo hago pasar tan mal?

Con la hosquedad que tanto le caracterizaba, tomada de su actitud en un momento en el que no la usaba, por así decirlo, pues se estaba comportando con dulzura y buen humor, le dije:

—No he perdido el tiempo con los curanderos, sin aprender que no son los ōtros los que me afectan, sino yo misma.

—Aparte los curanderos… —y me puso la mano sobre el hombro.

Sonreía, preocupado por mí. En aquel instante, estaba presente todo él, incluida la buena persona. Aunque se le veía ya la fuerza oscura detrás de la cara; le volvía a los ojos. Libraba una lucha consigo mismo. Reconocí la lucha como la lucha que había librado yo en sueños, cuando rechazaba que personalidades ajenas entraran dentro de mí. La lucha se hizo tan dura que se sentó con los ojos cerrados y la frente cubierta de sudor. Le tomé de la mano, y él me la apretó y dijo:

—De acuerdo, Anna, de acuerdo. No te preocupes, confía en mí. —Nos quedamos sentados en la cama, agarrados de la mano. Se secó el sudor de la frente, luego me besó y dijo—: Pon algo de *jazz*.

Puse un disco del Armstrong primitivo y me senté en el suelo. La habitación grande era un mundo, con el resplandor del fuego enjaulado, y con sus sombras. Saul estaba echado en la cama, escuchando el *jazz*, con una expresión de satisfacción en el rostro.

Entonces no podía «acordarme» de la Anna enferma. Sabía que estaba entre bastidores, esperando a salir, al apretar un botón, pero nada más. Durante un largo rato estuvimos en silencio. Me preguntaba cuál de las dos personas sería la que hablara cuando nos pusiéramos a conversar. Pensaba que si existiera una grabación de las horas y horas que habíamos hablado en aquel cuarto, de lo que habíamos peleado y discutido y de nuestra enfermedad, sería la descripción de cien personas distintas vivas, en distintas partes del mundo, que hablarían, gritarían y se harían preguntas. Me incorporé, preguntándome cuál de aquellas personas empezaría a gritar cuando yo hablara, y dije:

—He estado pensando que será como una broma cuando uno de los dos diga: «He estado pensando...».

Él se rió.

—De modo que has estado pensando...

—Si una persona puede ser invadida por una personalidad que no es la suya, ¿por qué la gente, quiero decir la gente que forma las masas, no puede ser invadida por personalidades ajenas?

Estaba echado, siguiendo el ritmo del *jazz* con los labios, pulsando las cuerdas de una guitarra imaginaria. No contestó, se limitó a hacer una mueca que quería decir: «Te escucho».

—La cuestión es, camarada...

Me detuve, escuchando cómo había utilizado la palabra, con una nostalgia irónica. Pensé que era prima hermana de la voz burlona del proyeccionista. Era un aspecto del descreimiento y la destrucción.

Saul, dejando la guitarra imaginaria, dijo:

—Bueno, camarada, si lo que dices es que las masas están infectadas de emociones que vienen del exterior, me encanta entonces que, a pesar de todo, te atengas a los principios socialistas.

Había usado las palabras «camarada» y «masas» con ironía, pero entonces su voz adquirió un amargo matiz:

—En tal caso, lo único que tenemos que lograr, camarada, es que las masas se llenen, como si fueran recipientes vacíos, de emociones buenas, útiles, puras, afectuosas y pacíficas, lo mismo que nosotros.

Habló yendo más allá de la ironía, no con la voz del proyeccionista pero acercándose a ella.

—Éste es el tipo de cosas a que me refería, pero tú no te burlas así nunca.

—Cada vez que me burlo del revolucionario ciento por ciento, noto que caigo en aquello que más odio. Es porque nunca he vivido con la idea de que me iba a convertir en lo que se llama una persona madura. He pasado toda mi vida, hasta hace poco, preparándome para el momento en que uno me diga: «Toma este fusil». O bien: «Administra esta granja colectivizada». O: «Procura organizar este equipo de piquetes». Siempre he creído que me moriría a los treinta años.

—Todos los jóvenes creen que se morirán antes de los treinta. No pueden soportar el compromiso de hacerse viejos. ¿Y quién soy yo para decirles que están equivocados?

—Yo no soy *todos* los jóvenes. Soy Saul Green. No me extraña que me haya tenido que ir de América. No queda nadie que hable mi lengua. ¿Qué les habrá pasado a todos los que conocía antes? Éramos todos de los que íbamos a cambiar el mundo. Ahora atravieso el país visitando a mis antiguos amigos, y están casados o han hecho carrera, conversando privadamente con ellos mismos, borrachos, porque los *valores americanos* están podridos.

Me reí por la manera hosca como dijo la palabra «casados». Levantó los ojos para ver de qué me reía, y aclaró:

—Ah, sí, sí; lo digo en serio. Entro en el hermoso piso nuevo de un viejo amigo y le pregunto: «Oye, ¿qué te propones con este trabajo? Tú sabes muy bien que está podrido, sabes muy bien que te estás destrozando». Y él me replica: «Pero ¿y la mujer y los hijos?». Y yo: «¿Es cierto lo que he oído, que has delatado a viejos amigos?». Traga rápidamente otra copa y se defiende: «Pero, Saul, tengo que pensar en la mujer y los niños». ¡Sí! ¡Por eso odio a la mujer y a los niños! Tengo mi razón para odiarlos. Muy bien, ríete; ¿habrá algo más divertido que mi idealismo? ¡Ya lo sé, está tan pasado de moda y es tan ingenuo! Hay una cosa que al parecer ya no se la puedes decir a nadie: que no debería vivir como lo hace. ¿Por qué lo haces? Ésta es la pregunta que no se puede hacer, si no quieres quedar como un mojigato. No sirve de nada decirlo, por otra parte, porque hay un tipo de coraje que la gente ha perdido. A principios de año debería haberme ido a Cuba con Castro para que me mataran.

—Está claro que no era así, puesto que no has ido.

—Esto también es una cuestión de determinismo, a pesar de la casualidad que proclamabas hace un instante.

—Si realmente quieres que te maten, hay una docena de revoluciones en las que te puedes hacer matar.

—No estoy hecho para vivir la vida tal como se nos ha organizado. ¿Sabes una cosa, Anna? Daría cualquier cosa para volver a la pandilla de críos idealistas de la calle, cuando creíamos que lo podíamos cambiar todo. Es la única vez en mi vida que he sido feliz. Sí, de acuerdo, ya sé qué vas a decirme… —No dije nada. Y él levantó la cabeza para mirarme, y añadió—: Sin embargo, quiero que lo digas.

—Todos los americanos recuerdan con nostalgia la época en que formaban parte de un grupo de jóvenes, antes de sentirse obligados a hacer carrera o a casarse. Cada vez que conozco a un americano, espero el momento en que la cara se le ilumine de verdad: que es siempre cuando habla de sus compañeros de juventud.

—Gracias —dijo, con hosquedad—. Me has descrito bien la emoción más fuerte que he sentido en mi vida y así nos la hemos quitado de encima.

—Éste es el mal de todos nosotros. Nuestras emociones más vivas quedan bien empaquetaditas, pero ninguna de ellas, no sé por qué razón, tiene nunca nada que ver con la época en que vivimos. Cuál es mi necesidad más fuerte: estar con un hombre, amor, y todo eso; realmente estoy hecha para ello.

Oí que mi voz sonaba también hosca, como la suya de hacía un momento. Me levanté y fui al teléfono.

—¿Qué vas a hacer?

Marqué el número de Molly.

—Estoy telefoneando a Molly. Preguntará: «¿Qué tal tu americano?». «Tengo un *affaire* con él». Un *affaire*: ésta es la palabra. Siempre me ha encantado esta palabra, ¡es tan mundana y tan sofisticada! Ella dirá: «No creo que sea lo más sensato que has hecho en tu vida, ¿verdad?». Y yo convendré en que no, con lo cual habremos empaquetado el asunto. Quiero oírselo. —Me quedé escuchando el timbre del teléfono de Molly—. Ahora, sobre cinco años pasados de mi vida, digo: Cuando quería a un hombre que me quería, pero, claro, en aquella época, era muy ingenua. Punto. Esto es ya un paquete, bien liado y precintado. Luego pasé una temporada en que buscaba a hombres que me hicieran daño. Lo necesitaba. Punto. Esto está ya empaquetado. —El teléfono seguía llamando—. Durante un tiempo fui comunista. En conjunto, una equivocación, pero fue una experiencia útil y esto siempre va bien. Punto. Otro paquete. —Nadie contestaba en casa de Molly. Colgué el teléfono—. Tendrá que decirlo en otro momento.

—Pero no será verdad...

—Posiblemente no, pero me gustará oírlo.

Una pausa.

—¿Qué pasará conmigo, Anna?

Escuchando, para enterarme de qué pensaba sobre ello, dije:

—Lucharás para superar esta época. Te convertirás en un hombre gentil, sensato y amable, al que la gente acudirá cuando necesite que alguien le diga que está loca por una buena causa.

—¡Por Dios, Anna!

—Lo dices como si te hubiera insultado...

—¡Otra vez nuestra antigua amiga, la madurez! Bueno, con ésta sí que no me voy a dejar apabullar, ya lo verás.

—¡Pero la madurez lo es todo, no irás a negármelo!

—No, no lo es.

—Pero, Saul, amor mío, ¿no ves que te hundes directamente y de cabeza? ¿Qué me dices de toda la gente maravillosa que conocemos, de cincuenta o sesenta años? En fin, hay unos cuantos, una gente estupenda, madura y sensata, gente auténtica, que irradia serenidad. ¿Y cómo han conseguido ser así? Bueno, *nosotros* lo sabemos, ¿verdad? Cada uno de ellos, el muy cabrón, tiene un historial de crímenes emocionales. ¡Ah, qué tristeza, los cadáveres sangrientos, esparcidos por la vía de la madurez del hombre o de la mujer, con toda la sensatez y la serenidad de los cincuenta y pico! La verdad es que no se puede conseguir ser maduro, sensato, etcétera, sin ser durante treinta años un feroz caníbal.

—Pues no seguiré siendo un caníbal... —Lo dijo riendo, pero con hosquedad.

—Ah, no; tú no. Soy capaz de reconocer en ti a un candidato a la serenidad y a la madurez, por lo menos a un kilómetro de distancia. A los treinta años luchan como locos, escupiendo fuego y despecho, dando guadañadas sexuales en todos los sentidos. Te puedo ya ver, Saul Green, fuerte y apartado de la gente, viviendo al día en un piso cualquiera, sorbiendo de vez en cuando alguna buena marca de whisky añejo. Sí, ya te imagino; habrás vuelto a recobrar la forma de tu cuerpo, serás uno de esos hombres de mediana edad, recios, cuadrados y sólidos, como un oso raído, con tu pelo cortado al cepillo y juiciosamente agrisado en las sienes. Y, además, probablemente, llevarás gafas. Te habrás decidido a callar, aunque es posible que para entonces ya sea natural en ti. Incluso llego a imaginarme una barba bien cuidada, rubia, sobriamente agrisada. Dirán: «¿Conoces a Saul Green? ¡Ese sí que es un hombre! ¡Qué fuerza! !Qué calma! ¡Qué serenidad!». Aunque, de vez en cuando, uno de los cadáveres balará lastimosamente: «¿Te acuerdas de mí?».

—Quiero que sepas que todos los cadáveres están de mi parte, y si no lo entiendes es que no entiendes nada.

—Ah, sí que lo entiendo, pero no por ello es menos deprimente ver cómo las víctimas contribuyen tan gustosamente con su carne y con su sangre.

—¡Deprimente! Yo a la gente le hago bien, Anna. La despierto y la sacudo; la empujo al buen camino.

—¡Tonterías! Las personas que se ofrecen tan gustosamente a ser las víctimas son las que han desistido de ser ellas mismas caníbales; no son lo bastante fuertes o duras para la vía dorada que conduce a la madurez y para el sensato encogerse de hombros. Saben que se han rendido. Lo que dicen en el fondo es: «Yo me he rendido, pero tendré el gusto de contribuir para ti con mi carne y mi sangre».

—Ñam, ñam, ñam —y arrugó la cara de modo que sus rubias cejas se juntaban, formando una línea dura a través de la frente, a la vez que mostraba los dientes, sonriendo airado.

—Ñam, ñam, ñam —repetí.

—Tú, por lo que he entendido, no eres caníbal...

—Ah, sí, pues sí, pero yo también he ofrecido, de vez en cuando, ayuda y consuelo. No, no voy en camino de ser una santa; voy a ser una de las que empujan piedras.

—¿Qué quieres decir?

—Hay una gran montaña negra. Es la estupidez humana. Y hay un grupo de personas que empujan una piedra por la montaña arriba. Cuando la han subido unos metros, viene una guerra o una clase mala de revolución, y la piedra desciende rodando, aunque no hasta abajo del todo, pues siempre logra quedarse unos centímetros más arriba de cuando había empezado a subir. Entonces, el grupo de personas juntan los hombros y vuelven a empujar. Mientras tanto, en la cima de la montaña hay unos cuantos grandes hombres. A veces miran hacia abajo, afirman con la cabeza y dicen: «Bien, los que empujan piedras todavía trabajan. Entre tanto, nosotros meditamos sobre cómo es el espacio, o cómo será el mundo cuando esté lleno de gente que no odie, ni tema, ni asesine».

—Mmm, pues yo quiero ser uno de esos grandes hombres que están en la cima de la montaña.

—Mala suerte para los dos, porque los dos empujamos la piedra.

De repente, dio un salto y bajó de la cama. Parecía como un muelle de acero que se hubiera soltado. Se quedó de pie con los ojos llenos de odio, que le apareció súbitamente, como si le hubieran dado a un interruptor, y dijo:

—¡Ah, no, tú no! Ah, no, yo no; voy a... Yo no voy a... Yo, yo, yo.

Pensé: «Bueno, ya vuelve *él*». Fui a la cocina y cogí una botella de whisky, mientras él hablaba. Me tumbé en el suelo, mirando el dibujo de las sombras de luz dorada que había en el techo, oyendo el ritmo irregular de la lluvia gruesa que caía fuera. Sentí cómo la tensión se apoderaba de mi estómago. La

Anna enferma había regresado. Yo, yo, yo, yo: era como una ametralladora, disparando regularmente. Yo escuchaba y no escuchaba, como si fuera un discurso escrito por mí que leía otro. Sí, era yo; era todo el mundo el yo, yo, yo soy. Yo seré. Yo no seré. Yo haré. Yo quiero. Se paseaba por la habitación como un animal, un animal parlante. Sus movimientos eran violentos y estaban cargados de energía, de una fuerza dura que escupía: yo, Saul, Saul; yo, yo quiero. Tenía los ojos verdes clavados, sin ver; la boca era como una cuchara, una pala o una ametralladora, que vomitaba un lenguaje ardiente y agresivo, palabras que eran como balas:

—No voy a dejar que me destruyas. Ni tú, ni nadie. No voy a dejar que me encierren, que me enjaulen, que me amansen, que me hagan callar. Me mantendré en mi sitio. No haré como tú; yo no… Yo digo lo que pienso. Tu mundo no me interesa.

Yo sentía que la violencia de su fuerza negra afectaba a todos mis nervios, sentía los músculos del estómago que se revolvían, mientras que los de la espalda los tenía tensos como alambres. Estaba tumbada con la botella de whisky en la mano, bebiendo sin parar, sintiendo cómo la borrachera se apoderaba de mí, escuchando, escuchando… Caí en la cuenta de que había estado tumbada mucho rato, tal vez horas, mientras que Saul daba zancadas y hablaba. Una o dos veces dije algo, arrojé palabras contra la cascada de las suyas. Parecía como una máquina, ajustada o preparada por el mecánico para que se parara brevemente ante los ruidos del exterior; se paraba, se contenía mecánicamente, y la boca o el metal se abría ya en posición de proferir la nueva cascada de yo, yo, yo, yo, yo… Una vez me levanté sin que él me viera realmente, pues no me veía salvo como a un enemigo al que tenía que hacer callar, y puse música de Armstrong, en parte para mí, acogiéndome como consuelo a aquellos sones puros y cordiales.

—Oye, Saul, óyeme…

Entonces frunció ligeramente el ceño, con un tic de las cejas, y dijo como una máquina:

—¿Sí? ¿Qué?

Pero en seguida: yo, yo, yo, yo; ya os enseñaré yo a vosotros y a vuestra moralidad, a vuestro amor y vuestras leyes; yo, yo, yo, yo... Quité la música de Armstrong y puse su música, fría y cerebral, la música objetiva para hombres que rechazan la locura y la pasión. Durante unos instantes se detuvo. Luego se sentó, como si le hubieran cortado los tendones de los muslos. Se estuvo sentado con la cabeza sobre el pecho, los ojos cerrados, escuchando el repiqueteo de la suave ametralladora de Hamilton, el ritmo que llenaba la habitación como sus propias palabras, tras lo cual dijo en su propia voz:

—Dios mío, ¿qué hemos perdido, qué hemos perdido, qué hemos perdido, cómo podremos jamás volver a encontrarlo, cómo podremos volver a encontrarlo?

Y después, como si no hubiera pasado nada, vi que se le tensaban los muslos y que se sobresaltaba. Paré el tocadiscos, puesto que ya no escuchaba, salvo a sus propias palabras: yo, yo... Me tumbé en el suelo y escuché como las palabras salpicaban las paredes y rebotaban por todas partes; yo, yo, yo, el ego desnudo. Me sentía mal. Estaba encogida como una pelota de músculos doloridos, mientras que las balas volaban y se esparcían. Durante un momento perdí el sentido y volví a visitar la pesadilla en que yo sé, pero sé de verdad, que la guerra nos aguarda, en que yo corro por una calle vacía de edificios blancos y sucios en una ciudad silenciosa y llena de seres humanos que aguardan en silencio, mientras en algún sitio cercano explota el contenedor pequeño y siniestro de la muerte, muy suavemente, en medio del silencio de la expectativa, esparciendo muerte, desmoronando edificios, rompiendo la sustancia de la vida y desintegrando la estructura de la carne, mientras que yo grito, sin voz, sin que nadie me oiga, igual que los otros seres humanos que gritaban dentro de los edificios silenciosos, sin que nadie les oyera. Cuando recobré el sentido, Saul estaba apoyado contra la pared, apretando la espalda contra ella, con los músculos de la espalda y de los muslos agarrados a la pared. Me miraba. Me había visto. Estaba de vuelta por vez primera desde hacía horas. Tenía la cara blanca, exangüe, con los ojos grises y cansados, llenos de horror al verme allí retorciéndome de dolor.

—Anna, por Dios, no mires así.

Pero luego hubo una vacilación y volvió el loco, pues entonces ya no fue sólo el yo, yo, yo, sino el yo contra las mujeres. Las mujeres carceleras, conciencias, portavoces de la sociedad, y lanzaba un chorro de odio puro que iba dirigido contra mí por ser mujer. El whisky ya me había debilitado y embrutecido, y dentro de mí sentí el flojo, blando y estúpido sentimiento de la mujer traicionada. Ay, ay, ay, no me quieres, no quieres. Los hombres ya no aman a las mujeres. Con mi dedito rosa me señalaba los senos traicionados blancos, de puntas rosas, y empecé a derramar lágrimas de flojedad, empapadas y diluidas de whisky, en nombre de la raza femenina. Mientras lloraba, vi cómo el pene se le levantaba dentro de los pantalones tejanos, y yo me sentí húmeda y pensé, burlándome, que me iba a hacer el amor, que iba a hacer el amor a la pobre Anna traicionada. Luego dijo, con su voz de colegial mojigato y escandalizado:

Anna, estás borracha; levántate del suelo.

—No quiero.

Lloraba, refocilándome en la flojera. Entonces, él me arrastró, escandalizado y lujurioso, y me penetró como un colegial que hace el amor a su primera mujer, demasiado rápido, lleno de vergüenza y acalorado. Yo le exhorté, sintiéndome insatisfecha:

—Ahora compórtate según tu edad.

Hablaba su misma lengua, y él, escandalizado, me reprendió:

—¡Anna, estás borracha! Duérmete.

Me arropó, besándome, tras lo cual salió de puntillas, como un colegial culpable y orgulloso de su primer plan. Le vi, vi a Saul Green, al buen muchacho americano, sentimental y avergonzado, que se ha acostado con su primera mujer. Me quedé tumbada riendo y luego me dormí, pero me desperté riendo. No sé qué debí soñar, pero me desperté en un estado de ánimo muy ligero, y luego vi que él estaba junto a mí.

Estaba frío y le cogí entre mis brazos, muy feliz. Sabía, debido al carácter de mi felicidad, que debía de haber volado fácil y alegremente en sueños, y esto significaba que no iba a ser siempre la Anna enferma. Pero, al despertar él, estaba agotado por las horas de yo, yo, yo, yo, y tenía la cara amarilla como si agonizara. Cuando nos levantamos de la cama, los dos estábamos agotados, tomamos café y leímos los periódicos, sin poder decir nada, en la cocina grande y de colores vivos.

—Debo trabajar.

Pero los dos sabíamos que no lo haría. Nos volvimos a la cama, demasiado cansados para movernos, y yo llegué a desear que volviera el Saul de la noche anterior, lleno de energía negra y asesina, pues me daba miedo que estuviera agotado de aquel modo.

—No puedo estar aquí tumbado.

—No.

Pero no nos movimos. Luego él se levantó de la cama, a rastras. Y yo pensé: «¡Cómo podrá forzarse a salir de aquí! Para conseguirlo va a tener que enfurecerse», y aunque ya me lo decía la tensión que sentía en el estómago, me interesó incluso verlo. Dijo, en actitud de desafío:

—Me voy a dar un paseo.

—De acuerdo.

Me lanzó una furtiva mirada y salió para vestirse, regresando después.

—¿Por qué no me detienes?

—Porque no quiero.

—Si supieras donde voy, harías que me quedara.

Y yo, escuchando cómo la voz se me endurecía:

—Ah, ya sé que te vas con una mujer.

—Bueno, la verdad no la sabrás nunca…

—No me importa.

Había estado de pie junto a la puerta, pero entonces entró en la habitación, vacilando. Tenía un aire interesado.

Me acordé de De Silva: «Quería ver lo que pasaría».

Saul quería ver qué pasaría. Y yo también. Dentro de mí sentía, con más fuerza que cualquier otra cosa, un interés despechado, positivamente gozoso: como si él, Saul, y yo fuéramos dos cantidades desconocidas, dos fuerzas anónimas, sin personalidad. Era como si la habitación contuviera dos seres totalmente malignos que, si el uno de repente caía muerto o empezaba a gritar de dolor, el otro diría:

—¿Así es que era esto?

—No importa —dijo, ya hoscamente, pero con una hosquedad tentativa, como un ensayo o una repetición demasiado vieja para convencer a nadie—. No importa, dices tú, pero vigilas todos mis movimientos como una espía.

Yo dije con una voz alegre y vivaracha, acompañada de una risa que era como un débil jadeo moribundo (una risa que la he oído en mujeres con una fatiga nerviosa aguda y que yo imitaba):

—Me comporto como una espía porque tú me fuerzas a ello.

Se quedó callado, pero parecía como si escuchara, como si las próximas palabras que debía decir le fueran a ser sugeridas por la repetición de una grabación:

—A mí ninguna mujer del mundo puede acorralarme. Eso es algo que no ha pasado ni pasará jamás.

Aquel «no ha pasado ni pasará» le salió como un chorro precipitado, como si el disco se hubiera acelerado.

Yo dije, con la misma voz asesina, jovial y maliciosa:

—Si por acorralarte quieres decir que tu mujer sepa todos tus movimientos, entonces ya lo estás.

Me oí proferir la risa moribunda y floja, aunque triunfal.

—Esto te lo crees tú —dijo él, maligno.

—Es algo de lo que estoy muy segura.

El diálogo se había agotado y entonces nos miramos, interesados. Yo dije:

—Bueno, no tendremos que decir esto nunca más.

Y él, interesado:

—Espero que no.

Salió, aprisa, movido por la energía de aquel intercambio.

Yo me levanté y pensé: «Podría enterarme de la verdad, yendo arriba a mirar su diario». Pero sabía que no lo haría, y que nunca lo volvería a hacer. Todo aquello había terminado. Me sentía muy enferma. Fui a la cocina a tomar café, pero, en cambio, me puse un poco de whisky. Miré la cocina, muy clara, muy limpia. Entonces tuve un ataque de vértigo. Los colores me parecieron demasiado brillantes, como si se hubieran calentado. Tomé conciencia de todos los defectos de la cocina, que normalmente es una habitación que me agrada: había una grieta en el esmaltado blanco y reluciente, polvo en un pasamanos, la pintura empezaba a perder color. Me invadió una sensación de ordinariez y fealdad. La cocina necesitaba ser totalmente pintada de nuevo, pero nada cambiaría que el piso fuera demasiado viejo y que las paredes se pudrieran en una casa que se pudría. Apagué las luces de la cocina y volví a la habitación. Pero no tardó en parecerme tan mal como la cocina. El rojo de las cortinas tenía un brillo ominoso y a la vez deslucido, y el blanco de las paredes estaba sucio. Me encontré dando vueltas y más vueltas a la habitación, clavando la mirada en las paredes, en las cortinas, en la puerta, repelida por la sustancia física de que estaba hecha la habitación, mientras que los colores me atacaban con su ardiente irrealidad. Miraba el cuarto como miraría la cara de alguien a quien conociera mucho por las huellas de fatiga o tensión: a la mía o a la de Saul, por ejemplo, sabiendo lo que hay detrás de mi carita limpia y bien compuesta, o lo que hay detrás de la cara ancha, abierta y rubia de Saul, que tiene aspecto de enferma, de acuerdo, pero ¿quién imaginaría, sin haberla experimentado, la explosión de posibilidades que se despliegan por su mente? O la cara de una mujer en el tren, cuando adivino por un ceño tenso o un nudo de sufrimiento que esconde un mundo en desorden, y entonces me maravillo de la capacidad que tienen los seres humanos para mantenerse enteros ante las dificultades. Mi cuarto grande se había convertido, como la cocina, no en la concha confortable que me contenía, sino en un ataque continuo a mi atención desde cien puntos diferentes, como si cien enemigos esperaran a que me distrajera para arrastrarse a mis espaldas y atacarme. Un puño de la puerta que requería lustre, una marca de polvo sobre la pintura blanca, una raya amarillenta donde el rojo de la cortina se había descolorido, la mesa donde había escondido mis viejos cuadernos: todo me asaltaba, clamaba contra mí, con ardientes olas de náusea balanceante. Sabía que tenía que llegar hasta la cama, y de nuevo tuve que arrastrarme por el suelo para lograrlo. Me eché y, antes de dormirme, supe ya que el proyeccionista me esperaba.

También sabía lo que iba a decirme. Saber era como una «iluminación». Durante aquellas semanas pasadas de locura y de haber perdido el sentido del tiempo, había tenido estos momentos de «saber», seguidos, pero no había manera de poner en palabras la clase de saber. Sin embargo, estos momentos han tenido una fuerza tal, como las rápidas iluminaciones de un sueño que quedan al despertar, que lo que he aprendido será parte de cómo vea la vida hasta que muera. Palabras y palabras: juego con las palabras, esperando que una de sus combinaciones, incluso una casual, diga lo que quiero. ¿Tal vez sería mejor con música? Pero la música ataca mi oído interno como algo antagónico. No es mi mundo. El hecho es que la experiencia auténtica no puede ser descrita. Pienso, con amargura, que una serie de asteriscos, como en una novela anticuada, sería mejor. O un símbolo, quizás un círculo o un cuadrado. Cualquier cosa, pero no palabras. Las personas que hayan estado aquí realmente, aquí donde las palabras, las fórmulas y el orden se desvanecen, sabrán lo que quiero decir, pero no los demás. Una vez llegados a este punto, hay una ironía terrible, un terrible encogerse de hombros, y no es cuestión de luchar contra ello o de desentenderse o de si está bien o mal, sino de saber simplemente que está aquí y para siempre. Es cuestión de hacerle una reverencia, por así decirlo, con cierto tipo de cortesía, como a un antiguo enemigo: «Muy bien, ya sé que estás aquí, pero tenemos que conservar las formas, ¿no es eso? Tal vez es condición de tu existencia el que nosotros, precisamente, conservemos las formas y creemos las fórmulas; ¿has pensado en ello?».

Así que antes de dormirme «comprendí» por qué tenía que dormir y lo que diría el proyeccionista, y lo que tendría que aprender. Aunque ya lo sabía; de modo que el mismo sueño aparecía ya como palabras dichas después del acontecimiento o como un resumen, para dar énfasis, de algo que había aprendido.

En cuanto llegó el sueño, el proyeccionista dijo, con la voz de Saul, muy sensatamente:

—Y ahora nos limitaremos a volverlo a pasar.

Yo estaba azorada, porque temía que iba a ver la misma serie de películas de antes, pulidas e irreales. Pero esta vez, aunque eran las mismas películas, tenían otro carácter que en el sueño que llamé «realista»; tenían un carácter basto, tosco, bastante espasmódico, como una película primitiva rusa o alemana. A trozos, la película pasaba muy despacio; eran trozos muy largos que yo iba mirando, absorta, viendo detalles que en la vida no había tenido tiempo de notar. El proyeccionista decía, cuando llegábamos a algún punto que él quería que yo comprendiera:

—Eso es, señora; eso es.

Y debido a estas indicaciones suyas, yo me fijaba todavía más. Me di cuenta de que todas las cosas a las que yo les había dado trascendencia o que mi vida había acentuado, pasaban inadvertidas rápidamente, como sin importancia. El grupo bajo los eucaliptos, por ejemplo, o Ella tumbada con Paul sobre la hierba, o Ella escribiendo novelas, o Ella deseando la muerte en el avión, o los pichones cayendo muertos por el fusil de Paul; todo esto había desaparecido, había sido absorbido, se había desplazado para dejar sitio a lo que era realmente importante. De modo que contemplé, durante un rato larguísimo, fijándome en todos los gestos, a la señora Boothby en la cocina del hotel de Mashopi, con sus firmes nalgas que se proyectaban como estantes bajo el corsé apretado, con manchas de sudor en los sobacos y la cara enrojecida, mientras cortaba lonjas de carne fría de varios cuartos de animales y aves, y escuchaba a través de la pared las voces crueles y la risa todavía más cruel de la juventud. También oí el canturreo de Willi, muy cerca, detrás del oído, aquel canturreo sin tonada, desesperado y solitario; le contemplé en cámara lenta, una y otra vez, para no olvidarlo, mientras él me miraba largamente, herido, cuando yo flirteaba con Paul. Y vi al señor Boothby, al hombre corpulento de detrás del bar, mirando a su hija, junto al joven. Vi su mirada llena de envidia, aunque sin amargura; vi al joven antes de que desviara los ojos y tomara un vaso vacío para llenarlo; vi al señor Lattimer, bebiendo en el bar, cuidando de no mirar al señor Boothby, mientras escuchaba la risa de su pelirroja y bella esposa. Le vi, una y otra vez, inclinándose, tambaleándose muy borracho, para acariciar el cabello rojo y sedoso; acariciándolo, acariciándolo.

—¿Te has quedado? —me preguntaba el proyeccionista y pasaba otra escena.

Vi a Paul Tanner regresando a casa por la mañana temprano, activo y eficiente, lleno de mala conciencia; le vi mirar a los ojos de su mujer, quien estaba de pie delante suyo, con un delantal de flores, bastante azorada y suplicante, mientras que los niños tomaban el desayuno antes de ir a la escuela. Luego él se volvió frunciendo el ceño, y se fue arriba a coger una camisa limpia del armario.

—¿Te has quedado? —me dijo el proyeccionista.

Luego la película pasó muy aprisa, se encendía rápidamente, como un sueño, con caras que había visto una vez en la calle, y que había olvidado, con el movimiento lento de un brazo, con el movimiento de un par de ojos; todo decía lo mismo: la película iba entonces más lejos que mi experiencia, que la de Ella, que la de los cuadernos, porque se había producido una fusión y en lugar de ver separadamente las escenas, la gente, las caras, los movimientos, las miradas, aparecía todo junto; la película volvió a ir inmensamente despacio, se convirtió en una serie de momentos en que la mano de un campesino se doblaba para echar la semilla a la tierra, o en que una roca brillaba mientras que el agua la iba erosionando lentamente, o en que un hombre estaba de pie sobre una colina seca bajo la luz de la luna, con el fusil a punto en el brazo, o en que una mujer estaba en la cama sin dormir, a oscuras, diciendo: «No, no quiero matarme; no lo haré, no lo haré».

Como el proyeccionista ya no decía nada, le grité: «Basta ya». Pero él no contestó. Entonces yo avancé la mano para apagar la máquina. Todavía dormida, leí las palabras de una página que yo había escrito. El tema era el valor, pero no el tipo de valor que yo comprendía normalmente. Es un valor de tipo pequeño y doloroso que está en las raíces de toda vida, porque la injusticia y la crueldad están en las raíces de la vida. Y la razón por la que yo sólo había prestado atención a lo heroico y a lo bello o lo inteligente, es porque me cuesta aceptar la injusticia y la crueldad, y por eso no puedo aceptar el pequeño sacrificio, que es lo más grande de todo.

Leí estas palabras que había escrito yo y a las que yo misma me oponía. Se las enseñé a Madre Azúcar, y le dije:

—Estamos de nuevo con la brizna de hierba que sacará la cabeza por entre los trozos de acero oxidado, mil años después de la explosión de la bomba y de que la corteza de la Tierra se haya derretido, porque la fuerza de la voluntad de una hierba es igual a la del pequeño y doloroso sacrificio. ¿No es así?

(Yo sonreía con sorna en el sueño, sin querer caer en la trampa.)

—¿Y qué?

—La cuestión es que no creo que esté dispuesta a hacer demasiado caso a esa condenada hierba, ni siquiera en estos momentos.

A esto ella sonrió, sentada en el sillón, cuadrada y tiesa. Estaba de bastante mal humor a causa de mi lentitud, porque yo nunca, ni una sola vez, comprendía de qué se trataba. Sí, parecía una ama de casa impaciente porque se le había perdido algo, o alguien a quien las cosas no le salen según el horario previsto.

Entonces me desperté. La tarde estaba ya avanzada. Sentía frío. Me sentía como la mujer con el blanco pecho acribillado de crueles flechas masculinas. Me dolía la necesidad que sentía de Saul y necesitaba injuriarle y quejarme contra él, llenarle de insultos. Entonces él diría: «¡Oh, pobre Anna!». Y haríamos el amor.

Un cuento o una novela corta, cómica e irónica: una mujer, horrorizada por su capacidad de rendirse ante un hombre, decide liberarse. Resueltamente toma dos amantes, duerme con ellos alternando las noches: el momento en que haya recobrado la libertad será cuando pueda decirse que ha gozado con los dos igualmente. Los dos hombres sienten instintivamente la presencia del otro: uno, celoso, se enamora seriamente de ella; el otro se torna desprendido y en guardia. A pesar de su resolución, ella no puede evitar enamorarse del hombre que se ha enamorado de ella, y sentirse frígida con el que está en guardia. A pesar de todo, a pesar de que está desesperada porque se siente «menos libre» que nunca, declara a los dos que se ha emancipado totalmente, que por fin ha conseguido el ideal de sentir pleno placer emocional y físico con los dos a la vez. El hombre desprendido y en guardia se interesa al oír aquello y hace comentarios objetivos e inteligentes sobre la emancipación femenina. El hombre de quien ella en realidad está enamorada, injuriado y espantado, la deja. Se queda con el hombre a quien no ama y que no la ama, con el que mantiene inteligentes conversaciones psicológicas.

La idea de esta historia me intrigó, y empecé a pensar cómo la debería escribir. Pero ¿cómo cambiaría si usara a Ella en vez de a mí misma? Hacía una temporada que no había pensado en Ella, y me di cuenta que, naturalmente, durante aquel tiempo había cambiado; se había puesto más a la defensiva, por ejemplo. La imaginé con un cambio de peinado: se lo volvía a atar en la nuca, severamente, y vestía de un modo distinto. La contemplé paseándose por mi habitación y empecé a imaginarme cómo se comportaría con Saul: con mayor inteligencia, me parece, que yo; con más aguante, por ejemplo. Al cabo de un rato, me di cuenta de que hacía lo que ya había hecho otra vez; estaba creando a «la tercera»: a la mujer que era mejor que yo. Podía señalar exactamente el punto en que Ella dejaba de ser real, dejaba de ser como era, y cómo se comportaría dado su carácter, pasando a una personalidad de una gran generosidad, imposible en ella. Pero esta nueva persona, que yo iba creando, no me desagradaba; pensaba que era muy posible que estas cosas maravillosas y generosas que nos acompañan imaginativamente tomaran vida, simplemente porque las necesitamos, porque nos las imaginamos. Luego me eché a reír ante la diferencia entre lo que me imaginaba y lo que de hecho era, lo que era en realidad Ella.

Oí las pisadas de Saul que subían las escaleras y me interesó saber quién iba a entrar. Inmediatamente, al verle, a pesar de que parecía enfermo y cansado, supe que los demonios no estarían en mi cuarto aquel día; y tal vez nunca más, porque también sabía lo que tenía proyectado decir.

Se sentó al borde de mi cama y dijo:

—Es curioso que hayas estado riendo. He estado pensando en ti mientras caminaba por ahí.

Comprendí de qué modo había caminado por las calles, a través del caos de su imaginación, agarrándose a ideas o a series de palabras para salvarse.

—Bueno, ¿qué pensabas?

Esperaba que hablara el pedagogo.

—¿Por qué te ríes?

—Porque has estado corriendo por una ciudad loca, fabricando sistemas de axiomas morales para salvarnos a los dos, como los lemas que salen de los petardos de Navidad.

—Es una pena que me conozcas tan bien, yo que me creía que te iba a sorprender por mi autocontrol y mi brillantez. Sí, supongo que la comparación con los lemas de los petardos navideños es justa.

—Bueno, vamos a ver…

—En primer lugar, no te ríes bastante, Anna. Lo he estado pensando. Las muchachas ríen. Las viejas ríen. Las mujeres de tu edad no ríen, estáis todas demasiado absortas con el serio asunto de vivir.

—Pero si me estaba desternillando de risa, me reía de las mujeres libres.

Le conté el argumento del cuento. Me escuchó, sonriendo con una mueca, y dijo:

—No me refería a esto, me refería a la risa de verdad.

—Lo pondré en el orden del día.

—No, no lo digas así. Escucha, Anna, si no nos creemos que las cosas que ponemos en el orden del día se van a realizar, entonces estamos perdidos. Nos salvará lo que introduzcamos seriamente en nuestros programas.

—¿Tenemos que creer en nuestros programas?

—Tenemos que creer en nuestros hermosos e irrealizables programas.

—Bien, ¿y qué más?

—Segundo, así no puedes continuar; tienes que volver a ponerte a escribir.

—Está claro que lo haría si pudiera…

—No, Anna, con esto no es bastante. ¿Por qué no escribes ese cuento del que me acabas de hablar? No, no quiero oír todas las tonterías que normalmente me sueltas. Dime en una frase sencilla por qué no escribes. Durante mi paseo he pensado que con sólo que lo pudieras simplificar en tu mente, reducirlo a una cosa, podrías examinar bien ese problema y superarlo.

Empecé a reírme, pero él dijo

—No, Anna, vas a enloquecer si no lo haces. En serio.

—Muy bien, pues. No puedo escribir éste u otro cuento, porque en el momento en que me siento a escribir, alguien entra en la habitación, mira por encima de mi hombro y hace que me detenga.

—¿Quién? ¿Sabes quién es?

—Claro que sí. Tal vez un campesino chino. O uno de los guerrilleros de Fidel Castro. O un argelino, luchando en el FLN. O el señor Mathlong. Vienen al cuarto y me dicen: «¿Por qué no haces algo para nosotros, en lugar de perder el tiempo trazando garabatos?».

—Tú sabes perfectamente que esto no lo diría ninguno de ellos.

—No, pero tú sabes perfectamente lo que quiero decir. Sé que me entiendes. Es nuestra maldición.

—Sí, ya lo sé. Pero, Anna, te voy a obligar a escribir. Toma un trozo de papel y una pluma…

Coloqué una hoja de papel en blanco sobre la mesa, cogí una pluma y esperé.

—No importa si no te sale bien. ¿Por qué eres tan arrogante? Tú empieza…

La mente se me vació como sobrecogida de pánico. Dejé la pluma. Le vi con los ojos clavados en mí, obligándome, forzándome: volví a coger la pluma.

—Te voy a dar la primera frase. Son las dos mujeres que tú eres, Anna. Escribe: «Las dos mujeres estaban solas en el piso londinense».

—¿Quieres que empiece una novela así, con «las dos mujeres estaban solas en el piso londinense»?

—¿Por qué lo dices de ese modo? Escríbelo, Anna…

Lo escribí.

—Escribirás el libro, lo escribirás; lo terminarás.

—¿Por qué crees que es tan importante que lo haga?

—¡Ah! —exclamó en tono desesperado, burlándose de sí mismo—. He ahí una pregunta interesante. Bueno, pues porque si lo puedes hacer tú, también lo podré hacer yo.

—¿Quieres que te dé la primera frase de tu novela?

—A ver…

—«En Argelia, en la árida ladera de una loma, un soldado observaba la luz de la luna brillar en su fusil.»

—Esto lo podría escribir yo; tú no…

—Pues escríbelo.

—Con una condición: que me des tu cuaderno.

—¿Por qué?

—Lo necesito. Eso es todo.

—De acuerdo.

—Tendré que marcharme, Anna. Ya lo sabes, ¿verdad?

—Sí.

—Pues hazme la comida. Nunca pensé que a una mujer le diría «hazme la comida». Considero que el hecho es un pasito hacia lo que llaman la madurez.

Hice la comida y dormimos. Esta mañana me he despertado antes, y su cara, dormida, parecía enferma y muy delgada. Pensé que era imposible que se fuera; no podía dejar que se marchara, pues no estaba en condiciones.

Se despertó y yo luché contra el deseo de decirle: «No puedes irte. Tengo que cuidarte. Haré lo que sea si me dices que te quedas conmigo».

Yo sabía que estaba luchando contra su propia debilidad. Me preguntaba qué hubiera ocurrido en aquellas semanas pasadas, si no me hubiera rodeado el cuello con sus brazos, inconscientemente, mientras dormía. Deseaba, entonces, que me rodeara el cuello con sus brazos. Estuve luchando para no tocarle, como él luchaba para no pedirme ayuda, y yo pensaba qué extraordinario era que un acto de amistad, de compasión, pudiera ser una traición tan grande. El cerebro se me paralizó a causa del agotamiento, y mientras me ocurría esto, me venció el dolor de la compasión y le arrullé entre mis brazos, sabiendo que nos traicionábamos. Él se agarró a mí, en seguida, durante un segundo de auténtica proximidad. Luego, de súbito, mi falsedad provocó la suya, pues murmuró con la voz de un niño:

—Niño bueno.

Y no lo dijo como se lo hubiera susurrado a su madre, pues no eran unas palabras suyas; estaban sacadas de la literatura. Las susurró con sensiblería, parodiando. Aunque no del todo. Sin embargo, cuando le miré, en su cara enferma vi, primero, el falso sentimentalismo que acompañaba a aquellas palabras; luego, una mueca de dolor; y después, al ver que yo le miraba con horror, los ojos grises que se le estrechaban en una actitud desafiante y llena de odio. Nos miramos agobiados por nuestra mutua vergüenza y humillación. Luego se le suavizó el gesto. Durmió unos segundos, perdió el sentido, como yo lo había perdido unos momentos antes, justo antes de que le abrazara. Después se despejó de una sacudida, muy tenso y dispuesto a la lucha; se desprendió bruscamente de mis brazos, con una mirada alerta y eficiente por la habitación como si buscara a los enemigos, tras lo cual se puso en pie. Todo ello lo hizo en un momento, pues todas estas reacciones se sucedieron con una extrema celeridad.

—Ya no podremos caer más bajo que esto.

—No.

—Bueno, ya lo hemos representado.

—Ya está listo y empaquetado.

Subió a poner las pocas cosas que tenía en una bolsa y en una maleta.

Cuando volvió a bajar, se apoyó contra la puerta de la habitación grande. Era Saul Green. Vi a Saul Green, al hombre que había entrado en mi piso hacía unas semanas. Llevaba la ropa nueva, bien ajustada, que se había comprado para resguardar su flacura. Resultaba un hombre pulido, más bien bajo, con hombros demasiado anchos y los huesos que le salían de la cara demasiado flaca, como insistiendo en que aquél era un cuerpo achaparrado de carne firme, que volvería a ser fuerte cuando, superada la enfermedad, recobrara la salud. Yo veía, junto a aquel hombre rubio, delgado, más bien pequeño, con el pelo ru-

764

bio como un cepillo de suaves cerdas, junto a su cara amarilla y enferma, a un hombre de carne morena robusta y fuerte, como a una sombra que acabaría absorbiendo el cuerpo que la proyectaba. Mientras tanto, aparecía despojado y dispuesto a la acción, reducido al mínimo, ligero de pies, cauteloso. Estaba de pie con los pulgares cogidos al cinturón, los dedos arqueados hacia abajo (aunque entonces era como una gallarda parodia de la actitud del chulo) y desafiando con sorna, con los ojos, grises y fríos, en una guardia amistosa. Le sentí como si fuera hermano mío, como si no me importara que nos separáramos, ni a qué distancia estuviéramos el uno del otro, porque seríamos siempre carne de la misma carne, y nos compenetraríamos en nuestros pensamientos.

—Escríbeme la primera frase en el cuaderno.

—¿Quieres que te la escriba?

—Sí, escríbela.

—¿Por qué?

—Eres miembro del equipo.

—No me lo parece, pues detesto los equipos.

—Piensa en ello. Hay unos cuantos como nosotros por el mundo, confiamos los unos en los otros, a pesar de que no nos conocemos por los nombres. A pesar de todo, contamos unos con otros, ¿comprendes? Formamos un equipo, somos los que no nos hemos rendido, los que seguiremos luchando. Te lo aseguro, Anna, a veces cojo un libro y digo: «Pues lo has escrito tú, ¿eh? Estupendo. *Okay*, ya no tendré que escribirlo».

—Bueno, te escribiré la primera frase.

—Bien, escríbela, y yo vendré a buscar el libro y a despedirme cuando me marche.

—¿A dónde te vas?

—Sabes perfectamente que no lo sé, que no puedo saberlo.

—Algún día lo tendrás que saber, ¿no crees?

—Sí, sí, pero no estoy aún lo bastante maduro, ¿recuerdas?

—Tal vez lo mejor sería que regresaras a América.

—¿Por qué no? El amor es lo mismo en todo el mundo…

Me reí y fui adonde estaba el bonito cuaderno nuevo, mientras que él se iba abajo, y escribí: «En Argelia, en la árida ladera de una loma, un soldado observaba la luz de la luna brillar en su fusil».

[Aquí terminaba la letra de Anna. El cuaderno dorado seguía con la letra de Saul Green. Se trataba de una novela corta sobre un soldado argelino. El soldado era un campesino consciente de que lo que sentía acerca de la vida no era lo que se esperaba que sintiera. Se esperaba ¿por quién? Por un *ellos* invisible, que podría ser Dios o el Estado o la Ley o el Orden. Le capturan, los franceses lo torturan, se escapa, se une al FLN y se encuentra con que tiene que torturar él, bajo órdenes, a prisioneros franceses. Se da cuenta de que, en el fondo, tenía que sentir sobre ello algo que no sentía. Una noche, ya tarde, discute su estado de espíritu con uno de los prisioneros franceses a quien él había torturado. El prisionero francés resulta ser un joven intelectual, estudiante de filosofía. Este joven (los dos hombres hablan secretamente en la celda del prisionero) se queja de que está en una cárcel intelectual. Reconoce lo que reconocía desde hacía años: que nunca había logrado pensar nada o sentir nada que no fuera encasillado al instante, ya fuese en una casilla llamada «Marx» o en otra con el nombre de «Freud». Se queja de que sus pensamientos y emociones sean como fichas que caen en ranuras ya predestinadas. El joven soldado argelino lo encuentra interesante. A él no le ocurre lo mismo, dice. Lo que le preocupa a él (aunque la verdad era que no le preocupaba y que él creía que debiera preocuparle) es que nada de lo que piensa o siente es lo que se espera de él. El soldado argelino dice que envidia al francés o, más bien, siente que *debiera* envidiarle. Mientras que el estudiante francés dice que envidia muy profundamente al argelino: desea, por lo menos una vez en la vida, sentir o pensar algo propio, espontáneo, no dirigido, no impuesto por los abuelos Freud y Marx. Las voces de los dos jóvenes se alzan más de lo prudente, sobre todo la del estudiante francés, que se pone a gritar contra su situación. Entra el comandante y encuentra al argelino hablando, como un hermano, con el prisionero que debía estar vigilando. El soldado argelino dice: «Señor, he hecho lo que me han ordenado; he torturado a este hombre.

Pero usted no me dijo que no hablara con él». El comandante decide que su hombre debe de ser un espía, reclutado probablemente mientras fue prisionero. Ordena que le fusilen. El soldado argelino y el estudiante francés son ejecutados juntos, en la colina y frente al sol que se levanta, a la mañana siguiente.]

[Esta novela corta se publicó y tuvo bastante éxito.]

Mujeres libres

5

Molly se casa y Anna tiene una aventura

La primera vez que Janet le preguntó a su madre si podía ir a un pensionado, Anna pareció poco dispuesta. Detestaba los pensionados y los principios que defendían. Después de enterarse sobre distintos colegios «progresistas», volvió a hablar de ello con Janet; pero entre tanto la niña había traído a casa a una amiga que ya iba a un pensionado convencional, para ayudarla a persuadir a su madre. Las dos niñas, con los ojos brillantes y presintiendo que Anna iba a decir que no, charlaron de uniformes, dormitorios, salidas con la clase y demás. Anna comprendió que un colegio «progresista» era precisamente lo que Janet no quería. Le decía, en el fondo: «Quiero ser normal, no quiero ser como tú». Había visto el mundo del desorden, lo había vivido, el mundo donde la gente se mantiene abierta hacia nuevas emociones o aventuras, vive al día, como pelotas bailando perpetuamente en la cima de surtidores de agua saltarina, y había decidido que no lo quería. Anna dijo:

—Janet, ¿te das cuenta de lo diferente que va a ser de todo lo que tú has conocido? Significa que vas a ir a pasearte en cola, como los soldados, y que te vas a parecer a todas las demás, y que vas a hacerlo todo ordenadamente según un horario. Si no vigilas, vas a salir como un guisante en conserva, como el resto del mundo.

—Sí, ya lo sé —contestó la niña de trece años, con una sonrisa que significaba: «Ya sé que tú odias todo esto, pero yo no».

—Te resultará un conflicto.

—No lo creo —concluyó Janet, repentinamente sombría y reaccionando contra la idea de que jamás podría aceptar lo bastante el estilo de vida de su madre, como para que un cambio le produjera conflictos.

Anna comprendió, cuando Janet se hubo marchado al colegio, cuánto había dependido de la disciplina impuesta por el hecho de tener una hija: levantarse por la mañana a una hora determinada, acostarse pronto para no estar cansada al día siguiente y poder madrugar, hacer comidas regularmente, organizar sus cambios de humor para no afectar a la niña...

Estaba sola en aquel piso enorme. Debía mudarse a otro más pequeño. No quería volver a alquilar habitaciones, pues la idea de otra experiencia como la de Ronnie e Ivor le asustaba... y le asustaba que la asustara. ¿Qué le ocurría? ¿Por qué huía de las complicaciones provocadas por la gente? ¿Por qué rehusaba participar en ellas? Su actitud traicionaba lo que sentía que tenía que ser. Se decidió por un compromiso: permanecería un año más en el piso, alquilaría una habitación, buscaría un trabajo que le gustara.

Todo parecía haber cambiado. Janet se había marchado. Marion y Tommy se habían ido a Sicilia, pagando Richard y llevándose un enorme montón de libros sobre África. Tenían la intención de visitar a Dolci, para ver si podían, según palabras de Marion, «ayudar en algo al pobre hombre. ¿Sabes, Anna, que en mi escritorio tengo una foto suya?».

Molly también estaba sola, en una casa vacía, después de perder al hijo que se había marchado con la segunda mujer de su ex marido. Invitó a los hijos de Richard a pasar una temporada con ella. Richard estaba encantado, aunque todavía culpaba al estilo de vida de Molly de la ceguera de su hijo. Molly tuvo a los chicos mientras Richard estaba en el Canadá, con su secretaria, organizando las finanzas de tres nuevas plantas de acero. Aquel viaje era una especie de luna de miel, pues Marion había aceptado la idea de divorciarse.

Anna descubrió que pasaba el tiempo sin hacer nada; y decidió que el remedio para aquella situación era un hombre. Se lo recetó como una medicina.

La telefoneó un amigo de Molly, para quien ésta no disponía de tiempo, pues estaba ocupada con los hijos de Richard. Era Nelson, un guionista americano que había conocido en casa de Molly y con el que cenaba de vez en cuando.

Cuando la llamó le dijo:

—Antes de vernos, tengo el deber de avisarte de que estoy a punto de encontrar a mi mujer intolerable por tercera vez.

Mientras cenaban, hablaron sobre todo de política.

—La diferencia entre un rojo en Europa y un rojo en América es que en Europa el rojo es comunista, mientras que en América es alguien que no se ha atrevido nunca a sacar la tarjeta del Partido, bien sea por cautela o por cobardía. En Europa tenéis comunistas y compañeros de viaje. En América tenemos comunistas y ex rojos. Yo, e insisto en la diferencia, era rojo. No quiero más dificultades de las que ya tengo. Bueno, ahora que me he definido, ¿vas a invitarme a tu casa esta noche?

Anna pensaba: «Sólo hay un pecado, y es convencerte de que lo de segunda clase no sea de segunda clase. ¿De qué sirve estar siempre suspirando por Michael?».

En consecuencia, pasó la noche con Nelson. El hombre tenía, como Anna comprendió muy pronto, dificultades sexuales; pero ella simuló, por cortesía, que nada iba mal en serio. Por la mañana se separaron amigos. Luego Anna se encontró llorando, muy deprimida. Se dijo que la cura para esto no era estar sola, sino llamar a uno de sus amigos. No lo hizo; se sentía incapaz de enfrentarse con la obligación de ver a otra persona, y no digamos ya de tener otra «aventura».

Anna se encontró pasando el tiempo de un modo curioso. Siempre había leído grandes cantidades de periódicos, revistas, semanarios; sufría del vicio de los de su clase: *tenía* que enterarse de lo que sucedía en todas partes. En cambio ahora, después de levantarse tarde y de tomar café, se instalaba en el suelo de su cuarto grande, rodeada de media docena de diarios y de una docena de semanarios, para leerlos, despacio, una y otra vez. Trataba de relacionar una cosa con otra. Así como anteriormente leía para formarse una idea de lo que sucedía por el mundo, ahora sentía que una forma de orden, hasta entonces familiar, había desaparecido. Parecía como si su mente se hubiera convertido en una zona de equilibrios que vacilaban; contraponía los hechos, los acontecimientos, enfrentando los unos a los otros. No se trataba ya de secuencias de acontecimientos, con sus consecuencias probables. Era como si ella, Anna, fuera un punto central de concienciación, al que atacaban un millón de hechos inconexos, y como si el punto central fuera a desaparecer cuando no pudiera ser capaz de sopesar y equilibrar los hechos, de tenerlos todos en cuenta. De pronto se encontraba con la mirada fija en una declaración como: «El riesgo de ignición proveniente de la radiación térmica de la explosión sobre la superficie de 10 M.T., se extenderá hasta un círculo de unas 25 millas de radio. Un círculo de fuego con un radio de 25 millas abarcará un área de 1900 millas cuadradas, y si se hace detonar el arma cerca del punto que quiere alcanzarse, incluirá las secciones más densamente pobladas del complejo del objetivo, lo que significa que, bajo determinadas y claras condiciones atmosféricas, todas las personas y objetos incluidos en esta gran área se verán probablemente sujetos a un grave peligro térmico, siendo consumidos en el holocausto la mayoría de ellos»... Y entonces, lo que a ella le resultaba más terrible no eran las palabras, sino el hecho de no poder relacionar imaginativamente lo que decían con una idea como ésta: «Soy una persona que continuamente destruye las posibilidades de un porvenir, a causa del número de puntos de vista alternativos que puedo ver en el presente». Fijaba su atención en estas dos series de palabras, hasta que las palabras mismas parecían despegarse de la página y escurrirse, como si se hubieran despegado de su propio significado. Pero el significado permanecía, sin confirmarse en las palabras, y seguramente resultaba más terrible (aunque no sabía la razón de ello) porque éstas no lograban delimitar aquél. Y entonces, derrotada por ambas series de palabras, las ponía a un lado y se fijaba en otra serie: «En Europa no comprenden suficientemente que hoy, en África, tal como están las cosas, no hay statu quo». «El formalismo (y no, como sugiere Smith, un neo-neo-romanticismo) creo que será la moda del futuro.» Se pasaba horas sentada en el suelo y concentrándose en una selección de fragmentos de letra impresa. No tardó en empezar una nueva actividad. Recortaba cuidadosamente trozos de letra impresa de los diarios y revistas, y los colgaba en la pared con chinchetas. Las blancas paredes del cuarto grande no tardaron en aparecer totalmente cubiertas de recortes grandes y pequeños de los periódicos. Se paseaba con cuidado por delante de ellos, mirando las afirmaciones que contenían. Cuando agotó las chinchetas, se dijo que era una estupidez continuar con una actividad tan absurda; pero, a pesar de ello, se puso el abrigo, bajó a la calle, y compró dos cajas de chinchetas para terminar de clavar metódicamente los recortes de prensa que todavía estaban sueltos. Pero los nuevos periódicos se amontonaban cada mañana sobre la alfombra, y ella volvía a sentarse, cada mañana, luchando por ordenar el nuevo suministro de material y acabando por ir a comprar más chinchetas.

Se le ocurrió que enloquecía. Aquello era la «depresión nerviosa» que había profetizado, el «crac». Pero a ella no le parecía que estuviera nada loca, sino más bien que la gente, que no estaba tan obsesionada como ella con el mundo incipiente reflejado por los periódicos, estaba toda marginada de una horrible e implacable lógica del destino. A pesar de todo, sabía que estaba loca. Y a la vez que no era capaz de acabar con aquella metódica y obsesa lectura de enormes cantidades de letra impresa, con aquel recortar trozos y colgarlos en la pared, sabía que el día en que volviera Janet del colegio, ella se transformaría otra vez en Anna, en la Anna responsable, y la obsesión desaparecería. Sabía, en fin, que el que la madre de Janet fuera sensata y responsable era mucho más importante que la necesidad de comprender el mundo, y que una cosa iba ligada con la otra. El mundo nunca sería comprendido, ordenado por palabras, «nombrado», si la madre de Janet no seguía siendo una mujer capaz de ser responsable.

El conocimiento de que dentro de un mes Janet estaría en casa, importunaba la obsesión de Anna con los datos de los periódicos. La hizo volver a los cuatro cuadernos que había dejado desde el accidente de Tommy. Pasó una y otra vez las páginas de los cuadernos, pero sin sentir ninguna conexión con ellos. Sabía que un tipo u otro de mala conciencia, que no comprendía, la separaba de ellos. La mala conciencia estaba, naturalmente, relacionada con Tommy. No sabía, ni sabría nunca, si el intento de suicidio de Tommy fue precipitado por la lectura de sus diarios o si, suponiendo que así fuera, había en ellos algo especial que le hubiera afectado, o si en realidad eran sólo el producto de su arrogancia. «Es arrogancia, Anna; es irresponsabilidad.» Sí, lo había dicho él; pero más allá de que ella le había decepcionado, de que no había sido capaz de darle algo que necesitaba, no comprendía lo que había sucedido.

Una tarde se fue a dormir y soñó. Sabía que era un sueño que había tenido a menudo otras veces, de una forma u otra. Tenía dos niños. Uno era Janet, gorda y reluciente de salud. El otro era Tommy, un bebé pequeño, al que ella dejaba pasar hambre. Sus pechos estaban vacíos porque Janet había tomado toda la leche que contenían; y Tommy estaba flaco y débil, desapareciendo a ojos vista por causa del hambre que pasaba. Desapareció del todo, en un diminuto montón de carne desnuda, pálida y huesuda, antes de que ella se despertara, enfebrecida por la ansiedad, la dualidad de sí misma y la mala conciencia. Sin embargo, una vez despierta no veía nada que justificara aquel sueño de Tommy muerto de hambre por culpa suya. Y, además, sabía que en otros sueños de aquel ciclo la figura del muerto de hambre hubiera podido ser cualquiera, tal vez la de alguien que pasara por la calle y cuya cara le hubiera obsesionado. Pero no cabía duda de que se sentía responsable por aquella persona medio entrevista, pues de otro modo ¿por qué soñaba que le negaba la ayuda requerida?

Después de haber tenido este sueño, volvió febrilmente a su labor de recortar noticias y colgarlas de la pared.

Aquel día, al atardecer, estaba sentada en el suelo, oyendo *jazz* y desesperada por causa de su incapacidad de «sacarles sentido» a los fragmentos de letra impresa, cuando tuvo una nueva sensación, como una alucinación, una imagen del mundo nueva y que hasta entonces no había comprendido. Era una comprensión totalmente pavorosa, una realidad diferente de lo que hasta entonces había conocido como realidad, y que venía de una región sentimental que no había visitado jamás. No era estar «deprimida», o sentirse «desgraciada», o tener la sensación de «desaliento»; la esencia de la experiencia era que palabras como aquellas, palabras como alegría o felicidad, carecían de sentido. Al recobrarse de esta iluminación, que fue intemporal, es decir que Anna no sabía cuánto había durado, supo que acababa de vivir una experiencia para la que no había palabras, que estaba más allá de la región donde se puede forzar a las palabras a tener cierto sentido.

Sin embargo, volvió a sentarse frente de los cuadernos, abandonando en su mano la estilográfica (que, con el frágil interior de la panza al descubierto, parecía un animal marino o un caballo de mar) y aguardando vacilante, primero sobre uno, luego sobre otro, a que la esencia de la «iluminación» decidiera por sí sola lo que debía escribir. Pero los cuatro cuadernos, con sus diferentes subdivisiones y clasificaciones, permanecieron como estaban, y Anna dejó la pluma.

Probó con distintos pasajes de música, un poco de *jazz*, unos fragmentos de Bach, de Stravinsky, pensando que tal vez la música diría lo que no podían decir las palabras; sin embargo, resultó ser una de las veces, cada día más frecuentes, en que la música parecía irritarla, parecía atacarle las membranas de su oído interno, el cual rechazaba los sonidos como si fueran enemigos.

Se dijo: «No sé por qué encuentro aún tan difícil aceptar que las palabras son deficientes y, por naturaleza, inexactas. Si creyera que son capaces de expresar la verdad, no escribiría diarios que no dejo ver a nadie, salvo, claro está, a Tommy».

Aquella noche apenas durmió; estuvo en la cama, despierta, pensando de nuevo en ideas tan conocidas que le aburrían al más mínimo contacto: ideas políticas, la lógica interna que gobierna a la acción en nuestra época. Era un descenso hacia lo trivial; porque, normalmente, llegaba a la conclusión que cualquier acto que hiciera carecería de fe, es decir, no tendría fe en lo «bueno» ni lo «malo», y sería simplemente como un acto provisional, hecho con la esperanza de que resultase bien, pero sin otra cosa fuera de esta esperanza. No obstante, a partir de esta actitud mental era muy posible que se sorprendiera tomando decisiones que tal vez le costaran la vida, o la libertad.

Se despertó muy temprano, y no tardó en encontrarse en mitad de la cocina, con las manos llenas de recortes de periódicos y de chinchetas, pues las paredes de la habitación grande estaban ya totalmente cubiertas, hasta donde ella llegaba. La asaltó un temor y abandonó los nuevos recortes y los paquetes de revistas y diarios. Pensó: «¿Qué razón sensata puede haber para que me escandalice de empezar con otra habitación, si no me pareció raro cubrir por completo las paredes de la primera, o por lo menos no lo suficiente como para dejar de hacerlo?».

Sin embargo, se sintió animada al comprender que no colgaría más fragmentos de letra impresa, con información inasimilable. Permaneció en el centro de la gran habitación, diciéndose que debería arrancar los papeles de las paredes. Pero fue incapaz de hacerlo. Volvió a pasear de un lado a otro, a través de la habitación, juntando una declaración con otra, una serie de palabras con otra.

Mientras hacía esto, sonó el teléfono. Era una amiga de Molly, y le dijo que un americano de izquierdas necesitaba una habitación por unos días. Anna bromeó y repuso que, si era americano, estaría escribiendo una novela épica, sometiéndose a un psicoanálisis y pendiente de divorciarse de su segunda mujer…, pero que a pesar de todo ello podía contar con la habitación. Más tarde telefoneó él, diciendo que pasaría aquella tarde, a las cinco. Anna se vistió para recibirle, y entonces cayó en la cuenta de que hacía semanas que no se había vestido, excepto lo mínimo para salir a comprar comida y chinchetas. Poco antes de las cinco volvió a llamar, comunicándole que no podía ir, pues tenía que acudir a una cita con su agente. A ella la sorprendieron los minuciosos detalles con que se explicó, pero no dijo nada. Unos minutos más tarde, la amiga de Molly llamó para decirle que Milt (el americano) iba a una reunión, a su casa, y preguntarle si quería ir también ella. Anna se enfadó, se sacudió el enfado, rehusó la invitación, volvió a ponerse la bata y se tumbó nuevamente en el suelo, con sus recortes.

Aquella noche, tarde ya, llamaron a la puerta. Anna abrió. Era el americano, quien se excusó por no haber telefoneado, mientras ella lo hacía por no estar vestida.

Se trataba de un hombre joven, de unos treinta años, calculó ella; con cabello espeso y castaño, como un gorro de piel de animal sano, y cara delgada e inteligente, con gafas. Era el americano listo, competente y astuto, un tipo de hombre que ella conocía bien y al que había «nombrado» como cien veces más sofisticado que su correspondiente inglés, con lo cual quería significar que era el habitante de un país imbuido en una desesperación todavía no localizada en Europa.

Empezó a dar excusas, mientras subían las escaleras, por haber tenido que reunirse con su agente; pero ella le interrumpió para preguntarle si se había divertido en la reunión. Él soltó una risotada brusca y dijo:

—¡Vaya! Me has cogido con las manos en la masa.

—Podrías haber dicho tranquilamente que querías ir a una reunión.

Estaban en la cocina, examinándose mutuamente, sonrientes. Anna pensaba: «Una mujer sin hombre no puede conocer a un hombre, sea quien sea, tenga la edad que tenga, sin pensar siquiera por medio segundo que quizás esté delante del hombre. Por esto me irritó su mentira acerca de la reunión. ¡Qué aburrimiento, todas estas emociones tan archiconocidas!».

De pronto, Anna dijo:

—¿Quieres ver la habitación?

Él estaba de pie, con la mano apoyada en el respaldo de una silla de cocina pintada de amarillo, intentando sobreponerse a la demasiada bebida que había ingerido en la fiesta, y repuso:

—Sí.

Pero no se movió.

—Me llevas ventaja; yo estoy sobria. Pero hay una serie de cosas que debo decir. Primero, que ya sé que no todos los americanos son ricos y que el alquiler es bajo. —Él sonrió—. Segundo, que supongo, que estarás escribiendo la gran novela épica americana y...

—Te equivocas; todavía no he empezado —le interrumpió.

—Imagino que te estás psicoanalizando porque tienes problemas.

—De nuevo te equivocas. Visité una vez a un encogedor de cabezas y decidí que lo haría mejor yo solo.

—Bueno, eso está bien. Por lo menos quiere decir que se te podrá hablar.

—¿Por qué estás tan a la defensiva?

—Yo hubiera dicho, más bien, agresiva —puntualizó Anna, riéndose.

Notó, con interés, que lo mismo podría haber llorado.

—He venido a esta hora tan poco correcta porque quería pasar la noche aquí. He estado en el albergue, que siempre, en todas las ciudades, es mi sitio menos favorito, y me he tomado la libertad de traer la maleta. Mi transparente astucia ha hecho que la dejara fuera, junto a la puerta.

—Pues éntrala.

Bajó a recoger la maleta. Mientras, Anna fue a la habitación grande, en busca de sábanas para la cama. Entró en ella sin pensar; pero, cuando le oyó cerrar la puerta, se quedó helada al comprender que el cuarto debía de ofrecer un aspecto muy raro. El suelo era un mar de diarios y revistas; las paredes aparecían empapeladas con recortes; la cama estaba sin hacer. Se volvió hacia él, con las sábanas y la funda de la almohada, diciendo:

—Si pudieras hacerte la cama…

Pero él se encontraba ya en la habitación, examinándola desde detrás de sus gafas con una expresión de astucia. Luego se sentó sobre la mesa de caballete, donde estaban los cuadernos, balanceando las piernas. La miró a ella (que se vio a sí misma, metida en una bata roja descolorida, y con el pelo cayéndole en mechones estirados alrededor de la cara, sin arreglar), a las paredes, al suelo y a la cama. Luego exclamó, con una voz que pretendía sonar escandalizada:

—¡Jesús!

Pero por la cara se le veía interesado.

—Me han dicho que eres de izquierdas —prorrumpió Anna, suplicante, e interesada al ver que lo había dicho instintivamente, para explicar el confuso desorden.

—De marca, de la posguerra.

—Esperaba que dijeras: «Yo y los otros tres socialistas de los Estados Unidos vamos a...».

—Los otros *cuatro*. —Se acercó a una pared como si la acechara, se quitó las gafas para mirar al papel (descubriendo unos ojos abrumados por la miopía), y volvió a exclamar—: ¡Jesús!

Volvió a calarse las gafas cuidadosamente y dijo:

—Una vez conocí a uno que era corresponsal periodístico de primera categoría. Por si, como sería muy natural, quisieras saber qué relación tuvo conmigo, te diré que para mí fue como un padre. Era rojo. Luego, por una serie de cosas que pudieron más que él... Sí, ésta es una buena manera de explicarlo... Bueno, pues hace tres años que está metido en un piso sin agua caliente, en Nueva York, con las cortinas corridas y leyendo periódicos todo el día. Los periódicos están amontonados y llegan hasta el techo. El suelo libre se le ha reducido a, digamos, un espacio conservador, es decir, no más de dos metros cuadrados. Antes de la invasión periodística era un piso grande.

—Mi manía sólo dura desde hace unas pocas semanas.

—Siento que es mi deber decírtelo: es una cosa que empieza y acaba venciéndole a uno, mentalmente. ¡Pobre amigo mío! Se llama Hank, por cierto.

—Naturalmente.

—Un buen hombre. Es triste ver a alguien perderse de esta forma.

—Por suerte, tengo una hija que regresa del colegio el mes que viene. Para entonces ya habré vuelto a la normalidad.

—Puede que se quede en el fondo —dijo él, sentándose sobre la mesa y columpiando sus flacas piernas.

Anna empezó a dar la vuelta a las mantas de la cama.

—¿Lo haces por mí?

—¿Por quién va a ser?

—Las camas sin hacer son mi especialidad.

Se le acercó en silencio, mientras ella se inclinaba para hacer la cama, y Anna dijo:

—Ya he tenido todo el sexo eficiente y frío que podía soportar.

Él volvió a la mesa y observó:

—¿No nos pasa a todos? ¿Qué le habrá sucedido a aquel sexo afectuoso y atento de que nos hablan los libros?

—Se nos habrá quedado en el fondo —repuso Anna.

—Además, ni llegó a ser eficiente.

—¿No lo has experimentado nunca? —inquirió Anna, apuntándose un tanto.

Se volvió. La cama estaba hecha. Ambos se sonrieron, con ironía.

—Yo *quiero* a mi *muje*r.

Anna se rió.

—Sí. Por eso me divorcio de ella. O ella se divorcia de mí.

—Bueno, un hombre me quiso una vez. Quiero decir, de verdad.

—¿Y qué pasó?

—Que me plantó.

—Se comprende. El amor es demasiado difícil.

—Y el sexo demasiado frío.

—¿Quieres decir que has sido casta desde entonces?

—No mucho.

—Ya me parecía.

—No obstante…

—Bueno. Una vez aclaradas nuestras posturas, ¿nos podemos ir a la cama? Me siento un poco inflamado y tengo sueño. Además, no puedo dormir solo.

El *no puedo dormir solo* fue dicho con la frialdad despiadada de una persona que está en las últimas. Anna se quedó atónita; decidió aislarse de sí misma para examinar a aquel hombre en serio. Él estaba sonriendo, sentado encima de la mesa. Era un hombre que se esforzaba desesperadamente para mantenerse entero.

—Yo todavía soy capaz de dormir sola.

—Entonces, desde tu ventajosa situación bien puedes hacer gala de generosidad.

—Queda pronto dicho.

—Anna, lo necesito. Cuando una persona necesita algo se lo tienes que dar.

Anna permaneció en silencio.

—No pediré nada, no exigiré nada, y me iré cuando me lo digas.

—Sí, seguro —repuso Anna, sintiéndose de repente enfadada. Luego añadió, temblando de ira—: Ninguno de vosotros pide nunca nada. Salvo que lo pedís todo, pero sólo por el tiempo que lo necesitéis.

—Es la época en que vivimos.

Anna se rió, y su ira quedó disipada. De pronto, él también rompió a reír, sonora, aliviadoramente.

—¿Dónde pasaste la noche de ayer?

—Con tu amiga Betty.

—No es amiga mía. Es amiga de una amiga mía.

—Pasé tres noches con ella. Después de la segunda, me dijo que me amaba y que iba a dejar a su marido por mí.

—Qué convencional.

—Tú no harías una cosa parecida, ¿verdad?

—Es posible que sí. A cualquier mujer le puede ocurrir, si le gusta un hombre.

—Pero, Anna, debes *comprender*…

—Oh, lo comprendo muy bien.

—Entonces, ¿no necesito hacerme la cama?

Anna empezó a llorar. Él se le acercó, se sentó a su lado, la rodeó con un brazo y dijo:

—Es una locura. Recorriendo el mundo… porque he estado dando vueltas al mundo, ¿te lo han dicho…? Pues bien, abres una puerta, y detrás te encuentras a una persona en apuros. Cada vez que abres una puerta te encuentras con alguien hecho pedazos.

—Tal vez seleccionas las puertas.

—Aunque así sea. Me he encontrado con una cantidad sorprendente de puertas que… No llores, Anna. Es decir, a no ser que disfrutes; pero no tienes la cara de pasarlo bien.

Anna se dejó caer sobre los almohadones y yació en silencio, mientras él se sentaba cerca de ella, encorvado, pulsándose los labios, triste e inteligente, con determinación.

—¿Qué te hace pensar que a la mañana del segundo día no voy a pedirte que te quedes conmigo?

—Eres demasiado inteligente.

Anna dijo, resentida por su cautela:

—Será mi epitafio. Aquí yace Anna Wulf, quien siempre fue demasiado inteligente. Les dejó ir.

—Podrías hacer algo peor. Podrías guardarlos, como algunas que te podría nombrar.

—Supongo que sí.

—Me voy a poner el pijama y vuelvo.

Anna, sola, se quitó la bata, vaciló entre una camisa de dormir y un pijama, y escogió este último, sabiendo por instinto que él lo preferiría al camisón; fue, como si dijéramos, un gesto de autodefinición.

Apareció en bata y con las gafas puestas, cuando ella ya estaba en la cama. La saludó con la mano; luego fue a una pared y empezó a arrancar trozos de papel de periódico.

—Un pequeño servicio —dijo—, pero ya era hora de que te lo rindieran.

Anna oyó el ruidito que hacía al arrancar los recortes de periódicos, los ligeros golpes de las chinchetas que caían al suelo. Escuchaba con los brazos cruzados por debajo de la cabeza, echada en la cama. Sentía que la protegían y que se ocupaban de ella. A cada tantos minutos alzaba la cabeza para ver cuánto había progresado. Poco a poco iban reapareciendo las paredes blancas. El trabajo tomó un largo tiempo, más de una hora.

Por fin, él dijo:

—Bueno, ya está. Otra alma salvada para el mundo de los sanos.

Entonces alargó los brazos para abarcar hectáreas de papel de periódico sucio, amontonando los diarios debajo de la mesa de caballete.

—¿Qué son estos libros? ¿Otra novela?

—No. Aunque una vez escribí una novela.

—La he leído.

—¿Te gustó?

—No.

—¿No? —Anna estaba excitada—. Estupendo.

—Postiza. Es el calificativo que emplearía, si me lo preguntaran.

—Te voy a pedir que te quedes a la segunda mañana. Siento que va a ocurrir eso.

—Pero ¿qué son estos libros tan saludablemente encuadernados? —preguntó él, abriendo las cubiertas.

—No quiero que los leas.

—¿Por qué no? —dijo, leyéndolos.

—Sólo una persona los leyó, y trató de matarse. No lo logró; se quedó ciego, y ahora se ha convertido en lo que trataba de evitar con el suicidio.

—Triste.

Anna alzó la cabeza para verle. En la cara tenía, adrede, una sonrisa de mochuelo.

—¿Quieres decir que es todo culpa tuya?

—No necesariamente.

—Bueno, yo no soy un suicida en potencia. Diría que soy más bien un aprovechador de mujeres…, alguien que chupa la vitalidad de los otros, pero no un suicida.

—No necesitas hacerte el chulo por ello.

Una pausa. Luego él dijo:

—Pues sí, ya que estamos en ello, y habiéndolo pensado desde todos los ángulos, yo diría que es algo que vale la pena afirmar. Eso es lo que estoy haciendo. No me hago el chulo, lo digo. Me defino. Por lo menos lo sé, lo cual quiere decir que puedo vencerlo. Te sorprendería la cantidad de gente que conozco que se está suicidando, o que se alimenta de otras personas sin saberlo.

—No, no me sorprendería.

—No. Pero yo lo sé, sé lo que hago, y por esto venceré.

Anna oyó el ruido amortiguado de las cubiertas de los cuadernos al cerrarse, y su voz joven, alegre y astuta, que le preguntaba:

—¿Qué has estado tratando de hacer? ¿Enjaular la verdad? ¿La verdad y todo lo demás?

—Algo así. Pero no sale.

—Tampoco sale eso de dejar que el buitre de la mala conciencia te devore. No está nada bien.

Luego empezó a cantar una especie de canción pop:

El buitre de la mala conciencia,
Se alimenta de ti y de mí,
No le dejes al viejo buitre que te coma,
No le dejes comerte a ti...

Fue hacia el tocadiscos, miró qué discos tenía, puso uno de Brubeck y dijo:

—De mi hogar a mi hogar. Salí de los Estados Unidos ansiando experiencias nuevas, pero en todas partes encuentro la música que dejé en mi país. «Cómo un solemne y alegre mochuelo, a causa de sus gafas, se estuvo sacudiendo los hombros y moviendo los labios al ritmo del *jazz*.» No cabe duda —prosiguió poco después— de que le da a uno un cierto sentido de continuidad... Sí, ésta es la palabra, un preciso sentido de continuidad; eso de ir de ciudad en ciudad al son de la misma música y encontrándose, detrás de cada puerta, un chalado así...

—Yo estoy chalada sólo temporalmente.

—Oh, sí, claro. Pero lo estás, y con eso basta.

Fue hacia la cama, se quitó la bata y se acostó como un hermano, amistosamente y con naturalidad.

—¿No te interesa saber por qué estoy en tan baja forma? —preguntó él, al cabo de una pausa.

—No.

—Te lo voy a decir, de todas maneras. No puedo dormir con las mujeres que me gustan.

—Trivial.

—De acuerdo. Trivial, hasta un punto tautológico y monótono.

—Y bastante triste para mí.

—Y para mí, ¿no?

—¿Sabes cómo me siento ahora?

—Sí. Créeme, Anna, lo sé y lo siento. No soy un ingenuo. —Hizo una pausa, antes de añadir—: Pensabas: «Y yo ¿qué?».

—Pues, qué raro, sí.

—¿Quieres joder? Podría hacerlo, si quieres.

—No.

—No, ya suponía que no lo querías, y tienes razón.

—Así y todo.

—¿Qué te parece, ser como yo? La mujer que me gusta más en el mundo es mi mujer. La última vez que jodimos fue en la luna de miel. Después, bajó el telón. Tres años más tarde, lo resiente y me dice: ¡Basta! ¿Se lo echas en cara? ¿Y yo? Pero yo le gusto más que nadie en el mundo. Las tres noches últimas las he pasado con la amiga de tu amiga, Betty. No me gusta ella, pero tiene cierto meneo del culo que me encanta.

—Por favor.

—¿Quieres decir que ya lo has oído todo en otras ocasiones?

—De una u otra forma, sí.

—¡Bah! Como todos. ¿Me adentro en la sociología —sí, ésta es la palabra—, en las razones sociológicas de que esto ocurra?

—No, ya las sé.

—Lo suponía. Bueno. Pues, sí. Pero lo venceré. Ya te lo he dicho, tengo una gran fe en la inteligencia. Lo veo de la siguiente manera, ¿me permites? Tengo una gran fe en saber lo que va mal, en admitirlo, y en decirme que lo venceré.

—Muy bien —asintió Anna—. Yo también.

—Anna, me gustas. Y gracias por dejarme quedar. Me vuelvo loco si tengo que dormir solo... —al cabo de otra pausa, añadió—: Tienes suerte de tener esa hija.

—Ya lo sé. Por eso me mantengo sana, y tú estás chalado.

—Sí. Mi mujer no quiere tener un hijo. O sí, sí quiere. Pero me dijo: «Milt, no deseo tener un hijo de un hombre que sólo se pone caliente conmigo cuando está borracho».

—¿Empleó estas palabras? —preguntó Anna, con resentimiento.

—No, muñeca. No, pequeña. Dijo: «No quiero tener un hijo con un hombre que no me ama».

—Qué mentalidad más simple —comentó Anna, llena de amargura.

—No uses este tono, Anna, o tendré que irme.

—A ti no te parece que hay algo ligeramente extraño en una situación en la que un hombre entra en el piso de una mujer, sin que le inviten, y dice: «Tengo que compartir tu cama porque me salgo de órbita si duermo solo, pero no puedo hacerte el amor porque, si lo hago, te odiaré».

—No más raro que otros determinados fenómenos que podría mencionar.

—No —dijo Anna juiciosamente—. No. Gracias por quitarme todas estas tonterías de la pared. Gracias. Unos cuantos días más, y entonces sí que enloquezco.

—De nada. Soy un fracaso, Anna. Cuando hablo soy un fracaso, no necesito que me lo digas. Pero hay una cosa que hago bien, y es ver cuándo una persona está en una situación difícil, y saber qué fuertes medidas tomar.

Se pusieron a dormir.

Por la mañana le sintió mortalmente frío entre sus brazos, un peso pavorosamente frío, como si abrazara a la muerte. Despacio, le dio friegas para que se calentara y despertara. Luego, ya en calor, despierto y agradecido, él penetró en ella. Pero, para entonces, Anna ya estaba predispuesta contra él. No pudo evitar estar tensa, no pudo relajarse.

—Pues ya lo ves —dijo él después—. Ya lo sabía. ¿Tenía o no razón?

—Sí, tenías razón. Pero en un hombre con una enorme erección hay algo muy difícil de resistir.

—Así y todo, debieras haberte resistido. Porque ahora vamos a tener que gastar mucha energía para evitar odiarnos.

—Pero si yo no te odio.

Sentían cariño el uno hacia el otro; se sentían tristes, amigos, compenetrados, como si hubieran estado casados veinte años.

Permaneció allí cinco días, durmiendo en su cama por las noches.

Al sexto día, ella dijo:

—Milt, quiero que te quedes conmigo.

Lo dijo burlándose, con una burla airada y dirigida contra sí misma. Y él repuso, sonriendo con tristeza:

—Sí, ya sé que es hora de que me vaya. Es hora de que me vaya, pero ¿por qué, por qué tengo que marcharme?

—Porque yo quiero que te quedes.

—¿Por qué no puedes aceptarlo? ¿Por qué no?

Los cristales de sus gafas refulgían ansiosamente. Torcía la boca con un gesto forzadamente divertido, pero estaba pálido, y la frente le brillaba de sudor.

—Tenéis que haceros cargo de nosotros, lo tenéis que hacer, ¿no te das cuenta? ¿No ves que para nosotros es mucho peor que para vosotras? Ya sé que estáis resentidas por vuestra situación, y con razón. Pero si no os podéis hacer cargo de ello ahora, y ayudarnos a superarlo…

—Y lo mismo vosotros —dijo Anna.

—No. Porque vosotras sois más fuertes, sois más caritativas, estáis en una situación tal que podéis hacerlo.

—Encontrarás otra mujer de buen carácter en la próxima ciudad.

—Si tengo suerte.

—Y así lo espero.

—Sí, ya sé. Ya sé que lo esperas. Y gracias… Anna, lo venceré. Tú tienes toda clase de razones para creer que no, pero lo venceré. Sí, lo sé.

—Entonces, buena suerte —dijo Anna con una sonrisa.

Antes de que él se marchara estuvieron en la cocina; los dos con los ojos llenos de lágrimas, pero poco dispuestos a dar el paso.

—¿No irás a ceder, Anna?

—¿Por qué no?

—Sería una pena.

—Y además, puede que necesites dejarte caer por aquí de nuevo, por una o dos noches.

—De acuerdo. Tienes el derecho de decirlo.

—Pero la próxima vez estaré ocupada. Una razón es que voy a buscarme un trabajo.

—¡Ah! No me lo digas, deja que lo adivine. Vas a trabajar en la asistencia social… Deja que lo deduzca yo solo. Vas a ser asistenta psiquiatra, maestra en una escuela o algo parecido.

—Algo parecido.

—A todos nos llega.

—Tú, en cambio, te lo ahorrarás. Gracias a tu novela épica.

—Poco caritativo, Anna, poco caritativo.

—No me siento caritativa. Tengo ganas de gritar, chillar y romperlo todo.

—Como decía yo, es el oscuro secreto de nuestra época. Nadie habla de ello, pero cada vez que abres una puerta te saludan con un chillido, con un grito desesperado e inaudible.

—Bueno, gracias de todos modos por sacarme del atolladero, o de lo que sea.

—A tu servicio.

Se besaron. Bajó saltando ágilmente las escaleras, con la maleta en la mano. Una vez abajo se volvió para decir:

—Deberías haber dicho: te escribiré.

—Pero no nos escribiremos.

—No, pero mantengamos las formas, por lo menos las formas de... —Se había ido, haciendo un saludo con la mano.

Cuando volvió Janet se encontró a Anna entregada a la búsqueda de otro piso más pequeño y de un trabajo.

Molly había telefoneado a Anna, para decirle que se casaba. Las dos mujeres se entrevistaron en la cocina, donde Molly estaba preparando una ensalada y haciendo tortillas.

—¿Quién es él?

—No le conoces. Es uno de los que antes llamábamos hombres de negocios progresistas. Ya sabes, el judío pobre del este de Londres que se ha enriquecido y, para tranquilizar la conciencia, da dinero al Partido Comunista. Ahora se limita a dar dinero a causas progresistas.

—O sea que tiene dinero.

—En cantidad. Y una casa en Hampstead.

Molly dio la espalda a su amiga, dándole tiempo para que lo digiriera.

—¿Qué vas a hacer con esta casa?

—¿No lo adivinas?

Molly se volvió. Su voz había recobrado la viveza de antaño, con su ironía habitual. La sonrisa era una mueca gallarda.

—¿No me dirás que Marion y Tommy van a vivir en ella?

—¿Qué más? ¿No les has visto?

—No, ni a Richard.

—Bueno, Tommy parece dispuesto a seguir las huellas de Richard. Ya está instalado. Se encarga de los negocios, y Richard va dejando cada vez más cosas para dedicarse a Jean.

—Es decir, que se siente feliz y contento.

—Pues la semana pasada lo vi por la calle con una que no estaba nada mal, pero no nos precipitemos a ser malpensadas.

—No, mejor que no.

—Tommy está muy decidido a no ser reaccionario, poco progresista como su padre. Dice que el mundo va a cambiar con los esfuerzos de los grandes hombres de negocios progresistas, y ejerciendo influencia sobre los Ministerios.

—Bueno, por lo menos está en consonancia con la época.

—Por favor, no empieces, Anna.

—Bueno, ¿cómo está Marion?

—Se ha comprado una boutique en Knightsbridge. Va a vender ropa de calidad; ya sabes, ropa *buena*, que no es lo mismo que elegante. Está rodeada por una banda de mariconcitos que la explotan, pero ella los adora. Se ríe mucho, bebe *sólo* un poco en exceso, y los encuentra divertidísimos.

Las manos de Molly yacían sobre su falda, con las puntas de los dedos unidas, en un malicioso gesto de «sin comentarios».

—*Bueno*.

—¿Y qué ha pasado con tu americano?

—Pues que he tenido una aventura con él.

—No es lo más sensato que has hecho en tu vida, me imagino.

Anna se rió.

—¿Qué es lo que te divierte?

—Casarte con uno que tiene una casa en Hampstead te va a alejar muchísimo de las correrías emocionales.

—Sí, gracias a Dios.

—Voy a buscarme un empleo.

—¿Quieres decir que no escribirás?

—No escribiré.

Molly le dio la espalda, empezó a poner las tortillas en los platos y llenó una cesta de pan. Estaba decidida a no decir nada.

—¿Te acuerdas del doctor North? —preguntó Anna.

—Pues claro.

—Va a instalar una especie de centro de asistencia matrimonial, algo mitad oficial y mitad privado. Dice que las tres cuartas partes de los pacientes que van a quejárersele de dolores y molestias, en el fondo no tienen más que dificultades matrimoniales.

—Y tú vas a darles buenos consejos.

—Algo parecido. También quiero hacerme miembro del Partido Laborista y dar una clase dos noches a la semana para chicos delincuentes.

—O sea que las dos vamos a integrarnos, de la forma más radical, en el estilo de vida británico.

—He tenido mucho cuidado en evitar ese tono.

—Tienes razón; es que la idea de hacer de asistenta matrimonial...

—Sirvo mucho para los matrimonios de los otros.

—¡Oh, sí! Desde luego. Bueno, quizás un día me encuentres a mí al otro lado de la mesa del consultorio.

—Lo dudo.

—Yo también. No hay nada mejor que conocer las medidas exactas de la cama en que te vas a meter. —Enojada consigo misma, con sus manos retorciéndose por la irritación, Molly hizo una mueca y añadió—: Eres muy mala influencia, Anna. Estaba perfectamente resignada a ello hasta que has entrado tú. La verdad es que creo que nos llevaremos muy bien.

—No sé por qué no.

Hubo un corto silencio, que Molly rompió al exclamar:

—Qué curioso es todo, ¿verdad, Anna?

—Muchísimo.

Al cabo de muy poco, Anna dijo que tenía que volver junto a Janet, pues ya habría regresado del cine, adonde había ido con una amiga.

Las dos mujeres se besaron y se separaron.

Índice

Doris Lessing en

 punto de lectura

DORIS
diario de una buena vecina
LESSING

PREMIO NOBEL 2007

DORIS
el quinto hijo
LESSING

PREMIO NOBEL 2007

DORIS
ben en el mundo
LESSING

PREMIO NOBEL 2007

DORIS
la buena terrorista
LESSING

PREMIO NOBEL 2007